Salomé
muitas vidas, um só coração

SANDRA CARNEIRO
pelo espírito LUCIUS

Salomé
muitas vidas, um só coração

vivaluz
editora

Copyright © 2019 by
VIVALUZ EDITORA ESPÍRITA LTDA
Telefone / fax: 11- 4412-1209
vivaluz@vivaluz.com.br
www.vivaluz.com.br
twitter.com/@VivaluzEditora
facebook.com/VivaluzEditora

2ª. Edição –novembro 2019

Preparação e revisão de texto
Maria Helena de Mola

Capa e projeto gráfico
César Oliveira

Diagramação
César Oliveira

Coordenação editorial
Alexandre Marques

Os direitos autorais deste livro foram doados pelo autor espiritual à Vivaluz Editora, para contribuir com a divulgação da Doutrina Espírita.

Dados Internacionais de Catalogação na Publicação
(Preparada na Editora)

Lucius (Espírito)
Salomé / pelo espírito Lucius; psicografado por Sandra Carneiro. -- 2ª. ed. -- Atibaia, SP: Vivaluz Editora Espírita, 2019
ISBN 978-85-89202-55-8
1. Espiritismo 2. Psicografia 3. Romance espírita
I Carneiro, Sandra II. Título.
CDD: 133.9

Índices para catálogo sistemático:
1.Romance espírita : Espiritismo 133.9

Como médium e colaboradora do autor espiritual, dedico este livro às mulheres mais importantes de minha vida: Dirce, que me segurou em seus braços ajudando-me a dar os primeiros passos nesta encarnação, e Julia, com quem aprendo todos os dias a beleza de ser mulher e mãe.

E agradeço ao querido amigo Lucius, por ter me proporcionado uma das mais enriquecedoras experiências que já vivi, trabalhando com ele neste projeto.

Sandra Carneiro

PREFÁCIO

Esta obra se dirige a todos aqueles cujos corações esperam por novos tempos, anseiam por um mundo melhor. Especialmente às mulheres, em respeito à maravilhosa tarefa que lhes cabe na construção deste milênio.

No cumprimento da lei de causa e efeito, os espíritos encarnados ora como homens, ora como mulheres, têm caminhado através da história de dor e sofrimento que traçam para si mesmos.

O momento é de transformação. A mulher está diante de um importante ponto de mutação. É chegada a hora de romper com o círculo vicioso em que se encadeiam ações equivocadas e penosas consequências. Urge ocupar o lugar que lhe é devido, assumindo seu real valor. E é na força do amor, da renúncia e da resignação, sabendo semear o bem, que ela ocupará seu lugar, modificando toda a sociedade.

É tempo de a mulher exercer o domínio sobre si própria, reconhecendo quem é, qual sua essência, onde residem sua força e seu poder – poder esse que move o mundo e transforma a vida; de compreender o homem, sua realidade, suas limitações, seus problemas, suas fragilidades, apoiando-o e aceitando-o como é e não com o estereótipo que foi cunhado para ele ao longo dos séculos.

Homens e mulheres estão unidos moral e espiritualmente pelos liames do passado, que de modo irremediável persistirão no futuro. Terríveis afinidades originam-se na prática do mal, criando laços mentais e magnéticos entre aqueles que transgridem as leis de Deus. Formam-se vibrações odiosas e deletérias nascidas dos corações ludibriados. A origem de todo o sofrimento humano reside na ignorância da lei de causa e efeito e na violação do código divino.

Não apenas a dolorosa condição feminina como todas as demais situações de sofrimento, no orbe terrestre, são decorrência dos atos das criaturas, enquanto espíritos imortais. Consciente de suas possibilidades, de sua essência e de suas responsabilidades perante a vida e o Criador, a mulher pode mudar sua história, criando para si novos caminhos, em benefício da humanidade inteira.

Lucius

INTRODUÇÃO

A agitação era intensa no mosteiro. Os padres iam e vinham num frenesi incontido. O jovem René limpava as escadarias com calma, tentando não se envolver no tumulto, mas sabia que algo tenebroso se aproximava da aldeia. Ele podia sentir. Apesar do esforço para se dominar, sua ansiedade crescia. As histórias que ali escutara sobre a onda de perseguições que se alastrava por toda a Europa o apavoravam.

Quando o padre Erick passou apressado com papéis nas mãos, René deu um passo tímido em sua direção.

– Senhor, posso lhe falar um instante?

– Agora estou muito ocupado.

– É bem rápido, senhor.

– Está pálido, rapaz.

– Pois é, não me sinto bem... Será que somente hoje... poderia...

– Vá logo embora, ou é capaz de desmaiar aqui e hoje não temos tempo a perder.

René se ajoelhou e beijou o anel do monsenhor Erick, seu superior imediato.

– Obrigado, muito obrigado.

Com ar de desdém e pouco interessado no estado do rapaz, o monsenhor respondeu com enfado:

– Vá, vá logo.

René ergueu-se e, ainda que temesse profundamente aquele homem, ousou perguntar:

– O que está ocorrendo, senhor?

Fitando-o de alto a baixo, o outro ignorou a pergunta e ordenou:

– Vá embora, servo insolente, ou mandarei trancafiá-lo!

O garoto engoliu em seco e saiu repetindo:

– Sim senhor, sim senhor.

Foi até a gigantesca cozinha do mosteiro, pegou seu casaco cheio de remendos e saiu pelo portão principal. Ficou ainda mais assustado ao constatar a presença de inúmeros homens a cavalo, certamente vindos de outras regiões; nunca os vira por aquelas paragens. Muitos eram religiosos: padres, bispos; outros eram autoridades militares, cavaleiros do rei – ele reconhecia pelas vestimentas. Todos estavam alvoroçados, inclusive os animais. Correu o mais que pôde para a vila. Correu sem olhar para trás, porém sentia que aquele bando de homens agitados, irritados, brutalizados vinha na sua direção.

Chegou em casa sôfrego, arfando, sem conseguir falar. A mãe, sentada junto à janela, costurava algumas roupas e espantou-se ao vê-lo.

– O que foi, René? O que houve?

– Onde estão Melissa e Alice? E o pai?

– Calma, filho... Venha, tome um pouco de água para se acalmar.

Pressentindo o mal que se avizinhava, ele recusou:

– Não dá, mãe. Onde está o pai? – insistiu.

– Na lavoura.

– Não vai dar tempo de chamá-lo.

– Por Deus, o que está acontecendo?

– Onde estão as duas?

– Melissa foi ao mercado, comprar algumas coisas para mim.

– E Alice?

– Sua irmã foi até a beira do rio buscar ervas...

– Mãe, já disse que ela não pode sair por aí sozinha; menos ainda para colher ervas...

– Ela já volta, René. Pare com esse ciúme de sua irmã.

Segurando-a pelos ombros com as duas mãos, ele a chacoalhava, a gritar descontrolado:

– Eu já disse que ela não pode mais fazer isso! Aquele padre está atrás dela, você sabe!

A mulher se desvencilhou e deu-lhe um tapa no rosto.

– O que é? Isso são modos de tratar...

Sem se importar com a ardência que o tapa lhe provocara na face, deixando a bochecha vermelha, René dirigiu-se à porta.

– Eu avisei que não devia sair por aí sozinha... Vou atrás dela.

Antes que pudesse abrir, fez-se ensurdecedor alarido e um tropel de cavalos adentrou o vilarejo em enorme arruaça. Fitando a mãe com desespero no olhar, René balbuciou:

– Tarde demais...

A porta se abriu pela força do pontapé de um dos cavaleiros, e em seguida surgiu o bispo, com ampla capa negra, segurando uma folha de papel. Sem olhar diretamente para mãe e filho, sentenciou:

– Tenho ordem de sua majestade o rei Henrique[1] para prendê-la e às suas filhas. Onde estão elas?

– Mas por quê?

Sem responder, ele se virou para dois cavaleiros que aguardavam à entrada e ordenou:

– Prendam-na e não conversem com ela. Bruxas são ardilosas e dominadas pelo demônio; são capazes de nos enfeitiçar...

– O que é isso? Sou católica, servidora de Nosso Senhor...

– Cale-se ou a mato aqui mesmo! Não lhe dei permissão para falar! Está presa por ordem do rei e da Santa Madre Igreja pela prática de bruxaria.

Eleonora respirou profundamente, buscando forças no âmago de seu ser.

– Onde estão as suas filhas?

– Não estão aqui.

– Vasculhem a casa.

Rapidamente os cavaleiros voltaram.

– A casa está vazia.

– Então levem-na e vamos à procura das outras duas. Nesta vila, são ao todo quinze.

Eleonora empalideceu e olhou para o filho, que se mantinha de cabeça baixa. René se aproximou do religioso e fez menção de falar, no que foi logo interrompido.

– Caso deseje destino igual ao delas, abra sua boca. Se quiser viver, fique calado e salve-se.

---

[1] Henrique VII, que reinou na Inglaterra entre agosto de 1485 e abril de 1509.

Tomado por uma força desconhecida, René agarrou o braço do clérigo e gritou impetuoso:

– Não podem agir assim! Elas não fizeram nada! Malditos! Não podem fazer isso!

– Você as defende, então? Prendam-no também. Afinal, é irmão, deve entender de magia negra...

Ódio e pavor transpareciam nos olhos do rapaz, que em vão tentava se desvencilhar. Foi arrastado e carregado junto com a mãe para uma grande carroça de madeira, fechada com um engradado também de madeira. Ambos foram enjaulados.

Melissa apontou no final da rua. Caminhava depressa, atordoada com a movimentação dos militares e dos religiosos, que passavam por ela com rapidez e violência. Ao avistar a distância a mãe e o irmão enjaulados, escutou a voz exaltada de René.

– Corra, Melissa! Fuja!

A jovem, com não mais de dezesseis anos, cabelos negros e longos, arregalou os olhos e hesitou, sem saber o que fazer; antes de correr em socorro dos dois, ouviu outra vez:

– Fuja agora! Salve sua vida!

Largando as frutas que trazia a pedido da mãe, ela saiu correndo e se embrenhou por entre as estreitas vielas que formavam a vila. Entretanto, para desespero de René e de Eleonora, um cavaleiro não demorou a trazer a jovem arrastada pelos cabelos e jogá-la na jaula, como se fosse um animal.

Os homens invadiram as casas, e foram aprisionando uma a uma as mulheres sentenciadas. Os membros da família que lhes dificultassem o intento, sendo homens ou mulheres, eram imediatamente presos também. Juntaram todos na praça central. O bispo se aproximou e indagou:

– Estão todos aqui? Tem certeza?

Henri olhou atentamente para o grupo acuado no centro da praça. Virando-se para o bispo, respondeu:

– Falta uma, senhor. Vou procurar por ela. Acho que sei onde pode estar...

Com destreza e grande habilidade, de um salto subiu em seu cavalo e saiu a galope para o rio que ficava a pouco mais de três quilômetros da vila. Cavalgava velozmente. Já dentro da floresta, perto do ponto à margem do rio onde imaginava que Alice estivesse, viu-a sair correndo do meio das árvores, em direção à vila.

Apavorada, ia o mais rápido que podia. Ele a seguia com tenacidade. Ao chegar bem junto da moça, desceu e agarrou-a pelos cabelos.

– Não adianta, Alice. Acabou.

– Por favor, o que está fazendo?

– Cale-se, sua bruxa!

Ela, apesar do medo que sentia, fitou-o com ternura e disse, tocando-lhe suavemente as mãos:

– Eu não sou bruxa, Henri, você sabe disso.

– Não vai me dominar de novo, nunca mais! É servidora de Lúcifer!

– Mas... Henri...

– Você me enfeitiçou! Não consigo tirá-la do pensamento, bruxa!

Em vão Alice tentou argumentar. Ele estava completamente cego. Amarrou-a, montou e seguiu para a vila, enquanto ela, presa ao captor, corria atrás do cavalo. Quando não conseguia acompanhar a velocidade do animal, era arrastada.

A pequena distância da vila, podia-se ver uma nuvem de fumaça subindo ao céu. Alice não sabia mais o que sentia, nem conseguia pensar. Dona de inteligência aguçada e forte percepção, vinha tendo, nas últimas semanas, sonhos premonitórios. Naquele momento, porém, não era capaz de fixar a mente em nada. Seu corpo estava todo arranhado e machucado, sangrando. Os cabelos misturados ao mato e gravetos do caminho faziam-na parecer uma louca.

À medida que avançavam, ela, embora quase inconsciente, viu a cena mais horripilante de sua vida: no centro da praça fora montada gigantesca fogueira, na qual sua mãe, seu irmão e sua irmã, bem como outros amigos e parentes, choravam em desespero. O fogo começava a se alastrar pelos feixes de madeira seca. Henri levou a jovem ao bispo e jogou-a a seus pés.

– Aqui está ela, como o senhor mandou.

O prelado, fitando-a com lascívia, comentou baixo, de modo a que somente ela o escutasse:

– Vejo que agora já não está tão bela, nem tem condições de recusar meus favores. Queime, mulher! Queime, sua bruxa!

Virando-se para um dos cavaleiros, ordenou:

– Coloque-a junto com os demais.

O cavaleiro olhou para a fogueira que já ardia e indagou:

– Como? Não vou poder chegar tão perto...

O bispo, tomado por um ódio inexplicável, foi até o rapaz e encostou-lhe uma faca ao pescoço, ameaçador.

– Obedeça!

Sem alternativa, ele agarrou Alice e, pondo-a em seu cavalo, aproximou-se o máximo possível do fogo. Então, lançou-a com toda a força no meio do povo. Ela caiu sobre alguns de seus amigos e, sem energia para erguer-se, foi perdendo os sentidos. Mesmo assim, podia perceber o bispo a fitá-la e o grupo de cavaleiros e padres, que presenciava a terrível cena, rindo e gritando:

– Bruxas! Salvem-se agora!

A moça ainda ouvia vozes difusas, e via o fogo chegando; depois sentiu o calor subir pelas pernas e suas roupas foram envolvidas pelas chamas. Identificou os gritos de pavor da mãe e da irmã e desejou encarar o irmão, mas não conseguiu. Dor atroz e desesperadora a dominou por completo e ela desfaleceu.

Antes que perdesse totalmente os sentidos, encontrou pela última vez o olhar de Henri, que em sua elegante montaria a contemplava de longe. Foi aí que, tomada pela dor e pela aflição extrema, sucumbiu.

UM

Afeganistão, dias atuais.

No instante em que abriu os olhos, naquela manhã, Laila sentiu-se assaltada por estranho medo. Não costumava impressionar-se facilmente, mas a persistência daquela sensação começou a incomodá-la. Levantou-se depressa, tentando esquecer o desconforto. Lavou-se, vestiu-se e parou diante do espelho, arrumando a blusa. Farishta, a irmã mais velha, apareceu e riu da maneira desastrada com que a garota de treze anos tentava ajustar a vestimenta. Achegou-se a ela com suavidade, oferecendo:

– Deixe que eu ajudo.

Irritada, Laila virou-se e recusou:

– Não precisa, que fique de qualquer jeito! Eu detesto mesmo esta roupa! E ouça bem o que vou dizer: não pretendo usar isto por muito tempo. Não vou usar...

Abaixando-se e tapando-lhe a boca, Farishta falou em tom sussurrado:

– Não diga isso. Sabe o quanto é importante para nossos pais. Quisera eu vestir-me assim e ter maior liberdade, poder escolher meu destino...

Pousando na irmã seus lindos olhos azuis esverdeados, que transmitiam extremada ternura, Laila sorriu e afirmou emocionada:

– Tudo vai dar certo, Farishta. Você é boa, é a minha irmã querida. Alá a protegerá...

Nem bem terminara a frase quando o burburinho de muitas vozes encheu a casa. Farishta apertou a mão da irmã e gaguejou, apavorada:

– Vieram me buscar...

– Por quê? Você não fez nada...

– Fui àquelas reuniões. Ele descobriu tudo...

– Não, eles não podem...

Violento pontapé escancarou a porta do quarto e o pequeno cômodo foi invadido por um grupo de homens. Agressivos, foram para cima de Farishta e, arrancando o véu que cobria sua cabeça, agarraram-na pelos cabelos. A mãe se adiantara e segurava a filha mais nova, no intento de conter qualquer possível reação. Ciente de que nada poderia fazer por Farishta, sabia que Laila precisava ser controlada, protegida de si própria, ou tentaria defender a mais velha e, certamente, acabaria tendo igual destino.

Imobilizando Laila com vigor, Afia lhe ordenava que se calasse. A menina assistia angustiada àquela dezena de homens arrastar sua irmã quarto afora. Queria ir atrás deles. Assim que saíram, gritou:

– Pelo profeta Mohamed, temos de impedi-los. Não podem levá-la dessa maneira.

Inconsolável, guardando nas mãos o véu que ficara jogado no chão, ela olhou a mãe através das lágrimas e perguntou entre soluços:

– O que vai ser dela?

Afia gritava e chorava em desespero, ao responder:

– Não há o que possamos fazer! Farishta já está morta!

– Não, mãe, não está! Temos de ajudá-la.

Chorando muito, Afia acariciava os cabelos da filha; procurando aplacar a imensa dor que parecia explodir seu coração, repetia:

– Nada mais podemos fazer para salvá-la... Sua irmã foi condenada à morte.

Laila ajoelhou-se e contorceu-se, gemendo de inconformação e desconsolo intraduzíveis.

– Não! Não pode ser! Não acredito!

Incapaz de controlar a própria dor, Afia agarrava-se à filha e chorava ainda mais alto.

– Por que, mãe? Qual a acusação? Foi o maldito Sadin, não foi?

– Ele avisou que Farishta não deveria ir às tais reuniões; e eu também... muitas e muitas vezes. Pedi, implorei que ela não fosse, e sua irmã não me escutou... Que Alá tenha misericórdia da alma de minha filha!

Laila foi até a janela e pôde ver a irmã esperneando, na luta inútil para se desvencilhar dos agressores. A princípio ela gritava por misericórdia, porém aos poucos, convencida de sua absoluta impotência e consciente de seu destino, orava a Alá para que a auxiliasse a conformar-se. Um dos homens, não satisfeito em gritar com a jovem, deu-lhe forte pontapé no estômago.

– Cale a boca, infiel. Não deve colocar o nome de Alá em sua boca imunda!

Laila assistia da janela, chorando, em extremo desespero. Quando sumiram de sua vista, ajoelhou-se no chão e agachada sobre o próprio corpo gritava e se contorcia. Depois, ergueu a cabeça e indagou, com os olhos vermelhos e inchados:

– Como será?

Afia abraçou-se à menina e, também em pranto, respondeu, acariciando-lhe o rosto:

– Não importa, filha, não importa...

Não muito distante, em um pátio ao ar livre, os homens pararam frente a uma cova rasa e nela jogaram Farishta. Rapidamente, encheram-na de areia até acima da cintura da jovem, de forma a prender-lhe os braços. O tórax, os ombros e a cabeça ficaram expostos. Seus lindos e longos cabelos negros desciam pelos ombros, já misturados à areia. Seus olhos cintilavam de medo, raiva, dor e humilhação. Ela já não conseguia chorar. O desespero era tanto que a fizera entrar em choque.

Agora, o grupo crescera. Doze homens aproximaram-se e com pedras pontiagudas, que lhes enchiam as mãos, iniciaram a execução. Em menos de uma hora, Farishta foi apedrejada e deixada para morrer à luz intensa do sol que brilhava em Cabul, àquela altura do dia.

Sadin, o marido que se sentira ofendido com a desobediência da esposa, observava ao longe. Por fim, ao ver a moça praticamente sem vida, sentenciou:

– Esposa desobediente não serve!

A frase desdenhosa não escapou a Rafaela, jornalista brasileira que preparava matéria sobre a realidade do povo afegão, sua cultura e sua religião. A despeito de não entender o que dissera, pôde sentir o desprezo contido naquelas palavras. Seu ímpeto foi enfrentá-lo, mas estava chocada demais para qualquer reação. Olhou para seu fotógrafo e murmurou entre os dentes:

– Você entendeu o que ele falou?

Jorge traduziu e ela reagiu com revolta.

– Eles não têm sentimentos? Monstros! Minha vontade é dizer-lhe umas boas...

– Nem pense nisso – Jorge a desencorajou com firmeza. – Quer ir para o mesmo lugar que ela?

– Não ousariam...

– Esqueceu o que tem acontecido com as jornalistas, em diversos países do Oriente Médio?

Rafaela olhou fixo para o rapaz, suspirou fundo e prosseguiu, insistente:

– Tem de haver algo que possamos fazer... Não vou ficar aqui olhando esse absurdo, de braços cruzados!

– Acredite em mim, é muito perigoso.

– Estou habituada ao perigo. Já cobri invasões no morro, lá no Rio de Janeiro.

– Rafaela, você é uma mulher inteligente. Isto aqui não é o Rio de Janeiro. Estamos no Afeganistão, onde as mulheres não têm valor algum. Nem imagine que por ser estrangeira teria um tratamento diferente. Basta que os ofenda de qualquer modo e eles não pensarão duas vezes para agredi-la e até matá-la.

O jovem fez breve pausa. A seguir, apontando com a cabeça o lugar onde Farishta acabava de deixar o corpo físico, reforçou, enérgico:

– Vamos embora, você já viu o que queria. Registramos tudo.

Rafaela mal o escutava. Olhava consternada para a jovem sem vida e por fim perguntou:

– O que vai acontecer com ela agora?

– Depois que todos se afastarem, a família virá buscá-la.

– Pobre mãe, pobre família... Como os pais permitem que suas filhas sejam tratadas assim?

– Filhas são maldições; não se incomodam em perdê-las, caso cometam qualquer deslize.

– E qual foi, afinal, o dela?

– Sei lá!

Rafaela olhou fixamente para Farishta, o que levou o fotógrafo a resmungar, contrariado:

– Ai, meu Deus, não! Eu conheço esse olhar... O que é que você está querendo fazer? O que vai aprontar?

– Vamos aguardar a família.

– É perigoso. É melhor irmos...

– Quero saber qual foi, afinal, o grande crime dessa jovem. E quero uma foto mais nítida; vamos até perto dela.

Sem titubear nem esperar pelo colega, foi em direção à jovem apedrejada. Jorge a seguiu, hesitante e temeroso. Ele odiava quando Rafaela ficava daquele jeito. Parecia subjugada por uma força maior e não dava atenção a nada que ele dizia.

O coração da jornalista batia descompassado à medida que ela se aproximava da jovem inerte. Ao fitar a moça de perto, estranha sensação a tomou e logo em seguida foi dominada pela indignação. Avançaram um pouco mais, até que um dos participantes da execução os impediu de prosseguir; postou-se diante deles e metralhou frases em afegão, que Jorge traduziu, aflito.

– Disse que somente a família poderá se aproximar e que jornalistas são proibidos. Rafaela, não estou gostando do olhar desse homem...

– Eu também não gosto nada dele. Muito pelo contrário!

– Então, o que estamos esperando? Vamos embora daqui antes que...

Rafaela fitou o afegão com desdém e, sem tirar os olhos dele, indagou ao amigo:

– Você conseguiu boas imagens?

– Excelentes.

– Tem certeza de que estão bem nítidas?

– Absoluta. E agora, podemos ir?

A jornalista deu uma última olhada no estado em que Farishta ficara, sentindo profunda indignação. Era uma garota tão jovem! Jamais poderia imaginar que uma vítima de apedrejamento pudesse ficar naquelas condições, totalmente deformada. Os olhos da menina, ainda abertos, demonstravam a dor que lhe transpassara o corpo e a alma nos instantes derradeiros.

Não suportando aquela cena por mais tempo, Rafaela afastou-se depressa e foi para o carro. Jorge seguiu logo atrás. Quando a alcançou, viu que vomitava.

– Você está mesmo péssima... – comentou, enquanto a colega, muito pálida, não parava de vomitar.

Rafaela respondeu ofegante, sem erguer a cabeça:

– Já vai passar.

Passados alguns instantes, ela o encarou.

– Tem certeza de que conseguiu boas fotos?

– Fiz o melhor que pude.

A jovem sentou-se no banco do carro e o fotógrafo, após acomodar cuidadosamente seu equipamento, tomou lugar ao volante e ligou o carro. Rafaela desligou e retirou a chave do contato.

– O que está fazendo? Vamos embora daqui!

– Quero falar com a família dessa moça. Vamos esperar. Já que somente eles podem se aproximar, mais cedo ou mais tarde aparecerão. Saberemos quem são e iremos falar com eles.

– Olhe, eles não vão querer falar com a gente... Pense no sofrimento deles... Além do mais, vão ter medo de falar com a imprensa.

– É... Pode ser. Mas eu vou tentar.

– Você é maluca! Faz de tudo por uma boa matéria, não é? O que importa é a matéria. E, é claro, os prêmios que lhe pode render!

– Cale a boca, não sabe o que está dizendo. Você não é mulher, não pode entender. Isso não tem nada a ver com a matéria. Quero saber os detalhes desse ato repugnante, inadmissível. Eu realmente quero compreender... Preciso das respostas.

Dessa vez Jorge não retrucou.

– Vamos terminar o que começamos. Não vou embora sem saber qual foi o mal que essa moça cometeu, para merecer morrer desse jeito...

Pelo que já conhecia da jornalista com quem trabalhava há pouco tempo, como *free lance*, Jorge sabia que não adiantaria argumentar e calou-se, contrafeito.

DOIS

Os dois aguardaram sob o sol escaldante por quase duas horas. Quando o campo ficou vazio, cinco mulheres e um rapaz se aproximaram. Todos choravam muito, especialmente o último. Isso chamou a atenção de Rafaela, que não conseguia tirar os olhos do jovenzinho de cabelos negros.

Com grande esforço, e chorando alto, retiraram a moça sem vida do buraco e a depositaram em uma carriola. Notando que se preparavam para deixar o local, Rafaela foi ao encontro deles, com seu intérprete.

– Vamos, Jorge, venha logo.

Correram até alcançar o pequeno grupo. Todas as mulheres vestiam-se com burca negra, que as cobria da cabeça aos pés. Nenhuma parte de seus corpos podia ser vista. Os olhos também ficavam cobertos, por uma rede fina, que lhes permitia enxergar através dela.

Rafaela cumprimentou-as. Já conhecia algumas palavras do idioma. Sem responder, elas olharam-se hesitantes e desconfiadas. Jorge explicou na língua nativa:

– Rafaela é jornalista. Estamos aqui para realizar uma matéria a ser publicada por uma importante revista no Brasil.

Enquanto ele falava, as mulheres continuavam andando depressa. Jorge tentava atrair-lhes a atenção e Rafaela seguia logo atrás. Elas, ignorando-os, não diminuíam o passo. Ao escutar o nome do país de onde vinham, o rapaz, que trazia os olhos vermelhos e inchados, voltou-se para Jorge e repetiu:

– Brasil?

Atenta a cada movimento, Rafaela aproveitou a oportunidade; passou rápido à frente do colega e confirmou, mais de perto:

– Isso, somos do Brasil.

Depois virou-se para Jorge e pediu:

– Explique melhor.

– Somos do Brasil e queremos falar sobre o que aconteceu com a jovem... – disse o fotógrafo, buscando captar-lhe a atenção.

Os componentes do triste cortejo caminhavam sem pausa, como se desejassem fugir de alguém, de alguma coisa. Atravessaram uma rua movimentada por carros e pedestres, sem se deter uma única vez. Os dois brasileiros os seguiam. O rapaz parecia desejar falar com eles. Ao chegarem a um muro alto, no qual havia pesado portão, o grupo de mulheres entrou depressa. O jovem parou, fixou em Rafaela os olhos úmidos de lágrimas, que expressavam imensa dor, e perguntou:

– Por que querem saber sobre minha irmã?

Rafaela quis confirmar o que Jorge traduzira:

– Então é irmão dela?

O rapaz concordou balançando a cabeça.

A jornalista examinava aquele jovem e via os mesmos olhos entristecidos e desesperados da moça que fora apedrejada. Fez-se breve silêncio, que ela rompeu:

– Estou há duas semanas em seu país, fazendo o meu trabalho, e a cada dia fico mais indignada... ou, diria melhor, profundamente revoltada pela condição das mulheres aqui. Agora meu trabalho já ficou em segundo plano. Eu quero fazer alguma coisa para ajudar, embora ainda não saiba o quê. Permita-me conhecer um pouco mais da situação de sua família, de sua história. Não por causa de uma matéria de revista, e sim por sua irmã. Como era o nome dela?

Jorge traduzia tudo rapidamente. O jovem afegão baixou os olhos e limpou as lágrimas ao responder:

– Farishta.

– Farishta... – a moça repetiu, tocando de leve o braço dele. – É um lindo nome. O que significa?

Uma mulher apareceu de repente, gritando muito alto; trazia no semblante um misto de sofrimento, revolta e medo. Arrastou o jovem para dentro, agressiva. Rafaela gritou em inglês, perguntando o nome dele, dito enquanto o maciço portão se fechava.

– Lemar.

Quando o portão terminou de se fechar, com um estrondo, Rafaela o chutou forte algumas vezes.

– Droga! Droga! Nós quase conseguimos!

– Anjo.

– O quê?

– É o significado do nome Farishta.

– Anjo... Coitada... Que droga!

– A senhorita está convencida agora? Eu lhe disse: conheço um pouco os costumes deles; não vão falar com ninguém neste momento, muito menos com jornalistas estrangeiros.

– Por que não querem falar com ninguém? Com jornalistas, até compreendo, mas por que com ninguém?

– Estão com muita vergonha.

– Vergonha? Acabam de ter uma pessoa da família apedrejada e sentem vergonha?

– Sim. Essa moça representa uma vergonha para a família. Ela desobedeceu ao marido e por isso morreu. Neste momento, seus parentes sentem dor, é claro; no entanto, também estão muito envergonhados.

– Inacreditável!

– Concordo.

– Vamos para o hotel. Preciso de um banho para poder pensar. Tenho de armar um plano para entrar nesta casa e falar com a família.

– Você vai arrumar encrenca pesada. Já lhe disse que pode colocar sua vida em risco agindo assim. Para continuar por aqui, deve se conduzir com respeito pelos costumes deles. Já lhe disse: é perigoso demais.

– Eu sei, Jorge, e agradeço sua preocupação. Só que não vou sossegar até obter mais informações sobre o que vimos acontecer hoje.

– Você já presenciou outras execuções aqui.

– Sim, porém nenhuma mexeu tanto comigo como essa...

– E por quê?

– Não sei. Acho que tudo isso vai crescendo no meu íntimo. Estou ficando inconformada. É como se eu fosse cada uma dessas mulheres que vi serem maltratadas, humilhadas, feridas; como se tudo isso estivesse ocorrendo comigo. E poderia estar mesmo. Para isso bastaria que eu tivesse nascido neste país.

Jorge não redarguiu, e os dois foram para o hotel em silêncio. Ao estacionar o carro, ele comentou:

– Vou descansar um pouco. Qual é sua intenção agora? O que faremos?

– Vou pensar em um meio de falar com aquela família. Por enquanto, quero visitar aquele hospital de que nos falaram, para onde vão as mulheres feridas...

– Está bem. Ainda hoje?

– Não. Vamos amanhã. Preciso organizar minhas ideias e refletir melhor.

– Mais tarde nos vemos, para o jantar.

– Combinado.

Despediram-se e foram para o quarto. Rafaela entrou, fechou a porta e sentou-se na cama. À lembrança do rosto de Farishta, pôs-se a chorar convulsivamente. Chorou até ficar exausta. Quando afinal conseguiu acalmar-se, enfiou-se no banheiro e tomou uma ducha gelada. Não gostava de se sentir frágil ou sem saber o que fazer perante alguma situação. Era uma mulher forte e cheia de atitude. Jornalista formada por uma das mais bem conceituadas faculdades da cidade de São Paulo, desenvolvia a carreira de modo brilhante. Antes de concluir o curso, já estagiava na área e não demorou a ser efetivada como repórter. Era muito dedicada no que fazia.

Escolhera o jornalismo ainda menina, por volta dos oito anos, e perseguira seu projeto, sem hesitação, até ingressar na profissão. Na faculdade, fora aluna ativa e atuante, participando de diversos movimentos estudantis. A despeito de a mãe temer seu jeito agressivo de ir atrás de seus objetivos, ela não se deixava intimidar.

Ficara sem o pai desde muito pequena e fora criada pela mãe, que se diplomara em psicologia, após ser abandonada pelo marido. A vida das duas não havia sido nada fácil. Contudo, a perseverança, a força e a determinação de Rafaela a levaram a graduar-se com louvor entre as primeiras de sua turma.

Quando surgiu a oportunidade da viagem ao Afeganistão, a mãe pediu-lhe que não fosse. Entretanto, a possibilidade de estar naquele país, falando sobre a situação das mulheres em Cabul, incendiou o coração de Rafaela, não teve dúvida: agarrou a oportunidade e seguiu sem questionar.

Ao sair do chuveiro, a bela jovem de lisos cabelos negros e de olhos amendoados cor de mel deitou-se na cama e escutou as mensagens de Giovanni, gravadas no celular. O namorado ligava todos os dias, preocupado com ela. Ouvidas as mensagens, ensaiou comunicar-se com ele. Digitou o número, depois desistiu. Naquele momento, sentia-se demasiadamente irritada com os homens para fazer isso. Deitada, acabou adormecendo. Decorrido algum tempo, acordou com o telefone tocando.

– Não vai descer para jantarmos? Estou faminto.

– Que horas são?

– Quase nove e meia.

– Puxa! Peguei no sono.

– Então desculpe, acordei você.

– Foi bom, estou com fome. Espere um pouco que já estou descendo. Vá pegando uma mesa e pedindo alguma coisa.

Logo os dois jantavam no restaurante do hotel. Rafaela estava distante e pensativa. Jorge tentava distraí-la, contando suas peripécias nas diversas vezes em que estivera no Oriente Médio, trabalhando como fotógrafo. A colega acompanhava as narrativas, sem, envolver-se muito com o que escutava. A certa altura, fixou nele o olhar indagador e disparou:

– Como você consegue lidar com tantas injustiças? Com tudo o que vê, todas as barbaridades que já presenciou?

– Você também as viu no Brasil, não foi?

– Sim, mas as que vejo aqui me consomem...

– Não percebo por qual motivo. Injustiça é injustiça em qualquer parte.

– Você não entende.

– O quê?

– Não poderia compreender o que sinto. Afinal de contas, você é homem.

– Ah, então é isso? Agora está sendo preconceituosa. Acha que por ser homem sou insensível?

– Não é isso. Aprecio seu trabalho, sei que é preciso ter sensibilidade para fazer o que você faz; suas fotos são lindas, captam a alma dos protagonistas. Já a indignação que sinto, sendo mulher, por ver outras como eu vivendo tão oprimidas, sem direito a nada... acho que você não pode compreender.

Jorge estava mais sério ao responder:

– Também fico indignado com o que vejo aqui. E não entendo como os homens desta região podem tratar aquelas que lhes deram a vida e que lhes dão os filhos, a descendência, de maneira tão... tão...

– Covarde! – Rafaela completou quase num grito.

As pessoas das outras mesas olharam de relance para os dois, estranhando aquele tom de voz.

O fotógrafo, notando a reação, sorriu e sussurrou:

– É melhor você falar mais baixo... Eles devem supor que estamos brigando.

Rafaela retribuiu o sorriso e se encostou na cadeira, relaxando ligeiramente.

– Acho que é a primeira vez que a vejo sorrir hoje.

– Também, Jorge, o que você queria? Assistir a um apedrejamento, no século vinte e um... Eu não estava preparada para aquilo.

De novo a jovem mergulhou em suas reflexões. Jorge tentou distraí-la, mas foi impossível recapturar sua atenção; ela estava muito distante. Enquanto ele falava, Rafaela pensava e pensava. Quando se despediam, já no elevador, o rapaz perguntou:

– E amanhã, qual nossa programação? Vamos ao hospital? Consegui o endereço.

– Não. Quero voltar à casa da moça que morreu.

– O quê? Está maluca?

– Tenho de fazer isso. Eu preciso descobrir o que houve.

– E qual é a ideia? – ele não disfarçou a irritação.

– Ainda não sei; só tenho certeza de que vou ter uma, você vai ver. Amanhã cedo, bem cedo mesmo, vou ficar observando a casa. No movimento de entra e sai descobrirei alguma coisa para ajudar a entrar naquela família e averiguar o que aconteceu.

Jorge a fuzilava com o olhar e a reação veio instantânea.

– O que foi? Você não precisa vir comigo.

O colega deu um sorriso cínico e ela emendou, mais irônica:

– Fique aqui, descansando...

Quando chegaram ao quarto de Rafaela, esta abriu a porta com o cartão-chave, dizendo:

– Boa noite, Jorge.

Ele, azedo, inquiriu:

– A que horas quer sair?

– Ao nascer do sol.

– Você está maluca! Por que tão cedo?

– Preciso acompanhar a movimentação da família.

– Está bem. Então me acorde assim que se levantar. Vou com você.

Beijando o jovem fotógrafo no rosto, Rafaela agradeceu entusiasmada:

– Obrigada! Sabia que poderia contar com você!

TRÊS

A noite foi longa e agitada. Rafaela não podia conciliar o sono. Sabia que eram reais os perigos quanto aos quais Jorge a alertava. Já lera e discutira, em encontros com outros profissionais, depoimentos sobre como muitos jornalistas – mulheres em particular – eram tratados naquelas regiões. Parecia que os homens dali nutriam verdadeiro ódio pelas mulheres. De que outra forma explicar ataques tão insensíveis e violentos? Agressão física, estupro e frequentemente morte. As jornalistas eram desrespeitadas pela população, que parecia vê-las como invasoras.

Rafaela se remexia na cama e refletia: "Acho que seria melhor esquecer essa pretensão de aprofundar a matéria. Considerar meu trabalho concluído. Já está bom! Jorge tem razão. Para que escarafunchar mais uma situação dessas? Ele está certo. Vou esquecer tudo isso e finalizar a tarefa".

A ideia ganhava força em sua mente. Estava temerosa; a violência e o ódio daquele povo contra as mulheres a assustavam sobremaneira. Virando-se de um lado para o outro, por fim sentou-se na cama e pensou alto:

– Está resolvido.

Ligou para a portaria e pediu que cancelassem o serviço de despertador. Dormiria até mais tarde e encontraria outras fontes para dar sequência a seu trabalho. Ligou a TV e tentou pensar em coisas diferentes. Logo desligou e tornou a deitar-se, agora mais decidida. Aos poucos relaxou e estava quase pegando no sono quando lhe pareceu escutar os gritos de Farishta e a voz do garoto, que soluçava e pedia:

– Alá! Não suporto mais esta vida! Eu quero morrer...

Seus olhos esmeralda surgiram brilhantes na mente de Rafaela, que despertou perturbada. Suspirou fundo e murmurou:

– Não posso. Não tenho como esquecer.

Acabou por adormecer. Sonhou que estava em um vasto campo, fugindo desesperada de cruzados que cavalgavam à sua procura.

Escondera-se em um enorme toco de árvore, quando um deles a achou e, agarrando-a pelo braço, puxou-a para fora. Ela lutava, gritando e esperneando. O cavaleiro ignorava seus pedidos de clemência e a arrastava sem piedade, sobre pedras e galhos secos, ferindo-a pelo caminho, até alcançar a montaria. Quando terminou de amarrá-la, fitou-a com os olhos de um azul penetrante. Eram os olhos de Lemar.

Rafaela acordou gritando em inglês. Pedia que a soltassem, suplicando por clemência. Já desperta, quando conseguiu se acalmar, resmungou:

– Este país está me deixando maluca.

Olhou o relógio e constatou que eram quase cinco da manhã. Exatamente a hora em que antes pedira que a despertassem.

Levantou-se devagar, cansada. Vinha dormindo mal nas últimas noites, e sentia-se sem energia. Foi até o banheiro e abriu o chuveiro. Depois de uma ducha quase fria, sentia-se melhor. Ligou para Jorge.

– Vamos? Estou praticamente pronta.

Acordado bruscamente, o outro respondeu:

– Você não mudou de ideia? Ainda é noite... – bocejou longamente. – Nunca acordo a esta hora! – deu outro bocejo enorme. – Fico retardado quando tenho de sair da cama tão cedo... Não posso nem garantir a qualidade das fotos.

– Não se preocupe. Quero sua companhia e seu bom senso. Preciso disso. Da sua ajuda...

– Estou sonhando ou você disse que quer minha ajuda?

– E o que posso fazer? Neste país de homens brutos, necessito de um para me proteger...

– Agora precisa de um homem, não é?

Ela não deu resposta.

– Tudo bem. Vou tomar um banho e nos encontramos para o café.

– Que café? Não há nada a esta hora. Vou pedir o serviço de quarto e tomamos aqui mesmo.

– Está certo – o fotógrafo falava pausado, com voz de sono.

– Jorge...

– O que foi?

– Venha pronto, assim não nos atrasaremos muito. E não demore... Ou amanhã teremos de acordar novamente cedo assim.

– Nem pensar... Já estou em pé – garantiu ele, pulando da cama.

– Então seja rápido, estou esperando.

Jorge desligou sem responder. Bateu o telefone e esbravejou:

– Que mulherzinha mandona! Ah, se ela fosse deste país... Não devia tê-la acompanhado. Já tinham me avisado que era fogo...

Arrastou-se até o banheiro e em quinze minutos batia na porta do quarto de Rafaela, que logo abriu e o acomodou à mesa. Fizeram o desjejum e em seguida saíram rumo à casa de Lemar.

– E então? Já sabe o que vai fazer?

Ela negou com um gesto de cabeça e continuou pensativa. Como não tivera nenhuma ideia, queria observar para descobrir alguma forma de se aproximar deles.

Enquanto divagava, olhando pela janela o cenário árido pelo qual passavam, sentiu súbito e inexplicável aperto no peito. Encarou Jorge, que também seguia distraído. Ele a olhou, e indagou:

– O que foi? Alguma inspiração?

– Não, mas senti algo estranho.

– O quê?

– Um aperto no peito.

– Quer ir para o hospital?

– Não, Jorge.

– E se houver risco de um infarto?

– Não acho. Não é esse tipo de aperto. É mais profundo. Sei lá...

– Acha que pode ser um aviso?

– Aviso? Como assim?

– Uma intuição para não irmos...

– Claro que não. Eu não creio nessas coisas, nesses misticismos. Você sabe, só acredito no que vejo, no que é real; no que pode ser provado pela ciência.

– É, você é meio cética, mesmo.

– Não é isso – olhou para o céu e pensou um pouco. – Acho até que existe alguma coisa maior...

– Pois eu acredito em tudo. Acho que existe muita coisa além do que podemos ver...

– Você crê em Deus?

– Claro!

Rafaela balançou a cabeça, reprovando a resposta do companheiro.

– Olhe à sua volta. Há dor, pobreza e sofrimento por todos os lados. Destruição... Bombas... Injustiça. Veja o que fizeram ontem à garota. Poderia haver um Deus justo e bom – como a religião cristã pretende ensinar – com tanta maldade espalhada por toda parte? Não, Jorge. Eu não posso admitir esse tipo de fé. Se existe alguma coisa maior, está muito distante de tudo aqui na Terra...

Jorge desacelerou o carro e disse:

– Chegamos. Onde vamos estacionar?

– O mais longe possível da casa. Em outra rua. Não quero que nos vejam.

Estacionaram e procuraram um lugar a meia-distância, de onde pudessem observar sem ser notados.

Eram quase sete horas da manhã quando o pesado portão se abriu. Lemar, a mulher que o pusera para dentro na véspera e um homem desconhecido saíram da casa, indo em direção oposta ao lugar onde estavam os jornalistas brasileiros. O rapaz andava atrás dos adultos, a passos lentos. Cerca de duas horas mais tarde, a mulher (decerto mãe do garoto) retornou sozinha, trazendo alguns legumes, e entrou.

O dia seguia muito quente. O sol intenso fazia arder o rosto de Rafaela, não obstante o bloqueador solar com que o besuntara. Sentia-se incomodada; nem o boné a protegia. Esfregando de leve a face com o antebraço, ela comentou, cansada:

– Não estou suportando esse sol que me queima. Estou muito vermelha?

– Um pouco. Não acha melhor irmos embora? Estamos aqui há horas e nada... O que você espera, plantada desse jeito?

– Sei lá, Jorge. Tudo isso está me dando nos nervos... Quero esperar um pouco mais. Quem sabe o menino aparece sozinho? Sei que ele falaria conosco. Você não acha?

Jorge refletiu por instantes, depois consentiu:

– É, pode ser...

Aguardaram mais algum tempo. Já passava do meio-dia quando Lemar apontou do outro lado da rua. Rafaela, assim que o viu, ergueu-se, esticando-se toda, e disse ao colega:

– Acho que ele está sozinho. Vou lá.

– Espere, vamos aguardar para ter certeza. E se ele não estiver só?

Ela esquadrinhou a redondeza, tentando avistar o homem que saíra cedo. No final da rua, na direção de onde vinha Lemar, havia uma espécie de mercado em praça pública, com muitas pessoas transitando. Ela não podia ver com clareza. O rapazinho se aproximava andando distraído. Quando estava a menos de um quarteirão da casa, Rafaela anunciou, indo ao seu encontro:

– Vou falar com ele antes que entre na casa, Não conseguiria ficar aqui o dia todo outra vez.

Correu ao encontro do menino. Assim que a viu, ele se assustou e se retraiu. Ela pediu, em inglês:

– Por favor, preciso conversar com você. Quero muito saber o que houve com sua irmã.

O garoto apertou o passo. Rafaela seguia ao lado dele, caminhando com firmeza. Ele respondia em sua língua e a jovem não compreendia. Iam cada vez mais depressa. Ao se aproximarem do portão, Rafaela segurou-o pelo braço e pediu, buscando ao mesmo tempo por Jorge, para auxiliá-la na tradução:

– Por favor, você precisa falar comigo. Quero apenas saber por que aconteceu aquilo com sua família...

O fotógrafo acercou-se deles, na intenção de traduzir a conversa. Rafaela olhou fixo nos olhos de Lemar e disse:

– Eu só quero ajudar...

Quando seus olhares se encontraram, Lemar não conseguiu desviar o seu do da moça ocidental parada à sua frente. Jorge traduziu a última frase e o garoto respirou fundo, pronto para falar. Nesse instante, ouviu-se um burburinho vindo por trás. Do caminho da praça um homem se aproximava, gritando e gesticulando agressivo. Quando o escutou, Lemar perturbou-se e quase em desespero dirigiu-se a Jorge:

– Vão embora agora. É perigoso, muito perigoso para ela. Meu pai está chegando furioso. Ele não quer ninguém rondando nossa casa.

Rafaela, resoluta e irredutível, não se moveu. Não iria voltar sem compreender o que sucedia naquela casa. Estava inconformada. A gritaria aumentava e se misturava a uma movimentação também proveniente do interior da casa. Lemar insistiu:

– Vão agora. Já!

Rafaela olhou outra vez para o menino e repetiu, súplice:

– Eu só quero ajudar. Vou imortalizar sua irmã, em uma reportagem. Talvez possa até ajudar outras mulheres em condição semelhante à dela...

Não deu tempo de Lemar responder. Um grupo de seis homens chegara até eles, liderado pelo pai de Lemar. Ele gritou:

– Já para dentro, moleque insolente! Não quero você conversando com estrangeiros. Para casa agora! E não ponha os pés na rua por uma semana. Assim que terminar com esta aqui, vou acertar as contas com você.

Lemar sequer esperou o pai terminar. Tomado de medo e raiva, entrou veloz; mas ao transpor o portão fitou uma vez mais Rafaela, agora cercada pelos companheiros do pai.

Os homens começaram a agredir a jornalista. Primeiro verbalmente. Depois, o pai de Lemar deu-lhe um tapa no rosto, com tamanha força que ela foi ao chão. Jorge abaixou-se para auxiliá-la e acabou sendo chutado por outro. Agora ambos eram brutalmente chutados por todos. Todavia, o alvo era Rafaela; atacavam-na sem piedade. Jorge escapou e correu em busca de socorro. Para além do grupo que avançava feroz sobre a jovem, havia muitos espectadores curiosos. Todos homens.

De dentro da casa, Lemar espiava pela fresta da janela. Seu rosto estava molhado de lágrimas que não paravam de descer. A mãe se impacientou e arrancou-o de lá.

– Venha, você já vai apanhar do seu pai por conversar com aquela mulher... E ela terá o que merece. Já pedimos que se afastasse de nossa família.

– Mãe, ela só quer ajudar.

– Ajudar? Do que você está falando? Ninguém – ouviu bem? –, ninguém pode nos ajudar!

Lemar correu para fora do quarto, aos prantos. A mãe olhou pela janela e saiu balançando a cabeça e murmurando:

– Mulher insolente...

Usaram um pedaço de caibro sobre as pernas de Rafaela. Seu corpo estava coberto de sangue quando Jorge retornou com alguns policiais. Os agressores estavam a ponto de usar o caibro na cabeça da jovem, mas foram impedidos pelos guardas.

– Parem, já chega. São jornalistas. Ela já aprendeu a lição...

A polícia dispersou o grupo e ordenou que Jorge a tirasse dali.

– Leve-a para um hospital. O mais próximo fica logo após a praça. E não voltem aqui, pois não vamos interferir de novo.

Jorge imediatamente colocou Rafaela no carro e partiu em disparada. A princípio ela gemia baixinho e o companheiro pedia desesperado:

– Aguente firme, Rafaela. Aguente.

Antes que chegassem ao hospital, ela perdeu os sentidos e entrou desacordada na unidade de emergência. Mesmo assim, demorou muito tempo para ser atendida. Informada de que se tratava de uma mulher, a equipe médica não teve pressa em socorrê-la.

Jorge não sossegou um minuto, enquanto não encontrou alguém para examinar e medicar a colega.

QUATRO

Era hora do almoço em São Paulo. Luana queria fazer uma surpresa para Bernardo. Para isso precisara desvencilhar-se de seus inúmeros afazeres e responsabilidades, deixando os filhos Marcelo e Pedro aos cuidados da babá. O motivo, no caso, era que andava meio cismada, preocupada com o seu casamento. Sentia o marido distante e muito envolvido com o trabalho, passando demasiado tempo longe da família.

Naquele dia, decidiu surpreendê-lo como costumava fazer quando ainda namoravam. Comprou um vestido novo, lindo e sensual; passou a manhã no cabeleireiro, encomendou a sobremesa favorita dele e foi ao seu encontro no escritório da Avenida Paulista onde Bernardo, advogado bem-sucedido, atendia a uma clientela seleta e exigente.

Enquanto dirigia pela cidade, observava as mulheres andando apressadas e pensava que talvez não devesse ter parado de trabalhar depois que os filhos nasceram. Todas aquelas mulheres deviam ser mais felizes do que ela.

De imediato se sentiu culpada. Como podia pensar assim? Tinha dois filhos que amava com devoção, um marido bom, um lar – tudo com que sempre sonhara. Então por que não estava satisfeita? Lembrou-se da alegria indescritível que experimentara ao se casar. Ela fora, naquele dia, a pessoa mais feliz do mundo! Ao evocar o rosto sorridente de Bernardo, teve um aperto no peito. Ele era o homem de sua vida e só de pensar no quanto se afastara ultimamente seu coração disparou. Seus olhos se turvaram de lágrimas e ela quase passou direto pelo estacionamento; recompôs-se a tempo e parou o carro, limpando os olhos. Respirou fundo e falou baixinho:

– Nossa Senhora, me ajude!

No momento em que entrava no prédio, sua atenção foi atraída para uma imagem familiar. No café da esquina, um homem de costas conversava animado com uma mulher muito bonita, e de vez em quando a beijava. Luana gelou. Aquele homem era tão parecido com Bernardo!... Seu coração voltou a disparar, batendo acelerado. Num impulso, ela tomou a direção do café. Depois estacou e raciocinou: "O que estou fazendo? É claro que aquele homem não é Bernardo. Não, imagine! Ele jamais faria isso".

Ameaçou voltar para a porta do prédio, mas estava irremediavelmente perturbada pela desconfiança. Resolveu espreitar. Andou escondida até a outra esquina, de onde poderia ver o casal pela frente. A mulher, não muito jovem, era linda e elegante. De aparência delicada e bem cuidada, tinha cabelos castanho-claros, na altura dos ombros; usava maquilagem leve, com os lábios pintados de vermelho. O homem parecia deslumbrado.

Quando Luana atingiu o outro lado da calçada, teve de se apoiar no muro para não cair; o chão sumiu-lhe sob os pés, os olhos foram escurecendo. Estava a ponto de desmaiar. Encostada no muro, um turbilhão de emoções desequilibrava-lhe o corpo inteiro. Um homem idoso que passava deteve-se e a acudiu.

– A senhora não está bem? Precisa de ajuda?

– Obrigada, senhor – ela gaguejou. – Vou melhorar...

Não havia dúvida. Era Bernardo sentado com outra mulher, e aos beijos! Luana sentiu o sangue subir-lhe às faces. Ódio profundo a dominou, impedindo-a de refletir. Aturdida, atravessou a rua quase correndo, assim que o farol de pedestres abriu, e entrou como um furacão no estabelecimento. Ao mesmo tempo, abriu a torta *mousse* de chocolate que trazia para o marido e largou o papel pelo chão. Aproximou-se do casal, parou diante dos dois e, olhando para ele, indagou:

– Você gosta de torta de chocolate, não é?

Bernardo ficou branco, sem saber o que fazer. Pego em flagrante pela esposa, com quem tinha um casamento de quase doze anos, apenas balbuciou:

– Luana...

Após breve pausa em que avaliou o estado da esposa, tentou negar.

– Não tire conclusões precipitadas... Não tem nada de mais...

– Não negue. Eu vi você aos beijos com essa... essa... desclassificada!

Erguera a voz, descontrolada, chamando a atenção de todos com seus gritos.

– Você acha que sou idiota? – continuou. – Uma trouxa que larga em casa enquanto se diverte com qualquer vadia?

Ele olhou de relance para Michele, que tratou de repelir o insulto:

– Olhe aqui, não me ofenda...

Às primeiras palavras da outra, Luana não teve dúvida. Esmagou a torta no rosto dela e bradou:

– Suma daqui! Saia de perto do meu marido, periguete atrevida!

Bernardo tentou contê-la, mas a esposa estava completamente fora de controle. Aos prantos e berros, não se importava com o escândalo que a expunha aos olhares de todos. Ameaçava os dois e chorava. Michele ergueu-se e fez menção de avançar sobre ela, quando Bernardo a deteve.

– Não faça isso. Vamos sair daqui.

Afastou-se levando a outra e deixou Luana aos berros, sem acreditar no que descobrira. Seu desejo era segui-los e agredi-los, mas de súbito faltaram-lhe forças. Aquilo era demais para ela. Dedicara-se completamente ao marido, ao lar, ao casamento e aos filhos. Atendia-o nas mínimas necessidades, e agora isso! Tudo começou a rodopiar à sua volta e Luana desmaiou.

Quando despertou, as mãos suaves de Eunice acariciavam-lhe a face.

– Como está, querida? Sente-se melhor?

– Tia... Onde estou?

– No Hospital do Servidor. Você desmaiou no café, lembra-se?

Ela tentou levantar-se, porém a tia a impediu, segurando-a pelo ombro.

– Não se esforce, você precisa descansar.

– Como cheguei aqui? E minha mãe?

– No café encontraram sua carteirinha do convênio e providenciaram sua vinda para cá. Ligaram para Bernardo, e o celular dele não atendia; então, graças a Deus, acharam o número de sua casa. Sua mãe recebeu a notícia e pediu que eu viesse; apesar de muito assustada, não quis deixar as crianças sozinhas. Vim logo que me telefonou.

Agarrando-se às mãos da tia, ela desabou em choro convulsivo.

– O que houve, Luana? Você está doente e não nos contou? O que está escondendo?

– Ele está me traindo, tia.

– O quê?

– O Bernardo estava com outra mulher, lá no café.

– Tem certeza? Será que não está tirando conclusões precipitadas?

– Não. Eu vi os dois juntos, aos beijos...

Luana agarrava ainda mais as mãos de Eunice, que suspirou fundo, invocando toda a sua experiência como psicóloga. Abraçou a sobrinha e procurou com cuidado as palavras adequadas para transmitir-lhe algum conforto.

– Por mais difícil que seja, você precisa se acalmar. Não vai conseguir agir direito, antes de pensar com maior clareza.

– Eu não quero pensar, tia. Quero acabar com a raça dele!

Eunice fitou-a e refletiu: "Pobrezinha. Não sabe o que a espera. Esse é só o início da decepção...". Já havia atendido diversas mulheres que passavam por idêntica situação e sabia o longo caminho que a sobrinha teria de percorrer, se quisesse libertar-se daquele jugo emocional. Acariciou-lhe o rosto e enfatizou, buscando um modo de consolá-la.

– Pense nos meninos. Não pode agir somente pelos seus impulsos, por você e Bernardo. Seus filhos são pequenos e necessitam muito de você.

– Do pai também!

– É claro. Mas se você se descontrolar, eles serão os mais afetados.

Abraçada à tia, por quem nutria enorme carinho, Luana chorava desesperada. Ainda que houvesse percebido diferenças no comportamento do marido, jamais passara pela sua mente que a estivesse traindo. Eles se amavam... Bernardo era apaixonado por ela, sempre fora. Como aquilo podia estar acontecendo? Quem era aquele homem, afinal? E quem era aquela mulher que tirava o seu maior tesouro?

Pesadas lágrimas desciam pela face de Luana, que murmurou:

– E Rafaela?

– Continua viajando; do contrário, certamente estaria aqui, com você.

– Sinto-me como se caísse em profundo abismo...

– Eu sei, querida, sei bem como se sente...

Luana fitou a tia, lembrando de relance que Eunice perdera o marido com Rafaela ainda pequena.

– Queria muito que Rafaela estivesse aqui comigo.

– Vou tentar falar com ela.

– Não, tia, deixe. Está tão longe... Não vamos preocupá-la. Sei como vai ficar quando souber...

Ela mordeu o lábio inferior e seus olhos encheram-se de lágrimas, que escorriam pela face alva. Enfiou o rosto no travesseiro e chorou alto.

A enfermeira entrou trazendo medicamento. Luana ergueu o rosto e perguntou:

– O que é isso?

– Um calmante leve.

– Não quero tomar remédio, quero ir embora.

– A senhora teve um desmaio, precisa ficar em observação e fazer alguns exames.

– Olhe, não quero remédio. Eu desmaiei porque vi meu marido me traindo com outra mulher. Não estou doente, estou desesperada... Meu casamento está desmoronando...

Eunice encarou-a séria.

– Calma, querida, não é assim...

– Não adianta querer me enganar, tia. Fingir que não é a verdade...

– Cada caso é um caso. Não se precipite. Antes de qualquer atitude, vocês dois devem conversar.

Luana dirigiu-se à enfermeira e tentou levantar-se.

– Quero ir para casa agora. Quero ver meus filhos... Tenho de sair daqui.

– Somente com a autorização do médico.

– Tia, por favor, me ajude. Eu quero voltar para casa.

SANDRA CARNEIRO pelo espírito LÚCIUS

– Primeiro tente se acalmar e tome o seu remédio. Isso vai ajudar. Enquanto isso, vou falar com o médico.

Eunice saiu quando a sobrinha ingeria o medicamento; demorou um pouco, e retornou com o médico de plantão. Ele vinha com o prontuário nas mãos. Ao entrar no quarto, mediu a pressão da paciente e depois esclareceu os procedimentos a serem seguidos.

– Vou autorizar sua alta, mas antes deverá fazer alguns exames. Coisa simples: um eletrocardiograma e um eletroencefalograma, por garantia.

– Não quero, doutor, vai demorar muito... Para que serve o remédio que me deu?

– É um calmante suave.

– E por que um calmante?

– A senhora está muito nervosa, com dificuldade para se controlar; o remedinho vai ajudá-la. Não se preocupe, é bem leve. Terá de tomá-lo em casa também.

Luana olhava o médico sem responder. Ele acrescentou:

– E não vou deixar a senhora ir antes de fazer esses dois exames; nem adianta argumentar. Prometo que farei de tudo para que seja logo dispensada.

Anotou os dados da pressão arterial e saiu do quarto. Luana olhou para a tia, suplicante, e Eunice balançou a cabeça.

– Não tem jeito, já falei com o responsável pela internação. Eles só vão liberar você após os exames.

– Preciso avisar minha mãe.

– Elza sabe da situação. Mas para tranquilizar você e ela, vou telefonar outra vez.

– Acho melhor, tia. Minha mãe tinha compromissos de trabalho para esta tarde.

Eunice ligou e falou com a irmã, que estava apreensiva. Queria saber os detalhes do ocorrido e contou tudo o que se passara na casa da filha desde que ela saíra, antes do almoço. Eunice desligou com ar preocupado. Luana, que apesar do abatimento acompanhara a conversa, perguntou:

– O que foi, tia? Tudo bem lá em casa, com as crianças? O que está havendo? O Bernardo esteve lá?

– As crianças estão bem.

– Então o que é?

– Não é nada com você. Lembrei que havia marcado uma paciente para o meio da tarde e ela chegou. Vou sair um pouco, para tentar remarcar, está bem? Você fica calma?

Luana concordou com a cabeça. Eunice saiu e, preocupada, ia de um extremo ao outro do corredor. Bernardo passara em casa e pegara duas malas enormes. Dissera aos filhos que ia fazer uma longa viagem de trabalho, e prometera ligar diariamente para falar com eles. Apesar de toda a sua experiência, a tia não sabia o que fazer para ajudar Luana. Por fim, pensou alto:

– Sabe de uma coisa? Vou ligar para Rafaela. Ela conhece melhor a prima do que eu a sobrinha... Quem sabe me dá uma luz.

Discou o número do celular que a filha levara do Brasil. A ligação não se completou. Ela percorreu o corredor, procurando um sinal melhor, e tornou a ligar. Novamente o telefone tocou duas vezes e a ligação se perdeu.

– Porcaria de celular!

Foi para fora do prédio e fez outra tentativa. Escutou o sinal do telefone tocando uma, duas, três, quatro vezes. Atendeu uma voz masculina.

– Alô, quem é? A ligação está péssima...

– É Eunice, mãe de Rafaela. Posso falar com ela?

Fez-se demorado silêncio do outro lado da linha. Eunice achou que a ligação fora interrompida e ia desligar, xingando, quando escutou o rapaz gaguejar:

– Ela... ela...

– O que tem?

– Não pode falar agora.

– Por quê?

– Bem, Eunice, você vai ter de saber mesmo. Eu preferia ligar quando tivesse uma posição melhor.

– Sobre o quê? O que está ocorrendo? Deixe-me falar com minha filha.

– Bem, é que a Rafaela está... está... ferida.

– Ferida? É grave?

– Mais ou menos...

– O que houve? Algum ataque militar? Eu lhe disse que não fizesse essa viagem! Fale logo, o que aconteceu?

– Um acidente de trabalho.

– O quê?

– Rafaela foi trazida ao hospital; estou aqui, cuidando dela. Os médicos estão fazendo os curativos e alguns exames.

– Ela pode falar comigo?

– Não vai dar... Foi sedada.

– Ai, meu Deus! Então é grave!

– Os médicos vão me dar notícias e aí ligo de volta. Já estão vindo; eu telefono em seguida.

– Não, Jorge, por favor...

O fotógrafo não esperou para ouvir Eunice; desligou o aparelho ao avistar o médico responsável vindo em sua direção. Além do mais, não sabia o que dizer à mãe da colega de trabalho, que nem conhecia pessoalmente. Já fazia mais de duas horas que a haviam levado e não tinha nenhuma notícia.

O médico se aproximou e, em inglês, explicou a situação.

– Ela está bastante ferida, mas não teve nenhum trauma sério na cabeça ou em qualquer órgão vital, o que era a nossa maior preocupação. Perdeu um pouco de sangue e vamos mantê-la aqui em observação. Creio que no máximo em dois dias poderá receber alta. Então alguém terá de cuidar dela, fazer os curativos para que os ferimentos não infeccionem. O melhor seria ela voltar para casa e ser tratada em seu próprio país, onde creio que as condições são melhores... Aqui, nossos recursos são limitados e nem posso destinar muita atenção para o caso.

– Tudo bem, doutor; fico mais aliviado em saber que ela vai se recuperar.

– Vai, sim. Mulher teimosa e burra como ela não se dobra facilmente...

Jorge mostrou um sorriso sem graça e agradeceu ao médico, que se despediu, retornando para o pronto-socorro lotado. O hospital era extremamente deficitário. Nos corredores havia pessoas espalhadas por todos os cantos, principalmente mulheres e crianças. Os homens que chegavam eram logo atendidos. Equipamentos antigos e em mau estado de conservação podiam ser vistos por toda parte. Os médicos eram poucos para muitos pacientes. Alguns membros da Cruz Vermelha transitavam por ali, cooperando. Jorge observou com tristeza a situação dos pacientes. Olhares vazios, cabeças baixas, crianças fracas e largadas no colo ou nos bancos velhos e surrados. Seguiu uma enfermeira da Cruz Vermelha que passou rápido e, ao alcançá-la, explicou:

– Sou do Brasil e minha amiga, que é jornalista, está internada aqui. O médico acabou de me dar notícias, mas gostaria que outra pessoa – um estrangeiro – me confirmasse...

– Onde ela está?

– Acho que no pronto-socorro...

– Tenho uns dois pacientes para atender, depois vou buscar alguma informação. Qual é o nome dela?

– Rafaela.

O fotógrafo agradecia à enfermeira quando o celular tocou outra vez. Era Eunice.

– Jorge, por favor, conseguiu alguma informação? Estou muito aflita...

– O médico disse que ela está bem, que não teve nenhuma fratura grave. Vai ficar bem.

– Quando sairá do hospital?

– Acho que em uns dois dias. Isto aqui é uma loucura, Eunice. Tem gente demais e médicos de menos. É tudo muito antigo, sem condições...

– Vá atrás. Verifique se minha filha está recebendo um bom atendimento... Ela se machucou muito? Afinal, o que foi que aconteceu?

Aflita, fazia uma pergunta atrás da outra.

– Já pedi ajuda a uma enfermeira da Cruz Vermelha que está aqui, parece americana, e vai ver como ela está. Também não confio muito nos médicos locais.

– O que houve realmente, Jorge?

O rapaz hesitou. Não sabia quanto podia contar do ocorrido à mãe de Rafaela. Não conhecia a colega o suficiente para saber até onde poderia passar informações. Na dúvida, resolveu omitir a verdade.

– Ela foi atropelada por um bando de homens de bicicleta...

– Como?

– As ruas aqui são muito movimentadas, cheias de pessoas, carros-tanques andando no meio do povo, tudo se mistura... Rafaela e eu não estamos habituados e ela acabou se distraindo. Eu tirava umas fotos e, quando vi, ela já estava caída no chão.

– Nem prestaram socorro?

– Não. Fui eu quem a socorreu.

– Inacreditável! Se eu pudesse, pegaria um avião agora mesmo e voaria até Cabul para buscar minha filha... Infelizmente, não posso. Estou com uma sobrinha no hospital aqui também... Por favor, quando minha filha tiver condições, peça que me ligue. Preciso falar com ela.

– Fique tranquila. Assim que Rafaela puder falar, eu a colocarei em contato com você. E mandarei mensagens à medida que for recebendo informações.

– Obrigada, Jorge. Vou acompanhar, então.

Desolada, Eunice desligou o telefone. Olhou para o hospital onde Luana estava e suspirou fundo. Tinha de voltar para junto da sobrinha e disfarçar sua angústia à espera de notícias da única filha, internada em um hospital do outro lado do mundo...

CINCO

Eunice atravessava o movimentado saguão do hospital quando o celular tocou. Ela vasculhou a bolsa à sua procura e quase o arrancou lá de dentro. Ao verificar o número, acalmou-se.

– Oi, Elza.

– Como estão as coisas por aí? Como vai ela? Você não me dá notícias...

– Dentro do possível, Luana está bem.

– Muito abatida?

– Bastante. Você sabe como é...

– Sei... Ah, se eu sei!

Fez-se breve silêncio, até que Elza prosseguiu:

– Vai demorar a sair?

– Estão fazendo alguns exames de rotina...

– O que pensam que vão encontrar? Você já não contou para o médico o que sucedeu?

– Sim, Elza, e eles ignoraram. Disseram que só poderão liberá-la depois de fazer esses exames.

– Você está com ela?

– Estou subindo para o quarto.

– Está me escondendo algo... Eu sinto.

– Não. É que estou preocupada com Rafaela.

– Por quê?

– Você acredita que ela também está internada, em Cabul?

– Por quê?

– Sofreu um acidente; parece que foi atropelada por uns ciclistas...

– Falou com ela?

– Ainda não.

Novo silêncio se fez entre as duas irmãs, dessa vez um pouco mais longo. Eunice chegou ao quarto e encontrou-o vazio. Ia saindo quando Luana retornava. A enfermeira informou:

– Pronto, Luana. Agora precisa aguardar somente o tempo de o médico dar uma olhada em seus exames.

Sem responder, a paciente acomodou-se na cama e pousou o olhar triste na tia. Seus olhos estavam vermelhos e o semblante muito abatido. Ao olhar para a sobrinha, imensa dor transpassou o peito de Eunice. Sentou-se ao lado dela e procurou distraí-la comentando amenidades. O esforço foi inútil.

– Por que ele fez isso, tia? Você, que é psicóloga, explique. O que foi que eu fiz para que ele ficasse infeliz em nosso casamento?

– Minha querida, não é tão simples. Vamos conversar muito sobre o assunto, está bem? Eu prometo abrir meu coração e partilhar com você tudo o que sei. Por ora, o melhor é tentar se acalmar.

– Como?

Luana desatou incontrolável pranto. Eunice procurava consolá-la, sem sucesso.

– Minha dor é tão grande, tão grande, que parece que vai me engolir. Ao mesmo tempo sinto raiva por ter sido trocada, humilhada... Eu não merecia isso.

– Ninguém merece passar por isso – a tia pensou alto, relembrando sua própria dor quando o pai de Rafaela as abandonara.

Depois abraçou a sobrinha e declarou com firmeza:

– Você vai superar isso. Haja o que houver, vai superar. Vai conversar com Bernardo e saberá escutar para descobrir o que aconteceu que o afastou de você. E depois...

– Depois quero que ele fique comigo, que abandone aquela... aquela... Ai, tia, que raiva daquela mulher! Ela está destruindo tudo, toda a minha vida! Ah, se eu a encontrar pela frente...

O médico entrou trazendo os exames e informou que estavam normais. Assinou a alta e autorizou a saída de Luana. Ela se vestiu devagar, sob o efeito do tranquilizante que tomara, e saiu apoiada nos braços da tia. O trajeto entre o hospital e sua casa não era longo, mas pareceu-lhe uma eternidade. Tudo estava diferente. As ruas, as pessoas, os carros pareciam de brinquedo, como se nada fosse real. Sentia-se distante, como se estivesse diante de um filme, como espectadora. Como se aquela não fosse sua própria vida.

Quando entrou em casa, a mãe a aguardava ansiosa. Notou o estado da filha e não disse nada. Abraçou-a com carinho e falou apenas:

– Seja forte, minha filha.

– Onde estão as crianças?

– Chamei a Cristina e pedi que as levasse ao parquinho. Queria falar com você antes que a vissem.

– Ah, mãe! Minha vida acabou...

– Nada disso! Não vai se entregar assim.

– E o que posso fazer?

Sentou-se e, debruçada sobre a mesa, balbuciou:

– Eu quero morrer...

Preocupada, Elza fitou Eunice, que moveu a cabeça em sinal negativo.

– Nem por um minuto diga uma coisa dessas – repreendeu a mãe, enérgica. – Você vai lutar pelo seu casamento, pela sua família. É isso o que tem de fazer.

– E o Bernardo? Apareceu por aqui?

– Rapidamente. Pegou umas roupas e saiu. Disse que tinha uma viagem de trabalho.

– Não acredito nisso! Ele fugiu! Covarde, ingrato!

– É, filha, parece que sim...

Luana debulhava-se em lágrimas, inconformada com a situação, que piorava cada vez mais. Eunice ficou um pouco mais com as duas, depois se despediu e saiu. Tinha igualmente o coração pesado.

Ao entrar em casa, foi logo olhar a secretária eletrônica, na esperança de haver um recado da filha. Os únicos que encontrou foram da secretária (confirmando algumas consultas marcadas para o dia seguinte) e de uma amiga. Assim que escutou o último, ligou de volta.

– Monique, já pedi que não telefonasse para minha casa...

– Eu precisava falar com você. Podemos nos encontrar?

– Hoje não, estou com muitos problemas para resolver... Rafaela está internada em um hospital, em Cabul, e não tenho notícias dela. Vou ficar por aqui, desculpe.

Foi para o chuveiro e deixou que a água quente aquecesse suas costas, procurando relaxar. Estava preocupada com a filha, mas era a situação de Luana que mais a abalava. Lembranças vívidas do passado ressurgiram em sua mente. Os dias difíceis que enfrentara depois que Alfredo a trocara por uma colega de ambos, da faculdade. Levara muitos anos para lidar com o ódio que sentia dele, por deixá-la daquele modo irresponsável. Amara muito o marido. Ele destruíra seus sonhos, do mesmo modo que Bernardo fazia agora com a sobrinha.

Tentava relaxar sob o chuveiro quente, quando o celular tocou. Ela saiu depressa e atendeu, toda molhada, enrolada em uma toalha. Era Jorge.

– Como ela está?

– Melhor. Graças a Deus, está bem.

– Posso falar com ela?

– Um pouquinho. O médico lhe pediu que não se esforçasse, e tem de falar bem devagar...

Jorge colocou o telefone celular no ouvido de Rafaela e pediu:

– Vá com calma...

– Mã-e...

– Filha, minha filha... Como você está?

– Tu-do... bem.

– Estão tratando você direito nesse hospital?

– Es-tá... tu-do... bem. Vou... pa-ra o... ho-tel... ama-nhã. Vou... fi--car... bem.

– Filha, o que houve?

– De... pois... eu... ex-plico. Vou... des-ligar.

– Por favor, assim que chegar ao hotel mande notícias.

Eunice desligou o celular limpando as lágrimas. Como se sentia impotente naquele momento, e como detestava isso... Foi até a cozinha e abriu uma garrafa de vodka, misturou com gelo e tomou duas doses. Só então conseguiu relaxar ligeiramente.

Na manhã seguinte, a passos lentos, Rafaela entrava no quarto do hotel. Foi até o espelho e olhou os hematomas que tinha pelo corpo inteiro. Seu rosto estava muito machucado: os lábios ainda bastante inchados e o olho esquerdo completamente fechado. Lágrimas brotaram em seus olhos. Ela as enxugou e sentou-se na cama.

Jorge estava sem ação, sem saber sequer o que dizer. Olhava penalizado para a colega que sofrera agressão tão grave unicamente porque executava seu trabalho.

Puxou uma cadeira e ia se sentar, quando ela perguntou:

– O que vai fazer?

– Vou ficar uma pouco mais aqui com você.

– Não, Jorge. Agradeço, mas quero ficar um tempo sozinha...

– Tem certeza?

– Absoluta. Eu preciso pensar.

– Pensar?

– Mais do que nunca, sei o que essas mulheres sofrem. Eu quero achar um modo de ajudá-las.

Jorge ergueu-se e explodiu:

– Não há nada para pensar. Arrume suas malas, que as minhas já estão prontas. Vamos embora daqui. É isso que já deveríamos ter feito ontem, ao invés de nos metermos com pessoas tão brutas. É impossível que você não tenha a máxima pressa de partir, depois de tudo o que houve...

Rafaela o fitou com estranho brilho nos olhos. Ele encarou-a sério e saiu, exclamando:

– Não acredito! Você só pode ser maluca mesmo!

– Espere...

Ele parou na porta entreaberta.

– Escute. Tive uma ideia que pode dar certo...

– Pelo amor de Deus, olhe para você! O povo daqui não é de brincadeira. Veja o que fizeram com você e, por favor, não insista mais.

Como se não escutasse o pedido, ela continuou:

– Tive uma ideia que acho que pode dar certo, se você me ajudar.

Jorge ergueu-se, olhou sério para ela e resmungou enquanto ia para a porta:

– Depois conversamos.

O fotógrafo saiu inconformado. A paciente acomodou-se na cama, tomou os medicamentos que lhe haviam receitado e, sob o efeito deles, não tardou a adormecer. Seu sono era agitado e inquieto. Mais do que o corpo, seu coração estava machucado e sua alma clamava por socorro. No entanto, os remédios mantinham-na entorpecida.

Mais uma vez Rafaela se via em vasto campo. Agora, corria alegre entre flores e altas árvores, em meio a uma floresta belíssima. Os pássaros cantavam e voavam em um dia ensolarado e luminoso. Ela caminhava alegre até um riacho de águas cristalinas. Ajoelhou-lhe na beira do rio, que naquele ponto formava uma espécie de lago, e mirou-se nas águas tranquilas. Usava um vestido simples, mas bem cortado e bem feito. Os cabelos eram longos e castanhos; os olhos, de um azul que se misturava à cor do céu, eram límpidos e belos. Enquanto mirava, feliz, sua figura refletida nas águas, a imagem se transformava: via o rosto de Farishta, tal qual no dia do apedrejamento. Horrorizada, levantou-se e correu pelas margens, descendo a correnteza. Contudo, não resistia à atração do reflexo na água. Agora, o rosto que via era o de uma moça morena, com cabelos bem cortados na altura dos ombros, sobrancelhas negras, grossas e retas. O rosto se desfigurava aos poucos, e como que se desmanchava; a moça corria para dentro da mata, gritando por socorro.

Rafaela remexia-se na cama e chorava, angustiada. Queria acordar, porém não podia; os remédios a entorpeciam demais. A jovem permanecia estendida, em pranto desolador. Chorava e gritava, pedindo ajuda. De súbito, uma luz apareceu a distância, tornando-se mais e mais brilhante. Ao perceber a intensa claridade e uma sutil presença, ela ergueu a cabeça levemente; de dentro da luz viu sair uma imagem de mulher que se ajoelhou ao seu lado e, erguendo-lhe a cabeça, pediu:

– Levante-se, minha querida. É chegado o momento da tarefa. É hora de retornar ao Brasil e principiar o seu trabalho. A busca começou... Estarei sempre com você...

Ela olhava para o ser reluzente sem compreender. Não obstante, conhecia aquela voz. A mulher estendeu os braços sobre a cabeça dela e, em silêncio, permaneceu assim por longo tempo. A jovem foi gradualmente se acalmando e enfim adormeceu deitada na relva, em meio às árvores frondosas.

SEIS

O celular tocava sem parar. Doze vezes. Mais doze. E não parava. Rafaela abriu os olhos, ouvindo ao longe o som do aparelho, como se uma campainha tocasse à porta. Olhou o teto e não se deu conta, de pronto, de onde estava. Sentia-se estranhamente distante. Aos poucos, foi tomando consciência de que estava em Cabul e aquele era o quarto do hotel; então atinou que o barulho era do seu celular. Sentindo dores fortes pelo corpo, no rosto e na cabeça, lembrou-se da surra que levara e de imediato seus olhos encheram-se de lágrimas, que desceram pela face. Seu coração bateu acelerado; desejou revidar na mesma intensidade a brutalidade que sofrera.

O telefone continuava a chamar, insistente. Ela supôs logo que fosse a mãe querendo notícias. Levantou-se e caminhou devagar até a mesa, pegou o aparelho de dentro da bolsa. Olhou o número e suspirou fundo, atendendo em seguida.

– Oi, Giovanni.

– Rafaela, como vai?

– Tudo bem, estou bem.

– Eu vou para aí, buscar você.

– Não, ainda não terminei o que vim fazer...

– Meu amor, sua mãe me contou que você se acidentou.

– Foi um pequeno acidente...

– Que a deixou desacordada em um hospital sem recursos no meio do Afeganistão? Acho que não!

Rafaela sentia-se frágil e abatida. Em contrapartida, uma vontade incontrolável de seguir em frente com as pesquisas para a matéria a dominava. Procurou apoio e compreensão no namorado.

– Giovanni, você sabe o quanto é valioso para mim o trabalho bem feito. Eu preciso terminar o que comecei; só depois vou voltar. Não sei fazer as coisas pela metade.

– Eu sei, Rafa. Mas você não está muito machucada?

– Não, já estou melhor; foram ferimentos superficiais.

– E por que ficou desacordada?

– Eu bati a cabeça quando caí...

Enquanto conversavam, grossas lágrimas desciam pela face da jornalista, que recordava as sensações experimentadas ao ser agredida pela turma de homens diante da casa de Laila. Tinha vontade de relatar tudo para Giovanni, e ao mesmo tempo sentia-se magoada com todos os homens... Controlava-se ao máximo e, racional e inteligente como era, explicava ao namorado o que sabia que ele queria escutar. Acabou por acalmá-lo.

– Quanto tempo ainda vai ficar? Já passaram oito dias, Rafaela. Sua mãe também está preocupada. Não basta você estar em uma zona de guerra permanente? Ainda tem de sofrer um acidente... Foi mesmo acidente? Estou achando você bem abalada...

– Eu queria já estar de malas prontas para voltar. Sinto saudade de você, de minha mãe, da redação, de tudo, Giovanni... É que preciso ficar e concluir meu trabalho. Essa é uma matéria importante...

– E falta muito, ainda? Normalmente você consegue colher as informações com rapidez; segue sempre tão preparada, quando faz essas viagens...

– É, você tem razão; está praticamente fechada, a não ser por pequenos detalhes...

– Que detalhes?

– Eu quero fechar a matéria com a história de uma mulher que conheci aqui e me faltam alguns dados sobre ela.

– Então não vai demorar. Está quase no final.

– Isso, são pormenores que preciso inserir para completar a matéria.

A conversa prosseguiu por alguns minutos e então Giovanni desligou, com a promessa da namorada de que não ficaria mais de dois dias em Cabul.

Rafaela tomou um banho e pediu o café da manhã no quarto. Comeu devagar, porque sentia muita dor ao mastigar. Quando terminou, ligou para a mãe e conversaram longamente. Apesar de Eunice desejar saber todas as minúcias, a jovem foi sucinta e logo desviou o assunto, perguntando sobre a família, o trabalho da mãe e outros assuntos triviais. Por um instante Eunice pensou em contar sobre a prima; porém, sentindo-a enfraquecida, resolveu esperar pela sua volta.

Ainda se falavam quando soou o telefone do quarto. Era Jorge, em busca de notícias.

– Você está bem?

– Estou com minha mãe no celular. Você já tomou café?

– Já.

– Pode vir aqui, para conversarmos?

– Agora?

– É, precisamos decidir o que fazer.

– Vou ligar para a redação e informar o ocorrido.

– Pode vir antes disso, por favor? Tenho de desligar, minha mãe está esperando...

Embora contrariado, Jorge assentiu. Rafaela despediu-se da mãe e, sentando-se frente ao espelho, observou os hematomas em seu rosto. Tocou em um deles, o mais arroxeado, e pensou: "É, não está tão ruim assim". Olhou para os braços, o pescoço e os demais pontos onde sentia dor pelo corpo. Pôs a mão na cabeça, onde ainda havia um curativo. "Este dói demais", avaliou mentalmente. Ali tivera de receber cinco pontos; o ferimento abrira um corte mais fundo no alto da cabeça, à direita.

Ergueu-se devagar e vestiu-se, para esperar o colega fotógrafo. Quando o ouviu bater tomava mais um gole de café e falou baixinho, enquanto ia abrir a porta:

– Vou convencê-lo, de qualquer maneira!

– Como você está? Conseguiu dormir?

– Sim, os remédios que me deram são fortes... Dormi a noite toda. Sonhei muito, o sono foi bem agitado...

– Pudera! Não é para menos. Foi sorte não ter sofrido uma lesão mais grave. Até o meu sono foi agitado. A bem da verdade, dormi muito pouco.

Devia ter vindo aqui, pegar um desses seus comprimidos. O que fizeram com você me abalou bastante. Não pense que sou insensível.

Rafaela sorriu e, segura, comentou:

– Eu sei que se preocupa. Pude notar seu olhar assustado e tenso quando me acompanhou ao hospital. Sei que se importa realmente, Jorge. Mas eu estou bem. E mais decidida do que nunca. Se há um modo de você mostrar o quanto ficou consternado com o que aconteceu, esse é me ajudar a finalizar essa matéria.

– Eu não acredito...

– Agora é uma questão de honra. Quero falar com Lemar e descobrir o que aconteceu com a irmã dele. Por favor, não me negue isso. Não poderei agir sozinha, dependo de sua ajuda. Peço apenas mais uma tentativa. Caso não dê certo, vamos embora.

– Será a última tentativa mesmo?

– A última.

– Você promete?

– Prometo, pelo meu trabalho...

– Está bem. Vamos tentar uma última vez. Se não der certo, você já sabe...

– Pegamos o primeiro avião de volta para São Paulo. O primeiro, está bem? Por outro lado, se eu conseguir me aproximar do garoto, vamos até o fim com essa matéria.

– Proposta aceita.

Rafaela sorriu de canto de lábio, pois tinha a boca machucada. Disse satisfeita:

– Você acha que não vamos conseguir. Já eu tenho convicção de que ficaremos mais alguns dias por aqui...

Jorge se levantou, afirmando:

– Você é maluca.

– Comprometida.

– Teimosa.

– Perseverante. Não vou desistir.

– Nós combinamos.

– E sou também uma pessoa de palavra. O que está combinado, para mim é lei.

– Pois eu digo que é de fato sua última chance. Não vou fazer mais nada, caso sua ideia dê errado...

– Vai dar certo. Tem de dar certo!

– E o que pretende?

Já em pé, ela pegou a bolsa, ajeitou o cabelo e deu mais uma olhada no espelho. Pegou os óculos de sol, colocou-os no rosto e falou:

– Vamos, no caminho eu explico.

– Para onde?

– Até a casa de Lemar, depois de providenciar algo.

– Não posso crer. Outra vez?

– Você prometeu, Jorge.

– E tenho alternativa?

– Nós temos um trato: uma última tentativa, é tudo de que preciso. Agora vamos, tenho um plano bem simples. Se falhar, voltamos para o Brasil.

No trajeto, Rafaela expôs o que desejava.

– Lembra-se da lavanderia pela qual passamos ao chegar aqui?

– O que é que tem?

– Alguns soldados levavam roupas e deixavam peças do uniforme. Vimos umas por lá...

– Sim.

– Vamos pegar roupas do exército para mim e para você.

– Agora é que você ficou louca de vez. Pirou! Se nos pegarem, vamos os dois para a cadeia. Sabe o que fazem com ladrões neste país?

– Vamos pegar dos soldados americanos, Entendeu? Vamos ver se achamos algumas roupas de soldados americanos, ou partes de uniforme, qualquer coisa assim...

Jorge seguiu calado o restante do caminho. Não se conformava com a atitude da colega. Estava temeroso demais e buscava uma forma de demovê-la daquele intento absurdo. Argumentou, insistiu, falou tudo o que sabia e inventou o que lhe faltava... Ela estava irredutível. Não cedia um nada da ideia que tivera. Queria vestir-se de homem, para se reaproximar do garoto que perdera a irmã.

Jorge não teve alternativa e acabou aquiescendo. Fez o que lhe era pedido. Quando entrou no carro com as roupas, entregou-as a Rafaela.

– Vamos ver o que você trouxe. Olhe só: calça e blusão. Está meio quente, mas acho que é até melhor. Vou poder esconder as manchas nos braços. Como conseguiu?

– Eu comprei as peças.

– Todas esquecidas lá?

– Acho que não.

– Não?

– Ele me vendeu roupas que estavam por ser retiradas. Vai dar alguma desculpa, eu não sei... Comprei sem necessidade de maiores argumentos.

– Você pagou em dólar?

– Claro.

– É o melhor argumento.

– Acha que vão servir?

– Creio que sim, daremos um jeito. Agora vamos retornar ao hotel. Preciso arrumar as roupas. Depois que me deixar lá, quero que vá e passe o resto do dia vigiando o movimento na casa do rapaz.

– O resto do dia?

– Temos de saber os horários em que sai de casa, alguma coisa sobre os seus hábitos. Vou preparar a roupa e você observa e traz as informações.

O fotógrafo não argumentou. Voltou ao hotel e atendeu o pedido da jornalista. Rafaela passou a tarde mexendo nas roupas. Já era noite quando Jorge bateu à porta. A jovem abriu, ansiosa.

– Descobriu alguma coisa?

– Parece que ele sai todos os dias, pela manhã, naquele horário em que você...

– Sei.

– Penso que vai estudar, porque chegou quando eu já estava por lá. Veio com alguns cadernos e um estojo nas mãos, era quase hora do almoço. Tudo indica que voltava da escola.

– E não saiu mais?

– Não; até o momento em que vim embora, após escurecer, ele ficou em casa.

– Aqui estão as roupas. Consegui ajeitar um pouco; devem servir. Tome, estas são suas.

Jorge pegou as roupas e examinou os ajustes feitos por ela.

– Pelo que vejo, vão servir.

– É, acho que sim. Amanhã bem cedo nós estaremos lá. Quero acompanhar cada movimento.

– Agora vou descansar, estou exausto.

– Está certo. Logo cedo nos encontramos no saguão.

– Até amanhã, Rafaela. E, repito, espero que saiba o que está fazendo. O policial me alertou: se acontecer alguma nova agressão contra você, pelos mesmos motivos, ele a deixará entregue à própria sorte; não tomará nenhuma providência. Nós estamos sozinhos, por nossa conta. Você compreende os riscos, não é? Depois não vai adiantar chorar, gritar ou esbravejar...

– Pode deixar, Jorge. Sei o quanto é arriscado mas não tenho dúvida de que desta vez vai dar tudo certo.

– Assim espero, para o seu bem. Assim espero...

Rafaela o levou até a porta e se despediu, fechando-a devagar. Sentou-se na cama com as roupas ajustadas no colo e ficou a olhar para elas por longo tempo. A seguir pegou o celular e digitou o número do namorado. Antes que a ligação se completasse, interrompeu-a, jogando o aparelho sobre a mesa de cabeceira. Ligou a televisão e logo a desligou. Sentia-se agitada, inquieta, incapaz de se concentrar em nada. Telefonou para Eunice.

– Oi, mãe.

– Oi, filha.

– Você já estava dormindo?

– Não, preparava-me para deitar. Na verdade estou lendo um pouco, ando meio sem sono.

– Com insônia de novo?

– Já ligou para o Giovanni?

– Liguei, sim.

– Ele está muito preocupado com você.

– Não há motivo.

– Pois não é o que sinto pela sua voz.

– Você me conhece a fundo, não é?

– O que foi? Você está bem mesmo?

Rafaela hesitou por alguns instantes, para depois responder firme:

– Está tudo bem comigo, só estou um pouco inquieta.

– Você trabalhou hoje?

– Não, passei o dia no quarto, descansando. Foi orientação do médico.

– Então é isso, filha; você não gosta de ficar parada. Como conseguiu ficar no quarto o dia todo?

– É, acho que foi isso. Minha cabeça ficou muito agitada.

Desde o início a mãe cuidou de evitar qualquer assunto que remetesse à sobrinha. A conversa já ia longe quando de súbito Rafaela perguntou:

– E Luana, como está? Tem falado com ela?

Eunice ficou muda. Detestava mentir para a filha, em especial sobre a prima de quem ela era tão amiga. Instantaneamente Rafaela notou que havia algo anormal.

– O que foi, mãe? Não me esconda nada. Está tudo bem com Luana?

– Mais ou menos. Eu estava esperando você melhorar um pouco para contar. Aguardava momento mais adequado.

Assim, narrou à filha os últimos acontecimentos. Rafaela sentou-se na cama sentindo o coração, já conturbado, agitar-se ainda mais. Tratou de encerrar rápido a conversa com a mãe a fim de ligar para a prima.

Conversaram por quase duas horas. Luana chorava ao contar à melhor amiga o que lhe sucedera e Rafaela, por sua vez, ao conhecer os detalhes, enchia-se de raiva contra Bernardo, que de alguma forma estendia a todos os homens.

Quando desligou o telefone, sentia-se exaurida. Foi até a geladeira e pegou uma cerveja. Tomou-a inteira; depois mais uma; e mais outra. Ao todo, foram seis latas. Queria embebedar-se, esquecer o que sentia. Sua mente, sempre clara e precisa, estava turva e perturbada. Seus sentimentos, sempre controlados e dirigidos para objetivos definidos, estavam confusos, num emaranhado de medo, raiva, mágoa, ressentimento. Por fim, anestesiada pelo efeito da cerveja, meio cambaleante, preparou-se para dormir. Deitou-se e logo adormeceu.

Viu-se novamente junto a um rio de águas cristalinas. Vestia uma roupa antiga, medieval. Andava de um lado a outro às margem do riacho, colhendo ervas. Estava apreensiva e colhia velozmente ramos de plantas variadas. Enrolou-as em um pano e colocou-as no alforje que ficara sobre uma pedra. Caminhou até a margem do rio e lavou as mãos, sujas da terra das raízes que também colhera. Pegou o alforje cuidadosamente, como se levasse algo precioso, e preparava-se para ir quando um cavaleiro apareceu. A jovem se assustou e tentou fugir; saiu correndo em disparada pela planície. O cavaleiro a alcançou e, agarrando-a pelos cabelos, arrancou de suas mãos o alforje. Ela conseguiu se desvencilhar e embrenhou-se na floresta. Corria desesperada, como se a própria morte a perseguisse. Estava apavorada.

Envolvida em terror e angústia, Rafaela despertou chorando. Custou um pouco a se dar conta de que acabava de acordar. Aos poucos, foi se sentindo outra vez no quarto do hotel e percebeu que estivera sonhando. Virou-se de lado, sonolenta, e balbuciou:

– Que droga... Esse sonho de novo!

Voltou a adormecer e só despertou de manhã, com Jorge batendo na porta de seu quarto. Já era dia alto. Ainda assustada, abriu a porta.

– Você está bem, Rafaela? Não atendia ao telefone. O que houve? Estava esperando lá embaixo há quase uma hora.

– Ai, Jorge, desculpe. Eu perdi a hora.

– O serviço de despertador não funcionou?

– Esqueci de pedir. Depois eu explico. Vou me arrumar e descer sem demora.

– Quer deixar para amanhã?

– Não, de maneira alguma. Dê-me uns quinze minutos, e o encontro no saguão.

A jornalista se arrumou rapidamente, engoliu um café com *lavash*[1] e logo estava no carro, vestida com roupas que lembravam as de soldados americanos; Jorge lhe arranjara inclusive um capacete pequeno. Ele mediu-a de alto a baixo e começou a rir.

– O que foi?

– Você está engraçada. Ou devo dizer que está engraçado?

Sem responder, ela ficou séria. O colega comentou:

– Pelo menos está disfarçando bem. Não diria que está perfeito, mas disfarça.

– E você acha que está muito melhor do que eu? Mais bonito?

– Estou me sentindo ridículo nesta roupa. Não sei se isso vai funcionar...

– Deixe-me tentar. Se não der, voltamos ao hotel, fazemos as malas e vamos embora.

– Vou torcer tanto para não...

– Nem pense em dizer isso. Jorge, por favor, tem de dar certo. Você tem de me apoiar!

O fotógrafo se manteve calado até chegarem ao destino. Estacionou o carro longe e os dois se separaram. Rafaela andava mais perto da casa, como se fizesse uma ronda, e Jorge ficou mais afastado, perto de uma esquina.

Enquanto caminhava de um lado a outro, atenta, a jovem observava a pobreza extrema, as ruínas em que aquela população vivia. A realidade de Cabul a chocava. Era uma cidade destruída, pobre, sem recursos. As ruas sequer possuíam sinais luminosos; o transito era caótico. E o povo sofria. Ela olhava discretamente para o rosto dos homens que iam pelas ruas, falando alto e gesticulando. Crianças magras, raquíticas também

---

[1] Pão afegão, um crepe fino típico de vários países da região.

circulavam. E algumas poucas mulheres, na maioria usando burcas, podiam ser vistas na via pública.

A brasileira estava a umas duas quadras da casa de Lemar, quando o viu apontar na rua. Vinha sozinho, carregando algumas sacolas. Ela olhou bem atrás dele, para ver se o pai o acompanhava; pelo que era possível enxergar, parecia vir sozinho. Passou por ela distraído, sem dar-lhe maior atenção. Rafaela fez um sinal com a cabeça, avisando Jorge, e chamou:

– Lemar!

O garoto virou-se e a encarou.

Ela erguera a cabeça para deixar que o rapaz visse seu rosto todo cheio de ataduras, hematomas e feridas. Em seguida baixou-a e falou em inglês:

– Sou eu, Rafaela. Preciso falar com você.

De prontidão para auxiliar, ao menos como intérprete, Jorge os alcançou. Lemar fitou a jornalista e comentou em seu próprio idioma:

– Você é maluca. Quase a mataram. O que quer comigo?

– Ajudar.

– Ajudar? Como?

– Sei que está muito triste, quase posso sentir sua dor... Quero fazer algo por você.

O garoto fitou a mulher que trazia o rosto ferido pela surra que levara de seu pai e seus parentes. Não podia compreender a insistência dela. Por que fazia aquilo? Arriscar-se de tal modo por uma desconhecida? Ao mesmo tempo, sentia um interesse inexplicável por aquela mulher... De olhar fixo nas manchas roxas e avermelhadas espalhadas pelo rosto de Rafaela, questionou:

– Por quê?

– Estou chocada e tocada no mais íntimo com tudo o que vi em seu país. Principalmente o que presenciei com sua irmã.

Ela falava e Jorge traduzia.

Já inquieto, o rapaz olhava com insistência para trás, como se temesse alguma coisa.

– O que foi? O que o aflige tanto?

– Meu pai deve chegar a qualquer momento; se me pegar falando com você, vai bater em nós dois. Desta vez, é capaz de matá-la.

Levantou a manga e mostrou o braço roxo da surra que o pai lhe dera.

– Como podemos nos falar? Seu pai vai buscá-lo na escola?

– Amanhã vou ao mercado para minha mãe, quando sair da escola.

Lemar pegou lápis e escreveu endereço e horário, pondo o pedaço de papel na mão de Rafaela. As mãos dele estavam frias e suadas. Caminhou em direção à casa. Antes de abrir o portão, olhou para a jornalista que se afastava em companhia do fotógrafo e falou alto, enquanto lágrimas brotavam de seus olhos:

– Espero que possa me ajudar... Eu estou precisando...

Ao escutar o apelo Rafaela fez menção de retornar, porém Jorge segurou-a firme pelo braço e mostrou-lhe o homem que se aproximava, com mais dois. Era o pai de Lemar. O garoto não aguardou resposta e entrou apressado, mesmo sem ter visto o pai. Este nem notou os dois "soldados" que se distanciavam rapidamente. Apenas percebeu o portão se fechando. Parou em frente à casa e conversou mais um pouco com os outros, depois se despediu e entrou.

SETE

Rafaela e Jorge foram para o Kabul Serena Hotel, onde estavam hospedados. No caminho, ela não conteve o entusiasmo e a satisfação.

– Eu não disse? Sabia que daria certo.

– Sim, espertinha. Mas antes de cantar vitória é melhor esperar até amanhã, para ver se tudo vai dar certo mesmo.

– Como assim?

– Quem garante que o garoto vai aparecer? Não viu como estava nervoso, apavorado?

– É, e machucado. Você não viu as marcas no braço...

– Ele deve ter verdadeiro horror do pai. Pode ser que acabe não indo ao encontro.

– Será, Jorge?

Calada, a jovem pensou um pouco e depois afirmou, confiante:

– Algo me diz que ele vai, sim.

– Intuição? Você não é disso...

– Só um palpite.

Rafaela entrou no hotel e foi direto para o quarto. Queria refletir. Sentada na cama, olhou todas as anotações, tentando iniciar o texto da matéria que a trouxera ao Afeganistão. Naquele momento, porém, não conseguia escrever uma única frase. O que Jorge lhe dissera sobre o medo do garoto fazia muito sentido. Essa preocupação ficava martelando em sua mente: e se o garoto desistisse? Ela não poderia voltar atrás no que combinara com o fotógrafo. Se o garoto não aparecesse, teria de regressar para o Brasil, sem ir de novo àquele bairro. Resolveu descer e procurar o *concierge*[2], que talvez lhe desse alguma luz.

---

[2] Termo francês que, nos hotéis, designa um especialista que pode ser encontrado normalmente no *hall*, pronto para satisfazer qualquer necessidade dos clientes. Sua missão é ampla, desde providenciar um táxi até fornecer todos os informes que os turistas desejem, não só sobre o próprio local em que estão hospedados, como também sobre a cidade e seus principais espaços turísticos.

A jovem sentou-se em uma saleta do hotel, acomodando-se à poltrona confortável, e começou a narrar tudo o que vivera nos últimos dias. A *concierge* era uma moça com não mais de vinte e cinco anos. Morena de olhos amendoados e nariz muito reto, sobrancelhas igualmente retas, parecia uma mulher forte, decidida, que sabia o que queria. Rafaela fez o seu relato, depois buscou esclarecimentos. E a moça os deu, com segurança e tranquilidade.

– Essas execuções diminuíram, desde que os militares americanos chegaram. Agora, o que está ocorrendo é o suicídio das mulheres, se bem que ainda haja algumas execuções. Dessa, por exemplo, eu não estava sabendo; mas vou me inteirar do assunto, tenha certeza.

– Quer dizer que não têm sido comuns execuções como essa? Entretanto, as mulheres continuam sendo agredidas?

– Continuam. Queimadas, atacadas, estupradas, e coisas assim. Já execuções como a que você descreveu pouco a pouco se tornam mais raras. Pelo que você disse, tenho a impressão de que se trata de uma execução de honra.

– Como assim?

– É um hábito cultural em algumas áreas, especialmente entre os paquistaneses, executar mulheres, por deliberação da própria família, quando se considera que cometeram algum ato contra a honra familiar.

– A própria família? Pai, mãe...

– Às vezes. Ela era casada?

– Não estou certa, mas creio que sim.

– Então pode ter sido a família do marido.

– E esses crimes não são punidos?

A bela *concierge* fez ligeira pausa, olhou fixamente para Rafaela e indagou:

– Há quanto tempo você está aqui?

– Quase dez dias.

– Portanto, já percebeu que a impunidade é grande, assim como a corrupção.

– Não é muito diferente do Brasil, o meu país.

– Só que o Brasil não trata suas mulheres dessa forma...

– Pior é que às vezes trata.

A conversa prosseguiu por mais algum tempo. Rafaela ficou impressionada com o conhecimento demonstrado pela jovem.

– Você está há muito no Afeganistão?

– Dois anos.

– Só isso? E conhece tanto...

– Venho de uma família de origem afegã e paquistanesa. Trago marcas, em minha própria história familiar, das dificuldades e dos desafios que essas mulheres extraordinárias já enfrentaram e enfrentam até hoje. Tive uma bisavó que foi executada, na França, pelos familiares. Por isso estou aqui.

– Você nasceu na França?

– Em Paris. Meu pai é francês e minha mãe vem de uma família de Cabul. Cresci ouvindo as histórias dela, terríveis histórias de violência contra as mulheres. Meu pai a ajudou a superar lembranças traumáticas da infância, imagens que ela quer esquecer. Depois que terminei a faculdade de Hotelaria, decidi fazer alguma coisa em favor das mulheres, minhas irmãs, que sofrem horrores nestes países de cultura tão inflexível.

Rafaela escutava atentamente e a outra prosseguiu:

– Faço parte de uma entidade chamada RAWA[3], Associação Revolucionária das Mulheres do Afeganistão.

– Eu coletei algumas informações sobre esse grupo e seu trabalho no Oriente Médio. Aliás, venho tentando, sem sucesso, fazer contato com alguém que participe da organização...

– É que, contra todas as forças da rígida tradição de nosso povo, trabalhamos anonimamente, clandestinamente, para ajudar as mulheres deste país, nas mais diversas situações. Provemos educação e saúde, para que elas possam superar sua condição. Muitas são abandonadas pela família, após serem agredidas, em estado deplorável. Engajei-me

---

[3] Em ingles, Revolutionary Association of Women of Afghanistan.

na luta e dedico parte do meu tempo a essa causa. Não raro, arriscamos a própria vida.

Rafaela, atônita diante do vigor daquela jovem mulher, ficou profundamente impressionada. Ao final da conversa ergueu-se e, apertando a mão de Madeleine, cumprimentou-a com admiração:

– Foi um prazer conhecê-la. Parabéns pela sua coragem, por seu idealismo. Hoje em dia é difícil encontrarmos pessoas assim, que se dedicam em favor de outros, sem maiores interesses, e até se arriscando...

– Acho que essa luta é parte de mim, de minha história. Sei que minha bisavó ficaria feliz...

Madeleine hesitou por instantes, depois disse:

– Posso tentar levá-la a uma dessas reuniões. Caso consiga, você conhecerá de perto incontáveis heroínas anônimas.

– Puxa! Seria muito importante divulgar o trabalho do grupo lá no Brasil, através de minha matéria. Acha possível?

– Vou ver isso. Amanhã teremos uma reunião. Verei se posso levá-la.

– Que ótimo! Muito obrigada pela oportunidade.

– Não vou garantir nada, mas falarei com os responsáveis. Eu saio às seis horas. A reunião é curta, das seis às oito da noite.

– Eu a encontro aqui no *lobby*?

– Pode ser; se tudo der certo, você me acompanha.

Rafaela foi para o quarto entusiasmada e quase esqueceu suas angústias. Refletiu sobre o que conversara com Madeleine e, lembrando-se de Lemar, ficou novamente tensa. Passou o resto do dia sem conseguir se concentrar em nada. Agora, além de preocupada com o encontro, estava ansiosa pela possível reunião da noite seguinte.

Ligou para a mãe, para o namorado e para Luana. Falou com os filhos da prima, que a adoravam, e prometeu voltar logo. Ao desligar sentiu que a saudade apertava. Queria regressar ao Brasil. Pensou na prima – eram muito próximas desde a infância –, desejando estar perto dela naquele momento difícil. Teve vontade de ligar para Bernardo e saber dele o que ocorrera, mas desistiu. Essa era uma conversa para se ter pessoalmente.

A noite foi longa e agitada e ela demorou muito para adormecer. Acordou cedo e antes do meio da manhã estava pronta no saguão. Ligou para Jorge, que reclamou:

– Por que sair tão cedo? É só à uma da tarde que vamos encontrar o garoto.

– Não aguento ficar aqui esperando. Prefiro estar lá, para ter certeza de não atrasar.

Saíram com quase duas horas de antecedência. Com um chapéu para proteger-lhe o rosto, Rafaela aguardava a chegada de Lemar. À medida que o horário combinado se aproximava, a ansiedade da jornalista ficava sem controle. Andando de um lado a outro, pediu a Jorge:

– Veja se me arruma um cigarro.

– Você não fuma!

– Pois acho que vou começar hoje. Não suporto esta espera. Os fumantes não se acalmam com o cigarro?

O colega encarou-a e, balançando a cabeça em reprovação, não respondeu. Perto de uma hora da tarde, Rafaela estava a ponto de explodir. Uma e dez e o rapaz não aparecia. Era quase uma e meia quando Lemar apontou na esquina, caminhando titubeante na direção da jornalista. Quando estava próximo, avisou em inglês:

– Não posso demorar.

– Nem precisa. Vamos nos sentar no carro, venha.

Desconfiado, ele recusou.

– Prefiro aqui mesmo.

– Tudo bem, vamos para aquele canto ali, está mais tranquilo.

O garoto parecia muito assustado. Enquanto a jornalista pegava o gravador e o caderno de notas, viu em detalhes como seu rosto fora machucado. Olhou-a nos olhos e disse, com os seus marejados:

– Não entendo sua insistência. Esses problemas não são seus...

Rafaela fitou aqueles lindos olhos azuis, e de súbito sentiu forte vertigem. A imagem de outros olhos azuis, diferentes mas como se fossem os mesmos, a fez estremecer. Lembrou-se nitidamente de *flashes* de seus sonhos, em que um cavaleiro a perseguia e, quando o fitava, via aqueles olhos.

SANDRA CARNEIRO pelo espírito LÚCIUS

– Eu... quero ajudar... no que puder – sua voz saiu trêmula.

– Por quê? O que tem você com isso?

Sem desviar os olhos dos do rapaz, ela respondeu:

– Desde que vi o que aconteceu com sua irmã, não consigo dormir direito, não tenho paz...

Jorge escutava atento e intrigado. Não imaginara que a colega estivesse tão abalada.

– Preciso de respostas...

– Então pergunte, jornalista brasileira. O que quer saber?

– Por que sua irmã foi executada?

– Minha mãe diz que foi porque desobedeceu ao marido.

– O que ela fez?

– Minha irmã frequentava a escola, escondida, e ia a reuniões de um grupo que ajuda as mulheres aqui no Afeganistão.

– A RAWA?

– É, isso. Sadin, o marido, não queria que ela estudasse. Proibiu-a. E advertiu-lhe que não mais saísse de casa sozinha. Mas minha irmã adorava estudar e simplesmente não conseguiu parar. Ele descobriu e, auxiliado pela própria família, executou Farishta.

À medida que Lemar falava, lágrimas lhe desciam pela face, num misto de tristeza e raiva. Rafaela comentou:

– Você era muito ligado à sua irmã, não é verdade?

– Sim.

– E não é comum um rapaz ser tão próximo à irmã, ou é?

Limpando as lágrimas, ele procurou disfarçar. Olhou para os lados, como se quisesse ter certeza de que não era observado, e falou:

– Eu preciso de ajuda...

– Por quê?

– Meu pai quer que eu me case e eu não...

– Você, casar-se? Quantos anos tem?

– Quatorze.

– Acho que até neste país é pouca idade para constituir família.

– É que eu não sou homem.

– O quê?

Novamente ele olhou para os dois lados e, baixando o tom da voz, confidenciou:

– Meu nome é Laila, sou uma menina. Como minha mãe tem muitas filhas, para que os vizinhos não ficassem acusando que nasciam tantas mulheres porque Alá não abençoava nossa família, e também por precisar de ajuda fora de casa, ela resolveu criar-me como um menino, pelo menos até agora.

– Você é o mais novo... digo, a mais nova? – indagou Jorge, interessado.

– Sou a mais nova e tenho apenas um irmão, nascido antes de mim.

Laila fez uma pausa, como a tentar tomar fôlego, e então passou a falar muito depressa:

– Com a morte de minha irmã e a sua tentativa de se aproximar da família, meu pai decidiu que é hora de me casar. Só que eu não quero. Estou estudando e, como Farishta, adoro aprender.

Rafaela e Jorge permaneciam presos às revelações da garota, que continuou:

– Não quero acabar igual a minha irmã. Meu pai quer casar-me com Sadin, o marido dela.

Houve um instante de hesitação e a jornalista, tocando-lhe o braço com suavidade, encorajou-a a prosseguir.

– Faz tempo que ele me olha de um jeito estranho, com desejo, sabe? Nos últimos seis meses tenho feito de tudo para não ficarmos a sós, em hipótese alguma. Ele me assusta, me apavora. Minha mãe tinha percebido e ajudou a me proteger. Depois do que fez com Farishta, então, é impossível que me case com esse verdadeiro monstro! Ele conversou com meu pai e fizeram um acordo. Já que não pôde ficar com minha irmã, quer a mim...

Laila caiu em dolorido choro. Assim que se acalmou um pouco, Rafaela questionou:

– As execuções estão diminuindo nos últimos anos. Por que uma decisão tão violenta no caso de sua irmã?

– É um dos hábitos arraigados na família de Sadin. São pessoas muito tradicionalistas. Não vou suportar viver com esse homem de quem tenho tanto medo, com o assassino de minha irmã... – agora chorava, aflita. – Prefiro me matar a ser esposa dele! É isso que vou fazer, se você não puder me ajudar...

Rafaela comoveu-se com a menina de cabelos curtos e olhos azuis esverdeados e balbuciou:

– Prometo buscar um modo de ajudar. Amanhã à noite possivelmente conhecerei alguns membros dessa RAWA. Vou conversar com eles sobre você.

– Vai a uma das reuniões?

– Alguém tem a intenção de me colocar numa delas. Caso consiga, tentarei descobrir como podem ajudá-la. Eu prometo que vou fazer de tudo...

Laila silenciou e, limpando as lágrimas que desciam sem parar, deu um ligeiro sorriso.

– Preciso voltar.

Os dois colegas a auxiliaram com as compras e marcaram novo encontro para o dia seguinte. Fizeram o caminho para o hotel sem dizer uma palavra, num mutismo desconfortável. Ao descerem do carro, Jorge perguntou:

– Você acredita mesmo que pode ajudar essa moça? Por que pensa isso? A situação dessas meninas aqui é dificílima. Você vai embora em alguns dias, o que acha que está fazendo? Não a estou reconhecendo. Parece outra pessoa, diferente daquela jornalista determinada, focada, que chegou aqui há tão pouco tempo...

– Deixe-me, Jorge, quero ficar sozinha. Preciso pensar.

– Acho bom você pensar muito em tudo o que está acontecendo. Está exagerando em seu envolvimento com essa garota... Isso não vai dar certo, não vai acabar bem...

Sem entender por que, ela sequer esperou o elevador; não queria escutar mais. Sabia que Jorge tinha razão, mas parecia que algo em seu íntimo a conduzia, sem que pudesse fazer qualquer coisa a respeito. Despediu-se do colega e subiu de escadas até o 8º andar, onde ficava seu quarto. Ao fechar a porta, ouviu o celular tocando. Procurou por ele dentro da bolsa e atendeu depressa ao ver o número da redação da revista. Era a editora-chefe.

– Oi, Rafaela, boa tarde.

– Oi, Fernanda. Está tudo bem?

– Tudo bem. E com você?

– Também...

– Essa resposta não me convenceu. Quando você volta? O prazo para a entrega da matéria foi antecipado e o chefão quer contenção de despesas. Portanto, está na hora de regressar, minha amiga. Chega de passear pelo Oriente...

– Muito engraçado.

– É sério, Rafaela. Como está o andamento da matéria? Já levantou todas as informações?

– Estou quase lá. Se tiver mais alguns dias... Veja se consegue prorrogar um pouco o prazo.

– Desta vez não vai dar. Algumas matérias caíram e a sua, que não ficou nada barata para a revista, é a primeira da fila. É a da vez. Infelizmente, seu prazo acabou. Tem de vir e se virar com o que já conseguiu.

– Fernanda, eu preciso ficar aqui mais alguns dias.

– Você não ouviu nada do que eu disse? Não vai dar!

– Dois dias, só mais dois dias.

– Esse é o prazo que você tem para entregar a matéria. Daqui a dois dias preciso dela completa.

Rafaela hesitou por segundos antes de dizer:

– Então não vai haver matéria. Simples assim.

– Pare de brincar, que a coisa é séria.

– Eu não estou brincando. Peço apenas dois dias. Depois pego o primeiro voo para o Brasil e ainda entrego a matéria no prazo.

– Como?

– Isso é comigo. Dê-me dois dias e chego, vou direto para a redação e entrego a matéria.

Fernanda pensou um pouco e respondeu, agitada:

– Vou ver o que consigo. Espere na linha.

O telefone ficou mudo por quase cinco minutos. Fernanda enfim retornou, confirmando:

– Está bem, Rafaela. Acomodei as coisas por aqui e obtive uma pequena extensão em seu prazo. Mas estamos no limite do fechamento. Não tenho nenhuma matéria reserva, corro imenso risco. Você precisa chegar com a matéria montada, daqui a dois dias.

– Obrigada, Fernanda. Pode confiar, estarei aí com tudo pronto no prazo.

A editora-chefe desligou, depositando total confiança na repórter que prezava muito. A despeito disso, andava de um lado para o outro em seu escritório, visivelmente preocupada, quando a assistente entrou.

– Falou com ela? Quando chega?

– Daqui a dois dias.

– Tudo isso? Já não deveria estar de volta?

– Era para ela estar aqui, sim.

– E o que houve?

– Pediu mais prazo. Não sei ao certo o que está acontecendo por lá.

Sentou-se, folheando os documentos que a outra lhe trouxera. Ao lançar o olhar para um dos prêmios que matéria produzida por Rafaela rendera à revista, comentou:

– Espero que ela saiba o que está fazendo. O tempo já foi mais do que suficiente, deveria estar de volta. Mas também, convenhamos, fazer uma reportagem colhendo informações diretamente em Cabul, onde a mulher é tão discriminada, é um desafio e tanto... Temos de dar-lhe um desconto.

– Além do mais, Rafaela não é de decepcionar.

As duas se concentraram na leitura de algumas matérias já prontas para serem publicadas e na revisão de cronogramas e prazos.

Ao final da tarde, sentada diante do espelho, Rafaela terminava de se preparar. Passou o batom cuidadosamente e pintou os olhos, acentuando a sua curva com um delineador indiano, que adquirira no aeroporto ao chegar no país.

Enquanto se maquiava, pensava em Laila e no absurdo que era tudo aquilo. Uma menina criada como homem, por escolha da família, por vergonha, e agora exposta àquela situação repugnante: ser obrigada a casar-se com o matador da própria irmã. Sentia-se pessoalmente machucada. Não se conformava e se questionava insistentemente sobre o drama daquelas mulheres. Por mais que estudasse, pesquisasse, lesse sobre as origens antropológicas da condição feminina no Oriente Médio, nada respondia às inquirições de sua alma. Pensando então em Farishta, seus olhos encheram-se de lágrimas e ela borrou um deles. Ergueu-se irritada, pegou papel absorvente e praticamente arrancou a pintura com tanta raiva que os olhos ficaram avermelhados. Sentou-se na cama, entregue a sentido pranto.

No plano espiritual, suave luz azul enchia aquele ambiente de delicada beleza. Dois espíritos vestidos de túnica branco-azulada, irradiando linda luminosidade, assistiam aos movimentos da jornalista. Compunham um casal simpático, ambos com cabelos totalmente brancos e semblante sereno. A mulher aproximou-se de Rafaela e, acariciando-lhe os cabelos, comentou com o companheiro:

– Estou preocupada com ela. Veja como se formam pesadas manchas em torno de seu corpo espiritual.

– É a revolta, que tem alimentado desde a chegada, que a está envenenando.

Os dois se colocaram à frente da moça e estenderam os braços, envolvendo-a em energias amorosas e harmoniosas.

Rafaela teve a estranha sensação, de que alguém a observava. Olhou ao redor, mas logo refletiu que estava sozinha no quarto. Como a sensação persistisse, levantou-se e andou até a janela, olhando pelo vidro fechado a rua lá embaixo e os inúmeros transeuntes. Não havia ninguém suspeito. Voltou a sentar-se defronte ao espelho. Fitou os olhos manchados e, limpando-os, deu os últimos retoques na aparência e raciocinou: "Devo estar impressionada com a surra que levei, e com toda essa violência que nos envolve nesta região". Ao terminar pegou o gravador e o caderno de notas, enfiou-os na bolsa e saiu.

– Realmente tornou-se uma bela mulher – comentou Eva.

– Bela e teimosa.

– Eu não diria teimosa, Amaro, e sim persistente. Ela não tem consciência do quanto a violência em derredor a está afetando. Sem um preparo que a proteja energeticamente, abre-se por completo às emanações densas das experiências que vivencia aqui.

– Vamos acompanhá-la? – perguntou Amaro.

– Depois. Agora vamos visitar Luana, que igualmente precisa de nossa presença.

– Quer ficar com Rafaela? Vou até Luana e mantenho você informada dos acontecimentos e necessidades de nossa neta.

– Prefiro, então, que você acompanhe Rafaela; eu vou.

– Está bem.

A senhora deixou o ambiente do hotel e rapidamente, com a velocidade do pensamento, estava no quarto de Luana. Encontrou a filha tentando animar a neta.

– Deve se esforçar para comer um pouco. Está emagrecendo, e só chora.

– O que você queria, mãe? Estou arrasada...

– Eu sei, mas é preciso ser forte, pensar nas crianças. Você não pode ficar centrada apenas em si própria. Os meninos estão muito desconfiados.

– Acho que deveria contar-lhes logo o que o pai fez...

– Não aja por impulso, poderá arrepender-se mais tarde.

– Veja quem fala! Não é, dona Elza?

– Por isso mesmo. Sempre fui impulsiva, e hoje amargo remorso e arrependimento que não podem ser contornados.

Luana acabou de secar os cabelos e se levantou, suspirando fundo.

– Vou tentar comer alguma coisa.

– Vamos, comprei aquela torta de frango que você adora.

As duas foram para a cozinha, onde o jantar farto e variado estava preparado. As crianças já terminavam de comer, acompanhadas de Cristina, a babá.

Em Cabul, Rafaela saía do elevador, quando o celular tocou. Era Giovanni. De imediato ela desejou desligar. Não sentia vontade de falar com ele naquele momento. Quando ia seguir o impulso, lembrou-se do sorriso carinhoso do namorado e atendeu. Como sempre, ele expressou preocupação com ela e pediu que retornasse.

– O que há com você, Rafaela? Sua voz me parece estranha. Aliás, você está estranha já faz alguns dias.

– Impressão sua, eu estou bem. Pode ficar sossegado, estarei de volta depois de amanhã, à noite.

– Tem certeza desta vez?

– Meu prazo na redação já expirou. Eles queriam que eu chegasse amanhã.

– Então acredito que está voltando mesmo. Afinal, é a sua matéria que está em jogo...

Sem dar atenção ao que ele insinuava, ela disse:

– Preciso desligar agora, estou indo para uma reunião da RAWA. Depois telefono para você.

– Rafaela, sei que já repeti isso vezes incontáveis, mas vou pedir novamente: tome cuidado, meu amor. Sabe que esse grupo sofre muitos ataques por parte de opositores.

– Não se inquiete, estou me cuidando.

Quase instintivamente tocou as feridas que ainda lhe doíam na face. Depois comentou, tentando acalmar o namorado:

– Além do mais, Jorge vai comigo.

– Como se isso me tranquilizasse!

– Não vá me dizer que está com ciúme dele! Não, sei que está brincando.

– Estou com muita saudade. Ligue quando sair da reunião, para eu saber que está bem.

– Vai ser muito tarde aí no Brasil; você já estará dormindo...

– Não faz mal; me acorde, eu quero conversar com calma.

– Olhe, Giovanni, não posso garantir. Não sei ao certo quanto tempo vai durar essa reunião ou que tipo de informações obterei. Prometo que assim que der eu ligo. Além do mais, logo estarei em casa.

– Então me passe o horário de seu voo, que vou buscá-la no aeroporto.

– Não precisa.

– Por que não? Faço absoluta questão.

– Está bem, depois nos falamos. Agora preciso mesmo desligar. Um beijo.

Jorge e Madeleine a esperavam no saguão do hotel. Ele, com as chaves do carro na mão, exclamou ao vê-la:

– Até que enfim! Aconteceu alguma coisa? Está atrasada.

Cumprimentando o colega com um olá e a jovem *concierge* com um aperto de mãos, ela se desculpou:

– Perdoem-me o atraso. Meu namorado telefonou e não tive como desligar. E aí, você conseguiu? Poderemos acompanhá-la?

– Sim, falei com uma das responsáveis e expliquei toda a situação. Normalmente o grupo não faz nada assim, de improviso. Tudo tem de ser muito bem planejado, e com antecedência. Entretanto, devido às circunstâncias, e à perspectiva de tornar nosso trabalho conhecido no Brasil, eles autorizaram.

Quando já estavam acomodados no carro, Jorge olhou para Rafaela e comentou:

– Quer dizer que você tem um namorado... Não havia me contado.

– Tivemos tão poucas ocasiões para falar de nossa vida pessoal...

– Estão juntos há muito tempo? – indagou Madeleine.

– Quase quatro anos – ela respondeu meio sem jeito.

– E pensam em se casar? – desta vez a pergunta foi de Jorge.

– Casar, não sei; Giovanni vive insistindo, mas eu ainda não estou pronta.

– E por que não? – insistiu o fotógrafo.

– É meio complicado. E acho que não é o momento para esse assunto. Precisamos nos concentrar e aproveitar esta oportunidade que Madeleine nos proporciona.

Jorge calou-se. Rafaela trocou algumas informações com Madeleine, preparando-se para valorizar ao máximo aquele contato com integrantes do grupo que apoiava e defendia os direitos da mulher no Afeganistão.

Quando se aproximavam do endereço onde a reunião aconteceria, Rafaela sorriu, olhou para a porta discreta que separava da rua o grupo que ia encontrar e perguntou a Madeleine:

– Podemos entrar?

– Já nos aguardam.

OITO

Assim que entraram, Madeleine apresentou Rafaela aos coordenadores da reunião e ela foi recebida por Mirian, uma das militantes da RAWA. Esta, por sua vez, apresentou-a às demais mulheres presentes e esclareceu a natureza da reunião.

– Nós nos reunimos duas vezes por mês e cada vez na casa de uma pessoa diferente, para não despertar a atenção dos grupos de oposição à nossa causa.

Com sua caderneta nas mãos, Rafaela tomava nota de tudo que a jovem senhora falava, pois não lhe fora permitido gravar nenhuma imagem durante aquele encontro.

– E qual é exatamente o objetivo dessas reuniões?

– O objetivo maior é mudar nosso país, conscientizando as mulheres e fortalecendo-as para que, unidas, consigamos realmente fazer diferença. Parte de nosso trabalho nessas reuniões é mostrar a elas seus direitos, sua importância e seu valor. Por outro lado, atuamos dando apoio àquelas mulheres que precisam de nossa ajuda. E essa ajuda, não raro, ocorre retirando-as do país, às vezes sozinhas, às vezes com a família. Muitas ficam viúvas, com filhos pequenos para cuidar, e não conseguem se sustentar; não sabem ler nem escrever. Quando têm muitas filhas mulheres, e pequenas, a situação é muito mais difícil.

Ela fez uma pausa e, com os olhos marejados, ressaltou:

– Você deve ter observado a grande quantidade de mulheres e crianças mendigando pelas ruas.

– Sim, eu notei.

Fitando-a séria, Mirian comentou:

– Soubemos que tomou uma surra de um pai de família violento...

Baixando um pouco os olhos, Rafaela tocou de leve os ferimentos do rosto.

– É, senti na pele os problemas das mulheres afegãs. Não poderia estar mais comprometida e empenhada com a causa de vocês.

– Isso é muito bom. Quer dizer, eu lamento o que lhe ocorreu, mas seu comprometimento é valioso para nós. Precisamos de muitas vozes gritando pela causa, inclusive em outros países. Vamos explicar-lhe tudo, passar muitas informações. Espero que leve ao Brasil nossa luta e ajude-nos, de lá, como puder.

– Farei isso – Rafaela declarou com ligeiro sorriso.

– Agora, conte-me sobre a execução que presenciou. O que descobriu?

– O nome da moça é Farishta. Tem uma irmã, Laila, que é criada como um garoto chamado Lemar.

– Farishta, não! – Mirian exclamou, batendo as mãos com força nas próprias pernas.

– Sabe quem é?

– Sim, ela era do meu núcleo. Faz algum tempo que não tenho notícia dela, estava preocupada.

A militante se sentou desolada e balançava a cabeça, inconformada com o destino trágico da moça que ela incentivara a participar da organização.

– Temia o marido, mas queria muito aprender a ler, tinha uma sede enorme de aprender. Mesmo com grande receio, não se deixou paralisar. Que Alá tenha piedade de sua alma!

Ao escutar essas palavras, Rafaela pensou na imagem da jovem que perdera a vida e forte arrepio percorreu-lhe o corpo. De súbito, sentiu como se a jovem estivesse ali, ao seu lado. Levantou-se e, afastando a horrível impressão que a dominava, pediu à anfitriã:

– Preciso tomar um copo de água e um pouco de ar. Não estou me sentindo bem.

Foi levada a outro ambiente e, já refeita, entrou na sala onde a reunião da noite começava. Acompanhou tudo, tomando nota dos mínimos detalhes. A reunião durou cerca de duas horas. Ao final, sentou-se com Mirian, que lhe acrescentou informações importantes. Rafaela falou tudo o que sabia sobre a situação de Farishta e esclareceu a delicada situação de Laila.

– Essa situação é muito comum aqui.

– No entanto, as execuções não foram proibidas?

– Sim, mas nem por isso deixam de ocorrer. A opressão dos grupos extremistas sobre as mulheres era ainda mais absurda, antes da invasão americana. Assim mesmo, o quadro não melhorou tanto assim. Existem muitas execuções acontecendo por todo o país. Os mais tradicionais mantêm-se arraigados aos antigos hábitos, e geralmente as mulheres são hostilizadas e tratadas com violência.

– Ouvi que isso ocorre mais frequentemente em regiões distantes, não na capital.

– É verdade, aqui em Cabul são mais raras. Pobre Farishta!

Novamente, à citação do nome da jovem, Rafaela sentiu profunda comoção e se pôs a chorar. Não conseguia parar. Por mais que a outra lhe oferecesse água, foi somente após tomar um calmante leve que acabou por se controlar. Não estava bem.

– Acho melhor voltarmos para o hotel – insistiu Jorge. – Já tem bastante informação.

Limpando as lágrimas, Rafaela indagou:

– Mirian, vocês poderiam ajudar Laila? Ela está tão mal... Eu lhe digo, senti que a menina está triste demais. Claro, não conheço bem seus hábitos, seus costumes, porém percebi que ela está muito perturbada. Receia ter o mesmo futuro da irmã, pois sabe que, casando-se com o viúvo e causador da morte dela, não poderá sequer respeitá-lo. Temo que cometa suicídio...

Suspirou fundo e desabafou, irritada:

– Não me conformo com a idiotice desses pais! Como podem ser tão insensíveis, querendo que a filha case com o viúvo da irmã...

– O marido de Farishta é paquistanês. Alguns deles, de determinadas tribos e regiões, ainda cultivam hábitos muito bárbaros em relação às mulheres. E é o caso dessa família. Eu já havia conversado com Farishta sobre isso, alertando-a para que ficasse atenta.

– Não pediu que ela parasse de vir às aulas?

– Ela veio a poucas, na realidade foram só três.

– Pode ajudar Laila?

– Faremos tudo o que estiver ao nosso alcance. Entregue a ela este endereço e meu telefone. Peça que me procure o mais rápido possível. Vamos ver se ela pode nos encontrar na próxima semana, no endereço que lhe dei. Conversaremos e vamos tentar acompanhar o problema de perto.

– Gostaria de ter notícias, saber o que acontece, mesmo que a distância.

– Aqui estão meu *e-mail*, meus telefones e o endereço de minha casa. Vamos mantendo contato e eu vou colocando você a par de tudo.

Rafaela, satisfeita, abriu largo sorriso. Era isso o que desejava. Agora sentia que poderia retornar em paz para o Brasil. Comovida, abraçou Mirian e agradeceu efusivamente.

– Muito obrigada!

– Não precisa agradecer, é o nosso trabalho. Além do mais, devemos isso a Farishta.

Dessa vez, ao ouvir o nome da irmã de Laila, a brasileira viu um vulto passar atrás de Mirian, e sentiu o sangue congelar. Apesar de não ter visto com nitidez, tinha certeza de que era Farishta.

– O que foi? Você não está bem, não é? – perguntou Madeleine.

– Não é nada.

– Ficou muito pálida – comentou Mirian. – Está sentindo alguma coisa?

– Acho melhor irmos agora.

Rafaela ergueu-se apressada, despediu-se de todos e voltou com Jorge e Madeleine para o hotel. No carro, ele insistiu, preocupado com a colega:

– Você está bem mesmo? Continua muito pálida. Quer ir ao hospital?

– Nem pensar! Não coloco mais meus pés naquele lugar.

O fotógrafo olhou para Madeleine, que estava no banco de trás, e deu de ombros. Rafaela calou-se. Suas mãos suavam frias e seu coração batia descompassado. Foi invadida por uma angústia, uma tristeza tão profunda que pensou que fosse morrer ali mesmo. Seguiu em silêncio até o hotel. A visão daquele vulto não lhe saía da cabeça. Embora quisesse afastar aqueles pensamentos, sentia-se sem forças, e entrou no hotel totalmente dominada por emoções perturbadoras.

De fato, Rafaela registrara a presença espiritual de Farishta, que, depois da morte física, ficou muitas horas presa ao corpo carnal. Em seu coração havia apenas ódio e desejo de vingança. Chorava, vendo-se deslocada de seu corpo físico e ao mesmo tempo ainda ligada a ele. À sua volta, muitos vultos. Depois, viu quando os familiares se aproximaram. Quis falar com eles. Gritou por socorro, chamou o nome de Laila, mas a voz não lhe saía da garganta. Foi levada, ainda presa ao corpo físico, até sua casa. E ali o sofrimento se prolongou, até que, pouco antes de ser enterrada, viu-se de súbito liberta e foi transportada ao núcleo da RAWA. Ali ficou perambulando, vendo vultos e ouvindo vozes...

Tudo lhe parecia confuso, como em um sonho do qual se anseia por acordar. Via Mirian e queria comunicar-se com ela, mas não conseguia se aproximar. Quando Rafaela chegou e começou a falar dela e de Laila, do intuito do pai em casar a irmã com Sadin, enfureceu-se ainda mais. Suas emoções estavam confusas. Foi então que se sentiu totalmente atraída, como se a conhecesse de longa data, e ligou-se a ela pelo desejo ardente de estar em sua companhia. Acima de tudo, o carinho daquela jovem por Laila a comovia.

No momento em que Rafaela deixou o local onde o grupo se reunia, Farishta a seguiu. Estabelecera-se um elo fluídico entre ambas, uma sintonia, que possibilitou que o espírito da moça afegã acompanhasse a brasileira.

Ao chegar ao hotel, a jornalista agradeceu a Madeleine pela ajuda e logo se despediu dela e de Jorge, alegando extremo cansaço. Ao vê-la entrar no elevador, o colega inquiriu:

– E amanhã, qual será nossa programação?

Percebendo seu olhar distante, como se não soubesse do que se tratava, ele insistiu:

– Tem algo planejado para amanhã?

– Não... Quer dizer, ainda não sei...

– Vamos encontrar Laila após o almoço. E depois?

– É verdade, temos de levar notícias a ela. Vou preparar minhas coisas na parte de manhã e no almoço nos vemos, está bem?

– Ótimo! E quanto a você, tudo bem? – aduziu por notar algo estranho na jovem.

Segurando o elevador com a porta aberta, ela respondeu.

– Sim, tudo bem.

– Não é o que me parece. Desde a reunião seu rosto perdeu a cor, e agora está esquisita, distante...

– Estou cansada, Jorge, só isso. Faz quinze dias que cheguei, e acho que está mais do que na hora de voltar.

– Então está satisfeita com o que obteve, com as informações que levantou?

– Estou. Sinto deixar Laila; gostaria de fazer mais por ela. Porém sinto-me exausta. E, além do mais, tenho de regressar de qualquer jeito. Nosso tempo se esgotou. E você, também volta amanhã?

– Não, estou indo para Amsterdã, encontrar uns amigos.

– Que coisa boa! Não conheço a cidade.

– Já estive lá uma vez, é muito linda.

Abrindo um discreto sorriso – o primeiro desde que deixara a reunião da RAWA –, ela opinou:

– É bom ser *free lance*, você tem muito mais liberdade.

– Como tudo, tem o lado bom e o ruim. Neste momento, vou desfrutar o bom. Já ao voltar para casa, daqui a dois ou três dias, não vou saber quando terei trabalho de novo. O que já não é o seu caso...

– É, não dá para ter tudo.

Ela soltou a porta e o elevador subiu. Jorge foi ao bar do hotel, distrair-se um pouco antes de se deitar.

Ao entrar no quarto, Rafaela jogou-se na cama, olhando o teto. Pensamentos e imagens lhe surgiam na mente freneticamente, uns após outros. Tudo o que vira lhe vinha à cabeça. As conversas que tivera também brotavam em rápida sucessão. Agora, com todas aquelas informações, precisava redigir a matéria que retratasse tudo o que havia visto e sentido, da maneira mais imparcial e realista possível.

– Até parece que serei capaz de total imparcialidade – avaliou com realismo. – Como?

Deixou-se ficar por longo tempo deitada, tentando organizar os pensamentos e controlar as emoções que afloravam e deixavam seus nervos à flor da pele. Sentia vontade de chorar, de gritar, de esmurrar tudo ao redor. Assustou-se. De onde vinha aquilo? Por que se sentia daquele jeito? Levantou-se determinada e disse em voz alta:

– Vou tomar um banho. Isso tudo deve ser cansaço mesmo.

Tomou uma ducha bem quente. Ao sentir o contato da água sobre a pele, uma sensação de bem-estar envolveu-a e ela se acalmou. Depois do banho demorado, bebeu um copo de água e deitou-se. Lembrou-se do pedido de Giovanni, para que telefonasse. Confirmou o horário. Era quase meia-noite. No Brasil, perto de quatro da manhã. Não acordaria o namorado àquela hora. Ligou o *notebook* e escreveu uma mensagem dizendo-lhe que estava bem e que retornaria na noite seguinte. Comunicou o horário de chegada ao aeroporto de Guarulhos e, despedindo-se com um discreto "estou com saudade", desligou tudo e foi dormir.

Amaro acompanhara a visita de Rafaela ao grupo que lutava pela valorização feminina e pela defesa dos direitos das mulheres afegãs. Ele observava com atenção o desenrolar dos fatos. Depois que a neta se acomodou na cama, aproximou-se dela e, notando sua intensa agitação, aplicou-lhe passes e transferiu-lhe fluídos suaves e amorosos para que se equilibrasse. A jovem se virava na cama, sem pegar no sono.

Não demorou e Eva se juntou a Amaro. Avaliando rapidamente a situação, verificou que Farishta estava dentro do quarto da neta, sentada à beira da cama, e chorava, em profunda agonia. Olhando com extremado carinho para aquela jovem, constatou o estado lamentável em que se encontrava e comentou:

– Que situação difícil...

– Das duas, você diz?

– Sim, é claro!

Ficaram silenciosos por um tempo. Então Eva aproximou-se da jovem desencarnada e afagou-lhe os cabelos com carinho; aí comprovou as sutis ligações fluídicas que se haviam estabelecido entre a neta e a jovem afegã.

– A presença de Farishta prejudica visivelmente Rafaela.

– Rafaela está aberta e vulnerável, pode atrair para seu campo vibratório qualquer espírito com sintonia semelhante. E sabemos, nós dois, que ela tem ainda um longo caminho pela frente na direção do autoaprimoramento.

– Farishta a seguirá para o Brasil?

– Será o melhor para ela.

Ele assentiu com um gesto de cabeça. Os amigos espirituais trocaram olhar significativo e puseram-se diante da afegã, aplicando-lhe passes com o propósito de acalmá-la. Lentamente, as duas adormeceram. Ao terminar a transfusão de fluidos e constatar o relaxamento de ambas, Eva acercou-se de Farishta, acomodando gentilmente a cabeça da jovem em seu colo. Afagou-lhe os cabelos e acariciou-lhe a face com imensa ternura, enquanto lágrimas lhe corriam pelo rosto. Amaro tocou-lhe os ombros e sorriu, num pedido silencioso para que contivesse as lembranças. Ela concordou e por fim ergueu-se, delicada. Achegou-se à neta e repetiu os afagos e caricias. Rafaela remexeu-se na cama, como se percebesse o doce toque da avó. Entretanto, seu corpo espiritual dormia profundamente.

Eva afastou-se da cama e uniu-se ao companheiro, que comentou, olhando-a nos olhos:

– Você parece preocupada.

– E estou. Sinto que Luana não está nada bem, a situação dela se agrava.

Abraçando com ternura aquela que por quase cinquenta anos havia sido sua esposa na Terra, ele disse:

– Em breve estaremos todos reunidos outra vez.

NOVE

Apesar da companhia espiritual dos avós, que preenchia o ambiente de suavidade, o sono de Rafaela foi agitado. Ela sonhava.

"A jovem em trajes medievais atravessava largo campo de cevada. Leve, como se flutuasse, corria sorrindo, gargalhando. Logo atrás, um rapaz procurava por ela. Pareciam felizes. Quando foi alcançada, ela se lançou em seus braços e beijou-o com carinho. Ele, assustado, recuou e, afastando os compridos cabelos da moça que voavam ao vento, sorriu com inocência. Beijou-lhe a face e convidou-a a caminhar. Seguiram de mãos dadas.

Antes que saíssem da plantação, um cavalo negro apareceu, ao longe, e dele saltou um religioso vestindo pesada túnica negra. Chamou pela moça e enfiou-se plantação adentro, buscando-a. Ela ficou assustada, suas mãos gelaram. Tinha medo daquele homem. Com o coração acelerado, desprendeu-se das mãos do rapaz e correu o mais que podia. Perseguida, saiu da plantação e corria em direção à vila quando o religioso, que subira em sua montaria ao vê-la correndo, alcançou-a e logo a prendeu na sela, junto ao próprio corpo.

A jovem tentava desvencilhar-se, porém aquele homem era forte, tenaz em suas intenções. Carregou-a por longo tempo deitada sobre a sela e, vez por outra, dava-lhe uma chicotada, como fazia com o cavalo. Ao chegar a uma fortaleza cercada por muralhas altas, atravessou uma ponte e entrou; saltou do cavalo e desceu-a, segurando-a com as duas mãos. Ela se debatia, desesperada. Ele a media de alto a baixo com o desejo pulsando em todas as veias. Agarrou o rosto delicado e, apertando as bochechas, murmurou:

– Como é bela, Alice – acariciou-lhe os lábios e beijou-os. Ela cuspiu, demonstrando a aversão que sentia. O homem a apertou-a mais e beijou-a com sofreguidão. A moça mordeu-lhe os lábios, arrancando sangue. Em resposta ele deu-lhe um tapa no rosto, deixando-lhe na face a marca de seu anel. Depois, ergueu-se e rasgou-lhe as roupas. Alice gritava em desespero, agora suplicando que a deixasse ir. Numa ânsia indomável, ele se deitou sobre ela, buscando seus lábios de novo.

– Você é uma bruxa que me enfeitiçou – acusava. – A culpa é toda sua. Você me deixou desse jeito. O que posso fazer se me seduziu?

– É mentira! É mentira!"

Rafaela despertou e sentou-se na cama aos gritos. Limpava os lábios, com a nítida impressão de que fora beijada por aquele homem. Ainda sentia a boca na sua. Limpava e tornava a limpar os lábios. Depois de se acalmar um pouco, refletiu: "É apenas um sonho. Outro sonho maluco, porém é só isso".

Virou-se de um lado para o outro tentando dormir, mas sentia o peso do homem sobre seu corpo. Procurou afastar a lembrança, inutilmente; aquilo era mais forte do que ela. Levantou-se, então, e foi para o computador, ocupando-se em organizar as informações e trabalhar na matéria, que teria apenas mais um dia para entregar. Olhou pela janela; já amanhecia. Lembrou-se de Laila e suspirou fundo. Como ajudá-la? O que fazer? Teria de ir embora no dia seguinte, e não poderia fazer muito pela garota, a quem prometera ajudar. Contrariada, não queria regressar; ainda não... Sentou-se na cama e, abraçada aos joelhos, não parava de pensar. Também Farishta não lhe saía da mente. Estava confusa com tantas ideias vindo ao mesmo tempo. Por fim, ergueu-se determinada.

– Preciso me controlar. O que é isso, Rafaela? – foi até o espelho e mirou-se. – Vamos, concentre-se! Você tem um trabalho a realizar.

Voltou ao computador, colocou uma de suas músicas preferidas e focou a atenção nas anotações e gravações. Envolveu-se, por fim, e conseguiu esboçar a matéria. Já eram quase nove horas quando fechou o computador, aliviada.

– Pelo menos estruturei minhas ideias.

Tomou o café da manhã no quarto e começou a arrumar as malas. A cada peça de roupa que ali colocava, sentia o coração apertar-se. Como partir, deixando ao desamparo uma menina a quem prometera ajuda? Mas, ao mesmo tempo, como ajudá-la? De súbito, uma ideia passou-lhe pela mente. Largou tudo e desceu depressa em busca de Madeleine. Depois de cumprimentá-la, foi direto ao assunto:

– Quero comprar um *notebook* para Laila. Sabe onde posso encontrar, por aqui?

Antes que a *concierge* pudesse responder, ela prosseguiu:

– Tem de ser um bem completo, com acesso à Internet.

– O que você vai fazer, Rafaela?

– Preciso ficar em contato com a garota.

– E como é que ela irá aparecer em casa com o computador? O que acha que os pais farão?

– Não sei, mas quero ter essa possibilidade. Se ela aprender a mexer no computador, ficará mais fácil nos falarmos. Poderei acompanhar sua situação e tomar alguma providência, se necessário.

Madeleine sorriu e comentou:

– E você disse que eu era idealista... O que dizer de você? Quer ajudar uma menina que nem conhece... Nada tem a ver com Laila, como pode?

– Pois é, eu também não sei explicar. E é a primeira vez que faço isso. A única coisa que posso dizer é que o que aconteceu com a irmã dela mexeu demais comigo. Eu não sei o porquê. Só sei que preciso ajudá-la.

– Está bem, vou ver se consigo o equipamento para você. Quer dizer, para ela.

– Acha que o pessoal da RAWA terá condição de fazer alguma coisa por ela?

– Vamos trabalhar para isso. Sempre que possível, agimos no sentido de proteger as meninas, mas também depende delas; algumas têm de deixar tudo para trás para poder sobreviver, e nem todas se dispõem a isso.

– Então, veja se consegue. Vou encontrá-la à uma da tarde.

Tocando no braço da jornalista, com cumplicidade, a militante procurou tranquilizá-la.

– Fique certa de que vamos fazer o possível.

– Poderia nos acompanhar, Madeleine? Seria importante que ela a conhecesse e soubesse que pode confiar em você.

– Vou precisar da autorização do meu gerente; posso tentar.

No horário marcado, Rafaela, Jorge e Madeleine, já levando o computador, apareceram no endereço combinado. Era uma rua não muito distante do mercado onde haviam se encontrado no dia anterior. Os três se separaram e ficaram aguardando. Laila apontou na esquina e avistou Rafaela, depois olhou em volta, verificando se havia por perto algum conhecido. Andou até a brasileira e fitou-a nos olhos. Tinha nos braços manchas arroxeadas. Rafaela olhou as marcas e seus olhos se encheram de lágrimas, entretanto, não teve coragem de perguntar nada. Seria inútil. Apresentou Madeleine e esclareceu:

– Ela faz parte do grupo de que sua irmã participava. Aqui está o endereço onde você deverá ir, na semana que vem. E este aqui é o endereço do Kabul Serena Hotel, onde pode encontrá-la.

Laila parecia indecisa. Madeleine conversou com ela em seu próprio idioma e contou-lhe brevemente sua história. A menina se acalmou e, encarando Rafaela, balbuciou desolada:

– Você vai mesmo embora?

– Eu preciso. Agora, veja o que eu trouxe para você.

Entregou-lhe o *notebook*. Os olhos da garota, ainda com lágrimas, se iluminaram. Ela só havia visto aquilo em filmes. Nunca antes chegara sequer perto de um computador. Parecia feliz e assustada a um só tempo, como uma criança que acaba de ganhar um brinquedo, sem saber ainda usá-lo. Rafaela sorriu e informou:

– Nessas reuniões você poderá aprender a usar o computador. Sabe ler, não é?

– Sim; estudo como menino, você sabe.

– Claro, você nos contou. Acha que pode pedir a alguém na escola que a auxilie?

– Vou ver o que consigo.

Seu olhar ficou triste e apagou-se o sorriso discreto de seus lábios. A lembrança do pai e de suas exigências fê-la estremecer.

– Como irão me ajudar? Meu pai insiste em que eu me case; Sadin me olha de um jeito ameaçador...

Incapaz de se controlar, desatou intenso pranto. Rafaela olhou para Madeleine, que abraçou a menina, dizendo:

– Coragem, Laila, você precisa ser forte, muito forte. Não se deixe abater. Estamos aqui para ajudar, e vamos fazer tudo o que estiver ao nosso alcance.

– É difícil – a menina lamentava em meio às lágrimas –, é muito difícil. Vão me obrigar a casar com aquele monstro. Eu não quero! Não quero!

Madeleine levantou seu rosto pelo queixo e falou olhando-a firme:

– Sinto muito, Laila, mas apesar de ser uma menina terá de enfrentar a situação. Chorar e se desesperar não vai resolver. Você precisa ser forte, determinada, saber o que quer, para que de fato possamos ajudá-la.

– Eu sei o que quero.

– Será que sabe mesmo? Quer seguir comigo, direto para o quartel general de nosso grupo? De lá tiramos você do país e a colocamos num campo de refugiados, fora daqui. Quer vir comigo agora mesmo?

Surpresa com aquela hipótese em que jamais pensara, Laila parou de chorar e limpou as lágrimas, hesitante. Rafaela fitou a *concierge* igualmente admirada. Ela explicou:

– Isso acontece bastante. Quando alguém sente que está correndo perigo, pode pedir para sair do país, deixar a família. Temos meios de arranjar isso. Certamente sua irmã não quis...

– Ela não deixaria a família. Era muito apegada a todos, às tradições. Tinha medo...

– E você, o que quer fazer?

– Eu não sei, não sei! – a garota gritou, histérica. – Estou com medo! Alá, me ajude...

Rafaela abraçou-a, procurando acalmá-la.

– Não precisa decidir agora, Laila. Você sabe onde encontrar Madeleine. Caso perceba que a situação está ameaçadora demais, vá atrás dela e peça ajuda. Você não está mais sozinha, menina, tem outras pessoas em quem confiar.

Ela olhava para os três e a jornalista balançava a cabeça, incentivando:

– Você pode confiar nela.

Fez-se prolongado silêncio. Ao final, Laila agradeceu e afirmou:

– Agora eu preciso voltar. Se me atrasar, levarei outra surra...

– E o computador? Como vai chegar com ele?

– Tenho uma professora que talvez possa me ajudar. Vou colocá-lo aqui na mochila e ver se acho alguém me ensine a mexer nele... sem fazer muitas perguntas.

A menina ajeitou o aparelho, que era bem pequeno. Buscando se recompor, despediu-se de Madeleine e de Jorge, apenas com um aceno de cabeça. Ao apertar a mão de Rafaela, pediu entre lágrimas:

– Não vá se esquecer de mim...

A jovem tornou a abraçar a menina, igualmente em lágrimas, e prometeu:

– De forma alguma, Laila. Nunca! Eu vou ajudar você, custe o que custar...

*****

Eram quase três horas da tarde. A cortina balançava suavemente e leve brisa entrava pelas pequenas frestas da veneziana. Forte estrondo ressoou ao longe; era um tanque americano disparando contra um alvo militar.

Rafaela, que fechava o zíper da última mala, espiou pela janela; o clarão indicava que o disparo atingira um ponto distante. Depois de duas semanas naquela cidade, ela quase ia se acostumando com o barulho ensurdecedor dos ataques. Não podia dizer que sentiria saudade, mas algo dentro dela se modificara durante a estada ali.

Recordou Farishta ensanguentada e disforme, suplicando socorro. Seu coração bateu descompassado, como se ela pudesse perceber a presença da moça logo ali, ao seu lado.

– Meu Deus – pensou em voz alta –, será que essa imagem nunca me sairá da mente?

No saguão do hotel despediu-se de Jorge, que ainda iria até a Holanda. Quando o avião decolou, pôs o fone de ouvido e começou a escutar de novo os depoimentos que havia registrado. Em seguida, examinou seus cadernos de notas, checando todos os dados e informações. Não obstante a viagem demorada, ela mal percebeu o tempo passar. Por todo o percurso, de aproximadamente 20 horas com as escalas, veio escrevendo a matéria, cheia de indignação e repúdio ante o que presenciara ou vivera. Se no rosto trazia as manchas roxas da surra, no coração as marcas eram muito mais profundas. À medida que escrevia, mais sentia o efeito das palavras, como se cada uma traduzisse sua própria experiência.

Dentro do avião, quase colada a ela, ia Farishta, que apesar de nada compreender se mantinha unida à brasileira por laços fluídicos, sentindo e alimentando-se de suas emoções.

Quando o avião pousou, Rafaela finalizava o texto que pretendia entregar para ser publicado:

"Até quando as mulheres serão vítimas da opressão e da violência? Há um grito de dor nos olhos de cada uma delas que vi em Cabul. É o mesmo olhar que vejo, muitas vezes, em mulheres do mundo inteiro, que sofrem por sua condição feminina. Até quando?"

Ela terminou, fechou o computador e olhou pela janela. Acabavam de tocar o solo brasileiro. O cansaço extremo não a impedia de questionar incessantemente: se essa história de Deus fosse verdade, por que ele permitia que houvesse tamanha desigualdade entre os povos? E como aquele povo podia seguir tratando com tanta crueldade suas mães, suas filhas, suas meninas?...

DEZ

Eram nove horas da manhã. Fernanda atravessou a redação quase vazia carregando sua pasta executiva e um copo de *cappuccino* que comprara na entrada do prédio. Andava com passos firmes. Vestida com roupas modernas e despojadas, era a personificação do sucesso: admirada por muitos, respeitada por uns e invejada por outros. Trazia na mão, junto com a bebida quente, as chaves do carro – um modelo de último tipo, confortável e com todos os acessórios, o que se poderia desejar de mais moderno e sofisticado. Aliás, adorava tudo o que fosse elegante, refinado e sobretudo inteligente.

Entrou em sua sala. Na parede atrás da mesa estavam pendurados diversos prêmios que a revista recebera no período em que ela coordenava a editoria. Sobre outro móvel, uma linda escultura exibia seu apurado gosto para as artes e para o *design*. Colocou suas coisas no lugar e consultou o relógio, apreensiva. Verificou o cronograma de fechamento e as matérias que faltavam para serem entregues; eram poucas. A mais importante, porém, ainda não chegara. Jogou o papel de novo sobre a mesa, quase arrependida de ter cedido aos apelos de Rafaela.

Acomodou-se na cadeira, olhou os *e-mails*, depois as redes sociais, e finalmente deu uma lida rápida nas principais notícias pela Internet. Enquanto lia, colocou instintivamente a mão direita sobre o abdome. Aquela dor chata e insistente, que começara há duas semanas, não a deixava e por mais que tentasse ignorá-la parecia aumentar. Sem pensar, abriu a gaveta e pegou um conhecido medicamento, que ingeriu puro; a seguir deu um grande gole no *cappuccino* e jogou o copinho de isopor no lixo, avaliando:

– Deve ser mais um mês de cólicas...

Não deu muita atenção ao desconforto que sentia e concluiu a leitura das notícias. Pelo vidro transparente notou a redação se enchendo, o burburinho dos funcionários – repórteres, fotógrafos, redatores e assistentes – entrando e um a um ocupando a sua baia. A editora sorriu. Adorava aquela confusão, aquela conversa toda. Baixou a cabeça e passou a checar sua agenda do dia.

Estava completamente distraída, quando um alvoroço no escritório ao lado a fez erguer a cabeça. Viu que se formara um amontoado de colegas e captou expressões de surpresa e espanto. Acompanhou com o olhar o grupo de pessoas se aproximando de sua sala. Por fim, o grupo se dispersou e Rafaela entrou. Ao fitar a jornalista, Fernanda conteve o espanto a custo. Ela estava péssima: bem mais magra, toda machucada, com os cabelos descuidados e a roupa totalmente amassada.

– Rafaela!

– Bom dia, Fernanda. Conforme prometi, aqui está a matéria – depôs seu *notebook* sobre a mesa, virando-o para que ela pudesse ler o texto. Mais do que na tela do computador, naquela hora a executiva estava interessada em saber um pouco mais da jovem e bem-sucedida jornalista que fazia parte de sua equipe há cerca de quatro anos. Não podendo conter-se, explodiu:

– O que foi que aconteceu com você? Como se machucou desse jeito?

– Já estou melhor agora. Você não imagina o que é aquele país...

– Eu sei.

– Você não tem noção...

– Mas o que houve com você?

– É uma longa história – apontou o computador. – Mas garanto que valeu a pena. Vamos, leia. Preciso de sua aprovação.

– Você quer um café, alguma coisa para comer? Tomou café da manhã no aeroporto?

– Acho que um suco de laranja cairia bem.

Fernanda pediu à assistente que providenciasse um desjejum completo para a recém-chegada e, virando para si o computador, comentou ao colocar os óculos para ler de perto:

– Vamos ver o que foi que você conseguiu.

Seguiu-se prolongado silêncio. A auxiliar trouxe o café e Rafaela se alimentou, sem desviar a atenção da editora. Ao terminar, acomodou-se no confortável sofá – todo branco, de couro – de onde podia observar cada reação da outra.

Decorridos mais de quarenta minutos, entre uma pergunta aqui e outra ali, Fernanda, séria, ergueu os olhos da tela e a encarou.

– E então? O que achou?

– Olhe, Rafaela, não era bem isso que eu tinha em mente...

– Mas...

– Calma, espere! Eu tinha imaginado algo mais abrangente, mais impessoal, talvez mais informativo; queria uma abordagem dos aspectos socioculturais da capital afegã, das dificuldades pelas quais passa o povo neste momento. Você sabe, foi isso que combinamos.

Ela fez uma pausa, fitou novamente a tela do computador e, tirando os óculos, tornou a encarar Rafaela.

– Está um tanto quanto eloquente demais... Você se envolveu pessoalmente, dá para perceber.

– Você não imagina a que ponto...

Balançando a cabeça como quem tenta compreender, Fernanda olhou de relance os hematomas, e continuou:

– A matéria é boa; fora do foco, porém boa. Além disso, não temos mais tempo. O prazo já acabou e não posso atrasar a impressão. Leve para a revisão e vamos soltar imediatamente.

Rafaela ergueu-se devagar. Enorme cansaço a dominava. Ao entregar a matéria e tirar o peso daquela responsabilidade dos ombros, sentiu como se de repente caísse em um poço sem fundo. Estava exausta. A editora notou e logo disse:

– Pode deixar, vou fazer uma cópia e daqui mesmo mando para a revisão. Gostaria muito de saber todos os detalhes de sua viagem, que resultaram nesta matéria. No entanto, acho melhor você ir para casa descansar. Minha amiga, você está mesmo precisando.

Com certo alívio, Rafaela pegou a bolsa e agradeceu.

– Vou direto para casa. Ligo assim que estiver em condições.

Pegou as duas malas que largara na entrada da sala e saiu, despedindo-se rapidamente dos colegas. Quando entrou no carro de Giovanni, que fora buscá-la na redação, nem teve ânimo para beijá-lo. O namorado olhou-a perplexo e ia dizer algo, quando ela o deteve.

– Por favor, Gi, a gente conversa mais tarde – esforçou-se para dar um leve sorriso. – Estou muito, muito cansada. Pode ser?

Embora decepcionado, ele percebeu a dificuldade que ela encontrava até para falar, e abriu largo e afetuoso sorriso.

– Eu estava louco de saudade, prestes a pegar um avião e ir atrás de você. Vou deixar que descanse, mas depois terá de me explicar tudo direitinho. Cada detalhe.

Sem responder, a jovem apenas concordou com a cabeça.

Na redação, Sophia entrou na sala da editora logo após a saída de Rafaela, cheia de curiosidade.

– O que houve com ela? Conseguiu descobrir? Você sabia de alguma coisa?

– Não, ela não havia me contado nada.

– Nossa! Está péssima! O que será que aquela maluca aprontou desta vez?

– Não fale assim, ela é ótima no que faz.

– É, mas às vezes se arrisca demais...

– Faz parte do trabalho, Sophia.

– E a matéria, está boa?

Fernanda refletiu por alguns instantes e disse, procurando se conformar:

– Não exatamente o que eu esperava; o conteúdo é bom, meio forte... Tenho dúvidas se nossas leitoras vão gostar.

– Elas apreciam as matérias da Rafaela.

– É que essa está forte demais.

– Violenta?

– Não é só violenta. Está muito... não sei explicar... intensa, eu acho. Ela foi muito fundo...

– Vai mexer na matéria? Editar?

Fernanda pensou um pouco, como a reavaliar o texto; em seguida olhou a assistente, sentindo uma ponta de desconfiança, e respondeu vagamente:

– Não sei se dá tempo, tenho de fechar a edição. Deixe-me trabalhar, preciso de concentração.

Ambas voltaram ao trabalho e Fernanda editou a matéria, cortando trechos que lhe pareciam muito provocativos ou opinativos demais. Depois, selecionou as fotos que segundo sua visão melhor ilustravam o texto final, ignorando a seleção original de Rafaela, e por fim encaminhou o texto para revisão.

Com tudo em andamento, voltou a abrir as fotos que Rafaela trouxera e se deteve nas imagens de Farishta. Olhou atentamente por longo tempo, e acabou por comentar em voz alta:

– Meu Deus, o que é isso!?

*****

Ao ouvir a chave girar na porta, Eunice, ansiosa, foi recepcionar a filha. No instante em que lhe viu o rosto, quase desmaiou.

– Filha! Como você se machucou!

Ajudando com as malas, acompanhou-a até o quarto. Como Rafaela entrara sozinha, perguntou:

– Encontrou-se com o Giovanni?

– Ele foi me buscar na redação.

– E por que foi primeiro para lá? Não podia vir descansar um pouco?

– Não dava, eles precisavam da matéria.

– Está pronta? Você já entregou?

– Já.

– Que rápido! Escreveu lá mesmo?

– Não, no avião, durante a viagem.

– Você deve estar esgotada. Está tomando algum remédio para os hematomas? Deixe ver.

Aproximou-se do rosto da filha e examinou cada machucado, depois os braços e também os ombros, as pernas...

– Mãe, já chega, eu estou bem.

– Eu estou vendo... Rafaela, você está...

– Dispenso seus comentários, pelo menos agora. Por favor, eu preciso descansar. Mais tarde conversamos.

Controlando a saudade, a preocupação e a ansiedade por saber tudo sobre a viagem da filha, Eunice tocou de leve os cabelos da jovem e deixou-a sozinha. Rafaela jogou-se na cama e, sem ter sequer trocado de roupas, sentiu irresistível torpor envolvê-la e adormeceu.

Após fazer alguns telefonemas, a mãe retornou para ver se ela necessitava de alguma coisa. Ao encontrá-la dormindo pesado, saiu e fechou a porta com cuidado, para não perturbar. Num suspiro, considerou em voz alta:

– Eu sabia que essa viagem não seria boa coisa. Eu sabia! Ela devia ter me escutado.

Eunice almoçou e antes de sair foi na ponta dos pés espiar a filha. Observou os hematomas e ferimentos, e se retirou. Quando regressou, Rafaela ainda dormia. Andou pela casa, procurando vestígios que lhe indicassem se ela se levantara na sua ausência, mas nada. Tudo estava do jeito que a havia deixado. Foi de novo ao quarto e contemplou a jovem, que continuava adormecida. Pela manhã notara-lhe a respiração mais regular; agora, parecia-lhe que respirava com dificuldade, seu sono era agitado. Olhou-a por longo tempo e voltou a sair do quarto. Em vão tentou afastar a preocupação distraindo-se com as atividades domésticas. Rafaela estava estranha, diferente, como se algo houvesse mudado em seu interior.

– Que bobagem! Está cansada, é claro. A viagem, o trabalho, tudo deve ter sido bem difícil.

O dia passou rápido. Perto das oito da noite Eunice ligou para Elza, querendo notícias da sobrinha, e mencionou o prolongado sono da filha. A irmã, por seu lado, comentou:

– Já não sei o que fazer com a Luana.

– Ela continua deprimida?

– Profundamente. Não tem ânimo para nada.

– E as crianças?

– Já perceberam que algo grave aconteceu. O pai não aparece e a mãe está completamente ausente.

– Não consegue se animar nem com eles?

– Que nada! É como se eles não existissem...

Com o intuito de amenizar a conversa, que seguia cada vez mais pesada, Eunice afirmou:

– Vai passar; com certeza ela vai melhorar logo.

– Espero que sim.

– Claro que vai. Conosco não foi assim?

Evitando a referência às próprias feridas, Elza disse, baixando o tom de voz:

– Ele não apareceu mais.

– O Bernardo?

– Sumiu, desapareceu.

– E com as crianças?

– Foi vê-las outro dia na saída da escola, muito rapidamente.

– Os dois precisam conversar.

– Ele não parece nada disposto... Quanto a ela, é tudo que mais quer; liga umas vinte vezes por dia, mesmo não sendo atendida.

– Já ligou no escritório?

– Ele não tem ido lá; tirou uns dias de licença.

– Que situação!

– É... Eu avisei a Luana.

– Não adianta falar, Elza. Essas coisas a pessoa tem de viver, precisa experimentar para saber.

– Infelizmente. E a Rafaela? Vocês conversaram?

– Dormiu o dia todo. Eu falei com ela por uns quinze minutos, quando chegou, e só.

– Deve estar exausta. Vai dormir uns três dias...

– O que é isso? Você está maluca? Não! Eu quero conversar com minha filha.

A campainha tocou e Eunice despediu-se da irmã. Abriu a porta para Giovanni, que foi entrando e procurando a namorada.

– Ela está dormindo, Giovanni.

– Liguei várias vezes para o celular dela, mas cai direto na caixa postal.

– Deve estar desligado.

– Vocês conversaram?

– Uns minutinhos, quase nada.

– Ela explicou alguma coisa sobre os ferimentos? Não achou impressionante, Eunice?

– Os hematomas são bem feios.

– Não há só hematomas. Tive a impressão de que está com uns pontos na cabeça. E o que mais me incomoda é que parece querer evitar o assunto. Ela está meio estranha.

– Achei a mesma coisa. Também, Giovanni, o que mais poderia acontecer? Naquele lugar de cultura tão diferente da nossa, ela deve ter visto coisas que a chocaram muito. Vai ver está abalada com tudo.

– Não sei se é só isso. Acredito que haja algo mais. Eu a senti evasiva, distante. Não estou gostando.

– Vou ver se ela acordou.

– Deixe que eu vejo.

Ele foi ao quarto de Rafaela e logo retornou.

– Dorme profundamente. Foi assim o dia todo?

– O dia todo. Estou preocupada...

Notando a ansiedade nos olhos dela, Giovanni ligou para um amigo médico, a fim de ouvir sua opinião profissional. Desligou e tranquilizou a futura sogra.

– Ele informou que é normal. Rafaela deve ter ficado muito estressada e agora, que está mais calma, o cansaço vem ainda mais forte. Ela precisa repousar; amanhã já deve estar bem melhor. Eu já vou indo. Avise-me caso ela – ou você – precise de alguma coisa.

Giovanni foi embora, mas Eunice continuou preocupada com a filha. Nada lhe tirava da cabeça que alguém a havia machucado de propósito. A muito custo afastou a horrível ideia da mente; não queria nem pensar naquilo...

*****

Na revista, Fernanda saiu da redação por volta das seis horas. Não ficou totalmente satisfeita com a matéria de Rafaela, porém sabia que o conteúdo era bom; só não estava certa se agradaria às leitoras. Era um tratamento bem profundo do tema. Desceu do prédio e foi ao salão de cabeleireiros que havia no andar térreo. Entrou procurando por Valéria, sua manicure preferida.

– A Valéria deu uma saidinha, pediu para a senhora esperar.

– Será que ela demora? Estou tão cansada...

– Não, foi até a farmácia.

– Vou aguardar um pouco.

A manicure não demorou a entrar e as duas se cumprimentaram. A moça, com não mais de trinta anos, pele morena jambo e cabelos encaracolados na altura dos ombros, parecia tensa e mantinha os olhos baixos, evitando fitar diretamente a cliente. A princípio Fernanda ignorou a atitude, que depois começou a incomodá-la. Na primeira oportunidade que teve ergueu o rosto dela e viu os hematomas ao redor dos olhos. Respirando fundo, disse um pouco irritada:

– Já sei, mais uma vez foi o Edivaldo, aquele louco do seu marido, não foi?

Desvencilhando-se, Valéria tornou a baixar a cabeça e respondeu, sem graça:

– Deixe para lá, Fernanda, ele estava nervoso.

– Tem de denunciar esse homem. Você deu queixa?

– Não posso, tenho as crianças. Eu não posso fazer isso. Ele me mata!

– Se você não tomar uma providência, ele a matará de qualquer jeito. Precisa agir, minha amiga.

Trêmula, a moça machucou Fernanda.

– Ai, desculpe.

– Tudo bem. Veja como está esse olho, isso não pode continuar assim. Onde vai parar?

– Fazia tempo que ele não me batia, eu estava tão feliz...

– O que houve? Ciúme de novo?

– É sempre a mesma coisa... Ele cisma com alguém e perde o controle. Não importa o que eu diga, fica violento... Mas não acontece sempre.

– E as crianças?

– Estavam na escola.

– Melhor para elas.

Seguiu-se prolongado silêncio, até que Valéria finalizasse seu trabalho. Após pagar pelo serviço, a cliente falou com seriedade:

– Olhe, estou alertando porque conheço muitas histórias parecidas com a sua. Você sabe disso, já contei algumas. Precisa se afastar desse homem, para o seu bem. Quer que eu vá com você à delegacia da mulher?

– Não, obrigada, eu não quero ir. Vai ficar tudo bem.

Abraçando-a e despedindo-se, Fernanda finalizou:

– Qualquer coisa, me ligue, que vou com você ou arrumo alguém que a acompanhe.

– Obrigada.

Enquanto dirigia de volta para casa, Fernanda pensava em Valéria e em muitas outras histórias de mulheres que sofriam agressões dos companheiros. Lembrou-se de que a primeira vez em que o marido levantara a voz para ela fora também a última. Não havia tolerado sequer uma gritaria descontrolada.

Em casa, encontrou as filhas – Carina, de nove anos, e Alexia, de quatorze – com a babá. Esta ficava até que ela chegasse. Beijou as meninas e foi para o quarto. As duas foram atrás; queriam sair para jantar. Carina era a que mais insistia. Fernanda recusou, explicando o cansaço que sentia. Alexia ficou emburrada e saiu do quarto resmungando:

– Você está sempre cansada.

– Eu trabalho muito, minha filha.

– Não sei para quê.

– Ah, não sabe?

– Não!

– Então não gosta das roupas de marca que eu compro, dos tênis último lançamento, do seu *notebook*, seu celular, seu *tablet*? Não gosta de nada disso? E das viagens que sempre faz com seus amigos? Não gosta disso também? Acha que daria para ter tudo isso sem muito trabalho?

– Acho que é você, muito mais do que eu, que gosta de roupas caras, jantares sofisticados e viagens. Você é que gosta! Não jogue isso em cima de mim!

A garota saiu batendo a porta. Fernanda pulou da cama, irritada, foi até a porta e abriu-a com toda a força.

– Que menina desaforada e mal-educada!

Acabou desistindo de ir atrás da filha e voltou para o quarto, pensando: "Quer saber? Eu vou tomar um bom banho e jantar".

Enfiou-se na banheira, de onde só saiu quase duas horas depois. As duas filhas já tinham jantado e estavam no quarto, assistindo tevê. A babá esperava por ela na cozinha.

– Dona Fernanda, amanhã não vou poder buscar as meninas na escola; tenho médico, como já avisei.

– Puxa, Isaura! Eu havia esquecido. Não dá mesmo?

– Não posso; levei uns três meses para conseguir marcar a consulta.

– Tudo bem, eu dou um jeito.

– Quer que eu ponha as meninas para dormir?

– Não, obrigada, pode ir. Eu vou ficar um pouco com elas, depois as coloco na cama.

A babá ia fechando a porta do apartamento, quando voltou e informou:

– As duas fizeram a lição de casa.

– Que ótimo! Obrigada, Isaura.

Fernanda preparou uma salada e sentou-se para jantar, embora sem vontade de comer. A dor no abdome aumentava. Durante o dia ela a ignorava, mas àquela hora, sentada no silêncio de seu apartamento, chegava a latejar. Colocou uma das mãos sobre o ponto em que sentia a dor, e pensou: "O que será isto, meu Deus? Que dor é esta?". Remexeu a salada, tomou um copo de vinho e foi até o quarto das filhas.

– Posso entrar?

Carina olhou para a mãe e sorriu. Já Alexia, que ao mesmo tempo conversava nas redes sociais em seu *tablet* e assistia à televisão, agiu como se não a tivesse visto.

– Está na hora de dormir.

– Por quê? Quero ficar aqui mais um pouco – disse Alexia, indiferente.

– Porque está tarde, são quase dez horas.

– E daí? Não estou com sono.

– Está na hora. Carina, para a cama. Alexia, desligue isso.

– Não.

– Por favor, sua irmã precisa dormir.

– Tudo bem, então vou para a sala.

– Não. Eu estou dizendo para desligar tudo. Você também precisa se deitar.

– Eu não quero dormir agora. Você dorme na hora que quer...

Fernanda suspirou fundo. Desligou a televisão e a filha ergueu-se de um pulo, saindo do quarto. Foi até a sala e ligou o outro aparelho. A mãe, que já perdera a pouca paciência que tinha de lidar com as meninas, foi até a sala, desligou a tevê e arrancou o *tablet* das mãos da garota, que gritou:

– Ligue essa televisão e devolva meu *tablet*! Você não tem o direito de fazer isso.

Fernanda riu com ironia.

– O quê? E você acha que tem direito de falar assim comigo? Sou sua mãe, ouviu bem? Mais respeito!

– Pois não parece. Você parece mais uma turista dentro desta casa...

– Agora chega! Para a cama.

– Não vou.

– Alexia!

Sentada no sofá, a menina não se mexia. Fernanda sentiu o sangue subir-lhe pelo rosto. Pegou-a pelo braço e arrastou-a através do corredor. A menina endureceu o corpo, fazendo força para resistir. A editora, já descontrolada, tirou o chinelo e bateu várias vezes na filha, que tentava se proteger. Ao escutar o tumulto, Carina apareceu na porta e começou a chorar. Ao ver o estado da menor, Fernanda jogou o chinelo longe, agarrou o braço de Alexia, levando-a até a cama.

– Você me tira completamente do sério. Consegue fazer isso.

A garota, sem responder, chorava e rangia os dentes de raiva. A mãe sentou-se ao lado de Carina e, na tentativa de acalmá-la, colocou-a para dormir em sua cama.

Naquela noite, como em muitas outras, Alexia adormeceu entre soluços e Fernanda só conseguiu conciliar o sono depois que tirou da gaveta um calmante e o tomou.

ONZE

Foi Valéria quem fechou o salão naquela noite. Sentia imenso desânimo. Não era a primeira vez que fora vítima da violência do marido. E o pior de tudo é que sequer estava bêbado. Às vezes ela dava essa desculpa aos conhecidos e parentes, para tentar atenuar a agressão. Mas não era verdade. Edivaldo simplesmente ficava fora de si e a agredia, bem como aos dois filhos que ela procurava criar com a maior dedicação. De família simples do interior da Bahia, viera para São Paulo em busca de uma oportunidade. Conhecera-o logo que chegara, quando ainda vivia na casa de uma tia – ela e mais doze pessoas, em uma pequena casa de quarto, sala e cozinha.

Enquanto fechava todas as janelas e apagava as luzes, lembrava-se da expectativa que trazia ao ver pela primeira vez a cidade de São Paulo. O dia estava nascendo no momento em que o ônibus encostou na rodoviária. Valéria se encantou com a quantidade de luzes que se espalhavam por todo lado, feito os vaga-lumes ouriçados das noites de verão em sua cidadezinha. Seu coração batia descompassado, num misto de medo e esperança. Agora, as luzes daquela capital já não lhe diziam nada.

Trancou a porta principal do salão e foi para o ponto de ônibus. Estava lotado. Precisou esperar o terceiro veículo, para afinal subir. Quando conseguiu acomodar-se em um canto, ficou olhando pela janela a vida movimentada do lugar, a se perguntar por que tudo tinha de ser tão difícil para ela. Decerto tinha arranjado um bom emprego. Apesar de não saber nem ler direito, era delicada e atenciosa e gostava de ajudar as pessoas. Fez alguns cursos de manicure – com o auxílio da tia – e em seis anos, tendo passado por quatro salões diferentes, encontrou aquele trabalho, num lugar decente, onde enfim desenvolveu uma boa clientela e passou a ganhar algum dinheiro.

Todavia, tão logo ela começou a se entusiasmar pelo trabalho, Edivaldo foi piorando. Não que antes fosse muito calmo. Não. Desde que o conhecera tinha aquele jeitão duro, mas para ela, acostumada à aspereza e vida de sua terra, era mais um baiano arretado, de temperamento forte. Teria de aprender a lidar com ele. Valéria não demorou a engravidar do primeiro filho e ele, então, assumiu o menino e casou-se com ela. Valéria achou-se a mulher mais feliz do mundo. Ia se casar, e em São Paulo!

À medida que o ônibus seguia pelas ruas agitadas, suas lembranças se encadeavam. O barulho das sirenes das ambulâncias e dos carros de polícia ficava distante. Recordava-se do casamento: muito simples, porém repleto de alegria por ser a realização de um sonho. Alugaram um quartinho para os dois e o bebê, e decorridos dois anos chegava o segundo. Seus dois tesouros.

Lembrou o rosto dos meninos e seus olhos encheram-se de lágrimas. Notava que o mais velho, Emerson, de onze anos, começava a ter raiva do pai; entendia o que se passava, e não aceitava a situação. Já Everton, o menor, era mais alheio, parecia não ver o que acontecia dentro de casa. Entre um solavanco e outro do ônibus, limpou discretamente as lágrimas que lhe desciam pelo rosto. "Estou ficando cansada de tudo isso!", pensou, com um longo suspiro.

Valéria sabia, desde o princípio, que o marido era violento. Pouco depois de conhecê-lo já o via provocando brigas e atritos com a irmã e com a mãe. Entretanto, sentia-se fortemente atraída por ele; seu jeito másculo e arrogante a encantava. Quando a tia soube do namoro, tentou adverti-la, pois sabia da fama do rapaz. Foi em vão. Ela estava inteiramente envolvida e, para piorar, grávida. Restava assumir. Quando casaram, tinha apenas dezoito anos; e vinte quando o segundo menino nasceu. Agora, aos vinte e nove, sentia enorme peso nas costas, como se estivesse próxima dos cinquenta.

Após duas horas de percurso no trânsito congestionado, subia a ladeira que levava à sua casa. Andava devagar, sem ânimo de chegar. Desde a primeira vez que fora agredida tivera vontade de sumir, mas sempre voltava por causa dos filhos... E também porque, mesmo sendo tratada daquela forma, parecia hipnotizada, como se não pudesse viver sem ele. Afinal, era o homem que cuidava da família...

Entrou em casa e encontrou o filho mais velho.

– O que está fazendo acordado, Emerson?

– Esperando você, mãe.

– É tarde, meu filho. Vá dormir.

Ele pousou na mãe os grandes olhos negros, e quase sem piscar perguntou:

– Você está bem? Eu vi o que ele fez...

– Cadê o seu pai?

– Saiu resmungando porque você não chegava.

– Ele colocou seu irmão na cama?

– Não, eu coloquei.

Valéria foi até o menino, tentando disfarçar as lágrimas. Abraçou-se a ele e ficaram longamente enlaçados. Quando o soltou, a mãe pediu:

– Vá dormir, por favor.

– Você também vem?

– Daqui a pouco.

– Não o deixe bater em você de novo, por favor.

– O que eu posso fazer?

– Não brigue com ele, não o provoque.

– Eu não fiz isso; estávamos conversando e de repente ele se alterou e começou a gritar comigo...

– Tudo bem, mãe, tudo bem. É que não suporto mais ver você apanhar.

– Fique calmo, filho, nem pense em enfrentá-lo. Você conhece bem a fúria dele...

Emerson balançou a cabeça e nada mais falou. Escutaram barulhos e vozes ao pé da escada. Edivaldo estava chegando.

– É seu pai. Vá dormir, agora. Largue tudo aí e vá. Não quero a menor chance de vocês discutirem.

– Estou com muita raiva dele.

- Eu sei. Por isso mesmo, vá já para a cama e finja que está dormindo, por favor – ela insistiu, suplicante.

O menino obedeceu e enfiou-se na cama, ajeitando o cobertor, quando escutou o pai fechar a porta da cozinha. Ele entrou, olhou a mulher, que lavava louça. Olhou em volta e percebeu que os meninos estavam dormindo. Sentou-se à mesa.

– Você demorou demais – reclamou.

– Havia um acidente no caminho.

– Quero jantar.

Ela preparou um prato de comida e o colocou diante dele. O esposo agarrou-a pelo pulso e disse.

– Agora fique aqui e me faça companhia.

Ela sentou-se ao lado dele, procurando distrair a raiva. Olhava o garfo, a faca sobre a mesa e tinha ímpetos de usá-los contra o marido. Mas logo pensava nos filhos e se controlava.

– Saiu cedo hoje.

– Tinha de abrir o salão.

– Por que você?

Valéria sentia no tom da voz dele o desejo de iniciar outra briga. Parecia não estar ainda satisfeito. Até advertira, na noite anterior, que ela merecia mais. Ela respirou fundo.

– Já avisei à Isaura que não vou mais abrir o salão – disse, buscando imprimir muita suavidade à voz. – E também não vou fechar – mentia para fugir de qualquer possibilidade de atrito.

– Acho bom mesmo. E veja se faz uma comida melhor, que esta aqui está uma porcaria!

– Desculpe...

– Você é uma imprestável! Não sabe nem cozinhar... Se pelo menos fosse capaz de preparar um bom prato de comida... Que nada! E ainda quer falar mal da minha mãe!

A sogra fora a razão da discussão na noite anterior. Edivaldo maltratava a mãe, porém quando Valéria lamentou a falta de apoio da sogra com os meninos, partiu para cima dela já agredindo. Prevenida, ela ficou calada, recolheu os pratos e pôs tudo dentro da pia.

– Vou dormir, estou muito cansada.

– Não, primeiro lave toda a louça, sua porca.

Ela voltou e, num esforço enorme para controlar-se, colocou o detergente na esponja; rangendo os dentes de raiva, lavou toda a louça.

Antes que terminasse, o marido estava esparramado na cama, roncando. Enquanto tomava um banho, ela chorava. Emerson, ainda acordado, escutava os soluços abafados da mãe e revirava-se de um lado para outro, cheio de revolta.

Valéria saiu do banho e deitou-se pensando no que faria; não suportaria aquilo por muito tempo. No princípio Edivaldo não batia nela; era apenas grosseiro e eles tinham até seus momentos românticos. Foi quando nasceu o primeiro filho que tudo ficou diferente. O marido parecia não gostar do menino e foi se afastando pouco a pouco. Logo ela soube que andava atrás de outras garotas do bairro, e as discussões começaram. Ainda assim, ele não a agredia fisicamente.

Com o correr dos anos, à medida que Emerson crescia, e depois do nascimento de Everton, o pai passou a sentir certo desprezo da parte do filho mais velho. Aquilo o enfurecia e já rendera muitas surras ao menino. A primeira agressão aconteceu quando Valéria tentou defendê-lo. Edivaldo partiu para cima da mulher e bateu nela também. Depois daquele dia, já fazia quase um ano, as agressões se tornaram frequentes.

Ela se deitou bem devagar, para não acordar o marido. Acomodou-se na cama e olhou o teto sem pintura da casa por acabar. Chorou outra vez, considerando que a vida não era justa.

Virava-se de um lado para o outro e pensava no que poderia fazer para livrar-se daquela situação. Para onde iria, com dois filhos para criar? Como prover-lhes o básico ganhando tão pouco? E se fosse embora e os deixasse com o pai? A essa ideia, seu corpo estremeceu e forte arrepio percorreu-lhe a espinha. Não. Isso, com certeza, não poderia fazer.

Já era muito tarde quando, vencida pelo cansaço, adormeceu.

SALOMÉ

DOZE

Rafaela apareceu na sala, chamando de imediato a atenção da mãe.

– Que horas são?

– Quase duas horas da manhã.

– Duas da manhã? Nossa, estou atordoada.

– Também, pudera, está dormindo há quase trinta horas seguidas.

A jovem sentou-se no sofá ao lado de Eunice e espreguiçou-se, tentando compreender.

– Tudo isso? Eu tinha de ir à redação...

– Você precisava mesmo era descansar. Prova disso é que não conseguiu acordar antes.

– Preciso saber se deu tudo certo com a matéria. Alguém ligou da revista?

– Aqui em casa, não; no seu celular, não sei. A bolsa está no seu quarto. Você não ouviu nada?

– Nada.

Rafaela ficou olhando a televisão, sem enxergar direito a tela. Após longo tempo, perguntou.

– E o Giovanni, ligou?

– Ele veio aqui e ligou várias vezes.

– Por que não me chamou?

– Ele não queria acordar você, de modo algum.

Fazendo breve pausa, a mãe indagou:

– Quer comer alguma coisa? Eu preparo.

– Pode deixar, vou tomar um copo de leite.

– Você não está com fome? Todo esse tempo sem comer?

– Fome não, mas com muita sede. Tem leite na geladeira?

Ela foi até a cozinha e preparou um copo de leite gelado com chocolate. Depois de tomá-lo, voltou e sentou-se de novo ao lado da mãe; olhava a televisão, sem enxergar. Estava distante. Eunice a observava e por fim levantou-se.

– Vou dormir, estou muito cansada – estendeu o controle remoto para a filha. – Vai assistir?

– Vou, pode deixar ligada.

Assim que a mãe saiu, Rafaela deitou-se no confortável sofá da sala de televisão e procurou alguma coisa que a interessasse; no entanto, não conseguia fixar-se em nada. Sua mente estava agitada, os pensamentos se confundiam. Era como se a própria viagem que fizera e o que vivera naqueles quinze dias não tivessem passado de um sonho – pior, um pesadelo. Ela se esforçava para focar a mente, aclarar as ideias, sem sucesso. Suas emoções estavam misturadas, desordenadas.

Sentada no canto do quarto, assustada, estava Farishta. Ela não compreendia o que se passava ao seu redor. Tudo estava estranho, diferente. Não sabia que lugar era aquele, que língua era aquela que escutava de vez em quando, quem eram as pessoas que às vezes passavam por ela. Seu único ponto de apoio era Rafaela. Sentia-se profundamente ligada a ela, e mais confortável quando a jovem estava por perto. Assim, o seu momentâneo afastamento do quarto causou inquietação crescente e grande ansiedade na afegã.

Amaro e Eva, que acompanhavam as duas jovens desde Cabul, aproximaram-se e impuseram-lhe as mãos, buscando tranquilizá-la pela transferência de energias. Em algum tempo de aplicação dos passes, a jovem serenou e entrou em estado de torpor. Rafaela, por sua vez, também se sentiu mais calma, e acabou dormindo no sofá.

Na manhã seguinte, a jornalista despertou bem cedo. Quando a mãe apareceu para o café da manhã, ela já estava de saída.

– Para onde vai a esta hora? Para a redação?

– Não, vou ver Luana. Não aguento mais de saudade...

Eunice sorriu.

– Ela sentiu muito a sua falta.

– Como ela está, mãe?

– Péssima.

– Não consigo acreditar que o Bernardo fez isso.

– Imagine a sua prima, o tamanho da decepção.

– Por isso mesmo é que eu não me animo a casar...

– Não por falta de insistência do Giovanni, não é?

– Eles prometem tudo, porém não cumprem...

Não querendo aprofundar o assunto, Eunice desconversou:

– Não vai tomar o café da manhã? Preparo rapidinho.

– Tomo lá na casa da Luana, pode deixar.

Despediu-se e saiu para encontrar a prima. Eunice preparou o café, sentou-se na sala e ligou a tevê para saber as notícias da manhã. De súbito, ouviu barulho no quarto da filha. Levantou-se, pensando que talvez Rafaela tivesse voltado sem que ela percebesse. Foi até o quarto, olhou para todos os lados; sentiu um forte arrepio pelo corpo. O quarto estava vazio.

Farishta ao se ver sozinha, começou a esmurrar a porta, na tentativa de abri-la. Só parou quando Eunice entrou. Olhou a mulher, suas roupas, seu cabelo curto, e estremeceu. Onde estaria? Quem seria aquela mulher? Foi para cima dela e a fez estremecer. A mãe de Rafaela saiu do quarto e fechou a porta instintivamente, com uma sensação funesta. Aquele incidente a incomodou e durante todo o dia não pôde tirá-lo da cabeça. Estava certa de que escutara ruídos no quarto da filha.

Ao se encontrar com a prima, Rafaela tomou um susto: a linda Luana de longos cabelos loiros havia emagrecido pelo menos uns cinco quilos e estava excessivamente abatida, com olhar esmaecido e apático, sem brilho, sem vida.

Ao se abraçarem, ambas choraram por longo tempo. Rafaela sentia o coração apertado ao constatar a tristeza que se abatera sobre a prima; incapaz de falar, apenas a envolveu em um daqueles abraços em que as palavras perdem completamente a necessidade de existir. Sem que a prima lhe dissesse uma única palavra, compreendia sua dor, como se o problema fosse com ela própria.

Ao fim de demorado silêncio, Luana, mais calma, enxugou os olhos vermelhos e comentou:

– Você está toda machucada... O que aconteceu?

– Em outra hora eu conto. Não estou querendo falar sobre isso, agora. Só quero ficar aqui com você.

Rafaela acomodou-se ao lado dela, na cama, como as duas faziam quando eram crianças; depois, sorrindo e olhando nos olhos da prima, repetiu:

– Só quero ficar aqui bem pertinho de você.

Luana, profundamente confortada pela simples presença de Rafaela, deu ligeiro sorriso. Então disse, quase num sussurro:

– Ele quer a separação... Não me conformo, Rafaela.

– Tudo é muito recente, você vai precisar de tempo.

Rafaela olhou fixamente para a prima, uma das poucas pessoas em quem confiava de verdade, e acrescentou, suspirando:

– Vai ver foi melhor, Luana. Quem sabe você não vai descobrir novas coisas... A prima não deixou que ela prosseguisse. Berrou descontrolada:

– Eu não quero descobrir nada! Quero minha vida de volta. Eu era muito, muito feliz! Tinha tudo o que podia desejar. Eu perdi tudo, Rafaela, tudo...

Segurando-lhe as mãos com força, a prima a contradisse:

– Ainda tem seus filhos, sua vida, pode começar outra vez, reconstruir. Olhe para você, Luana! É jovem, bonita, tem a vida inteira pela frente.

A outra abaixou a cabeça e ao tornar a erguê-la falou, pessimista:

– Eu perdi tudo. Não tenho mais vontade de viver.

– Isso vai passar, você vai ver.

Abraçou a prima, que se pôs novamente a chorar.

Rafaela passou quase o dia todo com Luana, tentando animá-la. Elza exultou, confiante de que a chegada da sobrinha a estimularia a reagir.

Pelo meio da tarde, Rafaela despediu-se e foi ao encontro de Giovanni. Passaram o restante do dia juntos. Por mais que se esforçasse, cobrindo a namorada de atenção e carinho, o rapaz a sentia distante, preocupada e infeliz.

No dia seguinte Rafaela voltou à redação e reassumiu suas funções. A partir daí, todos os dias, ao final da tarde, antes de sair do trabalho, a jornalista entrava em contato com Madeleine, pelo computador, buscando notícias de Laila.

Rafaela organizou suas prioridades e recebeu nova tarefa. Na reunião de pauta, considerou que deveriam continuar fazendo reportagens sobre o Afeganistão e a situação de seu povo; garantiu que obteria novas informações, que mais pessoas famosas poderiam falar também sobre o assunto.

– Acho que temos outros temas relevantes – opinou Fernanda.

– Ainda há muito que dizer sobre esse – Rafaela defendeu.

– Em outra oportunidade.

– Vamos fazer uma série de reportagens. Podemos desmembrar a matéria inicial em várias outras. Seria interessante.

– Não, correríamos o risco de as matérias ficarem cansativas. Não são todas as mulheres que querem falar nesse tema com tanta insistência.

– Como não? Ele é de grande relevância. Ou você acha que já compreende a situação das mulheres no Afeganistão? Não tem curiosidade de conhecer os motivos pelos quais aquela sociedade é assim?

– Não. Sei que é assim, o que posso fazer?

Rafaela tentou apelar para os outros colegas, mas nenhum deles estava sensibilizado como ela para aquela temática. Ficou decidido que focariam outros assuntos. Ao final da reunião, um dos colegas comentou com ela, durante o café:

– Desde que voltou tenho achado você abatida.

– Não tenho dormido bem, sinto-me cansada. A viagem mexeu demais comigo...

Ela retornou ao trabalho e prosseguiu com suas pesquisas; não iria desistir da ideia das matérias sobre os países árabes, independentemente da revista.

*****

Duas semanas depois, Rafaela chegou à redação e encontrou em sua mesa a última edição da revista. Uma foto com os olhos de Farishta em destaque ocupava quase toda a capa. Pegou a revista, examinou a foto e não gostou muito do tratamento que recebera. Haviam carregado na cor dos olhos da afegã e descaracterizado a realidade. Não se podia ver direito a imagem toda, já que fora aproximada ao máximo para obtenção em primeiro plano dos olhos de jovem morta.

Ao olhar aquela imagem, Rafaela experimentou forte aperto no peito e uma sensação de desespero a dominou. Ainda mais abatida do que andava ultimamente, sentou-se e leu a matéria. Ao concluir, ergueu-se enfurecida e, com a revista nas mãos, foi até o escritório de Fernanda. Jogou a revista com violência sobre a mesa da editora-chefe.

– O que é isto? O que você fez com a minha matéria?

– Eu editei, por quê?

– Você mexeu em tudo! Atenuou a realidade, não está claro aqui como é a verdadeira condição daquelas mulheres. A situação de opressão e sofrimento em que elas vivem ficou disfarçada.

– Ficou melhor desse jeito, Rafaela. A matéria estava muito pesada. Certamente dá para se ter uma noção de como as coisas acontecem por lá.

– Não dá, não. Eu tinha feito um trabalho que desvendava o que há por trás dos véus das mulheres afegãs, e você aliviou tanto que aqui não dá para saber nada. Ficaram apenas algumas informações elementares... Você precisava ter conversado comigo antes...

– Não dava tempo, você sabe disso.

– Então não devia ter mexido. A matéria estava muito boa.

– E forte demais.

– Mas aquela é a pura realidade!

– Nem todos se interessam pela realidade nua e crua, Rafaela. A essa altura de sua vida profissional, você já deveria saber bem disso.

– Você sempre foi uma boa jornalista, Fernanda. O que está acontecendo?

– Comigo nada. E com você? O que está havendo?

– Como assim, comigo?

– Você parece obcecada pelas mulheres do Oriente Médio.

– Não seria porque vivi na pele a situação delas? Você sabe todos os detalhes do que passei...

– É isso que estou tentando lhe dizer. Você não precisava ter se arriscado dessa forma. No final, nem foi possível colocar tantos pormenores.

– Porque você não quis.

– Não quis porque não era necessário.

Rafaela erguia mais e mais a voz, inconformada com a posição da editora-chefe.

– Por favor, controle-se.

– Você destruiu a matéria. Transformou em amenidades fatos de extrema gravidade... Não é mais uma jornalista séria.

– Eu não sou somente uma jornalista. Tenho responsabilidades aqui. Eu tenho de vender as revistas.

– Ah, então está explicado! Esta é sua única preocupação: vender mais revistas.

– Claro que é uma de minhas maiores preocupações. E totalmente legítima. Vivemos da venda das revistas, que novidade!

– Só que devemos ter respeito pelo nosso trabalho, pelo conteúdo que apresentamos e podemos apresentar às nossas leitoras.

– Foi apresentado um bom conteúdo.

– Empobrecido.

– Tenho certeza de que vai agradar; vamos acompanhar o resultado das vendas.

– Vendas, de novo vendas. Não quero saber de vendas! – gritou, descontrolando-se. – Quero respeito pelo meu trabalho.

Fernanda, sem dizer nada, levantou-se, foi até a porta e a abriu. Então, fitou a jornalista e declarou, firme:

– Nossa conversa acabou, você está passando dos limites. Saia do meu escritório agora, sem mais uma palavra. E controle-se. Não quero que volte a falar comigo nesse tom, Rafaela. Não pense que por ser uma jornalista premiada e competente pode me desrespeitar. Gosto do seu trabalho, porém, sinceramente, gosto mais do meu. Embora aprecie suas reportagens, também preciso e acho bom vender revistas.

Passando pela outra com o olhar fuzilante, Rafaela falou entre os dentes:

– Você se vendeu, não tem mais ideais...

SANDRA CARNEIRO pelo espírito LÚCIUS

Fernanda ignorou a provocação e fechou a porta com força quando Rafaela saiu. Acomodou-se em sua cadeira e resmungou.

– Petulante!

Rafaela pegou a bolsa e saiu sem dar explicações. Foi direto ao escritório do namorado, que não ficava muito longe da redação. Teve de aguardar que Giovanni encerrasse uma reunião com clientes antes de ir ao encontro dela.

– Que surpresa boa! – disse ele, sinceramente satisfeito com a visita. – Mas eu conheço essas sobrancelhas franzidas, essas ruginhas na sua testa. O que houve?

– Nada. Só vim fazer uma surpresa...

– O que tem aí nas mãos? Deixe-me ver.

Giovanni pegou a revista e a folheou. Leu alguns trechos enquanto Rafaela, irritada, andava de um lado para outro.

– Parece muito bom.

– Não, não está. A Fernanda cortou tudo, aliviou demais o conteúdo.

– Assim mesmo me parece bem impactante.

Sem conseguir controlar-se, Rafaela desatou pesado choro. Giovanni trouxe-lhe água e fez tudo o que pôde para acalmá-la. Como os soluços sentidos não cessavam, sentou-se junto dela e a abraçou sem dizer nada. Estreitando-a entre os braços fortes, acariciava suavemente os cabelos da namorada, até que, aos poucos, ela foi serenando. Quando parou de chorar, ele a fitou e perguntou.

– O que está acontecendo com você, Rafaela? – pegou a revista das mãos da jornalista. – Apesar de ainda não ter lido a matéria, pelo pouco que vi acho que está contundente. Fernanda já editou outras matérias suas, é o trabalho dela, e nem por isso eu a vi perder o controle dessa maneira. Você anda muito alterada, irritada, sem paciência e... desanimada. O que está havendo? Para mim parece que algo a está perturbando, e muito...

Limpando as lágrimas e procurando recuperar o controle, que detestava perder, ela procurou tranquilizar o namorado.

– Eu estou bem, Giovanni, apenas um pouco cansada. – fez longa pausa antes de prosseguir. – Sabe, você não faz ideia de como é a vida das mulheres naqueles países. Não de todas, é claro, mas de grande parte delas. É muita injustiça...

Incentivada pela atenção com que era ouvida, ela prosseguiu:

– Eu queria muito fazer alguma coisa para ajudar. Meu recurso mais importante é o meu trabalho, você entende? Eu queria que as pessoas que vivem no Brasil soubessem da realidade. Talvez assim, tocando as mulheres daqui, poderíamos fazer algo em prol das mulheres afegãs.

Com leve sorriso nos lábios e afastando os cabelos dos olhos da jovem com ternura, ele comentou:

– Não tenho dúvida de que o seu trabalho vai tocar as leitoras. Só pelas fotos, posso ver que é uma matéria séria e reveladora. Nem preciso ler tudo para sentir. Talvez Fernanda tenha até razão, não sei. Depois você me envia a matéria original, para que eu possa ler ambas e tenha como dar uma opinião mais concreta.

Rafaela deu um beijo na boca do namorado e sorriu.

– Você não existe, mesmo. Vai ler tudo?

– Lógico, vou ler tudo, para opinar com mais propriedade. Pode deixar a revista aqui comigo?

– Claro – ela entregou o exemplar ao namorado.

– Almoça comigo?

– Ainda é meio cedo.

– São quase onze horas; se me esperar um pouco, vamos juntos.

Os dois saíram para almoçar e conversaram. Giovanni, desde o retorno da namorada, estava apreensivo. Rafaela se mostrava abatida, emagrecera e ainda não recuperara o peso. Parecia constantemente preocupada e aflita. Por notar seu crescente distanciamento, ele se sentiu extremamente satisfeito com aquele momento de intimidade e carinho que viviam, e procurou aproveitá-lo ao máximo.

Giovanni a amava profundamente e lhe dedicava o mais possível de tempo e atenção. Namoravam há quase quatro anos e, se dependesse dele, já estariam casados. Desejava muito uma família, filhos, um lar. Queria construir sua vida ao lado de Rafaela. A moça, entretanto, alegava que o casamento lhe tomaria muito tempo, e que ainda queria concentrar-se na carreira. Mesmo do compromisso mais sério havia fugido muitas vezes. Ele, paciente e determinado, conquistara-lhe pouco a pouco o coração. O relacionamento tornara-se mais sério. E daquele ponto não passava, por mais que Giovanni tentasse.

Ao retornarem do almoço, pelo meio da tarde, ele fez Rafaela prometer que tiraria o resto do dia de folga, para repousar. Sentindo-se estranhamente cansada, a jornalista decidiu voltar para casa mais cedo e dar sequência às pesquisas para sua próxima reportagem. Acomodou-se em seu quarto, ligou o computador e retomou a pesquisa. Notou que o pessoal da RAWA, com quem permanecia em contato, estava *on-line*. Procurou por Mirian, que logo respondeu, e ambas conversaram.

A preocupação de Rafaela continuava sendo Laila. Na troca de informações, a brasileira soube que a menina fora a duas reuniões, conforme o combinado; na terceira não aparecera e não tinham mais notícia dela. O coração de Rafaela disparou e de imediato sentiu a angústia dominá-la. Ligou para Madeleine, agoniada, mas ela também não sabia de nada. Pediu, então, que a moça buscasse novas informações.

– Sinto que ela corre perigo.

– É o que também temo. Só que não posso fazer nada agora. Assim que sair daqui, vou até a casa dela ver se descubro alguma coisa.

– Na casa não, vá até a escola encontrar-se com ela e veja do que está precisando. Caso seja necessário, eu deixo tudo aqui e vou para aí, ajudar a garota – sentiu todo o corpo arrepiado. – Não quero que ela tenha o mesmo destino da irmã...

Despediram-se e Rafaela aguardou, ansiosa, por notícias de Madeleine. Não saiu do quarto. Tentava se concentrar no trabalho, mas sua mente estava longe, do outro lado do mundo. Desejava estar lá, para saber logo de Laila. Duas horas depois, Madeleine reapareceu *on-line*, e a jornalista soube que a menina não havia ido à escola nos últimos três dias. Ela se empenhava em organizar os pensamentos, o que a ansiedade impedia. Quando Eunice chegou, espantou-se com o estado de agitação da filha.

– O que houve?

– É a Laila. Não foi à escola, nem à última reunião.

– Calma, filha...

– Ela está com problemas, mãe, sei que está.

– E você não está raciocinando direito. O que pode fazer para ajudá-la? Racionalmente, Rafaela, o que pode fazer? Ela está do outro lado do mundo...

Sem esperar a mãe concluir, a jovem começou a gritar, fora de controle:

– Diz isso porque não é você que está lá, porque não é ninguém que você conhece! Está sendo insensível e egoísta.

– Olhe aqui, Rafaela, você está passando dos limites com essa história. Sei que foi uma experiência dolorosa, que você viveu um pouco da realidade daquelas mulheres, daquela sociedade... Todavia, estamos no Brasil. E, além do mais, do jeito que está você não poderá fazer nada por ela.

– Claro que vou fazer! Eu vou para lá, atrás dela!

Sentou-se de novo diante do computador e começou a procurar nas companhias aéreas.

– Vou comprar uma passagem e viajo amanhã.

– Você não pode fazer isso.

– E por que não?

– Tem seu trabalho, sua vida, seus compromissos. Vai largar tudo aqui? Por quê? Por alguém que nem conhece direito, e que nem sabe se poderá ajudar? Pelo que você mesma me contou, não é simples assim.

Rafaela clicava o *mouse*, descontrolada. Enquanto Eunice tentava argumentar, chamando-a à realidade, ela dava a impressão de não escutar o que a mãe dizia. Ao lado, Farishta, que presenciara as conversas sobre Laila, chorava apavorada, temerosa pela vida da irmã, e não parava de pensar nela. Desse modo, os laços energéticos que uniam Rafaela à afegã se fortaleciam, fazendo a angústia da outra reverberar em seu próprio corpo; a brasileira lhe assimilava os pensamentos como se fossem seus, sem imaginar nem de longe que partiam de outra mente. E sem saber direito o porquê, só conseguia pensar em Laila. A visão de seu rosto coberto de sangue a assaltava a todo momento.

A mãe começou a ficar assustada. Aquela não parecia sua filha. Rafaela sempre soubera bem o que queria e fora muito determinada. Era uma moça racional, coerente. E realista, acima de tudo. Não se deixava dominar pelas emoções daquele jeito. Obviamente, esse não era seu estado normal. Ela estava adoecendo e precisava de auxílio.

Por fim, após muita insistência, Eunice conseguiu que ela tomasse um banho e descansasse um pouco, antes de efetivar a compra da passagem.

– Isso, filha, vá tomar um banho morno e repouse por algum tempo. Depois, se ainda continuar decidida, você verá como agir. Quanto a mim, acho tudo isso uma loucura.

Vencida pela exaustão, ela acabou concordando. Tomou um banho morno e relaxante, sorveu uma xícara de chá de camomila que a mãe preparara e deitou-se. Envolvida por intensas energias de Eva e Amaro, adormeceu profundamente. Assim que isso ocorreu, seu corpo espiritual desprendeu-se do corpo físico; espantada, a jovem sentou-se aos pés da cama olhando seu corpo deitado, sem compreender o que se passava. Via-se perfeitamente, estendida na cama, e via-se também, como se fosse uma cópia de si própria, fora do corpo físico. Aos poucos, uma luz brilhante inundou o quarto e dela se formou a imagem doce da avó materna, que ela adorava. Eva sorriu para a neta e aconchegou-a ao coração.

– O que está sucedendo comigo, vó? Estou confusa... Sou eu dormindo, e me vejo aqui, falando com você, que já morreu...

– A morte não existe, querida, como você pode constatar.

– Estou sonhando?

– Não, querida, está aqui comigo.

Aconchegou-a mais, e dessa vez Rafaela deixou-se ficar naquele abraço terno e carinhoso. Sentiu-se de novo uma menina nos braços da avó, que tanta segurança lhe transmitia. Amaro aproximou-se, envolvendo as duas em doces emanações de amor e carinho. Aos poucos Rafaela se acalmou. Olhando para os avós, sem compreender, apenas sorriu e murmurou:

– É um sonho bom, delicioso.

– Não é um sonho, querida. Estamos aqui porque amamos você e desejamos o seu bem. Queremos ajudá-la. Você precisa disso, está entendendo? Precisa procurar ajuda, para poder se reequilibrar.

– O que está acontecendo comigo? Por que me sinto tão mal, tão angustiada, e não consigo afastar Laila do pensamento um só minuto? E o sonho que tenho, o mesmo, repetidamente, dia após dia?

– Então, querida, você está passando por um momento importante em sua vida, na encarnação atual.

– Encarnação?

– Sim, Rafaela. Há muitas coisas que necessita relembrar, e outras tantas a descobrir, aprender. Para isso terá de aceitar seus sentimentos e intuições, sobrepondo-os ao seu lado racional. Dentro de você está tudo de que precisa para caminhar nessa nova fase.

– Nova fase?

– Sim, a etapa que começou durante sua visita ao Afeganistão. O contato com o passado e com pessoas queridas de outras encarnações a impressionou profundamente.

– Não entendo nada do que está falando, vozinha. Eu quero ver Laila.

– É a isso que me refiro. O encontro com as duas irmãs a fez entrar em contato com muitas emoções de seu passado distante, que despertou dentro de você. Agora, precisa de ajuda para conseguir lidar com todas essas emoções.

– O que sei é que tenho de ver Laila.

Eva fitou o companheiro e, sem necessidade de verbalizarem a intenção, atuaram sobre os centros de forças de Rafaela, permitindo-lhe visualizar Faristha. Quando a jornalista viu sentada ao seu lado a jovem afegã, no estado em que a vira ao morrer, deu um grito de desespero a despertou, aterrada.

Eunice entrou depressa no quarto.

– O que foi?

– Um pesadelo.

– De novo? O mesmo?

– Não, Desta vez sonhei com a vó Eva. Ela estava aqui, comigo, e o vô Amaro também.

Os olhos de Eunice se encheram de lágrimas, como se ela pudesse sentir a presença dos pais ali, bem perto.

– E por que foi um pesadelo? Eles não estão bem?

– Como me pergunta se estão bem? Era um sonho, mãe.

– Mas por que disse que era um pesadelo?

– Além deles, Farishta estava aqui, no meu quarto.

De imediato, Eunice lembrou-se do barulho que escutara após o regresso da filha.

– Aqui, no seu quarto? Fazendo o quê?

– É um pesadelo, mãe, um pesadelo. Estou preocupada com Laila, é isso – recostou-se na cama com a respiração ofegante.

– Está vendo, Rafaela? Você precisa se cuidar. Não tem a menor condição de viajar agora.

A jovem quase podia sentir ainda o amoroso abraço dos avós. Olhou para o computador desligado e, com um suspiro, murmurou:

– É, acho melhor esperar um pouco e ver se consigo falar com a garota; ou se alguém de lá me dá notícia dela.

– Acho bem mais sensato. Conceda a si própria tempo para se refazer dessa viagem maluca, que mexeu tanto com você.

O impacto das palavras da avó ainda repercutia em seu inconsciente.

– Por que diz isso?

– Você parece outra pessoa desde que voltou...

Baixando os olhos, a jovem comentou:

– O Giovanni disse a mesma coisa...

Rafaela quase podia ouvir fisicamente as observações de Eva sobre as lembranças do passado que a viagem ao Afeganistão nela suscitara. Não obstante, lutava para ignorar aquilo tudo e dizia-se, em silêncio, que fora apenas um sonho, nada mais do que um sonho. Não queria que fosse nada além disso.

TREZE

Os dias passavam depressa. Rafaela, apesar de contrariada com a atitude de Fernanda, não se descuidava de suas responsabilidades. No entanto, era comum ficar alheia, com os pensamentos em Laila ou em alguma outra questão que a desgostava. Seu sono continuava agitado e às vezes não conseguia dormir, passando praticamente a noite inteira em claro. Quando isso acontecia, ao amanhecer estava exausta. Se no início a insônia era esporádica, ocorrendo uma noite ou outra, pouco a pouco sua frequência aumentava. Como resultado, a cada dia a jornalista se mostrava mais estressada e sem concentração.

A busca por notícias de Laila prosseguia, mas nem Madeleine nem Mirian traziam novidades. A menina afegã não retornara para nenhuma reunião, tampouco procurara por Madeleine no hotel.

Naquela noite, Rafaela conversava com a *concierge*.

– Você tentou ir à casa dela?

– Rondei o local vários dias, sem sucesso. Parece que não há ninguém por lá. Acho que a família viajou.

– E nas primeiras reuniões, pôde conversar com ela?

– Sim, nós explicamos que estaríamos aqui para ajudar em tudo de que precisasse. Ela parecia compreender bem; estava disposta, confiante, cheia de esperança de fugir da situação que tanto a oprimia.

– Vocês lhe ensinaram como usar o *notebook*?

– Começamos, até a garota dizer que a tal professora, na escola, faria isso.

– Ela não se conectou, mesmo com tudo já preparado. Nunca entrou em contato comigo...

Fez-se longa pausa, e em seguida Rafaela aduziu, preocupada:

– Algo deve ter sucedido... Você precisa descobrir o que está havendo, Madeleine. O certo é que ela corre perigo, você sabe o que fizeram com a irmã. Os homens daquela família são muito radicais. Laila está sozinha...

Seu tom de voz se tornava mais desesperado a cada frase, e Madeleine, do outro lado da linha, podia sentir a angústia da outra.

– Vou tentar encontrar uma desculpa para visitá-la, tão logo me organize melhor aqui no hotel.

– Não pode demorar; tem de fazer isso rápido. Quero saber o que está acontecendo com Laila... Eu preciso saber! Meu desejo era ir logo para aí, encontrá-la, porém não posso; ao menos por enquanto, é impossível.

– Acalme-se, está bem? Vou ver o que consigo.

– Mantenha-me informada. Por favor, avise-me de qualquer novidade, qualquer coisa de que precise.

Rafaela tinha o coração tomado de angústia e medo. Sentia medo de tudo: de sair de casa, do trabalho, das pessoas... Não partilhava seus temores com ninguém, guardava-os em segredo; não obstante, ia gradualmente sendo dominada por aquele sentimento generalizado.

Eva e Amaro acompanhavam-na com toda a dedicação, empenhados em ajudá-la e orientá-la – muitas vezes através da intuição, em outras ocasiões de forma direta, nos sonhos. Nada adiantava. Parecia que quanto mais procuravam se aproximar, mais ela se afastava.

– Estou apreensiva, Amaro. Desse jeito não há como fazê-la progredir. Não nos dá atenção, não nos escuta.

– É, tanto ela como Luana não nos acolhem as sugestões. Estão completamente refratárias. Assim, fica difícil ajudar.

Constantemente os dois se uniam em oração pelo grupo familiar que muito amavam, e de quem se faziam protetores espirituais.

Farishta, por sua vez, permanecia fortemente ligada a Rafaela. Como decorrência da intensificação dessa conexão energética, crescia a influência dos pensamentos e sentimentos da afegã sobre a brasileira.

Muitas vezes, durante o sono físico, ela a via em seu quarto e, apavorada, voltava para o corpo, despertando assustada. O medo de dormir se instalava e ia tomando conta de seu subconsciente; temia dormir e deparar com Farishta.

A obsessão pelo Afeganistão também se acentuava. A jovem prosseguia em suas pesquisas e estudos. Queria entender aquela sociedade, compreender a origem da dura situação daquele povo e, principalmente, das mulheres afegãs.

Rafaela oferecera a outros órgãos de comunicação a íntegra de sua matéria, que acabara por despertar o interesse de um importante *site* internacional. Na manhã em que recebera tal notícia, acrescida da perspectiva de que igualmente a publicassem em uma revista impressa, a jornalista saiu de casa animada, decidida a obter autorização para prosseguir com a negociação. Embora soubesse que poderia enfrentar a resistência da editora-chefe, estava determinada.

Chegou bem cedo à redação, indo direto falar com Fernanda. Bateu na porta e escutou um abafado:

– Entre.

Fernanda, sentada em seu sofá, tinha os olhos vermelhos de chorar. Numa das mãos segurava lenços de papel e conteve as lágrimas ao ver Rafaela. Estava com vários papéis na outra mão – eram exames que havia feito e cujos resultados acabavam de sair.

– Posso ajudar em alguma coisa? – indagou a recém-chegada ao encontrar seu olhar entristecido.

– Não, acho que não.

– O que foi, Fernanda? O que aconteceu?

Incapaz de falar, a editora esticou o braço e ofereceu-lhe uma das folhas. Rafaela leu com atenção e releu duas ou três vezes.

– Tem certeza? Você precisa fazer outro exame para confirmar. Pode estar errado...

– É o terceiro que faço.

Ergueu-se do sofá com raiva, amassou os papéis, jogou tudo no lixo e gritou:

– Eu estou com câncer, você está vendo? Estou com essa doença maldita! – chorava, passando a mão pelos cabelos repetidamente – Eu vou morrer, Rafaela, sei que vou morrer. Minha vida acabou! O que vou fazer com minhas filhas? Ai, meu Deus! Você sabe que elas são uma "produção independente", que eu nem conheço os pais biológicos...

Sentou-se novamente, a chorar desconsolada. Rafaela não sabia o que dizer. Sentiu como se o chão se abrisse sob seus pés. Fernanda

sempre fora uma mulher resoluta, controlada e, acima de tudo, vitoriosa. Vê-la daquela forma, tão fragilizada, tão desarvorada, deixou-a sem
ação.

– Você já falou com o médico?

– Ainda não.

– Quando vai levar os resultados?

– Hoje à tarde.

Recostou-se no sofá com os olhos perdidos; as lágrimas continuavam a descer pela sua face, incessantes. Rafaela procurou forças no íntimo e balbuciou:

– Não pode se desesperar antes de falar com o médico. Hoje em dia
há tantos recursos... Claro que sua reação agora é natural, porém conversando com o médico sei que achará um caminho para a cura!

– Eles vão tirar meu útero, é isso que vão fazer. E os ovários também. Os dois. Vou precisar tirar tudo, Rafaela. Não serei mais uma mulher... Ficarei mutilada...

Desabou de novo em sentido pranto. Rafaela sentou-se ao lado dela
e segurou-lhe as mãos por longo tempo, sem dizer nada. Na verdade, sua
vontade era sumir daquela sala, desaparecer da redação, do prédio, ir
para bem longe. Não sabia o que dizer para acalmar Fernanda. Não tinha
uma palavra de conforto, de fé, nada. Sentia-se completamente vazia.
Ficava repetindo que a ciência possuía recursos, que haveria um modo
de resolver. Mas não conseguia sentir a dor da outra; não deixava que
aquela dor se aproximasse dela. Sem saber como ajudar, terminou por
sugerir:

– Você deveria ir para casa, ou conversar com alguém... Não conhece alguma psicóloga que possa auxiliar?

– No momento não me lembro de ninguém.

– Vou arrumar uma pessoa para falar com você.

Rafaela saiu e logo retornou com um número de telefone, que entregou a Fernanda.

– Minha mãe a conhece bem. É uma senhora – tem seus sessenta anos –, e muito experiente. Decerto poderá ajudar. Você precisa de
apoio profissional.

Fernanda a olhava fixamente, como paralisada. Quando afinal se levantou, pegou a bolsa, nela enfiou todos os exames (inclusive os do lixo) e declarou:

– Vou ligar já para ela, e então vou para casa. Não estou em condição de trabalhar hoje.

Enxugou os olhos e perguntou se era algo urgente que Rafaela precisava falar com ela.

– Não, nada urgente. Conversamos quando você voltar; são coisas de trabalho.

Despediram-se e a editora-chefe saiu, antes que a redação se enchesse e ela tivesse de explicar a todos o estado em que se achava. Rafaela acompanhou-a com os olhos até a saída; depois sentou-se em sua baia e passou um bom tempo com o olhar distante, condoída por Fernanda e preocupada com o que lhe sucederia.

Naquele dia nem ela conseguiu trabalhar, dada a enorme dificuldade de concentração. Interrompeu a importante matéria que vinha desenvolvendo e foi encontrar Giovanni, a quem sempre recorria quando estava confusa ou triste. Ele, que além de namorado era também seu amigo, sempre a acolhia e apoiava nessas horas.

Jantaram juntos em um pequeno restaurante de que Rafaela gostava muito. Uma cantina italiana. Durante o jantar, ela contou o ocorrido com Fernanda, e revelou como se sentia abalada. Ao final, enquanto comiam a sobremesa, Giovanni comentou:

– Ela vai descobrir uma saída, uma forma de lidar com a situação.

– Acho que você não entendeu. Às vezes, é otimista demais! Ela está...

– Eu sei. Contudo, você mesma disse que a ciência, atualmente, tem soluções que poucos anos atrás eram impossíveis. Devemos ter confiança no futuro.

– Por que pensar que o futuro será melhor? Não dá para confiar em nada e em ninguém. Só vejo problemas e tristeza por todos os lados. Veja a Luana. Não consegue superar.

– É muito cedo, ela precisa de tempo.

– Daqui a pouco a separação completa três meses e ela está tão abatida como no início... Na verdade, piora a cada dia.

– É porque não aceita.

– E dá para aceitar uma coisa dessas? Uma traição desse tamanho? É impossível. Por isso é que eu não me caso...

O jovem pousou na namorada os olhos castanhos, que brilhavam intensamente, e afirmou carinhoso:

– Pode ficar tranquila, que eu jamais faria isso. Vou cuidar de você, quando nos casarmos.

– Está bom assim, Giovanni. Eu não quero me casar, não quero mesmo! Vejo à minha volta as mulheres casadas se matando de tanto esforço, de tantas responsabilidades assumidas... É o trabalho por necessidade financeira, ou é a carreira profissional a ser construída. Após as horas dedicadas a ganhar dinheiro, muitas vezes em meio às preocupações com os filhos, voltam para casa e, já no caminho, começam a segunda jornada de trabalho: é fazer compras no supermercado, é providenciar material para o filho, que está faltando, é buscar as crianças na escola, é cuidar dos pais ou de outros parentes. Ao chegar em casa, você acha que elas têm o descanso merecido e essencial? Não. Aí vem mais trabalho: cuidar do ambiente doméstico, da alimentação da família... É coisa demais para uma pessoa só! Não, nem pensar... Eu não vou me casar e carregar tudo isso nas costas.

– Agora talvez não, mas pode ser que um dia nos casemos. E embora você não admita, sei que esse dia não vai demorar muito... – Giovanni sempre levava com bom humor as irritações e explosões de Rafaela. – Sabe do que acho que você mais está precisando? Desenvolver a sua fé.

– O assunto está piorando... Sabe que detesto religião. Não sou como você. Simplesmente não consigo acreditar.

– Não estou falando de religião, Rafaela. Estou falando de Deus, de ter fé.

– Não posso crer no Deus que me apresentaram até hoje: um Deus sarcástico, que se diverte às custas dos reles humanos, meros joguetes nas mãos desse ser poderoso. Não deve haver Deus algum, isso é tudo invenção.

– Como pode dizer isso?

– Esse ser superior não existe. Do contrário, não haveria tanto sofrimento, tanta dor sobre a Terra. Não posso crer que ele, se existisse, deixaria as pessoas pedindo ajuda, suplicando, sem fazer nada. Só olhando...

– Não estamos aqui falando dos deuses do Olimpo. Eu me refiro à inteligência maior que criou o Universo e tudo o que há nele.

Rafaela sorriu, engolindo com prazer o último pedaço de creme *brulée*, sua sobremesa favorita, e aí comentou:

– Gostaria de acreditar, como você. Só que não dá. Você é ingênuo, Giovanni, e eu acho isso até bonito, mas não para mim...

Sem querer insistir, o rapaz sorriu de volta e perguntou:

– Quer outra sobremesa? Acho que essa lhe fez bem, você já está sorrindo...

QUATORZE

Os dois repetiram a sobremesa e tomaram mais meia garrafa de vinho, conversando descontraídos. Rafaela relaxou e sentiu-se mais animada. Preparavam-se para sair do restaurante quando ela avistou um casal, na mesa mais próxima à porta. Instantaneamente gelou e empalideceu.

– O que foi, Rafaela?

– Está vendo o Bernardo, naquela mesa perto da saída?

– Onde?

– Não olhe diretamente, disfarce...

– Eu vi. É ele mesmo?

– É ele mesmo! Ai, que raiva! E aquela deve ser a responsável pelo fim do casamento da minha prima...

Passaram pela mesa do casal e a jovem apertou o passo, para não ter de cumprimentá-lo, nem olhar para ele. Bernardo a reconheceu de longe e aguardou, igualmente constrangido, temeroso da reação dela; ficou aliviado quando a viu passar, ignorando a sua presença e a de Michele. Àquela hora da noite, em um restaurante caro e bem frequentado, o que ele menos queria era ter de enfrentar a hostilidade de um familiar de Luana – e justamente da prima, de quem a esposa era tão amiga...

Apesar de não ter nem falado com Rafaela, ele sentiu forte impacto ao vê-la. Conhecia bem o temperamento da moça e imaginou que pudesse destratá-lo diante da mulher de quem se enamorara. No caminho para a casa de Michele, dirigia em silêncio. Ao encostar o carro, ia desligando quando ela falou, com voz suave e macia:

– Vou precisar subir logo, querido. Hoje não poderemos ficar juntos por mais tempo.

– E por quê?

– Tenho um cliente bem cedo, amanhã.

– Esse seu trabalho está tomando tempo e energia demais – queixou-se, enquanto acariciava o ombro desnudo da amante.

– É verdade. Estou com muito trabalho na agência. O atendimento aos clientes é cansativo, você sabe. Mas não devia reclamar, pois foi assim que nos conhecemos... Foram as horas e horas trabalhando sobre o projeto de sua empresa que atraíram minha atenção.

Abraçou Bernardo e beijou-o com paixão, demonstrando todo o desejo que sentia. Ele, por sua vez, dominado por desejo ainda mais veemente, insistiu:

– Quero subir, passar a noite com você. Faz cinco dias que não ficamos juntos.

– Teremos o final de semana...

– Não! Eu quero você hoje, agora!

– Eu também, querido, eu também. É que não posso, ou não conseguirei trabalhar amanhã.

– Eu quero você, Michele.

Ao ver a jovem séria e pensativa, ele acariciou seu rosto e indagou:

– O que foi? Está preocupada com alguma coisa?

– Você resolveu sua situação, Bernardo? Não quero mais escândalos. Temo que sua mulher apareça na agência, ou aqui em minha casa.

– Fique tranquila, eu já conversei com ela. Só vamos precisar de um tempo. Não posso forçar a situação; Luana sabe que quero o divórcio, porém devemos esperar que se acostume à ideia; tem de ser aos poucos.

Envolvendo-o em um abraço cheio de malícia, ela murmurou em seu ouvido:

– É uma pena... Tudo isso apenas nos faz perder tempo. Ao invés de estarmos juntos, vivendo nosso amor, você está naquele *flat* e eu aqui, tendo de ficar submetida aos horários exigentes da agência.

– Eu sei que você tem sido paciente, e peço que aguente um pouco mais. Preciso ser cauteloso; receio que ela faça escândalo, ou outra besteira qualquer. Quero você acima de tudo, Michele, esteja certa disso. Todavia, tenho de pensar em meus filhos.

Ela não respondeu, sentindo o ciúme brotar intenso no peito. Não queria dividir Bernardo com ninguém, especialmente com aqueles pirralhos; não gostava muito de crianças, e queria o amante somente para si.

– Agora preciso mesmo subir. Amanhã nos vemos?

– Pego-a na agência e vamos sair para dançar. Amanhã é sexta-feira e...

– Não sei se vai dar. Talvez precise trabalhar no sábado.

– De novo?

– E o que é que tem? Você trabalha tanto nos finais de semana...

– Está sendo injusta. Isso acontece muito raramente...

Ela sorriu, insinuante e sensual. Abriu a porta, deu a volta até o vidro do motorista e, após um beijo apaixonado, falou em seu ouvido:

– Eu sou sua, querido. Quando desejar, me terá unicamente para você. Por enquanto, dependo do meu trabalho, do meu salário.

Bernardo fechou o semblante, contrariado, e respondeu áspero:

– Vou acabar com isso logo. Pode pedir demissão do emprego.

– Como assim?

– Você não tem de trabalhar dessa maneira. Não quer montar sua butique? Não é esse seu sonho?

– Claro, sempre foi. Uma loja de *lingerie*, das mais caras, sempre foi meu sonho.

– Pois então está decidido. Vamos fazer os planos no fim de semana – segurou-lhe o pulso com força. – Chegue mais tarde amanhã; peça demissão e vamos começar a fazer os planos. Vou lhe dar tudo o que você merece.

Satisfeita e sem pensar, Michele atirou-se ao pescoço do amante e beijou-o, afoita. Depois abriu o portão da garagem e disse:

– Vou subindo enquanto você estaciona. Não demore...

Michele era uma bela mulher de trinta e oito anos. Vaidosa, adorava roupas finas, joias, perfumes caros e tudo que lhe desse prazer e satisfação. Aquela não era a primeira vez em que contribuía para o fim de um casamento. Mais jovem, envolvera-se com um homem casado, vinte anos mais velho. Quando este resolvera abandonar a família por ela, Michele mudou de ideia. Percebeu que ele passaria a controlá-la e desistiu da relação. Não sentia remorso ou arrependimento. Queria viver a vida, com o que tinha de melhor. E queria que um homem cuidasse dela e a provesse de tudo. Trabalhava apenas pela necessidade, sem qualquer interesse pela realização pessoal e profissional.

Agora, entretanto, a conquista fora mais significativa – a maior que já obtivera. Bernardo era apenas oito anos mais velho do que ela. Era bonito, rico, talentoso, um homem bem-sucedido. Meio carente, às vezes, mas disso ela sabia cuidar muito bem. Além do mais, estava completamente apaixonado e disposto a dar-lhe tudo. Ela estava satisfeita. Finalmente encontrara alguém à altura de seus sonhos.

Quanto a Bernardo, seguia por um caminho sem volta. Entregara-se àquela paixão sem pensar. Não percebia que acabava por satisfazer todas as vontades de Michele, que, ao contrário de Luana, não as expressava claramente, mas de modo velado, levando-o a agir como ela queria, sem se dar conta. Ao lado dela sentia-se livre, forte, viril. Segundo sua visão, Michele não o controlava, e sim o desejava.

Para viver sua paixão, queria livrar-se das exigências e responsabilidades conjugais que lhe pesavam nos ombros. Tentava não pensar na esposa nem no impacto que sua decisão causava nos filhos, na vida de todos ao seu redor. Evitava ao máximo recordar os bons momentos que tivera ao lado da esposa, por quem fora apaixonado. "Afinal, os casamentos acabam", justificava-se quando a consciência ameaçava chamá-lo à reflexão.

Na realidade, Bernardo assumira um compromisso com Luana, antes de reencarnarem. A família que haviam constituído tinha propósitos bem definidos. Ele, no entanto, esforçava-se por abafar a consciência e seguia seus impulsos, sem avaliar as consequências de suas ações.

Já Rafaela se manteve calada desde o inesperado encontro no restaurante. Giovanni tentou animá-la, distraindo sua atenção. Foi até as barracas de plantas próximo ao cemitério do Araçá, encostou o carro e comprou-lhe um buquê enorme, cheio de flores lindas e perfumadas: lírios, rosas, gérberas e orquídeas. O arranjo era maravilhoso.

– Não precisava fazer isso – Rafaela protestou ao recebê-lo.

– Eu quero ver você feliz. Posso ao menos tentar?

Ela baixou a cabeça, tentando controlar a emoção. Quando ergueu novamente o rosto, fitou o namorado.

– Estávamos conversando sobre isso; sobre o sofrimento em toda a parte.

– Agora, neste exato momento, você não precisa sofrer. Estamos aqui, vivendo um bom momento. Veja a beleza dessas flores...

Rafaela sentiu o aroma intenso e agradável que vinha do buquê e sorriu.

– Você não tem jeito, mesmo.

– Não! Sou um romântico incorrigível, e apaixonado por você.

Ainda com os olhos rasos de lágrimas, a jovem não conseguiu deixar de sorrir. Definitivamente, Giovanni trazia alento e alegria para sua vida.

*****

Elza colocou o neto na cama e acabou de contar uma historinha, para acalmá-lo. Pedro, que a princípio não queria se deitar, e sim ficar com a mãe – era o mais apegado dos dois filhos –, estava cada dia mais arredio. Com paciência, a avó acabou por tranquilizá-lo e ao final da história o menino dormia. Ela o cobriu e afagou-lhe os cabelos com suavidade. Depois, marcando a página para poder continuar a leitura em outra hora, colocou o livro na estante e saiu em silêncio. Da porta, contemplou penalizada o garoto de quatro anos incompletos.

Estava preocupada com a situação da família. A filha não reagia, os netos se mostravam rebeldes, inquietos, criando atritos na escola: atacavam colegas e eram extremamente agressivos com os professores. Luana fora chamada e apelara para a mãe, por não se achar em condições de comparecer. Elza tinha o seu trabalho, numa firma de advocacia que dividia com dois sócios; mesmo assim, deixou o escritório e compareceu à reunião. Sabia que, se a filha não tomasse uma atitude enérgica, o problema ficaria cada vez mais fora de controle.

Na escola, explicou à orientadora pedagógica, bem como à professora, que a família passava por uma fase delicada, em que ela procurava dar apoio à única filha. Pediu colaboração e paciência. A direção da escola declarou compreender, mas determinou que as crianças fossem corrigidas, pois a situação ia se tornando insustentável.

Elza saiu da reunião desanimada. Não sabia ao certo o que fazer. Estava confusa, e não costumava sentir-se assim. Era uma mulher que lutara desde cedo por sua liberdade, por sua realização, para ter o seu espaço no mundo. Com dezoito anos, ao término do ensino médio, decidira sair do país e estudar em Stanford, nos EUA. Enfrentara dias difíceis. Além de estudar muito, precisava trabalhar para pagar parte da bolsa que recebera. E fora naquele país que seus ideais feministas se haviam fortalecido. Lá encontrara um movimento estudantil vigoroso, estruturado, e muitas jovens lutando pelo direito de conduzir a própria vida. Logo se engajara e não tardara a participar de passeatas em favor de maior liberdade para a mulher.

Quando retornou ao Brasil, deparou com mulheres ainda distantes das conquistas que havia testemunhado no exterior. Trabalhou arduamente por conscientizar as brasileiras de seus direitos. Casou-se e teve uma filha. Contudo, em pouco tempo apareceram as dificuldades no relacionamento e o casal se separou quando Luana era ainda pequena. Elza criou a filha sozinha. Preparou-a para a conquista da independência, mediante a construção de uma carreira de sucesso, vitoriosa.

Contrariando sua aspiração, a menina demonstrava desde cedo claro desejo de casar-se. Dizia querer uma família grande, e um marido que cuidasse dela. Assim, mãe e filha se desentendiam frequentemente por causa das formas distintas de olhar o mundo.

Elza queria que Luana fosse como ela, ao passo que a jovem era muito diferente. Direcionava para o casamento toda a sua busca de realização e estava convicta de que encontraria um homem que a faria feliz... Que lhe daria seu castelo, seu mundo de sonho, onde seria a rainha absoluta. Encontrou Bernardo. Elza esperava que, como ela, a filha estudasse fora do país e tivesse uma carreira solidamente construída; Luana, por sua vez, só queria se casar e ter sua família. Sendo uma jovem bonita e bem-educada. Bernardo se apaixonou e casaram-se quando a moça completou vinte e três anos.

Ela fez do lar seu universo e a ele se dedicava com afinco. Promovia jantares e recepções que pudessem favorecer a ascensão profissional do marido, a quem apoiava zelosamente. E Bernardo crescia profissionalmente. Logo vieram os filhos. Luana cuidava de tudo e educava as crianças com firmeza. Queria que viessem a ser homens bem-sucedidos como o pai.

Elza pensava em tudo isso enquanto preparava um chá para si e para a filha. Foi até o quarto e entrou. Luana chorava baixinho, para evitar que alguém a escutasse. Quando notou a presença da mãe, limpou as lágrimas e tentou, em vão, disfarçar.

– Chorando de novo, minha filha?

– Não – balbuciou.

– Precisa tomar uma atitude. Não pode continuar assim, está cada vez mais magra e abatida – sentou-se na beira da cama e ofereceu o chá. – Marquei uma consulta para você com um psiquiatra indicado pelo meu médico. Creio que ele poderá ajudá-la.

Luana não respondeu. Sorveu vários goles, com os olhos vidrados, perdidos no vazio. A mãe tomou o chá ao seu lado, em silêncio. Ao final, informou:

– Estive na escola hoje.

– A reunião foi hoje? O Bernardo apareceu?

– Não, eu fui sozinha.

Decepcionada, a filha apenas suspirou.

– Você precisa dar atenção aos meninos. Eles estão muito necessitados de você.

Ela explodiu, gritando descontrolada:

– Eu não tenho condições de cuidar deles agora! Pelo amor de Deus, não me pressione! Não vê que não consigo? Eu estou sozinha, desesperada! Sem ninguém que me ajude, que me apoie. Abandonada!

Tais palavras eram como estacas pontiagudas enterradas no coração de Elza. A filha definitivamente não enxergava todo o esforço que ela fazia, todo o seu empenho para ajudá-la naquele momento, até mesmo relegando um pouco suas atividades profissionais. Luana só tinha pensamento para o marido que a deixara. Não se preocupava com os filhos, negligenciava totalmente suas responsabilidades com a casa e consigo própria. Estava obcecada por uma única ideia: o abandono que sentia ante o lar desfeito. A cada dia mais enclausurada na dor, esquecia o mundo que a rodeava.

Elza respirou profundamente e, tirando a xícara vazia das mãos da filha, comentou enquanto saía:

– Marquei a consulta para amanhã à tarde. Pego os meninos e venho para cá, almoçamos e já levo você. Não há condições de continuar desse jeito.

Sem aguardar resposta, saiu e fechou a porta.

Luana acomodou-se de novo na cama e entregou-se a doloroso pranto. Seu mundo perfeito havia desmoronado e ela não sabia o que fazer, nem qual caminho deveria trilhar para reconstruí-lo. Só o que sabia era que queria recuperar sua vida, queria de volta o marido e tudo o que lhe fora roubado. Não tinha intenção de recomeçar, tampouco de seguir em frente; sequer pensava em aprender com o processo. Não podia nem imaginar que houvesse algo para aprender com a situação atual. Sentia-se completa vítima da vida, da traição do marido e da indiferença daquela que lhe roubara a felicidade; e era contra a outra que dirigia seu ódio, sua mágoa, seu ressentimento.

QUINZE

Era madrugada em Cabul. O vento gelado beijava o rosto de Laila, que sentada à beira da janela observava o céu cheio de estrelas, na imensidão da noite. Trazia o coração opresso pela angústia e pela saudade da irmã. De vez em quando tinha a impressão de que Farishta iria entrar no quarto, como costumava fazer, e sentar-se junto dela em sua cama. Como era doído saber que não mais veria a irmã! Não obstante, a dor que a consumia era outra. Olhava para as estrelas cintilantes e refletia. Para ela, Mohamed estava tão distante quanto as estrelas. Embora acreditasse no profeta com todas as suas forças, pensava que ele estava longe demais e ocupado com coisas mais importantes; do contrário teria ouvido suas rogativas, suas preces insistentes, suplicando socorro ao sagrado profeta.

Seu olhar seguia a direção do local em que pela última vez vira a irmã com vida. Fixou a mente em Farishta, em tudo o que devia ter sofrido naqueles momentos de agonia. A despeito da curta idade, a garota estava bem consciente de seu destino. Lembrou-se de Rafaela e de seu rosto todo machucado. A jornalista brasileira não conseguira ajudá-la, afinal.

Olhou para a mochila velha, jogada no chão, onde guardara o *notebook*; a alegria havia durado tão pouco... Não pudera ocultá-lo por muito tempo.

Logo que recebeu o presente, deixou-o com a professora em quem confiava. Obteve da mãe uma mochila velha para carregar seu material da escola e ao retornar da aula trouxe o computador consigo. Procurou não mudar em nada seu comportamento para não despertar a atenção da família. Com a máxima discrição, chegou a comparecer a duas reuniões do grupo RAWA, por duas semanas seguidas.

Lembrava-se com tristeza da manhã em que se preparava para ir à escola e já estava com a mochila nas costas, quando o pai entrou em seu quarto e informou, jogando uma *burka* azul sobre a cama:

– Não precisa mais vestir-se como menino. Combinei seu casamento com Sadin; ele a quer por esposa e está mesmo na hora de você se casar. A partir de hoje, pode vestir a *burka*. Agora é uma mulher comprometida.

Apesar de aquela determinação já ser esperada, o choque foi tão grande que Laila começou a vomitar em cima da cama. Afia, que vinha atrás do marido, correu para a filha, tentando acalmá-la. Sabia o quanto a decisão ofendia a jovem, porém não tinha coragem de dizer nada. Laila permanecia agarrada à mochila, como se ali houvesse alguma esperança, algum conforto. Assim que ela parou de vomitar, o pai insistiu:

– Ponha a roupa e desça. Vamos oficializar esse compromisso.

A menina não respondia nem se movia. O pai, irritado, arrancou-lhe a bolsa e atirou-a na parede.

– Chega dessa bobagem de estudar. Você não precisa mais fingir. Quanto a mim, vou casá-la e livrar-me do peso de mais uma mulher na família. Vamos! Obedeça!

Quando a mochila bateu com violência na parede, o pai estranhou o barulho e a abriu para ver o que havia dentro. Descoberto o *notebook*, enfureceu-se ainda mais e cobrou explicação:

– Onde arrumou isto? – gritava, quase esfregando o equipamento na face da filha.

Na ausência de resposta, deu-lhe um tapa no rosto com toda a força. Ela continuava muda. A mãe, então, implorou:

– Responda, por favor. De onde veio esse computador?

Como a garota se manteve calada, o pai a surrou até deixá-la quase desmaiada. Enfim satisfeito com a punição, arrebentou o *notebook* jogando-o brutalmente contra a parede. Bradava ameaças terríveis não só à garota, como também à esposa.

– Converse com sua filha e a faça explicar-me o que isso significa. Ela vai ficar trancada no quarto até que me conte exatamente de onde veio esse computador. Está proibida de sair. Vai descer à minha ordem, para ter com Sadin, e depois volta para o quarto. Está entendido?

Laila chorava baixinho, indignada, ferida, machucada. Afia balançou a cabeça assentindo, com medo de que o marido ferisse ainda mais a menina. Quando ele saiu, perguntou num sussurro:

– Foi a jornalista, não foi? – Laila não respondeu. – Fique aqui no seu quarto até que seu pai a autorize a sair.

A mãe estava fechando a porta quando ela encontrou forças para indagar:

– Como pode concordar que eu seja obrigada a me casar com Sadin? Você viu o que ele fez com Farishta.

– Sua irmã não foi uma boa esposa, não foi obediente.

– E desde quando isso justifica o que foi feito com ela? Como meu pai permitiu uma atrocidade dessas?!

– Seu pai deu a palavra à família de Sadin.

– Eu não posso compreender. Não consigo aceitar tudo desse seu jeito passivo...

– E o que mais eu poderia fazer? Morrer?

Laila baixou a cabeça, sem palavras. A seguir ergueu os olhos rasos de água e balbuciou, enquanto as lágrimas lhe escorriam pela face:

– Nós já estamos mortas, mãe.

Não sabendo o que dizer, Afia saiu do quarto.

Desde aquele dia Laila não pôde mais deixar o pequeno cômodo. Passava ali dia e noite, descendo somente para fazer as refeições. Decorridos dois dias, no momento em que Sadin chegou, a mãe foi buscá-la e a acompanhou até a sala.

O viúvo da irmã mediu-a de alto a baixo e comentou, tirando o véu da cabeça da noiva:

– Quero que deixe os cabelos crescerem. Gosto deles bem longos.

Laila não respondeu. Sentia tanto ódio, tamanha repugnância por aquele homem, que estar próxima dele lhe provocava náuseas.

– Quero que o casamento aconteça o mais breve possível – ele falou ao sogro. – E desta vez, para ter certeza de que esta aqui irá se comportar, vou levá-la para viver com minha família, em minha terra, logo após a celebração. De quanto tempo vão precisar?

– Façamos uma cerimônia simples – sugeriu o pai – e em duas ou três semanas poderemos oficializar a união.

Laila não acreditava no que estava escutando, e menos ainda na extrema subserviência da mãe. Como podiam deixar que ela fosse viver com a família de Sadin, no Paquistão? Seu desespero era quase incontrolável. Todavia, a jovem permaneceu sentada, sem esboçar reação. Estava cansada e não queria apanhar outra vez do pai; e, quem sabe, até do futuro marido... Ele sentou-se mais perto, tomou-lhe a mão delicada entre as suas e lhe colocou no dedo um anel de noivado.

– Pronto. Agora, você é minha. Não vai mais à escola, não é? – olhava para o sogro.

– Laila ficará em seu quarto até o dia do casamento – assegurou o pai.

Assim que o noivo saiu, Laila subiu correndo para o quarto e, jogando-se na cama, soluçava em desespero. Sentia-se sozinha, absolutamente abandonada e desprotegida.

A recordação de todos esses fatos, que datavam de cerca de três semanas, vinha-lhe à mente na madrugada da véspera de seu casamento. Ela passara a noite em claro, imaginando o que fazer para se libertar. Por mais que lhe repugnasse casar-se com aquele monstro, a vida não estava lhe dando alternativa. Pensava e pensava, em busca de uma saída; nada que lhe ocorria parecia razoável. O desespero a dominava. Trancada naquele quarto de onde o pai a impedia de sair, sentia-se sem esperança; sua vida havia acabado. Olhava as estrelas como a suplicar que algum milagre a levasse daquele lugar, daquela vida.

Quando o dia amanheceu, havia tomado sua decisão. Bem cedo, a mãe destrancou a porta e entrou, trazendo o vestido de noiva. Sem uma única palavra, vestiu-a e enfeitou-lhe a cabeça com um véu azul-real, tendo brilhos em toda a volta. Era um lindo véu. A jovem ficou em silêncio, deixando a mãe vesti-la como quisesse. Ao final, Afia a colocou diante do espelho.

– É uma bela roupa para morrer... – ela murmurou ao fitar a própria imagem.

– O que é isso, filha? Você não vai morrer, vai se casar. Sadin é um homem exigente, mas se souber levá-lo com submissão e paciência, ele a tratará bem.

Laila não respondeu. Saiu do quarto acompanhando a mãe. Na sala, vários membros de ambas as famílias aguardavam a aparição da noiva. Esta desceu devagar e entrou na sala. Olhou em torno e sentiu-se apavorada. Frente ao olhar dominador de Sadin, pediu:

– Antes da cerimônia, gostaria de tomar meu último chá como solteira, lá na cozinha.

Quando a mãe fez menção de segui-la, insistiu que queria ir sozinha, e afirmou que já traria também a bebida especial para o noivo.

– Quero fazer isso sozinha, pela última vez.

Mesmo contrariado, o pai permitiu, avisando:

– Dois minutos e começamos a cerimônia.

Laila foi até a cozinha e, entre lágrimas de desespero, procurou por todos os lugares até achar uma grande caneca onde a mãe colocava o óleo usado. Derramou-o todo sobre a cabeça. O óleo escorreu pelo véu e desceu até os ombros. Ela pegou um fósforo e, toda encharcada, caminhou até a sala. Ao se aproximar o suficiente para ter a certeza de ser vista por todos, riscou o fósforo e ateou fogo em si própria. Num instante as chamas se espalharam pela roupa altamente inflamável e ela entrou na sala como verdadeira tocha viva.

Os gritos se multiplicaram pela sala, diante da cena horrenda. As crianças foram logo retiradas e levadas para outro cômodo. Afia correu para buscar algo com que pudesse deter o desastre. Quando voltou, Laila estava estirada no chão, gritando e gemendo de dor. As chamas haviam se alastrado rápido, queimando-lhe todo o corpo. A mãe jogou-se sobre ela com um cobertor, e foi auxiliada pelo pai. Apagaram o fogo sem muito esforço, mas a dor excessiva fizera Laila perder os sentidos. Afia chorava desesperada.

Sadin, possuído pelo ódio, arrancara a aliança do dedo e gritava para o sogro que daquele jeito não ia querer a moça. Como Laila fizera isso com ele, que a desejara desde que a vira pela primeira vez, no dia do casamento com Farishta? E agora estava ali, morta ou desfigurada – o que para ele era a mesma coisa.

Levaram a jovem para o hospital, onde informaram que sofrera um acidente doméstico. Depois de longa espera, Laila foi finalmente atendida e instalada no centro de terapia intensiva. Ao ver a filha naquele estado, Afia não conseguia parar de chorar e lamentar a terrível sorte que se abatera sobre sua vida, sua família. Perdera duas filhas de maneira trágica. Assim que Laila foi atendida e acomodada, o pai quis ir para casa.

– Não – interveio Afia –, eu vou ficar aqui com ela.

– Não vai ficar aqui o tempo todo. Ela deveria ter pensado antes de fazer o que fez. Não terá sua atenção, não vou admitir. Você tem responsabilidades em casa, com os outros.

– Por favor, deixe-me ficar ao menos até saber se ela vai sobreviver!

Cansado de tantas contrariedades, Yousef acabou cedendo e foi embora sozinho. Na espera ansiosa por notícias médicas, Afia ficou aos pés da cama da filha, que permanecia desacordada.

DEZESSEIS

Rafaela preparava-se para dormir e ajeitava o travesseiro. Farishta, sentada a um canto do quarto, estava angustiada e de súbito se pôs a chorar sem parar, num sofrimento alucinante. Com forte aperto no peito, a jornalista sentou-se na cama pensando em Laila. Imensa tristeza a invadiu e não teve dúvida de que algo terrível acontecera à jovem afegã. Pulou da cama e ligou o computador à cata de alguma informação. Vasculhou *e-mails*, Internet, notícias de Cabul, sem nada encontrar. Suspirou fundo e inquiriu em voz alta:

– Onde está, Laila? O que houve com você? O que está acontecendo?

Farishta, escutando-a, gritava em seu próprio idioma:

– Você precisa ajudá-la! Ele vai matá-la, como fez comigo! Laila corre perigo, eu sinto... Tem de ajudá-la.

A jovem pesquisou ainda por algum tempo, sem êxito; e, como já era madrugada, deitou-se tentando dormir. Lembrou os olhos vivos de Laila e estremeceu. Aqueles olhos azuis lhe eram tão familiares e tão queridos...

Rolou na cama por algum tempo, agitada, como vinha sucedendo desde que chegara do Afeganistão; nesse período, sonhos atormentados se repetiam quase todas as noites. Remexeu-se de um lado para o outro, buscando conciliar o sono. Quando finalmente adormeceu, viu-se correndo por lindo campo verde, cheio de grandes árvores. Ainda que sua aparência fosse diferente, e que usasse roupas medievais, sabia que era ela. Depois, viu-se amarrada, correndo atrás de um cavalo, e em seguida sendo jogada como um animal, com outras pessoas, em uma enorme fogueira humana. À medida que o fogo ia queimando tudo, vislumbrou entre as labaredas aqueles olhos azuis inesquecíveis a fitá-la, marejados de lágrimas. Ela ardia em meio às chamas, e o jovem que a trouxera correu na direção da gigantesca fogueira, em desespero. Tentando tirá-la, queimou as mãos, os braços. Queria salvá-la, porém era tarde demais...

Envolvida pelas chamas, desfaleceu, enquanto ele era arrancado dali pelos soldados.

– Laila! – gritou várias vezes, e seus próprios gritos a acordaram.

Eunice entrou no quarto e sentou-se junto da filha.

– Acorde, é outro pesadelo. Está tudo bem, tudo bem.

Rafaela sentou-se na cama, chorando, e a mãe procurou acalmá-la.

– Foi somente um sonho. Já passou.

– Não passa, mãe, não passa! Esse sonho não passa nunca! Sempre o mesmo sonho, a mesma dor, o mesmo fogo... E os mesmos olhos azuis... Os olhos de Laila.

– Vou trazer um chá para ver se você se acalma.

A filha concordou com um gesto de cabeça. Quando Eunice retornou com o chá, ouviu-a questionar:

– Por que tenho sempre esse sonho? Por que esse pesadelo me persegue? O que está acontecendo comigo? Nunca tive nada disso!

– É que essa viagem mexeu demais com você. Tome tudo, vai melhorar um pouco. Quer um comprimido para dormir?

– Não. Se o chá não ajudar, eu tomo.

Engoliu todo o chá, na tentativa de se tranquilizar, e devolveu a xícara com as mãos trêmulas.

– É bom ter alguém para cuidar de mim – deitou-se e se acomodou sob os lençóis. – Dá até medo de dormir...

– Você deve procurar um terapeuta, filha. Precisa entender esses sonhos, descobrir o que significam.

– Você acha?

– Estou certa de que algumas sessões de terapia só lhe farão bem.

Rafaela pensou um pouco, e então falou decidida:

– Não, eu preciso é encontrar Laila e saber o que está havendo com ela.

– Nenhuma notícia ainda?

– Nada.

– É, isso está realmente lhe tirando o sossego.

– Olhe, se não conseguir falar com ela nos próximos dois ou três dias, eu vou para Cabul.

– E o seu trabalho?

– Peço uma licença, tiro férias, sei lá! Eu preciso ter notícias daquela menina, e logo!

Rafaela fechou os olhos e reviu os lindos olhos de Laila.

*****

Na casa de Luana, depois que Elza saiu do quarto, a jovem caiu em pranto convulsivo. Eva e Amaro se aproximaram da neta e deram sequência ao tratamento espiritual intensivo que lhe dispensavam desde que deixara o hospital. Na verdade, vinham cuidando dela, fortalecendo-a e lhe inspirando ideais elevados mesmo antes da descoberta do envolvimento de Bernardo com Michele. Como já sabiam, buscavam prepará-la para enfrentar a situação com equilíbrio. Os dois conheciam bem o passado de Luana e Bernardo e os compromissos assumidos por ambos perante as leis divinas, bem como as provas que ela deveria enfrentar, a fim de crescer e resgatar alguns de seus débitos.

Aplicaram-lhe passes para acalmá-la e infundir-lhe energias positivas. Depois de prolongado esforço, Luana pegou no sono. Assim que o corpo físico adormeceu, o espiritual desprendeu-se, com a ajuda de Eva, que a amparava. Envolvendo-a em suave abraço, a avó disse:

– Minha querida menina, você está segura conosco.

– Eu preciso vê-lo, quero ir ao encontro dele.

– Não, filha, por favor, não deve fazer isso. Já tentou antes, e lhe trouxe apenas tristeza e sofrimento. Fique aqui, precisamos conversar.

– Não! Quero vê-lo, ficar com ele!

Eva tentou segurá-la, mas o poder da ideia fixa fez Luana sair correndo para a rua e ir até o *flat* onde o marido estava hospedado. Eva e Amaro a seguiram a distância; não poderiam interferir em sua decisão, em seu livre-arbítrio. Ela entrou no quarto do marido, que estava vazio. Bernardo passava a noite na casa de Michele, e Luana desconhecia o endereço. Sentou-se na cama e chorava, gritava, esmurrava o colchão.

– Onde você está? Aposto que nos braços daquela...

A avó aproximou-se e, tocando-lhe os braços com ternura, pediu:

– Vamos, querida, vamos para casa.

– Por que isso está acontecendo comigo, vó? Por quê? Ele destruiu tudo o que construímos juntos...

Os bons amigos abraçaram a neta e a deixaram chorar por longo tempo, procurando transmitir-lhe todo o amor que sentiam – espíritos ligados que eram desde muitos séculos. Luana, por sua vez, aos poucos foi serenando. Por fim, fitou a avó e falou:

– Você está sempre por perto quando eu durmo. Não entendo bem...

– Sim, querida, e sei a dor que está sentindo; posso senti-la dentro de mim. Mas você precisa lutar, superar, recomeçar.

– Como, se não tenho forças? Eu quero morrer...

– Comece tirando da mente esse pensamento fixo de pôr fim à própria vida. Caso tenha uma atitude dessas, mais mal trará sobre si própria e também sobre seus filhos. Não vai adiantar em nada, nem trará Bernardo de volta.

– E o que o trará? O que devolverá meu marido? O que devo fazer para reconquistá-lo?

– Somente ele poderá decidir isso. Vocês dois têm compromissos nesta vida. Bernardo está abandonando os dele, não abandone também os seus. Mais cedo ou mais tarde ele colherá os frutos dessa deserção. Fique firme e lute pela sua vida, pela sua felicidade. Ainda que isso não o traga de volta, certamente impedirá que você perca sua encarnação.

Mesmo que Luana não compreendesse aquilo claramente, Eva aproveitou a atenção da neta e, acariciando-lhe os cabelos, prosseguiu:

– Você tem seus débitos a ressarcir, seus caminhos a refazer. Precisa ser forte para vencer.

– Que débitos são esses? Do que está falando? O que foi que eu fiz?

– Nesta encarnação, nada; em outras, porém, você semeou o que colhe neste momento, minha querida.

– Não sei o que quer dizer...

– Procure informar-se sobre a lei de causa e efeito.

– Não acredito nessas baboseiras...

– É bom conhecer, minha filha, para compreender o que está vivendo. Vai ajudá-la.

– Por que você não me ajuda e reconquistar Bernardo? Não pode?

Eva sorriu, afagando o rosto da neta, e falou com doçura:

– Estamos fazendo tudo o que está ao nosso alcance, mas a decisão é dele. Não podemos forçá-lo. Já conversamos bastante com seu marido, enquanto dorme, já lhe mostramos as consequências de sua desistência. Não nos cabe interferir além disso; a decisão é dele, repito.

Luana chorava muito e, por fim, os avós a reconduziram para sua cama, em casa. Assim que ela chegou e viu seu corpo, assustou-se.

– Fique tranquila, é seu corpo físico que repousa – explicou Eva.

– E este corpo? O que é?

– Seu corpo espiritual, sutil.

– Então espírito existe mesmo?

– O que acha que somos?

– Um sonho...

Acomodando a neta ao corpo físico, a avó recomendou:

– Durma, querida, e ao acordar não esqueça: precisa encontrar forças e caminhos para superar sua dor. É possível, creia. Pense em seus filhos, dedique-se a eles.

– Eu amo Bernardo! Ele é meu!

– Não possuímos as pessoas. Elas são livres.

– Por que estou passando por isso?

– No momento certo você saberá.

– Quero saber já, preciso saber!

– Por ora, deve concentrar suas energias na luta contra esse desânimo a que vem se entregando. Mais tarde, quando estiver fortalecida, virá a conhecer as razões e origens do sofrimento presente. O importante a saber agora é que há muito trabalho para você nesta vida; muitos compromissos a aguardam, não só com seus filhos, como com a vida, com outras pessoas que a cercam, inclusive sua mãe. Tudo é aprendizado e crescimento, quando recebemos as lições da vida com humildade. Valorize a aflição de hoje e aproveite para aprender com ela e crescer para o bem.

Aplicando passes sobre os centros de força da neta, Eva e Amaro buscavam revigorar a jovem que, retornando ao corpo denso, adormeceu, para logo despertar entre lágrimas. Que sonho fora aquele? Onde estaria Bernardo àquela hora? Sentou-se na cama e não conteve os soluços.

Marcelo, que percebia quando a mãe chorava alto, veio na ponta dos pés para não acordar a avó. Chegou perto e ficou escutando. Como a porta estivesse entreaberta, empurrou-a e ficou olhando a mãe, sentada na cama, abraçada aos joelhos. Buscava coragem para falar, e enfim balbuciou:

– Mãe...

Luana ergueu a cabeça e olhou-o em silêncio.

– Mamãe, quer que eu durma aqui com você, para que se acalme? – indagou o filho, hesitante.

Sem obter resposta, entrou bem devagar, pegou um copo de água e o entregou nas mãos dela. Depois sentou-se a seu lado, tentando limpar--lhe as lágrimas, e pediu:

– É melhor que se deite, mãe; precisa descansar.

– Acabei de ter um sonho estranho...

O menino se estendeu na cama, no lugar que antes era ocupado pelo pai, e anunciou firme:

– Pode deixar que vou dormir aqui, junto de você. Assim não vai ficar com medo...

– Você precisa acordar cedo para ir à escola... – ela alertou, tentando esboçar um sorriso.

– Vou cuidar de você, mãe. Deite-se. Não chore...

Luana acomodou-se e ficou calada, dominando a muito custo o ímpeto que sentia de sair dali correndo e destruir a própria vida.

Imersa na amargura, ela não registrava os conselhos e sugestões constantes que Eva e Amaro lhe transmitiam, principalmente durante o sono físico. Encarcerara-se na dor que nutria e na imensa pena de si mesma; sentindo-se traída e vitimada, não opunha a mínima resistência interior à depressão.

A cada dia mais se desinteressava dos filhos e de si mesma. Já não lhe importava se os meninos haviam comido ou não, se iam à escola ou faltavam. Não se preocupava com a mãe, nem pensava em como ela dava conta do próprio lar, do trabalho e das demais atividades de seu dia a dia, além de supri-la em todos os compromissos e necessidades de que se desligara. Até o contato com Rafaela não a animava, como nos primeiros dias. O único foco de sua atenção estava em Bernardo e Michele e em como ambos haviam destruído a sua vida.

Não obstante os enormes esforços de Eva, a neta não reagia.

Rafaela, que mal tinha forças para lidar com as próprias tristezas e frustrações, visitava a prima com frequência; estava apreensiva por ela, sem saber como ajudá-la. Não contou nada sobre o encontro com o cunhado no restaurante, para não piorar ainda mais a situação. Convidava-a para sair, levava-a a fazer compras, tentava distraí-la tanto quanto podia, mas nem nessas ocasiões a prima demonstrava qualquer entusiasmo. Saía porque não aguentava a insistência de Rafaela e de Elza; para encurtar as discussões, cedia.

Naquela tarde, as duas passeavam pelo *shopping* quando Luana afastou-se da prima, alegando que ia ao banheiro.

– Espere eu provar esta calça que vou com você.

– Não precisa. O banheiro feminino é aqui perto, vi quando chegamos. Vou rapidinho. Cinco minutos, enquanto experimenta as roupas.

Ante a hesitação da prima, tranquilizou-a e tocando em seu braço insistiu:

– Volto já. Vocês precisam confiar em mim. Afinal, como querem que eu melhore, se me sufocam com tantos cuidados?

Ainda a contragosto, Rafaela acabou anuindo.

– Mas não demore, ou vou atrás de você com todos os seguranças...

Luana esboçou ligeiro sorriso no canto da boca e saiu dizendo que estaria de volta antes que a outra terminasse as compras. De fato, a loja estava cheia e Rafaela fazia o pagamento na caixa quando ela reapareceu, trazendo uma sacola de supermercado.

– O que você comprou?

– Umas guloseimas – mostrou pacotes de salgadinhos –, para a gente comer durante o filme.

– Por que não disse que ia comprar? Eu tenho um predileto.

Sem esperar, Luana tirou dois saquinhos do petisco preferido da prima, comentando:

– E eu não conheço suas preferências?

Assistiram ao filme e Rafaela sentiu-se ligeiramente animada. Pensou que talvez ela estivesse esboçando os primeiros sinais de melhora. Ao final da sessão, levou a prima para casa, entregou-a aos cuidados de Elza e foi direto para a sua.

Sentia-se particularmente cansada naquela noite. Logo que entrou, acomodou-se na cama. No entanto, apesar do cansaço, não conseguia dormir. Aquela insônia persistente a estava enlouquecendo. Era quase meia-noite quando fechou o livro que resolvera ler e foi até a geladeira, procurar alguma bebida que pudesse anestesiá-la. Abriu uma cerveja e, ao tomar o primeiro gole, o telefone tocou. Assustada, atendeu depressa e ouviu a voz da tia, que chorava, incapaz de falar.

– O que foi, tia? O que aconteceu? – Rafaela perguntava temendo a resposta que já imaginava.

– Sua prima... – Elza não pôde prosseguir.

– Onde você está?

– No hospital.

– Por quê? O que houve?

– Acabei de internar Luana...

– Eu vou para aí agora mesmo – avisou sem deixá-la terminar.

Eunice já estava na sala quando a filha desligou.

– Luana está no hospital. Vou para lá – informou Rafaela, já se dirigindo ao quarto, seguida pela mãe.

– O que aconteceu?

– O que você acha?

A jovem chegou rápido ao hospital e correu ao encontro da tia, que ao vê-la balbuciou:

– Obrigada por vir.

A sobrinha a olhava sem coragem de perguntar o que sucedera. Seu coração batia descompassado, temendo a resposta. Elza foi quem se antecipou e explicou:

– Ela tomou veneno...

– O quê?!

– Disseram que foi veneno, e dos fortes. Não temos essas coisas em casa, não sei como conseguiu...

Rafaela estremeceu, lembrando-se da sacola de compras nos braços da prima, horas atrás. Sentou-se para não desmaiar, sentindo tudo rodar.

– Antes de me deitar fui ao quarto dela, ver se estava bem – Elza prosseguiu. – Encontrei-a desacordada, com o batimento cardíaco fraquinho... Chamei o resgate. O pior é que não informaram seu estado. Eles não dizem nada...

Não teve condição de continuar. Rafaela, sentada ao seu lado, mantinha-se igualmente muda. As lágrimas lhe desciam pela face, enquanto lhe vinha à mente apenas o rosto alegre da prima, quando se divertiam juntas. Queria consolar a tia, falar alguma coisa que pudesse ajudá-la, porém não tinha ânimo, não tinha esperança... Não tinha nada no íntimo que lhe transmitisse forças naquele instante. Permaneceu junto dela, em silêncio, olhando o chão.

Eram mais de três horas da manhã quando o médico de plantão procurou pelos familiares. Elza e Rafaela ergueram-se em angustiada expectativa.

– O quadro dela é gravíssimo. Fizemos mais de uma lavagem estomacal, mas infelizmente o veneno agiu muito depressa. Realizamos vários exames e constatamos que houve danos nos órgãos internos, com diversos focos de hemorragia. Estamos fazendo tudo o que é possível, porém o caso é extremamente delicado. Ela está na UTI e se quiserem podem vê-la. Devem, inclusive, chamar a família: filhos, irmãos, todos...

Acompanhando a tia, Rafaela sentia as pernas não lhe obedecerem, moles e trêmulas que estavam. Caminharam devagar, uma apoiada na outra. Seguindo o médico, entraram e ficaram algum tempo com Luana. Não havia muita esperança.

Pela manhã, muito cedo, mal o dia clareou, Giovanni apareceu no hospital.

– Por que não me avisou? Eu teria vindo antes... Soube somente agora, quando liguei para sua casa.

– Desculpe, não me lembrei, não dava para pensar em nada – murmurou Rafaela, exaurida, com os olhos vermelhos do choro inconformado.

Depois de tomar ciência de toda a situação, e verificar o boletim da manhã, ele insistiu com a namorada:

– É melhor descansar um pouco. Você precisa estar forte para ajudar Luana quando acordar.

– Ela está em coma, Giovanni. Não vai acordar!

– Você não pode saber. Não é Deus!

– Deus não existe! Será que você não entende? Não há ninguém lá em cima cuidando de nós!

Ignorando a reação da namorada e segurando firme em seus ombros, ele continuou:

– Escute, Rafaela, você precisa ter fé! É disso que todos precisamos numa hora como esta.

Bernardo, que fora notificado do ocorrido pela babá dos filhos, surgiu na porta da sala de espera. Ao vê-lo, Rafaela não se conteve. Levantou-se e foi direto em sua direção, xingando e chutando-o.

– O que faz aqui? Você é o único responsável por isso! A culpa é toda sua!

Ele estava lívido e não ousou responder.

– Saia daqui! Não vai vê-la, seu traidor!

Giovanni teve de pedir auxílio a uma enfermeira, que trouxe um tranquilizante. Ele afastou a jovem de Bernardo e a fez engolir o comprimido. Elza deu todas as informações ao genro, explicando a gravidade da situação. Pouco depois ele se retirou.

Apesar da insistência do namorado, Rafaela passou o dia no hospital, esperando um milagre, uma boa notícia. No final da tarde, o médico passou uma posição.

– O estado continua gravíssimo, embora estabilizado, e não temos como prever nada. É impossível qualquer prognóstico. Temos de aguardar para ver como o organismo dela vai reagir. Estamos fazendo tudo ao nosso alcance.

Giovanni, que deixara o hospital no início da tarde, retornou à noite e com muita insistência conseguiu levar Rafaela para casa, a fim de descansar. Ela tomou um calmante e dormiu profundamente.

Desde esse dia a jornalista alternava as visitas ao hospital e os compromissos de trabalho. Se sua produtividade já havia caído muito devido à dificuldade de concentração, agora não chegava a completar matéria alguma. Várias foram iniciadas e interrompidas após a triste ocorrência com a prima. Resolveu então pedir uns dias de folga, para tentar reorganizar sua vida.

A preocupação do namorado era crescente. Rafaela não parava de emagrecer, só falava na prima e de vez em quando se lembrava de Laila. O relacionamento deles ia se deteriorando e a sentia cada vez mais afastada. Sabia que ela necessitava de ajuda e que, a menos que tomasse logo uma atitude, seria dominada pela depressão.

Nos dias que se seguiram, a jovem procurava inutilmente lutar contra o desânimo que a imobilizava. A vida, para ela, havia perdido o sentido. O problema para dormir aumentava e pegava no sono – sempre agitado – somente de madrugada, ou a poder de fortes medicamentos. Quando o sol apontava de manhã, já despertava. Tão logo abria os olhos, a cada novo dia, um calafrio lhe percorria o corpo inteiro. Virava-se de lado, sem vontade de se levantar, fechava os olhos e tentava dormir outra vez. Não podia acreditar que Luana – mais que uma prima, praticamente sua irmã, sua melhor amiga – estava entre a vida e a morte, numa cama de hospital. Por fim, arrastava-se para fora da cama e colocava-se sob o chuveiro, buscando no choque do banho gelado reencontrar o ânimo.

Já fazia quase dez dias que Luana fora internada. Seu quadro permanecia grave e ela inconsciente, profundamente sedada. Rafaela saiu do banho e foi até a cozinha, trazendo nas mãos uma xícara de café. No meio do corredor cruzou com a mãe, que indagou:

– Já vai se enfiar no computador? Não pretende ir à redação hoje?

– Não me sinto bem... Vou ficar e trabalhar aqui.

– Já é a segunda vez nesta semana, e você acaba de voltar ao trabalho; não acha que isso pode prejudicá-la?

– Que se danem! Não quero nem saber; se quiserem, que me mandem embora, não estou nem aí...

– O que está dizendo, filha? Você adora o seu trabalho e...

– Que se dane tudo! Não quero nem saber!

– Você tem seus compromissos, suas contas para pagar...

– Eles que me demitam e paguem tudo o que me devem.

– Você se alimentou direito?

– Por favor, deixe-me! Quero ficar sozinha... Estou sem fome.

– Assim quem vai acabar morrendo primeiro é você! – Eunice explodiu. – Precisa cuidar de sua saúde. Não come direito desde que chegou daquela maldita viagem! Está cada vez mais abatida...

– E o que você queria? Minha prima está morrendo, não entende? Como queria que eu estivesse?

– Não vai resolver as coisas ficando desse jeito.

– E como se resolvem as coisas? Ignorando-as como você, que só visitou Luana duas vezes? Fingindo que nada está acontecendo? Fugindo da realidade fica fácil, não é?...

– Não estou fugindo, estou apenas vivendo minha vida.

– Você é muito egoísta! Diz que se preocupa com seus pacientes, que precisa atendê-los... Pois eu acho que na verdade você é covarde. Não tem coragem para ficar ao lado de sua irmã e de sua sobrinha, sua única sobrinha!

– Quem é você para acusar alguém de egoísta? Acha que se preocupa com os outros?

– Muito mais do que você, com certeza – entrou no quarto, bateu a porta e trancou-a por dentro.

Por mais que Eunice insistisse, pedindo para entrar, a filha não destrancou a porta. Sentou-se diante do computador e abriu seus *e-mails*. Havia um de Madeleine e o abriu apressada. Relatava o ocorrido com Laila e contava que a garota estava internada no hospital, melhorando lentamente. Enviou algumas fotos que mostravam o estado em que ficara a menina.

Ao terminar de ler a mensagem, Rafaela atirou a xícara na parede com toda a força, gritando enfurecida. Em seguida sentou-se no chão, a chorar desesperada. Farishta, apesar de não compreender nem o idioma da jornalista nem o do *e-mail*, captava-lhe os pensamentos e vira as fotos; por isso, recebeu com o mesmo impacto as informações sobre a irmã. Gritava e gemia, ajoelhada num canto, em condições lastimáveis. Seu corpo espiritual trazia ainda as marcas da forma como perdera a vida física. O ódio e o desespero que a dominavam tornavam seu olhar aterrador.

Rafaela, unida ao espírito da afegã, experimentava dor tão intensa que sentia como se fosse morrer de tristeza. Naquele momento mergulhava em profundo ódio pelos homens, por todos, por tudo... Chorou estendida no chão por longo tempo. Depois ficou prostrada, de olhos arregalados perdidos no vazio, sem desejar se mover, sem energia para mais nada. E assim passou quase todo o dia, sem ânimo sequer para deitar-se na cama.

Não lhe saíam da mente as imagens de Laila, tampouco os detalhes que lhe narrara Madeleine, na mensagem do *e-mail*. Ela quase podia ver como fora o encontro da *concierge* com a jovem que atentara contra a própria vida. Pensava também em Luana e não lhe restava nenhuma vontade de viver.

DEZESSETE

Chovia muito em Cabul na tarde em que Madeleine soube da tragédia de Laila. Assim que encerrou o expediente, a francesa saiu protegida por seu amplo guarda-chuva; com sobretudo preto e lenço azul escuro sobre os cabelos, caminhou por entre os poucos pedestres que se aventuravam nas ruas. Chovia forte, porém já adiara muito a visita devida a Tamara, participante da RAWA que fora alvo de séria agressão por parte do irmão e estava hospitalizada há dias. Apesar da frequência com que assistia às dolorosas cenas de mulheres internadas por tais violências, ela sofria imensamente quando tinha de lidar com a situação. Ficava chocada e quase sempre protelava quanto podia tarefa tão delicada.

No hospital, acomodou seu guarda-chuva com os demais, à entrada, e caminhou a passos lentos até o segundo andar, onde estava internada Tamara. Acercou-se da cama e fitou a mulher, de não mais de trinta anos, com o rosto desfigurado pelo ataque do irmão. No fundo esperava que a moça estivesse dormindo, mas Tamara logo a viu e fez menção de levantar-se. Depressa Madeleine chegou mais perto e, tocando-lhe os braços suavemente, procurou serená-la.

– Fique calma, vim para ajudar no que for preciso.

Sem conseguir responder, por causa dos lábios feridos, ela não conteve as lágrimas que brotavam e desciam pela face marcada.

– Eu sei que dói, Tamara... E mais dentro do que fora.

A outra concordou com um sinal da cabeça.

– Vamos encontrar um lugar para você ficar depois que sair daqui. Vamos cuidar de você. Agora tem de pensar em sua recuperação, somente nisso.

Com esforço a jovem ergueu os braços e apontou para o rosto, como num desesperado grito sem som.

Madeleine empenhava-se ao máximo em manter o controle; não podia deixar transparecer a dor e a indignação que sentia. Sua obrigação, ao menos naquele momento, era dar alguma esperança à moça hostilizada e maltratada pela própria família. Tamara não era afegã; nascera no Marrocos e vivia com a família em Cabul há mais de vinte anos. A *concierge* segurou-lhe as mãos com gentileza, buscando confortá-la.

– Vai ficar tudo bem... – prometeu.

Desviou o olhar, dirigindo-o para a enfermeira que acabara de entrar. Desejava informações sobre o caso da jovem que, daquele dia em diante, viveria sob os cuidados do grupo que amparava e defendia as mulheres no Afeganistão.

– Tenho vários pacientes para atender; não posso lhe dar muita atenção agora – disse a funcionária ao ser abordada.

– Preciso saber qual o estado dela – a visitante insistiu.

Após algumas verificações de rotina, a enfermeira saiu direto para a ala das queimaduras graves, no final do corredor. Madeleine a seguiu, determinada a saber mais sobre Tamara, como a previsão de alta e outros detalhes. As duas entraram no setor dos casos mais críticos.

A enfermeira respondia às perguntas enquanto realizava os atendimentos. Já perto do último leito falou com a paciente, que estava sentada, com a cabeça e os braços ainda enfaixados.

– Você comeu tudo, Laila?

– Comi o que consegui... – ela balbuciou.

Ao escutar o nome da garota, Madeleine estremeceu. De imediato lembrou-se da adolescente que desaparecera das reuniões algumas semanas atrás. Aproximou-se da cama e, fitando-a penalizada, indagou:

– Laila, irmã de Farishta?

A menina balançou a cabeça, anuindo.

– Foi Sadin que fez isso com você?

Norueguesa que trabalhava para a Cruz Vermelha, a enfermeira ficara profundamente tocada com aquela história, que lhe fora desvendada aos poucos, e contou em minúcias tudo o que sabia sobre a paciente.

– A família alegou ter sido um acidente... – assim começou a narrar o que sabia.

À medida que ela falava, Laila relembrava os angustiosos momentos vividos. Dera entrada no pronto-atendimento desacordada. A coragem para o que fizera havia nascido do desespero, da revolta contra o pai e contra Sadin e da vontade de fugir da situação, somados ao desejo de punir a família por forçá-la a um casamento que não queria.

Além disso, estava hipnotizada pela ideia de atear fogo em si mesma. A sugestão surgira clara em sua mente ao assistir a noticiários da televisão sobre mulheres que praticavam o suicídio daquela maneira. Tal intenção crescera e se enraizara, tomando conta de seus pensamentos. Entretanto, ao sentir o cheiro e o calor do fogo em todo o corpo e perceber que ia morrer, Laila não suportou e perdeu os sentidos.

Soube depois que permanecera inconsciente por dez dias. Recebia remédios para dor e cuidavam de suas queimaduras sem dar muita esperança à mãe; esta passava o maior tempo possível ao lado dela, tendo ficado ali durante dois dias ininterruptos. Na manhã do terceiro dia o pai apareceu.

– Como ela está?

– Ainda desacordada.

A despeito do quadro de inconsciência, de vez em quando Laila notava o que ocorria à sua volta.

– Vai sobreviver?

– Não sabem ainda – ela respondeu, limpando as lágrimas. – O estado dela é muito grave.

Yousef balançou a cabeça reprovando o ato da filha.

– Você tem de voltar para casa – disse à esposa. – Não pode ficar aqui, aos pés de uma filha ingrata e desobediente. Precisa cuidar dos outros, de todos...

– Por favor, não me obrigue a abandonar minha filha nestas condições...

Ele apertou-lhe o braço com força da esposa e falou entre os dentes:

– Ela escolheu, que fique aqui! Você tem responsabilidades e não vai abandonar tudo por causa de um ato impensado dela.

Afia desvencilhou-se das mãos fortes do marido e, achegando-se à cama da menina, afagou suas mãos envoltas em faixas.

– Você não devia tê-la obrigado a se casar com Sadin – murmurou. – Não com ele! Laila amava Farishta, eram grandes amigas, unidas demais. Ela ainda sofria muito a falta da irmã, chorava todos os dias. Como poderia casar-se com o homem que nos causou tanto sofrimento? Como pode...

– Chega! Sou eu quem manda em minha casa! Você e meus filhos me devem obediência. Sabe disto: deve-me obediência! Por Mohamed eu lhe digo, pegue suas coisas e venha comigo agora!

Pegou-a pelo braço, forçando-a, mas Afia estacou, com o corpo rígido.

– Eu só vou se você me garantir que poderei vir visitá-la todos os dias.

– Não. Todos os dias, nem pensar.

– Então eu não vou embora! Fico aqui até saber se ela vai se recuperar!

A mãe de Laila mantinha o corpo rígido, para que o marido não conseguisse carregá-la à força para fora do hospital.

Entre as entradas e saídas de enfermeiras e médicos, ele acabou cedendo e combinaram que a esposa viria dia sim, dia não.

Afastar-se da cama, deixando a filha naquele estado, era para Afia como ter o coração transpassado por uma lança afiada. Não queria separar-se da menina, queria estar ali quando ela acordasse... No entanto, Yousef arrastou-a para casa, e ela saiu olhando fixo para o leito da filha inconsciente.

Laila permanecia imóvel. Enquanto seu físico era tratado, seu corpo espiritual sofria igualmente os efeitos das queimaduras. Ela gritava de dor, ligada ao corpo denso. Percebia vultos enegrecidos, gargalhadas, choro e gemidos de muitas mulheres. Não podia distinguir com nitidez o que havia a seu redor, apenas registrava os sons e os vultos.

Afligida pela dor e apavorada, agarrava-se ao corpo carnal, suplicando a Mohamed que a ajudasse. Pensava com insistência em Farishta e, em alguns momentos, também em Rafaela. Perturbada ao extremo, não compreendia o que se passava. Ainda que às vezes se afastasse do corpo físico a ponto de poder vê-lo sobre a cama, cheio de ataduras, não deixava de enxergar seu corpo espiritual, e ficava confusa. Ao escutar as gargalhadas e as vozes que a acusavam incessantemente, apertava com força os olhos fechados e rezava em voz mais alta.

– Não adianta rezar para o seu profeta – uma das vozes falava em tom ameaçador. – Ele não vai salvá-la! Nós a perseguiremos até o fim do mundo, e vamos acabar com você! Nunca, jamais será feliz. Onde quer que vá, onde quer que renasça, nós a acharemos e destruiremos. Não importa se em um corpo de homem ou de mulher, de criança ou de adulto, não poderá nos enganar; não vamos desistir de fazê-la sofrer tudo o que sofremos. O fogo que lhe queimou o corpo foi somente uma amostra... Você vai arder até seu corpo inteiro virar cinzas... Sentirá a dor por séculos, assim como todos nós... Terá de pagar pelo que fez!

Laila, sem entender nada, sem ver ninguém, apenas escutando as vozes, rezava mais alto clamando por auxílio. Aquele tormento não tinha fim. Dia e noite era aquela agonia.

Depois de dez dias, os médicos diminuíram a sedação, para averiguar se a paciente apresentava melhor resposta aos estímulos nos membros inferiores; foi registrado retorno satisfatório por boa parte de organismo.

Quando a mãe chegou, naquela tarde, os médicos lhe comunicaram a possibilidade de a jovem sobreviver. Embora grave, seu quadro era estável e a resposta aos estímulos demonstrava que havia esperança real. Afia animou-se e sorriu pela primeira vez, desde a manhã do incidente. Os tratamentos prosseguiram.

Quando Yousef soube, pela esposa, que a filha poderia sair daquela situação com vida, explodiu:

– Então a mocinha vai sobreviver? Que bom! Você não precisa mais visitá-la. Pediu-me para acompanhar o caso até que tivesse notícia clara. Agora já tem. Ela vai viver, portanto não é necessário ir vê-la com tanta frequência.

Afia tentou argumentar, mas o marido ficou irredutível. A mulher só voltaria a visitar a filha quando ele autorizasse.

Laila se recuperava lentamente. As queimaduras tinham sido profundas. Praticamente todo o rosto ficara comprometido, deformado. O couro cabeludo estava em feridas. Outras se espalhavam pelos braços, pelo tórax, e iam até a barriga da menina. Tomava medicamentos muito fortes para controlar a dor, e unguentos e pomadas eram aplicados sobre as lesões.

A enfermeira terminava de transmitir a Madeleine as informações que possuía quando, de súbito, Laila também retornou de suas lembranças. Com esforço, moveu o braço direito e tocou várias vezes no próprio peito, tentando dizer que ela própria fora a responsável.

– Fui eu que ateei fogo em mim mesma – conseguiu balbuciar.

– Você? Meu Deus! Por que fez isso?

A garota não deu resposta, mas seus olhos encheram-se de lágrimas. Madeleine respirou fundo e acercou-se do leito.

– Sua família não tem vindo vê-la, não é?

– De vez em quando – sussurrou com esforço.

– Acha que virão buscá-la quando tiver alta?

– Eu não quero voltar para lá...

– Mas eles virão buscar você?

Fez-se longo e angustiando silêncio. Afinal Laila respondeu, balançando a cabeça:

– Acho que não. Escutei meus pais discutindo na última vez que estiveram aqui. Ele não quer que ela venha, faz tempo que ninguém aparece.

– Vamos tomar providencias para ajudar você, está certo?

A menina concordou com a cabeça e murmurou:

– Precisa avisar Rafaela...

– Vou enviar-lhe um *e-mail* ainda hoje. Desde que perdemos contato com você ela tem ligado, enviado mensagens. Está muito preocupada, tanto que queria vir para cá especialmente para encontrá-la. Pode ficar tranquila que ela vai saber de tudo.

Laila esboçou ligeiro sorriso.

Com as informações de que necessitava, Madeleine despediu-se e partiu direto para o local onde a RAWA se reuniria naquela noite. Quando entrou, a reunião já havia começado.

Mais tarde, ao chegar em casa, foi direto até o computador; conectou-se e logo enviou a Rafaela as informações que obtivera e as fotos que havia tirado.

DEZOITO

Luana estava inconsciente há quase duas semanas, requerendo intensos cuidados médicos. Entretanto, era no plano espiritual, junto à cama da jovem, que acontecia o tratamento mais ativo. Seu corpo espiritual, sobreposto ao corpo denso, permanecia em profundo torpor e grande perturbação.

Eva e Amaro, agora formando uma equipe com mais seis companheiros, auxiliavam a neta encarnada com atendimento constante através de passes, fluidificação do soro que levava os medicamentos ao corpo inerte e leituras edificantes, seguidas de vibrações realizadas pelo grupo. Outros espíritos amigos se espalhavam em torno das camas. Todos os doentes que se encontravam na UTI, bem como nas demais áreas do hospital, recebiam a visita de servidores abnegados do mundo espiritual que lhes ministravam cuidados para o corpo e para a alma.

Ao final do tratamento daquela manhã, tocando com suavidade o ombro da companheira, Amaro observou:

– Ela melhora muito lentamente...

Fitando a neta a se debater no plano espiritual, Eva comentou em tom sério:

– A muito custo e após trabalho intenso está apresentando os primeiros sinais de recuperação. O veneno ingerido danificou seu corpo físico, porém as emoções com que tem envenenado a alma são ainda mais perniciosas. Ah! Se as criaturas encarnadas soubessem o mal que causam a si próprias quando, em ato de rebeldia contra Deus, vibram sentimentos e pensamentos de revolta, de ódio, de autocomiseração... Assim, conectadas às tendências inferiores que todos trazemos, dão-lhes força para crescer e permitem que as dominem, destruindo as melhores possibilidades de aprendizagem e progresso na encarnação que têm o abençoado ensejo de viver.

Fez longa pausa, olhando a neta com ternura, depois continuou:

– Luana precisa de nossa ajuda, sim. Mas, acima de tudo, precisa compreender a grande responsabilidade que traz para si mesma ao atentar contra a vida, rejeitando a preciosa oportunidade concedida pela Providencia Divina. Logo que for possível, devemos levá-la ao posto de socorro ligado à nossa colônia, para que seja tratada e conscientizada dos impactos dessa atitude sobre sua existência de espírito eterno. Estará afastada dos dois espíritos que recebeu por filhos, aos quais prometeu não falhar desta vez. Já foram muitos fracassos. Há longo tempo ela esperava por uma nova experiência no corpo físico. Sabemos como tem sido difícil organizar as reencarnações para que sejam de fato proveitosas. Quando finalmente consegue essa chance, joga tudo fora... É necessário que se lembre...

Em seguida foi Amaro que fitou a neta com ar grave e questionou, preocupado:

– Estaria ela preparada para recordar?

– Deveremos ajudá-la, pois creio que somente o choque das lembranças a tirará das emoções egoístas nas quais se enclausurou, buscando tão somente a felicidade exclusivista dos mais próximos. Seu compromisso estende-se para mais além; alcança outros irmãos que foram feridos por suas ações impensadas e violentas.

– É a força do pretérito, dos atos e hábitos a que nos vinculamos em pregressas encarnações.

– Sem dúvida.

– Mesmo nas condições tão especiais em que reencarnou, com tantas possibilidades de refazer seus caminhos, Luana continua no íntimo, em seu inconsciente, presa às forças que a dominaram no passado.

Enquanto o grupo ao redor da cama trabalhava ativamente, no plano material Elza chegou e se aproximou, andando devagar. Estava esgotada, dividindo-se entre os cuidados com os netos, a filha e o trabalho profissional, que exigia sua presença constante.

Sentou-se, suspirou fundo e quando viu a enfermeira entrar perguntou:

– Alguma novidade?

– O médico vai passar daqui a pouco.

– Tem alguma informação nova aí no prontuário?

– Nenhuma.

Elza ajeitou-se na cadeira ao lado da cama e, tomando a mão da jovem entre as suas, acariciou-as. Baixou a cabeça e desejou ardentemente que ela melhorasse. Ergueu os olhos e fitou o céu pela janela aberta, pensando: "Estou enferrujada em matéria de fé. As maldades que vejo todos os dias me fazem duvidar de tudo. Mas se Deus existe, peço que cuide de Luana...".

Nesse instante Eva ficou perto da filha e envolveu-a em energias profundamente amorosas. Procurou falar-lhe ao coração, recomendando:

– Aproveite você também este momento, Elza. Precisa renovar sua fé, recomeçar o cultivo de sua espiritualidade. Precisa viver este momento para repensar sua vida, suas escolhas...

Elza sentiu estranho desconforto. De súbito, refletiu que talvez tivesse errado por nunca ensinar sobre Deus à filha, deixando-a traçar seus rumos sem apresentar-lhe religião alguma. Entretanto, afastou depressa aquele pensamento crítico; não queria sofrer ainda mais.

Benjamim, um dos médicos do plano espiritual que tratavam da moça, comentou com Eva:

– Creio que em breve teremos resultados mais expressivos.

– Quando poderemos levá-la para nosso posto de socorro?

– Acho que ainda hoje. A atmosfera local certamente a beneficiará bastante. Verificarei agora mesmo os procedimentos para transportá-la.

O médico afastou-se, procurou por outros trabalhadores e acertou os detalhes. Pouco depois retornou.

– Vamos concluir o auxílio a outros pacientes, e então partiremos conduzindo Luana.

Eva agradeceu com ligeiro sorriso.

Ela e Amaro mantiveram-se em oração e vibrações, preparando a neta para o melhor aproveitamento do contato mais intenso com o plano espiritual. Ao terminar, emocionada, Eva confidenciou ao companheiro:

– Rafaela me preocupa tanto quanto Luana. Está impermeável às nossas sugestões, às nossas tentativas de ajudá-la. Não consigo despertar-lhe nenhum pensamento, nenhum sentimento mais elevado. Está completamente entregue às emoções negativas, destrutivas.

Com fundo suspiro, recolheu-se em prece.

Logo Benjamim voltou trazendo a maca coberta por tecido muito alvo. Em uma ação precisa e cuidadosa, retiraram o corpo espiritual da jovem e o colocaram na maca. Energeticamente ela continuava ligada ao corpo físico, que permanecia estático. Acompanhada por Eva e Amaro, foi levada para um ponto na atmosfera da crosta terrestre onde funcionava um posto de socorro, na colônia espiritual de onde Luana partira para reencarnar.

Ao chegarem, acomodaram-na em pequeno e arejado quarto, com grandes janelas que davam para vasta vegetação. O posto, embora pequeno, era extremamente bem cuidado. Em cada pormenor, em cada planta, em cada flor era possível perceber o amor e o carinho com que os trabalhadores daquele verdadeiro pronto-socorro acolhiam os doentes de todo tipo que para ali eram levados, quase sempre às pressas, em momentos cruciais de suas encarnações.

Após acomodá-la, Benjamim virou-se para Eva, com quem trabalhava há tempos no auxílio a necessitados diversos, e ressaltou:

– Breve ela irá despertar e será muito bom que a veja ao seu lado.

As energias e os fluidos equilibrados e suaves que preenchiam o ambiente foram serenando Luana, que horas mais tarde despertou.

– Onde estou? – assustou-se. – Que lugar é este?

Eva, que estava junto à janela, sorriu ao ver a neta acordada. Aproximou-se rápido e tocou-a suavemente.

– Fique tranquila, está tudo bem.

– Vó Eva! Eu morri, foi isso?

– Está tudo bem, você vai se recuperar.

Com os olhos marejados, a moça tentou sentar-se na cama. Forte vertigem a obrigou a deitar-se novamente, apoiada pelas mãos carinhosas da avó.

– Calma, você está comigo.

– Como, se você já morreu?!

– Ninguém morre de fato, querida. Apenas o corpo morre; a alma é imortal.

– Que lugar é este? Um hospital?

– Sim, estamos em um hospital no plano espiritual. E seu corpo físico está hospitalizado na Terra.

Fitando o próprio corpo espiritual, que sentia tão nitidamente como se fosse o corpo físico, ela reagiu:

– Acho que fiquei louca de vez! Estou tendo alucinações... Só pode...

Amaro entrou trazendo uma sopa nutritiva e água com medicamentos. Luana encarou o avô que adorava e começou a chorar.

– Vô... Eu morri?

– Acalme-se, minha menina – acercou-se rapidamente da neta com o olhar em Eva, para compreender a situação. – Graças à misericórdia divina você não morreu. Seu corpo padece seriamente no plano físico mais denso, no hospital onde foi internada. Nós a trouxemos para cá, a fim de podermos cuidar melhor de você, favorecendo a recuperação de seu corpo físico.

Tentando organizar a mente aflita e confusa, Luana recostou-se na cama, enquanto o avô ajudava-a a sorver a sopa repleta de nutrientes.

– Tome, vai lhe fazer muito bem. Você se sentirá mais forte depois de se alimentar.

Decorridos dois dias de cuidados ininterruptos, finalmente Luana pôde ser transportada, numa cadeira de rodas, até a parte externa do posto de socorro.

– Sei da sua indisposição, querida, porém o ar fresco e o verde lindamente cultivado neste posto lhe farão muito bem.

Luana ia acabrunhada. Observava com desconfiança as pessoas ao redor, não convencida de estar ali espiritualmente. Suas sensações – de dor, por sinal – eram tão intensas que lhe pareciam do corpo físico. Acomodando-a sob frondosa árvore, Eva sentou-se ao seu lado.

– Sinto tanta dor, vó Eva...

– Eu sei. É o reflexo do que sofre seu corpo físico.

– Como isso ocorre? Não consigo compreender...

– Com o veneno você danificou o corpo físico e também o perispírito, esse corpo que é semimaterial. Por isso a dor é tão grande. Estamos fazendo o maior esforço para proporcionar substancial melhora a ambos. Só que leva um pouco de tempo.

Fez curta pausa antes de oferecer os medicamentos, sorrindo.

– Tome, são remédios.

Luana aceitou, ainda com muita desconfiança de seu estado. Acreditava que enlouquecera.

Dois dias se passaram. Luana, que alternava estados de profunda perturbação com alguma lucidez, fitou a avó sentada ao lado da cama, com um livro nas mãos, e disse.

– Já posso voltar para casa?

Colocando o livro sobre a mesinha que ficava na parede lateral, pegou um copo de água e ofereceu à neta.

– Você vai sair daqui em breve, minha querida.

– Quando?

– Assim que estiver bem. Sabe que danificou seu corpo, não é? Você atentou contra a própria vida, minha filha.

– E não adiantou nada, não é? Afinal, não deu certo!

Eva olhou-a sem responder. Luana devolveu-lhe o copo vazio, ao que ela indagou.

– Sente-se melhor hoje?

– Um pouco.

– Isso é muito bom. Já começa a se recuperar.

– Ainda dói bastante.

– É que você danificou não só seu corpo físico, como seu corpo sutil; esse corpo que vemos aqui.

– Do que está falando?

– Estamos em um posto de socorro espiritual, perto da crosta da Terra. Seu corpo físico repousa em um hospital do plano material. Esse que você vê e toca é seu corpo espiritual.

Luana deu uma risada jocosa e falou:

– Eu sabia que estava ficando louca. Como posso estar conversando com você, se já morreu?

– A morte existe apenas e tão somente para o corpo físico; nosso espírito, no entanto, é imortal. Mas agora repouse.

– Estou cansada de repousar – sentou-se e virou o corpo para descer da cama. – Quero voltar para casa.

No instante em que encostou os pés no chão, sentiu forte tontura e teve de se sentar de novo.

– E fazer o quê em sua casa, filha? Tentar suicídio outra vez? A bondade divina nos permitiu trazer você até aqui para ajudá-la. Venha, apoie-se em meus braços. Vamos dar uma caminhada.

Com gestos lentos, a moça enlaçou os braços nos da avó e apoiada nela seguiu devagar pelo corredor. Quando alcançaram o jardim externo, Amaro juntou-se às duas. Eva lançou olhar significativo ao companheiro, que informou.

– Está tudo pronto. Podemos ir.

– Vamos voltar? – perguntou Luana com um sorriso.

Sem dizer nada, Eva e Amaro acompanharam a neta até o veículo que utilizariam.

– Que carro é esse? Não conheço o modelo...

Sorrindo, ainda calada, Eva acomodou a neta e depois se sentou ao seu lado. Foi Amaro quem respondeu:

– É um tipo de carro que não está disponível na crosta da Terra; só existe nas colônias espirituais.

Luana olhava para ambos, em dúvida sobre quem seria maluco: ela ou os avós – que sabia já estarem mortos. Exibiu ligeiro sorriso e emudeceu. Todos ficaram em silêncio. Logo a paisagem foi se alterando e a jovem passou a manifestar estranha ansiedade.

– Para onde estamos indo? A que lugar estão me levando?

– A viagem não vai demorar muito, tenha calma.

Ela se calou, sentindo a aflição crescer à medida que adentravam pesada região, que apresentava na atmosfera energias deletérias. O cenário era desolador: tudo escuro, enegrecido, triste; a angústia permeava os espaços. Gemidos e gritos – uns de pavor, outros de ameaça

– ecoavam por todos os lados. De súbito, um ser disforme lançou-se contra o veículo. Luana estremeceu e agarrou-se à avó.

– Fique calma, não podem nos fazer nenhum mal.

– Que lugar é este, vó?

– Atravessamos densa região do umbral, ao redor da Terra.

Perdendo o controle, a neta gritou:

– Afinal de contas, o que está acontecendo? Que lugar é este? Estou louca, ou é um sonho tenebroso, terrível?

Tomando-lhe as mãos entre as suas, Eva declarou com doçura:

– Estamos lhe dizendo exatamente onde está e o que está acontecendo. Você não nos acredita.

Luana silenciou, sem saber o que responder. Depois de longa jornada, penetraram região ainda mais pesada, onde criaturas enlouquecidas caminhavam a esmo, como perdidas. O desespero e a tristeza eram quase insuportáveis. O ambiente era de dor extrema.

Desceram do veículo. Luana sentia fortes dores pelo corpo.

– Sei que o sofrimento aqui é grande – considerou a avó –, mas você precisa compreender, filha. E às vezes isso exige que enxerguemos o que não queremos ver. Venha.

– Não, quero ir embora. Este lugar me apavora.

– Pois foi para este lugar que você tentou vir.

– Como assim?

– A maioria desses pobres irmãos que você observa tirou a própria vida, e aqui se encontra agora nas condições que pode constatar.

Luana divisou grande massa de espíritos que, em bando, gemiam e choravam. Sentiu-se dominada por intenso pavor e balbuciou:

– São... são...

– São suicidas. Irmãos que tiraram a própria vida.

Tomada de repentina consciência, a moça ajoelhou-se em pranto, não suportando o impacto da realidade. Eva ajoelhou-se ao seu lado.

– Precisávamos trazê-la aqui, para você entender a seriedade do que fez. A vida é preciosa demais. A oportunidade que recebemos de reencarnar é sagrada e deve ser aproveitada de todas as maneiras possíveis.

– Quero ir embora, não suporto mais.

– Você compreende que está no plano espiritual da Terra?

Luana concordou com um gesto de cabeça e tornou a pedir:

– Sim, mas tirem-me daqui, por favor!

Eva encarou o companheiro, que assentiu sem palavras. Então ela se levantou e ajudou a neta a fazer o mesmo.

– Vamos embora – disse.

Retornaram em absoluto silêncio. Ouviam-se unicamente os soluços de Luana, fundamente impressionada pelos quadros trágicos com que se defrontara.

Ao entrarem no quarto do posto de socorro, Eva ajudou a neta a se deitar. Entregou-lhe outro copo com água, que foi sorvido por inteiro.

– O que é isso? Não parece água, apesar da cor...

– São medicamentos misturados à água.

Acomodando-se na cama, Luana se queixou:

– Estou com muita dor.

– Daqui a pouco vai amainar.

Amaro não tardou a reaparecer com mais dois enfermeiros. Todos se posicionaram em torno da cama e iniciaram o tratamento por passes magnéticos. Durante o tempo em que recebia os cuidados do amoroso grupo, a paciente ia se sentindo aliviada. Quando terminaram e saíram, ela fitou a avó e comentou.

– Agora estou bem melhor.

– Vai melhorar muito mais à medida que compreenda e aceite a realidade.

– Acha que vou conseguir recomeçar minha vida, vó?

– Tem tudo para isso, depende apenas de você. Tirar a própria vida só pode piorar, e muito, sua situação. Tem muitas responsabilidades para com seus filhos.

– Mas o Bernardo...

– Já falamos sobre isso. Seu marido está agravando seriamente os compromissos para com as leis divinas. Você não deve seguir os passos dele. Precisa reconstruir sua vida, e caminhar para a frente.

– Como? Diga-me como poderei fazer isso.

Eva ergueu-se, foi até a mesinha e trouxe o livro que lia horas antes. Colocou-o nas mãos da neta e aconselhou:

– Leia. É "O Evangelho segundo o Espiritismo". Esse livro traz importantes esclarecimentos, além de conforto. Pode auxiliá-la a encontrar forças, dentro de você, para dar sentido e direção à sua vida.

Luana segurou o volume, olhando o título.

– Já ouvi falar no Espiritismo, mas não acredito...

Ela parou e encarou a avó, que lhe sorriu, indagando:

– Não acredita que a vida continua e que os espíritos podem comunicar-se com aqueles que ainda estão no corpo denso?

A jovem ficou pensativa e Eva insistiu:

– Leia. Vai lhe fazer muito bem.

– Não tenho cabeça para ler... Não consigo me concentrar.

– Posso ler para você, enquanto estiver aqui, em recuperação.

Luana concordou com a cabeça. Após breve saída do quarto para resolver algumas questões, Eva retornou e começou a leitura das lições do Evangelho de Jesus, comentadas à luz dos ensinos espíritas.

Luana, que a princípio sequer conseguia captar as palavras direito, aos poucos foi se acalmando. Enquanto lia, com a voz impregnada de amor e doce magnetismo, Eva se emocionava com as mensagens. A neta era igualmente envolvida pelas energias das lições do Evangelho, bem como pelas ternas vibrações da avó. Pela primeira vez desde que vira Bernardo com Michele, sentia o coração suavizar, como um prelúdio da paz de que tanto necessitava.

DEZENOVE

O dia amanheceu frio e nublado. Rafaela arrastou-se para fora da cama e vestiu-se. Precisava ir à redação. Desde que tomara conhecimento do ocorrido com Laila, entregara-se ainda mais à amargura e à revolta. Não aceitava a realidade daquela gente, em particular daquelas mulheres.

Giovanni apareceu de surpresa, mas não foi acolhido com entusiasmo; ela apenas esboçou ligeiro sorriso. Em silêncio tomaram o café da manhã, os dois e Eunice. Quando a namorada saiu da sala para acabar de se arrumar, o rapaz perguntou em voz baixa:

– Nenhuma melhora?

– Ao contrário. Não sei onde isso vai parar. Ela não me ouve; já sugeri várias vezes que vá a um psicólogo. Sinto que minha filha está se afundando na depressão e não sei mais o que fazer para ajudá-la.

– Você não tem alguma colega de trabalho, que a conheça, com quem possa conversar? Às vezes a intervenção de uma pessoa de fora surte mais efeito... Alguém em quem ela confie.

– Já propus isso também; que converse com uma das psicólogas amigas minhas. Rafaela não quer. Diz que tem de resolver primeiro o problema de Laila, fala o tempo todo nessa moça, não dorme direito...

Eunice balançou a cabeça reprovando toda a situação; então sorveu o último gole de seu café.

– Minha filha não quer ajuda – deplorou –, não sei mais o que fazer. E você? Tem falado com ela?

– Tenho, sim.

Giovanni buscou a melhor forma de se expressar e depois prosseguiu:

– De fato gostaria de levá-la a uma casa espírita. Tenho ido com um amigo, e vem me auxiliando bastante.

Dirigindo-se para a porta, já com a bolsa e a pasta nas mãos, Eunice deu de ombros enquanto respondia:

– Não vejo em que isso possa servir. Por mim, tanto faz. Só quero ver minha filha melhor. Agora, duvido mesmo que ela queira ir. Não acredita em nada disso, você sabe.

– Pois penso que esse é o maior problema dela. Precisa apegar-se a uma fé, acreditar em alguma coisa.

– E por quê? Religião é uma besteira para pessoas fracas e crédulas. Não acho que seja o perfil de Rafaela. É racional demais para acreditar nessas bobagens.

Consciente de que seria inútil insistir, ele se despediu de Eunice e foi atrás da jovem que custava a voltar. Encontrou-a no banheiro, terminando de se preparar.

Giovanni a levou até a redação. No trajeto, Rafaela falava apenas o necessário. O namorado, por sua vez, procurava um jeito de se aproximar, com delicadeza, comprometido em ajudá-la. Todavia, não teve nenhuma oportunidade. Assim que encostou o carro próximo ao escritório, ela o beijou na face e desceu apressada. Nem olhou para trás. Entrou e foi direto para sua baia de trabalho.

Durante toda a manhã, em vão tentou concentrar-se. Seus pensamentos estavam confusos e a imagem de Laila desfigurada vinha-lhe à mente sem cessar. Esforçava-se para focar a atenção quando Fernanda chamou-a à sua sala. Fazia alguns dias que a editora-chefe não aparecia na redação. Rafaela deteve-se à porta. Notou que a outra emagrecera muito e protegia com um lenço a cabeça quase sem cabelos. Ao deparar com a reação que provocara, a editora pediu:

– Entre e feche a porta, por favor.

Fazendo o possível para atenuar a própria angústia e o constrangimento da colega, perguntou:

– Gostou do meu novo *look*?

Rafaela não sabia o que responder. Fragilizada pelos últimos acontecimentos, sentia-se incapaz para qualquer observação positiva. Fernanda era uma mulher muito bonita e vaidosa. Sempre bem produzida, conhecia e até antecipava as tendências da moda, e adorava acompanhá-las. Na verdade, já fora jornalista de moda.

Já sentada diante da chefe Rafaela indagou, sem poder desviar os olhos:

– É o tratamento?

– A quimioterapia me faz passar muito mal. E o cabelo começou a cair... Raspei tudo logo de uma vez...

Ao se lembrar do momento em que cortara os cabelos, seus olhos encheram-se de lágrimas. Ela conteve a emoção e falou, estendendo uma carta a Rafaela.

– Inscrevi sua matéria sobre as mulheres e a cultura do Afeganistão para concorrer ao prêmio de reportagem.

– Você acha que temos alguma chance?

– A repercussão foi boa.

Mais do que depressa, Rafaela aproveitou a ocasião.

– E se fizéssemos uma nova matéria, aprofundando alguns temas? Não seria ótimo?

– Não vejo necessidade.

Depois de demorada pausa, disse mais séria:

– Você precisa parar com isso.

– Com isso o...

A chefe interrompeu-a.

– Está obcecada com essa história toda do Afeganistão. Não são apenas as mulheres de lá que sofrem. Olhe à sua volta. As do Brasil estão tão expostas à violência como aquelas. A cada hora, uma mulher é vítima de agressão aqui, bem debaixo do nosso nariz. Vamos ver se colocamos uma pauta sobre a violência contra as mulheres em nosso país.

Rafaela murchou na cadeira e novamente foi tomada de profundo abatimento. Não tinha como controlar aquele sentimento que se apoderara dela. Conversaram um pouco mais e ela voltou para sua mesa. Sentou-se e ficou olhando pelo vidro os movimentos de Fernanda dentro do escritório. Muito abatida, não pensava em nada com clareza. Até se esforçava, mas para onde quer que dirigisse o pensamento, no final estava Laila.

Aquela jovem parecia ter dominado sua mente por inteiro. Já não conseguia compreender e analisar com lucidez o que se passava; perdera-se totalmente na situação. Ela própria não entendia por que Laila e a irmã haviam causado tamanho impacto. Era uma repórter experiente, que já enfrentara situações até mais graves e trágicas, em São Paulo, no Rio de Janeiro, na Bahia e em outros locais de enorme pobreza e dificuldades de toda ordem. Tivera até mesmo pessoas morrendo em seus braços. Entretanto, nada, nenhuma experiência anterior provocara nela aquele tipo de reação, de descontrole.

Depois do almoço uma colega passou por ela e parou diante da baia, comentando:

– Estou passada...

– Nossa! Você está pálida, o que houve?

– Estou vindo lá do salão da Valéria. Você não vai acreditar no que aconteceu com ela.

– O que foi?

– Menina! Estou passada...

– Nem me fale, estou cansada de notícias ruins...

– O marido lhe deu uma surra tão forte que a garota está no hospital.

– Será que é grave?

– Parece que está até correndo perigo de vida...

– Não acredito! – levantou-se e pegou sua bolsa. – Onde ela está?

– No Hospital das Clínicas.

– Estou indo para lá. Você pode avisar a Fernanda, por favor?

– Claro.

A jovem estagiária foi em direção à sua mesa, repetindo inconformada:

– Que coisa bárbara!

Rafaela pegou um táxi e seguiu para o hospital, ansiosa por notícias. Ao chegar, como fosse da imprensa, obteve informações em detalhes sobre a agressão que Valéria sofrera. Um dos filhos, ferido ao tentar impedir o pai, também havia sido internado, porém já recebera alta. O estado de Valéria, ao contrário, era grave. A jornalista foi até a UTI e constatou a lamentável condição da moça. Vendo-a cheia de hematomas, respirando através de aparelhos, sua revolta só crescia, não tinha mais tamanho.

Como alguém podia fazer aquilo com outro ser humano? E a própria esposa... Era inconcebível. Tinha vontade de ir atrás daquele homem e agredi-lo igualmente, acabar com ele, fazê-lo sofrer do mesmo modo, com a mesma violência, na mesma intensidade. Naquele instante se deu conta do quanto sentia revolta contra todos os homens e pensou: "São verdadeiros monstros".

Após a visita, retornou à redação. Ao final da tarde Giovanni foi buscá-la. No caminho de casa, tentava animá-la, sem sucesso. Tentou de tudo. A jovem seguia quase muda. Quando estacionou o carro na garagem do prédio em que ela residia, o rapaz convidou:

– Quer jantar?

– Não, estou muito cansada.

– Então vou subir e preparar alguma coisa...

– Hoje não, Giovanni. Preciso ficar um pouco sozinha.

– Rafaela, quero ver você feliz. Não sei mais o que fazer para ajudá-la.

Fez breve pausa, escolhendo as palavras, e continuou:

– Gostaria que viesse comigo, um dia desses, a um centro espírita que conheci. É um lugar sério, muito bom. Está me fazendo bem e acho que seria ótimo para você também.

– Não acredito em nada disso.

– Mas você já foi a algum?

– Não e nem quero. Sei como é, fiz algumas matérias sobre os espíritas. Não sei como pessoas inteligentes acreditam assim nessas coisas...

– Então vamos a outro lugar, a uma igreja, sei lá.

Ela explodiu.

– E pra quê? Deus não existe, está ouvindo?

– Rafaela...

– Não existe. Você já olhou à sua volta? Vê a violência em toda parte? Vê como as pessoas são loucas, doentes, como sofrem? Este mundo é injusto, é triste, é medonho! Não há ninguém cuidando de nós, meu caro. Estamos por nossa conta, entregues à nossa própria sorte. E somente os mais fortes sobrevivem. Não me convide mais, está bem? Agora quero subir e descansar.

Antes que ele pudesse dizer qualquer coisa, ela saiu e bateu a porta do carro.

– Boa noite.

Giovanni ficou observando a namorada entrar no elevador e sentiu forte aperto no peito. Definitivamente, estava perdendo Rafaela e não tinha ideia do que pudesse fazer para impedir isso. Inconformado, voltou para o carro, sentou-se à direção e, baixando a cabeça, mentalmente rogou amparo a Deus. Sabia que somente a intervenção divina poderia ajudar Rafaela, fazendo-a enxergar e entender as realidades espirituais, que ele agora compreendia melhor.

Sempre fora um rapaz que respeitava a Deus e suas leis, mesmo que não abraçasse uma religião. Sentia que existiam realidades invisíveis aos olhos humanos e que era preciso expandir a percepção para compreendê-las. Assim que começou a frequentar o centro espírita, a convite de um amigo, sentiu como se conhecesse as lições e reflexões que ali escutava. Tudo naquele lugar lhe era familiar.

Ele tinha certeza de que, a menos que buscasse ajuda sem demora, Rafaela acabaria nas drogas ou teria a sanidade mental prejudicada, ou, quem sabe, coisa pior...

Depois de orar, foi como se uma onda de calma o envolvesse. Era Amaro que lhe respondia mentalmente, recomendando que ficasse tranquilo, pois Rafaela não estava sozinha. Ligou o carro e saiu.

A jornalista, por sua vez, subiu e enfiou-se no quarto. Já não sentia nem vontade de visitar a prima. Não tinha mais ânimo para nada.

VINTE

Dois dias se passaram desde o regresso da pequena viagem que tivera por objetivo auxiliar Luana a conhecer a realidade espiritual a que quase se lançara pela própria escolha. Ao retornar, permanecera longo tempo desfalecida, e continuava deprimida e sem alento. Eva mantinha-se em dedicada vigília ao lado daquela que fora sua neta na última passagem pela crosta.

Naquela manhã, ao abrir os olhos, Luana estava com melhor disposição. Tentou erguer-se no leito, porém sentia o corpo pesado demais; ainda estava muito fraca.

– Devagar, levante-se com muita calma, você ainda está fraca – escutou a voz suave da avó.

– Pensei que aquele lugar horroroso em que estivemos pudesse ter sido mais um pesadelo...

Eva trouxe outro travesseiro e ajeitou os dois às costas da jovem.

– Minha querida, já disse, você não está sonhando. Estivemos juntas, durante seu sono físico, muitas outras vezes. Tenho estado sempre com você. Como se sente?

– Com muita dor no abdome e também na cabeça.

– É o efeito do veneno que ingeriu.

Luana arregalou os olhos, assustada, lembrando-se do ato praticado.

– Eu vou morrer, vovó? Estou em coma? O que vai acontecer?

Calou-se por instantes, para a seguir inquirir ansiosa e aflita:

– Por que está cuidando de mim? Por que não me deixaram desaparecer no esquecimento?

– Porque esse esquecimento não existe. Caso o ato que você praticou se consumasse, acarretaria maior sofrimento para sua alma. Em que estava pensando quando tomou aquela decisão?

Chorando baixinho, Luana hesitou e por fim respondeu:

– Queria livrar-me da dor.

Eva balançou a cabeça e fitou-a, pensativa.

– A única forma de livrar-se da dor é ir em frente. Você tem tarefas, compromissos a realizar.

– Que compromissos? Bernardo me libertou de todo e qualquer compromisso.

– E seus filhos? São responsabilidade sua e você os abandonou.

– Não estou fazendo bem para eles; é melhor que fiquem com minha mãe.

– Não, querida, é você a responsável. Concordou em receber essas duas almas como filhos; eles fizeram seus planos reencarnatórios contando com seu apoio, seu carinho e sua orientação. Não pode abandoná-los, sob pena de trazer sérios débitos à sua existência. Além do mais, tem compromisso com seu próprio desenvolvimento e o resgate de débitos do passado.

– Como assim? Do que está falando? Que passado é esse? Nunca fiz mal algum a Bernardo que justificasse o que fez comigo.

– Não me refiro ao seu casamento, se bem que na convivência costumemos achar que todos os erros estão nas outras pessoas. Nunca procuramos dentro de nós a responsabilidade pelos nossos fracassos; sempre a vemos fora. E assim não crescemos, não aprendemos com a experiência e logo reincidimos no erro.

Luana fixou na avó os olhos cor de mel; com vivo interesse indagou:

– Então de que passado está falando?

– Vivemos muitas vidas; descemos à Terra vezes incontáveis, assumindo diferentes personalidades. Em cada uma dessas vidas, novas lições se nos apresentam: novos compromissos, oportunidades abençoadas de crescimento, de cultivo do bem e construção da felicidade.

– Não compreendo.

– Você já viveu outras vidas, e nelas semeou, através de suas escolhas, consequências que ora foram boas, ora não, quando deliberadamente rebelou-se contra as leis divinas. Muitas dessas escolhas equivocadas levaram às consequências que colhe em sua vida presente. São as reencarnações que todos temos até alcançar a perfeição.

– Já ouvi falar desse assunto, mas não consigo acreditar.

– Assim que estiver suficientemente preparada, vamos ajudá-la a se lembrar de alguns fatos, ao menos os de maior relevância para a aceitação de sua situação atual. Agora vamos dar uma caminhada pelo nosso posto de socorro. Este lugar agradável certamente lhe fará bem.

Eva ajudou a neta a se levantar com cuidado. Apoiada na avó, ela caminhava devagar, reclamando muito das dores no abdome. A gentil e meiga senhora a incentivava e andaram até o jardim. Flores coloridas e perfumadas balsamizavam o ar com aroma intraduzível. Muitas mulheres estavam sentadas nos bancos por ali espalhados. Muitas delas apresentavam sérias deformidades físicas.

Luana contemplou o lugar num misto de êxtase e medo; perguntou baixinho:

– Que lugar é este? Por que tantas mulheres assim, deformadas?

Eva não respondeu, apenas sorriu para a neta. Prosseguiram passo a passo até chegar a um banco onde Amaro as aguardava.

– Parece mais animada hoje, Luana.

Abraçou-a com ternura e ela esforçou-se para esboçar um sorriso.

– E você parece bem disposto!

Amaro fitou Eva e sorriu, acomodando a neta entre o casal.

– Afinal, que lugar é este?

– É uma colônia espiritual, não muito distante da crosta da Terra. Aqui temos uma instituição destinada a receber, tratar e ajudar mulheres, provenientes de diversas regiões do planeta, a fim de prepará-las para novas e promissoras reencarnações.

– Mas há homens...

– Sim, o espírito de fato não tem sexo, ainda que frequentemente guarde por tempo mais ou menos prolongado a forma da última encarnação. O trabalho primordial aqui tem como desafio socorrer e amparar as mulheres, tanto encarnadas como desencarnadas. Além disso, neste posto se programam atividades diversas que se materializam na crosta; enviamos nossos projetos através da intuição a diversos homens e mulheres de bem, que se sensibilizam com o sofrimento dos semelhantes.

Luana escutava, porém sua atenção era repetidamente atraída por alguma mulher que passava perto deles, caminhando apoiada em companheiros que a auxiliavam.

– Por que a maioria está tão deformada?

Amaro lançou um olhar para Eva e respondeu em tom baixo:

– Na grande maioria, as mulheres que recebemos aqui desencarnaram de forma difícil e dolorosa, tendo sofrido violência por parte de maridos, namorados ou companheiros; algumas, de parentes próximos. Essas que você vê já estão melhorando; há outras que permanecem adormecidas, por lhes faltar condição de entrar em contato com a realidade.

– Todas que morrem assim são conduzidas para lugares como este?

– Não, nem todas. Na verdade, na maior parte elas permanecem durante muito tempo presas à situação que as feriu.

– E por que essas estão aqui? O que fizeram?

– Algumas têm méritos adquiridos, outras enfrentavam duras provas na Terra, e apesar da vida dolorosa efetuaram grande progresso espiritual. Algumas vêm pela intercessão de mães, avós, irmãs... enfim, alguém que já tenha certa compreensão das verdades espirituais e que trabalhe em favor delas.

Luana sentiu o coração apertado ao ver a situação daquelas mulheres.

– São tantas...

– É muito triste constatar que nos dias de hoje, não obstante os avanços tecnológicos e intelectuais atingidos pela humanidade, e mesmo as conquistas das mulheres no mundo, é enorme o número de nossas irmãs que perdem a vida por agressões daqueles com quem convivem.

– E isso não vai mudar?

– Como não? Estamos trabalhando nesse sentido.

Luana continuou observando as muitas mulheres à sua volta. De súbito lembrou-se de Michele e estremeceu, sentindo ímpeto de agredi-la.

Percebendo logo esse pensamento, que para ela não apresentava barreira, a avó disse:

– Está vendo? Enquanto não tivermos consciência e controle de nossos impulsos inferiores, sejam de que ordem forem, agressões acontecerão.

– Mas tenho motivo...

– Todos acham que têm, mesmo que seja apenas na ilusão de uma mente adoecida pelo ciúme, pelo medo ou por lembranças inconscientes do passado. Todos têm sua justificativa. Entretanto, quando olhamos essas irmãs que, depois de muitos anos e às vezes até séculos de desencarne, continuam até hoje lutando para se refazer, temos ideia da gravidade e dos impactos desses atos praticados sob quaisquer circunstâncias.

Eva fez ligeira pausa antes de prosseguir:

– Enquanto não apreendermos a exercer o autodomínio, cientes das consequências de nossos atos, do quanto nos trarão de infelicidade e dor no presente e no futuro, não faremos cessar o círculo que se repete entre agressor e vítima, em alternadas encarnações.

– Isso nunca irá acabar...

– Engano seu. Há muitos que estão trabalhando para transformar essa penosa realidade que vem devastando a Terra. Os efeitos do modo como as mulheres vêm sendo tratadas, ao longo dos últimos milênios, estão destruindo o planeta. Não me refiro somente às mulheres, e sim ao aspecto feminino, em si, do próprio Deus.

– Deus? Como assim? Não entendo.

– Vamos deixar essa conversa para outra hora – Eva disse a sorrir. – Agora você precisa se fortalecer para voltar à sua vida.

Luana, que por alguns instantes esquecera um pouco de si mesma e de seus problemas, suspirou fundo.

– Estou com medo de não conseguir superar.

– O que a incomoda tanto?

– Bernardo é meu marido! Eu o amo e não quero perdê-lo. Estou sofrendo muito!

– Acha que é o amor por ele que a faz sofrer?

– É claro que sim.

Amaro, que atento acompanhava a conversa, comentou:

– Querida, o amor não aprisiona, e sim liberta. Você nutre carinho por Bernardo, é verdade, mas o que a faz sofrer dessa maneira não é amor, não se engane. O amor deseja o bem do ser amado, acima de qualquer coisa.

– Eu quero o bem de Bernardo. Já aquela mulher... eu...

– O que sente por ela? Vamos, diga!

– Ela é um monstro destruidor de lares.

– E o que sente por ela?

– Eu a odeio! Eu a odeio! Quero matá-la!

Descontrolada, ela gritava, chamando a atenção dos que estavam por perto. Em seguida, caiu em pranto convulsivo.

– Ela o tirou de mim. Ele é meu! Só meu!

Eva e Amaro guardaram silêncio, orando para que a neta recuperasse o equilíbrio. Quando ela finalmente se acalmou, a avó esclareceu:

– As pessoas não nos pertencem, Luana. Todos somos seres livres, e assim deve ser. Cada um buscando sua evolução, seu progresso. Podemos e devemos nos ajudar mutuamente, caminhar juntos algumas jornadas, mas somos livres e independentes.

– Você e vovô estão juntos até hoje, pertencem um ao outro.

– Por nos amarmos, cultivamos o progresso juntos, cada um com suas escolhas e decisões, que são sempre respeitadas. Estamos trabalhando pelo crescimento nosso e daqueles a quem nos afeiçoamos, e acima de tudo com um propósito comum: servir a Jesus. O que mais nos une são nossos ideais no Evangelho.

Luana calou-se, pensativa. Os únicos projetos que tinha em comum com Bernardo eram os de ordem material. Tinham sonhos, sim, porém todos giravam em torno das conquistas e realizações materiais. E ela sempre achara tudo isso muito natural. Planejavam até mesmo o que desejavam para os filhos, aquilo que queriam que eles realizassem, como forma de satisfazer o orgulho do casal. E aspiravam sempre mais. Pela primeira vez ela enxergou aquilo claramente.

Eva pousou as mãos delicadas sobre o braço da jovem e comentou:

– Há muito que aprender, querida, basta você aceitar as lições. Por enquanto vem se recusando a crescer com a experiência, e seu sofrimento maior é causado por essa recusa. Quando começar a aceitar, conseguirá compreender muitas outras coisas.

– Mas por que ele fez isso comigo? Eu não merecia. Sempre fui boa esposa. Embora reconheça meus defeitos, desde que me casei com Bernardo tenho vivido para o nosso casamento, para os nossos filhos. Para ele! Tenho me empenhado em fazer o melhor que posso. Nunca lhe fui infiel, nem em pensamentos. Não descuido da aparência, faço tudo o que aquelas revistas femininas vivem aconselhando. Por que ele me traiu dessa forma? Eu não mereço! É um canalha! E ela é uma va...

Interrompeu o que ia dizendo e contorceu-se com dores no abdome.

– O ódio só vai piorar seu estado de saúde. Enquanto não renovar seus sentimentos, por meio da aceitação e da compreensão, sofrerá muito.

– Quero que essa dor desapareça. A do meu abdome e principalmente a que maltrata meu coração.

Amaro abraçou-a e envolveu-a em vibrações suaves de muito amor. Eva fez o mesmo e ficaram ali por longo tempo, os dois abraçados à neta. Quanto ela afinal serenou, levaram-na de volta para o quarto, para que descansasse.

Nos dias que se seguiram, Luana passou a apresentar crescente melhora. No terceiro dia já estava em condições de se levantar sozinha. Eva surpreendeu-se ao entrar no quarto e encontrar a neta de pé, tomando a leve refeição que lhe trouxeram.

– Vejo que está bem disposta hoje.

– Sinto-me um pouco melhor, apesar da dor persistente.

– Então está pronta para relembrar.

– Relembrar?

– Sim, querida. Será necessário descortinar algo de seu passado, para que lhe seja útil no momento pelo qual está passando.

Sem questionar, Luana seguiu a avó por uma ala da construção do hospital que não conhecia. Ia com o coração batendo forte. A despeito de não acreditar no que Eva lhe dizia – por vezes achava que tudo aquilo era parte de um sonho e que logo despertaria –, sentia um temor impreciso, como se concreto perigo a aguardasse. Ao mesmo tempo, estava curiosa. Entraram numa sala com as paredes muito alvas, onde suave melodia dominava o ambiente. O perfume das flores alcançava o lugar, como se elas estivessem dentro do quarto. Num canto, logo abaixo da janela, havia uma maca ampla e confortável e ao lado duas cadeiras. Diante da maca, uma tela transparente, semelhante às de vidro já disponíveis em nosso plano, estava colocada bem visível para ela.

– O que é isso? Sessão de cinema?

Eva não respondeu ao gracejo. Pediu que a neta se deitasse confortavelmente e relaxasse. Fios finíssimos e delicados ligaram o sistema nervoso de Luana à tela. Amaro juntou-se a elas. Após um momento de oração, Luana sentiu-se entorpecer e a tela ligou-se diante dela. Imagens começaram a surgir, um filme se formava naquele aparelho. O coração da moça começou a bater descompassado. Via a figura de uma mulher vestida como homem, galopando em direção a uma aldeia. Sabia que aquela mulher era ela. Apesar das roupas masculinas, os cabelos negros se soltavam com o cavalgar acelerado. Luana começou a antecipar o que veria; as lembranças do passado emergiam de seu inconsciente e eram de imediato transmitidas à grande tela. Não restava nenhuma dúvida. Ela se lembrava.

"Assim que atingiu a aldeia, a jovem apeou e caminhou com passos firmes até uma casa simples e humilde. Apesar de trajar-se como homem, usava roupas caras, que para aquela época seriam vestimentas de nobres senhores de terras. Entrou na casa sem bater. Uma família jantava no interior da habitação humilde: um jovem pai de família, sua esposa e quatro filhos. Violentamente, com os dois braços, ela arrastou e lançou ao chão tudo o que estava sobre a mesa. Depois fitou a mulher, que se contorcia de raiva, mas mantinha-se calada, e ordenou:

– Agora recolha e limpe tudo, enquanto vou conversar a sós com Pierre.

A mulher fazia menção de avançar sobre a agressora, quando o rapaz rogou com o olhar, apontando para os pequenos, que, assustados, não diziam nada. A rude mulher que invadira o lar simples bradou, irritada:

– E vocês, seus pirralhos, sumam daqui! Vão fazer alguma coisa útil e desapareçam da minha frente.

– Você não vai dar ordens dentro da minha casa!

A jovem impetuosa aproximou-se da outra e deferiu-lhe forte golpe no rosto, com a vara que trouxera para fustigar o cavalo. A mãe foi lançada ao chão e de imediato sua face começou a sangrar.

Luana remexia-se na maca. Sentia o ódio, a altivez, o orgulho daquela mulher, e ao mesmo tempo aquilo que via a incomodava. Eva e Amaro sustentavam a neta com vibrações elevadas.

O jovem correu para a esposa caída ao chão e implorou.

– Vá para fora com as crianças, por favor. Deixe que eu converse com ela.

Isadora, no entanto, ergueu-se devagar e caminhou com altivez e dignidade na direção da rica senhora, dizendo:

– Não pode entrar aqui e fazer o que bem entende. Este é o meu lar, não o seu.

Agora o orgulho e a vaidade dominavam Joaquina por completo. Ainda assim, ela se continha. Sabia que Pierre amava os filhos acima de tudo. Então, virou-se para o casal e disse:

– Vocês me devem muito dinheiro. Vou levar seus dois filhos mais velhos, para que sejam meus servos e me paguem a dívida.

Desesperado, Pierre afastou Isadora e pediu:

– Por favor, não faça isso. Sabemos que é muito poderosa e dona de todas essas terras que nossos olhos alcançam. Pode ter o homem que quiser aos seus pés. Pode ter tudo o que almejar, não precisa de nós.

– É exatamente isso. Posso ter tudo o que eu desejar. Tudo e todos. Vou levar as crianças para me servirem. Não se preocupem, que lhes darei comida uma vez ao dia e uma hora ou outra elas vão dormir...

Isadora chorava baixinho. Pierre, sabendo que seria inútil argumentar com aquela mulher, implorou:

– Eu serei seu servo, seu homem, tudo o que desejar. Mas, por piedade, não leve as crianças.

– Fará tudo o que eu quiser, sem discutir?

– Tudo o que quiser, contanto que deixe meus filhos aqui, com a mãe.

Isadora gritava em desespero, pedindo ao marido que não fizesse aquilo, enquanto ele, resoluto, pegava a capa e o chapéu. Despediu-se dos filhos que a tudo assistiam chorando, fitou a mulher com olhar significativo e pôs-se a caminho. Isadora, revoltada, continuava a gritar e soluçar.

– Muito bem, Pierre, fez a escolha certa. – disse Joaquina, seguindo o homem de quem se apossava naquele instante. – Não precisa se preocupar, Isadora, logo me canso de meus amores e os libero para retornar ao lugar de onde vieram. Os homens são para mim diversão e nada mais – ao sair fechou a porta com toda a força.

A mãe e as quatro crianças choravam inconformadas. Isadora sentia-se humilhada e ferida. Aquela mulher arrasara seu marido e ela, diante dos filhos. Ouvira falar dos desmandos de Joaquina, porém não imaginava que ela fosse tão monstruosa.

Joaquina manteve Pierre por mais de dois anos sob rigoroso controle. Não lhe permitia que saísse para nada, nunca, impedindo-o de ver a família. Ele se esforçava por mandar provisões para a esposa e os filhinhos, através de almas generosas e corajosas que se dispunham a auxiliar. Sofria tudo em silêncio. Ao término de dois anos, Joaquina, que era a única herdeira de um nobre dos mais ricos da região, interessou-se por um guerreiro que se hospedara em sua suntuosa propriedade. E depois de ignorar o jovem Pierre por mais seis meses, dispensou-o com desprezo.

Ao retornar ao lar, ele encontrou a família em situação de extrema carência. Dois de seus filhos haviam morrido por falta de alimentação e cuidados adequados. Sem ele, Isadora não conseguia cuidar de todos. Os mais velhos ajudavam como podiam. Assim que o viu, a esposa insistiu para que juntassem o que possuíam e partissem daquele lugar. Estava desgostosa e envelhecera dez anos durante a ausência dele. Colocaram tudo o que tinham na carroça e partiram ao amanhecer.

– Tem certeza de que deseja partir tão depressa?

– Já esperei demais!

– Ela não vai aparecer tão cedo...

– Não vou arriscar. Ainda tenho você.

À medida que a carroça se afastava dos portões da vila, ela murmurou entre os dentes:

– Se há um Deus no céu, Joaquina, você vai pagar pelo que fez à minha família...

E a carroça desapareceu pela estrada que atravessava a floresta."

VINTE E UM

Luana chorava em desespero. A tela transparente e as imagens desapareceram. Eva sentou-se ao lado na neta e perguntou.

– Sabe quem era aquela mulher?

– Era eu!

– De quem está falando? Isadora?

– Não, vó, Joaquina. Aquela mulher era eu?! Já fui arrogante desse jeito?

– Agora peço que me escute com muita atenção.

Eva deu um copo de água à neta, com medicamentos que lhe refizessem o equilíbrio psíquico. Ela o sorveu num só fôlego. A avó continuou.

– Todos nós, sem exceção, eu, seu avô, até Isadora e Pierre, todos nós cometemos erros no passado, seja mais, seja menos distante. Se eu me deitar ai, e começar a vasculhar meu passado, você irá se assustar.

Luana parou de chorar, limpou as lágrimas e fitou a avó, que continuou:

Tudo isso faz parte do passado. Você se arrependeu do que fez, se arrependeu muito. E por várias encarnações, tem trabalhado para consertar os seus erros. No entanto, colhemos o que plantamos, nada diferente disso.

– Pierre é Bernardo, não é?

– O que você acha?

– Tenho certeza de que é ele.

Afagando-lhe os cabelos com carinho, Eva explicou:

– Você se comprometeu, nesta encarnação, a receber duas daquelas crianças, as que haviam deixado o corpo físico por reflexo direto do que fez. Quis fazer da maternidade o sacerdócio sagrado de sua ascensão. Precisa dedicar-se a eles. Superar tendências que ainda a acompanham e dedicar-se aos seus filhos – aqueles com os quais se comprometeu no passado.

– Estou sendo, então, punida por Michele?

– Não teria de ser necessariamente assim, porém o campo de atração entre você, Isadora e Pierre, devido ao ódio que ela alimentou, atraiu-os novamente, e enredou-os nesta situação. O casamento com Bernardo estava programado. Ele queria ajudar. Só que Michele, inconscientemente, buscava vingança e alcançou seu lar. Consegue compreender?

Luana baixou a cabeça. Depois de alguns instantes em silêncio, ergueu os olhos e falou entre soluços:

– Eu me lembro das promessas que fiz antes de voltar ao corpo físico...

Inclinou de novo a cabeça e chorou por longo tempo. Quando tornou a erguê-la, suplicou:

– Ajudem-me, por favor, não sei se terei forças. Eu preciso conseguir...

Eva e Amaro a envolveram mais uma vez em amoroso abraço.

– Nós estamos ao seu lado, querida, sempre. Você vai vencer!

– Por que fiz tudo aquilo? Como pude ser tão má?

– É que por diversas encarnações você acalentou ódio pelos homens.

– Ódio?

– Sim, muitos deles fizeram-na sofrer. E você, ao invés de aprender com o sofrimento, dele extraindo as benditas lições que proporciona, endureceu o coração, que cheio de orgulho adoeceu de ódio e tomou o caminho que a levou a maior sofrimento. Embora possamos compreender por que se tornou tão amarga e dominadora, isso jamais será aceitável ou justificável.

– O que devo fazer? Onde vou achar forças para lutar e superar a dor, a dificuldade, e cumprir minha tarefa? Sou tão frágil e a dor me aflige tanto...

Eva ajudou a neta a se levantar, dizendo:

– Há várias formas de fortalecer-se, querida. Uma delas é buscar apoio e crescimento espiritual.

– Uma religião?

– Não apenas uma religião, mais do que isso. Precisa encontrar um caminho que a ajude a crescer espiritualmente, trabalhando suas imperfeições, para delas se libertar de forma paulatina.

– Não sei onde procurar...

– Conheço um núcleo espírita, onde o Evangelho de Jesus é luz e diretriz a conduzir os integrantes. Gostaria de conhecê-lo?

– Você me leva até lá?

– Sim, podemos programar uma visita. O que acha?

– Lá me ajudarão a superar meus desafios?

– Com toda a certeza, muito embora eles representem, como seu avô e eu, um apoio, um amparo. O trabalho mesmo caberá a você realizar. Não deve esperar dos outros aquilo que depende de si própria. Compreende?

– Mais ou menos.

Eva sorriu e aconselhou, já próximo ao quarto que a neta ocupava, durante o tratamento no posto de socorro.

– Agora descanse.

Foi até a pequena mesa e trouxe "O Evangelho segundo o Espiritismo", que colocou nas mãos da neta, sugerindo:

– Pode começar a trabalhar pela sua melhoria agora mesmo. Leia um pouco que seja; envolva-se com a leitura. Quando visitarmos o núcleo, você já terá alguma familiaridade com o que ouvirá por lá. Vou conversar com algumas pessoas e ver para quando será possível organizar sua visita. É preciso que não demore; muitos precisam de sua ajuda, inclusive Rafaela.

Luana, que nos últimos dias apenas pensara em si mesma, ao notar a preocupação da avó com a prima, indagou:

– Ela não está bem?

– Nem um pouco, querida. Você não percebeu? Desde que regressou da viagem ao Oriente Médio, tem se entregado à revolta, à indignação, e valorizado em demasia o aspecto negativo de tudo. Está se deixando dominar pelas sombras que rondam a todos neste estágio em que a Terra se encontra.

– É que nosso mundo é ruim mesmo, cheio de problemas e podridão...

– Certamente, estar no corpo físico nos dias de hoje representa trabalho incessante; todavia, há muitas coisas boas acontecendo ao lado das negativas. É essencial escolher o que alimentar em nós. Rafaela não consegue enxergar nada de bom, e supervaloriza o mal. Por isso vem se afundando numa séria depressão, e não sei até quando poderá suportar.

– Nossa! Não tinha ideia de que ela estava tão mal, nem percebi...

Calou-se por alguns instantes, até expressar o que acabava de reconhecer:

– Estou sendo mesmo muito egoísta.

– Então se prepare. Vamos trabalhar para que logo esteja pronta para retornar; aí poderá buscar ajuda para seu próprio reequilíbrio e para ser útil àqueles que necessitam. É preciso dar um sentido útil e produtivo à sua encarnação.

– Vou precisar de apoio... – a voz sumiu-lhe da garganta.

A avó abraçou-a e saiu, deixando a jovem com o Evangelho nas mãos.

No dia seguinte, Eva comunicou à neta:

– Hoje à noite vamos levá-la para conhecer o núcleo de que lhe falei. Esperamos que tudo caminhe bem; se isso acontecer, de lá mesmo a levaremos de volta ao hospital.

Os olhos de Luana encheram-se de lágrimas, que lhe escorreram pesadas pela face. Entretanto, algo havia mudado dentro dela. Suspirou fundo, limpou as lágrimas e disse, ainda que vacilante:

– Que bom...

– Sei que teme retornar – a avó abraçou-a, carinhosa. – Mas abra seu coração e encare cada desafio como ensejo de aperfeiçoamento. Ao vencer esse grande obstáculo em sua vida, você se tornará mais forte. Aceitando a dificuldade e procurando aprender com ela, terá vencido a si mesma e estará preparada para alçar voos mais altos.

– Agora sei que, embora não me lembre de tudo, eu semeei a situação que estou vivendo...

– É importante compreender que você contribuiu para as dificuldades que enfrenta. Por outro lado, tem de aprender a também se perdoar. Somos todos imperfeitos, cheios de limitações. Você está aqui para se superar. Aproveite a oportunidade abençoada que a encarnação lhe oferece.

Emocionada, porém firme, a moça sorriu e anuiu com a cabeça.

Mais tarde Eva, Amaro e Luana seguiram para o núcleo espírita, onde a jovem assistiu, sentada em silêncio, a uma noite de tarefas aberta ao público; o Evangelho tratava do perdão que cada um deve a si próprio e a todos que, como ele, cometem erros e enganos.

Ao final, o grupo de encarnados foi se dispersando, ao passo que muitos espíritos permaneceram no salão. É que no andar superior do recinto se realizava delicada tarefa de doutrinação, no intuito de conscientizar os espíritos de sua situação atual e da necessidade de persistir no esforço de crescimento espiritual.

Luana ficou o tempo todo ao lado dos avós. Acompanhava atenta o trabalho que se desenrolava e as histórias que diversos espíritos contavam. Observou criaturas em estado lastimável, alimentando ódio, ressentimentos e desejo de vingança. Presenciou outras que sofriam amarguradas, deplorando a oportunidade perdida na Terra. Findas as tarefas, os três se despediram dos responsáveis e saíram. Luana estava pensativa.

– O que achou?

– É muito sofrimento, vô. Como às vezes é difícil fazer a escolha certa...

– É verdade. Gostou do ambiente?

– Gostei, sim. Senti um pouco de medo, mas percebi que tudo é muito organizado, bem planejado... Jamais poderia imaginar que existisse algo como isso... Um verdadeiro pronto-socorro para espíritos sofredores, ou agressivos.

– Todos estão doentes. É realmente um pronto-socorro de almas.

– Foi o que eu notei.

– Eles são muito sérios no trabalho que fazem. Poderão ajudar você.

– E como chegarei até eles?

– Não se preocupe. Mantenha o coração aberto; falaremos com você em sonhos e a traremos até aqui. Confie, Luana.

– Para mim é difícil confiar...

– Sei disso. Contudo, é o trabalho que precisa fazer: exercer a maternidade com dedicação e desenvolver a fé em Deus, a fé na vida. E quem sabe até encontrar um novo companheiro...

– Não! Nem pensar...

– E por que não? Caso Bernardo permaneça inflexível, deverá seguir com sua vida.

Pararam diante do hospital. Luana olhou o prédio e sentiu um calafrio pelo corpo.

– Estou com medo...

– Não tema, estamos ao seu lado.

Caminharam até o quarto onde o corpo denso de Luana permanecia em coma profundo. Ela o fitou, depois observou o seu corpo espiritual, como verdadeira cópia de si mesma; abraçando os avós com carinho, deitou-se sobre o corpo físico, pedindo:

– Fiquem comigo, por favor.

– Estaremos com você. Confie.

Acomodou-se e foi dominada por intensa sonolência. A voz de Eva soava cada vez mais distante:

– Estaremos com você. Confie... Confie...

De súbito, os equipamentos aos quais Luana estava conectada demonstraram grande alteração, o que trouxe vários enfermeiros para perto da maca. Antes que pudessem chamar o médico, ou tomar qualquer providência, a paciente abriu os olhos. Após mais de um mês de inconsciência, despertou e logo fez menção de se sentar. Os enfermeiros a acalmaram, conversando com ela.

Decorridas algumas horas, Elza entrou e encontrou a filha sem os tubos, tomando um caldo. Impressionada, olhou interrogativamente para os presentes e uma enfermeira informou:

– Ela acordou sentindo fome, pedindo comida.

– Assim, de repente?

– Sim e parece bem.

Em dois dias Luana foi transferida para um quarto normal. Ela melhorava rapidamente, surpreendendo a todos com a evolução de seu quadro. Certa manhã, quando conversava com a mãe, esta advertiu:

– Vá com calma, filha, você passou por uma situação bem delicada.

– Eu sei, mas estou me sentindo bem. Bem de verdade. Meu desejo é sair daqui o mais depressa possível. Chega de hospitais, não é? Quero ficar boa e voltar para casa. Quero cuidar de meus filhos...

Um senso de urgência tomava conta de Luana, que quase todas as noites, durante o repouso do sono, reunia-se com os avós e era por eles orientada.

Uma semana depois ela deixava o hospital, amparada pela mãe. Ao chegar em casa, diferentes emoções envolviam seu coração. Olhando o cenário repleto de lembranças do marido, sentia fraquejar o propósito interior de superar aquela situação, que vinha brotando em sua mente desde que despertara. Suas pernas tremiam e tinha vontade de se jogar outra vez ao leito, deixando que a dor a dominasse.

Todavia, no instante em que a porta principal se abriu, os dois filhos correram, felizes e saudosos, ao seu encontro. Marcelo abraçou-a com força, como se naquele gesto lhe dissesse tudo o que sentia. Quando conseguiu soltar a mãe, foi Pedro que a abraçou choramingando.

– Estava com saudade...

Então o mais velho aproximou-se e disse:

– O que posso fazer para ajudar, mãe? Faço qualquer coisa para ver você feliz...

Envolvida pelo carinho dos filhos, Luana agarrou-se a eles, em pranto.

– Desculpem-me pelo que fiz vocês sofrerem. Vou ficar boa logo e nós voltaremos a nos divertir, eu prometo.

Elza, entre a incredulidade e a esperança, olhava a cena igualmente emocionada.

Apenas ao fim de duas semanas Luana conseguiu conversar com Bernardo; na presença dos advogados de ambos, acertaram os detalhes do divórcio. Ele estava irredutível quanto à decisão que tomara e pretendia acertar sua nova situação o quanto antes, pois possuíam muitos bens e queria que a divisão ficasse definida.

VINTE E DOIS

Rafaela afundava-se mais e mais na raiva, na revolta, na desesperança. Desejava, mais do que tudo, ter notícias de Laila, e com o correr dos dias, em estreita simbiose com Farishta, entregou-se ao desânimo e ao abatimento. Passou a faltar ao trabalho, inventando uma desculpa qualquer, que muitas vezes transmitia a Fernanda por mensagem no celular. Mesmo sabendo que a editora atravessava uma fase difícil e precisava muito dela – pois se ausentava com frequência para seu tratamento –, não se importava. Ignorava todos ao seu redor e ficava na cama várias horas do dia. A única coisa que a interessava era escrever para Madeleine em busca de notícias da jovem afegã a quem se sentia fortemente ligada. As informações esporádicas que recebia notificavam que a menina ainda permanecia internada, melhorando lentamente.

A cada notícia, Rafaela mais e mais se afligia. Eunice já não sabia o que fazer. A filha não comia quase nada, estava emagrecendo rápido. Recorreu a Giovanni, que apesar de todo o empenho também não conseguia animar a namorada. Rafaela falava pouco, permanecia horas distante e apática.

Quando soube que Luana deixara o hospital, Eunice lhe transmitiu a notícia sem demora, na tentativa de estimulá-la. Giovanni, que a visitava todos os dias, nessa manhã participou da conversa.

– Sua prima deixou o hospital hoje. Ela está bem melhor.

– Legal.

– Eu queria muito visitá-la, você me acompanha? Não está com saudade?

– Seria muito bom – acrescentou Giovanni. – Podemos ir todos juntos. O que acha, querida?

– Não estou a fim, quero ficar sozinha.

– Mas sua prima precisa de você...

Rafaela pegou da mesa de cabeceira o copo com suco de laranja que a mãe preparara e o atirou na parede, gritando:

– Eu não quero, estão ouvindo? Não quero ver ninguém. E você, Giovanni, vá embora daqui. Não quero vê-lo! Você e todos os homens são iguais!

– Calma, Rafae... – ele tentou intervir.

– Vá embora! E você, mãe, suma também. Não quero que entre mais no meu quarto. Quero ficar sozinha, sozinha, entendem? Deixem-me sozinha!

Descontrolada, Rafaela berrava. Começou a quebrar outras coisas no quarto, atirando objetos, destruindo quadros e espelhos; depois saiu em desvario, gritando pela casa. Giovanni e Eunice tentavam detê-la, mas ela estava completamente fora de si. Depois de quase meia hora, caiu no chão da sala, sem sentidos. Apavorada, a mãe procurou despertá-la.

– Meu Deus! Giovanni, o que está acontecendo com ela? – ajoelhada ao lado da filha, dava suaves tapas em seu rosto. – Acorde, minha filha!

Imediatamente Giovanni tomou-a nos braços, dizendo:

– É melhor levá-la para o hospital. Não dá mais para continuar assim, ela precisa de ajuda. Para onde a levamos?

– Trabalho em um hospital que possui uma ala para depressão e crises como essas. Acho que poderão cuidar dela – pegou a bolsa de Rafaela com seus documentos. – Vamos.

Ainda desacordada, a jornalista foi recebida pelo médico do pronto-socorro. Atendidos os procedimentos burocráticos, foi internada e acomodada em um quarto confortável. Após minucioso exame, o médico falou com Giovanni e Eunice.

– Ela está exausta e muito fraca. Pelos exames de sangue preliminares, não há nada sério; só um pouco de anemia, creio que pelo fato de não estar se alimentando direito. A senhora pode dizer desde quando ela vem apresentando esse quadro?

– Já faz bastante tempo. É que de uns dias para cá piorou muito. E bem rápido.

– Vamos realizar mais alguns exames, mas nos parece um quadro de depressão, decorrente de *stress* pós-traumático. Ela passou por algum trauma muito grande recentemente?

– Foi uma viagem que fez que desencadeou tudo isso, doutor. Minha filha costuma ser muito equilibrada.

– Vamos mantê-la aqui por uns dois dias, pelo menos, para exames e para que tome um pouco de soro. E vamos fazer que converse com nossos profissionais da área: psiquiatras, psicólogos, enfim, a equipe especializada.

– É exatamente disso que minha filha está precisando. Vai ser bom para ela.

O médico sorriu e saiu, deixando os dois um pouco menos aflitos.

Quando Rafaela sofrera a crise que a deixara inconsciente, Farishta tinha espasmos simultâneos. Sentia-se extenuada por estar naquele lugar estranho, com pessoas que desconhecia e que falavam uma língua que absolutamente não entendia. Sua ligação era com Rafaela. Ambas estavam em estreita conexão. Os sentimentos e emoções conturbados da afegã acentuavam o sofrimento, a confusão e o desânimo da jornalista brasileira.

Entretanto, no momento em que Rafaela desmaiou, Eva, que tudo acompanhava, atuou sobre os centros de força de Farishta de modo a causar-lhe profundo torpor. Assim, ela e outros trabalhadores espirituais desligaram parcialmente as duas, para que tanto a encarnada como a desencarnada pudessem ser tratadas.

Antes disso, por diversas vezes Eva tentara ajudar Farishta, porém a jovem não conseguia vê-la nem ouvi-la. Seu estado de perturbação era muito acentuado.

– Vamos colocá-la no ambiente espiritual do quarto de Rafaela, onde se sente bem. Lá a energia do ambiente lhe é familiar. Enquanto Rafaela estiver em tratamento no hospital, poderemos igualmente cuidar de Farishta.

Formaram uma equipe de três servidores espirituais que permaneceria junto da afegã desencarnada pelo tempo de duração do tratamento.

O impacto da separação repercutiu intensamente no corpo espiritual das duas moças, que por alguns dias ficaram muito abatidas.

Rafaela, no hospital, recebia também auxílio espiritual. Tão logo despertou, irritada por ver-se internada, queria sair de qualquer maneira. A enfermeira, nervosa após ver todo argumento rejeitado, voltou para seu posto e disse a uma colega:

– É melhor chamar a Clara. Somente ela tem paciência com esses malucos! A moça não consegue nem se firmar de pé e quer sair. Imagine só!

A atendente correu em busca da psicóloga, que em seguida entrou no quarto.

– Olá, vejo que despertou com energia. Isso é bom.

– Quero ir embora – Rafaela disparou, tentando levantar-se assim que a viu.

Clara aproximou-se e com gentileza tocou o braço da paciente.

– Você vai para casa em breve. Não hoje, pois acaba de acordar de uma crise séria. Saiba que ficou muito mal.

Rafaela a encarava, quase como se não pudesse compreender o que ela falava. A psicóloga, por sua vez, percebia perfeitamente o que se passava. Portadora de grande sensibilidade, distinguia a presença dos servidores espirituais e deixava-se intuir por eles.

– Você já está praticamente de alta.

Envolvida pela energia suave de Clara, de repente Rafaela sentiu confiança na moça; tranquilizou-se e voltou a se acomodar.

– Deixe que eu ajude – Clara arrumou o travesseiro e as roupas da cama, para que dar-lhe maior conforto. – Está bem assim?

– Estou.

– O médico logo vai chegar, avisamos que você acordou.

– Por quanto tempo estive apagada?

– Quase dois dias. Despertava ligeiramente, mas os medicamentos a mantiveram relaxada. Parece que agora está um pouco mais forte.

Ao olhar para o soro preso em seu braço, ela indagou, fazendo menção de tirar a agulha:

– Por que me enfiaram isso?

Com muita calma, Clara aproximou-se mais e explicou:

– Você estava muito fraca; precisava do soro para se revigorar e poder ir para casa.

Rafaela a fitava desconfiada, porém a jovem lhe transmitia tanta firmeza e serenidade, a um só tempo, que ela tornou a sossegar.

Quando o médico apareceu na porta, a psicóloga lhe dirigiu olhar significativo e ele recuou.

Giovanni estava chegando ao hospital. No instante em que desligava o carro no estacionamento, o celular tocou. Atendeu e uma voz conhecida falou do outro lado.

– Sou eu, Giovanni.

– Luana! Como está?

– Melhorando aos poucos. E Rafaela?

– Vou entrar agora no hospital, não sei como está hoje. Até ontem continuava na mesma: tomando soro e vários medicamentos para depressão, e desacordada.

– Puxa! Jamais imaginei que minha prima pudesse ficar nesse estado. Sempre foi tão forte, tão determinada... Sabia o que queria, lutava pelas coisas em que acreditava, uma guerreira. Não consigo crer que esteja desse jeito.

– Tem razão, é inacreditável. Uma mulher com a clareza de ideias dela, com o êxito profissional que tem, enfim...

– É verdade! E ainda com a questão financeira bem resolvida. Rafaela é o tipo de mulher que a gente não acredita que possa tombar a tal ponto.

Luana fez curta pausa para refletir, e então perguntou:

– Você sabe por que ela ficou desse jeito?

– Não exatamente.

– Isso é que é o pior. No meu caso, dá até para entender; já no dela, mudar radicalmente, do nada? Foi desde aquela viagem, não?

– Isso, Rafaela voltou diferente do Afeganistão. Algo lá, não sei o quê, mexeu muito com ela, muito mesmo!

– E não lhe contou o que foi?

– Contou muitas coisas... Ficou bem perturbada com as experiências que viveu enquanto pesquisava para a reportagem. Não se sabe com exatidão o que a desequilibrou tanto. Aqui ela vai receber atendimento psicológico, que é o de que necessita agora.

– Isso é bom.

– Creio que sim, espero que ajude...

– Você tem dúvida? Não concorda que ela precisa de ajuda profissional?

– Sim, claro, acho que será importante. É que... bom... Penso que também precisa de ajuda espiritual.

A voz emudeceu do outro lado da linha.

– Luana?

– Oi, estou aqui. O que quer dizer com ajuda espiritual?

– Eu tenho frequentado um núcleo espírita, a que um amigo me levou.

– Núcleo espírita? O que está fazendo em um núcleo espírita, Giovanni? Logo você, uma pessoa tão esclarecida?

– É muito bom, e me tem feito um bem enorme. Desde que Rafaela voltou, fiquei aflito por ajudá-la e senti que devia procurar algo para me orientar. Você sabe que já fui a todo tipo de associação religiosa, gosto de conhecer.

– É, eu sei.

– Pois olhe, lá me sinto muito bem. É um lugar tranquilo, que me traz paz, e estou aprendendo coisas interessantes. Na realidade eu fui resistente, a princípio. Não entendia ao certo do que se tratava. Achava que era só essa história de falar com os mortos o tempo todo, uma coisa meio bizarra, sabe? Feito filme de terror.

Luana riu ao telefone.

– Você ri? Eu supunha tudo, menos o que encontrei lá.

– E o que você encontrou?

Giovanni pensou por instantes, depois resumiu:

– Paz, compreensão da vida, amor. Deus.

A afirmação despertou curiosidade em Luana. Teve vontade de conhecer aquele local. Influenciado por Amaro, sem pensar Giovanni convidou:

– Gostaria de ir comigo, conhecer o núcleo?

Era justamente daquilo que ela sentia necessidade naquele momento. De compreender melhor a vida, os motivos que a faziam passar pela situação que estava enfrentando. Precisava de forças. Envolvendo igualmente a neta, Amaro lhe falava ao coração que aceitasse o convite. No impulso, ela respondeu.

– Sim, gostaria de conhecer esse lugar. Você vai quando?

– Na quinta-feira, depois de amanhã. Acha que conseguirá ir?

– Vou ver com minha mãe, mas creio que ela pode ficar com os meninos.

– Então fica combinado.

Acertaram os detalhes e se despediram. Giovanni entrou no elevador, ansioso por notícias. Ao se aproximar do quarto e escutar a voz da namorada, seu coração bateu acelerado e sem perceber ele apressou o passo. Antes que pudesse transpor a porta, o médico o segurou pelo braço.

– É melhor esperar um pouco.

– Por quê? O que está acontecendo?

– Nada de mais.

O médico baixara o tom de voz ao responder e o jovem o imitou para continuar indagando:

– Rafaela acordou?

– Sim, há menos de uma hora.

– Tenho de falar-lhe.

– Sei que está ansioso, porém ela não despertou totalmente. Alteramos o medicamento, para deixá-la mais calma. Está agitada, tensa, querendo a qualquer custo sair daqui. Uma de nossas melhores psicólogas está com sua namorada há um bom tempo, empenhada em convencê-la a permanecer no hospital. Ela é bem persuasiva, mas acho que Rafaela é mais teimosa. O que temos a nosso favor é que foi medicada durante a conversa com Clara. Logo se sentirá mais tranquila, então você poderá entrar e terminar o trabalho que a profissional iniciou. Nossa recomendação é que ela fique aqui por mais alguns dias; não adianta mandá-la para casa, se requer cuidados especiais.

– Eu sei – afastou-se da porta. – Vou esperar na lanchonete. Quando acha que poderei entrar?

– Em cerca de meia hora ela estará pronta para vê-lo.

– Obrigado, eu voltarei.

No quarto, enquanto conversavam, a jovem psicóloga envolvia a doente em suaves emanações de carinho e compreensão. Rafaela não conseguia absorver grande parte do que lhe era endereçado, dados os seus sentimentos de ira e revolta; ainda assim, não deixava de ser beneficiada. Logo o efeito do medicamento, associado àquelas energias, fez com que se abrisse emocionalmente e passasse a dialogar com Clara de maneira mais calma e simpática. Falavam sobre a viagem que a jornalista fizera ao Afeganistão, quando Giovanni entrou.

– Rafaela! Estou muito feliz por vê-la acordada. Que susto nos deu!

– Apaguei mesmo, não é?

Ele sorriu e se apresentou a Clara, com quem simpatizou à primeira vista. A psicóloga cumprimentou o rapaz com um misto de energia e suavidade, afirmando:

– Ela vai ficar boa logo.

– Poderei voltar para casa, então?

– Quando estiver bem forte. Mais um pouco de soro e creio que estará pronta.

– E isso vai ser ainda hoje?

– Por que tanta pressa? – interveio Giovanni. – Não está sendo bem tratada aqui?

Ela fitou o namorado, depois Clara, e falou pausadamente, sob o efeito do medicamento:

– Acabei de conhecer a Clara, que é psicóloga do hospital.

– E já estamos nos dando bem. Quero saber tudo sobre essa sua viagem. Parece que foi bem interessante...

Rafaela, com os olhos rasos d'água, comentou:

– Interessante não é bem a palavra... Eu diria que foi chocante. Tenho pesadelos até hoje...

Clara observou a emoção que dela transparecia ao mencionar a viagem.

– Então foi algo importante. Gostaria que me contasse tudo. Sempre tive grande interesse em saber mais sobre aquela região – não pelos noticiários, e sim através de alguém que a conheceu pessoalmente. Bem, agora vou pedir licença para me retirar; preciso visitar outros pacientes. Além do mais, você e o rapaz aqui devem ter muito a dizer um ao outro. Volto mais tarde, tudo bem?

Rafaela encarou o namorado, a seguir olhou fixo para Clara.

– Não sei se quero conversar com ele...

– E por que não? Ele tem estado aqui todos os dias, falando com você, cuidando de você... De algum modo a fez sofrer?

– Não. É que... Sinto-me aflita, insegura com ele...

Clara identificou que algo a perturbava muito. Não obstante, achou conveniente o casal ficar a sós por algum tempo e saiu, não sem antes recomendar a Giovanni que fosse com muita calma, sem forçar nada.

Os dois começaram a conversar. Giovanni procurou ser o mais agradável possível, usando bom humor e alegria em todos os comentários que fazia. Amava Rafaela sinceramente, dedicando-lhe carinho e respeito profundos. Depois de quinze minutos, notou que ela estava cansada, intercalando as palavras com várias pausas, e resolveu deixá-la descansar. Assim que ele saiu, a moça adormeceu.

Na casa da jornalista, Eva e um pequeno grupo de espíritos devotados ao bem trabalhavam ativamente. Com alguns dias de tratamento magnético intenso, Farishta experimentou ligeira melhora; entretanto, sentia-se completamente confusa, perdida. De vez em quando, relembrava que havia sido apedrejada, que morrera. Achava que estava no inferno, era nisso que acreditava. Apavorada, tinha a sensação de que a qualquer momento o demônio viria arrebatá-la. Estava como louca. De súbito, recordando cada detalhe de sua morte, do suplício que sofrera, parecia-lhe que ia explodir de angústia e desespero. Tudo aquilo estava nítido em sua memória, fundamente marcado em seu perispírito.

De fato, esse era o objetivo essencial de todo o aprendizado espiritual que vivera. A dor tinha a sua utilidade, mas teria de se equilibrar para que pudesse aproveitar as lições.

Vendo o sofrimento da jovem, um dos auxiliares dirigiu-se a Eva:

– Ela sofre tanto... Por que não a levamos há mais tempo a um de nossos postos de socorro, evitando inclusive a influência entre ela e Rafaela?

– Tudo a seu tempo. O choque energético é muito grande. Imagine que ela saiu de seu país, do ambiente psíquico onde estava ambientada, e veio para o Brasil, atraída pela ligação com Rafaela. Tudo aqui a perturba, a assusta. A companhia de minha neta era seu ponto de apoio, o único elemento que a vinculava ao seu núcleo espiritual de origem. Afastá-la abruptamente poderia adoecê-la ainda mais. Fizemos de tudo para que Giovanni convencesse Rafaela a ir ao núcleo espírita; dessa forma poderíamos auxiliar as duas. Infelizmente ela não nos atendeu. E agora que estão afastadas, precisaremos levar Farishta de qualquer maneira.

Depois de intenso trabalho de passes magnéticos, conseguiram finalmente adormecer a jovem afegã, que exausta, sob intenso torpor, deixou-se envolver pelo sono. Foi levada para o núcleo espírita de que Giovanni participava. Lá, acomodaram-na em um quarto limpo e aconchegante. Uma jovem as recepcionou à entrada e Eva, vendo o ambiente decorado com simplicidade, que lembrava o quarto de Farishta em seu próprio lar, falou satisfeita:

– Parabéns, Samira. A reprodução está muito boa, em todos os pormenores. Estou certa de que ela se sentirá em casa quando despertar.

– Ainda tenho referências significativas dessa cultura, você sabe.

Abraçando a jovem, Eva concordou.

– Sim. Sei que sua passagem por lá foi marcante.

– Muito.

– E está sendo imensamente útil até hoje. Que Jesus a abençoe pelo esforço que fez.

Samira agradeceu com um lindo sorriso e logo se voltou para Farishta, dizendo.

– Vamos cuidar bem dela. Ao acordar se sentirá acolhida, tenha certeza.

– Sei que ficará em boas mãos.

Ambas dedicaram-se por algum tempo a fortalecer as energias de Farishta e então Eva partiu, com o objetivo de ficar ao lado de Rafaela.

Por sua vez, Giovanni ligou para Luana ao deixar o hospital e informou com alegria os progressos da namorada. Isso não o impedia de continuar apreensivo por ver Rafaela tão distante, como se fossem verdadeiros estranhos. Tentou afastar aquele pensamento que o oprimia e, ao concluir o telefonema, confirmou com Luana a visita ao núcleo espírita.

Na quinta-feira, conforme o combinado, ele passou na casa da jovem, que por todo o trajeto quase não falou. Em certos momentos sentia como se aquilo fosse inútil, porém uma força desconhecida a fazia prosseguir.

Quando chegaram, Luana sentiu imediato conforto interior. Tudo lhe parecia familiar, como se já conhecesse aquele lugar. Até pessoas com as quais cruzava lhe davam a impressão de ser velhas conhecidas.

– Estou me sentindo estranha – comentou ao se acomodarem.

– Estranha como?

– Não sei direito.

– O pessoal aqui sempre diz que às vezes é natural nos sentirmos mal, no primeiro contato...

– Não é isso. Ao contrário, sinto-me estranhamente bem, como se devesse estar aqui...

Giovanni fitou a moça sem dizer palavra, também impressionado pela reação dela.

Mais tarde, quando já saíam, ele indagou:

– E aí? O que achou?

– Estou ótima. De fato, há tempos não me sentia tão bem. Estou leve, meu coração parece que finalmente encontrou um refúgio de paz. Quero voltar na próxima semana. Pode me trazer?

– Claro – respondeu satisfeito. – Vê-se que está bem mesmo. Seu semblante ficou mais tranquilo.

– Embora não saiba como explicar, este lugar realmente me fez muito bem.

Amaro, que envolvera a neta durante todo o tempo em que ali estivera, ficou satisfeito com o resultado obtido. Luana finalmente começara a trilhar o caminho que conduzia ao seu despertar para os deveres que assumira antes de reencarnar. E ele confiava que a neta superaria os obstáculos iniciais e se fortaleceria na renovação interior, para conquistar êxito na vida.

VINTE E TRÊS

Recostada em dois travesseiros, Laila procurava a melhor posição para fazer a primeira tentativa de comer sozinha. Sentia dores lancinantes pelo corpo, especialmente onde as queimaduras haviam sido mais graves. A enfermeira aproximou-se e colocou em seu colo o prato de sopa.

– Consegue comer?

– Sim.

A garota se esforçava ao máximo. Suas mãos trêmulas estavam enfaixadas, o que tornava muito difícil segurar a colher. Ao redor ouviam-se gemidos de dor, suspiros de angústia e pranto dolorido. Na ampla enfermaria havia mais de doze mulheres em condições tão sérias quanto as de Laila. Na maioria haviam sido mutiladas pelos maridos ou parentes próximos. Algumas haviam cometido autoagressão, como era o caso dela. Cada gemido, cada lamento, ecoava profundamente no coração daquela que já não era mais uma menina; deitada ali naquela cama, sofrendo como uma mulher, compartilhava a dor de todas as mulheres ali internadas, dividia com elas seu sofrimento, como se todas fossem uma só, com as mesmas chagas no coração.

Em muitas noites, olhando o teto, incapaz de se movimentar devido à dor, Laila refletia sobre a situação dela e daquelas mulheres e não podia deixar de se perguntar: por quê? Por que tinham de sofrer daquele modo? Por que os homens as tratavam com tanto desprezo, com tamanho desrespeito? Por que Alá as colocara no mundo para tal sacrifício? Qual era o sentido de tudo aquilo? Por que viver apenas para servir aos homens e sofrer? Não aceitava aquela realidade. E sabia que todas as mulheres que estavam ali não mereciam os sofrimentos pelos quais passavam.

Já fazia dois meses que estava internada; agora a mãe pouco a visitava. Só Madeleine a via com frequência, e se interessava por ela, assim como pelas demais. Muitas vezes, quando sentia a mais profunda revolta, ela se perguntava: onde estaria aquela jornalista que a procurara com tanta insistência? Como todos os outros da imprensa que já haviam andado por ali, desaparecera. Decerto, obtidas as informações que procuravam, partiam de volta para seus países, para seus lares, e noticiavam, como uma história distante, a situação em que viviam ela e muitas de suas irmãs afegãs.

Logo que conseguiu falar, perguntou a Madeleine:

– E a jornalista brasileira? Sumiu?

– Não, ao contrário! Rafaela acompanha seu caso bem de perto. Está sempre pedindo informações.

Espantada, Laila fitou a integrante da RAWA, buscando assimilar aquela informação que fugia às suas expectativas. Percebendo o ar de surpresa da jovem, Madeleine reforçou:

– É... Mesmo depois de todo esse tempo, ela mantém vivo interesse por você. Ela se importa de verdade.

Os olhos de Laila encheram-se de lágrimas, que escorreram por sobre as ataduras do rosto. Queria limpar os olhos, mas não podia tocar na própria face.

– Nem sei como ainda não pegou o avião e veio até aqui – a outra aduziu. – Deve estar sendo impedida pelo trabalho.

Laila balançou a cabeça em sinal positivo, sentindo que aquela notícia a reconfortava como um bálsamo. Perguntava-se como podia aquela estranha demonstrar maior interesse por ela do que sua família. O pai viera vê-la somente duas vezes, e o fizera por insistência da mãe. Afia, por sua vez, vinha sendo pressionada por ele para parar com as visitas. Yousef não queria que a menina voltasse para casa.

Certa noite o casal discutia sobre a questão.

– Não quero que vá lá esta semana.

– Preciso ir – Afia argumentava, com angústia na voz. – Ela está melhorando.

– É mesmo? E o que pretende fazer?

– Pelo amor de Alá! Ela é minha filha! Já não basta tudo o que tenho passado?

– A culpa é dela! Por mim, estaria casada com Sadin e nossa situação estaria muito melhor. Mas qual nada! Sua filha desobedeceu às nossas ordens, desrespeitou o lar e a família. Agora, não tenho como oferecer Sadidja a ele, de imediato; já está prometida, porém preciso esperar que complete oito anos...

Afia ergueu-se e fitou-o com ódio.

– Você já prometeu minha caçula àquele assassino!

O marido virou-lhe violento tapa no rosto; em seguida agarrou-a pelos cabelos e encostou uma faca em seus lábios, ameaçador.

– Quer que corte sua língua, mulher insolente?

Amedrontada, ela emudeceu, movendo a cabeça, em sinal negativo.

– Não admito que discuta minhas ordens. Por isso suas filhas agem assim; pelo exemplo que lhes dá. Você não é boa esposa, nem boa mãe.

Batendo a cabeça dela contra a mesa onde a segurava, gritou:

– Obedeça!

A despeito do ódio que fluía em suas veias e da imensa vontade que tinha de revidar, de dizer tudo o que sentia, o medo era infinitamente maior. Ela engoliu tudo e respondeu em voz quase inaudível:

– Sim, meu esposo.

Yousef por fim a soltou e ela se encolheu na cadeira, chorando baixinho. Ele se afastou, foi até a janela e, olhando o vaivém de pessoas na rua, disse entre os dentes:

– De todo modo, aquela mal-agradecida não volta para casa; ela me envergonhou e não a quero aqui. De agora em diante, tenho apenas uma filha, já que você foi incapaz de me dar mais um varão.

– Alá não quis.

– Você não mereceu! Você desobedece a Alá e ele a pune com filhas desgarradas e perdidas. Não quero que a visite mais.

Impotente, a mulher balançou a cabeça concordando. Ele a fez servir o jantar, depois saiu sem dizer nada.

Alguns dias passaram sem que Afia pudesse sair de casa para ver a filha. Quando soube que o marido faria curta viagem até o interior, para comprar alguns animais, preparou-se. Enfiou sua burca negra,

SANDRA CARNEIRO pelo espírito LÚCIUS

que cobria o corpo inteiro, e puxando a caçula pela mão levou-a até a casa da irmã, a quem pediu que ficasse com a menina. Foi direto ao hospital.

Laila dormia. Ela acercou-se da cama e tentou acariciar o rosto da filha. Sentiu então que não suportaria olhar para ela, sabendo o que viera fazer. Antes que a garota acordasse, foi ver a enfermeira responsável pela ala.

– Como ela está?

– Melhorando. Creio que em mais algumas semanas poderá ir para casa. Afia esfregava as mãos suadas, num frenesi irritante.

– Quer dizer que está bem melhor?

– Está fora de perigo, se é isso que deseja saber.

Olhando a enfermeira, Afia tentava expor o que a levara até o hospital.

– Já foi vê-la?

– Já.

A enfermeira a encarava com expressão séria. Já havia presenciado tal nervosismo em inúmeras mães e podia imaginar o que aguardava aquela menina. Manteve-se em silêncio, fitando Afia, que por fim explodiu em lágrimas.

– Não posso levá-la. Meu marido proibiu.

– E o que pretende fazer?

– Não sei – respondeu angustiada. – Não posso levá-la comigo, tampouco visitá-la.

– Como é?

– Não posso vir mais. Explique a ela. Meu marido não permite.

A enfermeira, que trazia cicatrizes pelos braços, olhou a mulher com alguma piedade e disse:

– Tenha calma. Não vamos colocar sua filha na rua, mas teremos de mandá-la para algum lugar, assim que esteja em condição de sair. Precisamos da cama, para acomodar outras mulheres em estado pior do que o dela.

Afia, completamente desesperada, ergueu-se com o olhar na enfermeira.

– Não posso vir mais – repetiu. – Vou tentar ajuda. Cuide dela...

Correu para fora, escapando da enfermeira e desviando de todos que encontrava pelo caminho. Andou a passo apertado até a casa da irmã, com o coração acelerado e dor indescritível a ferir-lhe a alma. Aflita, consultou o relógio. O marido não tardaria a voltar. Pegou a filha e foi para casa. Entrou no quarto de Laila e, tocando suas roupas, cheirou-as uma a uma em pranto desconsolado. Perdera a filha mais velha, e agora tinha de abandonar a outra, naquele estado, num leito de hospital. Chorou até ficar sem forças. Escutou o marido chegar e se levantou. Como um zumbi, foi até a cozinha e começou a preparar o almoço.

A enfermeira sabia que o futuro da jovem estava inteiramente comprometido. Quando encontrou Madeleine, naquela tarde, contou-lhe o que havia ocorrido.

– Acha que vão abandoná-la aqui?

– Tenho quase certeza.

– Dê-me o endereço dela, vou falar com a família.

A jovem enfermeira segurou-a pelo braço, como a tentar chamá-la para a realidade, e advertiu:

– Não acho uma boa ideia, ao menos agora. Estou prevenindo porque é bem possível que as únicas pessoas dispostas a ajudar essa garota sejam vocês. Ela não tem mais ninguém...

A enfermeira da Cruz Vermelha lutava para conter a emoção e tratar aquele caso com a frieza que a protegesse das próprias lembranças. Madeleine ficou pensativa por vários minutos e, por fim, ergueu-se dizendo:

– Vou ver as meninas. Depois penso no que poderemos fazer por Laila. Vamos observar como as coisas seguem...

A francesa fez sua visita semanal, dando atenção a cada uma das mulheres internadas. Apesar da dor estampada em todos os semblantes, ela procurava estimular o sorriso naquelas mulheres em desalento. Queria levar alguma chama de esperança às criaturas maltratadas, machucadas pelos próprios familiares, que traziam, além do corpo, a alma feminina ultrajada e ferida com chagas profundas. Queria despertar nelas alguma vontade de viver, de superar, de vencer.

Contava sempre histórias de verdadeiras heroínas, que tudo enfrentavam para superar a dor. Sabia que muitas delas conseguiriam voltar para casa, ao passo que outras tantas não tinham a quem recorrer. A RAWA trabalhava sem descanso com o propósito de obter um lugar para cada uma daquelas mulheres.

Madeleine quase não parava para pensar. Apenas obedecia a seus instintos, e tentava colaborar. Muitas vezes se arriscava, mas então recordava a avó e sua história, e seguia com as tarefas. Não acalentava expectativas de mudança em curto prazo para aquelas mulheres. Mesmo assim, continuava ajudando.

VINTE E QUATRO

Naquela mesma hora, no Brasil, Fernanda se arrastava para fora do elevador, carregando duas sacolas de supermercado. Fizera uma compra rápida para abastecer a geladeira, que estava quase vazia. Sentia-se exaurida, sem energia para nada. Logo cedo fora ao hospital para o tratamento, e quando o fazia ficava o resto do dia abatida. Mal colocou a chave na fechadura e a porta se abriu diante dela. A filha adolescente apareceu.

– Mãe!

– Oi, Alexia, está saindo?

– Meu pai vai passar por aqui.

– Outra vez? Já pedi...

– Mãe, não tem nada para a gente comer nesta casa! Eu é que não vou passar fome!

– Eu trouxe pão e algumas coisas para o jantar. Preciso de sua ajuda.

– Pão de novo? Que falta de criatividade!

– Por favor, Alexia. Estive no hospital hoje. Você sabe como eu fico... Preciso que me ajude com sua irmã...

– Não vai dar, meu pai já deve estar chegando.

Fernanda mal entrara em casa, estacara argumentando com a filha; enfiou a mão na bolsa e tirou o celular.

– Por isso não, vou ligar para ele...

– Nem pense nisso! Eu vou sair, e acabou. Quero comer alguma coisa gostosa, ficar num lugar mais tranquilo.

Antes que houvesse qualquer outra reação, a adolescente arrematou:

– Tchau, mãe. Não precisa me esperar, vou dormir na casa do papai.

Saiu depressa, batendo a porta. Fernanda foi atrás.

– Alexia, volte já aqui.

SANDRA CARNEIRO pelo espírito LÚCIUS

A menina nem aguardou o elevador. Desceu correndo pelas escadas e sumiu. Fernanda ainda desceu alguns degraus, porém se cansou e logo retornou, desanimada.

Sentia como se o mundo inteiro estivesse desabando sobre ela. Não era capaz de controlar a filha adolescente, não conseguia concentrar-se no trabalho. Ela, que sempre fora uma profissional competente e batalhadora, que conquistara tudo aquilo que desejara, via-se fraca diante da situação. Quantas vezes fora dura com seus funcionários que, por qualquer motivo, defrontavam-se com problemas pessoais que afetavam o desempenho no trabalho. E agora sentia-se esgotada, com o desânimo a dominá-la. Embora soubesse que o tratamento que fazia vinha apresentando bons resultados e se mostrava promissor, nos últimos dias experimentava profundo abatimento; sentia-se sem esperança.

Depositou as sacolas na mesa da sala de jantar e, irritada, falou para si mesma:

– Quer saber de uma coisa? Vou tomar um banho! Depois converso com essa menina atrevida e mal-educada.

Não se dava conta claramente do que falava; era como se a educação da filha fosse responsabilidade de outra pessoa.

Enfiou-se sob o chuveiro e ficou ali mais de quarenta minutos. Chorou muito, com pena de si própria, como vítima da situação. Gritou até, deixando extravasar revolta e dor. Foi quando Carina, a filha caçula, bateu à porta que ela como que despertou para a realidade.

– Mãe, cheguei.

– Já vou...

Na manhã seguinte, Fernanda levou os exames para o oncologista que acompanhava seu caso.

– Bem, o tratamento está dando resultado. Vamos seguir com ele. Continue a tomar todos os remédios que já lhe prescrevi.

Notando que a mulher não esboçara nenhuma reação positiva, largou a caneta, fitou-a com atenção e considerou:

– Acho que vai precisar de um apoio extra.

– O quê?

– Vai fazer terapia.

– Não, doutor, não quero. Já fiz terapia antes e não me ajudou em nada.

– Mas agora você precisa.

Sem ânimo para discutir, ficou olhando o médico em silêncio. Ele acrescentou:

– Vou indicar uma pessoa que tem obtido sucesso com alguns de meus pacientes.

– Manda todas as pessoas podres para ela?

Armando sorriu. A despeito de ser um médico que jamais se envolvia com as emoções de seus pacientes, sabia entender as mulheres que passavam por doenças tão sérias. Tinha muita habilidade para lidar com o emocional de suas pacientes.

– Você não está podre! Pare de falar isso. Quer ou não quer recobrar a saúde?

Pesadas lágrimas desceram pela face da editora, que inclinou a cabeça em resposta positiva.

– Então, vamos começar a mudar seu modo de falar. Respeite seu corpo, cada vez mais. Ele está pedindo para ser cuidado.

Entregou-lhe as receitas com as prescrições dos medicamentos e também o nome e endereço da terapeuta que indicava. E foi veemente:

– Quero que a veja o mais rápido possível. Insisto que é parte fundamental de seu tratamento, compreende? Seu organismo está enfrentando e vencendo a doença; já você, minha amiga, parece que está se entregando. Preciso que lute!

– Eu vou, prometo... – ela assentiu, limpando as lágrimas.

Conseguiu agendar para daí a dois dias e estava na sala de espera quando Madalena chegou, cumprimentou-a rapidamente e entrou no consultório.

Fernanda, que observava o ambiente com desconfiança, mediu a terapeuta de alto a baixo. Era uma mulher comum, sem nada de especial. Logo a chamou para a consulta.

– Sente-se e fique à vontade – convidou Madalena, mostrando duas poltronas confortáveis. – Então, foi o Armando que a encaminhou?

– Isso mesmo.

– E por que ele pediu que viesse me ver?

A editora hesitou um pouco, contrariada que estava. No entanto, a psicóloga a olhava de modo tão amigável e demonstrava tão sincero interesse que ela ficou à vontade para se soltar já nessa primeira consulta, desabafando sobre a doença, os problemas com as filhas e tudo o mais. Falou de tudo um pouco e, ao sair dali, agradeceu a Armando pela insistência. Sentia-se ligeiramente melhor, como há muito não acontecia.

Passou a ver Madalena todas as semanas. Durante mais de dois meses, contou sobre a doença e como sua vida virara de cabeça para baixo por causa dela. Referiu-se à raiva que sentia por tudo aquilo estar sucedendo logo com ela. De vez em quando, comentava questões relativas ao trabalho e também às filhas. Com o correr do tempo foi se acalmando. Sentia-se melhor a cada vez que saía do consultório da terapeuta, que se tornara uma amiga.

Naquela tarde, porém, parecia que Fernanda tivera uma recaída. Saíra de uma sessão de tratamento no hospital e pedira para ver Madalena em emergência. Sentia-se fraca, deprimida.

– Estou muito mal hoje.

– O que houve?

Conversaram bastante e, em determinado momento, a cliente disse:

– Não me conformo com o número de mulheres que encontro lá, fazendo o tratamento. Parece que essa maldita doença cresce a cada dia...

– Cresce mesmo.

– E você acha que isso ocorre por quê? Tenho lido muito e constatado a existência de diferentes opiniões e numerosos estudos sobre o assunto. Por que tantas pessoas, especialmente mulheres, com essa doença? É o nosso estilo de vida?

Madalena encarou-a e refletiu por alguns instantes, até dizer de modo vago:

– É, existem inúmeros estudos, muitas pesquisas e diversas teorias.

– E o que você acredita?

A terapeuta meditou, ponderando o impacto que sua resposta teria sobre a paciente; então explicou:

– Depois de pesquisar muito, de estudar o tema em profundidade, tenho meu ponto de vista a respeito. É claro que o estilo de vida que tanto homens como mulheres levam, nos nossos dias, está promovendo o aparecimento e o desenvolvimento de muitas doenças. Nossa cultura, em geral, promove situações estressantes. A busca desenfreada por dinheiro e sucesso, o individualismo exacerbado, a falta de consciência das pessoas sobre suas reais necessidades, tudo isso constitui valores disseminados que favorecem o desequilíbrio e, por conseguinte, a doença. Todavia, acho que as mulheres têm uma agravante.

Observou atenta o efeito de suas palavras, antes de prosseguir:

– Você sabe que eu tenho uma visão bastante holística em relação às doenças, tanto emocionais quanto físicas.

Fernanda balançou a cabeça anuindo.

– A meu ver, grande parte das mulheres vem rejeitando a feminilidade; reprime, aprisiona e nega sua energia feminina. Por isso seus órgãos reprodutores – especialmente ovários, útero e mamas, principais representantes do feminino no corpo – estão adoecendo. As mulheres perderam o contato com sua essência. Tanto desejaram ser iguais aos homens que se esquecerem de dirigir olhar crítico para as regras do mundo que eles construíram. Querem ser vitoriosas e reinar nesse mundo masculino, com as regras masculinas, ao invés de levar para esse mundo duro, estressante, árido, a energia poderosa da suavidade, da delicadeza e do amor, criando um ambiente mais adequado para todos. Sem se dar conta, estão esquecendo de ser mulheres; agem e vivem como os homens. Tornaram-se verdadeiros homens de saia. E isso as está adoecendo...

À medida que escutava, Fernanda sentia o sangue subir e o coração começou a bater descompassado. O que aquela maluca estava dizendo? Que as mulheres adoeciam por defender seus direitos, por ir à luta e buscar independência e realização? Antes que a terapeuta terminasse, ela se levantou, indignada.

– Que absurdo! Não acredito que você pense assim.

Madalena parou e a fitou impassível.

– Olhe, eu vou embora. Não concordo com nada disso que você disse, acho mesmo uma insensatez.

Pegou a bolsa e saiu. Não satisfeita, virou-se para a secretária e falou:

– Desmarque todos os meus horários. Vou procurar outra psicóloga que não fale tanta besteira.

A jovem olhou para Madalena, que viera até a porta e permanecera observando, e indagou:

– Está tudo bem?

– Tudo certo. Só pensei que ela estivesse mais preparada para escutar; ao que parece ainda não está.

Após breve pausa, perguntou à assistente:

– Quem vou atender agora?

– Não há ninguém agendado; tem um tempinho de folga.

– Que bom. Tenho alguns textos para ler – voltou para o consultório.

Extremamente desgostosa, a editora dirigia a caminho do trabalho. Olhava para as mulheres que transitavam pelas calçadas da Avenida Paulista, pensando: como poderiam elas não ser femininas? Achava essa ideia realmente absurda, mas ao mesmo tempo o que ouvira não lhe saía da cabeça. Era como se as palavras da psicóloga ficassem martelando no fundo de sua mente e lá encontrassem eco, e no nível mais inconsciente fizessem muito sentido. As afirmativas da terapeuta haviam causado profundo impacto em seu íntimo.

Por quase dois meses ela ruminou o que Madalena lhe dissera, e que constantemente a perturbava. Seu tratamento como que estacionara. As melhoras, que antes vinham sendo alcançadas com rapidez, passaram a desacelerar.

Na consulta de acompanhamento, com os exames nas mãos, Armando comentou:

– É, acho que teremos de mudar nossa estratégia.

Fernanda empalideceu. Sempre que entrava para a consulta, tinha as mãos frias e o coração apertado, pela ansiosa expectativa de boas notícias. Sentia-se cada vez mais fraca e cansada e já não encontrava nenhum ponto de apoio, quer fosse externo ou interno. Ela o fitava quase sem conseguir respirar.

– O tratamento estava dando bom resultado. Nas últimas semanas, entretanto, parece que estacionamos. E por este exame... bem... temo que o processo comece a regredir.

– Como regredir?

Armando manteve silêncio por instantes, até que a olhou e inquiriu, movido pela intuição:

– Como está indo com Madalena?

A paciente evitou encará-lo. Ficou séria, depois começou a gargalhar, descontrolada.

– Aquela maluca? Não me peça para voltar lá!

O médico a encarava sem dizer nada, enquanto ela ria e falava alto:

– Aquela terapeuta é louca, doutor, fala verdadeiros absurdos.

– É mesmo? E o que ela disse de tão absurdo?

Armando, profissional honesto e comprometido com o resultado de seu trabalho, sobretudo comprometido com a vida, continuou a fitá-la calado. Ela foi silenciando e pôs-se a chorar.

– Estou cansada de lutar, estou cansada de esperar...

– O que foi que aconteceu, minha filha? Você está descontrolada.

– Aquela maluca me deixou mais perturbada do que eu já estava.

– E o que foi que ela fez, para deixá-la desse jeito?

Fernanda relatou o último encontro com a psicóloga e o que ela havia dito. Ao final, o médico sorriu, levantou-se e foi até a estante. Pegou um de seus livros e o colocou sobre a mesa, na altura das mãos da cliente.

– Este livro traz alguns estudos e pesquisas que apontam para o mesmo sentido do que Madalena lhe falou. Não são conclusivos, é verdade. Mas você, por ser mulher, pode dizer melhor do que ninguém se isso acontece ou não. Vai precisar se interiorizar, entrar em contato mais profundo consigo, permitir-se vasculhar sentimentos e emoções, em busca da origem de sua doença. Isso pode ajudar, e muito, na recuperação.

Fez curto intervalo, como se aquilatasse a conveniência de insistir, e prosseguiu:

SANDRA CARNEIRO pelo espírito LÚCIUS

– O tratamento que fazemos está cuidando do seu corpo. As conversas com Madalena a ajudarão a cuidar das raízes dos pensamentos, sentimentos e emoções que facilitaram de algum modo a instalação da doença em seu corpo físico. Você precisa fazer a sua parte. Embora não seja psicólogo, trato de muitas pacientes, você sabe. Minha experiência tem mostrado que em geral aquelas que não recusam e se abrem ao aprendizado, quando não atingiram estado demasiado grave, acabam apresentando melhoras muito expressivas.

Voltou a emudecer por instantes, depois finalizou:

– Sei que é difícil, não estou menosprezando sua dor. Entendo que é muita coisa para lidar ao mesmo tempo, porém está relutando exatamente onde poderia encontrar o melhor apoio.

A paciente o escutava com atenção, limpando os olhos vermelhos de quando em quando.

– Já tive de lidar com essa doença, e lhe digo: Madalena me ajudou muito.

Ela encarou o médico, espantada.

– É isso mesmo que você ouviu. Sei o que está passando e sei também que pode superar.

Fernanda, por fim, aquiesceu com um sinal da cabeça. Não podia mais lutar.

Decorridas duas semanas, entrou no consultório da psicóloga, que a recebeu com um sorriso amigo.

– Como está?

– Muito perturbada. Fiquei atordoada com o que me disse. Nem queria voltar, foi Armando que terminou por me convencer.

– Armando... – Madalena sorriu, compreendendo tudo. – Podemos trabalhar outras coisas; por ora não precisamos retomar o assunto que tanto a incomodou.

– Mas quero compreender por que fiquei tão mexida...

Assim, as sessões de terapia seguiram produtivas. Fernanda gradualmente se aprofundava, no intento de descobrir o que a deixara tão desassossegada. Vasculhava seu inconsciente a pouco e pouco, trazendo à luz experiências mal resolvidas e crenças destrutivas. Trabalhando-se com persistência, em algumas semanas experimentou grande alívio.

VINTE E CINCO

Naquela noite, Bernardo chegou em casa mais tarde do que o habitual, visivelmente esgotado. O dia de trabalho lhe exigira dedicação e concentração excessivas. Até a audiência em que normalmente atuava com facilidade fora cansativa. Por outro lado, sem que pudesse explicar, a lembrança de Luana vinha-lhe à mente a todo momento. Colocou a maleta no quarto e passou pelo banheiro. Michele estava no banho. Acomodou-se na sala e afrouxou o nó da gravata; preparou uma bebida, sorvendo o copo inteiro. Ergueu-se e preparou outra dose. Ficou relaxando e divagando por longo tempo. De súbito, sentiu que estava com fome. Olhou o relógio e viu que fazia mais de uma hora que chegara. Foi até a cozinha e não viu nada pronto para o jantar. No corredor, indo para o quarto, deparou com Michele, toda arrumada.

– Vai sair?

– Nós vamos.

– Temos algum compromisso?

– Lembra-se daquele cirurgião de que lhe falei?

Bernardo esforçou-se para recordar, e por fim negou com a cabeça.

– Você anda muito distante, querido. Eu lhe disse que minha irmã tem contato com um famoso cirurgião plástico lá do Rio de Janeiro. Ele está em São Paulo para um congresso e Felipa vai oferecer um jantar na casa dela. Não podemos faltar.

– E por quê? Qual seu interesse nesse cirurgião?

– Tenho meus motivos, acredite – tentava fazer uma graça.

Ele a fitou sério e Michele esclareceu:

– Quero conhecê-lo em um momento mais informal, para que, caso precise procurá-lo no futuro, tenha uma atenção melhor. É só isso.

– Olhe, você vai me perdoar, porém estou cansado demais. Não tenho a menor condição de acompanhá-la – fez uma pausa, sorrindo. – Você está linda. Vá e se divirta.

– Eu não quero ir sozinha. Por favor! Quero ir com você – enlaçou o companheiro com sensualidade. – Estava com saudade... muita saudade.

Desvencilhando-se suavemente, ele falou:

– Também estava. Só que hoje preciso descansar. Não podemos deixar para outra ocasião?

– Quando, Bernardo? Vai ser difícil. Esta é uma oportunidade rara. O homem é uma sumidade em plástica; professor renomado e tudo. Eu preciso conhecê-lo.

Ele fitou a mulher de trinta e poucos anos à sua frente e tornou a sorrir.

– Você é linda. Não precisa de plástica.

– Por favor, venha comigo – ela insistiu, ignorando o elogio.

Michele usava um elegante vestido preto, justo e bem curto, com profundo decote nas costas. Poucas mas lindíssimas joias: brincos de brilhantes, que lhe desciam quase até os ombros, e um anel de safira escuro, rodeado de diamantes. Sapatos pretos com saltos muito altos completavam o visual.

– Não é que não queira. Eu não estou em condições. Além disso, não combinamos nada antes; se tivesse me avisado, eu teria vindo mais cedo e...

Ela explodiu, impedindo-o de concluir:

– Sempre o seu trabalho! Já não aguento ver você chegar tarde, exausto, sem tempo para mim! É todo dia a mesma coisa! Eu quero viver! Estou farta dessa constante!

Sem esperar pela resposta do amante, pegou a bolsa e se encaminhou para a porta, falando alto:

– Não se importa comigo, só quer saber de você!

Tendo o estado de humor agravado pelo cansaço, Bernardo ergueu-se com enorme irritação e berrou:

– Sou eu que só me importo comigo?

Agarrando-a pelo braço, levou-a até o espelho do corredor que ia para os quartos e a fez contemplar a si própria. Disse áspero:

– Avalie-se com sinceridade. Quem é o mais egoísta aqui? Você sequer me consultou quanto a esse compromisso; e se eu tivesse de ficar até mais tarde no trabalho?

– Você ficou até mais tarde! São quase nove e meia e acaba de chegar. É você que não pensa em ninguém, só no seu trabalho.

Ainda mais irritado, Bernardo puxou a mão dela e arrancou o anel de safira que lhe dera.

– Disto aqui você gosta, não é? Fui eu quem lhe deu, como também esses brincos. Aprecia as coisas que meu dinheiro pode comprar. Mas não quer entender quando o trabalho toma parte do meu tempo pessoal. Você é muito egoísta!

Sem ter novos argumentos, e percebendo que ele não arredaria pé de sua posição, Michele mudou de tática. Primeiro se pôs a chorar, em silêncio. Depois falou, manhosa:

– Sinto muito a sua falta. Eu preciso de você, não das coisas que me dá! É isso, querido.

Continuou a choramingar, exibindo uma fragilidade que de fato não existia. O choro era premeditado. Sabia o efeito que queria causar. Percebendo que sua atitude começava a afrouxar a irritação do companheiro, prosseguiu:

– Desculpe! Não quis criar nenhum mal-estar. É que sei o quanto você trabalha, e acho que precisa se divertir, sair um pouco – observou atenta as reações sutis que suas palavras provocavam. – Sei o peso da responsabilidade que está em seus ombros, e conheço os dissabores que teve nos últimos tempos...

Abriu calculado sorriso em meio às lágrimas e aproximou-se dele ao dizer:

– Quero que sua vida seja leve e agradável.

Num gesto ainda mais calculado, tirou os brincos devagar, colocando-os sobre a mesa da sala.

– Você tem razão, já está tarde. É melhor não irmos. Vou me trocar e preparar alguma coisa para comermos.

SANDRA CARNEIRO pelo espírito LÚCIUS

Sem notar que era controlado pelas atitudes da amante, Bernardo de súbito sentiu-se perdido e já não sabia o que fazer. Ela manteve sua estratégia, até que finalmente conseguiu o que queria.

– Espere um pouco. Acho melhor você ir.

– Não, de forma alguma. Não vou sem você! Não quero.

Ele hesitou apenas um pouco, não demorou a ceder.

– Está bem. Vou tomar um banho rápido e já saímos. Com a condição de voltarmos assim que o jantar terminar.

Michele pendurou-se no pescoço dele, em um abraço apertado, e em seguida o beijou com intensa sensualidade.

– Na hora em que você quiser, viremos imediatamente para casa.

Bernardo foi se arrumar e ela preparou uma bebida para ambos. Sentou-se no confortável sofá da sala e aproveitou o momento, sorvendo cada gole devagar. Sorria satisfeita. Definitivamente, tinha-o nas mãos. Faria que ele e o médico tivessem uma boa relação e ganharia sua plástica. Ergueu-se, recolocou os brincos e admirou-se diante do espelho. Depois examinou com cuidado as pequeninas marcas de expressão que surgiam nos cantos dos olhos e da boca.

– Odiosas rugas!

– O que foi? – Bernardo apareceu pronto, com a chave do carro nas mãos.

– Não é nada querido – respondeu a sorrir. – Tem certeza de que quer ir? Podemos mudar nosso programa agora mesmo.

– Voltamos o mais rápido possível, não é isso?

– Claro.

– Então vamos logo.

Saíram para retornar no meio da madrugada.

VINTE E SEIS

Rafaela, a despeito da ansiedade para sair do hospital, foi cedendo à medida que os contatos com a psicóloga se multiplicavam. Cada encontro a fazia sentir-se melhor e lentamente se estabelecia entre as duas uma relação de confiança e amizade. Clara tinha grande satisfação em trocar ideais com a jornalista. Admirava sinceramente o trabalho que ela realizava: suas denúncias, a forma vigorosa e crítica com que expunha os problemas sociais e as situações em que se via envolvida por força de seu trabalho.

Isso não passava despercebido a Rafaela, que aos poucos foi ficando mais segura e começou a se abrir. A princípio falava apenas do trabalho, empolgada ao narrar várias de suas experiências. Clara se deliciava. Quando, enfim, ela conseguiu abordar sua vivência no Afeganistão, a psicóloga logo constatou que ali estava o ponto que a atormentava. Rafaela iniciou com objetividade o relato do que lá passara, inclusive a agressão física que sofrera. Impressionada, a outra comentou:

– Você se envolveu de verdade, hein? Que coisa incrível!

A cliente emocionou-se muito ao falar sobre Laila e o profundo abalo que o caso da garota nela provocara. Sentia-se conectada com aquela menina, e não sabia por quê. Contava tudo o que acontecera e também o que sentira. A situação a revoltara como se fosse a ela mesma que aquilo estivesse atingindo. Clara acompanhava vivamente interessada, e em uma das conversas indagou:

– Não se pergunta por que se ligou desse modo a essa jovem, em particular? Você já fez tantas reportagens, com inúmeras pessoas em situação de risco... Por que alguém de um lugar tão distante, de cultura tão diversa da nossa, tocaria assim o seu coração?

Rafaela ficou pensativa por algum tempo, até ser induzida por Eva, que sempre a assistia, a se lembrar dos sonhos recorrentes que continuava tendo; e, ainda que indecisa, mencionou:

– De vez em quando tenho uns sonhos... – hesitou um pouco. – Bom, acho que não é relevante... É que sonho sempre a mesma coisa.

– Quando tiveram início esses sonhos?

A jornalista refletiu por instantes, e então respondeu com convicção:

– Depois da morte de Farishta.

Clara fitou-a em silêncio. Séria e compenetrada, ciente da extensão de sua responsabilidade – sobretudo ao unir seus conhecimentos espirituais aos profissionais –, manteve-se pensativa. Conscientemente buscava orientação espiritual. Não queria limitar-se a aplicar os próprios conhecimentos. Esperava ser orientada da maneira mais correta para aquele caso específico. Envolvida por Eva, recebeu o que desejava e somente aí se pronunciou:

– Esses sonhos são de alto significado para o entendimento de toda a situação. São como uma chave que pode desvendar muitas questões importantes para sua vida. Conte-me sobre eles, em cada detalhe.

Rafaela acomodou-se na cama. Sentia necessidade de conversar a respeito daqueles sonhos, mas ao mesmo tempo eles a assustavam, deixavam-na confusa e desconfortável. A cada vez que ocorriam experimentava sensações muito ruins: medo, angústia, raiva, dor.

– Não gosto de falar nesses pesadelos... Fazem que me sinta péssima. Tudo o que eu quero é esquecê-los.

Como Clara a observasse calada, prosseguiu:

– Eles me fazem sofrer demais. Sinto que se começar a falar nisso, algo terrível vai me suceder...

Clara sorriu ligeiramente ao dizer:

– Eu entendo. Sei como se sente.

– Sabe mesmo?

– Sim. Já tive meus sonhos apavorantes, e sei o que podem ocasionar. Entretanto, asseguro que quando conseguir colocá-los todos para fora ficará muito melhor. Você se sentirá livre.

Com esse estímulo, os olhos de Rafaela brilharam.

– Vou tentar.

– Então vamos preparar o ambiente para que se sinta confortável – a psicóloga sorria gentilmente.

Levantou-se e apagou a lâmpada central do quarto, deixando acesa apenas uma luz suave e indireta. Depois ajeitou os travesseiros da paciente e serviu-lhe água. Sentou-se e incentivou novamente.

– Conte-me como começaram.

Subitamente, como se fosse transportada para outro lugar, em outro tempo, Rafaela viu-se em meio a uma floresta, correndo agoniada. As recordações de uma vida pregressa foram emergindo de seu inconsciente. Ao contrário dos sonhos, que tinham vindo em fragmentos, naquele momento elas surgiam em ordem cronológica e coerente. A jovem fechou os olhos, tomada por forte torpor. Aspirava o aroma das árvores e o perfume das flores. Ouvia o murmúrio das águas de um rio e quase podia sentir nos pés o seu frescor. O vento suave soprava e ela sorriu, totalmente imersa naquele universo. Esquecendo tudo o mais, entregou-se às emoções e lembranças e passou a narrar sua experiência.

– Estou em uma floresta muito bela, às margens de um rio de águas cristalinas. A água está fria, bem fria. Eu gosto de estar aqui; é um lugar mágico, que me enche de paz. Sou eu mesma, sei que sou eu... Uso um vestido rosado, de outra época, parece... medieval. Embora simples, estou bonita nele. Bonita e sensual. Meus cabelos são longos, negros; vejo minha imagem no rio. Sou feliz com a minha beleza. Um rapaz de lindos olhos azuis se aproxima e olha meu reflexo nas águas. Ele é lindo, mas bem diferente de mim. Suas roupas são sofisticadas, luxuosas – respirou fundo e sorriu, satisfeita. – Ele me abraça e me beija. Meu Deus, como eu o amo! Ele também me ama, posso sentir quando me toca. Seu sorriso é terno e verdadeiro. Deitamo-nos na relva à beira do rio e nos olhamos, em silêncio. Ele acaricia meus cabelos, meu rosto e meus lábios. Agora nos beijamos. Estamos apaixonados. Ele me deseja, porém com imenso respeito.

As lembranças emergiam nítidas na mente de Rafaela, que ia narrando como se assistisse a um filme. Via as cenas, sentia no ar o perfume das flores e das plantas; tinha a sensação suave da brisa a tocar-lhe a face e os cabelos. Sentia as mãos fortes lhe acariciarem o rosto.

"– Queria que o tempo parasse agora mesmo, aqui, neste lugar, Henri – seu sorriso era doce. – Queria que ficássemos aqui para sempre... Como estou feliz!

O rapaz tocou-lhe os lábios com o dedo, silenciando-a. Em seguida beijou-a com paixão, deixando-a sôfrega e quase sem respiração. Ela escapou de seus braços e sentou-se, procurando raciocinar com clareza.

– Amo-a, Alice. Vou cuidar de você para sempre.

– Eu sei que me ama, do mesmo jeito que eu o amo. Mas você sabe, melhor do que ninguém, que sua família nunca irá concordar com nossa união. Sou uma simples camponesa e você é um nobre cavaleiro.

Prendendo-lhe as mãos delicadas entre as suas, ele assegurou:

– Nosso amor está acima dessas bobagens de castas, riquezas e tudo o mais. Desde que a conheci, o ambiente que me cerca ficou inteiramente pálido e sem brilho. Meu sol está aqui, com você – colocou a mão sobre o coração. – Quando estou a seu lado, é como se o sol brilhasse dentro do meu peito. É um sentimento tão forte, tão lindo, tão intenso... Sua presença desperta esse sol em mim, tornando a vida maior e mais valiosa. Não posso viver sem você...

Ela fitou-o ternamente e lamentou:

– Ah, Henri! Como eu gostaria que houvesse uma solução simples para nós... Você sabe que não, tão bem quanto eu. Preferia não enxergar as coisas com a clareza da realidade... Queria que tudo fosse diferente. No entanto, é assim...

Aconchegando-a ao peito, o rapaz declarou:

– É por isso que a amo tanto. Você não se parece com nenhuma das mulheres que conheci. É forte, decidida, e sensível ao mesmo tempo. Existe algo em você que não consigo compreender, mas que eu amo...

Beijou-a, tomado de paixão, e ela se deixou envolver por aquela expressão de amor e desejo.

Dia após dia, os dois se encontravam secretamente. O amor crescia.

Eleonora, a mãe de Alice, logo percebeu as mudanças no comportamento da moça. Em uma noite fria de inverno, na pequena e simples casa da aldeia, conversava com o esposo diante da lareira. Os filhos haviam se recolhido.

– O que a preocupa? – indagou Amaro. – Há dias tenho notado que alguma coisa a está inquietando.

– É Alice. Está... está... apaixonada.

– Ela lhe disse isso?

– Não é preciso. Conheço meus filhos muito bem e sei o que está acontecendo. Já tentei falar sobre o assunto, porém ela o evita. Não sei de quem se trata... De nossa vila certamente não é, ou ela me teria dito.

Amaro ficou pensativo, depois concordou:

– Tem razão, da vila não deve ser, ou eu também já saberia. Afinal, por que esconder? Há tantos pretendentes a namorá-la...

– Por isso é que digo: ela nos esconde um amor impossível.

– Será?

– De outro modo, por que ocultaria? Nossa filha me conta tudo; somos muito próximas. Você sabe dos cuidados que tenho com os três, porém com as meninas sou bem mais atenta – baixou a voz, quase sussurrando. – São dias perigosos, estes que vivemos. Só Deus sabe o porquê de as mulheres sofrerem tanta perseguição e tamanhas agressões. Pergunto isso ao Criador, em minhas orações.

Os olhos de Eleonora encheram-se de lágrimas à lembrança das atrocidades que já havia presenciado contra as mulheres de seu tempo. Amaro, homem amoroso, ainda que rude e sem cultura, tocou-lhe o braço com firmeza.

– Sei que cuida delas com extremado carinho.

– Pois então. Sei que Alice está apaixonada, e não quer que ninguém saiba por quem. Fique atento. Não sei ao certo o que se passa, mas estou com aquele sentimento de temor impreciso. Devemos redobrar nossos cuidados.

René, o filho mais novo, aproximou-se dos pais.

– Filho, estava acordado?

– Não pude deixar de escutar a conversa. Também temo por ela, mãe. Tenho ouvido coisas...

– Que tipo de coisas?

René era um jovem de cerca de quinze anos, magro, de olhos negros e cabelos castanhos. Amava a família e especialmente as irmãs. Com o coração acelerado, tinha medo até de repetir o que ouvira. A mãe logo percebeu seu temor e insistiu:

– O que foi, filho?

– Acho que Alice deveria ir para algum lugar distante, por uns tempos.

– E por quê? O que é que você sabe?

– Ela é muito bonita...

– De fato é – confirmou o pai com certo orgulho.

– Pai, isso é um problema, sabia?

– E por quê?

– Muitos a querem...

– Tanto Alice como Melissa têm vários pretendentes aqui na vila.

– Não só na vila, esse é o problema.

O pai ergueu-se sério e ficou mais perto do menino.

– Do que está falando? O que você sabe?

– Às vezes ouço coisas nos corredores do mosteiro. Cochichos, histórias de todos os tipos; o que dizem os padres, os bispos e os nobres...

– Fica escutando atrás das portas?

– Não, mãe, mas muitos fazem isso e acabamos por saber. Deveríamos mandar Alice para longe.

– Não temos parentes morando em lugar algum; nossa família está toda aqui. Além do mais, você sabe que viajar é muito perigoso; só se fosse com a proteção dos cavaleiros do rei, ou sob o amparo da Igreja.

– É, e não dá...

Os três permaneceram em silêncio, até que René propôs:

– Então ela deve ficar dentro de casa por uns tempos. Estão procurando as bruxas por todos os lados... E vocês sabem que Alice faz aqueles chás com ervas, e tem outros dons especiais... – a voz morreu-lhe na garganta.

O rapaz sentia o coração oprimido, angustiado. Amava as irmãs e se preocupava com elas.

Eleonora ergueu-se e abraçou o filho.

– Falarei com as duas. E você, René, conte-me o que tem ouvido. Essa procura pelas bruxas vai mesmo continuar?

– Deverá acentuar-se ainda mais... – ele balançou a cabeça.

– Meu Deus, que coisa horrível! Eu pensei que essa história pavorosa já tivesse chegado ao fim! Então vão insistir com isso? Até quando!

– Ouço coisas terríveis, mãe: de como as bruxas matam as pessoas, de como estão a serviço do demônio, de que são emissárias dele.

– De onde vêm todas essas histórias? Serão verdadeiras?

– Sir Robert, bispo de Yorkshire, apareceu lá no convento com um livro sobre esse assunto. Só se fala nisso por lá. Todos querem ver o tal livro, mas o bispo o mantém em seu poder; é o único que tem acesso. De vez em quando nos deixa ver algumas páginas.

– E que livro é esse?

– Chama-se "O Martelo das Bruxas" [4]. Relata tudo o que as bruxas fazem e explica como é possível reconhecê-las e matá-las.

Eleonora baixou os olhos e balbuciou, segurando firme seu crucifixo:

– São tempos difíceis, precisamos rezar...

---

[4] O Martelo das Bruxas ou O Martelo das Feiticeiras (título original em latim: Malleus Maleficarum) foi uma espécie de manual de diagnóstico para bruxas, compilado e escrito por dois inquisidores dominicanos, Heinrich Kraemer e James Sprenger e publicado em 1487. Dividia-se em três partes: a primeira ensinava os juízes a reconhecerem as bruxas em seus múltiplos disfarces e atitudes; a segunda expunha todos os tipos de malefícios, classificando-os e explicando-os; e a terceira regrava as formalidades para agir "legalmente" contra as bruxas, demonstrando como processá-las, inquiri-las, julgá-las e condená-las. Tornou-se um guia passo a passo sobre como conduzir o julgamento de uma bruxa, desde a reunião de provas até o interrogatório (incluindo técnicas de tortura). Mulheres que não choravam durante o julgamento eram automaticamente consideradas culpadas de bruxaria.

Dito isso, ajoelhou-se no canto da sala, chorando baixinho."

Clara acompanhava a narrativa, certa de que não era tão somente a reprodução de um sonho. Ela estava em evidente transe mediúnico, e falava de fatos de seu passado. A hábil e responsável psicóloga escutava com respeito, anotando os pontos que mais lhe chamavam a atenção. Eva, por sua vez, através da tela mental, projetava as próprias lembranças junto com as da neta, que as captava, e assim a história se fazia mais completa. Dessa forma, Rafaela prosseguiu o relato.

"Nos dias que se seguiram, Eleonora impediu que a filha saísse de casa. Alertou-a sobre o livro e ressaltou como as mulheres deveriam ter cautela.

– Eu quero apenas ir até o rio. Não há nada de mais!

– Precisa me escutar, Alice. Fale-me, com quem pretende ir se encontrar? Você está apaixonada, não está?

A jovem corou; sua tez alva ficou vermelha num instante. Eleonora balançou a cabeça.

– Nem precisa responder, você já mostrou. Agora me diga quem é o eleito do seu coração.

Alice hesitou, temerosa, sendo encorajada pela mãe:

– Filha, eu sei o que deve estar sentindo, mas preciso saber quem é.

– Henri.

– O sobrinho de sir Robert? O rapaz que ele cria como filho?

– Ele mesmo...

– Menina... – o susto fez sua voz fraquejar. – Você enlouqueceu?

– Nós nos apaixonamos e isso não se escolhe!

– Você não tem juízo? Como foi deixar isso acontecer?

– Eu estava no rio, ele apareceu... Disse que o tio havia falado a meu respeito... e que me achava bonita, queria me conhecer...

– O que o tio falava sobre você?

– Não sei, ele não contou.

– O bispo já conversou com você?

– Sim, algumas vezes.

– Mas quando o viu?

– Há uns três meses, quando você não pôde ir ajudar naquele banquete que prepararam no mosteiro, e eu fui em seu lugar. Encontrei-o e conversamos brevemente. Ele foi gentil, educado. É um homem muito...

– Muito o quê?

Alice a encarava, quase sem conseguir respirar.

– O quê? Diga!

– Educado, culto, ora.

Eleonora segurou forte o braço da filha e insistiu:

– O que foi que conversaram?

– Ele disse que nem percebera como eu tinha crescido. Depois perguntou sobre vocês e informou que viria à vila com mais frequência, que gostaria de encontrar vocês. Foi só isso.

– Alice, minha filha! Só isso? Apesar de ainda ter dezoito anos, é uma mulher inteligente, sempre foi. Diga que não sentiu as intenções dele!

– Não, mãe.

– Nem mesmo quando soube pelo sobrinho que ele falara a seu respeito? Não vê, menina, que esse homem está interessado em você?

– Mas ele é um homem de Deus! – Alice tinha os olhos rasos de lágrimas e a voz cheia de indignação.

Eleonora respirou fundo, abraçou-a e disse, com ternura:

– Minha menina! O que vou fazer com você?

Por medo, Alice omitira as insinuações e os olhares que sir Robert lhe endereçava."

VINTE E SETE

Por dois dias, Rafaela revelou as lembranças que afloravam com nitidez. Clara, experiente e cuidadosa, a cada novo diálogo procurava certificar-se de que elas não afetassem a paciente de maneira negativa. Entretanto, o que se verificava era o contrário: à medida que conseguia expor aqueles fragmentos de memória, era como se Rafaela se esvaziasse gradualmente do que a perturbava. Não se dava conta de que a fluência e a precisão das cenas só era possível por se tratar de recordações de uma vida pregressa. Ela não acreditava em nada daquilo. Quanto a Clara, cada vez mais se convencia.

– Está tudo bem com você? – perguntou no início da próxima sessão.

– Sim, estou bem, embora me sinta um pouco cansada após as narrativas – fez ligeira pausa. – Gostaria de saber o que significam esses sonhos. Mas não posso negar que colocá-los para fora está me trazendo certo alívio. Nem me lembrava deles todos.

– Não se lembrava?

– Não. O que sei é que começaram durante a minha viagem ao Afeganistão. Só que agora acredito que eles eram mais extensos, porque o que vejo em nossas conversas é muito maior... É como se assistisse a um filme.

– Suas lembranças são realmente incríveis.

– É verdade. Eu nem imaginava que sonhos tão claros estivessem guardados em minha mente.

– Vamos continuar? Quando todas as lembranças cessarem e você não tiver mais nada a incomodá-la, então conversaremos sobre tudo. Podemos fazer assim?

– Acho que sim... – balbuciou hesitante.

Rafaela não compreendia direito por que Clara era reticente em falar-lhe sobre a origem e o significado daqueles sonhos.

A psicóloga preparou o quarto, deixando-o quase na penumbra; nessas ocasiões, recomendava aos atendentes do hospital que não entrassem ali até que ela autorizasse. O fato é que Rafaela estava recuperada da crise e prestes a receber alta. Fora a pedido da terapeuta, animada com os progressos que vinham alcançando, que o médico estendera por mais um dia a internação da jornalista.

Com o ambiente devidamente preparado, Clara sentou-se ao lado da cama e mentalmente pediu o amparo dos espíritos amigos para que Rafaela pudesse acessar suas recordações profundas, a fim de tratar o sério bloqueio no momento presente. Sob sua orientação, a jovem relaxou mais e mais, até que o torpor a dominou e as lembranças vieram. Eva projetava as imagens sobre a mente da neta, que com o coração a bater descompassado retomou o relato.

"Após a conversa entre mãe e filha, passaram dois dias. A moça ansiava por dirigir-se até o rio, lugar onde se encontrava em segredo com Henri, porém estava proibida de sair.

Naquele início de tarde, Amaro chegou mais cedo do que o habitual. Havia se machucado durante o trabalho no campo, tendo um corte profundo na perna. Eleonora assustou-se com o sangue e correu para atender o marido. Melissa os ajudou prontamente. Alice, que tinha horror a sangue, quase desmaiou ao olhar a perna do pai. A mãe, vendo que ela perdera a cor, recomendou:

– Saia um pouco, fique lá fora. Quando eu terminar de cuidar de seu pai, você volta.

Alice saiu e sentou-se na escada da entrada da casa. Respirava ofegante. Detestava ver qualquer ferimento. Foram necessários alguns minutos para se acalmar. Contemplou o horizonte, relembrando as tardes deliciosas que passara na companhia de Henri.

De repente, assaltou-a um desejo incontrolável de encontrar o rapaz. Ele devia estar à sua espera. Haviam combinado de se ver todos os dias naquele horário. Caso um dos dois não pudesse ir, o outro entenderia. Aguardaria por uma hora, e iria embora para retornar no dia seguinte. Era o trato que tinham. Ela sabia que Henri estava lá. Olhou furtivamente pela janela, para ter certeza de que a mãe estava ocupada, e viu que apenas começava a cuidar do ferimento do pai. Saiu correndo sem olhar para trás e seguiu direto para o rio. À medida que avançava, seu desejo crescia. Fazia dias que não encontrava o amado e pensava nele dia e noite.

Ao se aproximar do rio, entretanto, um calafrio percorreu-lhe o corpo e pensamentos sombrios se apossaram dela. Incapaz de compreender aquele medo súbito, desacelerou o passo e andou devagar. Vislumbrou o cavalo de Henri escondido entre as árvores e esqueceu o pressentimento. Entrou naquele canto fechado à margem do rio, chamando seu nome.

– Henri, onde você está?

Gelou ao escutar a resposta.

– Henri não pôde vir hoje, minha querida.

Era o bispo Robert quem estava ali, diante dela. A ponto de desmaiar, Alice pensou imediatamente no que a mãe lhe dissera e quis desaparecer. Todavia, não teve tempo para nada. O bispo a segurou pelo braço e convidou:

– Sente-se, minha flor. Quero conversar com você.

Alice tremia.

– Não precisa ficar nervosa, não lhe farei nenhum mal – disse ele, enquanto acariciava o rosto da jovem.

– Vim até aqui buscar algumas ervas para meu pai. Ele se machucou seriamente no campo.

– Usa ervas para cuidar de ferimentos? – o homem abriu largo sorriso.

– Sim, algumas são capazes de curá-los bem depressa.

– Entendo... Mas seu pai não está em casa?

– Sim, está.

– Então não se preocupe. Decerto sua mãe está cuidando dele, não é, querida? – continuava a afagar-lhe o rosto.

– Sim...

Ele ergueu a cabeça da moça pelo queixo e disse, afastando o cabelo de sua face:

– Você se tornou uma mulher muito, muito bonita. Uma bruxinha linda...

SANDRA CARNEIRO pelo espírito LÚCIUS

Alice, muito trêmula, perdeu completamente a cor; sem saber o que fazer, balbuciou:

– Onde está Henri?

– Tive uma longa conversa com meu sobrinho e concordamos que ele deveria viajar para estudar em Londres. Precisa aprimorar seus conhecimentos, adquirindo condições de assumir responsabilidades maiores. Possuímos muitos bens, temos grande poder por aqui. E ele é meu único parente vivo.

O bispo fez demorado silêncio, sem parar de acariciar o rosto da jovem, que estava imóvel, petrificada. Então, desceu as mãos para os ombros da garota, tocando sua pele muito alva. A seguir tocou seu pescoço suavemente. Ela queria gritar, fugir, mas sabia de sua impotência. Não suportando mais, tirou com força as mãos do clérigo de seu colo. Ele não esboçou reação; apenas recolocou as mãos no lugar em que estavam e falou calmo:

– Você é mesmo uma bruxinha linda. Enfeitiçou-me totalmente. A mim e a meu sobrinho. Ele estava louco por você.

Olhando-o apavorada, Alice percebeu leve movimento na ramagem de uma moita, não muito longe. O bispo puxou-a com delicadeza e aproximou-se ainda mais; segurou-a pelos ombros e beijou-lhe a boca, ardendo de desejo. A moça ficou paralisada, sem poder reagir. Aquele homem, sim, é que era bruxo. Parecia envolvê-la com uma força que ela não conseguia enxergar. De fato, espiritualmente, densas emanações de energia partiam dele e a enredavam, como se fossem muitos braços viscosos, impedindo-a de reagir.

O barulho nas folhagens aumentou e ouviram-se vozes. Henri ali apareceu, acompanhado de um servo, a pretexto de dar água para os animais. Ao ver a mulher que amava aos beijos com o tio, estacou, sem querer acreditar. Lembrou-se de imediato de que o bispo o advertira para afastar-se, afirmando que a jovem era perigosa e devia ser uma bruxa. Ele refutara, convicto; afinal, estava apaixonado.

Quando sir Robert, que preparara cuidadosamente aquele encontro, viu que o sobrinho mordera a isca e os dois haviam sido presos na armadilha que criara, empurrou Alice com violência e atacou:

– Já disse para afastar-se de meu sobrinho! Não quero que o enrede como acaba de fazer comigo!

Ela olhava para o bispo e para o jovem que amava, sem entender. Como estava acontecendo aquilo, se minutos antes lamentava que ele estivesse a horas dali? Henri também tentava raciocinar, mas o bispo não lhes dava oportunidade. Desferindo um tapa no rosto da moça, simulou indignação.

– Não se aproxime mais de meu sobrinho, está entendendo? – virou-se para o rapaz. – Agora compreendo bem por que não consegue obedecer-me e distanciar-se desta bruxa. Parece que nos enfeitiça apenas com o olhar.

Em seguida, puxando a pesada túnica, ordenou:

– Vamos! Não quero ficar aqui nem mais um minuto.

Subiu no cavalo do sobrinho, que lhe servira de disfarce. Henri, por sua vez, passou de surpreso a revoltado. O que levara Alice a agir de forma tão desprezível? Acercou-se dela, mirando-a de alto a baixo.

– Como pôde enganar-me desse modo? Eu estava apaixonado por você.

Num relance Alice compreendeu o que se passava. Tudo aquilo fora uma armadilha, preparada por sir Robert. E Henri agora pensava que ela o traíra.

– Diga o que pretendia! Nosso dinheiro? Eu o daria a você. Mas não. Queria mais, não é mesmo?

O bispo, sobre a montaria, não dava espaço para que ela se defendesse.

– Vamos, Henri! Isso já foi longe demais. Vamos embora.

Fez o cavalo andar até perto da jovem e jogou um saco com moedas de ouro a seus pés, dizendo:

– Aqui está o dinheiro que me pediu. Nunca mais atenderei a um chamado seu. Como é dinheiro que você quer, aqui está. Agora deixe a mim e a meu sobrinho em paz.

E afastou-se devagar, aguardando o efeito que seu ato causaria. O sobrinho, ao ver aquilo, foi dominado pelo mais intenso ódio e cavalgou em disparada. O bispo, satisfeito, seguiu logo atrás."

Ao término da narrativa, Rafaela chorava inconsolável. A dor era enorme e viva, como se tivesse acabado de passar por aquela situação. Sentia-se humilhada, ultrajada, ferida. Como aquele homem pudera ser tão vil? Estava profundamente indignada. Foi a muito custo que Clara conseguiu acalmá-la e fazê-la voltar à realidade. Depois conversaram bastante sobre os sentimentos vinculados àquelas lembranças. A dor foi se diluindo aos poucos, à proporção que ela expressava suas emoções.

Assim que Rafaela se acalmou, a terapeuta indagou, como se falasse consigo mesma:

– Por que será que ele fez isso?

As imagens retornaram à mente da jornalista, que começou a responder.

"Alice ficou inconsolável. Duas semanas depois, estava sentada à beira do rio quando viu o bispo surgir, andando devagar.

– Como está, minha jovem?

Assustada, ergueu-se, porém ele a deteve.

– Fique tranquila. Vim pedir-lhe que me perdoe, porque não tive alternativa. Henri estava apaixonado, tencionando casar-se com você. Não poderia permitir que meu sobrinho desposasse uma camponesa. No entanto, confesso que ao observá-la mais atentamente, compreendi o ímpeto dele.

Já bem próximo, tocou-lhe com desejo o rosto macio.

– Tornou-se uma linda mulher, Alice.

Desceu as mãos pelos braços da garota, que deu um passo para trás, cheia de medo. Ainda mais perto, beijou-a na face e buscou-lhe a boca.

Alice afastou-se até ficar encostada em uma árvore, presa entre ela e o bispo.

– Não tema. Nada irá acontecer a você, ou a seus familiares, se fizer o que eu disser – calou-se para beijá-la com paixão. – Eu quero você, entendeu? Quero que seja minha, somente minha.

A moça o fitava, incrédula e apavorada. O que significava tal atitude? Aquele era um homem de Deus!

– O que está fazendo, senhor? – indagou, sem poder se controlar. – É um homem de Deus!

– Sim, tem razão, sou um homem. E quero você. Está me entendendo? Se fizer o que digo, nenhum mal lhe sucederá, nem a sua família.

– Não quero nada com você! – a raiva e a mágoa explodiram nela. – Para mim, é um monstro! Jamais permitirei que se aproxime de mim ou que me toque. Nunca me terá, está ouvindo? Jamais!

– Pense bem, garota... – tentou tocar-lhe a face novamente.

– Não insista, senhor! Ou falarei para todos o que está tentando fazer, e o que já fez comigo e com Henri. Contarei e ele me acreditará.

– Como é tola... Ninguém lhe dará crédito, feiticeira!

– Não sou feiticeira de forma alguma! Sou cristã! Você, sim, mais parece um bru...

O bispo desferiu forte tapa em seu rosto. Depois andou até o cavalo e tirou um livro que estava enrolado em alguns panos, zelosamente protegido. Esfregou-o na face da jovem e berrou:

– Sabe o que é isto? – afastou-o para que ela visse.

Alice não sabia ler e reagiu com raiva:

– Não me interessa.

– Claro, sua burra! Não sabe ler, não é? Ignorante idiota. É o *Malleus Maleficarum*. Sabe o que é?

Alice recordou o que a mãe que dissera e ficou em silêncio. Na falta de resposta, o religioso prosseguiu, com irônica arrogância:

– Sua vida está em minhas mãos, menina. Não brinque comigo. Agora suba em meu cavalo e vamos. Tenho uma pequena cabana no meio da floresta. Lá estaremos isolados, ficaremos só nós dois. Você me fará feliz e eu pouparei sua vida, além de lhe dar tudo o que quiser. Farei de você uma mulher rica, bem como sua família. E deixarei que venha, vez por outra, buscar suas ervas milagrosas...

Tentou pegá-la pela mão, porém ela se soltou e saiu correndo a gritar:

– Nunca farei isso. Afaste-se de mim!

Correu o mais que pôde, achando que o bispo ia em seu encalço. Ele, entretanto, espumando de ódio, montou em seu cavalo e desapareceu.

Dois meses transcorreram sem nenhum sinal do bispo ou de Henri. Os dois tinham viajado sem deixar qualquer informação.

Em uma manhã ensolarada, Alice foi colher ervas para a perna do pai, que ainda não tinha ficado inteiramente curada. Estava à beira do rio quando viu Henri chegando. Usava uma roupa que trazia no peito uma cruz. Gritou que era um cavaleiro cruzado, e lhe ordenou que o acompanhasse para ser julgada por bruxaria. A moça pediu que parasse, garantiu que não era uma bruxa. Ele se mostrava surdo a seus apelos. Seus olhos azuis que Alice tanto amava e admirava estavam apagados, sem brilho. Agia como se fosse um autômato. Ela correu em desespero, mas foi alcançada."

Rafaela narrava tudo com espantosa riqueza de detalhes, como se falasse de outra pessoa. Clara estava impressionada. Em sua experiência, já presenciara regressões terapêuticas muito detalhadas; contudo, as lembranças vinham como se os fatos estivessem ocorrendo naquele momento. E a exposição prosseguiu.

"Ele a arrastou como a um animal, ampliando sua raiva e sua dor, até que, ao chegar à vila, jogou-a em uma fogueira já acesa. E ela ali ficou, sem forças, cercada pelo fogo, junto com a mãe, a irmã e o irmão, bem como outras jovens da vila. Podia ver os olhos azuis do bispo, que a observava sarcástico como a lembrar-lhe: 'disse que a mataria se não fizesse o que eu queria'. Via igualmente Henri, cujos olhos de azul intenso agora a fitavam sem luz e sem brilho. Teve a sensação de ele desejava salvar-lhe a vida, mas não ousava opor-se ao tio.

Alice morreu com a visão dos lindos olhos de Henri, e com ódio aos dois pelo que estavam fazendo. Odiava também a Igreja, por esconder sob sua proteção homens cruéis e desprezíveis."

Em seguida Rafaela registrou que foi tomada de pânico e envolvida por forças aterradoras. Então parou, vencida pelo medo, e encarou a psicóloga, que nem por um segundo desviara a atenção.

– Não quero mais...

Clara sentou-se ao seu lado e confortou-a:

– Está tudo bem. Como se sente neste momento?

– Não sei ao certo. Preciso entender o que são todos esses sonhos, o que representam... Vai me ajudar a decifrá-los?

– Sim, vamos decifrar todos eles. Vou ajudá-la a compreender o que significam em sua vida.

A jovem chorava, fortemente impressionada pelas lembranças.

– Seguramente, compreendê-los é a chave para sua recuperação – aduziu a terapeuta.

– E vou me livrar deles? Vou parar de sonhar?

– Tem sonhado desde que começou a falar sobre eles, depois que os recordou?

Rafaela parou para pensar e constatou:

– De fato, não. Desde que passei a contá-los a você, tenho dormido melhor.

– Vê o que lhe digo? Vai livrar-se deles e se recuperar, tenho certeza disso; depende unicamente de você.

Sentindo a alma ainda muito machucada por tudo o que vivera, a jornalista suspirou fundo.

– Espero que tenha razão, Clara. Sinceramente, espero que isso dê resultado.

– Temos muito para trabalhar e refletir – considerou a psicóloga. – Quero dizer, temos bastante material, nesses sonhos, para compreender seu inconsciente, naquilo que está interferindo em sua vida.

– E vou descobrir por que tudo isso principiou lá, quando viajei?

– Sim, muito provavelmente.

Dessa vez foi Rafaela quem parou, refletiu um pouco e perguntou:

– E a revolta que sinto com relação à condição da mulher? Nisso também você poderá auxiliar? Ou tentará me convencer de que a mulher não vem sendo machucada, aviltada, ofendida e maltratada há tantos anos?

Clara fixou o olhar bem dentro dos olhos dela para responder:

– Há anos, não; há milênios. A situação da mulher é muito séria, muito relevante, se não uma das questões de maior importância nos dias atuais.

– É isso que eu penso!

– Sim, compreendo sua indignação, seu desejo profundo de ver as mulheres libertas e protegidas da opressão. E, acredite, eu mesma já passei por um processo de rebeldia similar.

– Você?

– É lógico – ela sorriu ao confirmar. – Sou mulher, e sofro na pele todas as dificuldades que afetam o gênero feminino. A cada vez que vejo uma mulher ser agredida, sinto como se fosse comigo.

– Eu também! É isso.

– A diferença é que luto com outras armas.

– Como assim?

– Você se deixou dominar pela ira, pela revolta. E veja no que isso redundou: trouxe-a a esta cama de hospital, onde não pode fazer nada para ajudar.

Rafaela baixou a cabeça e lamentou:

– Parece que nada pode ser feito para mudar essa situação abominável...

– É, parece; apenas parece. Na verdade, há muito a ser feito...

Foram interrompidas pela entrada de Eunice com o médico.

– Você está liberada, filha!

Aproximando-se, ela cumprimentou Clara e beijou a filha. Sem demonstrar emoção, Rafaela se levantou e disse:

– Até que enfim.

O médico fez diversas recomendações enquanto prescrevia os medicamentos, e então se despediu. A jornalista estava preparada para deixar o hospital quando Clara a abordou, já no balcão de saída.

– Conforme combinamos, aqui está meu cartão com telefones e endereço. Espero-a na sexta-feira? Já agendei.

– Estarei lá – falou sem hesitação.

Eunice, satisfeita, sorriu ao se despedir da terapeuta, agradecendo o apoio e a atenção que dispensara à filha.

No plano espiritual, também Eva envolvia a psicóloga com energias de gratidão e amor. Finalmente havia esperança para a filha de outra época.

VINTE E OITO

No núcleo espírita, Farishta permaneceu entorpecida e em grande perturbação. Debatia-se com frequência, falando no idioma natal sobre seu desencarne. Repetia com minúcias o que vivera e sentira; às vezes chamava pela mãe, em outras ocasiões queria ver a irmã.

Num de seus primeiros momentos de lucidez, abriu os olhos e examinou o ambiente ao redor. Onde estaria? – pensou quando se viu naquele quarto tão semelhante ao seu. As imagens do ambiente espiritual do quarto de Rafaela se misturavam em sua memória, na qual tudo estava muito confuso. Em horas de delírio até pensava continuar em casa, sendo aquilo apenas um pesadelo de que logo acordaria.

O tratamento prosseguia com vigor e aos poucos, lentamente, os períodos de lucidez aumentaram. Chegou uma tarde em que Farishta tentou sentar-se. Estava melhor e queria levantar-se, saber onde se encontrava. A única certeza era de que naquele lugar, agora, sentia-se bem. Escutou a voz suave de Samira, perguntando em dari[5]:

– Como se sente hoje?

Ainda muito atordoada, ao invés de responder ela questionou:

– Onde... onde estou?

– Entre amigos.

– Mas que lugar é este? – insistiu, desconfiada. – Quem é você?

– Farishta, você sabe o que lhe aconteceu? Lembra-se?

Baixando a cabeça, a afegã falou entre lágrimas:

– Quer dizer que não foi um sonho? Tudo aquilo foi mesmo verdade? Eu estou morta...

Samira sentou-se junto dela e com doçura aconchegou-a ao peito. Farishta não pôde mais conter a necessidade de apoio, de afeto, e

---

[5] O dari ou afegão persa é o nome local da língua persa no Afeganistão. É a principal língua do país, falada por cinquenta por cento da população, principalmente no norte e noroeste do país, e também em Cabul. A língua serve como meio de comunicação entre diferentes povos do Afeganistão.

entregou-se aos braços da outra, que por longo tempo a enlaçou sem dizer nada; dessa forma, transmitia à recém-chegada sentimentos e pensamentos de carinho, buscando reequilibrar-lhe os centros de força. Depois desse abraço restaurador, lembrou-lhe:

– Só o corpo morre. Você sabe, o espírito é eterno.

– E onde estou, então? No inferno? Deve ser, pois desobedeci a meu marido e meus pais...

Mantinha a cabeça baixa, oprimida pelo peso da culpa que carregava. Samira ergueu-lhe o rosto e esclareceu:

– Este lugar não é o inferno, muito menos o céu.

– Pois me diga o que é. Quero compreender...

– Vamos iniciar pelo meu nome: é Samira. Muitos anos atrás, vivi no Paquistão, quase na divisa com o seu país. Conheço tudo por que você passou e estou aqui justamente para ajudá-la a compreender o que viveu.

Levantou-se, pegou um copo de água repleta de fluidos magnéticos benéficos e o entregou a Farishta, que ao recebê-lo a olhava fixamente. Abrindo sorriso sincero e amigo, Samira acrescentou:

– Você vai entender tudo, mas precisa ter calma e paciência. Confie, só queremos ajudar.

Enquanto lágrimas caíam dos olhos da jovem, a amiga espiritual pediu:

– Beba um pouco desse remédio.

Farishta atendeu sem pensar muito. As lágrimas brotavam sem parar. Samira conhecia bem essa dor; ela própria já atravessara situação parecida. Então se sentou novamente bem perto da triste moça, abraçou-a e falou:

– Chore, ponha tudo para fora. Você precisa desabafar e estou aqui para escutá-la.

De tão profunda, a dor dava a impressão de que não cessaria nunca; a afegã sentia como se o peito fosse explodir. O pranto durou muito tempo, até que ela foi se acalmando. Samira ficou ao seu lado sem dizer nada, respeitando o necessário desabafo. Em certos momentos tinha vontade de chorar junto, por relembrar o sofrimento que de igual modo a alcançara. Entretanto, sabia que para cooperar devia ter em mente o que aprendera desde seu retorno ao mundo espiritual. Estava ciente de que toda aflição tem um motivo e um objetivo. Aprendera que Deus é absolutamente justo e que, portanto, tudo o que a recém-chegada vinha vivendo reverteria em benefício dela mesma, embora ainda não pudesse dizer isso àquela quase menina. Permaneceu calada, consolando com seus sentimentos, vibrando amor e compreensão.

Samira havia entendido, a duras penas, o funcionamento da lei de causa e efeito. Conhecia o passado delituoso de Farishta, em encarnação pregressa, e compreendia que a jovem ainda doente teria um longo caminho a percorrer, até conquistar o equilíbrio. Agora, precisava era de carinho e apoio, amor e compreensão, para mais tarde poder entrar em contato com toda a verdade.

Afinal Farishta parou de chorar, vencida pela exaustão. À medida que era medicada com a água fluidificada, o cansaço pouco a pouco a abatia. Samira acomodou-a na cama e orientou:

– Durma um pouco, para se recuperar mais rápido.

Notando que ela sentia medo, Samira se encheu de compaixão.

– Estarei aqui quando acordar – assegurou, tocando-lhe as mãos.

– Fique comigo, até eu dormir – a outra pediu, agarrando-lhe as duas mãos.

– Sim, fico.

– Cante para mim.

Samira lembrou-se de uma velha cantiga muito conhecida naquela região do Oriente Médio, que sua mãe cantava para ela; pôs-se a cantarolar e, embalada pelo som harmonioso, a jovem acabou adormecendo.

Logo que a viu em repouso, Samira saiu do quarto. Eva a aguardava.

– Como ela vai indo?

– Precisará de muito tempo para se recuperar.

– Mas vai melhorar – afirmou Eva.

– Será capaz de compreender que suas próprias escolhas e seus atos do passado determinaram o sofrimento atual? Terá condições de saber toda a verdade?

– Veremos como evolui a sua recuperação. A verdade virá na hora certa.

Eva sorriu, observando pela porta entreaberta a jovem que dormia um sono perturbado.

*****

Luana passara a frequentar a casa com assiduidade. Recebera o tratamento espiritual que aquele reduto de luz oferecia e aos poucos começara a se equilibrar. Aconselhada pelos orientadores, dedicava-se acima de tudo a estudar, motivada pelo desejo de descobrir a razão da drástica mudança que ocorrera em sua vida, o porquê do fim repentino de seu casamento, sem lhe ser dada a chance de algo fazer para impedi-lo. Na realidade sua alma sabia de tudo, que para seu próprio bem, para que não lhe faltassem forças, permanecia retido no inconsciente.

Com o propósito de colaborar no seu restabelecimento, Eva continuava a orientá-la, em sonho, transmitindo-lhe esperança e inspirando-a a confiar. O contato noturno com a avó a quem tanto amava a fazia despertar toda manhã com energia renovada. Mesmo assim, não eram poucas as vezes em que desanimava; sua luta interior era enorme. Não conseguia aceitar o abandono de Bernardo, com quem evitava ter contato; ainda se sentia muito frágil e a presença dele a debilitava mais.

Quando estava longe, consumia-se de saudade; a um só tempo sentia imensa falta do companheiro e raiva pelo que ele fizera. Procurava explicações na Doutrina Espírita e apoiada naqueles novos conhecimentos, bem como no amoroso auxílio de Eva e Amaro, encontrava alento para prosseguir.

Havia outra questão que há muito Eva buscava trabalhar com Luana, tentando conscientizá-la da oportunidade que a maternidade representava para ela na presente encarnação. Ainda enredada no egoísmo que alimentara por muitas encarnações, a jovem não concebia a ideia de que devia doar-se mais aos meninos. Achava que já era suficiente o que fazia. Eva, porém, insistia que a neta tinha dívidas para com eles que somente o amor devotado poderia resgatar. E argumentava:

– Agora que são pequenos, dedicar-se a eles será para você o ensejo de ensinar-lhes com seus exemplos o amor e o respeito. Meras palavras de nada adiantam com as crianças. O que fica de fato são os exemplos. Quando crescerem, os traços do passado terão maior expressão e influirão mais sobre a personalidade deles, que poderão passar a cobrar, mesmo que inconscientemente, o que lhes deve. Doe-se hoje, enquanto tudo é mais prazeroso. Ofereça-lhes o melhor que há em você.

– Mas eu nem estava certa de querer ter filhos... Foi Bernardo quem insistiu, logo que nos casamos.

– Eu sei. Você resiste por causa do egoísmo, e também por saber que os meninos viriam, como combinado antes do seu reencarne, para que pudesse reparar os erros do passado. A maternidade é sua oportunidade de crescer e aprender a amar. Aliás, isso vale para as mulheres em geral. Nascer mulher é usufruir essa possibilidade sagrada, dentre muitas outras. Trazer filhos ao mundo, doar-se a eles, aprender a renúncia e o perdão, é um labor abençoado. Ah! Se as mulheres compreendessem como podem crescer, exercitando com os pequenos seres que Deus coloca sob sua responsabilidade a mais intensa e bela forma de amor!...

Quando acordou, naquela manhã em particular, Luana estava se sentindo sem ânimo, desamparada. Aquela conversa da avó sobre doação e renúncia cansara-lhe o espírito. O desafio parecia grande demais. Despertou com dor de cabeça, sem vontade de se levantar, como se seu corpo pesasse uma tonelada. Queria ficar na cama e esquecer-se de si, do mundo, de tudo...

– Mãe, está acordada? – era a vozinha de Marcelo chamando.

Ergueu a cabeça, olhou para a porta e respondeu:

– Estou, sim.

Ele correu e jogou-se na cama ao lado dela, abraçando-a com extremado carinho. Luana, no mesmo instante, foi dominada pela emoção.

– Obrigado.

– Por que, meu filho?

– Por ser minha mãe...

Ela o abraçou, comovida e envergonhada pelo abandono a que tinha relegado os filhos, por algum tempo.

– Não tenho sido uma boa mãe...

Envolvido no abraço materno, o menino disse:

– Sonhei que morava na rua, sem ter ninguém para cuidar de mim. Ainda bem que tenho você, mãe!

Luana estremeceu. Naquele instante sentiu o quanto as crianças precisavam dela, de seu carinho, de sua dedicação. Respirou fundo e, afastando ligeiramente o filho, olhou em seus olhos e falou:

– É hora de levantar, ou vão se atrasar para a escola – sem pensar, pulou da cama e abriu o armário. – Quer saber? Vou levar vocês.

– E o tio da perua?

– Hoje vocês vão comigo. Eu quero.

O menino não respondeu. Pulou da cama e correu para o seu quarto, onde o irmão ainda dormia.

– Pedro, acorde! – gritou. – A mamãe vai nos levar para a escola! Vamos, acorde!

Luana escutou a conversa animada dos dois e seus olhos encheram-se de lágrimas. Reconheceu de modo profundo o quanto tinha responsabilidade para com aquelas crianças. Vinha aprendendo, agora, que eram espíritos que estavam ali com uma finalidade. Sentiu o peso do ato que praticara, mas de imediato expulsou da mente as lembranças negativas. Envolvida por Eva e Amaro, fortaleceu no íntimo a decisão de dedicar-se mais a eles.

Eva sorriu feliz, satisfeita com os progressos que a neta vinha fazendo.

VINTE E NOVE

Após alguns dias de internação, Valéria recebeu alta. Estava temerosa de regressar ao lar e encontrar aquele que a agredira. A despeito das advertências e recomendações da assistente social do hospital e de representantes da justiça, ainda assim decidiu retornar para casa, para seus filhos.

Ao se aproximar da pequena construção, seu coração bateu descompassado e suas mãos ficaram trêmulas; a última agressão do companheiro a deixara especialmente fragilizada. Queria lutar, porém não conseguia. Que homem era aquele? Por que a maltratava daquela maneira? Por que tinha de sofrer nas mãos dele? O que lhe fizera? Nada. Sempre o tratava bem, com amor. Parou de se questionar para dar voz ao pensamento (ainda que baixa e abafada):

– Será que ele está em casa?

Hesitou diante do portão. Queria muito entrar e abraçar os filhos, mas percebendo a luz acesa, através da janela, o medo a dominou; virou-se e começou a afastar-se devagar. Então ouviu o filho mais velho, falando alto com o irmão. Um arrepio correu-lhe pelo corpo. O menino estava ficando parecido com o pai. O mesmo tom agressivo. E era tão jovem... Respirou fundo e suplicou aos céus forças para entrar.

Contemplou no final da rua a casinha simples em que morava a tia, já bastante idosa, e lembrou-se da primeira vez em que vira o marido: ela estava num baile, dançando e se divertindo. Recordou o quanto ansiava por encontrar alguém. Já não era uma garota, tinha quase vinte e oito anos. Saía com muitos rapazes; contudo, nenhum estava interessado em compromisso sério, e queria alguém que cuidasse dela. Perdera o pai muito cedo, e a figura paterna se tornara um bem precioso que buscava em todos os homens que cruzavam seu caminho.

As lembranças borbulhavam em sua mente.

Naquele início de madrugada, o baile estava terminando. Valéria se preparava para sair quando ele chegou, já meio bêbado. Acabara de se mudar para o bairro; era sua primeira festa ali. Valéria fitou-o e achou engraçado seu jeito de falar – tão alto, tão expansivo... Tratou-a com cordialidade e a moça de pronto acreditou que simpatizara com ela. Foi para casa cheia de esperança. Uma amiga que a acompanhava alertou, rindo:

– Não se entusiasme tanto. O rapaz é novo por aqui, a gente nem sabe direito quem é...

– Pois vou descobrir tudo sobre ele.

Nas semanas que se seguiram, houve alguns encontros fortuitos. Ela se entregava sem reservas ao desejo de viver um romance ardente, como os das novelas a que assistia. Queria se casar, ter sua própria casa, sua família.

Ermelinda levou algumas semanas para notar a atração da sobrinha pelo rapaz novo na rua. Assim que soube um pouco mais, apesar de toda a sua simplicidade, advertiu a jovem, que amava como a uma filha:

– Não crie ilusões em sua cabeça. Esse moço não trabalha. Sempre o vejo sentado a prosear com o pessoal do bar do seu Tonico.

– E daí, tia? O que é que tem? Estar desempregado é crime? Quantos aqui no bairro estão sem trabalho?

– Eu sei. O que não me cheira bem é viver à toa, sem fazer nada. Tenha cuidado, não vá se envolver com uma pessoa sem saber nada sobre ela. Seja esperta, filha. Olhe minha história. Não dê para seus filhos o mesmo que teve...

Valéria ignorou completamente os conselhos, fechou os ouvidos até para as inegáveis observações da tia. Tinha sonhos e queria concretizá-los a qualquer custo.

Não faltaram outras ocasiões em que Ermelinda ressaltou o abuso de bebidas por parte de Edivaldo, além de seu temperamento autoritário e agressivo. A sobrinha, no entanto, enxergava tão somente o que queria. Ele era o seu príncipe, aquele que realizaria seus sonhos. Em vão a tia a aconselhou. Ela simplesmente lançou-se nos braços do rapaz, e em menos de oito meses estava grávida do primeiro filho. O casamento aconteceu às pressas, muito diferente do que ela sonhara.

Os dois foram morar numa casa modesta – a mesma onde ainda viviam –, graças à ajuda dos pais da melhor amiga de Valéria, que, compadecidos da dor de Ermelinda por ver a sobrinha naquela situação, abrigaram o casal com um aluguel irrisório.

Os primeiros meses foram toleráveis, até que o bebê nasceu. Então a agressividade de Edivaldo foi aumentando cada vez mais. Ele arranjava trabalhos temporários aqui e acolá, mas nada firme. Embora mais velho do que a mulher, não amadurecia. Assim principiara o calvário da jovem. Agora o filho mais velho tinha quase dez anos. "Dez anos!", pensava ela, que por amor aos filhos, e ao lar que construíra, suportava os maus-tratos do marido.

Logo começou a trabalhar como manicure, para ter condições de prover o necessário em casa. E, apesar de tudo, engravidou novamente. Não tinha coragem de afastar-se daquele homem; temia o que ele pudesse fazer. Se por um lado desejava que tudo fosse diferente, por outro estava a tal ponto habituada àquela vida que não encontrava forças para reagir. Era como se laços invisíveis a prendessem a Edivaldo e ao modo de vida em que estavam mergulhados.

Todas aquelas recordações passaram velozes por sua mente. Tornou a ouvir a voz do filho e como que despertou. Olhou de novo para o alto, suspirou fundo e voltou; abriu o portão e subiu as escadas, a passos lentos. Abriu a porta devagar. Os meninos estavam jantando e correram para a mãe assim que a viram. Ela os abraçou e disfarçou com o cabelo o ferimento nos olhos, ainda marcados.

– Cadê o seu pai?

– Está trabalhando – o mais velho respondeu.

– É mesmo? A esta hora?

– É, arrumou um serviço temporário numa fábrica.

– E deixou vocês sozinhos?

– Eu já sou grande, mãe, posso cuidar da gente – falou o mesmo garoto.

Ela puxou uma cadeira e se sentou, respirando mais aliviada.

– Que bom que já podem se cuidar sozinhos!

O menor se agarrou a ela, beijando-a e declarando saudade. Valéria sentiu-se mais confortada. Depois de colocar os meninos para dormir, separou a roupa que usaria no dia seguinte. Tinha de ir trabalhar, não obstante o desagrado de Edivaldo ao vê-la sair de casa; precisava considerar as oscilações de humor do marido, sua falta de comprometimento com o sustento da família. Ele não parava mais de dois meses num mesmo trabalho, criando encrenca com o primeiro que lhe desse algum motivo.

Ligou para a tia, avisando que retornara. Ermelinda quase não conseguia conversar com a sobrinha, tão abalada estava com toda aquela situação. Ofereceu-se para ir ajudá-la, mas Valéria assegurou que estava bem. Desligou. Em seguida, esticou um colchonete e roupas de cama no quarto dos filhos. Deitou-se e tentou inutilmente conciliar o sono; o temor a impedia de dormir. Como estaria o marido ao retornar? Teria bebido?

Olhando o teto sujo do quarto apertado dos meninos, pensava. Por que tudo aquilo acontecia? Sua vida era muito diversa da que desejara. Tivera tantos sonhos... E agora era prisioneira de uma realidade odiosa. O que poderia fazer? Abandonar os filhos, jamais. Não, isso ela não faria. Receava pela vida deles. Pensava em todas as alternativas e possibilidades, sem encontrar solução alguma. Será que deveria ter ido até a delegacia da mulher, prestar queixa contra Edivaldo, conforme aconselhara a assistente social do hospital? Não, ele seria capaz de matá-la ou sumir com os filhos. E o que iria fazer?

A porta aberta de súbito interrompeu seus pensamentos. O marido entrou escorregando por entre os móveis, fazendo muito barulho. Os meninos acordaram na hora, assustados. Ela, como sempre fazia, pediu que todos fingissem dormir. Edivaldo aproximou-se do quarto, tentando escutar se havia ruído. Nada. Abriu a porta e viu a esposa no chão. Chutou de leve o pé dela e chamou seu nome; Valéria manteve-se de olhos bem fechados e em absoluto silêncio, sem se mexer. Ele chutou de novo, mais forte, sem resultado. Olhou os filhos adormecidos, fechou a porta resmungando e foi para o outro quarto, enfiando-se na cama sem trocar de roupa.

De manhã Valéria pulou da cama cedo, arrumou os filhos no maior silêncio possível, fazendo de tudo para que Edivaldo não acordasse, e despachou-os para a escola. Depois arrumou a casa, esperando o marido, e desistiu de ir trabalhar. Seu rosto ainda bastante machucado a obrigaria a responder a uma série de perguntas, a dar explicações. No salão; sem dúvida a pressionariam para tomar alguma atitude, e ela não saberia o que fazer. Ficou em casa.

Quando o marido acordou, sentou-se para o café e resmungou:

– Chamei você ontem quando cheguei, não escutou?

– Não, não escutei.

Conversaram sobre amenidades. Ele evitava olhar o rosto da esposa, e nada comentou acerca da agressão. De certa forma, tinha raiva dela, culpando-a pela vida familiar que fora forçado a assumir. Assim se justificava. Não se sentia ligado a ela a não ser pelo conforto de ter roupa limpa, um teto e comida. Acima de tudo, Valéria colocava dinheiro em casa, e disso ele realmente gostava.

Embora quisesse falar sobre a dolorosa ocorrência, naquele momento Valéria não se sentia animada a fazê-lo. Não sabia o que dizer, o que pedir. Tinha de decidir primeiro para poder se manifestar depois. Edivaldo, por seu lado, agia como se nada houvesse acontecido. Apenas suavizava um pouco o tom em geral agressivo. Tomou café com leite, comeu o pão com manteiga e, erguendo-se, reclamou:

– Essa geladeira está muito vazia. Precisa comprar comida.

Ela engoliu em seco. Sabia que muitas de suas discussões começavam assim, e limitou-se a dizer:

– Vou trabalhar amanhã.

– Não tem dinheiro aí, com você?

– Não.

– Deixe-me ver sua bolsa.

Calada, Valéria foi até o quarto, pegou a bolsa e a entregou nas mãos do companheiro. Ele afastou a toalha bruscamente e virou a bolsa sobre a mesa, vasculhando tudo. Achou cinco reais, que enfiou no bolso.

Valéria ia pedir-lhe que deixasse o único dinheiro que tinha e do qual precisaria para o ônibus do dia seguinte, mas parou temerosa. Conhecia aquele olhar maldoso e sabia que qualquer coisa seria motivo para que Edivaldo explodisse e a agredisse. Ficou muda. Ele saiu e foi direto ao bar, para beber.

– Meu Deus, minha vontade é matar esse homem! – gritou ela entre lágrimas, esmurrando a mesa com toda a força; depois, debruçou-se e chorou e sentidamente por longo tempo.

Afinal, esgotada, levantou-se e arrastou-se pela casa, procurando colocar alguma ordem no ambiente. Aquela ideia que lhe surgira na mente como um desafogo – matar o marido – voltava a todo instante. Sem que pudesse ver, contumazes inimigos espirituais do passado a circundavam, bem como ao seu lar, na tentativa incessante de lhe destruir a encarnação. Sussurravam aos seus ouvidos que devia matar o marido e livrar-se de vez daquele sofrimento.

Valéria não percebia que as palavras que dissera apenas para desabafar se instalavam aos poucos e se enraizavam em sua mente, em seu coração. Não acalentaria aquele desejo conscientemente. Frequentava cultos religiosos protestantes em algumas igrejas, à procura de conforto e apoio espiritual, e bem sabia que pensar em vingança era contrário à orientação de Deus. Buscava resistir, mas aquele desejo começou a ganhar força em seu interior.

TRINTA

Rafaela, ao deixar o hospital, tinha o coração mais leve. Apesar de ainda se sentir confusa, meio perdida, algo havia mudado. Dissipara-se o peso enorme daquela dor que parecia carregar pela humanidade inteira. Observava pela janela do carro as pessoas correndo de um lado para outro, por toda a parte, e lembrava-se de Cabul, de suas ruas e seus habitantes. Especialmente das mulheres.

Ela voltou para casa sem conversar muito. Quando chegaram, Eunice perguntou:

– Está tudo bem? Como se sente?

– Meio estranha.

– Estranha como?

– Não sei, diferente.

– Você passou por muita coisa – Eunice sorriu, ao colocar a bolsa sobre a mesa. – Tem de ir com calma, sem se cobrar demais.

– É, tem razão, Clara me disse a mesma coisa – esboçou leve sorriso em resposta ao da mãe.

– Vai continuar a vê-la?

– Acho que sim. As conversas com ela me fizeram bem.

– Que bom... Quer alguma coisa da rua? Vou até a farmácia buscar seus remédios.

– Será que são esses remédios que estão me fazendo ficar assim estranha?

– Com certeza têm efeito sobre o que sente, porém são imprescindíveis neste momento. Não pode nem pens...

– Eu sei, tudo bem. Não precisa se preocupar. Vou tomar todos os medicamentos, como tem de ser.

Fez prolongada pausa, depois prosseguiu com o olhar distante:

– Eu tenho de melhorar. Eu quero melhorar.

Eunice fitou a filha, enternecida. Não sabia mais o que fazer para ajudá-la. Nutria esperanças de que Clara, com a terapia, pudesse fazer isso. Havia procurado informações sobre a linha terapêutica que a jovem adotava, e não ficara muito satisfeita ao verificar que era a transpessoal. Ela própria seguira um caminho mais ortodoxo, mais científico no seu entender. Entretanto, calou-se. Constatava que Rafaela estava ligeiramente melhor, e isso era o que lhe importava por ora. Queria que ela se recuperasse e voltasse a ser quem de fato era: uma jornalista brilhante, bem-sucedida, ganhadora de diversos prêmios. Uma mulher vitoriosa e realizada. Isso era o principal.

Saindo daquelas rápidas reflexões, abraçou a filha e disse.

– Você vai melhorar, querida; já está melhorando.

– Você acha?

– É claro!

– Sinto-me confusa... Como se algo estivesse faltando.

– Vai ter sua vida de volta, pode acreditar.

– Tomara...

Passaram dois dias, em que Rafaela tomava os medicamentos e tentava se encontrar. Sabia que em menos de uma semana deveria retornar ao trabalho, retomar sua vida. No entanto, sentia-se sem forças. Giovanni viera vê-la logo após deixar o hospital, sem que ela conseguisse dedicar-lhe muita atenção; permanecia distante do namorado. Ele, por sua vez, continuava atencioso e carinhoso, dedicando-se de todas as maneiras àquela jovem que tanto amava.

Naquela noite, Rafaela estava sozinha. A campainha tocou e ela se arrastou até a porta, resmungando:

– Como deixam alguém subir sem avisar...

Ao abrir a porta, sorriu feliz.

– Luana! Que surpresa boa!

Abraçaram-se com imenso carinho. Sentadas no sofá, conversaram por várias horas, colocando os assuntos em dia. A prima, mais recuperada, evitava perguntar diretamente como Rafaela se sentia.

– Vejo que você está bem – comentou a jornalista.

– É, estou lutando. Tenho dois filhos e quero melhorar para poder cuidar deles.

– Que bom, fico feliz! – exclamou a outra, emocionada. – Estava tão preocupada com você...

Luana abraçou a prima e as duas choraram.

– Eu sei que causei sofrimento a todos... Só não consegui pensar em ninguém naquele momento. Agora luto para ter maior controle sobre esse desejo de destruir a minha vida. Estou aprendendo, sabe?

– Como?

– Bom, tenho procurado pensar mais nos meninos... – evitou falar sobre sua experiência na casa espírita, pois sabia que Rafaela era avessa a qualquer religião.

– Isso é ótimo. Fico feliz demais em ver você assim!

Ao término da animada conversa, Luana abraçou a prima com muito carinho e antes de sair recomendou:

– Força!

– Não creio que está dizendo isso. Em tão pouco tempo, vejo que realmente se modificou...

– E você também. Essa terapeuta a está ajudando.

– Você acha?

– Eu sinto que está melhor. Quando vai vê-la de novo?

– Estou meio indecisa quanto a procurá-la.

– Por quê?

– Não sei...

– Qual o motivo da resistência, se está lhe fazendo tão bem? Depois de tudo o que sofreu, é mais do que natural recorrer a auxílio especializado para superar essas experiências.

– Acha mesmo?

– Não tenho dúvida. Desde que você retornou da viagem e começou a passar por todo esse processo, é a primeira vez que a vejo mais leve. Por que não continuar? Se em algum momento achar que já não lhe faz bem, você para e pronto.

– Tem razão – respondeu, despedindo-se da prima com dois beijos e um vago sorriso.

Na manhã seguinte, após a saída da mãe, Rafaela andava de um lado a outro da sala repetidas vezes, com o cartão de Clara nas mãos. Na incerteza, resistia. Eva, no plano espiritual, buscava intuir a neta sobre o quanto havia melhorado graças aos encontros com a terapeuta. Todavia, estava bem difícil influenciá-la. Devido à confusão de pensamentos e emoções, ela apresentava grande desequilíbrio tanto do ponto de vista físico como do mental. Perispírito e corpo denso estavam desalinhados, o que causava desconforto sob ambos os aspectos. O espírito, acima de tudo, não conseguia comandar o conjunto material e semimaterial, e o resultado era o que se via: a despeito dos medicamentos, a jovem não se equilibrava.

A avó sabia que o caso requeria intenso tratamento espiritual, para que Rafaela pudesse recobrar o eixo, o controle de si mesma. E, sendo ela racional ao extremo e avessa a qualquer religião, o caminho através de Clara era o mais viável e imediato. Do contrário, se não alcançasse o reequilíbrio, corria sério risco de pôr a perder toda a encarnação, afastando-se do objetivo da atual vida na Terra.

A amiga desencarnada permaneceu ali, ao lado na neta, orando muito. Mediante a doação de energias amorosas e harmônicas, persistia na tentativa de neutralizar as formas-pensamento e energias deletérias que eram constantemente produzidas pela moça, instalando-se em seu corpo espiritual.

O conflito interior de Rafaela continuava, e até se acentuava. Era crescente a vontade de ligar para Clara, ao passo que algo a detinha, alguma coisa que não definia com precisão. O medo de entrar em contato com as dolorosas lembranças do passado também aumentava.

Logo um pequeno grupo de espíritos amigos juntou-se a Eva, atendendo a seu pedido mental. Todos oravam. O momento era dos mais delicados. Colocar Clara em contato com Rafaela fora um trabalho árduo; aquela oportunidade não podia ser perdida. O grupo se manteve em preces e vibrações até o meio da tarde, quando a jovem, finalmente, movida pelo sentimento amoroso que partia dos corações ali congregados em seu favor, falou alto para si mesma:

– Quer saber de uma coisa? Vou falar com ela e pronto!

Ligou para o número que Clara lhe dera e marcou aquela que seria a primeira sessão de terapia por sua livre vontade. Ao encerrar a ligação, com tudo acertado, sentou-se no sofá e respirou aliviada.

Eva, satisfeita, enlaçou aquela que no passado tivera por filha e sussurrou-lhe ao ouvido:

– Você vencerá!

Eunice e Giovanni exultaram com a notícia. A mãe sabia que a atitude voluntária de buscar auxílio representava importante passo. Assim, por meio da terapia Rafaela retomou seu trabalho de autoconhecimento. Ajudada por Clara, ao deixar o consultório a cada sessão sentia-se mais fortalecida e confiante nos efeitos da decisão que adotara.

Naquela tarde, depois de conversarem muito, a psicóloga notou maior ansiedade na jovem. Ao acompanhá-la até a porta, indagou:

– Está tudo bem? Quer falar mais alguma coisa? Vejo que continua ansiosa.

– É que amanhã volto ao trabalho. Enfrentar o mundo e sua dura realidade está me assustando...

– Eu sei, é natural. Agora, lembre-se de que tem um apoio a mais, aqui em nosso trabalho juntas.

– É claro – suspirou fundo –, estou mais confiante.

Logo cedo, no dia seguinte, preparou-se para o retorno à redação. Vasculhou o armário, experimentou várias combinações de roupas, e nenhuma a satisfez. Por fim, olhando o relógio e sabendo que já estava atrasada, vestiu a que achou melhor. Olhou-se no espelho, sem se reconhecer na mulher ali refletida; parecia que era outra pessoa. Sentia-se diferente; algo mudara, mas não conseguia atinar o quê.

Terminou o café da manhã e, ao despedir-se da mãe, sorriu dizendo:

– Vamos lá! De volta ao mundo!

Eunice, entre receosa e contente, retribuiu a despedida com um sorriso carinhoso.

Durante todo o caminho, Rafaela procurou concentrar-se no regresso ao trabalho. Pensava no que diria às amigas e aos colegas, tentava situar-se, internamente, de volta a suas atribuições. Buscava no íntimo os antigos sentimentos e motivações, porém não os localizava.

Ao estacionar o carro, sorriu feliz pela sensação de familiaridade que a confortou. Tudo estava como sempre fora. Retornaria à sua vida, ao seu trabalho, às suas realizações. Recorrendo à determinação que sempre a norteara, pegou a bolsa, a pasta com o *notebook* e entrou no elevador com passo firme.

Na subida, foi reencontrando os colegas, conversando, sendo recepcionada com gentileza. Assim que entrou na redação, colocou a bolsa em sua área de trabalho. Embora estivesse ausente há quase dois meses, sua mesa estava intacta, como a deixara. Sentou-se. Remexeu alguns papéis e contemplou as fotos penduradas em um pequeno mural logo à sua frente.

Viu a foto de Laila, que havia tirado antes de partir e que fora uma das selecionadas para sua matéria. Fitou o sorriso meigo e os olhos da menina. Eram olhos que transmitiam medo. Aquele olhar, o mesmo que Jorge captara ao fotografar muitas das mulheres afegãs, atraiu-lhe novamente a atenção e tocou seu coração. À lembrança dos acontecimentos vividos em Cabul, sentiu a antiga revolta invadi-la.

Ia outra vez sendo dominada por aquele sentimento, quando Fernanda abriu a porta de seu escritório e saudou:

– É bom tê-la de volta. Venha cá, vamos conversar.

Levantando-se de pronto, Rafaela entrou no escritório de sua editora e fechou a porta. Ao encará-la, assustou-se. A bela mulher estava elegante como sempre, mas havia raspado a cabeça e seu ar era cansado. Ela chegou a sentir tontura e foi enorme o esforço que fez para se conter, não dizendo nada.

– Não se espante, faz parte do tratamento – a outra antecipou-se.

– Como você está?

– Levando. Lutando.

Rafaela balançou a cabeça, sem palavras para responder. A outra continuou:

– Acabei tendo de fazer a histerectomia. Agora, parece que o problema está resolvido; só que ainda preciso fazer a quimioterapia – com os olhos cheios de lágrimas, ela se controlou. – Não me deixarei vencer. Nem você, está escutando?

Incapaz de conter a emoção, Rafaela estava chorando. Fernanda se aproximou e declarou:

– Preciso de você aqui, do seu trabalho. Suas matérias estão me fazendo falta! Preciso de você por inteiro.

A jornalista balançou a cabeça e, limpando as lágrimas, falou:

– Estou de volta, Fernanda. E para ficar.

– Que bom!

Fez breve pausa, em que pediu à assistente que trouxesse dois cafés. Depois disse:

– Vamos ao trabalho que é a melhor das terapias.

As duas ficaram algum tempo conversando. A editora procurou atualizar a recém-chegada quanto aos últimos acontecimentos e às pautas que estavam previstas e deviam ser cumpridas. Ao saírem do escritório, resumiu:

– Então fica certo assim: durante o próximo mês, você retoma suas atividades e faz algumas matérias daqui da redação, enquanto se prepara para a próxima reportagem investigativa de relevância. E para viajar, se for necessário. Combinado?

– Combinado.

– Posso contar com seu empenho?

– Claro!

– Olhe, preservar sua posição aqui dentro não foi fácil para mim, acredite.

– Eu imagino...

– A pressão foi enorme, temos muita gente boa querendo fazer um trabalho de realce. Lutei por você, agora preciso que justifique isso. É essencial que realmente saiba o que quer fazer, porque não posso prorrogar mais essa situação.

– Pode deixar, esse é meu maior compromisso agora.

– Ótimo – Fernanda aprovou, satisfeita, enquanto voltava para sua mesa.

Rafaela sentou-se em sua baia, relendo as anotações que fizera com a editora, e pensou: "não sei por onde começar; parece que esqueci tudo, estou perdida!".

Para ela o dia se arrastou. A cada tentativa de se concentrar, percebia que a dificuldade era maior. Lembranças e pensamentos diversos brotavam incessantes, impedindo-lhe o controle mental; a angústia a dominava. Não obstante, perseverou até o final do horário.

Ao retornar para casa, sentia-se cansada. Tomou um banho, comeu um lanche e foi para o computador em busca de informações sobre Laila. Já havia obtido contato com Madeleine e combinado de ligar para ela naquela noite, pelo computador. Quando a francesa atendeu, ela foi direto ao ponto, falando em inglês:

– Como está, Madeleine? Tem notícias de Laila?

– Está melhor e deve deixar o hospital em breve.

– E para onde vai, ao receber alta? Voltar para a família é que não pode!

– Não, a família a abandonou completamente.

– Era de se esperar...

– A mãe veio vê-la pela última vez há uns dias, não apareceu mais.

– Vocês vão cuidar dela?

– Vamos, sim. Ficará conosco, em nosso grupo, e vamos fazer por ela tudo o que for possível. Laila vai precisar de muita ajuda. Seu estado é lastimável. Reclama de dores constantes pelo corpo, e os médicos dizem que é assim mesmo, que a recuperação será bem demorada. Vai necessitar de vários medicamentos... Faremos o que estiver ao nosso alcance.

– Não deixe que nada falte a ela, por causa do dinheiro. Quer sejam remédios, tratamentos específicos, qualquer coisa, me informe.

– Na realidade, ela precisaria fazer plástica facial, para tentar ter uma vida com o mínimo de dignidade. Seu rosto ficou danificado demais...

– Vamos dar um jeito. Eu queria muito estar aí para ajudá-la, mas não consegui viajar ainda. Compre todos os remédios que forem receitados; se faltar dinheiro me peça, que eu mandarei – fez longa pausa, enxugando as lágrimas. – Diga a ela que vou colaborar em tudo o que puder. E peça que me perdoe por não estar aí...

– Vou dizer. Ela sempre pergunta por você e eu passo todos os seus recados. Só não contei que tinha ficado doente.

– Agora já estou bem, pode avisar que vou escrever-lhe.

– Ela ficará feliz.

Fez-se silêncio entre as duas. Como poderia ficar feliz, depois do que lhe acontecera? Foi Rafaela a primeira a falar:

– Diga a ela que nada vai faltar para sua recuperação e que, logo que puder, eu irei pessoalmente ajudá-la.

– Assim que ela estiver conosco, colocaremos vocês duas em contato pela Internet.

– Ótimo. Vamos fazer isso.

Finalizada a conversa, a brasileira tomou seus remédios e deitou-se, tentando se acalmar. Sem conseguir tranquilizar os pensamentos, sentou-se e recorreu ao medicamento mais forte, específico para dormir, Apenas dessa maneira pôde adormecer profundamente logo depois.

TRINTA E UM

Nas semanas posteriores a jornalista empenhou-se em retomar sua rotina de atividades. Ela e Giovanni se encontravam com frequência; o rapaz, paciente, fizera-se sobretudo amigo da mulher que amava. Rafaela, por sua vez, continuava distante emocionalmente, como se houvesse uma barreira enorme entre os dois. No trabalho dedicava-se o mais que podia, embora sem condições de se concentrar como antes. Seu rendimento era bem menor. Eram tantos os sentimentos confusos, os questionamentos, que em muitas ocasiões, na ânsia de achar respostas, sua mente perdia-se a divagar.

As sessões de terapia prosseguiam e a paciente se fortalecia com muita lentidão. Naquele final de tarde, quando entrou no consultório de Clara, estava particularmente inquieta. Recebera notícias de Laila na noite anterior, e vira, pela primeira vez, uma foto da garota que a deixara transtornada. Laila ficaria marcada para sempre. Seu rosto estava destruído, desfigurado. E o seu corpo? Todo queimado... Uma tristeza profunda a invadiu, ao desligar o computador. Sentou-se diante da psicóloga, que de imediato notou seu estado de perturbação.

– Tudo bem?

Rafaela nem esperou o fim da pergunta para explodir em pranto convulsivo.

– Por que tudo isso? Não me conformo com a situação das mulheres no Afeganistão! Que país terrível! Como podem fazer tantas monstruosidades? Não adianta: por mais que me esforce, por mais que tente, eu não consigo aceitar o que acontece à minha volta. É muita dor, muito sofrimento. E para quê? Para nada. Essa menina, Laila, teve a vida destruída...

Interrompeu a narrativa, embargada pela angústia e pela lembrança da imagem da jovem desfigurada.

Clara deu-lhe uma caixa de lenços de papel. Sabia que seria quase toda consumida, como ocorria a cada sessão. Já um pouco mais calma, Rafaela balbuciou:

– Por que tudo isso? Para que nascemos e vivemos em condição tão difícil? Principalmente nós, as mulheres?

Por instantes o silêncio se instalou. Depois a terapeuta a fitou serena e inquiriu:

– Essa é também a sua situação? Você sofreu ou sofre tais agressões?

Ela parou e pensou um pouco a respeito. Rapidamente recordou sua época de infância e juventude e respondeu de modo quase instintivo:

– Eu nunca fui vítima desse tipo de agressão. Mas sofremos outras formas de violência...

Ficou calada por um tempo, ainda refletindo sobre a indagação de Clara. Então questionou, limpando os olhos:

– Você já encontrou uma explicação plausível para todo esse sofrimento das mulheres?

– Apesar da complexidade do nosso mundo, podemos descobrir respostas, se procurarmos com sinceridade.

Após um intervalo em que permaneceram quietas, a psicóloga perguntou:

– E os sonhos que me narrou no hospital? Teve mais algum?

– Foi bom você tocar nesse assunto. Desde que saí do hospital, os sonhos tinham parado totalmente. Minhas noites vinham sendo mais tranquilas, eu me sentia bem melhor. De uns dias para cá, porém, eles retornaram. Não sonho todas as noites, mas de vez em quando tenho uma noite repleta de pesadelos, daqueles que lhe contei.

– Exatamente os mesmos?

– Sim. Ainda que fragmentados, eles me perturbam bastante. Acordo suando frio, desesperada.

– Lembra-se de alguma coisa, em particular, que tenha acontecido de diferente desde que voltou a sonhar?

Rafaela pensou um pouco, antes de redarguir:

– Nada de diferente. Tudo tem sido bem difícil para mim, inclusive o que eu costumava fazer sem maiores esforços. Meus textos, por exemplo: agora sofro demais para produzir algumas linhas de forma satisfatória – fez curta pausa tentando se lembrar. – Ah! Uma coisa que eu não fazia desde que saí do hospital era conversar com Madeleine, e falar sobre Laila...

Fez-se novo silêncio. Mais uma vez a menina afegã impactava profundamente Rafaela, que se pôs a chorar.

– Foi essa experiência que me descompensou. Eu não tolero nenhum tipo de injustiça, não gosto de ver essas coisas absurdas sucederem.

Clara escutava com extrema serenidade, buscando inspiração para poder auxiliar a paciente, que completou:

– Não me conformo, é isso!

– Os sonhos ressurgiram depois que voltou a ter notícias de Laila?

– Sim.

– Você percebe a relação dos sonhos com essa moça e com os acontecimentos em Cabul? Percebe com clareza?

– Acho que sim. Foi lá que comecei a ter os sonhos repetitivos. Creio que o impacto de tudo o que vi e vivi naquele país foi intenso demais. Minha mãe sempre diz isso e, afinal, parece que tem razão.

– Você é capaz de se lembrar de tudo o que me contou a respeito de seus sonhos?

– Quase tudo... O mais estranho é que relatei a você muito mais do que eu sonho, ou sonhava. Meus sonhos são fragmentados, e o que narrei foi muito mais completo... Por quê? Não deveria, no sonho, tudo aparecer mais claramente?

Clara pensou por instantes e respondeu sem rodeios:

– Acontece que não são simples sonhos.

– Como assim?

– São lembranças.

– Lembranças? Como poderiam ser?

Dessa vez a pausa foi um pouco mais longa. Clara rogava amparo dos espíritos superiores, para que ajudassem Rafaela a enxergar e aceitar as suas experiências. Sabia que não havia outro jeito para ela sair da situação em que se encontrava. Estava como que bloqueada, estacada naquela vivência do passado, que agora retornava com todo o vigor. Intuída por espíritos amigos, falou:

SANDRA CARNEIRO pelo espírito LÚCIUS

– São lembranças de uma vida anterior, em que você foi queimada numa fogueira, como bruxa. E Laila também estava lá, assim como Farishta.

Rafaela sentiu como se o chão se abrisse debaixo dos seus pés. Não acreditava em nada daquilo. Era uma pessoa cética e racional, e aceitava tão somente o que fosse concreto e visível. Entretanto, aquelas palavras repercutiram em seu íntimo com tal intensidade como se no fundo ela soubesse, tivesse certeza absoluta de que Clara falava a mais pura verdade. Em conflito, não sabia o que responder. A psicóloga aduziu:

– Essas lembranças estavam guardadas no seu inconsciente, de maneira muito profunda. Ao contato com Laila e com as experiências vividas no Afeganistão, elas despertaram e vieram inteiras à superfície.

– Não acredito em nada disso. Você é maluca... Não pode estar falando sério.Ante a resistência e o olhar descrente de Rafaela, a terapeuta guardou silêncio, observando e esperando que ela pudesse digerir o que lhe dissera. Viu crescer a angústia de Rafaela, bem como a ansiedade que por fim a dominou. A jornalista lutava com a verdade.

– E por que somente agora isso viria à tona? Sendo algo que me incomoda tanto, por que não apareceu antes, na minha infância, por exemplo?

– Porque este é o melhor momento para lidar com tais memórias. Você está diante da oportunidade de tratar antigas feridas abertas em sua alma. Laila e Farishta fazem parte de seu passado. Por isso, ao contato com elas, aquilo que estava tão escondido ressurgiu.

Rafaela se levantou, pegou a bolsa e falou, áspera:

– Olhe, Clara, admito que tem me ajudado bastante. Eu gosto muito de você e me sinto bem com nossas conversas; estou conseguindo enxergar muitas coisas. Mas o que acabo de ouvir é ridículo. Não acredito nisso e em nada sobrenatural, místico – andou até a porta do consultório. – Vou embora. Acho que não nos veremos mais...

Saiu sem olhar para trás, deixando a porta entreaberta. Clara apenas observou-a enquanto se retirava. Em resposta ao olhar interrogativo da secretária, a psicóloga meneou a cabeça e fez um gesto como a dizer: ela precisa pensar um pouco mais.

Rafaela, por sua vez, voltou para casa sem notar quase nada no caminho, perdida nos pensamentos que jorravam de sua mente. Recordava-se dos sonhos e do que sentira ao narrá-los a Clara. Do alívio que experimentara. Eram realmente como lembranças vivas em sua alma. Ao mesmo tempo, murmurava:

– Que absurdo... Isso é ridículo.

Eva a envolvia em suaves energias. A jovem chegou em casa e encontrou a mãe na cozinha, pensativa. Sentou-se ao seu lado.

– O que foi?

– Oi, filha, está tudo bem.

– Estava tão distante... Nem me viu entrar.

– Pensava no trabalho.

– O que a perturbou desse jeito?

– São tantos os problemas que não dá para enumerar...

– Mas alguma coisa a perturbou mais do que o normal. Não sei como consegue ser terapeuta. Vocês todas ficam malucas.

– E quem é realmente normal neste mundo doido?

– Isso é verdade... Só que vocês acabam ficando doidos com a loucura dos outros, não é?

– Precisamos ter uma boa estrutura, uma boa base.

– Você gosta da Clara? Considera-a boa profissional?

– Excelente profissional. Fiz uma boa pesquisa sobre o trabalho dela, antes de aceitar que você voltasse a vê-la.

– Verdade? E não me disse nada...

– E você acha que eu iria deixar minha filha nas mãos de alguém a respeito de quem não tivesse nenhuma informação? Em hipótese alguma! Falei com amigos, com conhecidos e com um professor dela. Além de ótima formação, Clara tem um trabalho impecável e é dedicadíssima aos seus pacientes. Uma psicóloga admirável. Por que pergunta? Está tudo bem por lá?

– Tudo bem. É que fico pensando se vocês não acabam ficando meio malucas...

– É como lhe falei: todos temos nossas maluquices, porém eu confio no trabalho dela.

Eunice calou-se por muito tempo, o que preocupou Rafaela.

– O que foi, mãe? Parece triste.

– Hoje perdi uma paciente.

Embora hesitasse em abrir-se, o olhar atento da filha a fez desabafar:

– Ela tirou a própria vida...

– Puxa, mãe, sinto muito. Era jovem?

– Tinha cinquenta e oito anos e estava muito deprimida. Fiz de tudo para ajudá-la; tratava-se comigo há mais de dois anos.

– Dois anos em depressão? O que aconteceu? Perdeu alguém?

– Não era isso que mais a perturbava. Tinha problemas como todo mundo, nada em particular.

– Foram dificuldades com dinheiro?

– Não, sua condição financeira era muito boa.

– Então o quê?

– Não conseguia aceitar o processo de envelhecimento. Já havia feito mais de vinte cirurgias plásticas. De tão inconformada, tornou-se obsessiva com a aparência. Ainda assim, o casamento dela acabou, o que a deixou ainda mais deprimida.

– Era bonita?

– Muito bonita. Mas não estava suportando envelhecer. E eu não tive como ajudá-la.

– Gostava muita dela, não é?

– Não é só isso... Eu me vejo um pouco nela.

– Você?

– Ela exteriorizou da maneira mais intensa o sentimento de todas as mulheres que envelhecem. Você ainda não pode compreender, é jovem para isso.

Os olhos de Eunice encheram-se de lágrimas e ela silenciou. Rafaela abraçou-a e ficaram quietas por longo tempo. Por fim, a mãe limpou as lágrimas e indagou:

– Está com fome? Quer jantar?

– Primeiro vou tomar um banho.

As duas jantaram trocando poucas palavras.

Naquela noite, Rafaela enfiou-se no quarto, distraída e distante. Quando Giovanni chegou, encontrou-a na cama. Conversaram por alguns minutos, e logo a jovem alegou cansaço.

– Preciso dormir um pouco.

– Está conseguindo dormir sem remédios? – ele perguntou.

– Quase nunca. Eu tento, mas se o sono demora a vir a angústia me pega e eu tenho de tomar.

– Meu medo é que fique viciada nisso.

– Acho que já estou...

– A Luana me contou que conversaram bastante.

– É. Ela está tão bem... Acho que se recuperou.

– Graças a Deus está se recuperando.

– Quando você falou com ela?

– Temos nos encontrado todas as semanas, no núcleo espírita que frequento.

– Luana tem ido a um centro espírita? Não acredito. Não posso imaginar minha prima rezando...

– Por que não?

– Luana é parecida comigo, avessa à religião.

– Pois saiba que ela tem ido e me diz que está se sentindo muito bem. Você...

– Nem adianta falar! Sabe que eu não vou a nenhum desses lugares.

Com ternura na voz, Giovanni pegou as mãos dela entre as suas e argumentou:

– Pois acho que lhe faria um grande bem. Por que não conhecer, Rafaela? Conhecer, apenas. Você é uma mulher tão sensata, que busca julgar as situações a partir da experiência... Por que nega uma vivência espiritual?

– Não é que negue o espiritual; apenas não consigo acreditar em religião alguma. Acho todas elas uma enganação, uma tapeação para mentes fracas. Como dizem, "o ópio do povo", você sabe.

– O Espiritismo é um pouco diferente.

– Diferente nada. De vez em quando leio uns debates dos espíritas pela Internet. Vejo que são exatamente iguais aos outros, e tão agressivos quanto os demais.

– Discussão pela Internet não reflete a experiência que você pode ter indo a um centro espírita sério e comprometido com Jesus. Estou certo de que se sentirá melhor e começará a compreender muitas coisas. Como aqueles sonhos que me contou.

– O que têm os sonhos a ver com isso?

– Aprendi que muitos de nossos sonhos podem ser lembranças de uma vida pregressa. Acho que é isso que está acontecendo com você.

Rafaela escutou o namorado com atenção e ficou pensativa. Seria Clara espírita também? Seguiram conversando e Giovanni, antes de se despedir, falou:

– Você precisa acreditar em alguma coisa. Como podemos viver neste mundo, sem entender o que se passa conosco e ao nosso redor? Fica muito mais difícil – vendo-a prestes a interrompê-lo, pousou o dedo sobre os lábios dela. – Não precisa ser lá no centro; o fato é que você precisa achar algo que lhe traga as respostas que procura; que acalme as angústias de seu coração.

Beijando-o em despedida, ela o fitou séria e resistiu.

– Quem disse que procuro respostas? Para mim, o inferno é aqui mesmo, e não há ninguém que olhe por nós...

Naquela noite, mesmo com o medicamento, Rafaela demorou a dormir e teve sono agitado; os sonhos voltaram com grande intensidade, em cada detalhe.

TRINTA E DOIS

Durante vários dias, Rafaela não retornou ao consultório de Clara, e não quis comentar com ninguém o que ocorrera no último encontro. Não acreditava em nada daquilo, e achava que a terapeuta fora irresponsável ao tentar impingir-lhe teorias sem comprovação científica. Ao mesmo tempo, no íntimo, admitia que aqueles fragmentos de sonhos e tudo o mais que contara à psicóloga fossem de fato lembranças de outra vida. Vivia em conflito, ora achando que deveria pesquisar sobre o assunto, ora afastando completamente aquelas ideias, por julgá-las estúpidas e sem sentido.

No sábado, havia combinado de encontrar Luana. Ela e Eunice iam almoçar com a tia e a prima. Estava com muita saudade dos meninos, pelos quais tinha enorme carinho.

A refeição transcorreu sem surpresas. Luana, visivelmente mais animada, falou sobre os trabalhos que as crianças haviam feito, e orgulhosa os exibiu. Depois do almoço, as duas terminavam de arrumar a cozinha e conversavam.

– O que pretende fazer agora que está melhor?

– Creio que o caminho será mesmo o divórcio.

– Já tentou dialogar com Bernardo?

– Não, e penso que ainda não estou preparada para isso. Manter-me emocionalmente equilibrada tem sido obra de uma luta contínua. Só eu sei o esforço que isso exige de mim.

– É mesmo? Pois para mim parece tudo muito espontâneo. Onde encontra forças?

– Já que perguntou, acho que tem razão. Venho encontrando forças lá na casa espírita que frequento e nos livros que leio sobre as questões espirituais.

– Já tinha até esquecido... Giovanni me falou. Não vá dizer que está aceitando essas coisas absurdas sem questionar!

Luana pensou por alguns instantes, buscando a melhor forma de expressar-se. Eva envolvia ambas com energias ternas e amorosas. A resposta veio inspirada pela avó.

– Pois o que tenho escutado e aprendido tem feito muito sentido para mim.

– Deve estar realmente desesperada...

– Você não compreenderá até conhecer, Rafaela. Eles são pessoas sérias, não estão atrás de fantasias ou ilusões. Estudam, pesquisam, refletem. O Espiritismo tem trazido esclarecimentos para as questões mais profundas que me inquietam. Ainda mais agora, depois de tudo o que me aconteceu.

– Está fragilizada, é isso...

– Não é só isso. Quer dizer, claro que estou fragilizada, e muito. No entanto, as questões a que me têm respondido são antigas, e mesmo anteriores ao que sucedeu com meu casamento. Sinto-me calma e segura quando estou lá, estudando. O ambiente é sereno e amoroso. Não dá para explicar, é preciso viver, sentir – parou, sorrindo para a prima. – Deveria vir comigo um dia desses, só para conhecer.

– Agora está falando como o Giovanni.

– É que me parece tão óbvio... Você só poderá julgar se conhecer. Venha comigo amanhã. Se não gostar, nunca mais volta e está tudo resolvido.

As crianças entraram na cozinha aos gritos, desviando a atenção de Rafaela, que se sentiu aliviada com a oportuna interrupção. Não queria falar mais sobre aquele assunto. A pretexto de dar atenção aos meninos, saiu dali prontamente e foi com eles para o quarto. Luana percebeu o comportamento da prima, consciente de que ela estava fugindo porque de alguma forma começava a ser convencida.

Nos dias que se seguiram, Rafaela procurou concentrar-se na atividade profissional. Tinha muito que fazer para dar ouvidos àquelas tolices e crendices. Estava decidida a não voltar a ver Clara. Considerou seu tratamento com a terapeuta encerrado. Seguia a distância os acontecimentos com Laila, e focava a atenção no trabalho.

*****

No outro lado da cidade, Valéria enfrentava constantes atritos com o parceiro. Retomara o serviço no salão, e estava difícil evitar a cobrança da dona e também de várias clientes, que não se conformavam porque ainda não o denunciara. Entre elas, uma das mais revoltadas com a situação era Rafaela. A manicure tentava se justificar.

– Tenho medo. Ele é muito violento.

– É por isso mesmo que deve tomar providências.

– E para onde eu vou?

– Quem tem de sair é ele. Você é quem sustenta a casa.

– Eu não quero isso.

– Por medo?

– Por medo e... sei lá...

– Sabe lá o quê?

– Acho... que ele pode mudar, pode melhorar. Às vezes é até gentil...

– É incrível! Não se engane. Ele tem sido cada vez mais violento, pelo que você própria diz.

– O que vai acontecer se eu o denunciar?

– Ele não poderá chegar perto de você.

– É que temos os meninos... Tudo o que faço é por eles.

Calou-se, reticente, para depois falar com irritação:

– Essa tal lei Maria da Penha não vai me proteger, não. Na hora, lá, somos só eu e Deus!

Ante a inutilidade dos argumentos, Rafaela calou-se.

Naquela noite, Valéria trabalhou até mais tarde, arrumando uma noiva. A jovem esbanjava alegria e emoção. Seu entusiasmo incomodou a manicure. Quando a noiva se retirou, toda produzida, ela pensou: "Como está linda essa moça! Que inveja!".

No fundo, sempre desejara viver aquele verdadeiro conto de fadas; entretanto, sua realidade fora bem diferente.

Saiu do salão e arrastou-se para casa, cansada. Pegou as crianças que estavam na vizinha e ia saindo quando a amiga advertiu:

– Tenha cuidado. Edivaldo passou por aqui já meio alto e queria levar as crianças. Eu desconversei, falei que ia dar a janta e coisa e tal; ele saiu muito contrariado.

– Pode deixar – falou puxando as crianças –, eu vou ter cuidado.

Seguiu para casa sentindo profunda tristeza. Aquele homem não compreendia o mal que estava fazendo a ela e aos próprios filhos? Pegou a Bíblia que trazia na bolsa e segurou-a firme, buscando apoio naquele livro. Já bem perto de casa, seu coração batia acelerado. Tinha vontade de desaparecer com os meninos, mas apesar de tudo aquele era seu lar...

Em torno dela, espíritos andrajosos e violentos emitiam energias pesadas e deletérias; vibravam intenso ódio, desejosos de que ela sofresse amargamente.

A moça entrou em casa devagar. Quando pisou na cozinha, o marido gritou enfurecido:

– Isso é hora de chegar?

– Eu estava trabalhando.

– Até agora?

– Estávamos preparando uma noiva.

Ele se aproximou, agarrou-lhe o queixo e falou bem junto ao seu rosto, exalando o cheiro nauseante de álcool.

– Você é uma vadia mentirosa.

– Veja como fala comigo!

– Eu digo e repito: vadia!

Valéria estava a ponto de perder o controle. Os espíritos que a circundavam tinham invadido a casa e envolviam igualmente Edivaldo. Eram companheiros dele e agiam na intenção de proteger seus interesses. Diziam-lhe ao ouvido:

– Isso mesmo, cara! Essa mulher não presta, nunca prestou. Lembre-se de tudo o que fez conosco Nunca esqueça a quantos enganou, mentiu, humilhou. Ela usou e destruiu você, recorda-se?

Edivaldo, totalmente influenciado, quase repetia as palavras dos espíritos inimigos da esposa.

– Isso, homem. Não a deixe controlar você outra vez. Coloque-a no devido lugar!

Agora era a jovem que retrucava, gritando:

– Fique quieto, cale a boca! Você não sabe o que está dizendo. Não tem moral alguma para falar de mim. Eu estava trabalhando. E você? Bebendo como um porco.

O marido nem pensou. Desferiu um tapa brutal no rosto de Valéria, que caiu sobre a mesa, derrubando tudo que ali estava. As crianças, assustadas, choravam em um canto da sala. Gritando ainda mais alto ela se ergueu, enlouquecida pelo ódio que sentia daquele homem.

– Covarde! Você me bate porque sou fraca. Queria ver se fosse um homem!

Fitando as crianças acuadas e em pranto, a custo conservava um mínimo de autocontrole.

Dessa vez, Edivaldo avançou para ela com os punhos cerrados e golpeou-a no rosto com maior violência. Ela caiu sobre a pia cheia de pratos, copos e talheres. Emerson, o menino mais velho, correu e lançou-se sobre o pai, tentando impedi-lo de machucar a mãe ainda mais. Já tinha alguma força e queria protegê-la.

Ao ver a reação do filho, Edivaldo espumou como um animal.

– O quê?! Não aprendeu a lição da última vez, moleque? Quer apanhar mais?

Foi para cima dele, socando-o com muita força. O menino caiu no chão e o pai, completamente transtornado, começou a chutá-lo. Valéria, apavorada, temia pela vida do filho. De onde estava, encostada na pia, tateou e achou uma faca. Não pensou duas vezes. Ignorando a presença dos outros filhos, avançou sobre Edivaldo e golpeou-o na garganta várias vezes. Ele caiu sobre uma poça de sangue e a mulher não esperou para ver o que aconteceria. Pegou os meninos e em desespero correu para a casa da tia; com a roupa toda suja, ia como uma louca, agarrada aos filhos.

Os espíritos tenebrosos que assediavam o casal a seguiram, gritando e fazendo-se ouvir na mente dela:

– Assassina! Não contente em destruí-lo antes, agora acaba com a vida dele? Maldita! Também será destruída. Não terá um segundo de paz. Quantas vidas tiver, tantas iremos atormentá-la. Está para principiar seu maior sofrimento. Vamos afastá-la de seus filhos, como fez conosco. Vamos destruí-la aos poucos, para que sofra muito e lentamente...

Aqueles espíritos, dois homens e três mulheres, seguiam-na desde que encontrara Edivaldo. Fora assim que a haviam descoberto. Procuravam por ela desde muito tempo, e estavam na companhia do jovem. Quando a reconheceram, iniciaram a execução de seus planos de vingança. Queriam destruí-la por completo.

Valéria entrou na casa da tia desesperada.

– Eu o matei, tia, matei...

A senhora já idosa assistia à televisão.

– O que aconteceu? – perguntou, levantando-se.

– Eu o matei.

Ao notar a roupa ensanguentada e as crianças chorando horrorizadas, a tia fechou os olhos e gritou:

– Valha-me Deus! Filha, o que foi que você fez?

– Eu matei, eu matei... Eu o matei.

– Tem certeza? Não será melhor chamar o resgate?

Deise, a vizinha e amiga com quem muitas vezes a manicure deixava as crianças, entrou esbaforida, atrás dela, com as mãos na cabeça.

– Minha filha, ele está morto.

Valéria a encarava com olhos arregalados e falava sem parar:

– Acho melhor chamar a ambulância. Temos de chamar a ambulância.

– Não adianta. Não adianta mais.

Logo apareceram alguns amigos do rapaz, gritando e querendo agredi-la. Um deles bradava, enquanto tentava alcançá-la:

– Você não vai escapar. Eu já chamei a polícia! Vai pagar pelo que fez...

Acossada, sem saber o que fazer, ela entrou em estado de choque. Agora, tudo ao seu redor acontecia como que em câmara lenta. Via que as pessoas falavam, gesticulavam, porém ficava mais e mais ausente. Parou de falar, parou de chorar. Apenas olhava em torno, e se distanciava. Nem os filhos, que lhe agarravam as pernas e os braços, conseguiram mantê-la presente. Permaneceu muda e estática.

A confusão foi muito grande. Algumas pessoas queriam ajudar, outras acusavam Valéria. Os policiais demoraram mais de duas horas a chegar e, por fim, conduziram Edivaldo para o necrotério e Valéria para a delegacia. Em vão a tia argumentou para procurar comovê-los, assegurando que a moça agira em legítima defesa, agredida que fora vezes incontáveis pelo marido. Na delegacia, ao perceberem seu estado acabaram transferindo-a para o hospital, completamente apagada. Foi sedada e algemada à cama, para que ao acordar não pudesse fugir.

Os perseguidores desencarnados acompanharam-na até o hospital e gargalhavam ao ver-lhe o espírito semiliberto, acuado e gemendo de medo, sem deixar o corpo físico. Aterrada com as entidades espirituais que a cercavam, concluía, de acordo com sua crença religiosa, que eram demônios pretendendo levar sua alma.

TRINTA E TRÊS

Desde que deixara o hospital, Rafaela verificava diariamente os progressos de Laila. Forçava-se a isso, por mais doloroso que fosse ver seu rosto de menina e parte de seu corpo desfigurados pelas queimaduras. De alguma forma sentia-se responsável, já que se comprometera com a garota e não pudera fazer nada para protegê-la.

Naquela noite, frente ao computador, conversava com Madeleine quando a mãe bateu.

– Entre, mãe.

– Está com Madeleine?

– Estou. Venha, sente-se aqui comigo.

Eunice acomodou-se ao lado da filha e observou em silêncio o que ela fazia. Viu as fotos mais recentes de Laila, que a francesa enviara, e ouviu os comentários referentes aos preparativos para que a jovem deixasse o hospital. Além disso, a integrante da RAWA narrou outros casos acontecidos recentemente, e cujas vítimas o grupo ajudava a socorrer.

Testemunhando o genuíno interesse que Rafaela nutria por aquela afegã, a mãe ficou intrigada. Permaneceu junto da filha até que ela se despedisse da amiga e desligasse o computador. Conversaram sobre a situação das mulheres de lá, bem como do Brasil e do restante do mundo.

– A violência ainda é muito grande, e isso em toda a parte – Eunice comentou.

– E é revoltante demais... Em pleno século 21, continuamos a ver as mulheres sendo agredidas desse modo!...

– É verdade. No Brasil, uma mulher é agredida a cada minuto, na maioria dos casos pelo próprio companheiro.

– Você acha isso normal?

– Claro que não!

– E como suporta?

Eunice ajeitou-se na cadeira, sensivelmente incomodada. Evitava pensar muito sobre aquilo, entendendo que cabia a cada um resolver os próprios problemas.

– É difícil mesmo... Todavia, há algo que me intriga em sua postura.

– O quê?

– Vejo que se revolta com a violência em geral, e ficou impressionada ao presenciar a violência extrema contra a mulher lá por onde andou. O que estranho é o interesse particular por essa jovem.

– Como assim?

– Vi como fala sobre ela, tentando ampará-la de todas as formas; até dinheiro tem mandado.

– Eu quero ajudá-la.

– Percebo isso. Mas por que a preocupação especial com essa moça? Aconteceu alguma coisa por lá que você não me contou?

– Claro que não!

– Então, filha, por que se sente responsável por Laila?

Rafaela não tinha uma explicação racional para o laço forte que se estabelecera entre ela, Laila e até Farishta. Sem saber o que responder, fitou no computador a foto em que se viam os lindos olhos azuis da menina, procurando uma explicação coerente. Sentia como se já conhecesse aquela garota de algum lugar. Tudo nela lhe era familiar, principalmente o olhar...

Nesse instante, sentiu um calafrio por todo o corpo e de imediato lembrou-se de seus sonhos. Aqueles olhos azuis eram inconfundíveis. Eram os mesmos que ela via nos sonhos. Não era Laila que aparecia neles, porém os olhos... Recordou o que Clara lhe dissera e estava visivelmente perturbada ao responder:

– Ora, não sei! Não tolero injustiças...

– Não pode ser isso. Quantas injustiças você já presenciou e denunciou, sem ter se comprometido com nenhuma das vítimas como com essa jovem...

Rafaela ergueu-se e começou a andar de um lado a outro, ansiosa.

– Calma, minha filha. O que a perturba tanto?

– Nada. Preciso dormir...

– Claro, já está tarde mesmo.

Enquanto a filha se preparava para deitar, Eunice também se levantou e foi saindo do quarto. Antes de fechar a porta, parou, olhou-a e arriscou a pergunta:

– Só mais uma coisa: como vai a terapia?

– Não quero falar sobre isso agora, está bem?

– Tudo bem. Boa noite.

Apreensiva, a mãe foi para seu quarto. Quando se deitou, teve muita dificuldade em conciliar o sono. Não via Rafaela melhorar como gostaria. Os remédios estavam fazendo efeito, ela não mais ficara prostrada; entretanto, não notava uma recuperação gradativa e contínua. Era como se ela tivesse estacionado em algum ponto e não pudesse sair dali. Considerando que uma recaída significativa seria desastrosa, decidiu que passaria a acompanhar de perto a conduta da filha, buscando saber melhor o que fazia.

A jornalista, por sua vez, remexia-se na cama. Tomara o remédio para dormir, mas seu sono era inquieto e povoado de sonhos. Via Farishta ferida, e tinha sentimentos contraditórios ao observá-la sem vida: de um lado, a revolta pelo que lhe haviam feito; de outro, uma inesperada satisfação. Acordou suando. Como poderia sentir-se satisfeita com o sofrimento daquela jovem? Ou estava muito doente, ou era uma pessoa má.

Os sonhos continuaram por diversas noites, insistentes. Despertava cansada e abatida; mostrava-se mais enfraquecida a cada dia. Perdera a pouca concentração que havia readquirido para o trabalho, e sua angústia se intensificava. Ainda que fizesse todo o possível para se dominar, estava perdendo novamente o controle das emoções, prestes a se lançar de vez em profunda depressão.

Naquela tarde, preparava-se para deixar a redação e despediu-se da colega que fora contratada há poucos dias.

– Até amanhã.

– Saindo mais cedo?

– Preciso arrumar as unhas; faz semanas que não consigo ir.

– Marcou horário?

– Nunca marco horário no final do dia. A Valéria sempre deixa uma brecha na agenda para o pessoal aqui da redação; nossos horários são tão malucos e imprevisíveis...

– Então você ainda não soube.

– Do quê?

– A Valéria não está atendendo. Está no hospital...

Ela não a deixou terminar. Interrompeu-a, indignada:

– Não acredito! Aquele homem voltou a machucá-la?

– Dessa vez não.

Rafaela não disse nada; ficou aguardando o que a colega lhe diria.

– Ela matou o marido.

– O quê?

A jornalista perdeu o chão. Completamente aturdida, sentou-se, deixando a bolsa escorregar-lhe pelo ombro e pelo braço.

Depois de obter as poucas informações que a pôde dar, saiu desolada. Foi para casa, onde Giovanni a esperava. Conversaram longamente e ela desabafou sua indignação. Aquele drama era doloroso demais. O namorado, preocupado com o estado dela, que outra vez se afundava na revolta, aproveitou a oportunidade para nova tentativa de elucidação.

– Eu concordo. E penso que precisamos encontrar as respostas, entender melhor o que se passa à nossa volta.

– Este mundo está podre, ficou insuportável viver nele. Só dor, doença, agressão em toda a parte. As pessoas estão doentes...

– Todos estamos doentes; nossa sociedade está muito doente, carecendo desesperadamente de ajuda.

Ela o observava com atenção. Profunda ternura emanava de Giovanni, quando prosseguiu:

– Nosso planeta passa por uma etapa difícil. O momento da Terra é de transição. De mundo doente está a caminho de ser um mundo melhor, regenerado e bom.

– Isso é delírio.

– Não, é a pura realidade. E é tudo isso que você acaba de mencionar.

– Nem as agressões contra as mulheres nem a maldita pobreza, material e moral, espalhada por todos os lados têm nada a ver com essa história religiosa que está me contando.

– Ao contrário, têm tudo a ver. A humanidade sofre as penosas consequências de todo o mal que vem plantando no curso dos séculos, dos milênios. E agora como que se enverga sob o peso dos resultados de suas próprias escolhas.

– Do que você está falando? Que escolhas fez Laila para passar por tudo o que está sofrendo? E Valéria, tendo de ficar presa? E Fernanda, doente, com os filhos para cuidar? E a pobre Farishta? Isso é só para citar as mais próximas! Que escolhas essas mulheres fizeram?

– Em outra vida, certamente plantaram as sementes do que hoje colhem.

Rafaela sentiu novamente aquele arrepio pelo corpo inteiro. Lembrou-se dos olhos azuis que sempre via em seus sonhos, idênticos aos de Laila. Calou-se e pôs-se a pensar. Depois de longo tempo, perguntou ao namorado:

– Acredita mesmo no que disse? Será possível que seja verdade?

– A vida não acaba com a morte, Rafaela. Ela prossegue sempre. E nós voltamos várias vezes para a Terra.

– Tudo isso me parece bobagem, para desviar nossa atenção dos problemas reais. Acho que nada mais é que fuga...

Conversaram mais um pouco e Giovanni despediu-se.

A jornalista ficou pensativa por vários dias, em intermináveis questionamentos. Ao passar por uma livraria, comprou livros de diferentes religiões: islamismo, budismo, catolicismo, protestantismo, judaísmo. Levou todos para casa e folheou-os. Pôs-se então a lê-los, em busca de respostas. Tentava identificar semelhanças entre as linhas religiosas, assim como o que elas tinham de distinto. Procurava algo que na realidade não sabia bem o que era. A certa altura, envolvida por Eva e outros amigos espirituais, sentiu vontade de ler a Bíblia; mas não possuía senão um Evangelho antigo, que a avó lhe dera – a avó, que fora uma mulher religiosa durante toda a vida.

Pegou o Evangelho e o folheou, encontrando diversos textos marcados. Leu alguns. Lembrava-se da avó com aquele pequeno volume nas mãos, lendo sempre que tinha algum tempo livre. Adorava as histórias sobre Jesus e as contava para Rafaela e Luana, quando ficava com as duas. Narradas pela avó, tais histórias pareciam mais bonitas do que como agora as lia no mesmo livro. Com profunda saudade de Eva, fechou o livro, emocionada. Sentiu-se perdida e desamparada. Queria compreender, porém não conseguia.

Aqueles livros todos pareciam assemelhar-se em algumas coisas. Ela, entretanto, tinha aversão a qualquer crença religiosa. Acreditava que a religião fora criada pelos homens para embotar o pensamento do povo, para manipular as pessoas, controlá-las de acordo com os interesses dos que detinham o poder. Sabia o bastante sobre as disputas religiosas que haviam sido impostas à humanidade, tudo em nome de Deus. De um Deus que ela desconhecia e em quem não podia crer.

Em meio a essas meditações, sentia-se desolada. Eva sentou-se ao seu lado e envolveu-a em longo abraço, sussurrando ao seu ouvido:

– Estou aqui, minha querida. Sempre estive. Você não está sozinha, ninguém está. Deus é amor acima de tudo, embora você ainda não consiga confiar e deixar que ele guie a sua vida.

A moça sentiu certo alívio. Eunice apareceu e, vendo todos aqueles livros espalhados pela cama, espantou-se.

– Nossa! Está pesquisando para uma nova reportagem? – pegou alguns deles e os folheou, devolvendo-os em seguida.

– Estou – respondeu hesitante –, isso mesmo.

– E que matéria é essa? – a mãe continuou a sondar, desconfiada de que ela estivesse enlouquecendo.

– É sobre os efeitos das religiões no comportamento das massas.

– Assunto meio batido, não?

– Você sabe como a Fernanda é, sempre quer abordar temas usuais sob uma perspectiva diferente.

Eunice a fitava sem acreditar muito no que ouvia.

– Além do mais, você sabe que ela está enfrentando uma doença séria. Acho que isso a está afetando bastante.

– É, pode ser. Essas coisas mexem muito com a cabeça das pessoas.

Enfim a resposta a deixou razoavelmente convencida. Acharia mais preocupante se a filha se entregasse a uma busca religiosa somente por não ser capaz de resolver seus problemas de maneira mais racional. Despediu-se e se retirou para dormir.

Rafaela, que conhecia bem a mãe, percebeu o motivo daquela curiosidade. Guardou os livros e deitou-se, ainda pensando na avó. Por alguma razão que ignorava, decidiu não tomar o remédio para dormir naquela noite; restringiu-se ao mais importante, que atuava para controlar a depressão.

A jovem remexia-se de um lado para o outro. Em sua mente, borbulhavam as informações sobre aquelas religiões todas. Lembrava-se da conversa com Giovanni, acerca da questão da reencarnação, tema que aparecia em alguns dos livros que comprara. Recordava-se de Laila e de seus olhos tão familiares, bem como daquela ligação que sentia com a menina: a culpa, o desejo de ajudá-la, como se estivesse presa a um compromisso. Vinha-lhe à memória a situação de Valéria, e era dominada pela revolta.

Esgotada por aquele turbilhão de pensamentos, sentou-se na cama, segurou a cabeça com as duas mãos e começou a chorar, angustiada. Não se conformava com o que a fazia sofrer, com os problemas que via à sua volta. Tudo lhe parecia sem sentido. A vida lhe parecia sem sentido. Para que tudo aquilo?

Levantou-se e abriu a janela. Olhando o chão lá embaixo, teve vontade de lançar-se para o nada. Pensou que poderia jogar-se do alto do décimo segundo andar, onde morava, e acabar de vez com tudo aquilo. Seria o fim do seu sofrimento, de toda aquela tortura. Estaria livre. Quanto mais se concentrava naquela ideia, mais crescia o impulso dentro dela. Queria acabar com a própria vida.

Estava prestes a tomar aquela decisão, sem pensar em mais nada, quando o computador, que esquecera ligado, acusou a chegada de uma mensagem. Era Madeleine que a chamava do outro lado do mundo.

Apesar do desânimo que quase a impedia de reagir, ela abriu o *notebook* e atendeu. Cumprimentaram-se e a amiga informou, animada:

– Tenho uma boa notícia. Laila deixará o hospital amanhã.

– Ótima notícia. Como ela está?

– Dentro do possível, na condição dela, está bem. Claro que terá desafios gigantes a enfrentar a partir de agora. Acho até que a parte mais difícil está por vir.

– Você tem razão. Como será a vida dela, daqui para a frente? Já sabe que não voltará para casa?

– Não. Embora a mãe não venha vê-la há muito tempo, ela nutre a esperança de ir para casa. Tenho tentado conversar com ela, fazê-la compreender, mas ainda não aceita. Acho que até sabe, porém não quer aceitar. Amanhã, ao sair, terá de lidar com a realidade. Por mais triste que seja o hospital, é um lugar onde se sente segura. Lá fora, terá de enfrentar a vida, o preconceito e o julgamento das pessoas; e, acima de tudo, o abandono da família.

– Pobre Laila, pobre menina...

– Ela vai precisar muito de você.

– De mim?

– Sim. Fala em você com frequência, aguarda sua vinda. Deseja vê-la e falar-lhe. Tenho a impressão de que você representa para ela uma nova vida... Não sei ao certo. O que sei é que ela se afeiçoou demais a você, e com certeza espera seu apoio.

Rafaela continuou a conversa com Madeleine, traçando planos para o recomeço de vida da jovem afegã. Ao desligar o computador, depois de quase quarenta minutos, sentou-se na cama olhando a janela aberta, por onde entrava um ar gelado, e pensou na besteira que estivera prestes a cometer. Não fosse o chamado de Madeleine naquele exato momento, quem sabe o que lhe aconteceria? Fitou o firmamento com as poucas estrelas que se viam no céu de São Paulo, naquela noite limpa de frio intenso, e pensou em Deus.

Acomodou-se na cama e tentou conciliar o sono. Novamente ficou a se virar de um lado para outro, sem conseguir repousar. De súbito, a lembrança da avó surgiu e se tornou cada vez mais nítida em sua mente. Eva, auxiliada por uma equipe espiritual, trabalhava junto da moça naquele momento, aplicando-lhe passes para que se acalmasse. Aos poucos, suave torpor se apoderou de Rafaela, que experimentou suave relaxamento em todo o corpo e pensou que afinal adormeceria. Então, a imagem da avó se vez mais clara e ela pôde vê-la, sentada ao seu lado, a lhe sorrir. Ainda não havia adormecido.

– Vó Eva! Acho que agora estou ficando louca de vez. Vejo você; estou delirando.

– Entregue-se ao sono, querida, entregue-se. Precisamos conversar e a misericórdia divina nos permitiu este encontro, nesta noite, pois você está preparada. Vamos, durma...

Fitando o rosto doce e meigo de Eva, a jovem adormeceu. Seu corpo espiritual, com a ajuda do grupo que ali se encontrava, desprendeu-se do corpo denso. O torpor que experimentava era crescente, tinha ao mesmo tempo sensações de medo e de leveza.

Ao ver-se liberta e olhar seu corpo físico na cama, dormindo, foi dominada por grande perturbação e o medo prevaleceu.

– O que é isso? O que está acontecendo?

Eva a segurava ternamente pelo braço, amparando-a e esclarecendo a situação.

– Está tudo bem, filha, tudo certo.

– Como assim? Estou aqui e meu corpo ali?

– Aquele é seu corpo denso, seu corpo físico. Este aqui – tocou-lhe o braço com mais firmeza – é seu corpo espiritual, o mais importante de fato.

– Não compreendo...

– É porque não tem buscado conhecer as questões espirituais, filha. Você é uma mulher bem-sucedida, que conquistou muitas coisas na vida, mas ainda não alcançou a compreensão espiritual.

Rafaela a fitava sem responder, entendendo claramente.

– Estamos aqui para ajudá-la a atravessar este momento complexo de sua vida.

– Isso tudo é uma ilusão de minha mente, que está doente.

– Você está doente sim, filha, muito doente. E não é por estar aqui, conversando conosco. É exatamente por negar as verdades do espírito. Elas estão gritando em sua consciência, desde que chegou ao

SANDRA CARNEIRO pelo espírito LÚCIUS

Afeganistão, mas você tem procurado abafar tudo com sua forma de pensar. É por isso, por negar o que está tentando emergir de sua consciência, de seu interior, que você adoeceu. Não aceita a realidade do mundo, isso faz parte de sua personalidade. Veio para a Terra com o objetivo de utilizar essa rebeldia, canalizando-a para o bem geral. No entanto, a rebeldia que a domina agora, sem ser canalizada de modo útil, está agravando sua doença. A ponto de ter quase cometido um ato contra a própria vida.

Envolvida pelas doces energias de Eva, notando o brilho suave que lhe contornava a figura meiga, Rafaela desatou sentido pranto.

– Estou enlouquecendo...

– Sim, filha, você está a caminho da loucura, e precisamos tomar algumas atitudes para evitar isso e outras consequências mais.

– Eu não sei o que fazer... – ela soluçava, angustiada. – Não sei como sair desta situação.

– Precisa começar pela aceitação.

– Aceitação do quê?

– Aceitação da realidade, aceitação dos seus sentimentos. Você não escuta seu coração, não confia no que sente. Acredita apenas e tão somente em seu intelecto, naquilo que pensa, no que tem lógica evidente. Não permite que as emoções aflorem, não escuta nem seu corpo nem o mais profundo do seu ser.

– Eu não tenho a menor ideia de como fazer isso!

Eva abraçou-a com ternura e então convidou:

– Vamos orar, minha filha, rogando a Deus que nos inspire.

Rafaela ficou calada enquanto Eva orava.

Deus de amor e misericórdia, Senhor da vida, do bem e da luz, tem misericórdia de nós, teus filhos desgarrados. Ampara-nos em nossa jornada na Terra, quando, tomando um corpo físico, esquecemos nossos compromissos espirituais. Ajuda-nos, Senhor, a escutar nosso coração e nossa consciência, onde inscreveste a missão e a trajetória para cada uma de nossas encarnações. Sobretudo, Pai, ampara

Rafaela nesta hora importante, em que depara com a necessidade de decidir. Ajude-a não falir.

À medida que, pela oração, ela envolvia a neta em energias de amor e serenidade, o quarto era inundado por intensa luz azulada. Rafaela começou a enxergar aquela luz que preenchia todo o ambiente, fazendo-a experimentar sensações que desconhecia. Depois, percebeu que do alto caíam pequenas pétalas azuis, como as da violeta. Ao tocar sua pele, aquelas delicadas pétalas desapareciam, mas ela se sentia acariciada por cada uma delas. Quando Eva finalizou sua oração, a jornalista, banhada em luz e amor, chorava de emoção. O que sentia era algo que jamais lhe ocorrera antes. Estava leve, alegre, como se de repente todos os seus problemas tivessem desaparecido.

– Precisa descansar agora – disse a avó –, e reassumir o corpo físico.

A neta a fitava sem compreender. Estava demasiado tocada pela emoção sutil e apenas queria que aquilo durasse para sempre. Ao acomodá-la de volta, Eva orientou:

– Sei que não recordará tudo o que se passou aqui. Guarde as emoções no coração. Você deve retornar à terapia. Clara tem sido excelente instrumento nosso, para ajudá-la, em sua estrutura racional, a se conhecer e libertar o que sente e o que já sabe. É uma servidora de Jesus, na seara espírita. Pode confiar nela, pois se trata de profissional séria e experiente, que alia seu trabalho a um sincero amor fraterno pelos que sofrem e se coloca nas mãos do Mais Alto, fazendo-se veículo de diversos irmãos de nosso plano. Prometa que voltará a vê-la. É essencial. Você precisa se fortalecer, inclusive para ajudar Laila. Ela necessita muito de você, mas de você inteira.

Rafaela seguia atenta as recomendações da avó, que insistiu:

– Sei que neste momento tudo lhe parece confuso, porém quero que me prometa unicamente que vai voltar à terapia com Clara. Vamos, prometa.

– Prometo – a moça balbuciou, endossando a concordância com um sinal da cabeça.

– Ótimo. Ao acordar, lembre-se disto: é urgente que veja Clara.

Eva beijou com suavidade o rosto da neta, que logo depois dormia mais profundamente, um sono tranquilo e renovador.

TRINTA E QUATRO

Na manhã seguinte, quando o despertador tocou, Rafaela acordou sentindo-se leve, como se algo especial tivesse acontecido, sem que soubesse o quê. Enquanto se espreguiçava na cama, vasculhava a memória, tentando localizar a razão daquele sentimento – um sonho, um pensamento que tivera antes de adormecer –, mas em vão. De súbito veio-lhe à mente a ideia: "Clara está me ajudando. Preciso ligar para ela".

Racionalmente, não compreendia o porquê daquele pensamento. Não acreditava em vida após a morte, nem em comunicação com espíritos, nem em reencarnação. Não aceitava nada daquilo. Olhou os livros das diversas religiões espalhados em sua mesa e considerou que em nenhum deles achara uma resposta precisa. A bem da verdade, não os lera na íntegra; apenas focalizara alguns temas específicos. Sentia-se em conflito. Queria ler, porém como superar o empecilho da repulsa por qualquer tipo de religião? Ao mesmo tempo, sabia que alguma coisa diferente estava sucedendo em seu íntimo. Aqueles sonhos... Os olhos de Laila, que, tinha certeza, eram os mesmos com que amiúde sonhava... Devia existir uma explicação lógica.

Levantou-se determinada a esquecer toda aquela história de religião. Guardou os livros e disse a si mesma que seria melhor centrar a atenção no trabalho e realizar aquilo que se propunha. Não seria manipulada por nenhum tipo de religião, de crença empobrecedora, que debilitava a vontade para exercer controle sobre as pessoas. Não, de modo algum. Religião era algo que abominava. E se o método terapêutico aplicado por Clara seguia naquela direção, apontando para o místico, ela certamente não gostaria de aprofundar-se.

Ao entrar na redação, Rafaela encontrou Fernanda muito abatida. Quando estavam discutindo a pauta da próxima edição da revista, interrompeu o assunto de trabalho que desenvolviam para perguntar:

– Você está bem? Parece tão abatida hoje... O que foi?

– Não é nada.

A repórter, entretanto, insistiu:

– É o seu tratamento? Alguma coisa não está indo bem? Você fez algum exame...

– Não, não é nada disso.

Tocada pela preocupação da colega, a editora não se conteve e começou a chorar. De pronto, Rafaela se levantou e fechou a porta. Pegou uma caixinha com lenços de papel e a entregou à chefe.

– O que houve?

– O tratamento vem correspondendo ao prognóstico, está tudo certo. O problema não é físico. Estou muito angustiada; não estou suportando lidar com minhas filhas, especialmente Alexia, que me agride o tempo todo, me enfrenta, não respeita nada. Parece que me odeia... Não consigo fazê-la compreender meu estado emocional. Ela me cobra, me agride. Diz que sou uma péssima mãe... E para piorar as coisas, acho que ela está usando drogas.

Rafaela suspirou fundo. Sabia bem o que aquilo significava. Não encontrando recursos interiores para consolar aquela mulher, que sempre fora uma fortaleza inabalável no aspecto profissional, falou quase por impulso:

– Você devia voltar para a terapia.

– Será que isso resolveria? – Fernanda indagou incrédula, enquanto limpava as lágrimas.

– Precisa apoiar-se em alguma coisa que a ajude a enfrentar essa situação. São muitos contratempos...

– Eu gostaria de ter a compreensão e o apoio de minhas filhas nesta fase tão difícil... Não entendo por que tanta agressão.

Rafaela a fitava em silêncio. Não tinha, naquele momento, recursos para consolar a ninguém; sentia-se igualmente frágil e sem respostas. Suas crenças essencialmente materialistas não ofereciam consolo e nenhum tipo de esperança; também ela estava perdida diante da realidade da vida que enxergava cada vez mais.

Conversaram mais um pouco, depois ela retornou à sua mesa e a seus afazeres, deixando Fernanda entristecida e sem ânimo. Antes do meio-dia, a editora saiu de seu escritório e se despediu dos subordinados, informando:

– Vou mais cedo para casa. Preciso descansar um pouco – falou ao passar pela mesa onde Rafaela trabalhava.

A repórter notou os olhares de reprovação e de desdém de alguns dos colegas. Em particular de uma jovem que já demonstrara ambição suficiente para subir a qualquer custo. Ouviu-a tecer comentários desdenhosos, criticando a falta de compromisso de Fernanda com as reportagens que estavam em andamento.

Apesar de aborrecida, não disse nada. Não defendeu nem comentou qualquer coisa. Silenciosa, empenhou-se em manter a atenção focada no trabalho.

Quanto a Fernanda, entrou rápido no carro e foi para casa. Queria passar algum tempo em conversa com as filhas. Contudo, sabia que a dificuldade de comunicação com elas – Alexia em especial – estava praticamente intransponível. Decidiu então ligar para sua terapeuta e foi direto ao consultório, onde teria uma sessão de emergência.

Foi recebida com cordialidade. Meio sem jeito, tentou dar voltas para explicar por que abandonara o acompanhamento. Apresentou várias desculpas, sob o olhar atento da profissional. Por fim, desabafou:

– Sabe o que é? O motivo real foi sua interpretação relativa à origem da minha doença. Não consigo admitir que ela tenha sido provocada pelo fato de eu rejeitar minha condição feminina. Não vejo isso, não acredito nisso.

A terapeuta se levantou, andou até a estante e pegou um dos livros, que entregou à cliente.

– Sei que é difícil para você enxergar o que vou dizer. Nosso mundo é masculino. O modo de pensar, de ver a vida, de fazer escolhas, de tomar decisões é dominado pelas energias do masculino – e não apenas pela força dos homens. Nossa sociedade é regida por crenças e valores masculinos, desenvolvidos por milênios pelos homens, que estabeleceram a cultura, a religião, os costumes, tudo, enfim. O feminino foi há muito banido da condução de nossa sociedade. A mulher é a expressão desse feminino. Quando digo que você nega a sua condição feminina, não significa que está fazendo isso sozinha, ou que é uma exceção. Em absoluto! Há poucas mulheres no mundo, atualmente.

– Como assim, poucas mulheres? As mulheres são é massacradas, agredidas, humilhadas, isso sim!

– Concordo com você. E acho ainda mais: elas foram obrigadas a assumir um modo de vida masculino, para poder sobreviver. É disso que estou falando. Hoje em dia, são raras as mulheres que assumem sua feminilidade, que vivem em conformidade com suas reais necessidades, que se escutam, se percebem, estão atentas às próprias emoções e àquilo que seu corpo lhes diz. O que presenciamos são verdadeiros homens de saia.

– Homens de saia?

– Isso mesmo. As mulheres tiveram de lutar tanto para se libertar da opressão imposta por um mundo masculino que esqueceram como é ser mulher e estão abrindo mão disso. Casos de doenças como o seu cresceram em demasia. Claro que também têm a ver com o modo de vida que as mulheres adotaram. Mas que modo de vida é esse? O que ele privilegia? A suavidade, a leveza, a delicadeza? Ou a luta, a agressividade, a conquista, o resultado?

A sessão se aproximava do final. A terapeuta se calou por longo tempo, como para permitir que suas afirmações fossem digeridas. Fernanda folheou o livro que tinha nas mãos, olhou o índice, depois comentou:

– Parece interessante. Fala sobre essa questão da mulher, não é?

– Exatamente. Pode levar. É uma boa leitura e nos ajuda a começar a compreender a situação em que todas as mulheres estão mergulhadas.

Acompanhando a cliente até a porta, concluiu suas considerações:

– A libertação de que precisamos é bem mais profunda; não consiste somente em fazer o que queremos. Numa sociedade onde os valores e poderes dominantes são masculinos, libertar-se deles é libertar-se de todo um modo tradicional de pensar e de enxergar a vida. Não é apenas vencer no mundo masculino, como já provamos que podemos fazer. Agora, devemos ir além. Cabe às mulheres transformar esse mundo masculino em um mundo mais feminino, mais cheio de amor, construindo uma sociedade justa e coerente com as reais necessidades humanas. Isso é imperioso inclusive para nosso planeta, que está sendo destruído pela exploração e pelo desrespeito.

Fernanda despediu-se e foi para casa meditando acerca do que haviam conversado. Que visão era aquela, tão diferente da sua? Olhou várias vezes para o livro no banco do carro e em cada farol fechado dava uma espiada nas páginas. A avaliação superficial lhe despertou grande interesse. Ao chegar, cumprimentou as filhas e foi para o quarto. Queria ler aquela obra de forma ordenada.

Após um período razoável de leitura, raciocinou sobre a questão familiar que a inquietava e concluiu que deveria preparar-se melhor, conhecer-se um pouco mais, entender o que se passava consigo mesma, para só então provocar uma conversa mais profunda com a filha. Por ora, sabia que tinha de estar perto das meninas, ouvi-las, prestar-lhes maior atenção.

Do mesmo modo que priorizara uma vida voltada para as necessidades exteriores – correndo o tempo todo atrás da realização profissional, do sucesso que tanto apreciava, do dinheiro que vinha com ele e da admiração dos colegas e amigos –, sem escutar a própria voz interior, sem dispensar ao seu corpo o cuidado que merecia, talvez estivesse realmente deixando as filhas em segundo plano, sem lhes dar a importância devida.

A editora saiu da cama, olhou pela janela o dia que já ia acabando, os últimos raios de sol que se apagavam no céu, e ouviu a movimentação das filhas pela casa. Saiu do quarto levando um misto de culpa, remorso e esperança.

Procurou fazer companhia às meninas, sem falar muito. Naquela noite, queria escutar e observar; prestar atenção nas filhas, tentar compreender bem como se sentiam, do quê de fato necessitavam.

A princípio ficou desconcertada. Aquele não era seu padrão normal de comportamento. Entretanto, aos poucos as garotas foram se soltando e um clima leve e agradável se instalou entre elas. Até Alexia, sempre desconfiada e pronta para dar uma resposta agressiva, estava mais à vontade. Assim permaneceram durante todo o jantar e depois dele.

SANDRA CARNEIRO pelo espírito LÚCIUS

Quando colocou a filha mais nova da cama, Fernanda teve uma boa surpresa. Beijou-a e ia se afastar quando a menina a agarrou pelo pescoço e apertando bem o rosto no dela exclamou, empolgada:

– Hoje foi tão legal, mãe! Você ficou com a gente! Amo você.

– Eu sempre fico com vocês, querida.

– Não, hoje foi de verdade! Boa noite.

Ela fechou a porta e foi até o quarto de Alexia. Bateu de leve e abriu a porta, despedindo-se da filha sem nenhuma recomendação. A adolescente respondeu com poucas palavras, como costumava fazer.

Naquela noite, ao se deitar, a editora estava convencida de que o retorno à terapia fora uma decisão acertada. Embora não concordasse com tudo o que ouvira à tarde, era inegável que ali recebia informações novas, descobria pontos de vista antes ignorados. Sem dúvida tinha muito a refletir.

Acomodou-se na cama e por um instante pensou em apagar a luz. Ao invés disso, esticou a mão e pegou o livro que trouxera. Prosseguiu com a leitura e a cada página seu interesse crescia. Havia nele muitas questões sobre as quais jamais se detivera.

Depois de muitas páginas lidas, depositou o livro na mesinha de cabeceira, apagou a luz e ficou pensando que talvez ali estivesse um caminho para a sua cura. Teve certeza de que não era somente o seu corpo que estava doente; sem que se desse conta, sua vida adoecera.

A reflexão sobre tudo o que conversara e lera naquele dia suscitou em Fernanda o *insight* de que muitos dos problemas com que se defrontava poderiam ser consequência daquilo em que vinha acreditando e depositando sua energia vital. Era preciso mudar. E estava disposta a encontrar o rumo para a transformação. Sua família pedia aquilo, seu corpo clamava desesperadamente pela revisão de suas escolhas, sua vida cobrava isso. Decidiu empenhar-se ao máximo para promover as mudanças indispensáveis à sua real felicidade.

TRINTA E CINCO

Rafaela ia saindo do prédio em que trabalhava quando encontrou Andréa, a proprietária do salão de beleza que ficava no térreo. Assim que a viu, aproximou-se para perguntar sobre a manicure.

– Como vai? Tem notícias de Valéria?

– A situação dela é bem difícil. Está presa, sabe-se lá por quanto tempo.

– Então ela o matou mesmo?

– Menina, ela matou o cara! Que coragem!

– Não sei se é coragem ou desespero.

– Agora, tanto faz. Ela é que vai pagar. Que injustiça! O homem bateu até dizer chega, e quem vai ficar mofando naquele lugar é ela.

– E as crianças?

– Parece que viram tudo. Valéria foi defender o filho mais velho. Da outra vez foi igual; quase morreu para protegê-lo.

– Que coisa! – Rafaela não se conformava. – Sabe onde ela está presa?

Andréa arrancou um pedaço de papel da agenda e anotou como se chegava à delegacia em que a moça estava. Despediram-se e a jornalista entrou no carro, pensativa. O que estava acontecendo com ela? Por que parecia que todos à sua volta vinham desabando, padecendo de um jeito ou de outro? Especialmente as mulheres. Mas, afinal, o que esperava? Aquela era a triste realidade da maioria das mulheres: opressão, sofrimento, desrespeito. Sentiu o coração doer, apertado, e a angústia ia se apossando dela, quando o celular tocou. Era Giovanni, convidando-a para jantar.

– Não estou com fome, estou é exausta – quis esquivar-se.

Como o rapaz insistisse, acabaram marcando em lugar ali perto, para um lanche rápido. Ao vê-la, o namorado logo notou que estava mais desanimada e com aparência cansada. Não obstante, indagou carinhoso:

– Como vai você? Tudo bem?

– Ah, Giovanni, está tudo na mesma! Por mais que eu me esforce, por mais que tente, não encontro forças para lutar, para sair deste mal-estar constante. Também, a situação geral não ajuda em nada. Pelo contrário, esse quadro doloroso e sofrido que nos rodeia é, mais do que tudo, o que me joga para baixo. Parece que já não existe alegria em lugar algum.

Giovanni a escutava sem interromper. Ela baixou a cabeça, extravasando a emoção que a dominava.

– Eu queria sumir deste mundo! Não, queria que ele fosse diferente, um lugar onde houvesse mais paz, mais alegria...

– E se eu lhe disser que é possível viver nesse mundo que tanto almeja?

Rafaela ergueu os olhos marejados e fitou-o com ligeiro sorriso.

– Como assim? Onde está esse mundo?

– Cada um tem de criá-lo.

– Lá vem você de novo com essa filosofia barata!

O rapaz tomou-lhe as mãos entre as suas, beijou-as gentilmente e falou com ternura:

– Não é filosofia barata, é a verdade. Quer melhor exemplo do que Luana? Ela está melhor, mais equilibrada. Aos poucos redescobre a alegria de viver, e está se tornando uma mulher mais forte, mais autêntica, até mais bonita.

– Faz já algumas semanas que não nos vemos...

– Pois eu a encontro todas as semanas.

– Ela continua indo ao centro espírita?

– Sim.

Rafaela emudeceu, sem saber o que responder. Giovanni igualmente se manteve calado por instantes. Em seguida, acariciou com suavidade os cabelos da namorada e reiterou o convite:

– Venha comigo conhecer o núcleo. Apenas conhecer. O que há de mal nisso?

Foi o bastante para ela se irritar. Levantou-se, pegou a bolsa e falou áspera:

– Você paga a conta? Preciso ir embora. A conversa já me cansou.

– Vá tranquila; eu pago, claro.

– Amanhã nos vemos, está bem? Agora quero ir descansar.

Estava saindo da lanchonete quando se lembrou de Valéria. Parou, virou-se para ele e perguntou.

– Você poderia me acompanhar até a delegacia?

– Delegacia? Por quê?

– Minha manicure está presa. Não comentei com você?

– Comentou, sim.

– Eu queria visitá-la.

– Quando pretende ir?

– Acho que será melhor no final de semana.

Giovanni hesitou um pouco até emitir sua opinião.

– Tem certeza de que quer ir ainda nesta semana? Seria preferível aguardar até ficar emocionalmente mais segura. Sabe que o ambiente...

– O ambiente lá é uma droga e vai ser assim em qualquer momento. Quero ir o quanto antes, ver se ela está sendo ajudada, se tem advogado, essas coisas...

– Permita que eu vá em seu lugar. Diga-me tudo o que quer saber, e eu oferecerei toda a ajuda necessária, em seu nome. Assim que estiver em condições, você irá.

– Faria isso?

Ele sorriu ao responder:

– Faço qualquer coisa pelo seu bem.

Ela sorriu, beijou-o no rosto e falou enquanto se afastava:

– Vou pensar, então. Depois telefono.

Despediram-se e Rafaela foi para casa. No caminho, não podia deixar de pensar em Giovanni, tocada por seu olhar meigo, sua dedicação inabalável. Não sentia por ele uma paixão arrebatada. Ao invés disso, era um carinho profundo e sincero que os unia. E uma amizade que ia além de sua compreensão. Certamente o amava, apesar de não estar apaixonada.

Chegou em casa e, exausta, enfiou-se na cama. Tomou seus remédios e não tardou a adormecer. Tão logo seu físico caiu em sono mais profundo, seu corpo espiritual foi desprendido com a ajuda de Eva. Ela estava muito perturbada, alheia e atordoada. A avó e a pequena equipe de amigos espirituais que a acompanhava aplicaram-lhe passes nos principais centros de força, com a intenção de equilibrar-lhe as energias e a percepção. Vendo-a um pouco mais serena, a avó convidou:

– Gostaria que viesse comigo.

– Para onde vamos? E como meu corpo pode estar ali, deitado? O que significa tudo isso?

– É seu corpo físico que dorme, minha querida. Este que você toca e que pode estar comigo é seu corpo semimaterial. Seu perispírito.

– Não compreendo...

– Quero levá-la a um lugar muito bom; conhecê-lo vai lhe fazer bem.

– Que lugar?

Estendendo o braço para a neta, Eva insistiu.

– Confie em mim, venha.

Rafaela apoiou-se nela e saíram para a rua. Pelo caminho, viam-se bandos de espíritos adoecidos de todos os tipos e variados graus de loucura. Muitos dementados perambulavam como farrapos; outros faziam arruaça, ameaçando transeuntes encarnados que se deslocavam pelas ruas e calçadas. Havia ainda os espíritos mais densos, verdadeiras sombras a se esgueirar por entre encarnados e desencarnados. A jovem, grudada no braço da avó, estava apavorada.

– Fique tranquila – dizia Eva –, eles não podem nos ver.

Não demorou para chegarem diante de um prédio, que no plano material não era grande. No plano espiritual, ao contrário, desdobravam-se intensas e numerosas atividades. Era uma pequena casa espírita situada na região de Pinheiros, bem próximo ao largo do mesmo nome. Ao deparar com a inscrição na porta, Rafaela estacou.

– Que lugar é este, vó?

– Um núcleo espírita.

– Não acredito!

– Quem não acredita sou eu! Veja a luz que emana deste recanto abençoado. Por que tanta resistência, minha filha?

– Não sei! Só não gosto de locais assim...

Eva abraçou-a e afirmou:

– Pois eu sei os temores que guarda em seu inconsciente. Conheço seu passado, querida... É hora de se libertar dos bloqueios que a têm impedido de seguir com sua vida.

Rafaela, sem atinar ao certo o que a avó queria dizer, desabou em sentido pranto, como se ela tivesse tocado em uma ferida aberta e dolorida. Eva a amparou até que se acalmasse. Então, acariciando-lhe o rosto, convidou:

– Vamos entrar, filha. Chega de sofrer. Você precisa de ajuda, venha.

Ainda com as lágrimas correndo pela face, a moça segurou as mãos que a avó lhe estendia e entrou. No interior do núcleo, diversas atividades se desenvolviam em calma organização. Muitos doentes estavam estendidos em macas e trabalhadores espirituais os socorriam.

Rafaela tudo observava, acompanhando Eva sem fazer perguntas. A avó parecia conhecida de todos e por eles era tratada com carinho. Acomodaram-se na assembleia, no salão principal. O ambiente estava lotado de pessoas necessitadas de atendimento. Ela viu, surpresa, Luana e Giovanni, em espírito, entrarem também. A prima beijou-as e se acomodou entre elas.

– Sabia que viria e estou feliz – falou, tomando as mãos de Rafaela.

– Por que estão aqui?

– Não sei. Vovó disse que eu deveria vir e aqui estou.

Eva agradeceu a Giovanni, que igualmente a beijou com carinho e sentou-se junto da namorada. A jornalista olhava para eles sem saber o que dizer.

No plano físico ia ter início a reunião de doutrinação. Rafaela mostrou curiosidade frente à movimentação.

– O que é tudo isso?

– Trata-se de uma reunião de doutrinação, que acontece todas as semanas nesta casa espírita. É uma oportunidade, dada a espíritos doentes, desesperados, das sombras, que negam a luz, para encontrarem ajuda. Muitos aproveitam, outros desprezam, sendo conduzidos para lugares apropriados à sua condição.

– Acho que não compreendi.

– É uma reunião onde os espíritos que necessitam podem manifestar-se através de um médium. Veja, aqueles que estão sentados são médiuns, que nos servem de veículo de comunicação com o mundo material.

Trêmula, Rafaela sussurrou:

– Bruxaria...

Eva, entendendo de imediato a reação da neta, abraçou-a fortemente e assegurou:

– Não há nada de bruxaria aqui. É antes um hospital, um pronto-socorro de almas doentes, do que qualquer outra coisa. Se preferir, uma sessão de terapia coletiva, onde procuramos conscientizar os enfermos de que precisam de médico.

A reunião começou e Rafaela calou-se, passando a observar tudo em silêncio. Alguns espíritos foram trazidos e colocados ao lado dos médiuns, que logo lhes registravam a presença. Iniciaram-se as comunicações. Um deles foi adormecido e colocado em uma maca; outro, em estado mais grave e sem consciência de que havia morrido, foi levado para outra sala. O terceiro, muito agressivo, foi imobilizado e retirado como prisioneiro por um grupo que se distinguia dos demais; parecia não pertencer àquele local. Ante a estranheza de Luana e Giovanni, Eva esclareceu:

– Esse grupo recolhe espíritos que estão deixando o planeta, sendo transferidos para outros orbes.

– Eles vão como prisioneiros?

– São prisioneiros e vão habitar orbes mais primitivos.

– Não entendo – disse Luana, séria.

– É a transição planetária, não é? – indagou Giovanni.

– Isso mesmo. Esses espíritos que não querem aceitar o bem estão sendo levados da Terra, já que o planeta está em transição para se tornar um mundo melhor.

– Já li alguma coisa a respeito. Mas é tão triste... – comentou Giovanni com os olhos rasos de lágrimas.

Foi então que Rafaela quase deu um pulo na cadeira. Farishta entrou na sala, amparada por uma moça e um rapaz. Parecia muito fraca e tinha inúmeros ferimentos pelo corpo.

A jovem quis gritar, chorar, tudo a um só tempo. Fitou a avó, intrigada.

– É Farishta... O que está fazendo aqui?

– Ela se ligou espiritualmente a você e a seguiu quando regressou ao Brasil. Ficou em sua casa por longo tempo, até que, quando você esteve internada, conseguimos trazê-la para este núcleo, a fim de receber auxílio.

– Ainda está toda machucada... – apontou Rafaela, comovida. – Por que continua assim?

– Seus ferimentos são profundos, e com muita frequência o que fazemos ao nosso corpo físico também impacta o corpo espiritual.

– Por que ela veio comigo?

– Por motivos bem anteriores a esta vida – Eva fitou a neta nos olhos. – Hoje vamos submetê-la a um choque energético, no contato com os fluidos mais densos do médium, para tentar tirá-la do estado em que se encontra.

– Por que tanta desgraça acontece com ela?

– É exatamente nisso que procuraremos ajudá-la. Farishta não aceita a situação, sofre demais com o que lhe sucedeu.

– Mas é óbvio! Foi tratada de modo bárbaro, ultrajante! Não teve como se defender daqueles brutos, desumanos.

– Sem dúvida, foi tudo isso. Ainda assim, menos bárbaro do que o sofrimento que ela já impôs a outros, em encarnações pretéritas.

– Como é?

– Acompanhemos em silêncio, você entenderá.

TRINTA E SEIS

Com passos titubeantes, Farishta caminhou amparada pelos companheiros, até que a puseram bem ao lado de uma senhora de semblante sereno, que aparentava sessenta anos. A médium estava em total concentração, movida pelo desejo sincero de auxiliar os espíritos desencarnados que ali se achavam. Logo que se aproximou dela, a jovem afegã foi envolvida por uma sensação de familiaridade e bem-estar. Serenou e de imediato sentiu afinidade com aquela mulher, sem saber por quê. Os laços de sintonia se intensificaram.

A médium tinha cabelos castanho-escuros, que iam até os ombros, nariz adunco e tez morena. Era de origem árabe; seus avós tinham vindo para o Brasil muitos anos atrás. Árabes cristãos, logo se instalaram no bairro do Bom Retiro, na mesma cidade de São Paulo, e ali iniciaram sua vida neste país. Eulália – esse o nome da médium –, apesar de não falar o idioma afegão, trazia no inconsciente, nas profundezas da memória, o conhecimento dele, bem como experiências vividas em diferentes nações árabes.

Envolvida pela energia da médium, Farishta sentiu-se ligeiramente confiante. Eulália, por sua vez, identificou a presença da entidade espiritual e soube que se tratava de uma jovem de nacionalidade estrangeira. Pela sua capacidade mediúnica, captou que ela ainda trazia em todo o perispírito marcas da maneira violenta como desencarnara. Podia perceber-lhe a angústia, a ansiedade e o medo, tanto quanto a revolta que a dominava. O ódio, mesmo.

Rafaela, Luana e Giovanni estavam fundamente tocados pela cena a que assistiam. Aquela jovem lhes causava grande compaixão, e um sentimento simultâneo de repulsa e desconforto brotava neles ao contemplá-la. Quando Farishta ergueu a cabeça e olhou ao redor, na tentativa de descobrir onde estava, Rafaela fitou-lhe os olhos e seu corpo espiritual foi tomado de irrefreável tremor. Aqueles sentimentos contraditórios a confundiam; não tinha meios de explicá-los a si própria.

Quando o doutrinador aproximou-se de Eulália, notou o envolvimento espiritual e convidou o espírito presente a se manifestar. Farishta sentiu que o convite lhe era dirigido e começou a falar em seu idioma. Eulália captava os pensamentos da jovem e segundos depois os transmitia.

– Onde estou? Por que me trouxeram para cá? Quero voltar para casa, para minha família! Por que estou aqui?

A médium desatou penoso pranto, captando igualmente as emoções de Faristha. O doutrinador indagou, em tom brando e amoroso:

– Como é seu nome?

– Farishta – de pronto Eulália respondeu.

– Que belo nome! Peço que se acalme, para podermos conversar. Você está entre amigos, eu lhe asseguro. Veja à sua volta; quem está com você?

– Samira.

– Então, como ela, todos nós somos seus amigos. Fique tranquila. Queremos ajudá-la.

– Que lugar é este?Por que vim parar aqui?

– Lembra-se do que lhe aconteceu?

Em lágrimas, a jovem narrou seu desencarne, lembrando a angústia e o desespero daqueles momentos. Depois falou do ódio aos homens que lhe haviam tirado a vida e sobretudo ao marido, responsável pela sua tragédia. Recordando com clareza o semblante de Sadin, ao chamá-la de esposa desobediente, que merecia ser punida, sentiu o ódio crescer e começou a gritar:

– Quero voltar para meu país. Vou destruir aquele homem que acabou com minha vida! Quero minha família, minha irmã Laila. Por Alá! O que aconteceu com ela? Fugiu à própria vida. Ele não se contentou em me eliminar! Acabou com minha irmã também! Maldito! Maldito!

A médium, inteiramente sintonizada, controlava-se para não esmurrar a mesa com a força que Farishta usava. A jovem, embora exaurida, continuava revoltada.

Samira aproximou-se e abraçou-a com ternura. Ela, em pranto, encadeou perguntas que expressavam a mágoa da mulher afegã.

– Por quê? Por que tudo isso aconteceu comigo? Por que somos tratadas desse modo em nosso país? É como se fôssemos sepultadas vivas! Por que tanta desigualdade? Por que tanto sofrimento?

O doutrinador, influenciado pelos amigos espirituais que o amparavam, falou:

– Você está em uma casa de Jesus. Conhece Jesus?

– Sim. Foi um grande profeta.

– Pois aqui é um lugar onde os que sofrem são acolhidos em nome dele.

– Não sou cristã.

– Jesus ajuda a todos, indistintamente. Ele ama todas as criaturas, não importa a religião que professem. E trouxe você aqui para ajudá-la. Quer ajuda, não quer?

– Eu quero vingança! – ela gritou quase descontrolada.

– Olhe para a tela diante de você. Preste atenção ao que está ocorrendo.

Em frente à mesa foi colocada ampla tela, na qual aparecia a figura de um religioso. Vestindo pesada túnica vermelha, própria dos bispos católicos, movimentava-se e subia em um cavalo. As cenas se sucediam e a jovem, ao assisti-las, ficava cada vez mais tensa.

– Sabe quem é que está vendo na tela? – o doutrinador indagou.

– Não.

– Preste atenção.

À medida que as cenas se desenrolavam, Farishta se reconhecia naquele bispo. Lembranças de uma vida pregressa vinham à tona e a afegã sabia, mesmo sem compreender, que aquele homem era ela. A cada imagem suas emoções mais escapavam ao controle. Depois o ambiente mudou e ela viu o homem próximo a um rio, conversando com uma linda jovem.

Nesse ponto o coração de Rafaela disparou. Aquelas cenas eram as mesmas de seus sonhos. Como podiam estar ali, naquela tela? Eva, a quem não passou despercebida a alteração emocional da neta, tocou em suas mãos e informou:

– São fatos de seu passado, querida. Por isso estamos todos aqui hoje.

Rafaela quis falar, perguntar; em seguida desejou sair correndo daquele lugar, mas não conseguia tirar os olhos da tela. O que viria agora?

Farishta, por sua vez, também tinha vontade de desaparecer. Uma sensação de pesar e culpa começou a invadi-la. A médium, embora nada visse, podia sentir todas as emoções que ela experimentava.

Então o quadro mudou novamente. Em uma praça de um vilarejo, havia uma imensa fogueira na qual pessoas eram queimadas. Um rapaz a cavalo aproximou-se trazendo aquela jovem que fora personagem das cenas anteriores. Pesadas lágrimas desciam pela face de Rafaela, que sabia exatamente o que viria depois. Igualmente envolvida nas lembranças, começou a se agitar. Eva pegou-a pela mão e levou-a até outro médium, sentado diante de Eulália. Efetuou as ligações fluídicas e auxiliou no estabelecimento da sintonia.

Na tela, as imagens tinham sequência. Ao ver a jovem trazida prisioneira, o bispo revelava enorme satisfação. Seu orgulho ferido estava vingado. Farishta podia identificar todas as emoções daquele homem cruel, odioso, ao mesmo tempo em que seus atos lhe repugnavam. No momento em que o soldado lançava a moça no fogo, a afegã berrou:

– Não fui eu! Eu não fiz isso! Eu não fiz! Não fui eu!

Naquele instante, Rafaela, ligada ao médium que a recebia mentalmente, pôs-se a gritar:

– Maldito! Como pôde fazer isso comigo! Eu amava Henri. Nós nos amávamos e você destruiu tudo. Tudo! Como foi capaz de fazer isso? Você um monstro. Eu o odeio! Odeio os religiosos! Odeio todos os homens!

O médium continha-se para não esmurrar a mesa, como Rafaela fazia. Ainda assim, falava alto, transmitindo a revolta da jornalista, que agora se sentia completamente na pele de Alice. Luana, que fora sua irmã Melissa e morrera com ela, foi levada até seu lado, bem como Giovanni, antes René, também morto com ela na fogueira. Ambos, comovidos ao extremo, abraçaram-se a Rafaela, que chorava e gritava em desespero. Colocava para fora as emoções, a dor, a tristeza, tudo o que sentira no momento em que desencarnara daquela forma brutal, séculos atrás. Eva acompanhava todas as cenas, envolvendo-os com profunda ternura.

Farishta, incapaz de aceitar o que fora e o que fizera em encarnação pregressa, caiu em absoluto abatimento e foi retirada por Samira, de volta para seu quarto.

O doutrinador, que percebera toda a trama pela qual aqueles espíritos estavam vinculados, dirigiu-se com brandura ao que se comunicava:

– Qual é o seu nome?

– Alic... Rafaela.

– Também precisa perdoar.

– Como ele pôde fazer aquilo comigo, conosco, com toda a minha família? Por que nos destruiu? É um monstro!

Orando sem cessar, o doutrinador rogava inspiração de Jesus para ser útil àquelas almas ainda tão marcadas pelos conflitos do passado. Seguiu falando com Rafaela.

– Você precisa perdoar esse homem.

– Como? Como posso perdoar? Ele é um assassino! Sabe quantas pessoas dizimou?

– É bem verdade que ele agiu em consonância com as forças perversas das sombras. Todavia, sabemos que nada nos acontece sem que Deus permita.

– Pois é por isso mesmo que não acredito em Deus. Se ele existisse, como poderia deixar algo tão terrível suceder comigo? Como? Deus não existe!

– Minha irmã, Deus existe e é infinitamente bom.

Chorando muito, ela indagou:

– Então como permitiu isso? Por quê?

– Olhe outra vez na tela.

Dessa vez o cenário era diferente. Estavam em Roma, no Coliseu. Sentada na plateia, uma jovem contemplava com enorme satisfação cristãos sendo levados ao suplício. Seriam queimados vivos. Eram amigos e conhecidos que se haviam convertido às pregações de Jesus. Ela mesma os delatara, e agora se alegrava porque iam morrer. Rafaela assistia em silêncio e de súbito as lembranças afloraram. Era ela aquela romana!

– Não é possível... – dizia entre soluços e lágrimas.

– Vê, minha irmã, por que temos de perdoar? – apontou o doutrinador. – Todos somos doentes do espírito, com débitos a ressarcir. Aquele bispo agiu mal, e hoje colhe os resultados de seus antigos atos. Todos os nossos atos, por menores que sejam, trazem consequências. Nada passa despercebido às leis divinas. E ninguém escapa à lei de causa e efeito. A jovem que esteve aqui foi ontem um algoz e hoje sofre os efeitos dos males que causou. É necessário que perdoe seus algozes, para não continuar produzindo o mal e repetindo experiências dolorosas. Como ela, você precisa perdoar o homem que no pretérito lhe fez tanto mal, para ir adiante com sua vida.

Após ligeiro intervalo, ele explicou melhor o que acabava de afirmar:

– Enquanto não aprendermos a perdoar e colocar em nossos corações os ensinos de Jesus, construindo uma vida pautada no amor, na justiça e na compreensão mútua, seguiremos na Terra vergados ao peso de nossos débitos, cercados permanentemente pela dor. Sofreremos o que tivermos feito outros sofrerem, em um interminável círculo vicioso. Jesus veio para nos ensinar a quebrar esse círculo, colocando o amor em nossas vidas e aprendendo a viver pelo amor.

Fez demorada pausa e por fim convidou:

– Perdoe, minha irmã. Deixe o peso cair e prossiga com Jesus. Vamos orar.

O doutrinador fez sentida oração. Rafaela já não chorava alto. As lágrimas lhe desciam pela face e seus soluços eram quase inaudíveis. Compreendia o que aquele homem lhe dizia e sabia que devia perdoar. Olhou para os queridos que estavam a seu lado, reconhecendo-os como seus afetos do passado. Lançou-se nos braços de Eva.

– Ajude-me! Eu não consigo perdoar. Sinto tanta raiva, tanta revolta! Ajude-me, por favor!

Eva abraçou a neta e orou com ela. Depois guiou o pequeno grupo familiar até uma sala próxima, onde os três receberam intenso tratamento de passes magnéticos e água repleta de fluidos benéficos, para restabelecer-lhes o equilíbrio. Quando se sentiu mais refeita, Rafaela pediu:

– Posso ver Farishta?

Foram encaminhados para o quarto onde estava a afegã. Deitada, mergulhara em sono agitado.

Samira os recebeu e esclareceu:

– Ela está muito mal. Não está pronta para entrar com contato com o passado. Ainda não.

– Tem razão – Eva concordou. – Precisaremos tomar outras providências.

– O que poderão fazer? – Rafaela inquiriu.

– Ela deverá reencarnar o mais breve possível. Precisará despender muitos esforços, para conseguir perdoar-se.

Por longo tempo Rafaela observou a moça adormecida, pensando nas cenas exibidas na ampla tela. Lembrou-se dos sofrimentos e da morte dolorosa que haviam atingido a ambas, em épocas distintas, e diante de tudo que vivenciara naquela noite começou a compreender.

Ao deixá-la em casa, de madrugada, acomodando-a no corpo físico, Eva beijou-lhe a face e disse:

– Sei que foi muito penoso para você ter de entrar em contato com tudo isso. Mas era preciso. Você tem tarefas a cumprir, compromissos assumidos antes de voltar para a Terra. Estou incumbida de ajudá-la a concretizá-los.

– Compromissos?

– Sim. Mas é hora de descansar. Amanhã, peço que volte a ver Clara, por favor. Para poder seguir em frente, é essencial que continue a trabalhar seus conflitos, suas angústias. Agora que já conhece o núcleo espírita, que sabe da seriedade e da importância das tarefas que ali se desenrolam, peço que acompanhe Giovanni. Ele insistirá para que vá, e você deve ir. Precisa estabilizar as emoções, a fim de se preparar para suas tarefas.

Sem compreensão exata do que a avó estava falando, a jovem apenas balançou a cabeça em assentimento. Estava exausta e queria dormir. Esquecer...

No núcleo espírita, Farishta recebia apoio e tratamento espiritual, para que pudesse se equilibrar. Depois de vários dias em grande perturbação, apresentou alguma lucidez; abriu os olhos, observando a movimentação à sua volta. Samira conversava com Eva e outros trabalhadores, a alguns metros de onde estava a jovem. Vendo-a despertar, aproximou-se e sentou-se na beira da cama. Perguntou em seu idioma:

– Sente-se melhor?

– O que houve comigo? Lembro-me de estar subitamente mais densa, mais pesada; recordo as intensas emoções e uma grande tela, onde vi... vi um homem terrivelmente mau. Está tudo muito confuso... Eu sei que o conhecia, porém ele era de outro tempo... – fitou Samira nos olhos. – O que foi tudo aquilo? O que aconteceu?

A jovem olhou para Eva. Buscava sua aprovação para aclarar as impressões de Farishta, expondo-lhe a realidade. Eva, com discreto sinal, deu-lhe autorização para prosseguir.

– Você sabe que morreu, Farishta?

– Eu sei... Eu me lembro.

– E sabe onde está agora?

A afegã balançou a cabeça em sinal negativo.

– Você está no Brasil. Já ouviu falar deste país?

Outra negativa. Samira trouxe um mapa do mundo e o pôs diante da jovem.

– Veja, aqui é sua terra, sua pátria; neste ponto. Agora você está aqui, do outro lado do mundo, no plano espiritual sobre o Brasil.

Farishta demonstrava nos olhos o medo que sentia. Entendia em parte o que lhe era dito. Samira explicou, de maneira muito simples, o que se passara com ela, o encontro com Rafaela, sua vinda para o Brasil, o socorro que recebia no núcleo espírita e a experiência com a médium.

Nos fatos de seu passado, tocou muito levemente. Era consenso entre todos os trabalhadores que a jovem não estava preparada para entrar em contato com sua real situação espiritual, nem com sua história pregressa. Após ouvir tudo o que foi possível contar-lhe, ela ficou pensativa. Eram muitas as informações.

Ao deixar o quarto, Samira indagou a Eva:

– Quando ela estará em condições de saber toda a verdade?

– Antes, carece de maiores realizações no bem. Precisa saber mais sobre as questões espirituais, e aprender a amar-se e respeitar-se. Precisa aproximar-se de Deus, reconhecendo o seu amor, a sua misericórdia, para que então, de posse desses recursos interiores, venha a se perdoar e aceitar suas imperfeições.

– É um longo caminho...

– O que tem dificultado muito seu equilíbrio são os pensamentos de ódio que recebe o tempo todo, vindos de longe, de espíritos que a odeiam, até mesmo daqueles que a mataram. Com frequência surpreendo, em seu corpo espiritual, imagens de Sadin, que ainda pensa nela com raiva.

Eva se empenhava em retratar com a maior clareza a situação de Farishta.

– Essa alma, que se comprometeu tanto ao transgredir as leis divinas, que se entregou às ilusões do orgulho, do poder, da sedução, sofre o ódio daqueles que destruiu. São muitos os que a odeiam e a buscam. Neste núcleo espírita não conseguiram localizá-la; no entanto, já a haviam encontrado na casa de Rafaela. Alguns estavam se aproximando do lar de Eunice. Foi por essa razão que os nossos amigos espirituais mais elevados autorizaram que ela se ligasse energeticamente a Rafaela e a acompanhasse ao Brasil.

– Para escondê-la...

– Exatamente.

– Então será necessário que reencarne aqui.

– Sim, estamos trabalhando para que isso aconteça o mais breve possível. Ela precisa ficar mais equilibrada, apreender algumas lições espirituais que lhe sejam subsídio e estrutura, em sua nova encarnação, para que seja mais proveitosa.

Samira escutava com atenção, e Eva finalizou:

– Estamos preparando um lar para recebê-la. Quando tudo estiver pronto, no momento apropriado, ela retornará ao corpo físico.

TRINTA E SETE

Ao despertar na manhã seguinte, Rafaela trazia forte sensação do que vivera, em espírito, durante aquela noite. Ao abrir os olhos, as recordações eram bastante nítidas. Aos poucos as imagens se desvaneceram, mas permaneceu nela a impressão de que encontrara uma resposta às suas angústias, aos seus questionamentos. Sentou-se devagar, tentando evocar o sonho.

– Eu tenho de lembrar o que foi que sonhei... Sei que é algo importante.

Esforçou-se mais e, de repente, algo lhe veio à memória: "Preciso ligar para Clara"... "Mas por quê?", indagou-se. Mesmo sem obter resposta, aquele pensamento ia se fixando.

Pouco depois, quando saiu para o trabalho, ainda conservava impressão vaga da experiência vivida. Ao mesmo tempo sentia-se mais segura, seus pensamentos eram mais claros. Logo que chegou à redação, ligou para o consultório da psicóloga. Para seu espanto, a agenda da terapeuta, que costumava estar sempre lotada, tinha um horário vago no final da tarde.

Durante todo o dia viveu intenso conflito. Não podia deixar de considerar que tudo aquilo que lhe ficara na lembrança era bobagem; afinal, não passara de um sonho... Por outro lado, a ideia de ver Clara não parava de martelar em sua mente. Cansada, quando a tarde ia terminando pegou suas coisas e foi direto para o consultório. As emoções haviam superado seu lado prático e racional.

– Como vai, Clara? – entrou e já foi dizendo.

– Bem, Rafaela. Que bom vê-la!

– Olhe, não sei ao certo por que estou aqui, por que vim...

Clara sorriu ligeiramente e fixou o olhar calmo na jornalista, que, calada, sentia-se confusa por estar ali, contrariando o que pensava. Estava constrangida. Foi a psicóloga quem quebrou o silêncio.

– Como está seu trabalho? Conseguiu retomar as matérias-denúncia?

– Por enquanto não, mas estou me preparando para uma bastante grave.

– É mesmo? E sobre o que será?

– Vamos denunciar alguns líderes religiosos, que enganam o povo roubando-lhes muito mais do que dinheiro. Fazem-nos de tolos.

– Vai envolver pessoas poderosas...

– É, muito.

– Você é uma mulher corajosa. Só que não a vejo muito entusiasmada... Ou estou errada?

Rafaela baixou os olhos por instantes. Quando os ergueu disse:

– De fato, não consigo sentir a mesma empolgação de antes. Procuro e não encontro...

– É que assuntos mais importantes e urgentes ocupam sua mente – Clara falou sob forte influência de Eva, que acompanhava a neta.

Impressionada pelo que ela dissera, como se conhecesse os seus pensamentos e conflitos, encostou-se no sofá, deu um suspiro profundo e desabafou:

– Estou exausta. É como se carregasse um peso enorme que não quer sair de meus ombros...

– E os sonhos?

De súbito, o que supunha ter sido um sonho da noite anterior veio-lhe ao consciente com clareza. Lembrou-se da avó, de Luana e Giovanni juntos. A seguir, recordou vivamente o encontro com Farishta e narrou, em minúcias, a reunião de que participara. A terapeuta escutou-a com muita atenção e teve certeza de que tal experiência fora real. Rafaela relatou a história de Faristha, que presenciara, aquela que era sua própria história. Ao concluir a narrativa, chorava de soluçar.

– É exatamente o sonho que você me contou no hospital – afirmou Clara, verificando suas anotações anteriores.

– Como assim?

– O que me disse sobre o telão que viu em seu sonho, os personagens dessa história, as situações que viveram. Foi isso que você me falou no hospital, em uma de nossas conversas.

– Não me lembro de todos os detalhes.

– Mas eu tenho tudo aqui – mostrou seu bloco de anotações, com pormenores bem específicos.

– Como pode ser? O que é tudo isso? O que significam esses sonhos, enfim?

– Sua experiência de vida que vê insistentemente nesses sonhos foi muito dolorosa. Você traz ainda profundas marcas e traumas do que sofreu naquela época. Assim como Farishta, não consegue aceitar o que aconteceu.

Rafaela quase não podia respirar; faltava-lhe o ar. Queria negar e sair dali, mas em seu coração sabia que Clara expressava a mais pura verdade, como se lhe conhecesse todos os sentimentos. Fitava-a com evidente medo.

– Sei que está apavorada por lembrar tudo, por ter de lidar com a situação que lhe causou tanto sofrimento – a terapeuta continuava fortemente envolvida pelos pensamentos de Eva. – Precisa aceitar para poder prosseguir com sua vida, com suas tarefas. Além do mais, há alguém que necessita muito de sua ajuda, que espera por seu apoio e por seu perdão.

Sabendo a quem ela se referia, a jornalista arregalou os olhos.

– É isso mesmo. Laila precisa de seu perdão, mais do que de qualquer outra coisa.

Rafaela chorou por longo tempo; não entendia como, nem por que, porém sabia que Clara estava certa. Apenas sentia. Quando ficou mais tranquila, perguntou:

– O que são esses sonhos, afinal?

– Você sabe, embora continue relutando para aceitar.

– Parece loucura.

– Quando aceitar e começar a conhecer um pouco mais sobre esse assunto, você vai pensar justamente o contrário. O conhecimento espírita traz a consciência de quem somos e do que estamos fazendo na

Terra. Acalma o espírito e dá um significado claro para a vida, além de explicar as situações difíceis e dolorosas com que nos defrontamos. Tudo passa a fazer sentido. É de uma profunda coerência.

O tempo da consulta já fora excedido em mais de quinze minutos. A psicóloga então sorriu e disse:

– Terminamos por hoje.

– Tudo bem. Quando posso vê-la de novo?

Erguendo-se de pronto, ela respondeu.

– Vamos confirmar com a Luci; devo ter um horário vago todas as terças-feiras. O que acha?

– Pode ser.

Saíram juntas. Rafaela foi para casa pensativa, relembrando a conversa e o que sentira. Realmente não guardara na memória todos aqueles detalhes que Clara tinha anotado. Não obstante, o fato era que sabia de tudo. Como? Aquilo era mais forte do que qualquer coisa que pudesse, racionalmente, questionar. Não havia mais jeito de negar para si mesma. Aqueles sonhos eram lembranças de outra vida. Bem no fundo, ela sempre soubera. Clara estava certa. Teimava em negar porque tinha pavor daquelas lembranças.

Ao entrar em casa, viu que Giovanni a esperava.

– Estava preocupado com você. Onde esteve? Liguei várias vezes.

– Fui ver Clara.

– Esqueceu-se de nosso jantar na casa da Luana?

– Esqueci completamente.

– Ela está nos aguardando.

– Eu me arrumo num segundo.

Logo os dois saíram para encontrar a prima de Rafaela. No caminho, Giovanni quis saber sobre seu retorno à terapia; ela contou-lhe tudo. Em seguida comentou também com Luana, e arriscou perguntar o que os dois sabiam sobre essa história de vidas passadas. Conversaram longamente sobre o assunto.

Por vários dias, a jornalista pesquisou exaustivamente sobre o tema. Os prós, os contras, todos os tipos de opinião. Comprou livros a respeito e começou a lê-los. Alguns deles narravam experiências semelhantes à que ela vivera, e alimentaram ainda mais seu interesse.

Semanas depois, falava sobre o assunto com Giovanni, que não se poupava de transmitir à namorada qualquer informação que possuísse. Como ela o cravasse de perguntas acerca de alguns pontos que desconhecia, ousou sugerir:

– Por que não vem comigo ao núcleo espírita? Pode acreditar que muitas de suas dúvidas desaparecerão.

Rafaela ficou pensativa. Queria ir, mas continuava com aversão a reuniões religiosas.

– Não sei...

– Sua resistência não tem lógica. No máximo, o que pode ocorrer? Você não gostar, não se sentir bem e sair. O que mais?

Ela ainda hesitou um pouco, até anuir, decidida:

– É verdade. Não tem lógica nenhuma. Eu vou com você!

– Ótimo. Convém ao menos conhecer, para saber do que se trata. Em alguns casos a imaginação não resolve. É preciso conhecer.

– Está certo, eu vou. É que tenho tanta aversão que sinto um medo indefinido, como se algo ruim fosse me acontecer. Clara já me alertou de que essas emoções podem ter origem justamente no passado que não quero lembrar... Bem, parece que afinal terei de enfrentar meus maiores temores.

– Sempre temos de enfrentar nossos medos para superar as limitações, progredir, nos desenvolver. Você sabe disso.

– Esse medo é diferente, Giovanni. Vem de algum lugar que eu não conheço, não é racional, e não tenho controle sobre ele.

Com um abraço afetuoso, ele a tranquilizou:

– Tudo dará certo. Vai ver que lhe fará muito bem.

– Como pode ter tanta certeza de que será bom pra mim? Só porque foi para você?

– Não é isso. Não sei explicar, mas sinto.

Rafaela sorriu e não respondeu. Dessa vez estava decidida a acompanhá-lo.

Na noite seguinte, ao chegar com Giovanni e Luana na casa espírita, sentia-se estranha e cheia de expectativas. Entrou observando a simplicidade do lugar. Um amplo salão com cadeiras dispostas em fileiras, uma mesa à frente, com algumas cadeiras ao redor. Era somente isso. Procurava traços religiosos em apetrechos e no clima em geral, sem nada encontrar. Ao mesmo tempo, tentava avaliar o que ali predominava: o misticismo ou expressões exteriores de ritos e cerimônias.

Aos poucos, as pessoas foram chegando. Ela igualmente as examinava com atenção a cada detalhe; nenhum lhe passava despercebido. Quando se acomodou numa das primeiras fileiras, ao lado do namorado e da prima, teve forte sensação de familiaridade. Era como se aquilo houvesse acontecido antes; um verdadeiro *déjà vu*. Tudo lhe parecia familiar, até a cadeira que ocupava.

À medida que os integrantes da mesa tomaram seus lugares e a reunião foi iniciada, mais se intensificou aquela sensação, como se tudo se repetisse. Isso a impediu de acompanhar com atenção as explanações da noite. Todavia, ao final da reunião, o que constatou foi que saía melhor, mais refeita. Aquele ambiente era de serenidade e harmonia, fazendo-a sentir-se muito bem.

A jovem seguiu para casa em silêncio. Quanto a Giovanni, não tinha nem coragem de lhe perguntar o que achara do lugar. Estudava os mínimos gestos, para tentar deduzir suas impressões.

Quando estacionou o carro, sorriu e falou:

– Espero que tenha sido uma boa experiência.

Rafaela desceu e fechou a porta, ainda quieta. Depois se apoiou no vidro e perguntou:

– Quando você vai novamente?

– Na próxima terça-feira.

– Quero ir com você.

Naquela noite Giovanni despediu-se da namorada imensamente feliz. Sabia que ela se iniciava na recuperação definitiva. E sentia que aquele era o caminho para ambos descobrirem os genuínos valores espirituais. Ele próprio os havia buscado em diversos locais. Por ter um coração amoroso e sensível, reconhecia a presença de Deus em vários deles. No entanto, era a Doutrina Espírita que vinha respondendo a suas mais íntimas interrogações. Estava convencido de que ali era seu lugar. E por algum motivo confiava que Rafaela, por sua vez, se encontraria espiritualmente naquela doutrina esclarecedora e libertadora, que ao mesmo tempo expunha de forma direta as responsabilidades individuais e a necessidade de despertar a consciência para poder apreendê-las em profundidade. Conhecia bem o temperamento questionador da jovem e sabia que ela poderia obter respostas racionais, científicas, que certamente preencheriam sua alma sequiosa de coerência e clareza. Foi para casa esperançoso.

Rafaela subiu pensativa, ainda tentando compreender o que ouvira e o que sentira naquela reunião. Entrou devagar. Eunice já estava dormindo. Naquele momento, não queria discutir com a mãe a nova experiência. Tudo era ainda muito impreciso dentro dela. Com cuidado para não fazer barulho, foi para seu quarto e logo apagou a luz, apenas acendendo o abajur.

Sem sono, sentou-se na cama, em dúvida sobre o que fazer. Olhou os livros espíritas na prateleira, mas não se animou a abrir nenhum. Voltou-se para o computador e lembrou-se de Laila. Sem hesitar ligou o aparelho e buscou conexão com Madeleine. Apesar de ser madrugada em Cabul, a francesa estava conectada, e começaram a conversar.

– Faz alguns dias que não liga.

– Desculpe, é que o tempo tem sido escasso; venho tentando colocar minha vida em ordem...

– Está tudo bem?

– Vamos indo. E por aí? Quais são as notícias de Laila?

– Ela saiu do hospital na semana passada e está conosco, na RAWA, em uma residência que abriga mulheres em recuperação de saúde.

– Mutiladas, você quer dizer?

– Sim, seja no corpo ou na alma...

– E como ela está? Como foi a saída do hospital?

– Foi bem difícil, devo dizer. Ela sofreu muito ao constatar que ninguém da família viera buscá-la.

Madeleine comentou com a amiga brasileira todo o ocorrido e finalizou:

– Agradeço em nome do grupo pelo dinheiro que você enviou. São altos os custos que temos para receber essas mulheres, suprir suas necessidades de remédios e alimentação, enfim, tudo de que precisam para viver com o mínimo de dignidade, depois de enfrentar os dramas que vivenciam. Evidentemente, necessitamos de muitos apoiadores. Obrigada pelo compromisso de amparar Laila. Assim que for possível a colocaremos em contato com você.

Encerraram a conversa e Rafaela deitou-se, agitada pelas notícias que acabara de saber. Tinha o pensamento fixo na afegã e seu desejo de tornar a vê-la era enorme. A despeito de não terem convivido, sentia por ela grande afeto e uma ligação profunda, como se a conhecesse há muito tempo. Virava-se na cama, de um lado para outro, sem conseguir tirar a garota da mente.

*****

Enquanto no Brasil a jornalista pensava em Laila, no país distante em que vivia a menina se remexia na cama. Já era madrugada alta em Sar-e-Pol, província para onde fora levada. Sentia-se só e desamparada. Não se conformava com o abandono a que a família a relegara. Alimentara a esperança de que, apesar de não vir vê-la há meses, a mãe estivesse ali à sua espera, no dia em que finalmente pudesse ir embora. Entretanto, fora Madeleine que a acompanhara para ser abrigada em outra cidade. Deitada na cama confortável, lembrava-se do quanto lhe doera deixar para trás o lugar onde nascera e o que fora sua vida até então. Não tinha mais nada, perdera tudo.

Não teria sido melhor morrer naquele dia? – pensava a chorar, à medida que o carro se afastava. Por que não morrera? Decerto Alá a castigara pela sua rebeldia, não lhe admitindo tirar a própria vida. Mas ela tentaria outra vez. Assim que tivesse nova oportunidade, acabaria com todo aquele sofrimento. De vez em quando observava Madeleine e se perguntava por que aquela moça bonita e, principalmente, livre desperdiçava a vida ajudando afegãs mortas-vivas. Estava certa de não tinha motivo algum para alegrar-se. Para ela não havia mais esperança.

Ao chegarem, tudo na casa que a acolheria lhe pareceu estranho e triste. Dividiria o quarto com três mulheres, todas marcadas de algum modo por experiências dolorosas. E o pior ainda estava por vir. Ela colocou sobre a cama que ocuparia uma bolsa com poucos pertences e foi ao banheiro. Madeleine seguia seus movimentos, na expectativa da primeira vez em que ela se olhasse no espelho. Nunca fizera isso no hospital, apesar do prolongado período de permanência. Os médicos e enfermeiros não permitiam.

Quando Laila entrou no banheiro, Madeleine e outras voluntárias a acompanharam sem que notasse e ficaram do lado de fora, junto da porta fechada. Passados alguns segundos, ela soltou um grito agudo e desesperado. Madeleine entrou imediatamente e a amparou. A princípio ela quase desmaiou, para depois cair em pranto convulsivo. A francesa levou-a para a cama e procurou acalmá-la. Agarrada a seu braço, a garota gritava como louca:

– Por que não me deixaram morrer? Estou um monstro, um monstro... Minha vida acabou mesmo. Não tinham o direito de me salvar. Por que fizeram isso?

A jovem voluntária segurou-a pelos ombros com firmeza, fitou-a nos olhos e respondeu enérgica:

– Porque sua vida tem muito valor. Você tem muito valor!

Laila calou-se, surpresa. Em seguida lamentou, entre lágrimas:

– Nunca tive valor algum... Sou apenas uma mulher, sem instrução, sem dinheiro, sem família, e agora... praticamente sem rosto.

– Vamos cuidar de você. Rafaela está contribuindo com recursos, enviando dinheiro para isso. Ela se preocupa, e muito. Você tem nela uma grande amiga, além de contar com a amizade de todas nós, que estamos arriscando até mesmo a vida pelas mulheres que estão aqui.

Laila a encarava, incapaz de compreender o sentido daquilo tudo. No entanto, saber que tinha pessoas que se interessavam por ela era um alento, um raio de esperança em seu coração quase totalmente obscurecido pela dor.

– Agora tente descansar, que a viagem foi longa.

Durante a madrugada, Laila estava imersa em recordações. As últimas palavras de Madeleine lhe repercutiam na mente. Eram sobre Rafaela, de cuja fisionomia nem se lembrava mais. Por que aquela mulher se interessava por ela? Ao pensar na jornalista brasileira, profundo carinho brotava em seu coração. Gostava demais daquela estrangeira. Como podia sentir afeto por uma estranha? Estava assustada. E, acima de tudo, torturada pela imagem desfigurada com que deparara naquela tarde. Como poderia continuar vivendo?

TRINTA E OITO

Depois de se revirar muito na cama, perdida entre múltiplas questões e sem estar convicta de que deveria retornar à casa espírita – pois qualquer religião ia contra seus mais arraigados princípios e crenças –, Rafaela enfim adormeceu.

Assim que seu corpo denso entrou em sono profundo, seu corpo fluídico desprendeu-se com o auxílio de Eva. Ainda atordoada, a jovem chorava. A avó recebeu-a com extremado carinho.

– Sei que sua luta interior é intensa, minha querida; também já passei por isso. Porém, para prosseguir em sua jornada evolutiva, precisa libertar-se, perdoar aqueles que a magoaram tanto e aceitar a luz do amor de Deus brilhando em sua vida.

Rafaela ia rejeitar a orientação, quando Eva tocou-lhe os lábios com o dedo e convidou:

– Venha comigo, creio que está pronta para dar o próximo passo.

– Que passo?

– Venha – tomou suavemente a mão da neta e caminharam em direção à porta. – Alguém nos espera.

Ao atingirem um ponto na esfera espiritual, a razoável distância da crosta terrestre, a jovem surpreendeu-se com o que viu. Apoiada por Amaro e duas moças que vestiam roupas afegãs, ali estava Laila. Correu para ela, constatando entristecida o lamentável estado em que se achava inclusive seu corpo sutil, no qual se refletiam as agruras do corpo físico. Abraçou-a com uma ternura que a afegã não foi capaz de retribuir; em completo torpor, agia como sonâmbula. Assim mesmo, Rafaela manteve o abraço, e juntas seguiram com o pequeno grupo.

Após algum tempo de viagem, alcançaram uma colônia espiritual ainda dentro do espaço espiritual da Terra. À chegada, Rafaela foi envolvida em doces vibrações. Entraram. Caminharam mais um pouco e penetraram ampla área que, instantaneamente, empolgava os sentidos pela exuberância da vegetação espalhada por toda parte. Uma

SANDRA CARNEIRO pelo espírito LÚCIUS

trepadeira misturava folhas verdes cintilantes com flores azuladas de diferentes matizes, que iam até o arroxeado; eram delicadas, de pétalas quase transparentes e miolo desenhado em filetes amarelos e pretos, o que lhes conferia uma beleza inspiradora. Mais além, havia pencas de flores que exalavam perfume delicioso.

Andando por entre as plantas, cruzaram a porta principal. A suavidade e a delicadeza se estendiam para o espaçoso ambiente interno. Muitas mulheres se movimentavam por ali, em diversas atividades. Eram de todas as partes de mundo, notava-se facilmente pelas vestimentas que usavam e pelos traços que ostentavam no corpo espiritual.

Os visitantes foram recepcionados e levados até uma senhora de feição branda e olhar firme, que ao cumprimentá-los espantou Rafaela.

– Como vai? Estou feliz em revê-la. Há tempos que a esperávamos – trocou com Eva expressivo olhar, que a jornalista não deixou de notar.

– Como esperavam?

Fixou o olhar na senhora que os recebia afetuosamente e tentou lembrar de onde a conhecia. Seu semblante lhe parecia extremamente familiar.

– Imagino que não se recorde agora, mas somos conhecidas de muito tempo. Nós a aguardávamos.

– Eu a conheço?

Abraçando-a, ela falou com tranquilidade:

– Sou Amélia. Venha rever o lugar.

Rafaela não compreendia o que se passava. Laila os acompanhava, ainda sem consciência do que ocorria a seu redor. Visitaram numerosas alas, na maioria ocupadas por mulheres de diversas partes do mundo; havia alas características de diferentes países e regiões do planeta, onde os hábitos e as peculiaridades de cada povo eram preservados o mais possível, proporcionando conforto e bem-estar àquelas que abrigavam. Em algumas áreas comuns o aspecto era mais neutro, possibilitando a integração das mulheres.

Então, parando defronte a uma grande porta, Amélia informou:

– Agora iremos adentrar um recinto especial, onde recebemos nossas irmãs recém-chegadas da Terra. Oremos antes, preparando-nos para servir a Jesus com nossos pensamentos e vibrações.

A nobre mulher orou, rogando a Deus orientação e, principalmente, amor. Entraram. Em meio à vibração sutil e delicada que preenchia o local, logo puderam ouvir gemidos e lamentos. À proporção que avançavam os gemidos ficaram mais altos, transformando-se em gritos de dor e desespero. Muitas camas estavam dispostas lado a lado, e cada pequeno espaço era ocupado por quatro pacientes. Enfermeiras e médicas se moviam para todos os lados. Amélia as cumprimentava respeitosa e perguntava sobre o estado dos pacientes, um a um.

Próximo de uma maca, tocou com ternura as mãos envelhecidas de uma senhora, que gemia e chorava baixinho. Bem de perto, puderam ver seu rosto desfigurado por ferimentos a bala. Amélia acariciou-lhe as mãos e murmurou:

– Força, irmã, força! Agora você está entre amigos.

Mais adiante, uma mulher gritava em desespero:

– Socorram meu filho! Meu filho!

A benfeitora acercou-se dela e falou com ternura:

– Seu filho já foi socorrido, fique calma.

A outra sequer dava sinal de ter registrado a presença amiga e continuava a gritar em favor do filho.

Andaram mais um pouco e chegaram a uma paciente que urrava, amarrada à cama.

– Quero destruí-los! Vão me pagar! Quero acabar com eles!

A mulher exalava fortíssimo odor de carne em putrefação, que nauseou Rafaela e Laila. Afastando-se, Amélia esclareceu:

– Nossa irmã cometeu suicídio e depois, em face do sofrimento que encontrou, odiou ainda mais o companheiro e a mulher que o roubara do lar. Permaneceu por muito tempo ligada ao corpo físico em decomposição, trazendo as impressões nítidas desse estado.

Rafaela contemplou o pavilhão gigantesco, que comportava mais de quinhentos leitos, e caminhou pelos corredores, comprovando as condições lastimáveis daquelas mulheres. Após demorada observação, voltou, fitou Amélia e comentou indignada:

– São todas mulheres que sofreram violência.

– Sim.

Com as emoções à flor da pele, a jovem não pôs freio à revolta, que crescia sem medida, Todavia, antes que ela se pronunciasse novamente, a dedicada senhora advertiu:

– As emoções que você carrega neste momento não irão ajudar em nada. Nossas irmãs precisam de amor, de acolhimento, de ternura. Estão de tal maneira fragilizadas, machucadas, que o primeiro socorro que lhes devemos é o do consolo e do aconchego. Sei o que está sentindo, mas aqui dentro só vibramos amor. Vamos para outro ambiente, onde poderemos conversar.

Rafaela, que não costumava reprimir a indignação, conteve-se diante da autoridade de quem administrava aquele enorme complexo de atendimento a mulheres.

Quando deixavam a sala, uma vez mais ela abarcou o recinto com o olhar e percebeu que vários homens também trabalhavam ali, compenetrados em suas tarefas.

Foram direto para amplo jardim. Rafaela sentou-se, lutando para controlar as emoções. Encarou a dirigente e indagou:

– Que lugar é este? Parece familiar...

– Foi muito ampliado, desde que você partiu.

– Parti?

– Sim; esteve aqui conosco, antes de regressar ao corpo denso.

– Eu não me lembro...

– É porque não aceita; quer crer apenas no que seu intelecto é capaz de entender.

Rafaela suspirou fundo.

– A visão que se tem aqui é revoltante! De onde vêm todas essas mulheres?

– Este é um grande complexo de trabalho em nosso plano, nesta colônia, destinado a abrigar e apoiar mulheres de todo o mundo, que desencarnam sob violência e agressão de gênero – isto é, por serem mulheres. No Brasil, muitas são recolhidas primeiro em núcleos a serviço do bem nos quais existem verdadeiros prontos-socorros, para atendimento rápido. Lá recebem alívio inicial e, quando é possível, algumas são trazidas para cá, onde têm acompanhamento especializado e são sensibilizadas para a importante tarefa que têm pela frente. À medida que vão se recuperando, aceitam o apoio e sua consciência desperta. Preparam-se então para a próxima encarnação, em que poderão colaborar na renovação do planeta, na construção de um mundo melhor e mais justo. Este é o nosso objetivo final: auxiliar as mulheres para que façam bom uso da experiência dolorosa que tiveram, transformando-a em aprendizado e capacitação para o bem.

– Para que nova encarnação em um planeta que ainda pratica essas atrocidades bárbaras contra suas mulheres, que não as valoriza...

– Justamente por sofrerem tão profundamente a dor e as consequências da brutalidade, são convidadas a utilizar o aprendizado para ajudar a construir a paz e a fraternidade no planeta em transição. Violência, ódio e rebeldia apenas alimentam mais agressividade.

A jovem fitou-a com estranheza e em troca recebeu um convite.

– Logo mais teremos uma de nossas palestras. A desta noite será extremamente esclarecedora e creio que de grande utilidade para sua compreensão do momento que o planeta atravessa. Servirá também para que você entenda o papel das mulheres nessa transição e sobretudo na construção do terceiro milênio, contribuindo para fazer da Terra um mundo onde a alegria e o bem prevaleçam.

Sentindo a falta da menina afegã, Rafaela levantou-se indagando:

– Onde está Laila?

– Sendo tratada, não se preocupe. Ela tem um longo caminho pela frente, precisa se fortalecer.

Laila havia sido separada do grupo e ficara na ala que acabavam de deixar. Lá receberia tratamento intensivo.

– Mas onde está? Gostaria de ficar com ela... Não sei por que tenho tanto carinho por ela. Nem a conheço direito...

– Gostaria de saber o motivo dessa ligação? Tem certeza de que ainda não descobriu?

– Não sei...

Eva olhou para Amélia, que balançou a cabeça em sinal positivo e disse:

– Já é tempo de você ter consciência. Vamos voltar ao salão, onde o tratamento dela está acontecendo.

Retornaram, aproximando-se da maca onde intensa luz azul envolvia Laila. A garota se debatia, agitada, com fortes dores no corpo. Um grupo de três enfermeiras e dois enfermeiros se posicionara ao redor do leito e trabalhava ativamente no tratamento magnético, aplicando passes em todos os centros energéticos da paciente.

Rafaela, com os olhos cheios de lágrimas, observou a deformação no rosto dela e protestou:

– Isso não é justo. Que família abominável! Como aqueles monstros a deixaram fazer isso consigo mesma? Eles são culpados! Gente ignorante!

A jovem ia sendo dominada pela revolta. Amélia, então, pediu que trouxessem grande tela, a qual foi acoplada energeticamente ao centro de memória de Laila.

– Você vai compreender.

Aos poucos, muitas imagens se sucediam na tela, representando as lembranças de diversas encarnações de Laila, até que chegou uma bem conhecida da brasileira. Era a mesma que tinha da cena à beira do rio. Detrás de alguns arbustos, Henri a observava. Era sob o ponto de vista dele que o episódio aparecia. Alice estava colhendo ervas, quando o bispo surgiu e entabulou com a moça uma conversa comprometedora. Rafaela sabia que se tratava dela própria e recordava cada palavra que trocara com o religioso naquele dia. Sentiu o ódio consumi-la outra vez. Henri ouvia toda a conversa e de repente se afastou, chorando muito. Rafaela começava a entender. O rapaz fora enganado, assim como ela.

As lembranças saltaram para o dia em que Henri capturou Alice e levou-a para a fogueira. Agora, via tudo pelo prisma do jovem, sob o olhar dele. Não suportando vê-la ser queimada, retirou-se antes que o horrendo espetáculo acabasse.

Voltou para o mosteiro, onde se consumiu de remorso e arrependimento. Não se perdoava pelo que fizera. Mais tarde, descobriu outras armações do tio e concluiu que a maldade e os desejos libertinos do bispo o tinham enredado, levando-o a contribuir para a destruição da mulher que amava. Henri jamais se perdoou e deixou o corpo em profunda apatia, desinteressado da vida.

Nesse ponto, Rafaela soluçava.

– Então... é por isso... que eu gosto tanto dessa menina...

Eva abraçou-a.

– Henri escolheu viver no Afeganistão, para sentir na pele o que passam as mulheres, e dessa forma também quitar pesado débito com as leis universais. Não foi uma punição, e sim uma opção dele, para compreender melhor o sofrimento feminino. Ainda há muito que pode fazer nesta encarnação.

– E as queimaduras, foram uma punição?

– Quase um impulso incontrolável. Ele não precisava, porém o remorso e a culpa inconsciente o guiaram. Além do mais, diversos espíritos que levou à fogueira em experiências pretéritas estavam ali, clamando por vingança, e se deixou influenciar por eles, que continuam decididos a consumar essa vingança.

– Ela precisa de ajuda.

– Mais do que de ajuda, precisa do seu perdão. Não conseguiu se perdoar pelo que sabe que lhe causou. Vocês se encontraram aqui, em nosso plano, antes de reencarnar e tiveram tempo para conversar muito. Você declarou que o havia perdoado, mas ele não acreditou. É necessário mais do que palavras. Ele precisa muito de você.

Rafaela chorava. O aparelho havia sido desligado e retirado. Laila ainda se debatia, depois de despertadas aquelas lembranças. A jornalista se aproximou da maca e lançou-se sobre ela, em pranto, afirmando:

– Eu o perdoo, Henri, sei que não foi culpa sua...

Afagou os cabelos de Laila e envolveu-a em caloroso abraço. A jovem, graças ao tratamento que recebia e ao carinho de Rafaela, acalmou-se e tomou maior consciência de si. Segurou-lhe as mãos com inesperada firmeza.

– Não tenho mais ninguém, jornalista do Brasil... Fui abandonada – tentava falar em inglês para ser entendida.

– Não, você não foi abandonada. Vou cuidar de você, eu prometo. Desta vez, cuidarei mesmo; não a deixarei sozinha. Eu vou ficar com você, pode ter certeza. Nada vai lhe faltar, ouviu?

Enquanto falava, ia limpando as lágrimas que lhe desciam pela face. As duas estavam muito emocionadas. Por fim, mantendo presas as mãos da outra, Laila expressou o que sentia em seu próprio idioma.

– Que bom que está aqui comigo! Gosto tanto de você...

Apesar de não entender uma só palavra, a brasileira captou a emoção e sorriu. A garota, sob o tratamento, adormeceu.

– Ela vai ficar bem?

– Vai descansar agora, antes de retornar ao corpo.

Rafaela inclinou a cabeça, concordando.

– Eu quero ajudá-la, vó. O que tenho de fazer?

– Aceitar o que você já sabe.

– Por que é tão difícil para mim?

– Com medo de sofrer, tem vivido toda a sua encarnação sob o comando do cérebro. É tempo de ouvir a voz do coração. Ele poderá guiá-la até a tarefa que espera por ser iniciada.

– Que tarefa é essa?

– Mais tarde saberá. Por ora, basta compreender que precisa deixar fluir do coração o amor que tem, a sensibilidade que traz consigo, mas que teme.

Ela escutava em silêncio. Dessa vez foi Amélia que gentilmente convidou o grupo:

– Vamos, está quase na hora de recebermos uma combatente vigorosa, que trabalha pelo bem incansavelmente, na crosta. Foi uma mulher brilhante, quando encarnada, e em nosso plano prossegue ainda mais atuante, expandindo suas ações de auxílio e apoio às mulheres de toda parte. Para ela, o papel da mulher é fundamental. Ela e a criança são seu foco.

TRINTA E NOVE

Dirigiram-se para amplo auditório repleto de homens e mulheres, claramente vindos de diferentes países, pelos trajes que usavam e pelo aspecto de cada um. Conversavam baixinho, aguardando o início da palestra.

Amélia deixou as visitantes acomodadas em uma lateral do salão e subiu para recepcionar a palestrante da noite. As luzes, que já eram suaves, se atenuaram ainda mais. O ar encheu-se de doce perfume, que lembrava o do jasmim, embora ainda mais delicado. Foi então que surgiu no salão, caminhando entre muitas companheiras de trabalho, a figura forte e determinada de Anália Franco. Tranquila, foi até a dirigente da instituição e a cumprimentou. Esta fez uma oração, envolvida em profundo sentimento fraterno, e depois, pedindo licença à convidada, leu uma poesia de Maria Dolores:

Razões da Vida

Indagas, muita vez, alma querida e boa:
- "Meu Deus, por que essa dor que me atormenta o ser?"
E segues, trilha afora, em pranto oculto,
De sonho encarcerado, a lutar e a sofrer.

Anelas outro clima, outro lar e outros rumos,
Entretanto, o dever te algema o coração dorido
Ao campo de trabalho que abraçaste,
Atendendo, na Terra, a divino sentido.
Antes de renascer, os seres responsáveis
Notam as próprias dívidas quais são
E suplicam a Deus lhes conceda no mundo
O caminho que os leve à redenção.

Não recalcitres, pois, contra os próprios encargos
Que te parecem fardos de problemas,
Encontras-te no encalço da conquista
De bênçãos imortais e alegrias supremas.

A lágrima que vertes padecendo
Longas tribulações, entre lutas e crises,
É um remédio da vida, em nossos olhos,
Que nos faculte ver os irmãos infelizes.

O abandono dos seres que mais amas,
Criando-te a aflição em que choras e anseias,
É um curso de lições em que aprendemos
Quanto custam na estrada as angústias alheias.

Familiares que te contrariam
Trazem-nos à lembrança os gestos rudes
Com que outrora ferimos entes caros
No fel de nossas próprias atitudes.

Afeição de outras eras que descubras,
Querendo-lhe debalde a presença e a união,
É instrumento de amor que te inspira a renúncia
Para o trabalho da sublimação.

A experiência humana é breve aprendizado
E a tribulação que te fere e domina
É recurso dos Céus, em nosso amparo,
Zelo, defesa e luz da Bondade Divina,

Sofre sem reclamar a prova que te coube,
Mesmo que a dor te espanque, atingindo apogeus...
E, um dia, exclamarás, entre os sóis de outra vida:
- "Bendita seja a Terra!... Obrigado, meu Deus!..."

Os versos tocaram aqueles corações que, na maioria, preparavam-se para retornar em nova encarnação, com tarefas bem definidas de colaboração na expansão do bem. Ao finalizar a leitura, a administradora voltou-se para Anália.

– Vamos, sem demora, ouvir a palestra de nossa convidada, que há muito aguardamos. Estamos felizes em recebê-la novamente, e desejamos que se sinta à vontade conosco. Ansiamos por aprender com sua experiência.

Anália Franco tomou a palavra.

"Queridos irmãos e irmãs, que lutam e trabalham por se aprimorar, sonhando e desejando um mundo mais justo, mais equilibrado e cheio de paz. Todos nós que aqui estamos nesta noite ambicionamos isso, trabalhando arduamente nessa direção. Entretanto, onde esbarramos? O que nos dificulta a marcha? Vencer o obstáculo e a prova? Lidar com os companheiros menos evoluídos? Enfrentar os problemas de um planeta que se debate em decisiva crise de transformação?"

Fez prolongada pausa, enquanto o efeito de suas palavras e de suas vibrações era sentido pelos ouvintes.

"Não. O que nos dificulta a marcha são as nossas próprias imperfeições morais: o orgulho, a vaidade, o egoísmo, que nos impedem de reconhecer e aceitar a vontade de Deus para nós. Rejeitamos, acima de tudo, os ensinos cristalinos de Jesus, que, uma vez acatados e compreendidos, nos aproximam do Criador, ajudando-nos a compreender-lhe a vontade soberana e perfeita.

"Vocês se preparam para mais uma experiência na Terra. Sabem que o planeta atravessa um momento de transição que muito tem oprimido aqueles que decidem caminhar no bem. A porta está se fechando para aqueles que recusam o amor, não sem que antes exerçam sua revolta contra Deus, causando sofrimento àqueles que seguem na ilusão, em um mundo que se desmantela a olhos vistos. São instrumentos da dor, dessa dor que campeia em toda a parte. Há milênios Jesus vem convidando a humanidade a repensar valores, crenças e atitudes. Desde a Antiguidade seus enviados trouxeram a essência de sua mensagem, até que ele mesmo desceu à Terra para dar o exemplo de um sistema de vida diferente, onde a fraternidade, o amor e o perdão acolhem todos os corações, igualando as criaturas, sob a orientação de Deus.

"Entretanto, a humanidade orgulhosa rejeita os ensinos do Mestre. Os poderosos da Terra, sob a inspiração das rebeldes potestades do plano espiritual – inteligências desenvolvidas que se negam a amar e seguem em luta contra o Criador –, criam sistemas de vida no planeta que impedem o ser humano de expandir sua capacidade, de ser feliz. O poder se mantém concentrado nas mãos de poucos, que manipulam, controlam e dirigem uma massa gigantesca de seres humanos que, amputados em sua capacidade, servem a esse engenhoso sistema que neles alimenta as ilusões de grandeza. São mentiras que seduzem e submetem bilhões de seres humanos, distanciando-os de Deus."

O silêncio no salão era absoluto. Os ouvintes, atentos, estavam entregues ao amoroso magnetismo daquela mulher.

"Todos querem a felicidade e a buscam com sofreguidão. Pretendem encontrá-la na satisfação de seus caprichos, de seus desejos egoístas e orgulhosos. Sofrem a decepção e o desencanto, quando constatam que depositaram suas energias em ilusões. Alguns têm a chance e o mérito de aprender e mudar. Outros se afundam na revolta, na dor que a desilusão acarreta.

"Deus trabalha incessantemente para o bem de seus filhos. E muitas vezes esse bem passa pela dor e pelo sofrimento, pois o Pai deixa que suas criaturas aprendam com as próprias experiências. Agora, no momento da transição planetária, é necessário que aqueles cuja consciência já acordou se comprometam com a vontade divina e realizem o que o Criador espera de sua presença na Terra. Refiro-me aos que sabem que apenas e tão somente o amor pode edificar uma sociedade e uma vida justa para o ser humano, aos que despertaram para Deus e trabalham pela elevação espiritual, livre dos dogmas religiosos, de si mesmos e do próximo.

"Muitos de vocês estão prestes a regressar e traçam planos para colaborar com a regeneração do planeta. Sabem do desafio que os espera. Nesta noite, gostaria de reforçar a necessidade que temos de que a Terra se abra para as energias típicas do feminino: suavidade, delicadeza, acolhimento, beleza, amor, compreensão, tolerância, calma. Essas, que são características do aspecto feminino de Deus, e que têm sido banidas da sociedade."

Na plateia, ainda que todos escutassem com atenção, muitos não entendiam o que ela queria dizer. Rafaela, particularmente, bebia-lhe as palavras, que pareciam responder a muitos de seus questionamentos. Anália prosseguia em tom firme e gentil:

"A nossa sociedade foi dominada pelas características eminentemente masculinas, que originaram todo o nosso sistema social. Sobre essa importante questão, seria muito interessante que vocês procurassem a vasta documentação que este lugar oferece em sua biblioteca, com livros, filmes, debates que se realizaram entre os encarnados e aqui em nosso plano. Em uma única palestra não é possível tocar em todos os pontos, e esses materiais podem complementar o esclarecimento daqueles que desejam efetivamente mudar sua concepção.

"Ao longo dos séculos, o masculino, na figura dos homens com sua força, dominou o mundo, impondo-lhe seu modo de ser. Para que tal domínio fosse exercido, as mulheres foram silenciadas, controladas, diminuídas, consideradas perigosas e até, na Idade Média, queimadas vivas. O feminino foi sendo conduzido segundo os interesses da sociedade patriarcal. A civilização que temos hoje na Terra é o desdobramento desse processo. Na luta para libertar-se do domínio masculino, a mulher quis mostrar que podia ser como o homem e fazer tudo o que ele fazia. Podia mesmo. E fez. Para tanto, adotou igualmente um modo masculino de viver. Venceu no mundo masculino. Era necessário.

"No entanto, é chegada a hora de a mulher contribuir de fato para a transformação do planeta, abrindo espaço para que o feminino de Deus se manifeste na Terra. É o momento de uma nova revolução, em que as mulheres assumam o ser feminino que trazem em si, dando valor à sua essência e deixando fluir sem medo a capacidade que têm de cuidar, de proteger, de cultivar, de doar-se, de amar. Valorizando a beleza real e tudo o que é verdadeiro. Não é disso que o planeta mais precisa?

"O que nos falta para concretizar essa transição? Primeiro, enxergá-la e aceitá-la como imperiosa. Depois, compreender que sacrifícios terão de ser feitos. Que a mudança demandará renúncia, amor, perdão. Não será sem abnegação daqueles que se comprometem com Deus que o bem se estabelecerá no planeta. Ainda não."

A oradora solicitou a alguns auxiliares que utilizassem a enorme tela que havia no fundo do auditório, projetando certo filme, e explicou:

"Essas são imagens de um mundo regenerado, que tive a permissão de trazer para vocês. Trata-se de Capela, nos dias atuais. Está à nossa frente, tendo passado pela transformação que a Terra está a caminho de fazer. É um mundo onde o amor é dominante; onde a fraternidade está na base de todas as instituições; onde cada indivíduo trabalha, contribuindo para o desenvolvimento geral, ao mesmo tempo em que expande seus dons e talentos. Todos têm tudo de que necessitam. Não há miséria, nem sofrimento, nem violência."

As cenas eram inimagináveis. O ambiente exalava beleza, delicadeza, amor. Ao final da exibição, Anália declarou:

"Convoco-os, meus irmãos, a se engajarem na luta que acabará por tornar também a Terra um mundo cheio de amor, de alegria e de progresso. Embora saiba que os desafios a superar virão muitas vezes em forma de dor e sofrimento, eu os conclamo a uma vida vitoriosa, ainda que a renúncia seja igualmente bandeira que lhes caberá abraçar. Convido em especial as mulheres a lutarem com todo o vigor para serem realmente mulheres, e não homens vestindo saia, como as há em enorme quantidade no planeta. Tenham a coragem de deixar o feminino extravasar e contagiar a todos. Lutem, trabalhem, realizem, mas não permitam que o aspecto masculino de si próprias, ou da cultura de nossa sociedade, esterilize sua capacidade de amar, de se doar, de cuidar. Principalmente àquelas que descerão com a tarefa da maternidade em sua lista de compromissos, peço que se dediquem aos seus filhos. Esta é uma das mais relevantes missões que podem ser chamadas a cumprir. Preparem-se para ser mães.

"Sei que aqui, nesta instituição vocês estão tendo ensejo de aprender muito, de se preparar convenientemente. Aproveitem a maravilhosa oportunidade que o Criador lhes concede, e sejam vitoriosos em sua encarnação. Acima de tudo, reforço o convite para que sejam fiéis à Deus, aos compromissos que assumiram, certos de que as alegrias do êxito espiritual da encarnação excedem, em muito, qualquer conquista material que se possa alcançar.

"Nós seguiremos na vanguarda, dando todo o apoio, auxiliando cada um em suas tarefas. Afinal, o trabalho de vocês, na crosta, é uma continuação de nossas tarefas, iniciadas no plano espiritual. Confiem-se à Providência. Vocês não estarão sozinhos. Lutem por libertar o espírito dos entraves culturais, das regras do sistema estabelecido, sempre que os impeçam de progredir e se desenvolver. Por mais difícil que seja – pois quando encarnados ficamos entorpecidos pela matéria e distraídos pelas demandas da vida física –, exercitem a elevação, com tentativas e erros, até que os acertos comecem a consolidar-se em sua personalidade. Sobretudo, cultivem o espírito, como diz o Evangelho: 'O espírito precisa ser cultivado como um campo'[6].

"Assim deve ser, até que consigamos nos desprender totalmente dos velhos conceitos, dos valores e paradigmas vigentes no mundo, alcançando verdadeiros voos espirituais. Por isto trouxe o filme que lhes foi mostrado: para que cada um de vocês leve no íntimo a inspiração desse mundo regenerado. E que possamos finalmente iniciar na Terra a construção de uma sociedade mais justa e mais feliz para todos."

Ela fez longo intervalo, ante a emoção que lhe dominava o espírito. Naquele momento, antevia as alegrias de um mundo que já conhecera de perto. Controlou-se e retomou a palavra.

"A conquista do bem vale os sacrifícios e esforços que requer. O Evangelho deve ser sentido, não basta tão somente decorar-lhe as passagens. É preciso absorver e vivenciar seus preceitos, para extrair-lhe os profundos benefícios. Os ensinamentos que Jesus trouxe à Terra através da Boa Nova são de tal maneira libertadores que, se hoje estivesse entre nós, o Mestre decerto seria considerado um revolucionário e perseguido até a morte. A humanidade ainda dorme sob o véu espesso

---

[6] O Evangelho Segundo o Espiritismo, capítulo XI, item 8.

da alienação, das ilusões, que a princípio trazem conforto e bem-estar egoísticos, avalizados pelo orgulho em que vive a maioria dos homens encarnados e fora do corpo físico.

"Somente o amor fraterno pode resgatar em definitivo a humanidade do sofrimento; acima da justiça está o amor. Que Deus os envolva em firmeza, coragem e resignação. E que Jesus, que preside a transição planetária, preencha seus corações de paz, de fé e de humildade, até a vitória suprema do bem."

Energia suave e indescritível invadiu o ambiente. Um perfume desconhecido e sutil tomou conta do local. O semblante de Anália Franco se transformou, traduzindo ventura singular.

– Príncipe da paz... – ela balbuciou.

Transfigurada em intensa aura de luz, passou a transmitir, naquele instante mágico, as palavras de Jesus, que lhe eram transmitidas através de espíritos superiores.

Meus queridos irmãos, a quem amo profundamente, que Deus os abençoe pela decisão de servi-lo com a própria vida. Para saírem vencedores desta empreitada, tenham em mente que instalar o Reino de Deus em seu íntimo deve ser o tema central da encarnação. Tudo o mais será acessório. Na construção desse reino, a que me devoto até hoje, chega uma fase para o espírito na qual se faz necessário suportar as dificuldades com sincero desprendimento. Cada um de vocês, onde estiver, será meus braços e minhas pernas, para espalhar o doce perfume do amor, socorrendo, curando, educando, servindo, como eu, aos sublimes desígnios do Pai. Sejam fiéis e vencerão. Não será uma conquista vã e passageira, e sim a vitória do espírito, que atingirá novo patamar de evolução, seguindo em sua jornada e descobrindo alegrias, emoções e prazeres sublimes, que agora não lhes é dado sentir. Eu estarei com vocês em todos os dias de sua vida.

Diante das sublimes e indescritíveis energias que Jesus derramou sobre os presentes, ninguém resistiu à força da emoção. Amélia, cheia de comovida alegria, tentava secar as lágrimas que lhe desciam pela face. Pela primeira vez, recebia mensagem direta do Mestre. Ele viera abençoar o propósito daqueles corações que, como seus soldados, propunham-se a dedicar a vida à construção do bem e à expansão do Evangelho, fortalecendo neles a esperança e a confiança no êxito da tarefa de cada um.

Ao final da palestra, Rafaela reconheceu que se quebravam suas últimas resistências ao Evangelho, a Deus e às questões espirituais. Compreendia por que os havia abominado por tanto tempo e identificava naqueles princípios a resposta ao mundo violento em que vivia. Sentia por Jesus algo novo. Sentia que o amava e desejava dividir aquilo com outras pessoas. Queria ajudar, queria compartilhar tão bela experiência.

Passadas as marcantes emoções daquela noite, deviam retornar. Laila foi levada, adormecida, de volta ao corpo físico. Rafaela, por sua vez, ao ser acomodada pela avó em seu corpo denso, naquela quase manhã, choramingava, temerosa.

– O que farei agora? Por onde começar? Como colocar em prática tudo o que aprendi hoje?

Eva acariciou seus cabelos e, sorrindo, sugeriu:

– Comece abrindo o coração para Giovanni. Ele está ao seu lado para que juntos possam vencer os desafios e realizar o que vieram fazer nesta encarnação. Você o ama, porém não se entrega. Abra-se ao amor e escutará a consciência lhe dirigindo os passos. Atente para essa voz dentro de você; Deus lhe falará através dela, de mil modos diferentes. No entanto, as decisões serão sempre e exclusivamente suas.

Rafaela retomou o corpo físico sabendo que mais tarde, ao despertar, algo em seu mundo estaria modificado. Iniciava uma nova vida. Encontrara Jesus.

QUARENTA

Naquela manhã, a jornalista dormiu pesadamente e perdeu a hora para o trabalho. Quando despertou, a claridade do sol em seu quarto já era intensa. Abriu os olhos, percebeu a luz difusa que entrava pela veneziana e foi surpreendida pela mais doce alegria. Sem saber, aquela luminosidade lhe recordava as luzes suaves em que mergulhara o pensamento durante a visita espiritual. Estava disposta e renovada. Olhou o relógio e constatou que se atrasara. Levantou-se devagar, abriu a janela, observando o vibrante azul do céu. Vislumbrou alguns pássaros que pulavam nos galhos da enorme árvore que era praticamente a única na rua em que morava. Sorriu e pensou: "O que estará acontecendo comigo? Sinto-me leve e nem sei por quê".

Foi para o trabalho e logo que entrou na redação sentiu o peso do corre-corre, das angústias e preocupações de todos. Informaram-na sobre recados de Fernanda, que não viria naquele dia, pois, submetida à quimioterapia, não passava bem. Sentou-se e procurou se concentrar. A alegria e a leveza que experimentara ao despertar ainda estavam ali, em algum lugar dentro dela. Contudo, a atividade do dia, a movimentação constante e o ambiente agitado impunham energia mais densa, solicitando-a a escrever outra matéria-denúncia.

Rafaela leu e releu as pesquisas que efetuara, bem como as observações que fizera acerca do tema da próxima reportagem que devia redigir. Dessa vez, abordaria a pobreza cultural da população. Falaria do emburrecimento e da mediocridade que se haviam estabelecido na sociedade brasileira. Entrevistara professores e estudantes, diretores de escola, o secretário estadual da cultura; dialogara com pais, avós, e especialmente com crianças e jovens. Fizera um estudo abrangente, focando escolas públicas e particulares. Verificara que a situação não era muito diferente, entre as duas categorias; havia poucas escolas exemplares, tanto em uma como na outra.

Concentrada no trabalho, buscava mentalmente a essência do problema, a origem de tudo; e, com os recursos intelectuais que possuía, começou a escrever. Mas havia uma voz dentro dela que tentava igualmente se expressar. A princípio não notou e continuou. No entanto, não tinha como construir o raciocínio, interrompida que era por aquela espécie de diálogo interno. A voz interior – sua consciência – ganhava força e se tornava quase audível. Cansada de lutar, parou para entender: "O mais necessário à sociedade é Deus, é espiritualidade". E questionou: "Como escrever isso em minha matéria? De que jeito? Pode parar por aí".

A batalha interna recomeçou. Rafaela precisava terminar o trabalho, porém não conseguiu. Irritada, ligou para a revisão e pediu maior prazo.

– Só temos mais um dia. Estamos cheios de trabalho aqui, os prazos estão muito apertados. Se não aprontá-la até amanhã, não poderá ser colocada no próximo número. E você sabe que é a matéria de capa.

– Eu sei, Pedro; será que não dá para vocês receberem depois de amanhã logo cedo? Esse assunto está bem complexo...

– É, eu imagino. Espere um momento – saiu do telefone e retornou rápido. – Tudo bem. Na quinta, então, logo cedo. Não atrase mais.

– Obrigada. Fico lhe devendo essa.

Deixou a redação preocupada. Assim que apontou na saída do prédio, deparou com o sorriso terno de Giovanni. As palavras da avó ressoaram em seu inconsciente; ela sorriu e caminhou mais apressada.

– Que bom que está aqui!

– Resolvi dar uma passada para ver como você estava e convidá-la para jantar no seu restaurante favorito.

Ela o abraçou e disse:

– Acho que não vou poder... Preciso trabalhar na matéria da próxima edição; estou com dificuldade para redigir o texto.

– Quem sabe se falarmos um pouco no assunto, dando uma arejada... Afinal, faz alguns dias que você vem tentando...

– Pois é. E essa é a primeira matéria mais forte que faço desde que retornei. Sempre foi tão fácil para mim, mas agora... – parou e fitou os olhos do namorado. – Vamos! Acho que preciso mesmo arejar a mente.

Jantaram e conversaram longamente sobre o tema da reportagem. Giovanni a escutou atento, buscando compreender qual era exatamente a dificuldade. Quando ela perguntou o que achava, expôs sua visão da educação à luz dos princípios espíritas, bem como sua interpretação sobre as desigualdades sociais.

– Não sabia que tinha esse conhecimento todo sobre educação – Rafaela surpreendeu-se.

– E não tenho. Estou aprendendo com o Espiritismo.

– Como assim, educação e Espiritismo?

Giovanni sorriu e explicou:

– É que Allan Kardec, o responsável pela organização dos postulados espíritas, o homem que foi encarregado por Jesus de compilar as mensagens que eram recebidas por médiuns em diversas partes do mundo, selecioná-las e transformar todo aquele rico material em informação didática, era um educador por natureza, formação e profissão. Era professor. O Espiritismo é, antes de tudo, uma proposta de educação para o espírito, ampliando os limites do entendimento do que seja a educação.

Rafaela ouvia encantada. As barreiras internas que fixara em relação às religiões haviam caído e ela agora percebia melhor o que Giovanni falava. Quando ele fez uma pausa, a jovem interveio:

– Confesso que minha maior dificuldade está sendo o conflito de ideias que tenho enfrentado. Algo novo apareceu em mim.

Relatou o episódio daquela tarde ao namorado, que sorriu ao comentar:

– É, Rafaela, sua consciência despertou. Não queira silenciá-la.

– Só não posso colocar esse tipo de coisa em minha matéria. Não posso falar em Deus e espiritualidade numa revista como essa.

– Até porque você já pichou tudo quanto é líder religioso, não?

– Nem todos...

– Alguns tiveram sorte de escapar de suas críticas afiadas, mas foram os menos expressivos.

– Tudo que escrevi foi o que constatei. Nunca menti ou fui sensacionalista, de forma alguma; você sabe disso.

– Por outro lado, nunca procurou compreender esses homens, suas dificuldades, seus desafios. Alguns pareciam sinceros, porém você focalizou o pior de todos eles. Colocou sob uma óptica questionável até quem não tinha nada de comprometedor. Era o seu ponto de vista.

Rafaela suspirou fundo.

– E como posso agora falar em espiritualidade? Vão dizer que fiquei louca.

– Você não precisa falar em espiritualidade, desde que ela esteja presente em seu modo de ver o mundo. Se aceitar que sua consciência está aí, que seu espírito é imortal e está atuante dentro de você, que Deus existe e dirige o Universo... Se você aceitar tudo isso, o seu texto, mesmo sem nada mencionar, ficará impregnado dessa visão. Suas ideias, afinal, serão mais espiritualizadas, a partir de sua visão espiritual da vida.

A jornalista o escutava com atenção e admitia que estava certo. Não era uma postura racional, apenas uma percepção, um sentimento.

Quando a levou de volta ao estacionamento da redação, para pegar o carro, ela agradeceu.

Amoroso, Giovanni beijou-a.

– Foi muito bom; acho que tenho uma nova luz para escrever meu texto – disse a moça já saindo do carro.

Então parou, virou-se para encarar o namorado e acrescentou:

– Quero ir com você ao centro novamente. Quero conhecer melhor essa Doutrina Espírita e esse homem intrigante, Allan Kardec.

– Será uma grande alegria levá-la comigo, senhorita – brincou o bem-humorado rapaz, impressionado pelas mudanças que notava na jovem por quem nutria profundo amor.

Na verdade, Giovanni estava internamente muito comprometido com as tarefas que abraçara no mundo espiritual, antes de retornar ao corpo denso.

Rafaela ia entrando no carro, quando teve desejo premente de escrever. Olhou o prédio com as luzes acesas. Sabia que a redação não parava, havia os plantonistas. Ao invés de ir para casa, subiu para sua área de trabalho; ligou o computador, releu algumas observações e se pôs a escrever. Varou a noite preparando a matéria. Nem sono sentia. Uma torrente de pensamentos e sentimentos fluía de seu interior, refletindo-lhe a visão renovada.

Foi só quando os colegas começaram a chegar que ela se deu conta de que varara a noite trabalhando. Pedro, que viera até ali para conversar com outra colega, passou por sua baia e comentou:

– Você levou mesmo a sério o prazo que combinamos, hein?

– Levei, sim, e já terminei. Vou para casa descansar um pouco. No início da tarde venho para revisar o texto, e em seguida o mando para vocês. Tudo bem?

– Tudo bem – respondeu o revisor, impressionado com o profissionalismo da jornalista premiada. – Quantas páginas? Vai preencher todo o espaço?

Ao pegar a bolsa ela sorriu, respondendo:

– Dá para umas três matérias, eu acho.

– Então será uma série?

– Vamos ver com a Fernanda. Se ela quiser... Assunto não vai faltar.

Saiu satisfeita com o trabalho, sentindo que enfim estava plenamente de volta à atividade. Mais do que isso, sabia que havia mudado. Algo dentro dela estava diferente, mais forte, mais belo.

Depois de tanta resistência, Rafaela começava a se fortalecer espiritualmente; aceitando o invisível, aceitava a si mesma. Aos poucos se deixava conduzir pela consciência, e não apenas pela personalidade temporária. Reconhecia que era um espírito imortal, envolvido temporariamente em matéria densa. Gradualmente se libertava da influência do materialismo, antes absoluta em sua forma de pensar. Devagar, ia rompendo os laços que a aprisionavam aos paradigmas que tanto interessavam aos poderosos do mundo e do espaço, opositores dos ensinos renovadores do Evangelho. O despertar da consciência a iniciava na vida nova.

QUARENTA E UM

Em Sar-e-Pol, a 350 quilômetros de Cabul, a vida se arrastava. Laila sentia-se profundamente só e triste. A muito custo e por insistência de Madeleine, levantava-se da cama a cada dia; não tinha ânimo para nada. Sua angústia era crescente.

Naquela manhã, sentada à beira da janela, observava o ninho que uma andorinha tinha feito perto da construção corroída pelo tempo. Junto à tabeira, bem embaixo, achando lugar favorável, formara seu lar. Comovida ante a cena dos filhotes sendo cuidadosamente alimentados pela mãe, a garota ficou com os olhos cheios de lágrimas. Aqueles pássaros davam a seus rebentos melhor atenção do que ela recebera de sua família. Não compreendia a razão de tanto desprezo. Sua vida perdera o sentido.

Sem que ela notasse, Madeleine se aproximou e a contemplou por um bom tempo. Como sempre, seu coração se enterneceu ao ver a garota que trazia parte do rosto deformada. Era tão jovem, mas a dor a deixara mais velha, com o olhar triste e vazio. Ali estavam abrigadas outras moças, outras mulheres forçadas a se refugiar longe de seus lares para serem protegidas dos próprios familiares.

– Está muito distante hoje, Laila – comentou a francesa.

– Há um ninho aqui, veja.

Madeleine chegou mais perto para examinar o que tanto atraía a menina.

– É uma família bem agitada... – fez uma pausa. – E você, como está?

– Não entendo o motivo de tudo isso; não sei por que Alá não me deixou morrer! Não tenho mais nada, estou sozinha no mundo... O que ele quer de mim?

As últimas palavras lhe morreram na garganta, tomada que foi pelas lágrimas sentidas.

Madeleine a abraçou com sincera ternura.

– Sei que este é um momento dificílimo para você. Porém acredite em mim: ainda é muito jovem e pode ter uma vida. Vamos ajudá-la a recomeçar.

A menina permaneceu calada, enquanto a outra prosseguiu:

– Há muitas histórias de mulheres que passaram por dramas semelhantes ao seu, e superaram. Não que tenha sido fácil para qualquer uma delas; no entanto, foi possível.

– Olhe para mim, olhe bem! – Laila falou em pranto.

Tirando o lenço que lhe cobria o rosto, deixou à mostra o lado mais ferido, vermelho e desfigurado. A francesa desviou o olhar, incapaz de se deter na fisionomia da menina.

– Como poderei ter uma vida? Ninguém consegue sequer olhar-me no rosto. Eu mesma não posso ver-me no espelho.

Seus lindos olhos azuis cintilavam, pelo reflexo da luz nas lágrimas que brotavam incessantes e desciam pela face ferida.

– Não há mais nada para mim. Está tudo acabado! Não sei por que vocês ainda perdem tempo comigo!

Madeleine deixou que a menina desabafasse e depois a abraçou de novo, pedindo:

– Precisa ter um pouco de calma, Laila. Vamos encontrar um jeito de ajudar você. Combinei com Rafaela que vocês conversarão esta noite pelo computador.

– A jornalista brasileira?

– Sim. Está ansiosa para falar com você; anda muito preocupada e quer ajudar. Tem enviado dinheiro para que possamos tratar de seus ferimentos. Ela não a abandonou. Espera que você fique boa, que se recupere. Acha que poderá falar com ela?

– Hoje à noite?

– Isso. Ficarei por aqui, para auxiliar nesse contato.

– Por que ela faz isso? Por que se interessa por mim?

– Eu não sei; o fato é que ela sempre quer notícias suas.

Laila balançou a cabeça e, limpando o nariz, perguntou vacilante:

– A que horas?

– Ainda não sei. Mais tarde vou ligar meu computador e veremos a que horas ela consegue se conectar. Então vocês duas poderão se falar.

A garota deixou que ligeiro sorriso lhe escapasse dos lábios tortos. Um raio de esperança despontava naquele coração amargurado.

À noite, Rafaela e Laila conversaram pela primeira vez, desde que a primeira deixara o Afeganistão. Ao ver aquele rosto que era lindo tão deformado, a jornalista controlou-se para não desmontar. Já fora prevenida por Madeleine e vira muitas fotos da menina no estado deplorável em que ficara. Entretanto, ao ver-lhe o semblante em movimento e falar com ela, a dor que sentiu foi imensa. Procurou consolar a afegã, mas ela própria não se continha, envolvida em culpa, tristeza e dor.

Depois de conversarem por algum tempo com a colaboração de Madeleine, Laila foi conduzida por uma auxiliar, para descansar em seu quarto, e Rafaela, vivamente impressionada, buscou maiores informações com a *concierge*.

– Como ela está de fato?

– Muito mal. Nem come direito. Está arrasada.

– Sente dor?

– Bastante. Mas acho que o abandono da família dói ainda mais.

– Que destino terrível o dessa menina!

– Não só dela; há muitas outras aqui em situação bem complicada.

– Sim, eu sei. E o que pensam fazer para ajudar Laila?

– Hoje tivemos a visita de um médico, que analisou o estado dela. É possível que em algumas semanas ela esteja em condição de fazer uma plástica que inicie a reconstrução da face. O problema é que não temos recursos, no momento, para custear cirurgia tão cara. O médico pertence a uma organização não governamental e faz as operações com subsídios; mesmo assim, teríamos de arcar com parte dos custos. Ele ficará aqui por uns três meses, e estamos considerando outras mulheres que precisem de cirurgia plástica...

– Não, Madeleine. Eu pagarei a cirurgia de Laila. Organize tudo, veja com ele o que é necessário e me comunique. Enviarei o dinheiro logo que me confirmar o valor. – Tem certeza?

– Absoluta. Faço questão de ajudar essa garota. Quero fazer tudo o que puder para dar a ela a chance de voltar a ter uma vida...

– É um ato muito nobre. Admiro-a, mas gostaria de saber por que faz isso. Por que Laila?

– Não sei dizer, mas quero ajudá-la. Vamos providenciar o que for necessário, está bem? Prometa que vai fazer tudo por ela.

– É claro!

Falaram mais alguns minutos sobre outros aspectos envolvidos, como os cuidados para a recuperação do pós-operatório, e a seguir Madeleine foi procurar Laila. Contou-lhe sobre a possibilidade que se abria para ela. Depois que a francesa foi embora, a menina, deitada em sua cama, olhava para o teto, tentando entender por que Rafaela se importava tanto com ela. Lembrou-se das poucas conversas que haviam mantido, e de como se afeiçoara de imediato à brasileira, quando a vira pela primeira vez. Ainda que não conseguisse compreender as razões da jornalista, tampouco as emoções que uniam as duas, adormeceu sentindo profundo conforto interior. O carinho de Rafaela era um calmante para sua alma torturada.

QUARENTA E DOIS

O dia estava luminoso na colônia espiritual onde funcionava a instituição dirigida por Amélia. A presença de Anália Franco enchia de energias especialmente sutis o lugar que recebia mulheres do mundo inteiro. Ali, espíritos que estavam prontos a participar da programação de sua próxima encarnação eram auxiliados a se preparar para servir de instrumentos do bem na Terra.

Eva, entusiasmada, comentava com a dirigente as novas disposições de Rafaela.

– Graças a Deus estamos fazendo progressos – comentou Amélia. – É preciso que nossa irmã se fortaleça, para poder iniciar a tarefa com a qual se propôs a nos ajudar.

– Estou esperançosa de que, daqui por diante, possamos contar com ela.

Amélia abraçou-a afetuosamente e ambas caminharam para dentro do prédio, onde se juntaram a oito companheiros. Anália Franco os aguardava para a última conversa que teriam antes de sua partida.

Cumprimentando com carinho aquele espírito a quem muito admirava, Eva lamentou:

– É uma pena ter de vê-la partir. Aprendemos tanto em sua companhia...

– Eu retornarei sempre que me for possível – assegurou a bondosa Anália.

O grupo acercou-se da orientadora, à espera de sua manifestação.

– Estou feliz por constatar os resultados que vocês estão obtendo com este projeto. Prossigam sem esmorecer.

– É sua generosidade que a faz avaliar assim. Sabemos que os resultados ainda são muito pequenos, frente aos desafios de nosso planeta – redarguiu Amélia. – A situação da mulher continua muito difícil em nosso mundo dito civilizado. Agressões constantes, obstáculos enormes, sobrecarga de atribuições...

Anália ajeitou-se na cadeira confortável e passou a explicar.

"O orgulho e o egoísmo, que endurecem o coração humano, campeiam por toda parte. Infelizmente as lições de Jesus vêm sendo esquecidas, inclusive pelos que se dizem cristãos. Ele nos ensinou que o cristão deveria vencer o mundo; todavia, o que presenciamos hoje é o mundo materialista subjugando a todos. Muitos que têm boa vontade e timidamente se dispõem a seguir o Mestre, logo sucumbem ao peso das ideias e demandas individualistas e egoístas. Sem dúvida, o quadro é grave e preocupante. No entanto, Jesus está no comando do planeta, como sempre esteve. Do Mais Alto, abençoa seus irmãos e fortalece aqueles que desejam caminhar com ele."

– Querida irmã – Eva dirigiu-lhe a palavra –, por que ainda é tão penosa a situação das mulheres na Terra? Apesar dos avanços que o gênero feminino realizou, é demasiado árdua a luta da grande maioria dos espíritos que reencarnam em um corpo de mulher.

"A história da humanidade vem sendo escrita com a opressão do mais forte sobre o mais fraco. Dar vazão ao desejo de domínio, concedendo liberdade total ao orgulho, tem sido a prática dos poderosos da Terra. E eles não agem sozinhos. Quando encarnados, são ferramentas nas mãos dos verdadeiros detentores do poder, espíritos inteligentíssimos, mas dissociados de Deus, que habilmente os comandam.

"A mulher, na condição de gênero mais fraco fisicamente e com atribuições do lar e da maternidade – pois que tem de proteger as suas "crias", como em toda a natureza –, desde a longínqua Antiguidade veio sendo sujeitada pela civilização patriarcal. Em tempos mais remotos, vocês bem sabem, tivemos sociedades matriarcais. Nelas, o gênero feminino dominava e, portanto, era enorme o respeito à mulher, nessas sociedades primitivas. Com o advento da hegemonia grega e depois do império romano, a cultura e os costumes desses povos foram aos poucos incorporando os conceitos patriarcais e depois sendo dominados por eles."

A lúcida visitante se deteve por segundos, para logo dar continuidade ao raciocínio.

"Quando Jesus veio ao mundo, trazendo novas lições, a Boa Nova elevou a mulher à condição de parceira do homem, equiparou-os em importância social. Confirmou-os como gêneros diferentes, com características distintas, porém com direitos e deveres idênticos. Infelizmente, o mundo viciou todas as fontes de redenção. Assim, os ensinos de Jesus foram deturpados e desvirtuados. As religiões, então, reduziram ainda mais o gênero feminino, praticamente exterminando sua influência na Terra.

"Na Idade Média, o repúdio à mulher era tamanho que milhares delas foram queimadas nas fogueiras, acusadas de bruxaria; essas, entre outras tantas ações, determinaram pesados resgates a almas que retornam ora como homens, ora como mulheres, vendo-se na necessidade de aprender, com a dor, o respeito e o amor."

A oradora, que era acompanhada atentamente pela pequena plateia, fez pequena pausa, esboçou ligeiro sorriso para Eva e depois prosseguiu:

"À medida que a humanidade progride, vai lentamente se libertando da escravidão imposta a todos, por milênios. Alguns, aqui e acolá, ao se libertar buscam também levar outros à liberdade, sobretudo da mente, derrubando os paradigmas culturais impostos a todos. Foi isso o que Jesus veio fazer: convidar-nos à renovação de nossas crenças, salvar-nos do domínio do mal.

"Quanto mais evoluída é uma sociedade, maior o respeito que tem por todas as criaturas, pelas diferenças. A pior consequência dos tempos de opressão à mulher é que a sociedade como um todo ficou carente da figura feminina, dos atributos femininos, das qualidades femininas. Criou-se um deus unicamente masculino, sendo que Deus, a inteligência maior que tudo criou, tem atributos masculinos e femininos. Ele é compaixão, é bondade, é beleza, é acolhimento, é perdão; não tem apenas as qualidades de força, poder e justiça predominantemente reconhecidas, muitas vezes, pelas religiões. Deus também é feminino. Ao valorizar e relevar somente suas propriedades masculinas, a sociedade ficou órfã de mãe. Repetimos incessantemente que Deus é pai, esquecendo que Deus é igualmente mãe."

Os presentes sorriram da afirmação. Pensar em Deus como mãe era algo que não costumavam fazer.

"Pois é, nunca pensamos em Deus como mãe; só o vemos como pai. Essa é a condição em que a sociedade se colocou. A opressão da mulher durante séculos foi muito maior do que podemos imaginar. E nossa sociedade, presentemente, ainda traz forte influência desse modo de pensar; daí os homens, e mesmo as mulheres, pouco respeitarem ou valorizarem o feminino. Por muito tempo as mulheres foram vistas como seres fracos, perigosos e pecaminosos. E até hoje o homem traz no inconsciente resquícios dessa avaliação; ele não confia na mulher. O pior de tudo é que muitos espíritos que hoje envergam um corpo feminino, que vivem a condição de mulher, trazem esses resquícios. A mulher não confia em si própria, pois tem o preconceito incutido em seu inconsciente."

– A luta pela libertação da mulher não mudou essa realidade? – interrogou um amigo que há muito trabalhava pela emancipação feminina.

"Foi fundamental. O feminismo, que ajudou milhares de mulheres a lutarem para se fazer respeitar e encontrar um lugar no mundo, foi inegavelmente movimento da maior importância. Entretanto, o que as mulheres precisam compreender é que ganharam espaço num mundo com valores masculinos já estabelecidos. Elas lutaram e venceram no mundo dos homens; na sociedade patriarcal, com valores patriarcais. A grande maioria das mulheres não despertou para essa sutileza."

– E as grandes mulheres que vêm ocupando postos de destaque, realizando conquistas notáveis? – insistiu o amigo.

"São essenciais para a transformação. Estão desempenhando tarefas importantes, com as quais se comprometeram antes de reencarnar. Cada ser espiritual nasce com uma tarefa a cumprir. Uns envergam corpo masculino, outros vêm com corpo feminino, de acordo com a necessidade de crescimento de cada alma. O que quero dizer é que as mulheres se libertaram do jugo dos homens, sem libertar o feminino de suas almas. Ao menos, não o fizeram como poderiam e deveriam. Estão no poder, mas usam as regras masculinas. O que se espera, agora, é que deem um novo passo na direção do equilíbrio do mundo.

Elas precisam aceitar plenamente o fato de serem mulheres, amar-se intensamente, reconhecer o grande valor que têm. Elas podem manifestar com maior facilidade o aspecto feminino do Criador. Assumir o ser mulher com alegria, aceitando seu corpo, seu jeito de ser, seu ritmo; e respeitando isso, cumprir seu papel com muita liberdade."

– Isso envolve a sensualidade?

"Sem dúvida. A sensualidade faz parte do ser mulher. Todavia, é necessário equilibrá-la com o amor. Muitas mulheres deixaram que o mundo masculino usasse e dominasse sua sensualidade, ditando as regras do que é ser sensual. É o controle exercido sobre as mulheres através da sensualidade. Elas acham que expondo sua sexualidade sem respeito, tanto quanto o homem, são livres. Nem homens nem mulheres serão verdadeiramente livres enquanto não controlarem a si mesmos, tomando consciência da enorme manipulação a que hoje estão submetidos.

"A manipulação é tão disseminada que dificilmente se pode percebê-la. Unicamente a consciência desperta leva o indivíduo a perceber o quanto está sendo escravizado por um modo de vida que o sufoca e controla; dominado por valores que em nada trazem felicidade; correndo atrás de conquistas efêmeras, a que alguém o incentivou, para ter o que a televisão diz que é essencial. A dominação vem até dos bancos escolares, onde se condicionam comportamentos, porém não se ensina o indivíduo a pensar."

– É por essa razão que tantos temem a Doutrina Espírita e ela é tão combatida? – indagou Amélia.

"Sim. A Doutrina Espírita liberta a consciência e concita o ser humano a refletir, a usar a razão tanto quanto possível. Convida-o a ter controle sobre si mesmo, sobre a própria mente, transformando aquilo que lhe traz sofrimento. Ela estimula o ser à renovação de valores, pensamentos e sentimentos."

– Por isso dizemos que ela propõe a revivência do Cristianismo primitivo, não é? – Eva interveio.

O grupo permaneceu por alguns minutos em silêncio, meditando nas lições da orientadora. Depois, foi ainda Eva quem falou:

– Em suma, o modo de vida na Terra está permeado de hábitos e formas de pensar destrutivos, que não conseguirão sustentar a vida no planeta?

"Sim. O ser humano deu vazão ao orgulho e ao egoísmo, sem reservas. Agora, sob pesados resgates, sofre as consequências de suas escolhas. Jesus vem tentando despertar o homem para as verdades eternas e para a necessidade do amor a Deus e ao próximo, como a única maneira de lhe trazer paz e felicidade. No entanto, o orgulho não deixa. O dinheiro, o poder, a ilusão dos prazeres efêmeros seduziram a humanidade a tal ponto que ela abandonou por completo os valores imutáveis, as leis divinas. É certo que muitos buscam a verdade. São os heróis da resistência, graças a Deus. É isto que vocês estão fazendo aqui: preparando uma resistência mais efetiva, para que o bem se fortaleça sobre a Terra em transição.

"É por isso que dizemos que todo sofrimento é justo, devendo ser aceito e compreendido. Quando uma pessoa sofre, antes de acusar o outro (seja esse outro quem for) deve perguntar o que precisa mudar em seus hábitos, em sua vida, em sua forma de ser. Sofremos porque de algum modo, em algum momento de nossa história de espíritos imortais, causamos a dor no próximo. Ela retorna para nós, de imediato ou no futuro. O único jeito de interromper esse círculo contínuo é aceitar a dor e transformá-la em elevação espiritual. É difícil, claro, mas é essencial para o nosso crescimento. Ajudar as mulheres que aqui chegam a compreender isso é um trabalho árduo, eu sei; por outro lado, as recompensas são eternas."

– E como as mulheres podem fazer isso? Como encontrar o caminho do equilíbrio, da realização e da alegria, no emaranhado de desafios que enfrentam? Elas assumiram múltiplas tarefas, variados papéis, nos quais desempenham bem suas funções. Acumularam responsabilidades, e hoje vivem dias sempre agitados, sob o peso de uma agenda cada vez mais ocupada. Sem tempo para si mesmas, como podem resgatar o feminino em sua vida?

Anália sorriu afetuosa e afirmou:

"A mulher precisa recuperar a dignidade, o valor, o respeito e o amor próprio, descobrindo a beleza, o poder e a força da essência feminina. Os mistérios que esconde em seu corpo, a maravilhosa capacidade de trazer dentro de si a vida, a energia poderosa do amor, que tudo renova e constrói, são atributos que toda mulher possui e pode colocar a serviço do bem, de Deus.

"Como disse antes, a maioria das almas encarnadas na condição feminina abriga no inconsciente sentimentos de inferioridade, de demérito em relação ao feminino. São vestígios do inconsciente coletivo e de suas experiências e crenças pregressas, de outras encarnações. Muitas vezes foram mulheres humilhadas, tolhidas, desmerecidas ao extremo, em sociedades bárbaras; outras vezes foram homens que humilharam e diminuíram as mulheres, subjugando-as com total desrespeito. Agora, renascem na condição feminina para aprender a respeitar e valorizar essa condição, ainda carente da elevação a seu mérito real.

"Precisamos ajudar as mulheres a aceitar e prestigiar sua essência, reconhecendo a importância de seus atributos para o mundo e para a própria vida de cada uma. Estamos por demais acostumados a um mundo duro, rígido, frio, agressivo. Temos necessidade premente de acolhimento, de ternura, de suavidade. Do feminino."

Fez longa pausa, em busca de inspiração do Mais Alto, para ser capaz de esclarecer adequadamente aqueles trabalhadores comprometidos com a árdua tarefa de renovação do planeta. Depois, prosseguiu.

"Acima de tudo, é chegada a hora de a humanidade enfrentar seus maiores inimigos, aqueles que carrega em seu interior. Não é mais possível postergar. O momento é de extremos; não dá para ser tolerante com o mal, contemporizando, adiando as escolhas fundamentais que temos de fazer. E o que precisa ser feito, no nível individual, não acontecerá sem dor, sem sacrifício. Nossos irmãos sabem disso, por intuição, daí a resistência tão grande, a hesitação inclusive daqueles que já sabem o que têm de fazer.

"A principal e inadiável tarefa dos homens e mulheres encarnados é compreender a necessidade da evolução espiritual, da elevação de si mesmos, em direção a Deus. As criaturas que estão na Terra precisam aproveitar todas as oportunidades de iluminação interior. É para isso que renasceram. Este é o ponto de partida: os objetivos das criaturas devem ser urgentemente revistos e modificados. As pessoas buscam seus objetivos egoístas com sofreguidão, devorando livros e agindo sem respeito algum, seja por si mesmos, pelo semelhante ou pelo planeta. Tudo o que importa é ter dinheiro, é ser bem-sucedido, segundo a visão estabelecida. A renovação de pensamentos e valores é urgente e imprescindível.

"Cabe à mulher dar contribuição preciosa nesses aspectos absolutamente necessários à construção do novo milênio, por ser o canal da manifestação do feminino, das energias eminentemente suaves, amorosas e de acolhimento. Ah! Se as mulheres compreendessem o poder que têm... O poder de amar! E com o amor, ainda que sacrificial, transformar o mundo para o bem!"

O grupo escutava com profunda atenção. Em todos havia os questionamentos naturais de seus hábitos culturais, de sua vida na Terra. Amélia, então, adivinhando o conflito que naquele instante pairava nas mentes dos companheiros, falou:

– De que forma pode a mulher dar o primeiro passo na direção de mudanças tão significativas? Como lutar contra uma realidade solidamente estabelecida?

"Já lhes disse que o primeiro passo é tomar consciência de que é necessário mudar e buscar a elevação espiritual; ter isso como meta de vida, querer decididamente a mudança, a evolução. A partir daí será mais fácil ir despertando, reconhecendo a beleza e a importância do feminino para a vida, para o mundo. Deus criou homem e mulher porque ambos são elementos fundamentais à realização de seus objetivos para o mundo."

Anália fez uma pausa, dando oportunidade para que todos participassem. Novamente Eva se manifestou:

– E quanto à sexualidade feminina, à liberação sexual? Como deve a mulher conduzir-se dentro da relativa liberdade sexual que adquiriu em nossos tempos? O que as mulheres vêm fazendo com essa liberdade tem sido positivo para elas?

A resposta da sábia irmã veio imersa em intensa energia.

"Eis um fator da maior relevância. As almas que reencarnam em corpo de mulher, momentaneamente atuando sob as forças físicas que influenciam o gênero feminino, precisam aprender a viver sua sexualidade com equilíbrio, com espontaneidade, sem medo ou censura excessiva, mas ao mesmo tempo sem exageros decorrentes do despeito ou do desejo de mostrar independência. Basta que aceitem e respeitem sua sensualidade natural. Se deixar suas qualidades femininas aflorarem, a mulher não terá de usar recursos agressivos, perante o sexo oposto; atrairá naturalmente o homem.

"Repito: a mulher deve assumir sua feminilidade, cultivando o respeito próprio, convicta de seu real valor, de suas enormes possibilidades. Só assim encontrará o próprio caminho num mundo onde prevalecem as energias masculinas: a agressividade, a luta pela conquista, pela liderança, a agitação, a velocidade de uma sociedade voltada para fora, para o externo. No momento atual da Terra a mulher tem, pela primeira vez, as condições históricas, sociais e psicológicas para assumir plenamente sua essência feminina como forma de viver, de alcançar seus objetivos, sem a pretensão de dominar o homem ou ser igual a ele para ter o poder. Homem e mulher precisam caminhar lado a lado, em equilíbrio."

Valendo-se de nova pausa, Eva questionou:

– Ainda é muito difícil para homens e mulheres enxergarem a realidade desse modo. Nossa cultura nos tem colocado em lados opostos, ao longo dos séculos, como se fôssemos oponentes.

"Meus irmãos, a quem interessa esse estado de coisas? 'Dividir para controlar'. A quem interessa ver homens e mulheres agindo como oponentes, ao invés de se complementarem, se unirem para construir? Outra vez encontramos os adversários do bem, aqueles que ambicionam escravizar e controlar a humanidade, quer estejam no corpo físico, quer atuem no plano espiritual. Não olvidemos que Jesus, acima de tudo, deflagrou na Terra uma guerra bendita: a verdadeira luta contra o mal. Esse mal não dá tréguas e não descansa; não admite ver seu vasto campo de influência claramente exposto e, por decorrência, seus domínios diminuídos.

SANDRA CARNEIRO pelo espírito LÚCIUS

"Quando homens e mulheres aprenderem a se respeitar e se valorizar mutuamente, todos serão premiados com o melhor da troca e comunhão dos dois sexos. Não mais um contra o outro, ou a rivalidade recíproca, e sim os dois juntos, respeitando-se e apoiando-se mutuamente. O progresso, enfim, se fará cada vez maior na Terra. Este é o futuro. Assim estão se estruturando as sociedades mais adiantadas, em orbes de maior evolução, com resultados excelentes para toda a comunidade de espíritos que os habita. Essa cooperação é condição indispensável para o progresso moral e espiritual do nosso planeta. E isso independe de se tratar de um casal ou de dois colegas de trabalho desenvolvendo algo em conjunto. Quando homem e mulher juntam suas potencialidades e energias, somando ao invés de dividir, trazem o divino para a Terra; passam a representar a energia sublime do Criador.

"Ainda aqui são essenciais a fraternidade e a humildade de reconhecer no outro igual importância. Somente o amor e a doação podem expulsar o egoísmo e o individualismo exacerbado. A mulher conquistou um espaço na sociedade que não mais lhe será tirado. É momento de renovar-se, de reinventar-se, indo adiante e instalando no mundo o poder do feminino."

– Como fazer essas transformações, se a resistência é tão grande? Homens e mulheres ainda têm muito que lutar, antes de encontrar essa harmonia, essa compreensão elevada... – opinou um dos companheiros.

"Para que deem passos efetivos na direção da evolução espiritual e da transformação, é necessário que tanto os homens como, especialmente, as mulheres aceitem e absorvam os ensinos de Jesus, contidos no Evangelho, que a humanidade tem rejeitado ao longo dos séculos.

"No estágio evolutivo em que estamos, não se pode vivenciar o Evangelho sem sacrifício. Não é exigido de nós o martírio que se impingiu aos primeiros cristãos. Agora, o sacrifício consiste na renúncia ao orgulho e à vaidade, que imperam desenfreados na sociedade moderna. Renúncia e sacrifício são atitudes abominadas pelas criaturas, mas sem as quais não nos despojaremos dos valores enganosos que vêm controlando a mente humana.

"O verdadeiro progresso repousa nas mãos daqueles que, submissos à vontade divina, amam. As maiores conquistas da humanidade serão as vitórias morais de cada indivíduo, que somente serão alcançadas com sacrifício e renúncia. Sem isso, não há elevação espiritual, não há crescimento, não há evolução."

QUARENTA E TRÊS

Os componentes do grupo tinham os olhos marejados e a emoção os dominava. Sabiam que a conquista da elevação espiritual era tarefa árdua. Anália fitou a todos com muita seriedade ao continuar as elucidações.

"Meus irmãos, não esqueçamos nunca que, não obstante a dor a ser superada nos atos de sacrifício e renúncia, acréscimos sublimes de valores evolutivos são reservados àqueles que sabem viver de acordo com a vontade do Pai. Esses seres que agem com obediência aos desígnios divinos experimentam emoções purificadas e um amparo espiritual que a maioria ainda desconhece. É essa sua mais preciosa recompensa. Se Deus jamais ignora nenhum de seus filhos, como olharia a criatura humilde que se consumiu em benefício de outro ser?

"Aquele que se dispõe a rever sua escala de valores e dar real importância ao que é perene, que escuta a voz da consciência e assim amadurece como espírito, desprendido dos impositivos a que a sociedade consumista e materialista constrange os indivíduos, encontrará vigor e coragem para sobrepor os bens eternos aos puramente físicos e passageiros. É assim que as mulheres, superando as ilusões da matéria, aprendendo a amar-se, aceitar-se e cuidar de si, poderão reconhecer seu potencial feminino e colocá-lo a serviço do bem, de Jesus, do Criador.

"É principalmente no lar, na família, que a mulher é convidada a exercitar essa suavidade, esse amor que agrega e fortalece os que estão ao seu redor. É aí que a nova sociedade reclama urgência na ação feminina. Compete à mulher, em particular, trabalhar pela harmonia doméstica e familiar. Sua dedicação – que em muitos casos pode mesmo chegar ao sacrifício – abençoará todos os membros da família. De olhos fixos no alto, agirá como ferramenta de Deus na Terra, junto àqueles que o Pai lhe confiou, elevando-se e elevando as vibrações em torno de sua casa, edificando o bem, exemplificando a paciência, o perdão e o amor. Tal papel, meus amigos, cabe acima de tudo à mulher.

"Esse é um dos grandes desafios para as almas, na construção do mundo de regeneração. Nesse mundo renovado, a harmonia haverá de imperar. A doçura, o respeito, o amor enfim, comporão a psicosfera predominante. Será um mundo mais suave, mais delicado, onde as energias femininas e masculinas atuarão em equilíbrio, em favor do progresso."

Entre os vários companheiros que participavam daquela palestra profunda e esclarecedora, Tiago, que fora homem nas últimas dez encarnações, inquiriu, um pouco contrariado:

– Por tudo o que você diz, a missão terrena da mulher é superior à do homem?

Anália pensou por instantes e depois, inspirada pelas forças superiores que acompanham o desenvolvimento do planeta, sob o comando de Jesus, lembrou-se de uma passagem de um livro.

"Certa vez, interpelado sobre essa mesma questão, foi assim que Jesus respondeu:

Ambos são iguais perante Deus, e as tarefas de ambos se equilibram no caminho da vida, completando-se perfeitamente, para que haja, em todas as ocasiões, o mais santo respeito mútuo. Precisamos considerar, todavia, que a mulher recebeu a sagrada missão da vida. Tendo avançado mais do que o seu companheiro na estrada do sentimento, está, por isso, mais perto de Deus que, muitas vezes, lhe toma o coração por instrumento de suas mensagens, cheias de sabedoria e de misericórdia. Em todas as realizações humanas, há sempre o traço da ternura feminina, levantando obras imperecíveis na edificação dos espíritos.

"Todo o texto é belíssimo. Quem ainda não o conhece, deveria lê-lo[7]."

---

[7] Boa Nova, Francisco Cândido Xavier pelo espírito Humberto de Campos, capítulo 22.

A amiga silenciou, observando carinhosa o grupo que a cercava com vivo e sincero interesse. Tiago ruminou aquelas palavras, que no mais íntimo o desgostavam. Já aprendera sobre a importância da mulher, o seu papel, os atentados e agressões que sofrera ao longo dos milênios. Ainda assim, bem no fundo, estava aborrecido e contrariado. Tentou expor o conflito de ideias que o incomodava:

– Entendo que a mulher possa ter todo esse valor, mas às vezes isso me confunde um pouco...

"Não é que a mulher em si, apenas por ser mulher, traga todo esse potencial. É que ela, por sua condição cultural e fisiológica, tem aptidões e características que a predispõem a exercitar o amor com maior facilidade. Tem, em resumo: o que a sociedade lhe permite no tocante a expressar a sensibilidade, a emoção, a relação com o sentimento, bem como a fisiologia preparada para carregar a vida e, por conseguinte, o acentuado instinto de preservação, de cuidado, de acolhimento, os sentidos preparados para entender a linguagem de um bebê, sem que ele diga uma só palavra, A mulher pode, por tudo isso, manifestar o feminino com mais facilidade. Essa a grande missão que lhe é delegada: expressar com vigor e satisfação sua essência feminina."

– Entretanto, nem sempre isso se verifica.

"É verdade. Trata-se de uma escolha. E por escolherem não manifestar tais qualidades, seguindo um padrão de comportamento mais masculino, as mulheres estão sofrendo profundamente. Elas negam o que trazem de mais precioso."

– As mulheres, então, são mais capazes de amar?

"Homens e mulheres têm capacidade idêntica de amar. É que, pelas condições que acabo de expor, a mulher tem maior possibilidade de mostrar esse potencial, exercitá-lo e desenvolvê-lo. A mulher traz em si este tesouro: o potencial de amar e de se dedicar. E somente o amor pode realizar os milagres supremos. Amar é essencial e urgente para toda a humanidade.

"Acima de tudo, os espíritos, quando encarnados em um corpo de homem, ou seja, na condição masculina, precisam aprender sem demora a amar e respeitar a condição feminina. Precisam perceber a importância do feminino para o equilíbrio do mundo. Assim, ao retornarem também como mulheres, colherão em futuras encarnações o resultado do respeito com que as tenham tratado. Isso porque, vocês bem sabem, o espírito não tem sexo e reencarna como homem ou mulher, de acordo com sua necessidade de aprendizagem e progresso.

"É urgente a sensibilização dos espíritos vinculados à Terra para o problema, a fim de que passem a lutar pela ruptura deste círculo vicioso: reencarnar como homem, desrespeitar e maltratar a mulher, voltar para o espaço e reencarnar como mulher, sofrendo por sua vez todo tipo de abuso. Esse círculo só poderá ser quebrado com as transformações necessárias; semeando respeito colheremos respeito, e assim sucessivamente. Homens e mulheres devem atentar para essa questão que é decisiva para o futuro do planeta: o respeito ao feminino precisa ser resgatado."

Tiago permaneceu calado, pensativo. Aqueles eram conceitos novos, porém ele sabia que aplicá-los significaria alcançar um importante degrau para a iluminação espiritual e para a transmutação da Terra convulsionada.

A conversação edificante ainda durou mais um pouco, mas afinal chegou o momento da partida. Anália despediu-se do grupo, aconselhando determinação e coragem; com ênfase maior, recomendou que jamais desanimassem de seus propósitos. Partiu deixando nos corações suave emoção e grande esperança, graças à nova luz que para eles acendera sobre a realidade e os desafios do planeta.

Após as despedidas, os amigos se dispersaram, cada um para seu posto de trabalho. Eva saiu feliz, e ao mesmo tempo séria. Sabia, por experiência, quão desafiador seria para as mulheres se compenetrarem da necessidade de uma perspectiva diferente em relação ao mundo. Muito sacrifício seria exigido para que o vissem de outra forma. Saber, apenas, não muda nada. A atitude na direção da mudança é que dói de fato, e faz a transformação acontecer. E algumas atitudes representam verdadeiros sacrifícios. Ela pensava em como poderia contribuir mais para as mudanças. Sentia que além do apoio que dava a Rafaela, e a toda a sua família, existia algo mais que deveria fazer.

Envolvida nessas reflexões, seguiu para uma ala repleta de mulheres que tinham vivido em países árabes, mas que, por ligações com espíritos que estavam reencarnados ou no plano espiritual junto ao Brasil, haviam sido trazidas para aquele hospital-escola. Assim que se aproximou, escutou os instrumentos musicais. No vasto salão encontrou mais de trinta mulheres. Algumas estavam sentadas, ainda convalescentes, exibindo as marcas da trajetória terrena gravadas no corpo espiritual. Contudo, a visão era magnífica. Doze mulheres que aparentavam idades diversas, em trajes típicos de seus países de origem – só que todos na cor branca –, dançavam, usando véus igualmente brancos. Procuravam alegrar e estimular as companheiras, ofertando-lhes beleza e alegria.

Logo que entrou Eva foi convidada a dançar com elas. Era muito querida por aquelas irmãs, que conheciam seu dedicado trabalho em favor do bem. Ela se uniu às meninas e deixou as preocupações de lado por alguns momentos. Poucos, pois não tardou a pensar em Farishta e depois em Laila. Outra vez o desejo de ajudar acendeu-se em seu coração amoroso. Ali permaneceu por bastante tempo, buscando inspiração naquelas mulheres para se doar ainda mais.

Ao sair, encontrou-se com Amaro. Tinham planejado acompanhar de perto os progressos de Rafaela e partiram sem demora.

Antes de se aproximarem da neta, ele tocou as mãos da companheira, num gesto solidário. Eva mantivera os traços envelhecidos, apenas ligeiramente atenuados, para ser mais facilmente reconhecida pelas filhas e netas.

– O que a preocupa?

– Não é nada.

Amaro sorriu, sem tirar os olhos dos daquele espírito que muito amava. Fez pequena inclinação com a cabeça, ao mesmo tempo em que revelava no olhar o que sentia.

– Eu quero ajudar – Eva acrescentou.

– É isso que estamos fazendo.

– Quero fazer mais...

– Conheço esse seu olhar, esse seu estado... Sei que vai tomar alguma decisão importante...

Emocionada ela abraçou o companheiro, que asseverou:

– Sempre apoiarei suas decisões, voltadas para o bem maior, a serviço do Mestre.

– Obrigada, meu querido. Amo você.

QUARENTA E QUATRO

Eva e Amaro entraram no quarto e se aproximaram da neta. Rafaela, deitada, lia "O Livro dos Espíritos" com visível interesse. Fazia anotações no texto, e registrava diversas perguntas em seu *tablet*. Demonstrava muita vontade de aprender e elucidar questões relativas a vários assuntos. Sobre a escrivaninha, ao lado do computador, uma pilha de livros espíritas proporcionava uma visão agradável aos dedicados avós.

– Ela se abre cada vez mais ao aprendizado – comentou Amaro, satisfeito. – A consciência despertou. Nossa neta está vencendo o bloqueio que a apartava dos temas atinentes à espiritualidade, e vem crescendo depressa.

– Continua a ver Clara?

– Sim, junto à psicóloga e a Giovanni, busca sanar dúvidas e aprofundar conhecimentos. E tem frequentado a casa espírita assiduamente. Do que lá escuta, sempre traz pontos a discutir. Você bem sabe como ela é: quando algo lhe parece exagerado ou incoerente, logo se sente desconfortável e reaparece o impulso de abandonar tudo. Felizmente recebe os esclarecimentos de Clara, mulher generosa, inteligente e sensível, além de responsável ao extremo. Nossa neta confia nela, e assim podem trabalhar os aspectos que mais incomodam Rafaela.

Amaro parou, pensativo. Eva tocou com carinho o ombro da jovem e observou:

– No entanto, ela continua bastante preocupada com Laila.

– Sim. As duas estão muito aflitas. Acho que de fato precisariam estar algum tempo juntas. O afeto que as une é tão grande... Você sabe.

– Sim, eu sei. Acontece que ambas estão comprometidas em servir a Jesus, acima de tudo, e essa tarefa as unirá mais ainda.

– Ela está preparada para iniciar a tarefa? – Amaro indagou.

– Em breve estará, se Deus quiser.

Os dois trocaram impressões por mais algum tempo; então seguiram para o núcleo espírita onde Farishta se encontrava em tratamento, apresentando ínfimos progressos.

Os planos para o retorno da afegã a um corpo físico estavam em andamento. Algumas possibilidades de lares para acolhê-la vinham sendo estudadas. Era um processo delicado, uma vez que precisava ser estabelecido um mínimo de sintonia vibratória entre ela e o novo lar. Casais haviam sido avaliados, porém não chegara o momento propício.

Eva e Amaro passaram alguns dias com o grupo espiritual que amparava seus familiares.

Noites depois, o núcleo espírita recebia o público para a atividade de divulgação doutrinária através de palestras. Sentados na segunda fileira estavam Giovanni, Rafaela e Luana.

Eva, que dedicava parte de seu tempo a prestar serviços na casa, enquanto ali permanecia, adentrou o salão e contemplou com um doce sorriso de alegria os três filhos queridos de outras eras, que atentos acompanhavam as explanações. Ao notar a felicidade do ente amado, Amaro se aproximou e exclamou:

– Como é bom vê-los, os três, na senda do progresso! Essa doutrina abençoada é uma alavanca para o desenvolvimento de nossos filhos, almas que tanto amamos!

Limpando as lágrimas que lhe corriam pela face, ela complementou:

– Como é lento o progresso espiritual... E que oportunidade abençoada nossos filhos receberam! É tão bom ver que começam a aproveitá-la, olhando para a vida de outro modo... Não mais voltados somente para as realizações materiais, mas preocupados com as questões do espírito, da alma imortal. Finalmente, vejo os três em busca da verdade, libertando-se aos poucos das ilusões da matéria, para valorizarem o progresso e a elevação espiritual.

– Há muito aguardávamos esse momento – concordou Amaro, igualmente emocionado.

Ao final da palestra, Luana, Giovanni e Rafaela foram para a sala onde receberiam a transmissão de passes magnéticos. Quando eles entraram, Eva e Amaro acercaram-se dos médiuns passistas, envolvendo-os em profundo amor. Através das mãos dos trabalhadores encarnados, doavam energias que fortaleciam o corpo e, sobretudo, o espírito dos três jovens; desse modo os incentivavam a prosseguir com determinação no caminho que haviam encontrado. Infundiam-lhes na mente imagens inspiradoras, para que o bem-estar e a alegria que sentiam os encorajasse, consolidando suas convicções.

Nas semanas que se seguiram Eva se manteve perto dos três, a fim de os auxiliar a vencerem as hesitações e se comprometerem decididamente com os ensinos de Jesus. Inspirava-lhes reflexões elevadas, a cada momento em que exercitassem a oração e a leitura salutar. Rafaela era a que enfrentava maiores dificuldades.

Eunice, embora contente pela melhora da filha, não aprovava sua ligação ao Espiritismo. Queria que ela recuperasse o vigor no desempenho profissional e, por conseguinte, o sucesso excepcional que fazia como jornalista. Achava que a jovem perdia o foco ao dedicar tempo e energia mental a ideias que em sua opinião não mereciam crédito.

Afetada pelas objeções da mãe, muitas vezes Rafaela titubeava e a avó tinha de agir com presteza, para que o trabalho que vinha sendo desenvolvido não se perdesse. Não raro buscava Eunice em sonho e a admoestava: se não queria fazer o trabalho da própria renovação, que não impedisse o da filha. Era inútil; ela esquecia completamente os sonhos e, quando desperta, ignorava qualquer pensamento que fosse contrário às suas crenças.

Ao final de quase dois meses, Eva ponderou com o companheiro:

– Precisamos agir. Rafaela tem de sair dessa indecisão. Já é hora de assumir sua tarefa.

Resolveu que seu próximo passo seria recorrer a Giovanni.

Naquela tarde, o rapaz foi buscar a namorada na redação. Ela demorou a sair, e por fim apareceu carregada de papéis e pastas.

– Vim buscá-la para jantar – informou após se cumprimentarem.

– Estou cansada...

– Vamos ao seu restaurante predileto, onde você sempre acaba relaxando.

– Está bem – deixou suas coisas no carro e entrou no dele.

Naquela noite, Giovanni, inspirado por Eva, demonstrou imenso interesse na situação das mulheres e, em particular, nas últimas notícias de Laila.

– Como está a garota? Tem falado com ela?

– Vai muito mal. Sua recuperação é lenta, está muito deprimida...

– Também, não é para menos. Depois de tudo por que passou...

– Queria estar com ela. Sinto tanta vontade de ajudar essa menina... Você não pode imaginar.

– Sem ajuda ela não poderá fazer muita coisa... Aliás, nem ela nem qualquer dessas mulheres de quem você me fala.

Por alguns segundos os dois silenciaram, até que Giovanni declarou:

– Eu gostaria de conhecer esse lugar, essas meninas... Por tudo que você me conta, tenho uma vontade louca de ver isso de perto.

– É mesmo?

Novo silêncio se instalou. Ainda sob a influência de Eva, ele sugeriu:

– Por que não cava uma matéria complementar para mostrar a história de Laila? Na reportagem anterior você abordou a situação das mulheres em geral, dentro da problemática política, econômica e social do país. Por que não faz uma matéria específica sobre essa moça, e quem sabe sobre todas as outras que estão lá com ela, naquela organização... como é mesmo o nome?

– RAWA.

– Isso.

– É uma ideia tentadora. Só que a revista está numa fase de contenção de despesas e cortou todas as viagens internacionais pelos próximos seis meses.

– E se fôssemos por nossa conta, pagando as despesas? Tenho milhas para trocar por passagem aérea e por estadia em hotel. Acho que não gastaríamos muito.

– Quer ir comigo?

– Claro que sim.

– E o seu trabalho?

– Eu dou um jeito.

Animada, ela segurou-lhe a mão com força e disse, cheia de emoção:

– Seria incrível poder voltar lá e ajudar Laila. Você sabe que é o que eu mais quero neste momento.

– Então está decidido. Consiga a autorização de Fernanda, que eu cuido dos detalhes da viagem.

– Por que está fazendo isso?

– Além de amar você e querer vê-la feliz?

Rafaela balançou a cabeça, com os olhos marejados. Ele limpou com delicadeza a lágrima que escorria pela face da namorada.

– Quero conhecer essa garota em quem você tanto fala. Além do mais...

Olhava fixamente para a jovem, sem saber se devia ou não dizer o que desejava. Afinal, arriscou.

– Queria que fosse uma viagem de comemoração.

– Que comemoração?

– Poderíamos ficar noivos durante a viagem. Esse seria seu presente para mim.

Ela ficou séria. Não sabia se chorava ou se sorria. Não tinha vontade de se casar, de ter filhos... Não queria. Ao mesmo tempo, fitando o rosto de Giovanni, sentiu extremada ternura. Amava-o. Não era apaixonada, como desejava, mas sem dúvida o amava.

– Vou pensar, está bem?

– Diga sim, só isso.

– Preciso pensar um pouco.

– Sobre a viagem?

Ela baixou os olhos, buscando esconder seu conflito de sentimentos. O rapaz ergueu o rosto dela e afirmou:

– Se não quiser ficar noiva, tudo bem, não me importo. Quero fazer a viagem assim mesmo. Uma coisa não depende da outra.

– Dê-me um tempo para refletir.

Paciente como sempre, Giovanni sorriu, pegou sua taça de vinho e tocou-a de leve na dela.

– Vamos brindar.

– A quê?

– Ao futuro.

– Como, ao futuro?

– Estamos aqui para evoluir e aprender; não é isso que temos aprendido?

– Sim.

– Portanto, compete a nós construir o futuro. Ele depende de nossas escolhas, de nossas atitudes. Vamos derramar pelo caminho de nossa vida sementes de amor, alegria e esperança. É dessa forma que teremos assegurada no porvir a colheita do bem.

Após o brinde Rafaela ficou pensativa. Durante o jantar, não lhe saíam da mente as palavras daquele doce convite, vindo por sugestão de Eva.

Entrou em casa absorta, andando devagar. Eunice estava na sala, assistindo ao noticiário da noite. Queria conversar com a mãe, compartilhar seus conflitos, porém não se sentia à vontade para falar-lhe daquelas questões. Ainda assim, depois de ir ao quarto e deixar suas coisas, voltou para a sala e sentou-se junto dela.

– O que foi? O que tem? – indagou Eunice.

– Nada. Está tudo bem.

– Estou vendo que não está. O que a aflige, minha filha?

– Estou indecisa, sem saber muito bem o que fazer. Giovanni me pediu em casamento.

– Outra vez? Já é a quarta, ou quinta?

– Não, mãe, é a segunda vez.

– Ah, só a segunda? É que parece que ele fica ao seu redor o tempo todo, com esse pedido implícito...

– Também sinto isso.

– E você, o que disse?

– Eu gosto muito de Giovanni. Mas para me casar e ter uma família... Não tenho tanta certeza. Por outro lado, não quero me afastar, ficar longe dele.

– Talvez o veja apenas como um bom amigo...

– Não é só isso, é mais. Embora goste muito dele, muito mesmo, sinto como se em algum lugar existisse alguém à minha espera, sabe?

– Que bobagem!

– Alguém que eu conheci em outras encarnações... – ela ignorou a observação da mãe.

– É isso que a está confundindo ainda mais. Não me agrada em nada vê-la tornar-se uma fanática, frequentando esse lugar... Estão fazendo sua cabeça, filha. Você tem deixado sua carreira em segundo plano. Está dedicando tempo e energia demais a essas bobagens.

Rafaela fitou a mãe, buscando entender suas motivações, e a seguir perguntou:

– Você não nota a minha melhora? Não vê que esses conhecimentos me equilibraram, me trouxeram de volta para a vida? Não percebe que alargaram minha compreensão sobre os motivos da dor, do sofrimento, dando-me esperança renovada para continuar a viver?

Com fundo suspiro, Eunice buscava as palavras certas para causar na filha o efeito que desejava.

– Claro que estou feliz com sua recuperação – acabou por dizer. – O que me preocupa é ver que ainda não está totalmente curada. Tem de ir com cautela, ou voltará a se desequilibrar. A realidade da vida é dura, eu sei. No entanto, não adianta tentar amortecê-la acreditando em fantasias, em ilusões que nos anestesiem. Você sempre foi uma pessoa racional, coerente, capaz de olhar a vida de frente. É óbvio que, às vezes, essa postura corajosa e forte sofre seus baques. Mas daí a você se apegar a esse tal Espiritismo, por favor! Quer ir de vez em quando, ouvir palestras, tudo bem. O problema é que está se envolvendo demais... Lendo todos aqueles livros... Está ficando fraca, muito sentimental. Não está pensando direito. Tem deixado de lado as coisas de que gostava. Vejo que agora se cuidado menos... Olhe sua aparência; até disso está descuidando.

Fez longa pausa, prestando atenção no efeito que seus comentários causavam na filha. Sua mente era acionada por espíritos inimigos da luz, que sentiam na mudança de Rafaela o prenúncio de uma vida dedicada ao bem.

– Você já não é a mesma – Eunice prosseguiu. – Assim, não vai conseguir realizar mais nada significativo em sua carreira. Terá de fazer outra coisa... Nada a impede de procurar outra atividade, mas seria uma pena. Já investiu tanto nessa profissão, fez tantos trabalhos maravilhosos, ganhou tanto dinheiro... Faça uma viagem, filha. Vá para os Estados Unidos por um tempo. Você tem muitos amigos por lá. Passe um período longe de tudo, para poder refletir melhor.

Evidentemente abatida pelas palavras e, acima de tudo, pela vibração que lhe chegava através delas, Rafaela se limitou a avisar:

– Vou dormir, estou cansada.

Levantou-se e foi para o quarto. Preparou-se para deitar, cada vez mais desanimada. Pensamentos perturbadores a assaltaram: "Será que minha mãe tem razão? Será que não estou me iludindo com tudo isso? Quem prova que essas coisas são verdadeiras?".

Remexeu os livros, lendo passagens que anotara. Para ela, tudo aquilo fazia sentido; ainda assim tinha incertezas... Deitou-se e revirou-se na cama. Há tempo não se sentia tão desalentada; tomada de angústia, chorou até pegar no sono.

Tão logo seu corpo físico adormeceu, seu corpo espiritual desprendeu-se e encontrou Eva, que a aguardava, atenta ao que ocorria.

– Vó... – abraçou-a e deixou-se envolver por sua energia.

Depois que se acalmou um pouco, ela perguntou:

– Por que minha mãe não me apoia?

– Ela ainda não pode compreender, minha querida. Pense em si própria, meses atrás; não conseguia enxergar.

– Por que é tão difícil?

– Porque é necessário nos desapegarmos dos valores materiais que são fortemente incutidos em todos nós, desde pequeninos. É por isso que o Reino de Deus ainda custa a ser implantado na Terra.

– Acho tão complicado... Tudo demora tanto...

– Nisso você tem razão. O progresso caminha lentamente, pois esbarra no egoísmo e no orgulho humanos, que se traduzem nessa sociedade hedonista que criamos. Ao invés de voltar-se para Deus, os homens nutrem cada vez mais o desejo de serem deuses. Ninguém quer abrir mão de seus interesses, para pensar no bem maior.

– Por isso a dor é tão necessária.

– Não há dúvida. Sem ela, o homem simplesmente se esqueceria de Deus. Somente quando a dor nos bate à porta, somos obrigados a repensar nossas escolhas e buscar alternativas melhores. É isso que você está fazendo, e que Eunice ainda não compreende, pelo apego excessivo aos êxitos materiais. Ela se orgulha muito de você. Criou-a sozinha, e para isso lutou sem cessar. Ficou muito ferida quando seu pai as deixou, acusando-a de não ser boa mãe. A partir daí ela teve uma vida amargurada, e nunca o perdoou. Embora não enxergue isso, hoje se agarra ao seu sucesso como forma de compensação pelo que sofreu.

– Sinto falta do apoio dela. Eu preciso desse apoio.

Eva ergueu a face daquela que um dia fora sua filha e enxugou as lágrimas que desciam. Envolvendo-a em suaves energias, alertou:

– Quando abrimos os olhos, quando nossa consciência desperta, a lucidez vai ganhando espaço em nosso íntimo e é iniciado o processo de mudança. Todavia, é apenas o primeiro passo. A caminhada é extensa, e inúmeros serão os obstáculos. Muitos daqueles que a admiravam começarão a olhar para você de modo diferente. Não serão poucos os que lhe darão as costas.

Rafaela chorava, antevendo o que enfrentaria. A avó questionou:

– Mas você não deseja mudanças? Não quer um mundo mais justo, mais equilibrado, onde o bem se sobreponha ao mal? Não é a isso que aspira?

– Sim, com todas as minhas forças.

– Pois, então, o caminho é Jesus. É preciso viver seus ensinamentos, não apenas conhecê-los. Unicamente pela vivência do que Jesus ensinou – o bem, o amor, o perdão – seremos capazes de experimentar os resultados dessa opção em nossas vidas. Tudo muda à nossa volta, quando aceitamos que a luz do Mestre brilhe através de nós.

Rafaela olhava para a avó, suplicante. Queria acreditar. Queria entregar-se a Jesus. Entretanto, queixou-se ainda:

– Ele me deixou morrer em uma fogueira...

Eva abraçou-a com ternura e ali ficou, por longo tempo, sem dizer nada. Em seguida explicou:

– Não foi ele quem deixou você morrer. Foram seus atos, em outra encarnação, que levaram àquela consequência. Veja Farishta. Sofre agora o que fez muitos sofrerem. E sua colheita não terminou; tudo o que semeou, terá de ceifar. Ela foi o bispo que a levou à fogueira, bem como a tantas outras mulheres. Esta é a colheita do que semeou. Terá de aprender muito – a perdoar, a trabalhar pela própria evolução, a fazer o bem –, e ressarcir, de um jeito ou de outro, o que levou de sofrimento a outras criaturas. Toda dor que causamos aos nossos irmãos retorna para nós em forma de sofrimento. Esse processo só cessará quando pararmos de causar dor aos outros.

A essa altura Rafaela olhava para a avó com expressão de dor, raiva e tristeza. Eva a observava em silêncio, encorajando-a a falar.

– Tudo é muito doloroso e difícil.

– É que ainda não aprendemos a amar. Por isso sofremos tanto. O amor liberta, equilibra, fortalece. O amor é o caminho para Deus, e sem os dois a vida não tem sentido. É um amontoado de ilusões que sempre nos trarão mais dor.

– O que eu vou fazer? Sinto-me fraca.

– Cumpre colocar os interesses espirituais acima dos materiais, minha querida. É preciso fortalecer o espírito, todos os dias, trabalhando por seu crescimento. Deve buscar o bem e servir ao próximo, vencendo o egoísmo e o orgulho; pelo menos, lutando contra eles.

– Ou seja, terei uma vida de luta constante?

– De muita luta. Mas disso você entende, não? É uma lutadora, apenas precisa escolher melhor o objetivo.

Rafaela sorriu e a avó acrescentou:

– Giovanni está junto de você, para apoiá-la em sua trajetória.

– Eu o amo tanto... Contudo, não me sinto apaixonada.

– Porque a grande paixão de sua vida está em outro continente.

– Henri...

– Vocês dois se encontraram no plano espiritual, após a trágica experiência na Inglaterra. Ele sofreu profundamente quando descobriu o que o tio havia imposto às mulheres, e como o enganara com relação a você. A culpa que sente é enorme, avassaladora. Quanto a você, compreendeu que ele fora enganado e, depois de várias encarnações, perdoou-o e continuou a amá-lo. Foi por ainda ter necessidade de aplacar a culpa que Laila queimou o próprio corpo. Vocês são espíritos ligados pelo amor puro e verdadeiro, mas por ora devem trabalhar em projetos diferentes, mesmo que se amparem mutuamente.

Pesadas lágrimas desciam pelo rosto de Rafaela, que inclinou a cabeça concordando.

– Você tem Giovanni ao seu lado, assim como Luana, que prossegue firme no trabalho de renovação interior. Apesar de sofrer muito, luta para aceitar a prova que lhe cabe e persistir no serviço do bem. Tem feito progressos extraordinários.

– É verdade. Luana está até mais bonita, fisicamente.

– Pois é... Agora, querida, vamos orar a Deus, pedindo que nos fortaleça as resoluções. Você tem bastante trabalho a fazer.

– Pela minha renovação?

– Pelo bem de muitas mulheres.

– Como?

– A vida na Terra abrange uma série de compromissos. Entre suas tarefas, uma está vinculada à nossa instituição no plano espiritual. Não se lembra?

– Não.

– Não se preocupe, vai reconhecê-la quando a encontrar.

Eva orou com imenso amor. O quarto encheu-se de luz azulada que envolveu Rafaela, fazendo-a sentir-se renovada. O que experimentou foi tão intenso e bom que ela ficou ali, em silêncio, entregue àquela sensação.

Ao final da oração, a avó acomodou-a novamente no corpo denso e, com um abraço, aconselhou:

– Procure sentir mais, minha querida. Deixe que seu coração a guie. Sei que é muito racional, e isso é ótimo. Vai precisar de todas essas habilidades em sua tarefa. Mas deixe seu coração aberto. Sinta nossa voz em seu interior. Escutará a voz de Deus.

– Como posso fazer isso? Não sei...

– Já ouviu falar em meditação?

– Já.

– Pratique-a. E em oração?

– É claro.

– Pratique também. Na meditação você silencia os pensamentos e serena a mente. Na oração se expressa e escuta a voz de Deus dentro de você. Aos poucos, essa voz se tornará audível, mesmo quando não estiver meditando ou orando. Basta exercitar.

Eva beijou-lhe a face e despediu-se, pois a neta precisava descansar.

QUARENTA E CINCO

Na manhã seguinte, Rafaela despertou antes que o relógio tocasse. Abriu os olhos com uma alegria indefinida. Sentia-se outra vez forte e decidida. Arrumou-se e tomava uma xícara de café em pé, na cozinha, quando Eunice entrou; quase se arrastava, em seu costumeiro mau humor matinal.

– Já está pronta? Madrugou.

– Tenho muita coisa a fazer.

Ela respondeu já sorvendo o último gole do café. Colocou a xícara sobre a pia, ainda com fumaça. Sorriu e beijou o rosto da mãe.

– Bom dia. Não me espere para o jantar.

Eunice estranhou a animação de Rafaela, que de hábito acordava tarde e invariavelmente aborrecida. Assim que ela saiu, ficou imaginando o que poderia ter provocado tanto entusiasmo. Seria Giovanni? Teria a filha resolvido casar-se? Continuou a fazer suposições, até criar coragem para principiar seu dia de atividades.

Rafaela, por sua vez, dirigia para a redação com o pensamento distante. Observava a cidade frenética ao redor, porém se sentia em um ritmo diferente naquela manhã. Tudo era velocidade e agitação, ao passo que seu movimento interior se mantinha cadenciado e sereno. Estava em paz e surpresa com as próprias emoções. Os questionamentos constantes que lhe assolavam a mente estavam aquietados, como se ela começasse a compreender o sentido da vida. Nada lhe parecia fora de lugar.

Antes de entrar na redação, passou pelo salão onde Valéria trabalhava, à procura de notícias.

– Bom dia. Gostaria de marcar hora para tingir o cabelo.

– Deixe-me ver... Pode ser na próxima semana?

– Teria de ser ainda hoje. Devo viajar, sabe? E quero estar muito bonita.

– Uma viagem romântica?

– Também.

Marcado o horário, ela perguntou:

– Tem notícias da Valéria?

– A Marinalva foi visitá-la na semana passada. Está mal, muito mal; praticamente irreconhecível. Emagreceu demais...

– Que coisa!

Rafaela ia escancarar sua revolta contra situações como aquela, quando de súbito pareceu que lhe soavam no ouvido as lições que vinha recebendo do Evangelho e da Doutrina Espírita. Por elas, sabia que nossa vida é sempre um reflexo daquilo que semeamos, ou nesta encarnação ou em vida pregressa. A revolta se calou e em seu lugar veio a cobrança interior de ajudar, de ser útil. Sentia vontade de fazer o bem. Imediatamente, movida pela consciência do dever, indagou:

– Qual o horário de visitas? Quero ir vê-la, antes de viajar.

– Vou confirmar com a Mari e lhe passo quando você voltar, na hora do almoço.

– Está ótimo.

Rafaela pegou o elevador do prédio e subiu pensando em Valéria. Os filhos dela deviam estar necessitados de muita coisa. Ao chegar passou um *e-mail* para os colegas, comunicando que ia levar mantimentos e toda a ajuda possível para a manicure, e logo a redação estava mobilizada.

Depois apresentou a Fernanda a proposta de viagem subsidiada, conforme Giovanni planejara. A editora relutou.

– Preciso de você aqui, temos muito trabalho – ergueu-se e andou inquieta pela sala. – Terei de demitir algumas pessoas. Aquelas que ficarem terão serviço dobrado...

– Permanecerei em conexão o tempo todo. Quer dizer, seu eu não estiver entre os...

– Não, você vai ficar. Nem que eu pretendesse demiti-la, a diretoria não ia admitir ver sua jornalista mais premiada trabalhando para a concorrência – sorriu ligeiramente.

– Então, eu me mantenho conectada. Você me manda tudo o que quiser e eu vou preparando por lá. E, de quebra, trago a matéria completa sobre Laila. Será interessante, eu garanto.

Fernanda continuava indecisa.

– Quem sabe não ganhamos outro prêmio? – insistiu Rafaela.

A editora refletiu, fitando continuamente a jornalista; depois se sentou, remexeu alguns papéis e perguntou:

– Quanto tempo quer ficar?

– Uma semana. É tudo de que preciso.

– E você acha que eu acredito? Da última vez me atrasou...

– Agora e diferente. Tenho noção exata do que vou fazer.

– Em compensação, vai com o namorado. Sabe-se lá se não decidem se casar e ficar em viagem de núpcias pelo Mediterrâneo? Aproveitar aquelas praias magníficas... – recordou as viagens que fizera e sentiu uma ponta de inveja. – Estou louca para viajar, mas meu médico não quer.

– Por enquanto. Você tem mais é de se dedicar ao tratamento. Assim que estiver melhor, poderá viajar para comemorar.

– Se eu melhorar...

– É claro que sim! Já está melhorando.

– Meu tratamento estagnou, sabe? Se não vai pra trás, também não avança – arrancou o lenço da cabeça e com raiva o jogou sobre a mesa. – Estou cansada de tudo isso. Quero minha vida de volta!

Rafaela fitava a bela editora, com a cabeça raspada à mostra. Aquela frase lhe soou de maneira estranha. O que anteriormente via como natural lhe pareceu fora de lugar, naquele momento. Sabia que Fernanda precisava encontrar um novo caminho, como acontecera com ela própria. O desejo de "ter a vida de volta" era impossível. A solução seria renovar, mudar, transformar. A repórter já possuía uma compreensão da qual a chefe e amiga ainda estava distante. Foi aí que perguntou, dando a impressão de que não ouvira a outra:

– Já experimentou praticar yoga?

– Não, não pensei – deu um sorriso. – Engraçado você falar nisso.

– Por quê?

– Foi o que minha psicóloga sugeriu; meu médico também... Mas acho uma coisa muita chata, sem graça. Aquilo não deve dar resultado algum... Não vejo onde poderia me ajudar.

– Dizem que yoga não se entende; se pratica e assim se descobre seu poder.

– Você faz?

– Não, porém gostaria de começar.

– Bom, voltando à proposta da viagem, façamos o seguinte: você vai e eu seguro as pontas por aqui. Agora, não atrase o regresso, está certo? Isso você tem de me prometer.

– Pode ficar tranquila. Meu compromisso com você é estar aqui na próxima semana.

– Não, no prazo máximo de uma semana.

– Certo. No início da próxima semana estarei de volta.

Ficou tudo combinado. Rafaela ligou para Giovanni, dando a notícia. Ele ficou esfuziante. Assim que desligou o celular, virou o carro e foi a uma joalheria para comprar as alianças de noivado. Não deixaria a oportunidade escapar. Começou a preparar os detalhes da viagem.

Rafaela, por sua vez, sentiu uma ponta de ansiedade ao desligar o telefone. Sabia que era um passo sério, importante. A viagem representava mais do que rever Laila, como desejava intensamente. Seria firmar seu compromisso com Giovanni. Queria isso, porém a insegurança persistia. Sua alma ansiava pelos sentimentos e emoções que Henri nela despertava.

Procurou focar a atenção no que faltava organizar na redação, para poder viajar, o que aquietou seus temores, que não obstante permaneciam vivos.

Despediu-se dos colegas e saiu. Após o almoço e a passagem pelo salão de beleza, aproveitou o horário adequado e foi ver Valéria.

Apresentou a carteira de jornalista, explicou o motivo da visita e obteve autorização para entrar. Seguiu um policial por corredores sujos e malcheirosos, passando por celas apinhadas de mulheres, até alcançar uma sala no fundo do corredor, onde foi orientada:

– Aguarde que traremos a detenta.

Quando Valéria entrou na sala, Rafaela quase desmaiou. A jovem parecia uma mulher muito idosa. Seus cabelos haviam embranquecido, sua pele era puro cansaço, tinha olheiras enormes e escuras em torno dos olhos. Estava pálida. Ao ver a visitante, correu em sua direção e lançou-se em seus braços.

– O que foi que eu fiz! Acabei com a minha vida. Tudo o que eu mais temia aconteceu...

Meio sem jeito, a jornalista acolheu-a nos braços. Não estava habituada a essas manifestações efusivas, especialmente com pessoas que não eram de sua intimidade. Era mais comum abraçar as crianças. No entanto, à medida que Valéria chorava, sentia enorme desejo de amparála, de consolá-la. Profundo afeto surgiu em seu coração e ela, abraçada à outra, doou todo o carinho que lhe fluía do íntimo. Chorou junto com a moça, até que ambas se acalmassem.

– Vim porque quero ajudar.

– Como?

– Eu não sei. Do que você precisa?

– De tudo – outra vez a manicure desabou em pranto dolorido.

– Eu sei, mas o que é mais urgente? Tem advogado?

– Um moço tem vindo me ver de vez em quando.

– Um advogado público...

– Acho que é isso mesmo.

– Temos de arranjar um bom advogado.

– Não posso pagar. Não tenho dinheiro! E se tivesse, seria para meus meninos...

– E como vão eles?

– Eu não sei. Dizem que estão com minha tia... A coitada não tem a mínima condição...

– Ela não veio visitar você?

– Não.

– Quem veio?

– Só a Marinalva, do salão, e o tal advogado – respondeu vacilante.

SANDRA CARNEIRO pelo espírito LÚCIUS

Rafaela encostou-se na cadeira, olhando penalizada para Valéria. De repente, escutou a vez de Eva, que lhe falava ao coração. "Ela não precisa de pena e sim de ajuda".

Segurando firme as mãos da moça, Rafaela garantiu:

– Eu vou ajudar você. Arrumarei um advogado e farei tudo o que estiver ao meu alcance. Não sei o que conseguirei, mas vou tentar. Estou de viagem marcada para os próximos dias. Ficarei fora uma semana, mas prometo que quando retornar farei o esforço que for necessário em seu apoio.

Valéria chorava, agora por gratidão. Ao deixar a sala, minutos depois, levava no olhar um sutil e quase imperceptível raio de esperança. Seu protetor espiritual aproximou-se de Eva, seguindo Rafaela, e agradeceu.

– Que Jesus abençoe vocês. Tenho procurado por todos os meios auxiliar Valéria, porém os recursos são tão escassos que quase nada tem surtido efeito. Busco falar com o advogado, em sonho, mas ele é um homem sem ética, sem interesse algum pelos clientes que o Estado lhe encaminha. Ambicioso, quer o dinheiro e apenas se empenha nos casos que lhe propiciem visibilidade na mídia, para alavancar sua carreira. Dele não há o que esperar.

– Ela precisa de um advogado melhor, mais dedicado – opinou Eva. – Vamos lutar para ajudá-la.

O protetor, embora agradecido, falou triste.

– Ela tem tanto que aprender... O melhor que podemos fazer é conferir-lhe forças para tirar as melhores lições dessa situação.

Eva abraçou o dedicado amigo espiritual de Valéria. Quanto a Rafaela, deixou a prisão pensando em ir para casa. Sentia-se cansada, desanimada. A imagem da manicure não lhe saía da cabeça. Então parou o carro, vasculhou a bolsa até achar o papel com o endereço da tia dela. Passou no mercado, comprou mantimentos, chocolate, bolachas, carne e outros alimentos, e rumou para a periferia. Entrou pelas ruelas, procurou e enfim parou o carro na frente da casinha de dois cômodos, onde dois meninos brincavam. Ela abriu o vidro e perguntou.

– Aqui é a casa de Valéria?

– Da minha avó... – o menino maior respondeu, sério, referindo-se à tia-avó.

Rafaela saiu do carro e cumprimentou-os.

– Vim trazer uns doces para vocês. Dona Ermelinda está?

Foi chamada a entrar e conversou com a mulher, que se lamentou e reclamou, ressaltando sua tristeza pela sina de Valéria. Não queria aquilo para a sobrinha, que nunca a escutava e fazia o que lhe dava na veneta. Agora estava ali, velha, sem forças, com aqueles moleques para cuidar... Limpando algumas lágrimas que lhe escorriam pela face, disse em tom bem baixo, quase inaudível:

– Sabe, dona? Eu vou entregar os meninos para o juizado. Não tenho como cuidar deles. Nem comida...

– Dona Ermelinda, eu entendo sua situação. Peço que espere um pouco mais. Vou ajudar a senhora.

A outra a olhava com incredulidade.

– Trouxe mantimentos, vou pegar lá no carro.

Tendo depositado sobre a mesa grande quantidade de alimentos, pediu mais uma vez, com voz suplicante:

– Espere mais um pouco; vamos encontrar um meio de ajudar a senhora.

Ermelinda balançou a cabeça sem dizer nada. Rafaela se despediu e saiu.

No caminho para casa, questionava-se mentalmente: "Como vou ajudar essa gente? Meu Deus, o que estou querendo? Não tenho condição de fazer nada sozinha...". De imediato lembrou-se da casa espírita e dos trabalhos de assistência social que lá desenvolviam. "Será que eles poderão ajudar?" Ainda remoía os problemas de Valéria. Condoída, perguntava-se por que aquela mulher boa, que não sabia fazer o mal, que não prejudicava ninguém, exceto a si mesma, estava naquela situação. Pensou com raiva no marido de Valéria, aquele homem imprestável, que só lhe trouxera sofrimento. E ela ainda lastimava tê-lo matado!

A revolta voltou a tomar conta do coração de Rafaela, afastando-a das intuições de Eva. Ao chegar em casa, ao invés de dar sequência aos preparativos para a viagem, conforme acertara com Giovanni, jogou-se na cama, sentindo as forças minadas pela negatividade que a dominava. O mundo lhe parecia um lugar onde a injustiça imperava.

Não demorou muito e o namorado ligou, animado.

– Já comprei as passagens. Vamos poder ir amanhã à noite.

– Não ficou caro demais conseguir as passagens assim, em cima da hora?

– Encontrei uma promoção e estou usando minhas milhas, não se preocupe. E suas malas, estão prontas?

– Não estou para brincadeiras, Giovanni.

– O que houve? Estava tão alegre de manhã... Sinto que seu estado de espírito mudou. Deprimida outra vez?

– Fui visitar Valéria...

– Já sei, está revoltada.

– É claro! Que vida desgraçada a daquela moça... Ninguém merece passar por uma situação dessas; especialmente ela, que não fez nada para merecer esse destino. E as crianças, então? Que mal fizeram a Deus?

– Vamos orar por eles.

– Precisam de muita ajuda... Nem sei nem por onde começar.

– Comecemos orando por eles, e também por aqueles que os atormentam, para que sejam igualmente auxiliados.

– Quem são esses que os atormentam?

– Um, pelo menos, deve ser o próprio marido desencarnado...

Rafaela sentou-se na cama.

– É mesmo! Não tinha pensado nisso...

– Você pensou apenas na ajuda material, não é?

– Com certeza... Só me preocupei com esse aspecto... É difícil raciocinar de modo diferente, sobretudo nas questões mais práticas da vida.

– Eu sei. Seja como for, você está aprendendo depressa. Vamos pedir por ela no centro, e ver no que podem ajudar. Passo por aí mais tarde para irmos juntos.

Combinaram tudo e Rafaela desligou, um pouco melhor, embora remoendo pensamentos de repúdio a toda a situação.

Pegou uma das malas, colocou-a sobre a cama e começou a separar as roupas para a viagem. Em breve estaria novamente no Afeganistão. A despeito do profundo desejo que sentia de rever Laila, um medo indefinível se insinuava.

Quando Giovanni passou para pegá-la, as malas já estavam prontas e ela o esperava entre ansiosa e angustiada. Dirigiram-se para a casa espírita. Logo na estrada encontraram Luana, com os dois filhos. Os meninos jogaram-se aos beijos nos braços de Rafaela, que ficou feliz.

– Os meninos vão passar a vir também?

– Pois é. Minha mãe não quer ficar com eles, pois acha que eu não deveria vir ao centro e deixá-los em casa. Então revolvi trazê-los. E sabe de uma coisa? Vim pensando que afinal é até bom que comecem a aprender as verdades espirituais, familiarizar-se com elas. Isso lhes dará maiores chances de construir um caminho de vida com escolhas mais conscientes.

– Gostei de ouvir isso! – Giovanni abraçou a moça com carinho. – Concordo plenamente. Penso que não devemos obrigar nossos filhos a seguir esse ou aquele caminho religioso, e sim ensinar-lhes sobre Deus, suas leis eternas e os valores do espírito. Sem forçar nada, cabe a nós tão somente educá-los para conhecerem sua própria natureza; dar-lhes a oportunidade de aprender sobre a vida espiritual, como aprendem tantas outras coisas na escola. Com isso estaremos educando-os para o bem, para a verdade. É o que eu penso.

Entraram animados, sentando-se na primeira fileira.

Amorosos, Eva e Amaro observavam seus filhos de outros tempos, felizes em colaborar para o progresso daquelas almas queridas. Empenhavam-se ao máximo em assistir cada um na travessia das provas que a vida lhe reservara.

Já haviam conversado longamente com os organizadores da tarefa espiritual da casa, que em grupo analisavam as necessidades espirituais dos que ali compareceriam naquela noite. Todos eram avaliados.

SANDRA CARNEIRO pelo espírito LÚCIUS

Deliberaram, então, sobre o assunto a ser abordado naquela noite. A equipe espiritual se colocou ao lado dos trabalhadores encarnados que participariam da tarefa. Embora a casa espírita não fosse muito grande, no plano espiritual era enorme, com cerca de três trabalhadores espirituais para cada pessoa no plano material.

Abriram "O Evangelho segundo o Espiritismo" para a leitura da noite: capítulo 5, item 4: Causas atuais das aflições. Depois da leitura, o presidente da casa iniciou o comentário.

– Por causa de nossas imperfeições, somos a causa primeira das dores e misérias que suportamos.

Rafaela mexeu-se na cadeira, sentindo como se o homem falasse diretamente com ela.

– Os maiores responsáveis pela situação em que nos encontramos somos nós mesmos, que ainda não conseguimos olhar para nossas imperfeições com amor e serenidade. Sem nos darmos conta, agarramo-nos à imagem de perfeição que fazemos de nós próprios, e que nosso orgulho alimenta. Somos, na grande maioria das vezes, os artífices de nossos próprios infortúnios. E ao invés de aceitar que somos imperfeitos e limitados, trabalhando com humildade pela superação, preferimos acusar. É mais simples e menos humilhante para nossa vaidade acusar a sorte, o próprio Deus, a falta de oportunidades, os outros, enquanto tanto a causa como o poder de transformar a realidade estão em nós.

Rafaela foi tomada por intensa emoção, como se aquela explanação lhe fosse dirigida em particular. Não pôde conter as lágrimas. As palavras a tocavam como um bálsamo. Era como se alguém, amorosamente, lhe respondesse aos questionamentos. Já ouvira referências ao assunto, mas naquele momento recebia através dele o consolo e a força de que necessitava.

– Deus nos ama incondicionalmente, do jeito que somos. Sabe de nossas imperfeições e mesmo assim nos ama. O Mestre veio até nós porque sabia que a origem do sofrimento humano está em nossas imperfeições, morais e intelectuais. Veio para nos mostrar o quanto somos amados pelo Pai e por ele próprio. Um amor que ainda não somos capazes de compreender, nem de aceitar. Por não reconhecer nossas falhas, vendo-nos como os seres necessitados de amor e de cuidado que somos, não conseguimos aceitar avaliar e aceitar o imensurável amor que recebemos; e assim seguimos plantando sofrimento com atos de orgulho, egoísmo, vaidade, indiferença, preguiça. Semeamos a dor sem sequer perceber. Depois nos revoltamos, quando colhemos as consequências de nossas ações.

Ele se calou por instantes, para então alertar:

– A Terra passa por um importante estágio de transição. Deixará de ser um planeta de provas e expiações e se tornará um mundo de regeneração. Muitos espíritos recalcitrantes no mal estão sendo expurgados e levados para orbes mais primitivos. Estamos sendo convocados a trabalhar para aqui permanecer, trabalhando na reconstrução e na regeneração do ambiente planetário. Como? Inspirando-nos em Jesus. É tempo de colocarmos na alma as lições libertadoras que Jesus nos legou; de entendermos que elas trazem luz, força e liberdade. Compreendidos e aplicados, esses ensinos são o caminho para a construção de um planeta onde o bem prevalecerá. Todos ansiamos por viver num mundo novo, livre de dores e sofrimentos. Mas o orgulho não nos permite ver que estamos atrapalhando o progresso, ao impedir que o amor flua em todas as direções.

Fortemente intuído pelos espíritos que comandavam os trabalhos daquele núcleo, o dirigente encarnado prosseguiu:

– É hora de crescermos, de assumirmos quem somos, com as qualidades e os defeitos quem até agora acumulamos. E de nos amarmos com nossos pontos positivos e também com os negativos. Afinal, Jesus nos ama exatamente como somos. Não neguemos mais; tenhamos a coragem de ver que somos de fato os responsáveis por nossas dores. Paremos de agir como crianças mimadas, colocando a culpa de tudo em todos, menos em nós mesmos. Se continuarmos a negar a responsabilidade sobre a situação de nossa vida e sobre a condição atual do planeta, será impossível cumprirmos a finalidade desta reencarnação. Fugiremos às tarefas que certamente recebemos da Espiritualidade antes de tomar o corpo de carne que hoje nos serve. Sempre que negamos nossas responsabilidades, fugindo, a dor nos alcança. Negamos, ela nos oprime e insistimos na fuga. É tempo de parar de fugir. Abracemos a nós mesmos com amor. Deixemos o amor de Deus nos envolver por inteiro. Tenhamos a humildade de aceitar esse amor pleno que nos restaurará e nos fará transformar o mundo.

O silêncio era absoluto no recinto. Não se ouvia nem a respiração dos assistentes. O envolvimento era intenso, para que as orientações encontrassem eco no coração de todos.

– As ações de mudanças são urgentes. Não é porque o homem encarnado as negue, insistindo em seguir pelo caminho conhecido – que julga mais fácil –, que a definição se torna menos premente. A humanidade precisa do amor para se regenerar.

O orador citou exemplos práticos de como o ser humano foge de suas responsabilidades. Como um viajante sedento, Rafaela bebia aquelas palavras. Doando energias benéficas a ela e aos demais, Eva e Amaro buscavam auxiliá-los a aclarar os pensamentos, acatando a absorvendo os ensinos, de forma a convertê-los em ações renovadoras.

Ao final, o pequeno grupo estava tocado no mais íntimo. Rafaela chorava emocionada. Ante as verdades sublimes que ouvira, sentia-se em outra dimensão, com impressão idêntica à que tivera ao participar da palestra de Anália Franco no plano espiritual. Agora era ter a coragem de abraçar aqueles ensinos, rompendo com antigos paradigmas, com maneiras ultrapassadas de ver a vida. Era renovar os valores e ter a ousadia de vivê-los, ainda que para isso fosse necessário enfrentar a hostilidade ou a indiferença daqueles que ainda não podiam compreender.

Amaro aproximou-se de Eva, visivelmente emocionada, e tocou-lhe as mãos com suavidade, enquanto comentava:

– Finalmente estão aqui, buscando as respostas, procurando melhorar...

– Sim, estou infinitamente feliz. Como é doloroso despir-se das ilusões que nos são incutidas pela sociedade, pelos interesses dos orgulhosos... Como o homem complica o que é simples... Tudo de que mais carecemos é amor. No entanto, nossos atos arraigados no orgulho, na vaidade – nos enganos, enfim –, cada vez mais nos afastam daquilo que nos pode salvar.

– Mas eles agora estão aqui – Amaro repetiu, abraçando a companheira.

– E devemos colocar trabalho nas mãos deles, muito trabalho no bem, para que experimentem na prática o poder dos ensinos do Mestre. Não basta crer neles e mesmo os defender. É preciso vivê-los. É preciso atuar no bem, fazer o que é essencial para nos transformar.

Concordando, Amaro completou:

– Consciência demais sem ação no bem é dor, sofrimento e até loucura. É imperioso acreditar no bem, cultivá-lo e lançar-se ao trabalho com fé.

Os dois amorosos espíritos acompanhavam comovidos o encerramento das tarefas. Rafaela deixou o núcleo espírita com o coração leve e agradecido, tendo mais uma vez as forças renovadas.

QUARENTA E SEIS

Bernardo e Michele continuavam juntos. Naquela noite a moça entrou em casa e foi direto para o quarto. Ele estava na cozinha quando a escutou passar, já bem tarde. Aparecendo no corredor do amplo e luxuoso apartamento, indagou:

– Vai querer jantar? Estou preparando alguma coisa...

– Estou sem fome. – ela falou de dentro do quarto.

– Então me faça companhia.

Michele foi até a cozinha, sentou-se ao lado do balcão que a integrava à sala e ficou calada, observando-o terminar a salada. Depois de alguns minutos, sentiu forte enjoo e correu para o banheiro.

Apesar de acostumado àqueles mal-estares súbitos, Bernardo ficou preocupado, especialmente porque ela não retornou. Terminou de preparar a refeição, jantou e foi até o quarto, onde a jovem, deitada na cama, assistia a um programa de televisão.

– Michele, precisamos conversar – disse, desligando o aparelho.

– Desculpe, mas não me senti muito bem. Acho que é por causa da anestesia.

– Como, se já faz quase um mês que você fez a cirurgia?

– Pois é, e ainda sinto pouco apetite.

– Você precisa falar com seu médico.

– Ele voltou para o Rio de Janeiro. Agora vai ser mais difícil. Mas não se preocupe, eu estou bem.

– Não é o que parece – ele questionou, fitando a bela mulher. – Desde a cirurgia quase não consegue comer, toda hora passa mal, tem vômitos e tonturas. Seria melhor marcar outro médico, um clínico geral.

– Não precisa se preocupar; estou bem, só preciso descansar.

– Eu lhe disse que não precisava fazer essa plástica. Estava tão bem...

– Fala isso apenas para me agradar. É muito gentil. Eu sei que ainda preciso dar uns retoques aqui e ali. Quero ficar realmente linda para você, somente para você.

– Para mim? Tem certeza?

– E para quem mais seria?

– Só que estou ficando cansado dessas suas neuroses. Você é uma mulher muito bonita, não precisa mais...

Ela se levantou, irritada, e foi direto para o enorme quarto de vestir. Trocou a roupa por uma *lingerie* vermelha, de renda, vestiu o robe e, depois de passar pelo banheiro, voltou.

– Bem que você gosta que eu me cuide; sempre elogia minha aparência. Eu sei que as mulheres se jogam dia e noite aos seus pés, sabendo que não está mais casado. Como acha que eu me sinto?

Sentou-se diante do espelho, penteou os longos cabelos e, ajeitando-os sobre os ombros, virou-se para o companheiro.

– Gosta de me ver bonita, não gosta? – com um abraço, puxou-o para a cama e, insinuante, deitou-se sobre ele.

– Você está sempre bonita, é uma mulher muito linda.

– Portanto, preciso cuidar desta riqueza – apontou para o próprio corpo. – E é só isso que estou fazendo.

Ele a abraçou sem responder, vencido por seus argumentos.

Na manhã seguinte, Bernardo saiu logo cedo para trabalhar. Pelo horário do almoço retornou, informando que teria de viajar a serviço.

– Não posso ir com você? Seria uma ótima oportunidade.

– Estarei ocupado demais, não poderei lhe dar muita atenção. Os meus clientes estão com dificuldade de fechar alguns detalhes para implantação da indústria no Brasil. Como tributarista, terei de auxiliá-los nessas questões. Serão reuniões entediantes.

– E as noites? Não as terá livres?

– Algumas.

– Então, não há problema. Serei uma excelente companhia para fazê-lo relaxar. Sabe que pode contar comigo... – deu um longo suspiro. – Adoraria ir a Miami. Estou precisando renovar meu guarda-roupa; agora, que estou mais magra, seria uma ocasião perfeita.

– Está bem – ele capitulou, pegando o celular. – Vou pedir a Margô que providencie outra passagem. Você tem uma hora para arrumar a mala.

– Uma hora é muito. Vou levar umas duas trocas de roupa, o restante compro por lá.

– Está certo.

Terminavam de fazer as malas quando Lucilene, a empregada doméstica, avisou que a refeição estava servida.

– Então vamos almoçar.

– Vá você, enquanto acabo de preparar a mala.

– Não terminou? Estava quase pronta...

– É que faltam alguns detalhes. Pode almoçar, eu irei em seguida.

Bernardo almoçou, e já de volta insistiu, pegando-a pelo braço.

– Vamos, você precisa comer alguma coisa.

– Mais tarde...

– Não, agora. Venha, a comida está uma delícia.

Sem escapatória, Michele teve de almoçar. Entretanto, enquanto Bernardo finalizava pormenores de trabalho com o escritório, pelo telefone, ela entrou no banheiro e trancou a porta. Acabou de se arrumar, porém olhou-se no espelho antes de sair, atenta a cada minúcia. Estava realmente bonita, a plástica acentuara as curvas de seu corpo. As longas horas investidas na academia haviam torneado seus músculos. Abriu uma das gavetas e tirou um frasco de comprimidos que escondia bem no fundo. Anabolizantes. Ouviu que Bernardo, no quarto, concluía a ligação. Mirou-se de novo no espelho e pensou: "Embora bonita, ainda estou gorda. Preciso emagrecer um pouco mais, para meu corpo ficar perfeito".

Ajoelhou-se no chão do banheiro, junto ao vaso sanitário, e provocou o vômito. Livre do que havia comido, olhou-se outra vez no espelho.

– Está pronta? – Bernardo chamou.

– Agora sim – respondeu e abriu a porta, sorrindo.

– Você está linda!

Quando saíram, Bernardo pensava que afinal seria bom levar a jovem consigo. Ela era parte importante de suas aquisições pessoais, de seus símbolos de poder e sucesso; uma mulher linda e exuberante, hábil em entreter como poucas que conhecia. Exibi-la era sempre agradável e confortável para ele.

No instante em que o avião decolava, Michele agarrou a mão do companheiro.

– Não sabia que tinha medo de voar – ele falou soltando a mão.

– Adoro viajar, mas não gosto muito da parte do avião.

Durante o voo, Michele não tocou em nenhum alimento e justificou:

– Não gosto de comida de avião. E estou mesmo sem fome. Comi demais no almoço.

Não obstante a apreensão com a constante falta de apetite da moça, no íntimo Bernardo aprovava que ela não comesse demais. Detestaria ver seu bibelô acima do peso. Preferia que estivesse sempre bela, magra, elegante. Adorava exibi-la nas festas a que era convidado, nas quais Michele invariavelmente causava excelente impressão. Sabia que sua companheira era admirada e desejada pelos outros homens, e apreciava isso. Sentia-se mais poderoso quando a tinha ao lado.

Mesmo assim, como forma de aliviar a própria consciência, sentiu--se na obrigação de insistir.

– Estou ótima, seguindo à risca a dieta que o médico me prescreveu – ela assegurou. – Não posso engordar e correr o risco de comprometer o resultado da cirurgia caríssima que você me deu. Fique tranquilo, eu sei o que estou fazendo. Sou adulta, vacinada e capaz de me cuidar. Concentre-se no seu trabalho, está bem?

Depois disso, Bernardo relaxou e não prestou mais atenção à questão alimentar de Michele. Queria aproveitar a viagem.

Quanto a Michele, desfrutou cada minuto daquela semana que passaram em Miami. Fez compras, passou algumas horas em renomados salões de beleza e renovou o visual: adotou outro corte de cabelo, mais moderno, e também mudou a cor. Empolgada, não parou um só minuto.

Saíam todas as noites para dançar e se divertir. Na última antes do regresso, jantavam com o cliente de Bernardo, em um dos restaurantes mais famosos da cidade, o *Joe's Stone Crab*. Michele relutou muito em escolher um dos itens do cardápio, acabando por acompanhar o pedido do companheiro. Enquanto os outros comiam e palestravam, ela revirava o conteúdo do prato. Colocou um pouco de alface na boca, engoliu; depois um pequeno pedaço de cenoura. Continuou a remexer o prato, até que todos terminassem a refeição. Quase não se alimentou, mas os demais não notaram, entretidos na conversa sobre os planos para o Brasil.

À saída do restaurante, Michele sentiu forte tontura e desmaiou na porta, quando aguardavam o manobrista. Bernardo, assustado, colocou a moça no carro e tomou a direção do hospital. Ainda não haviam chegado, quando ela despertou.

– O que... foi... – balbuciou.

– Você está bem? Como se que sente?

– Foi só um mal-estar, já passou.

Ele encostou o carro e falou sério:

– Só um mal-estar? Você ficou desacordada... Vamos ao hospital, para ver o que é.

– Não, por favor, eu estou bem. Já passou, não quero ir a nenhum hospital.

– Precisamos saber por que desmaiou. Isso não é normal.

– Pode ter certeza de que foi a agitação da semana, muitas coisas ao mesmo tempo. E não tenho dormido direito. Você sabe que não durmo bem fora de casa. É apenas cansaço, *stress*. Por favor, vamos para o hotel. Eu preciso de uma boa noite de sono, mais nada.

– Está bem. De qualquer modo, quero que vá ao médico quando chegarmos ao Brasil.

– Tudo bem; fique tranquilo, eu vou.

Contudo, ao regressarem Bernardo mergulhou nos afazeres e desafios do trabalho. Ganhava muito dinheiro, e dedicava tempo cada vez maior às atividades profissionais.

Michele, por seu lado, tinha crescente dificuldade para se alimentar. Quando, cedendo aos apelos do companheiro, comia um pouco mais, logo que podia provocava o vômito, colocando tudo para fora.

Frente ao espelho, via-se com o corpo deformado. Achava-se sempre acima do peso. A percepção distorcida do próprio corpo a distanciava da realidade. Assim, instalava-se aos poucos um sério quadro de anorexia nervosa.

Entretanto, quanto mais emagrecia, mais obesa se considerava. Continuava comendo pouquíssimo: somente alface, tomate e, quando muito, um pedaço de cenoura.

Na academia, não conseguia mais disfarçar a obsessão pelo peso.

– Você não vai poder mais treinar – informou certo dia o professor.

– Por que não?

– Já falei que está perdendo muito peso. Não sei o que está acontecendo: se tem problemas com o namorado, se é o seu trabalho, não sei. O fato é que está emagrecendo demais. Nesse estado não dá para treinar, precisa se cuidar. É melhor parar, ir ao médico, tomar umas vitaminas. Quando estiver melhor, retorne.

– Mas não quero parar.

– Não posso deixar que continue a perder peso desse jeito! Olhe para você, pelo amor de Deus! Está ficando magra demais e muito depressa...

Enfurecida, ela saiu gritando:

– Vou procurar outra academia! Essa aqui está uma porcaria!

Voltando para casa, sentia que algo não estava bem, mas desviava a atenção, dizendo a si mesma que logo atingiria o peso desejado e poderia parar com a dieta.

Na ânsia de conquistar a perfeição física, crendo que seria pela beleza e pelo sexo que manteria Bernardo ao seu lado, não conseguia perceber o quanto se prejudicava. Atendia, sem lutar, aos padrões impostos pelos modelos de beleza e sensualidade, e afundava-se emocional e psicologicamente.

Michele sempre fora muito vaidosa, atribuindo excessiva importância à aparência. Após encontrar Bernardo, que lhe proporcionava tudo o que sonhara e ambicionara, passou a dedicar ainda mais atenção ao físico. Queria ser uma mulher irresistível para o companheiro. Passava horas diante do espelho, fosse em casa ou em salões de beleza, cuidando da pele do rosto e do corpo, tratando dos cabelos, aplicando máscaras e outros produtos. Assim, distanciava-se mais e mais de si mesma, de quem era em essência. Tornava-se o reflexo que via no espelho e nada mais desenvolvia internamente.

Agora, no entanto, a situação se agravava. Michele emagrecia e todos notavam, exceto ela, que teimava em negar. E ficava cada vez mais fraca, sem energia, sem ânimo. Tudo a exasperava, e sua companhia ia se tornando menos agradável.

As coisas estavam nesse ponto na noite em que ao entrar em casa, irritada, deparou com Bernardo, que ia saindo.

– Aonde vai?

– Tenho um jantar com um cliente.

– Então espere só um pouco. Fico pronta logo.

– Hoje não vai dar. Já estou atrasado – beijou-a no rosto. – Não me espere, devo chegar bem tarde.

Entrou no elevador privativo e saiu sem aguardar resposta. Michele gritou e esmurrou a porta do elevador, chorando histérica.

Aquela situação se repetiu com alguma frequência e a jovem começou a ficar desesperada e ressentida. Por mais que se esforçasse para agradar aquele homem, sentia que ele fugia como água que escorre entre os dedos.

Bernardo se distanciava, afundando-se no trabalho. Michele já não estava tão bonita, nem era uma companhia tão agradável. Acabara seu casamento por causa daquela jovem, e agora perdera a vontade de ficar com ela. Passou a dar maior atenção a outras mulheres, que lhe pareciam mais atraentes.

Certa noite, quando Bernardo chegou, muito tarde, a empregada ainda estava lá.

– O que houve?

– Dona Michele passou mal.

– Mal como?

– Não sei, não. Está muito mal.

– Por que não me ligou?

– Ela me fez jurar que não ia telefonar para o senhor. Mas, doutor Bernardo, hoje eu tomei um susto enorme. Estava guardando umas roupas passadas, no armário do quarto, quando dona Michele entrou enrolada na toalha e começou a se trocar. Quase morri de susto. Ela está que é pele e osso... Está doente, precisa ir para o hospital.

– Pudera! – ele buscava justificar-se perante si mesmo. – Eu canso de insistir para que ela se alimente, e não adianta.

– Desse jeito ela não vai conseguir nem sair da cama. Quase desmaiou hoje. E o cabelo, doutor, está caindo todo. Logo o cabelo dela, que é tão lindo...

Bernardo suspirou fundo e disse:

– Vou levá-la ao médico amanhã cedo. Você tem razão, isso não pode continuar...

Na manhã seguinte, após o desjejum, pegou Michele nos braços – pois ela já não tinha forças para andar – e rumou para o hospital. Mesmo tão debilitada, ela resistia, pedindo que a deixasse em casa.

Depois de interná-la Bernardo foi para o trabalho, retornando no final do dia. O médico confirmou o diagnóstico:

– É um quadro grave de anorexia nervosa.

– Tem certeza, doutor?

– Tenho. Fizemos vários exames, para afastar outras hipóteses. Ela não apresenta nenhuma doença que justifique esse estado. Passou pelo nosso psiquiatra, que vem falar com você daqui a pouco. O caso é sério.

– Pensei que essa doença afetasse apenas adolescentes.

– De modo geral, sim. Os casos de anorexia em mulheres adultas são raros, mas podem ocorrer. Ela tem algum histórico anterior?

– Que eu saiba, não; nunca me falou nada. Sempre foi saudável.

– Mas obcecada pela aparência, não?

– E que mulher não é?

– Só que ela adoeceu.

– E agora?

– Terá de ficar internada por enquanto, para afastarmos o perigo de doenças oportunistas. Ela está muito fraca. Quando melhorar e ganhar um pouco mais de peso, veremos. Aqui terá o acompanhamento por nutricionista e psiquiatra. Essa moça precisa de ajuda, não vai conseguir resolver o problema sozinha. Seria bom falar com alguém mais da família dela.

– Os pais moram no interior. Vou avisá-los.

Desanimado, deixou o hospital e foi para casa, sem saber como agir. "E essa, agora! O que vou fazer com ela?", pensava contrariado.

QUARENTA E SETE

Quando o trem de pouso do avião tocou o solo de Cabul, o coração de Rafaela bateu descompassado. As recordações se misturavam e as emoções borbulhavam. Lembrava-se a um só tempo das muitas experiências vividas naquela cidade. Quando estavam no carro, já a caminho de Sar-e-Pol, ela ia observando as mulheres cobertas por burcas que caminhavam pelas calçadas e ruas. Algumas levavam crianças no colo, outras carregavam sacolas e cestas.

A brasileira as olhava atenta, imaginando o que iria sob aqueles trajes. Que dores escondiam, que medos, que desafios? Agora que conhecia um pouco da lei de causa e efeito, que aprendera a duras penas, meditava: que passado cada uma delas levaria sob aqueles tecidos azulados ou negros? Giovanni, como se adivinhasse os pensamentos da namorada, segurou-lhe a mão. Ele também se sentia vivamente impressionado pelas cenas da cidade.

Viajaram por quase quatro horas. Quando o motorista estacionou o carro, Rafaela desceu devagar, olhando para a casa bem defendida por muros e portões altos. Tocou a campainha. Através de uma janela protegida por grades, soaram palavras em um dialeto afegão que nunca ouvira. Respondeu em inglês, apresentando-se e informando que tinha horário marcado com Yasmin, a responsável por aquele núcleo.

Prolongado silêncio se seguiu. Depois, o pesado portão se abriu e Madeleine apareceu, sorridente, cumprimentando-a calorosa. Rafaela, que não esperava encontrar a amiga ali, apresentou-lhe o namorado e logo entraram.

Yasmin os acomodou na sala e pediu a um ajudante que colocasse a pouca bagagem num dos quartos disponíveis.

– Sentem-se, vamos tomar um chá. Devem estar cansados da viagem.

– Correu tudo bem? – foi Madeleine quem perguntou.

– A viagem foi bastante tranquila – disse a jornalista. – E como está tudo por aqui?

– A mesma luta de sempre, que você já conhece.

– Tenho lido notícias de ataques terroristas aqui e ali.

– A paz não se instala neste solo. Temos pequenos oásis de relativa calma, em regiões mais afastadas das capitais; mesmo assim, os riscos de ataques são frequentes e os progressos, muito pequenos. O que nos resta é seguir nesta resistência, apoiando as mulheres para que se fortaleçam aos poucos, adquirindo nova consciência e lutando para serem respeitadas. Mas é tudo demasiado lento.

– Não obstante, tenho notado que as mulheres no Oriente Médio estão sendo responsáveis por grandes transformações em seus países. Veja o caso da Primavera Árabe. A participação feminina tem sido relevante.

– Sim, nesse sentido você está certa. Algumas coisas, aos poucos, estão mudando. É que tudo ainda é tão vagaroso, e tantas mulheres suportam atitudes opressoras... Às vezes é de desanimar.

Giovanni dirigiu a Rafaela olhar significativo. A jovem sorriu, entendendo de pronto as apreensões dele. Meio hesitante, indagou:

– E Laila, como está?

– Ansiosa para vê-la. Tem feito pequenos progressos, porém a proximidade da cirurgia a deixa tensa e assustada. Fala em desistir o tempo todo.

– Desistir?

– Quantos anos tem mesmo a menina? – interessou-se Giovanni.

– Quinze.

– É tão jovem...

– Para nós, nem tanto. Em cidades distantes, há meninas que são forçadas ao casamento antes dos dez anos, assumindo as responsabilidades da vida conjugal. As afegãs amadurecem cedo.

– E morrem também – falou Rafaela em tom irritado.

– É verdade – a amiga francesa aproximou-se da jornalista e apertou-lhe as mãos. – Foi bom ter vindo. Sua presença é muito importante para ela. Tenho certeza de que tudo será mais fácil com você por aqui.

Yasmin deixou os três conversando e foi atender a alguns compromissos. Giovanni logo se sentiu integrado naquele ambiente. Visitaram os quartos, para conhecer todo o espaço em que eram abrigadas mulheres de diferentes idades. Ao se acercarem do quarto de Laila, foi quase impossível Rafaela controlar a emoção. Cruzou a porta e estacou. A visão da garota deitada, em sono leve, deu-lhe vontade de gritar e correr para longe dali, tal a angústia que a tomou.

Uma coisa tinha sido ver o rosto e o corpo deformados pela tela do computador, ou pelas fotos que Madeleine enviara. Outra era comprovar agora, pessoalmente, o estado em que ela ficara. Chocada, primeiro teve enjoo, depois desejo de desaparecer. O namorado, que ia logo atrás, apoiou-a quando parou assustada e se virou como a suplicar ajuda. Fitou-a e com um sinal da cabeça estimulou-a a prosseguir.

– Força, você consegue – sussurrou.

Rafaela, então, envolvida por Eva e Amaro, bem como pelo protetor espiritual de Laila, sentiu-se revigorada. Eva lhe cochichou ao ouvido espiritual:

– Lembre-se: é Henri, a quem você ama tanto. Ele precisa de sua ajuda, de seu afeto e, sobretudo, de seu perdão. Por muitas encarnações vem se punindo através do fogo. Embora de formas diferentes, a morte o tem levado sempre pelo fogo. Agora, ele necessita de seu apoio, para aprender a se perdoar também.

Como se escutasse as palavras da avó, ela se enterneceu pela jovem deitada à sua frente. Seus olhos encheram-se de lágrimas. Chegou mais perto, devagar, e sentou-se junto da cama. Laila se agitou. Rafaela, então, tocou com imensa doçura as mãos feridas e retorcidas pelas queimaduras. As lágrimas lhe escorriam pela face. Seu impulso era aconchegar aquela menina nos braços e dar-lhe tudo de bom que possuía.

Àquele toque meigo, Laila despertou. Vendo a jornalista sentada ali ao lado, jogou-se em seus braços, em pranto. Rafaela também chorava. As duas permaneceram por longo tempo abraçadas, em uma troca de afeto intensa e profunda. Almas afins que eram, apesar da distância cultural e social que as separava, sentiam-se unidas por elos inexplicáveis.

SANDRA CARNEIRO pelo espírito LÚCIUS

– É incrível a ligação que as duas estabeleceram – Madeleine comentou. – São praticamente estranhas, mas agem como se fossem íntimas, como se conhecessem uma à outra desde muitos anos...

– São os laços do amor, anteriores a esta vida – falou Giovanni.

– Reencarnação? Vocês acreditam?

– E você não?

– Ás vezes sim, em outras não.

Ele não respondeu. Limitou-se a contemplar, feliz, aquele reencontro. Por algum motivo que ignorava, sentia-se muito envolvido com a situação, como se igualmente conhecesse a menina.

Quando ambas conseguiram se acalmar, Laila exclamou:

– Você veio! Você veio mesmo! – agarrou-se ainda mais à brasileira.

Madeleine ajudava com a tradução, enquanto as duas conversavam.

– É claro! Queria ter vindo antes. Não foi possível porque também estive doente. Agora estou bem e vou cuidar de você.

– Não quero fazer essa cirurgia, estou com medo...

– Tudo bem, é natural sentir medo. Mas o médico que está aqui para operar você é um ótimo cirurgião. Ele vai cuidar do seu rosto.

– Vai doer de novo...

– Não mais do que já dói, querida. O doutor vai ajudar você. E eu estarei aqui para ver se faz tudo direito, para conferir o trabalho dele, e proteger você.

A conversa continuou por longo tempo. Depois Giovanni e Rafaela foram para o quarto, a fim de descansar. Ao saírem, Laila se mostrava mais encorajada para enfrentar a cirurgia.

Na manhã seguinte, pelas nove horas, a menina dava entrada no hospital local. O médico que ia operá-la realizava o trabalho por um custo que apenas cobria as caras despesas com materiais, anestésicos e medicamentos; doava seus honorários, trabalhando para auxiliar as jovens deformadas a recuperarem um pouco da autoestima já tão destruída. Rafaela assumira todos os custos referentes à cirurgia e ao pós-operatório.

Como prometera a Laila, a jovem obteve autorização para acompanhar a cirurgia de perto, segurando-lhe a mão enquanto ela adormecia sob o efeito da anestesia. O cirurgião trabalhava com profunda concentração, fazendo o máximo a seu alcance. Ao terminar, decorridas mais de cinco horas, comentou com Rafaela quando a paciente foi levada para a sala de recuperação:

– Fiz tudo o que pude. Para melhor restaurarmos o rosto dela serão necessárias outras cirurgias, de maneira a irmos corrigindo aos poucos. Seria impossível fazer tudo de uma só vez.

– Obrigada, doutor.

– Você é parente da menina?

– Não, mas para mim é como se fôssemos mais do que irmãs – deu um sorriso. – Não tente entender, é meio complicado. São ligações de outras vidas...

O médico a fitou e nada respondeu.

Quando Laila despertou, já no quarto, o primeiro rosto que viu foi o de Rafaela, que sentada a seu lado segurava-lhe a mão. A expressão da menina traduzia confiança.

– Estou aqui. Correu tudo bem. Você vai ficar ótima...

A afegã tentou sorrir, porém sentiu dor; o rosto estava completamente coberto de ataduras. Então, apertou com força a mão que prendia a sua e balançou de leve a cabeça. Rafaela não pôde conter as lágrimas. Reprimindo a ânsia de abraçá-la, contentou-se em corresponder ao aperto na mão.

– Vai ficar tudo bem.

Dos lindos olhos azuis que se viam através das ataduras, as lágrimas brotavam. Contudo, uma luz de nova esperança estava se acendendo naquele coração.

No dia seguinte ela foi para casa.

Durante aquela semana, Rafaela acompanhou a recuperação lenta da menina, fazendo-lhe companhia dia e noite. Quase esquecida de si, animava-se com o mínimo sinal de melhora da paciente. Os olhos de Laila voltaram a ter brilho e alegria. Apesar da dor, sentia-se segura, apoiada, amada. O conforto que experimentava era intraduzível. A jornalista tornara-se tudo para ela.

Assim, Rafaela dividia-se entre os cuidados que não lhe deixava faltarem e o trabalho intenso que se comprometera e executar. Estava escrevendo matérias sobre cada uma das mulheres que ocupavam aquele abrigo da RAWA.

Quatro dias haviam passado da cirurgia quando, por solicitação de Giovanni, a francesa convidou Rafaela para um passeio. A princípio ela relutou, porém acabou convencida. Com a cumplicidade de Madeleine, o rapaz preparou uma surpresa para a namorada.

Ao regressarem, encontraram a casa enfeitada e arrumada para uma festa. Durante o jantar, com Laila sentada ao lado de Rafaela, à mesa, Giovanni tomou a palavra e renovou o pedido de casamento, propondo naquele momento formalizassem o noivado. A jovem, que já sabia a intenção do namorado, aceitou.

– Agora, você não poderá voltar atrás – disse ele, em tom de brincadeira. – Vocês não sabem como esta moça me deu trabalho... Como fugiu desse compromisso... Finalmente, acho que está decidida.

Giovanni pousou os olhos castanhos, cheios de ternura, nos de Rafaela. Esta olhou para a aliança que ele colocara em seu dedo e alertou:

– Espero que você saiba que serei uma esposa ocupada, e cheia de projetos.

– Foi assim que a conheci. De minha parte, só espero que tenha também um lugar sempre reservado para os nossos projetos.

Brindaram. A noite era de alegria e Rafaela, pela primeira vez, sentia-se em paz ante a perspectiva de enlaçar sua vida com a de Giovanni.

Dois dias depois, em um lindo final de tarde, o casal conversava no quarto.

– Você já contou a Laila que partiremos amanhã à noite? – ele perguntou.

– Já está na hora de voltar?!

– Por mim, podemos até ficar mais tempo. E quanto a você? Prometeu a Fernanda que não demoraria mais do que uma semana.

– Vou falar com ela.

Pegou o celular, saiu do quarto e tentou contato com a editora-chefe. Não demorou nem cinco minutos e voltou acabrunhada.

– Só um dia. Deu-me somente mais um dia. Acha que consegue trocar a passagem?

– Já tinha deixado a data de retorno em aberto.

– Você é maravilhoso! – ela beijou o namorado no rosto, satisfeita.

– Você precisa preparar Laila.

– Vou fazer isso, não se preocupe.

As duas haviam estabelecido uma ligação tão estreita que era como se fossem conhecidas da vida inteira. A diferença de idiomas não era impedimento. Uma aprendia o dialeto afegão e a outra aprendia inglês, e na comunicação universal do amor elas falavam a respeito de tudo.

No dia da partida, despediam-se entre lágrimas. Laila tremia e suspirava.

– Não fique desse jeito, querida – Rafaela tentava frear a emoção. – Eu vou estar em contato com você todos os dias. Sempre nos falaremos, e quando puder virei vê-la.

Laila olhava para ela e intimamente suplicava proteção. No entanto, sabia que a jornalista precisava regressar ao seu país, à sua vida. Então a abraçou com força e disse, em português:

– Muito obrigada. Eu amo você.

Rafaela não conseguiu se conter e, abraçadas, ambas choraram muito. A despedida foi dolorosa. Por fim, sem olhar para trás, Rafaela entrou no carro e fechou a porta. Seguiu de cabeça baixa até o aeroporto. Giovanni também guardou silêncio. Nada poderia ser feito. As duas pertenciam a mundos diferentes. Por mais que isso fosse claro para ela, a jovem brasileira se sentia inconformada. Sabia o quanto Laila precisava de ajuda e queria fazer mais pela menina.

Depois que o avião decolou, o rapaz perguntou:

– Você está bem?

– Está tudo certo. Eu queria era fazer mais por ela.

– Você vai encontrar uma maneira de ampará-la, não tenho dúvida.

Rafaela pousou a cabeça no encosto da poltrona.

– Será? Não sei como...

– Vai saber, na hora certa.

Ainda sob o forte impacto provocado pelo contato com Laila, a moça acabou dormindo.

No dia seguinte à chegada ao Brasil, Rafaela foi para a redação levando vários depoimentos e histórias.

– Fiquei feliz por ter cumprido a promessa – a editora falou, enquanto olhava as matérias, já em seu computador. – Tem muita coisa boa aqui. Excelente! E você, como está? Parece um pouco cansada...

– Estou bem. É que os últimos dias foram muito intensos, em trabalho e em emoção.

– Trabalho há bastante tempo com você e acredito que a conheço um pouco. Está aflita...

– Dá para perceber, assim tão fácil?

– O que foi? Uma recaída?

– Não, eu estou bem. É que gostaria de fazer mais por Laila.

– Mais ainda? Afinal, o que tem essa menina de tão especial?

– Ela é realmente especial. Sinto como se a conhecesse de há muito...

Parou, olhou firme para a editora, desejando falar-lhe sobre o Espiritismo, e então, ciente de que a outra era tão cética quanto ela já fora, ou mais, desistiu.

Terminada a jornada de trabalho, Rafaela voltou para casa pensativa. Inúmeras questões lhe povoavam a mente. Uma delas era seu compromisso com Giovanni, que estava ficando mais sério; ela sabia que em breve ele começaria a fazer planos para o casamento.

Naquela noite, Eva amparou a neta, que ao adormecer se libertava do corpo físico.

– Querida, precisamos conversar. Chegou o momento de você assumir maiores responsabilidades na seara de Jesus. Comprometeu-se com algumas tarefas antes de regressar ao corpo físico, e está pronta para iniciar seu trabalho. A organização que lhe cabe montar, destinada a auxiliar as mulheres a se encontrarem e se fortalecerem diante de seus desafios pessoais, será um de nossos braços na crosta. Você irá materializar, com o seu trabalho, a ajuda que traremos para as nossas irmãs através da sua intuição.

– Não sei por onde começar...

– Está disposta a colaborar?

– Tenho medo de falhar, de não conseguir.

– Conforme combinamos, estaremos com você.

– E o que devo fazer?

– Que tal começar montando um centro de apoio às mulheres? Totalmente gratuito, sem nenhum viés político, tratará tão somente de apoiar as mulheres em suas necessidades.

– E como se faria isso?

– Com profissionais multidisciplinares – médicos, psicólogos, advogados... E também com um trabalho de conscientização da necessidade do despertar espiritual; do despertar da consciência para o bem, para a renovação.

– Um núcleo bem diferente...

– Terá o apoio de nossa instituição.

– E vou me lembrar quando acordar?

– Você deve montar uma organização não governamental de apoio à mulher. Lembrar-se disso é o mais importante. Com esse canal aberto, enviaremos nossas sugestões e você as captará. Vamos assisti-la em todos os detalhes, temos tudo planejado. Você terá de materializar nossas ideias e, é claro, trará as suas, para enriquecer o projeto. Ele será desenvolvido pelos dois planos da vida.

Rafaela refletiu por alguns minutos, e então observou:

– É muita responsabilidade, não? E correrei riscos também. Maridos enfurecidos, namorados revoltados. Enfrentarei de tudo...

Pousando a mão sobre o ombro da neta, Eva encorajou-a.

– Você nunca estará sozinha. E, acima de tudo, estaremos submetidas aos desígnios de Deus, que é soberano. Não tema. A vida na Terra só ganha real significado quando atendemos à nossa programação reencarnatória, aceitando aquilo a que nos propusemos antes de regressar. Todos têm uma tarefa a cumprir. Cada um tem sua missão, seja ela grande ou pequena. Fugir da própria tarefa por medo, por negligência ou pela sujeição ao domínio da matéria é fracassar na vida, não importa quanto sucesso visível possamos amealhar. Não adianta: aqueles que se negam a realizar aquilo com que se comprometeram acabam por ter de anestesiar constantemente a consciência. Em muitas situações, vemos essas almas adoentadas tendo de tomar remédios para acordar, remédios para dormir, e usar todo tipo de anestésico da alma, na tentativa de abafar a voz interior que lhes recorda, no inconsciente, que têm um trabalho a fazer.

Nova pausa se fez, até que Eva deu sequência às explicações.

– Ninguém está na Terra a passeio. Se aqui voltamos é para progredir, para trabalhar por nossa evolução espiritual, aproximando-nos do Criador. Quando pedimos para reencarnar, fazemos mil promessas. Depois, ao nos defrontarmos com os desafios – que já sabíamos que viriam –, ficamos amedrontados, deixamos que as ilusões da vida material nos absorvam. Não permita que essa armadilha a paralise. Não basta ouvir o Evangelho, compreender suas lições, apreciar Jesus e defender-lhe os ideais. É fundamental assumir nossa tarefa, atuando com ele, a serviço dele, na construção do bem sobre a Terra. É necessário trabalhar e servir no bem. Jesus precisa daqueles que se alistaram nas fileiras da Doutrina Espírita, que se propõe reviver o Cristianismo primitivo, em sua pureza e simplicidade. Ele precisa de nossos braços para espalhar o bem e construir um mundo de paz, de regeneração. O momento é de muito trabalho. E o Mestre precisa de todos os seus aprendizes.

Rafaela escutava fundamente tocada e por fim pediu:

– Promete que estará comigo sempre? Não serei capaz de fazer isso sozinha...

– Todo o bem procede de Deus. Aliando-se a esse grande grupo do bem, você jamais estará sozinha.

– É que parece loucura... O que uma pessoa pode fazer, diante de todos os problemas que estão por aí?

– Cada um deve fazer a sua parte e fraternalmente, juntos, realizaremos muito. Além do mais, você quer ajudar Laila, não é? Assim, não apenas fará isso, como ajudará muitas outras mulheres, tão necessitadas quanto ela. O desejo ardente de amparo que dirige a Laila dará a ela força e determinação para vencer os obstáculos e superar as limitações; essa menina espera seu apoio.

Rafaela balançou a cabeça, concordando. Conversaram um pouco mais e Eva despediu-se, reacomodando a jovem no corpo denso. Enquanto ela entrava em sono mais profundo, a avó sussurrou-lhe ao ouvido:

– Centro de apoio à mulher.

A moça despertou, sentou-se na cama e repetiu as últimas palavras que ouvira.

– Centro de apoio à mulher. É isso! Vou montar uma ONG para ajudar Laila e outras mulheres que necessitem...

Levantou-se, acendeu a luz, pegou papel e caneta e começou a escrever o que lhe vinha à mente. Sob a inspiração de Eva, o projeto que deveria implementar ficou praticamente completo.

Quando o dia raiou, Rafaela tinha tudo escrito e estava pronta para colocar seus planos em prática.

QUARENTA E OITO

Eunice não tinha conseguido dormir bem à noite e levantou-se mais cedo. Ao passar pelo quarto de Rafaela, escutou ruídos. Abriu devagar a porta e deparou com a filha revendo as anotações. Já estava habituada os longos textos que a jornalista escrevia de madrugada.

– Bom dia, filha – cumprimentou, e já ia fechando a porta para não incomodar.

– Bom dia, mãe. Você está bem?

– Meu remédio para dormir acabou e não consegui descansar direito. E você, como está?

– Tive algumas ideias para um projeto novo.

– Um projeto?

– Pretendo fazer mais pelas mulheres que sofrem opressão, pelas mulheres de um modo geral.

Eunice, que se sentara na cama da filha, ergueu-se e opinou, sem entusiasmo:

– Ao publicar matérias de denúncia você já está fazendo a sua parte.

– Não, mãe, não estou. De que adianta só denunciar, expor o problema?

– Que as autoridades façam o que lhes compete. Que cumpram as obrigações que têm para com o povo!

– E o povo acaba por ter os governantes que merece. Precisamos nos ajudar mutuamente. Nosso mundo está desabando, com dor e sofrimento por todos os lados. Só escrever não resolve. Sinto que devo mais àqueles que padecem.

– A meu ver, você está se perdendo de novo. Presta uma contribuição efetiva através de seu trabalho.

– Não posso me enganar mais. Os problemas das pessoas que focalizei em várias reportagens não mudaram em nada depois que as denúncias foram publicadas.

– Tem certeza disso? Já foi atrás, já pesquisou?

– Mãe, às vezes uma denúncia pode ajudar momentaneamente. Todavia, só a consciência individual, o reconhecimento do próprio potencial e o amor por si e pelo próximo podem conferir forças para que a pessoa lute para transformar sua vida. Não é tão simples...

– Mas não é um problema seu! – exaltada, Eunice elevara o tom de voz. – O que vai fazer? Salvar o mundo?

– Não acredita que as pessoas possam mudar? Não é para isso que trabalha, afinal? Por que tanta amargura?

– Não é amargura, é visão realista do mundo. Não quero ver você se iludindo e depois sofrendo. Estou feliz por ter melhorado, por ter retomado sua vida. Agora vai se casar, tem muita coisa para pensar. Sua carreira tem sido brilhante. Tudo está sorrindo para você, filha. Não permita que lhe ponham na cabeça ideias que atrapalhem isso.

– Está falando da Doutrina Espírita?

– Estou falando de qualquer religião que tente impor ideais e comportamentos.

– Nada me está sendo imposto. Mãe, não percebe que conhecer os princípios espíritas me tem feito muito bem? Você não conhece, não pode falar. Graças a esses conhecimentos é que tenho encontrado forças e um sentido maior para minha vida. Como pode julgar de forma tão superficial algo que desconhece e que me faz tão bem?

Rafaela fez longa pausa antes de continuar:

– Não compreendo. Sempre diz que quer me ver feliz. E agora que me sinto fortalecida, com novos propósitos, você se opõe...

Eunice, controlada por espíritos que odiavam o Evangelho e desejavam manter o controle espiritual sobre a humanidade, falou sem se dar conta da influência que sofria:

– Pois pesquise melhor. Essa doutrina é cheia de mentiras! Você vai se transformar numa fanática, uma pessoa apequenada, que não enxerga com clareza. Vai perder tudo o que conquistou, tudo pelo que lutou por tanto tempo. Finalmente, vai empobrecer e enlouquecer. Não percebe o mal que traz para si mesma?

Mais do que as palavras, a energia com que eram envolvidas e a intensidade do ódio dos espíritos das trevas, inimigos de todos que querem servir a Jesus e ao bem, foram sentidas por Rafaela. Súbito abatimento despontou em seu íntimo. Os espíritos perturbadores estavam satisfeitos. Haviam inoculado de novo naquela alma o vírus do desânimo.

Sem receber resposta, Eunice ainda aduziu, ao sair do quarto:

– Pense bem, filha. Eu só quero o seu bem.

Fechou a porta atrás de si, deixando a jornalista em silêncio.

Na verdade, os três espíritos que compunham aquela equipe vinham acompanhando de longe a movimentação de Rafaela. Percebiam claramente seus progressos e o caminho que ela tomava, na direção do serviço às forças do bem, que por ignorância e orgulho odiavam.

Ao notarem que a jovem concebia um projeto que espalharia o bem aos semelhantes, e que contava com apoio das esferas elevadas, não perderam tempo e trataram logo de utilizar as fragilidades de Eunice para atingi-la. Apesar de não afetarem a firmeza de seus propósitos, deixaram certo desânimo instalado no interior da moça, pronto para se consolidar nas outras investidas que fariam. Um deles disse, otimista:

– Não se preocupem. Nosso trabalho aqui já é sucesso. Agora, é só aguardar a próxima oportunidade. Esse projeto maldito não vai sair do papel! Ah, não vai mesmo!

Naquela tarde, ao sair da redação, Rafaela, novamente influenciada pelos espíritos que se opunham ao seu despertar, sentiu súbita exaustão e pensou em não ir ao centro naquela noite. Queria era repousar um pouco; desde que voltara de viagem não parara.

Desculpou-se com Giovanni:

– Acho que não vou hoje. Estou cansada e, ainda que melhore, preciso terminar aquele projeto de que lhe falei...

– Pois eu acho que deve ir. A viagem mexeu muito com você, e estamos aprendendo tanto... Lá é o melhor lugar para renovar suas energias, amparada pelos espíritos amigos, que nos fortalecem com suas vibrações amorosas.

– Tem razão. Sempre chego cansada e saio refeita.

– Eu também. Graças a Deus, achamos um núcleo espírita onde Jesus se faz presente, com seus emissários. Não há um dia sequer em que eu não aprenda algo novo, em que não sinta que estou crescendo espiritualmente. Naquele ambiente abençoado, tenho encontrado forças e direção para a minha vida.

Abraçando a noiva demoradamente, ele falou com ternura:

– Mais do que tudo, vejo-a descobrindo o seu caminho. Sempre soube que você precisava trabalhar pelo próprio crescimento espiritual. Durante muito tempo a senti completamente longe das verdades espirituais, e isso me entristecia demais. Finalmente constato com profunda alegria que estava certo. Temos de nos fortalecer cada vez mais e seguir adiante em nosso aprendizado.

– Então está bem. Vou passar em casa para tomar um banho. Vem comigo?

– Vá indo na frente, que passo para pegá-la daqui a pouco.

Às sete em ponto Giovanni e Rafaela entravam na casa espírita. Luana os esperava à porta. Os três entraram e se acomodaram, como de costume, nas primeiras cadeiras.

Naquela noite, Rafaela se sentiu particularmente envolvida pelo ambiente impregnado de energias elevadas, que lhe propiciavam profundo conforto. Sua alma se alimentava das emanações sublimes que desciam sobre eles, aquecendo os corações dos presentes que se abriam para o bem, para o amor.

Ciente das intenções da neta, bem como das investidas dos espíritos que se opunham a Jesus e ao progresso humano, Eva conversou com o dirigente espiritual da casa, pedindo-lhe apoio. Ele concordou.

– Vamos colocá-la para trabalhar mais, aqui na casa, de modo a ser fortalecida pelo bem que distribuir aos semelhantes.

– É disso que Rafaela precisa. Muito obrigada.

Transmitiu a orientação ao presidente da instituição, encarregado de veicular as instruções espirituais.

Eva, satisfeita, ministrava passes e socorria os espíritos mais necessitados, que chegavam acompanhando os encarnados. Trabalhava ativamente, quando viu Farishta entrar no salão, amparada por dois servidores. Levaram-na até a fileira mais próxima à mesa e a acomodaram. Um deles permaneceu ao seu lado. Eva a observava consternada. A situação espiritual daquela alma era lamentável. Seu corpo persipiritual apresentava feridas purulentas. Por mais que os tratassem, aqueles ferimentos brotavam da alma adoentada, que negava o amor de Jesus e sofria as consequências de suas escolhas. Amaro aproximou-se e comentou:

– O estado de nosso irmão é muito triste. Ainda não pode se recordar das encarnações pregressas e continua atado à personalidade de Farishta.

– Farishta é uma proteção para nosso irmão. As lutas que experimentou e ainda haverá de experimentar são muito grandes. Somente quando começar a aprender a amar, acumulando méritos conquistados pelo exercício do bem, conseguirá relembrar e igualmente se perdoar.

– Mas como ajudá-la a aceitar o que lhe aconteceu, liberando-se da revolta contra Alá e contra os homens em geral? Percebo que ela traz no corpo espiritual áreas marcadas por imensa aflição e profundo ódio para com aqueles que foram seus algozes.

– Estamos aproveitando esse torpor em que está mergulhada, essa confusão mental, para incutir-lhe pensamentos e sentimentos elevados. Não há dúvida, porém, de que seu desafio é enorme. Desejo auxiliar essa alma a regressar ao rebanho de Jesus. Sei que está cansada de sofrer, de se enganar, de escolher caminhos que lhe trazem dor e sofrimento. Sinto isso, apesar da inconsciência em que ela se encontra.

Eva se colocou diante de Farishta e começou a aplicar-lhe passes em todo o corpo, emitindo vibrações de amor. Impactada pelas energias salutares, a jovem se mostrava ligeiramente mais calma.

Vários espíritos em tratamento no núcleo espírita eram trazidos para o salão do Evangelho. Naquele momento eram beneficiados tanto os encarnados que ali chegavam quanto os desencarnados aos quais era permitido participar das atividades da noite.

Ao término do trabalho, Paulo, o presidente, aproximou-se de Rafaela.

– Posso falar com você um instante?

– Claro.

Os dois afastaram-se para um lugar reservado e ele, então, disse:

– Tenho um recadinho para você. Não sei se vai aceitar ou não, mas isso já é com você. Recebi hoje orientação clara no sentido de colocá-la para trabalhar aplicando passes.

– Trabalhar nos passes?

– Isso mesmo.

– Será... que estou preparada?

– Acredito que sim, ou os espíritos amigos e trabalhadores deste lar não me encarregariam de convidá-la. Por mais que se sinta despreparada, eles conhecem as nossas necessidades melhor do que nós.

– Não sei... Será que vou servir para esse tipo de tarefa?

– Quer pensar até a próxima semana, e aí dar a resposta?

– Acho que é melhor...

– E tem mais uma coisa...

– O quê?

– Você deve engajar-se em alguma de nossas atividades de assistência aos necessitados. Precisa trabalhar levando consolo e amparo àqueles que sofrem.

– Por que eu? Estou aqui há tão pouco tempo... Não me sinto pronta para isso.

– Certamente está pronta. Agora, só depende de você aceitar a tarefa.

Rafaela estava intrigada. Ainda tinha algumas dúvidas com relação à conveniência de começar a correr atrás de seu projeto, e Paulo a enchia de atribuições. O que significaria aquilo?

Voltou para casa calada. Quando estavam quase chegando, disparou; contou tudo para Giovanni.

– Acho que Paulo está equivocado. Deve estar precisando de trabalhadores, e por isso me convidou. Não creio que seja realmente uma orientação dos espíritos...

De repente o rosto da avó surgiu em sua mente. Parecia escutá-la convocando-a ao trabalho.

– O que foi? – indagou o noivo.

– Não sei, estou meio confusa. Será que devo aceitar? Estarei pronta para mais essa responsabilidade?

– Até onde entendo, você será a maior beneficiada. Mesmo que ainda tenha muito a aprender, doar um pouco de carinho e dedicação vai lhe fazer bem. E se quer colocar esse projeto para funcionar, de maneira a ajudar grande número de pessoas, penso que exercitar a doação no passe e em outras atividades lhe será útil nesse trabalho. Creio que o convite não veio por acaso. Além do mais, você já viu quantos trabalhadores tem a casa? A tarefa de passes não está necessitando de voluntários. Acho que não é o trabalho que precisa de você, e sim você que precisa do trabalho – finalizou, inspirado por Eva.

Atenta às considerações do noivo, ela refletiu por algum tempo e depois comentou:

– Você tem razão. Há tantos trabalhadores no passe...

Rafaela não conseguia compreender, até então, que para executar a tarefa a que se predispunha, além de fortalecer-se espiritualmente, teria de receber apoio de inúmeros espíritos, que seriam beneficiados direta ou indiretamente por seu trabalho no núcleo espírita. Ela necessitava de retaguarda espiritual para poder investir, em sua atuação na Terra, contra interesses tenebrosos fortemente sedimentados.

Despediu-se de Giovanni e entrou pensativa. Cumprimentou a mãe e foi para o quarto.

Ao despertar, na manhã seguinte, estava resolvida e disposta a doar-se mais, trabalhando para difundir o bem. Aceitaria o convite para trabalhar no núcleo espírita. Aquela decisão encheu seu coração de alegria e paz, trazendo-lhe a certeza de que estava tomando a atitude correta.

QUARENTA E NOVE

No retorno à casa espírita, Rafaela conversou com Paulo, colocando-se à disposição para o trabalho. Falou um pouco a respeito de sua experiência e de seu projeto. Ele a escalou para ajudar a instituição a receber as mulheres que vinham em busca de assistência para suas famílias.

– Elas chegam aqui muito carentes. Você deverá, acima de tudo, acolhê-las e escutá-las. Depois de fazer todas as anotações, você nos trará os problemas e tomaremos as medidas necessárias. Assim, vai treinando e ganhando experiência para pôr esse seu projeto em funcionamento.

Rafaela saiu da sala entusiasmada. Aquele convite inesperado para atuar em uma atividade que contribuiria diretamente para a implantação de seu projeto a deixou eufórica.

Enquanto Giovanni dirigia, levando-a para casa, ela relatava em detalhes a conversa que tivera com Paulo. O noivo sorria, feliz. Fazia muito tempo que não a via tão contente, tão animada. Aliás, não se lembrava de vê-la alegre assim desde que a conhecera. Ao se despedirem, beijou-a com carinho e sorrindo pediu:

– Não se esqueça dos preparativos de nosso casamento... Já estou vendo tudo: seus planos vão tomar conta de você por inteiro.

– Não seja bobo! – ela retrucou, devolvendo-lhe o sorriso. Você está em cada um de meus planos...

Antes de entrar no prédio onde residia, Rafaela olhou para o céu. Ainda que encoberto pela poluição da cidade, as estrelas estavam visíveis. Uma brisa suave soprava em seu rosto, como se murmurasse em seu ouvido que, além daquilo que ela podia ver, existia muito mais. Espíritos amigos a amparavam. Podia sentir as mãos amigas a guiá-la. A jornalista ensaiava os primeiros passos no crescimento espiritual, que por tanto tempo adiara. Começava a aprender a crer em Deus, em Jesus e na Espiritualidade. Caminhou confiante. Estava cheia de planos, de esperança.

Nas semanas que se seguiram, Rafaela dedicou-se com afinco a suas novas tarefas no núcleo espírita. Fez um rápido curso referente ao tratamento de passes, estudando um pouco mais os seus efeitos benéficos sobre os centros de força do perispírito. Depois, começou a atender as mulheres que chegavam à instituição, em busca de socorro material. O núcleo mantinha uma creche e um centro de atendimento à comunidade carente.

Apesar de Rafaela estar acostumada a todo tipo de situação, em virtude de sua profissão e das reportagens que já realizara, aquilo era totalmente diferente. Atender àquelas mães, envolvida pelos protetores espirituais da tarefa, era muito mais impactante. Ela aprendia, aos poucos, a aprofundar o sentimento de solidariedade e respeito pelas pessoas que ali aportavam. Paulo acompanhava o andamento das tarefas, satisfeito. A jovem crescia a cada dia.

Com o correr dos meses, entretanto, as tarefas perderam o brilho da novidade e passaram a representar novas responsabilidades para Rafaela. A moça reorganizava a agenda, para que tudo coubesse em seu tempo. O trabalho na redação exigia cada vez mais dedicação. Fernanda continuava em tratamento, mas ainda não apresentava resultados satisfatórios; com sua vida pessoal requerendo maior atenção, delegava mais trabalho a Rafaela, que, embora relutante, acabava por aceitar. Pouco ou quase nada lhe sobrava de tempo para si mesma.

Os planos do casamento iam sendo adiados. Giovanni a cobrava, pois ansiava por concretizar a união. Era também o que ela queria, porém precisava de tempo para planejar a nova vida, e isso era o que lhe faltava. Quando não estava trabalhando na redação, ou colhendo dados externos para alguma matéria, cuidava dos detalhes do projeto que desejava pôr em prática. E ainda havia Laila, com quem falava quase toda semana. Além da comunicação frequente, a jornalista continuava a apoiá-la, inclusive financeiramente, nas cirurgias que tivera de fazer. A amizade que nascera entre as duas se fortalecia. De fato, a brasileira tornara-se a pessoa mais importante na vida de Laila. Era através dela que a garota afegã começava a acreditar na vida, a ter esperança outra vez.

Enfim, Rafaela não tinha tempo para mais nada e sentia-se esgotada.

*****

Quase um ano se passara. Naquela noite, Rafaela obtivera um avanço expressivo na implementação do seu projeto. Conversava ao telefone com um patrocinador, que se declarava pronto a financiar as primeiras etapas da ONG. Ao desligar, ela estava esfuziante.

– Consegui! Finalmente, consegui o primeiro grande apoio financeiro de que necessitava. Agora, sei que esse projeto vai sair do papel!

– Não diga besteira – Eunice entrou na sala, com um copo de uísque na mão, mexendo o gelo.

– Por que diz isso, mãe? Não vê o que esse projeto representa para mim?

Depois, não conteve a decepção com a atitude da mãe e explodiu:

– O que há com você, afinal? Por que não me apoia em nada? Faz muito tempo que venho lutando com sua posição sempre contrária aos meus planos. Nem minha união com Giovanni você tem apoiado. O que acontece? Antes costumava ficar ao meu lado, me ajudando. Mas de uns tempos para cá...

– Você conhece bem minha opinião, não é nenhum segredo. Sempre a apoio quando vejo que está levando sua vida para algo bom. Agora, minha filha, o que você vem fazendo é lamentável...

– Lamentável por quê?

– Está desperdiçando sua vida! E isso eu não posso apoiar.

– Você não compreende...

A mágoa pela incompreensão de Eunice tomou-lhe o coração. De fato, ela vinha sendo um grande entrave ao crescimento da filha, devido à penosa e sistemática oposição. A jovem, que sempre contara com o apoio materno, agora sofria pela falta dele. A terapia a fortalecia, mas até mesmo contra a terapeuta a mãe se colocara. A verdade é que seguia como instrumento de entidades espirituais contrárias ao bem e ao progresso, muitas das quais se posicionavam objetivamente contra os planos da jornalista. Entidades que odiavam as mulheres e as famílias, que desejavam a manutenção da dor e da escravidão humanas, repudiavam o projeto. Eunice era uma ferramenta, porém havia outras. As portas pareciam todas fechadas; Rafaela não conseguia fazê-lo deslanchar. Era como se estivesse emperrado. As dificuldades se avolumavam.

Foi por isso que ela ficou tão entusiasmada com a ligação e a oportunidade que surgira. Tudo estava praticamente certo. Aquele patrocínio seria o impulso que tanto aguardava. Também por isso, dessa vez a discordância da mãe a tocou mais.

– Eu quero o seu bem. Você precisa dar maior atenção à sua carreira, minha filha. Já não a vejo dedicar-se às suas matérias como antes. Afinal, há quanto tempo não ganha um premio? Um sequer?

Eunice sabia onde tocar a filha. Rafaela se levantou e saiu da sala sem responder, indo para o quarto. Lá, sentou-se na cama e olhou para a pilha de revistas no canto da prateleira. Ali estavam todas as matérias premiadas. No outro canto, uma coleção de prêmios cuidadosamente expostos atestava as conquistas profissionais de que a jornalista se orgulhava tanto. Encostou-se na cabeceira da cama e pensou que talvez a mãe tivesse razão. Fazia tempo que não se sentia motivada e realmente envolvida com seu trabalho.

Assim, fora tocado o ponto fraco de Rafaela: o orgulho e a vaidade que eram fortalecidos a cada prêmio que recebia. Ela simplesmente adorava ganhar aqueles prêmios. Sentiu-se confusa. Tudo vinha sendo difícil, desde que fizera aquela matéria no Afeganistão. Quem sabe não devesse dar mais atenção ao trabalho?

Mas Laila vinha a sua mente, e o desejo de ajudá-la era igualmente intenso.

Ficou longo tempo pensando, sem saber como agir. E o desânimo começou a crescer. "Por que tudo tem de ser tão complicado?", refletiu. Se os espíritos amigos a estavam apoiando, como afirmavam algumas mensagens que recebera no núcleo espírita, por que o projeto não se viabilizava com maior facilidade? Afinal, ela estava querendo contribuir...

Durante o final de semana, em conversa com Giovanni, ele perguntou:

– O que você tem? Parece cansada e triste. O que houve?

– Estou cansada mesmo. Sinto que nada dá certo...

– Como assim?

– Sei lá... Acho que não é para eu montar esse centro de apoio à mulher. Creio mesmo que é delírio meu...

– As coisas às vezes demoram a acontecer... É preciso ter paciência. As construções mais sólidas, em todos os sentidos, requerem bases estáveis. Como está a sua base?

Rafaela o fitou, pensativa. Não sabia responder. O celular tocou; após rápida e desagradável conversa ela desligou contrariada.

– O patrocinador que estava a ponto de fechar a contribuição financeira não vai doar agora. Está vendo? É sobre isso que estou falando. Nada dá certo nesse projeto!

– Ele desistiu? Não vai mais doar?

– Não desistiu, mas adiou. É a mesma coisa. Deve estar falando em adiar para não ser direto! – deu fundo suspiro. – Está vendo? Minha mãe tem razão. Acho que estou perdendo meu tempo, investindo na coisa errada... Esse projeto é um delírio meu...

– E Laila, também é delírio? – ele questionou.

– Não, eu adoro aquela menina.

Segurando as duas mãos da moça, Giovanni foi incisivo.

– Já está mais do que na hora de você ter sua casa, sua vida, não acha?

Não houve resposta e ele insistiu:

– Vamos nos casar e morar na nossa casa. Você precisa fortalecer sua base.

– Não temos tido tempo...

– Não precisamos de tempo, não precisamos de nada. Não percebe? Vamos nos casar somente no civil, como você sempre quis. Com um simples almoço para celebrar. Algo bem discreto.

– E onde vamos morar? O apartamento que compramos ainda não está pronto...

– Vamos para um *flat* e montamos nosso apartamento com calma. Ele deve sair nos próximos meses. Não precisamos ficar esperando. O que acha?

– Meio rápido... Impulsivo...

– Rápido? Já estamos juntos há quase oito anos. Não há nada de rapidez!

Ela pensou um pouco, depois sorriu, concordando.

– Então vamos ter de conversar seriamente sobre as responsabilidades domésticas.

– Você não vai complicar a nossa história, não mais. No *flat* não haverá demandas. Será quase como um hotel. Assim, vamos nos acostumando. E com certeza vamos dividir as tarefas, acomodar nossa vida de acordo com nossas necessidades. Não se preocupe. Quero apoiar você, não me apoiar em você.

O noivo aconchegou-a em um abraço longo e carinhoso. Ela se deixou envolver, e por fim disse:

– Então vamos fazer isso o mais depressa possível.

Tão logo o cartório agendou o casamento, formalizaram a união. Sob os protestos de Eunice, que queria tudo diferente, o casal se mudou para o *flat*. A despeito do conflito que ainda trazia quanto ao papel da mulher num relacionamento a dois, temerosa de perder a liberdade, a autonomia, Rafaela confiava em Giovanni.

Dois meses depois do casamento, a jornalista passeava pelo *shopping* com Luana. Os garotos corriam e as duas seguiam mais atrás.

– E sobre filhos, Rafaela? Vocês conversam, fazem algum plano?

– Pelo amor de Deus! Se nem me acostumei com a ideia de estar casada, você acha que vou pensar em filhos? Não quero – olhou os filhos da prima correndo, bagunçando. – Adoro os garotos, mas não tenho vocação para ser mãe...

Luana fitou os filhos com imenso carinho, depois se virou para a prima.

– Pois vou lhe dizer uma coisa: eles são a minha vida. Tenho aprendido demais com os meninos. O carinho, a força da amizade que existe entre nós hoje... Ser mãe é uma experiência maravilhosa.

– Vindo de você é surpreendente.

– Portanto, sabe que tenho o que falar sobre esse assunto. Não faz muito tempo que descobri a beleza e a grandeza de ser mãe, com plena consciência desse papel. Mas agora que compreendo melhor a responsabilidade que é ter filhos, a nossa missão na construção dessas vidas e o que Deus espera de cada mãe, passei a me entregar a essa tarefa e tenho aprendido com eles a expandir minha capacidade de amar.

Luana teve de parar para chamar a atenção do mais velho, que provocava os cachorros numa vitrine de *pet shop*. Retomou a conversa perguntando:

– Onde eu estava mesmo?

– Você dizia que está aprendendo a amar... – a prima sorriu ao responder.

– Incondicionalmente. É verdade. Aprender a amá-los, a nos doar a eles, a compreendê-los, é um exercício que se amplia para outras áreas de nossa vida. Ser mãe é um privilégio de crescimento pessoal. Você deveria experimentar...

– É... "Quem te viu e quem te vê!" Quem diria? De dondoca a mãe comprometida...

– Pare de brincadeira. Eu nunca fui dondoca.

– Não? Está certo...

– Falando sério: e nosso projeto, como anda?

– Difícil. Não consigo progredir muito. É tudo lento... Estou meio desanimada. Agora, então, com o casamento é que não tenho tempo para mais nada...

– Quer que eu ajude mais? Sabe o quanto desejo ver esse projeto acontecer. Aliás, voluntárias para trabalhar não faltam.

– Não faltam mesmo. A Clara, inclusive, já confirmou que vai participar. É que ainda estou presa nos aspectos burocráticos, e mesmo funcionais. O mais complicado de tudo é o dinheiro para pôr o projeto para funcionar.

– E o lugar, já decidiu?

– Sabe a casa que a vovó deixou para mim? Aquela na Vila Mariana?

– Sim.

– Quero doar o imóvel para o projeto. Essa é uma das razões de minha mãe ficar contra...

– Ela está pensando apenas no aspecto material da vida, como quase todo mundo. Nós começamos a enxergar um lado que não víamos antes, o lado espiritual de tudo. E embora seja o principal, não podemos exigir que as outras pessoas o aceitem. É muito difícil mesmo, e cada um tem o seu tempo. Não podemos cobrar o despertar dos demais, só o nosso...

As primas seguiram em agradável conversa, trocando impressões sobre as lições que vinham recebendo com o conhecimento da Doutrina Espírita e as transformações que essas lições estavam promovendo na vida de cada uma.

CINQUENTA

Em Sar-e-Pol, amanhecia e o sol nascente já fulgurava no horizonte. Pequenas árvores balançavam ao vento leve, e na cozinha algumas frutas enchiam o ar de perfume. Laila estava sentada à grande mesa da sala de jantar. Observava os veios da tábua rústica, enquanto via pela janela os raios da manhã iluminando tudo. O aroma das frutas lhe trouxe a recordação da mãe, da família. O que estariam fazendo? Como estariam naquele exato momento? Sentia falta de Afia e, em especial, de Farishta.

Ao pensar na irmã, sentiu uma pontada no peito. Reviveu na memória toda a violência que a vira sofrer. Estava para entregar-se mais uma vez à revolta, quando se lembrou de Rafaela e de tudo o que vinha lhe falando sobre as vidas sucessivas, as dores de hoje como reflexo de escolhas que fizemos no passado, de erros que cometemos contra nossos semelhantes. Se aquilo fosse verdade, deveria aceitar o que acontecera e procurar seguir em frente, construindo um bom futuro – como a brasileira sempre dizia que ela própria estava tentando construir.

À lembrança de Rafaela, a garota sorriu. Como gostava dela... E sabia que o sentimento era recíproco. Como podia ser assim? À medida que se conheciam melhor, era como se fossem mais do que irmãs, mais do que mãe e filha, tal o carinho que uma nutria pela outra. Tinham uma ligação tão profunda e tão sublime que para a menina afegã era completamente inexplicável.

Desde a primeira cirurgia, o rosto de Laila vinha sendo recuperado e sua aparência melhorava. Depois da quinta cirurgia, já não tinha medo da dor. Via claramente que os traços de sua face ressurgiam. Ainda trazia grandes cicatrizes, marcas que levaria para toda a vida. No entanto, seu semblante já podia ser reconhecido, e olhar-se no espelho não mais lhe causava pânico. Pouco a pouco se aceitava como era. Enquanto isso, Rafaela e os integrantes da RAWA trabalhavam intensamente pela cicatrização das marcas interiores, processo mais complexo por depender inteiramente da ação interna de cada vítima.

SANDRA CARNEIRO pelo espírito LÚCIUS

Constantemente estimulada por Rafaela, a afegã se fortalecia. Já não ficava na cama; ofereceu-se para trabalhar e ajudava na casa e no atendimento às jovens e mulheres que chegavam, no mesmo estado em que ali entrara quase dois anos atrás. E o trabalho de todos era muito bem-vindo naquela comunidade, que tinha por objetivo primordial fortalecer as mulheres e conscientizá-las de seu valor, de seus direitos.

Agora, Laila trabalhava lado a lado com Yasmin, dentro da casa e às vezes fazendo compras pelo bairro.

Muitos fatos lhe vinham à memória naquela manhã. Lembrava-se do primeiro dia em que saíra da casa, indo até o centro comercial da cidade junto com Yasmin. A militante da RAWA responsável por aquela unidade convidara:

– Vamos, Laila, sair um pouco será bom para você; já está há tempo demais dentro desta casa.

Pronta para sair, mas imóvel na porta, a garota parecia uma estátua. A outra insistia com gentileza:

– A primeira vez é sempre a mais difícil; depois que vencer essa barreira se sentirá melhor.

A jovem não respondia, olhando apavorada para a porta. Yasmin tomou-a pelo braço com delicadeza e falou:

– Não vou desistir. Prometi a Madeleine e Rafaela que a levaria para um passeio ao centro da cidade. Você precisa melhorar. Já faz seis meses que está aqui, a cirurgia foi um sucesso. É hora de começar a refazer sua vida. Você quase morreu, e se está viva é por algum motivo. Faça valer sua existência. Você é muito valiosa para Deus. Lembre o que Rafaela sempre lhe diz. Venha comigo, estarei ao seu lado o tempo todo.

Quase sem resistência, Laila se deixou levar por Yasmin. Iam saindo, quando a jovem emergiu do torpor em que estava e, mais apavorada ainda, perguntou:

– E a burca? Quero colocar minha burca!

– Aqui não é necessário usá-la.

– Mas eu quero, eu preciso!

– Não tem mais por que se esconder.

– Estou horrível, sou um monstro! Uma menina má, desobediente! Alá me punirá para sempre! Sou uma mulher horrível... sou uma mulher...

Yasmin fitou-a nos olhos e então explicou, sorrindo:

– Não precisa mais se esconder ou se diminuir por ser mulher, minha querida. Nem deve se envergonhar das marcas que traz em seu corpo. São as marcas de uma lutadora, que rejeitou o mal que queriam impor-lhe. Seu sacrifício trouxe de volta sua vida, não percebe? Agora, aqui conosco, pode fazer suas escolhas. Você é dona de sua vida. Está entre amigos, que pensam diferente de seus pais e dos amigos e parentes deles. Você teve a chance de começar de novo. Apesar de toda a dor, de todo o sofrimento que carrega no coração, a vida está lhe oferecendo um novo começo. Aproveite.

Laila ainda hesitou, temerosa, porém a outra reforçou:

– Não há mais necessidade de se esconder. Levante a cabeça, exiba suas marcas como protesto silencioso contra a violência, contra a agressão que sofreu. Não se envergonhe delas. Os outros é que devem ter vergonha de não fazerem nada contra esse estado de coisas. Você é uma vencedora, uma sobrevivente! Eu me orgulho de você, Laila!

A menina fitou-a e lágrimas brotaram em seus olhos tristes. Abraçou Yasmin, agradecida, e sem dizer nada ergueu a cabeça, apoiou-se nos braços dela e desceu a pequena escada que dava para a via pública. Caminhou devagar, mas sem hesitar. As pessoas que passavam por ela a olhavam, umas de modo disfarçado, outras diretamente. Muitas mulheres vestiam burcas.

À medida que caminhava, Laila sentia o coração bater acelerado e a muito custo continha as lágrimas. Segurava-se com mais força em Yasmin e caminhava, contendo a emoção, a angústia, o medo do julgamento das pessoas. A outra, por sua vez, sussurrava baixinho, quando sentia que alguém a incomodava mais:

– Você é uma lutadora! Você é uma mulher! Tenha orgulho disso! Seja forte!

As duas fizeram as compras e retornaram. Foi uma saída rápida, não levou mais do que trinta minutos. No entanto, representou muito para Laila. Ela venceu os próprios medos, e a partir daquele dia passou a sair mais vezes, até conseguir oferecer-se para ir às compras sozinha.

Fora isso que fizera no dia anterior, e naquela manhã recordava e saboreava sua vitória.

Lembrou-se do jovem que encontrara no mercado e com quem trocara algumas palavras. Era um professor de música argelino de nome Hassan. De início conversaram brevemente. Ao sentir o olhar do rapaz a observá-la em detalhes, sua vontade foi sair correndo sem olhar para trás. No entanto, aprendera a controlar esses impulsos e enfrentar as situações, quaisquer que fossem, para não bloquear seu progresso. Os dois acabaram tomando um sorvete juntos e Laila contou resumidamente sua vida. Hassan ficou muito interessado na história dela, pois presenciara na própria família o sofrimento da mãe e das irmãs, nas mãos de um pai violento e sem respeito pelas mulheres que ele amava. Ao final, tinham passado quase duas horas juntos. O rapaz fez questão de acompanhá-la até o abrigo e lá se despediram.

Laila ainda estava absorta nessas lembranças quando a movimentação na casa começou a aumentar. A mesa ficou lotada de mulheres que se acomodavam para o café da manhã. Sentada em um canto, uma recém-chegada chorava baixinho. A menina deixou seu lugar para sentar-se ao lado dela; tocando em seu braço com gentileza.

– Hoje eu vou preparar o seu café e vou cuidar de você – foi dizendo e já colocando pão no prato da outra.

Pelo meio da manhã, havia terminado seus afazeres costumeiros quando vieram chamá-la.

– Há um rapaz aí fora querendo vê-la.

– Um rapaz? Quem será? – ergueu-se, temendo que fosse alguém de sua família.

– É um tal de Hassan. Você conhece?

– Hassan? – ela estremeceu e sorriu.

Por mais que tivesse apreciado a companhia do rapaz no dia anterior, Laila não se permitiu criar nenhuma expectativa. Embora estivesse aprendendo a cultivar o respeito próprio e a aceitar suas marcas como parte de sua história, sabia que não poderia impor isso aos outros.

Foi encontrá-lo com o coração aos saltos. Seria ele mesmo? Por que estaria ali?

– Bom dia, Laila.

– Olá, Hassan.

– Estive pensando se... bem, se vocês não gostariam de um professor de música – voluntário, é claro – para alegrar o ambiente.

Yasmin, que passava pela sala naquele momento, escutou a proposta e não esperou pela resposta de Laila.

– Seria ótimo ter música por aqui. Sempre tive o maior desejo de que ela fizesse parte das nossas atividades. Música cura...

– É isso mesmo. E eu tenho um curso de especialização em musicoterapia.

O rosto de Laila se iluminou, bem como o de Yasmin, ainda que por razões diferentes.

Daquele dia em diante, Hassan passou a dar aulas de música para o grupo. E seu relacionamento com Laila estreitou-se cada vez mais. Foi assim que, quando Rafaela recebeu a notícia de Madeleine, quase explodiu de alegria.

– Então Laila está namorando?

– Não diga que lhe contei. Ela ainda não conseguiu fazer isso, não sei por quê. Garanti que você ficaria feliz, mas ela parece ter medo de feri-la. Acho que por alguma razão receia que você fique triste... Eu não entendo direito.

– Imagine! O que mais quero é que ela consiga ser feliz, reconstruir a vida. Minha única preocupação é saber que tipo de homem ele é, que tipo de história familiar traz. É muçulmano? Você já investigou?

– Acho que esse é o temor de Laila. Quer conhecê-lo melhor, antes de sair dizendo que está com ele.

– E está certíssima! Parece que nossa menina está crescendo mesmo.

– É, está se tornando uma mulher. Uma mulher forte e determinada. E em grande parte graças a você, que a apoia tanto.

– O que é isso?! Graças a vocês, que fazem esse trabalho maravilhoso – protestou a jornalista. – Graças a ela própria, que decidiu enfrentar com coragem sua situação. E, é claro, graças a Deus, que a cercou de tantas coisas boas, tantos recursos para que pudesse vencer; e que, especialmente, concedeu-lhe a bênção de uma nova chance.

– Pelo que andei investigando, a família de Hassan é toda da Argélia. Eram muçulmanos e se converteram ao Cristianismo. Ele está no Afeganistão de passagem, em viagem de um ano que resolveu realizar. Enquanto viaja, trabalha dando aulas de música.

– Então, não ficará por muito tempo...

– A princípio não. Todavia, dá a impressão de estar muito interessado nos problemas de nossa gente. Ele se parece comigo...

– O que você acha? Esse rapaz não vai ferir nossa menina?

– Laila não é mais uma menina. E precisa aprender a tomar suas decisões e viver sua vida. Não pode ter medo de enfrentar novas dificuldades. O importante é estar forte e consciente, para fazer as melhores escolhas. Acredito que tem maturidade para seguir adiante com essa relação.

– Se você está afirmando, eu confio. Mas não deixe de ficar atenta, por favor.

– Estive com ela recentemente; está feliz como eu nunca a tinha visto. Os dois passam horas conversando. Ele parece sinceramente interessado. E formam um belo par.

– Graças a Deus! O que mais quero é ver Laila feliz!

Ao desligar o telefone, Rafaela encostou-se na cadeira e pegou uma foto dela e de Laila, que trouxera após a cirurgia. Em seguida pegou outra mais recente, com a fisionomia da garota já razoavelmente reconstituída, e suspirou fundo. Ver aquele rosto tão jovem cheio de marcas, apesar de todas as plásticas de reconstrução, ainda a fazia sofrer. Mesmo contente, experimentou certo desconforto; buscou na narrativa de Madeleine sinais de que Hassan representava alguma ameaça à sua protegida. Na verdade, sentia como se o jovem músico a estivesse roubando dela.

Por várias semanas Rafaela permaneceu incomodada com a notícia. Pensava em Laila com maior frequência, e sua ansiedade crescia.

Sempre que conversava com ela, procurava obter mais informações, e tudo o que ouvia apontava para um relacionamento que realmente faria bem à jovem afegã.

Na primeira sessão de terapia do mês seguinte, a jornalista expôs seus temores, suas dúvidas. Surpreendeu-se quando, tendo escutado em silêncio por longo tempo, Clara falou:

– Sabe o que está me parecendo? Que você está com ciúme de Laila.

– Ciúme? Não, que absurdo! Imagine... Ciúme do quê?

A terapeuta, que a observava com leve sorriso, manteve-se calada, enquanto Rafaela se debatia sozinha com o sorrateiro sentimento subitamente exposto. Depois de remoer e remoer, admitiu:

– É, acho que tem razão. Estou com ciúme. Mas por quê? Que coisa tola!

– Já conversamos muitas vezes sobre você e Laila, e sabemos que a ligação de vocês vem de muito tempo. Quem sabe resida aí o motivo desse ciúme...

Quando voltou para casa, Rafaela continuava em conflito com emoções que não queria aceitar. Embora racionalmente não fizesse qualquer sentido, sabia que o ciúme estava ali. Desejava livrar-se daquilo a todo custo. Queria que suas suspeitas fossem objetivas, e não fundadas em sentimentos negativos, e ainda nascidos no passado.

Ao se deitar, pensou muito na última conversa com a psicóloga e em tudo o que sentia. Adormeceu logo e seu corpo espiritual se desprendeu facilmente do corpo denso. Eva a aguardava. Abraçando-a, falou com bondade:

– Minha querida, como estamos felizes por seu progresso! Não pode imaginar com que animação esperamos a implantação material do projeto que se origina de planos desenvolvidos em nossa instituição espiritual.

– Acontece que não estou conseguindo tirá-lo do papel. Sempre alguma coisa dá errado, não sei por quê. Estou frustrada e... meio desanimada. Questiono se é isso mesmo que devo fazer...

– Dúvidas são naturais, fazem parte do processo de crescimento. Não deixe que elas a paralisem. Caminhe, apesar das dúvidas. Ainda estamos longe de adquirir toda a convicção necessária para as nossas realizações. Mas estou aqui por outro motivo. Vim buscá-la.

Sem questionar, Rafaela apoiou-se na avó e seguiram para a colônia espiritual onde se situava a instituição com a qual ambas tinham compromissos e ligações.

Ao chegarem, a neta indagou:

– Estamos aqui para uma palestra?

– Não, querida.

Eva caminhou em silêncio até um lindo campo, fartamente florido. Ao fundo um riacho estreito emitia delicioso murmúrio de suas águas cristalinas. À beira do riacho, uma figura de costas logo chamou a atenção de Rafaela. Era Laila.

Ficaram por longo tempo enlaçadas. Eva e Amaro acompanhavam de longe o ansiado encontro.

– Perdoe-me, por favor, se a estou magoando – a afegã pediu, tomando as mãos de Rafaela.

– Não, você não me magoa – olhando para Laila, podia enxergar Henri claramente.

– Ainda que sinta muito a sua falta, sei que Hassan me dará apoio.

– Claro, é o melhor para você.

– Mesmo que creia estar tomando a atitude certa, é como se cometesse algo errado em relação a você. Não sei explicar... Perdoe-me.

Abraçando-se, aquelas almas que se amavam profundamente passaram muito tempo em silêncio, unicamente permutando sentimentos de afeição. Por fim, Rafaela declarou:

– Não há mais nada a perdoar. Eu quero que seja feliz, que encontre seu caminho. Nós duas estaremos sempre juntas, unidas pelo amor. Eu estarei sempre ao seu lado.

De repente, surgiu na memória de Rafaela o último encontro que, como Alice, tivera com Henri, à beira de um rio. Como se vivessem agora o definitivo momento do perdão incondicional, ela continuou:

– Nada, nem ninguém, poderá nos separar, porque é o amor verdadeiro que nos liga. Siga sua vida, case-se com Hassan e saiba que eu ficarei muito feliz com essa união, se é o que você quer. Mas saiba também que estarei por perto, se ele não a respeitar ou não for correto com você.

– Disso eu tenho certeza – respondeu Laila. – Acho até que é isso que me encoraja a iniciar um relacionamento com um... homem. Depois do que vi suceder com Farishta, jurei que nunca me casaria, que jamais deixaria que um homem me dominasse. Mas depois de tudo que tenho aprendido com você, sinto-me forte o bastante para buscar a felicidade. E, acredite, Hassan me tem feito muito feliz. Estou até aprendendo a tocar violão!

Rafaela abraçou a alma querida e a conversa se prolongou. Mais tarde se despediram e a jornalista voltou para casa com a avó. Ao chegarem, abraçou-a, agradecendo.

– Você está sempre por perto, me ajudando. É meu anjo da guarda, não é?

Sem responder, Eva beijou-a com ternura. Então, ajudando-a a retornar ao corpo denso, falou:

– Alegro-me por vocês terem, finalmente, eliminado as arestas que ainda restavam do passado de ambos. Henri, na personalidade de Laila, está pronto para prosseguir, e você, querida, precisa seguir também. Há muito trabalho a fazer.

– Há uma coisa que eu gostaria de saber.

– O que é?

– Por que tudo aquilo aconteceu comigo? Por que fui queimada como bruxa? Por que você morreu da mesma forma?

– Um dia você estará preparada para saber. Por ora, confie em mim e siga com sua vida, com suas tarefas. É o melhor a ser feito.

Rafaela relaxou e entregou-se ao sono.

Ao despertar, trazia o coração mais leve; relembrava como um sonho fragmentos do que ocorrera. O que estava vivo em sua memória era que se encontrara com Henri. Fora um encontro reparador, repleto de amor e de perdão. Pensou em Laila e sentiu que tudo se acertara, ela estava feliz.

CINQUENTA E UM

Nas semanas que seguiram, Rafaela tentou retomar as anotações sobre o projeto. Impulsionada por uma força incomum, procurou dedicar a essa finalidade o pouco tempo que lhe sobrava. Começou por regularizar a doação do imóvel que a avó lhe deixara. Apesar de a casa lhe pertencer por direito, sabia que teria de vencer a oposição de Eunice, que tinha enorme apego ao imóvel onde passara a infância.

Estava decidida a convencer a mãe, quando recebeu uma notícia há muito esperada. Giovanni ligou para ela no trabalho.

– Você não vai acreditar: telefonaram da imobiliária; nosso apartamento está pronto! Podemos pegar as chaves ainda hoje.

– Que ótima notícia! Então não vamos deixar para depois.

– Pode vir agora?

– Posso. As coisas aqui na redação estão muito tensas; preciso dar uma saída, espairecer um pouco. Não consigo escrever uma linha sequer. É como se a fonte das minhas ideias estivesse totalmente esgotada – baixou o tom de voz enquanto saía pelo corredor, em direção ao elevador. – A pressão está violenta. Coitada da Fernanda; não sei como está aguentando.

Pegaram a chave do novo apartamento e foram direto confirmar a entrega de móveis e artigos de decoração que haviam adquirido há meses, na expectativa da entrega do sonhado lar.

Ambos estavam satisfeitos. A vida no *flat* já os havia cansado. Queriam um lugar que tivesse o jeito deles, as coisas arrumadas como gostavam.

Os preparativos se estenderam por quase um mês, quando afinal se mudaram para o apartamento. Sentados na espaçosa varanda, que dava vista para o Parque Villa-Lobos, contemplavam o pôr do sol, apreciando um vinho que Giovanni guardara para aquela ocasião especial.

Brindaram à vida nova. Antes de se deitar, Rafaela olhou para o amontoado de caixas a serem abertas e comentou:

– Agora é colocar tudo em ordem... Teremos muito trabalho.

– Mas será um trabalho delicioso...

Levariam algumas semanas para organizar tudo. Rafaela se dividia entre a redação, as viagens a que a obrigavam certas matérias e a arrumação do apartamento. Sempre que possível, fazia algum contato, realizava alguma ação para colocar em prática seu projeto. Cada vez lhe restava menos tempo livre. Os compromissos se avolumavam. Ela não abandonara as atividades no núcleo espírita, porém já não conseguia dedicar-se como antes. Sua mente estava ocupada pelas demandas do cotidiano.

Naquela manhã, quando entrou na redação, sentiu o clima particularmente tenso; havia um silêncio pesado no ar. Ao passar pelas baias dos colegas, até chegar à sua mesa, viu que estavam todos quietos e compenetrados. Ninguém falava nada. Pôs a bolsa e os utensílios no lugar, ligou seu *notebook* e percebeu a movimentação na sala de Fernanda. Membros da diretoria conversavam cm a editora. Ela gesticulava, nervosa. Rafaela sentou-se e tentou se concentrar. A cobrança por resultados, pelo aumento dos índices de venda da revista, era enorme nos últimos meses. As vendas vinham caindo, e a pressão afetava a todos.

Logo que os dois homens saíram, Rafaela entrou na sala de Fernanda. Encontrou-a com os cotovelos sobre a mesa e as mãos segurando a cabeça baixa.

– Tudo bem?

A editora ergueu a cabeça devagar. Estava chorando.

– O que foi? O que houve?

– Eles me demitiram, Rafaela. Mandaram-me para casa!

– Não podem fazer isso!

– É claro que podem. Este é um mundo voraz, que não tolera mediocridade. E nossos resultados têm sido medíocres.

– Estamos fazendo um excelente trabalho, sua linha editorial é séria, Fernanda. O mercado é que está difícil...

– Eles não querem nem saber. O que interessa é o resultado, o lucro. Nem os prêmios contam. Somente o dinheiro em caixa. Resultado fraco não tem perdão.

Fernanda ergueu-se, limpou as lágrimas e, pegando o telefone, pediu à secretária que comprasse algumas caixas de papelão. Ao desligar, falou para Rafaela:

– É melhor já recolher tudo e ir embora.

– Assim tão depressa? Por quê?

– Você sabe como são esses processos... Eles não querem que eu fique por muito tempo. Hoje mesmo farão uma reunião para informar as mudanças a todos. Não quero estar aqui quando isso acontecer.

Depois de recolher suas coisas, Fernanda convocou a equipe e comunicou o ocorrido.

– E mais mudanças virão – avisou. – Vão fazer uma reunião com vocês ainda hoje, acho que no final da tarde, e passar as orientações e instruções – era evidente seu esforço para se controlar. – Eu desejo muita sorte a todos.

– O que você vai fazer agora? – indagou um dos repórteres.

– Não sei, estou meio perdida. Vou precisar de um tempo para me organizar. Uma coisa é certa: vou cuidar da saúde, dar mais atenção ao meu tratamento. Primeiro me dedicarei um pouco a mim. Depois, pensarei no que fazer.

Fernanda deixou a redação muito abatida. Aquela fora sua vida nos últimos quinze anos e despedir-se era extremamente doloroso. Rafaela pressentia o que poderia sobrevir daquela pressão toda. Desceu junto com a editora, ajudando-a a levar seus pertences até o carro. Quando terminaram de guardar tudo, Fernanda fechou o porta-malas e, virando-se para a colega, falou melancólica:

– Então é isso – fez uma pausa, enquanto abria a porta do carro. – Minha vida está uma bagunça e a última coisa de que eu precisava, logo agora, era ter de me preocupar com o financeiro, com a carreira profissional. Minha válvula de escape vinha sendo o trabalho... Acho que a única...

– Pense que algo novo pode estar para entrar em sua vida. Não olhe apenas a perda; tente ver o lado bom...

– Pare, Rafaela – a outra a interrompeu, irritada. – Sei o que está tentando fazer. Você não é disso... Sempre olha as coisas de frente. Pode parar de tentar dar uma de Pollyanna...

– Mas é verdade. Não temos o controle de nada na vida. Podemos até pensar que sim, porém isso não passa de ilusão. De fato, o único controle que temos é sobre nós próprios: sobre nossos atos, nossas reações, as crenças que resolvemos assumir...

– Bonito isso – disse a editora, abraçando-a. – Obrigada por tentar, por estar aqui. Eu vou sobreviver, de uma forma ou de outra; vou dar um jeito. Afinal, não é isso que nós, mulheres, temos feito? Aprendido a sobreviver?

– Ficaremos em contato, está bem? Se precisar de qualquer coisa, seja o que for, me avise.

As duas se despediram. Fernanda ligou o carro e saiu, deixando a repórter pensativa. Quando ia retornar à redação, ela se lembrou do clima reinante e preferiu fazer algumas entrevistas de campo, para uma de suas matérias.

Passados três dias, o novo editor foi apresentado ao grupo e assumiu o posto. Logo depois de conversar com a equipe, chamou um a um, transmitindo as novas diretrizes que seriam adotadas, por ordem da diretoria.

Chegou a vez de Rafaela.

– Entre e fecha a porta, por favor – ele pediu.

Rafaela atendeu e acomodou-se na cadeira, diante do editor. Dali podia ver, atrás da cabeça dele, os pregos na parede vazia onde antes estavam alguns quadros e os prêmios que Fernanda recebera. Notando o que ela olhava, o novo chefe falou:

– Vamos alterar a decoração da sala, simplificar. Rafaela, serei bem direto, sempre sou. Fui contratado para fazer esta revista dar lucro. Vocês realizam um bom trabalho aqui, mas as vendas estão em queda. Temos de mudar isso. Minha primeira providência será cortar custos, todos os que for possível. Já dispensei minha secretária e também a do departamento; a estagiária fará o trabalho das duas. Estou preparando um *e-mail* com as medidas de contenção de gastos que iremos tomar. Todos, sem exceção, serão cobrados pelos cortes.

A jornalista escutava sem mover sequer um músculo do rosto. Estava irritada, revoltada ao ver aquele homem que nada entendia do trabalho deles interferir daquela maneira. Sabia, porém, que o momento era tenso demais e por prudência permaneceu calada.

– As maiores mudanças serão mesmo na área editorial – ele prosseguiu. – Vamos reduzir a equipe de repórteres e os que ficarem assumirão maior número de matérias de campo. E vamos mudar a linha editorial da revista. Nada de temas muito sérios, de análises profundas. Vamos deixar tudo mais leve, mais agradável. Vamos acabar com as denúncias chocantes. Queremos dar prazer aos nossos leitores.

Quando Rafaela fez menção de se manifestar, ele ergueu o dedo, como a alertar que ela nem tentasse, e continuou:

– Produzir matérias que vendam, esse é o nosso interesse. Vamos publicar o que o povo quer ler, e o povo quer amenidades, pois de luta já está cansado.

– Vamos aderir à mediocridade, então?

– E o que tem isso? Quanto mais mediocridade, melhor! Podemos fazer o que quisermos, que ninguém se dá conta.

Não suportando mais ficar calada, ela disparou:

– Precisamos ajudar o povo a pensar, a enxergar a realidade, a...

– Não, Rafaela, precisamos vender revista! Só isso. Você é uma jornalista competente. Quero que, além de nosso carro-chefe, que é a *Atual,* você assuma outra revista que pretendemos lançar. Uma revista voltada sobretudo para o público adolescente, destinada a levar informação com muito mais diversão. Deverá estar pronta para o lançamento em três meses.

– Isso é impossível. Precisamos de mais tempo para conceber um produto novo.

– Quero que seja a editora dessa revista – ele ignorou a observação. – Até ela dar resultados, você continuará como repórter da *Atual* e irá preparando a nova publicação. Quando ela estourar em vendas, será liberada daqui e ficará somente como editora.

Rafaela estava confusa. Ao mesmo tempo em que se sentia revoltada com a proposta do novo chefe, tinha de reconhecer que sempre desejara editar sua própria revista. Era sedutora a ideia de poder conduzir um veículo de comunicação de massa, levar informação e conhecimento às pessoas. E ela sabia fazer jornalismo como poucos. Seus sentimentos eram conflitantes.

A reunião se prolongou um pouco mais, até que a repórter deixou a sala de Leandro, o novo editor-chefe, e foi para sua área de trabalho sem ter conseguido recusar a proposta.

*****

Nos meses seguintes o volume de trabalho aumentou tanto quanto a pressão que a equipe sofria para melhorar os resultados. Embora contrariada, Rafaela dedicava-se à nova revista, já que não podia parar de trabalhar. De qualquer modo, começou a contatar alguns amigos, em busca de alternativa; queria continuar a fazer jornalismo sério. Naquela fase, entretanto, não encontrou nada, como se todas as portas estivessem fechadas.

Aos poucos foi se envolvendo com a preparação do primeiro número da revista; dizia para si mesma que era melhor estar ali, trabalhando para atenuar a mediocridade de um veículo de comunicação, do que simplesmente desistir de tudo. Quando a revista foi lançada, a agora editora sentia-se como se tivesse um filho nas mãos e passou a dedicar-se cada vez mais para a iniciativa dar resultado.

O tempo ia passando. Rafaela trabalhava muito, e o escasso tempo que sobrava era para Giovanni, um pouco para a família e quase nada para ela. Não conseguia mais ir ao centro, onde o marido e Luana assumiam responsabilidade cada vez maior. Foi em vão que o companheiro a alertou para que diminuísse o ritmo, pois aquilo não lhe faria bem. Ela insistia que não via saída; era o seu trabalho, sua profissão. E afundava-se mais e mais no excesso de demandas e responsabilidades. Como era inevitável, afastava-se do seu projeto.

Na redação, era ela a mais pressionada. O editor-chefe sabia onde tocar, para fazê-la agir em conformidade com o que ele queria. Na realidade, Leandro sofria intensa influência espiritual das entidades arraigados ao mal, que desejavam ver Rafaela desistir de qualquer intenção ligada ao bem. Há muito tempo vinham atuando de todas as formas para fazê-la desviar-se de seus propósitos de renovação. Eram pacientes e perseverantes. Ao vê-la exausta, trabalhando até tarde da noite, no dia destinado às atividades na casa espírita, um deles disse:

– Finalmente, acho que vencemos; essa não será mais problema. Agora, está nas mãos de Leandro e de suas próprias ambições. Até que foi fácil.

– Fácil? Onde vê a facilidade, imbecil? Faz mais de três anos que estamos dia e noite agindo contra ela e essa ideia absurda de fortalecer as mulheres. Queremos mais é que todas as mulheres sucumbam, que sejam nossas serviçais. Não é, Alemão?

O que respondia por esse nome era o chefe da equipe de cinco espíritos que atuava junto com várias outras, todas com o intuito de destruir qualquer iniciativa no bem, no despertar de consciências, que partisse dos integrantes da casa espírita da qual Rafaela participava. Era uma imensa teia de almas tenebrosas, pertencentes a uma organização sinistra que há milênios buscava manter homens e mulheres escravizados.

Saíram gargalhando. Um deles ficava sempre nas redondezas, para notificar qualquer alteração da situação, qualquer ameaça.

Bem mais tarde, Rafaela, exaurida, sem o mínimo de energia, deixou a redação. Apesar do conteúdo pobre, a revista fazia sucesso. Ela não se sentia feliz ou orgulhosa pelo resultado, porém não conseguia fazer nada a respeito de suas insatisfações.

Certo dia, Leandro a chamou, parabenizou-a pelos resultados e aumentou seu salário. Além disso, autorizou-a a contratar uma auxiliar e enviou-a para cobrir alguns eventos internacionais.

O sucesso da revista não parava de crescer. Rafaela ganhava mais dinheiro e mais prestígio. Agora, Leandro tinha planos de trazer para o

Brasil uma revista francesa, que igualmente ficaria sob a coordenação dela.

– Essa revista é fraquinha... Eu a conheço.

– Vende muito na França. Você fará algumas adaptações e a revista vai vender ainda mais aqui. Você é boa nisso. Quero que passe quinze dias em Paris, cuidando da negociação e dos acertos.

– Pensei que fosse você a negociar.

– Tenho outros projetos em andamento, e você é a pessoa certa para isso.

Rafaela saiu da sala carregando seu *tablet* e pensou: "Uma quinzena em Paris... Nada mau. E ainda poderei visitar Laila".

Quando informou Giovanni sobre a viagem, a reação do marido a frustrou um pouco.

– Não está contente por mim? Vou ver Laila.

– Claro que estou. É que você não tem tempo para nada... Eu quero mais da vida, quero ter filhos. Já fizemos planos...

– As coisas vão se assentar, você vai ver. São muitas mudanças, e primeiro preciso me adaptar.

Com aquela vida tão agitada, a jornalista deixou de lado todos os deveres que havia assumido. Filhos, nem pensar! Já não visitava Valéria, nem dava assistência à família dela, como prometera. Não tinha tempo. De vez em quando, a distância, fazia uma ligação para o advogado que acompanhava o caso.

As tarefas na casa espírita foram as primeiras a serem abandonadas. No projeto ela trabalhava de vez em quando, tentando colocá-lo para funcionar. Como tudo era difícil, travado, acabava deixando-o de lado. O fato era que, sempre que falava com Laila, ao desligar pegava a pasta do projeto e remexia os papéis, fazia planos. Só que quando entrava no corre-corre do cotidiano tudo o mais cessava.

A única atividade extra que ainda insistia em manter era a conversa mensal com Clara. Já tivera alta do tratamento, mas para garantir sua sanidade achava que devia ver a psicóloga de vez em quando.

O maior problema era que desde que se deixara envolver de novo pelas exigências profissionais e pelos apelos materiais, Rafaela não estava feliz. Além de o trabalho a absorver quase totalmente, o tipo de jornalismo que estava fazendo era o que sempre detestara.

A jornalista estacionou o carro em lugar mais afastado do que o habitual, para chegar até o consultório de Clara. Caminhando devagar, olhava as pessoas apressadas, com semblante tenso e preocupado. Pareciam alheias, ensimesmadas, como se não enxergassem nada ao redor. O sol se punha no horizonte distante da grande metrópole, e por entre os prédios gigantescos da Avenida Faria Lima ela observava o alaranjado que se formava ao longe. O céu assumia uma cor escura, de um azul acinzentado, anunciando que a noite se aproximava. A conhecida estrela Vésper tomava, soberana, seu lugar no firmamento. A natureza era viva e vigorosa, por trás de todo aquele concreto. Não obstante, os transeuntes seguiam indiferentes a tudo.

Profunda tristeza apossou-se de Rafaela. Entrou no consultório e minutos depois estava sentada diante da terapeuta, que logo percebeu o seu estado de espírito. Em poucos minutos de conversa, Clara tocou no ponto que mais a incomodava; e ela, negando as evidências, colocou-se na defensiva.

– Você tem razão, não me sinto realizada com meu trabalho. Mas o que posso fazer? Tenho tentado inutilmente achar outra oportunidade, em outra empresa... Você não faz ideia da pressão que venho sofrendo; não dá tempo nem para pensar direito.

Inspirada por Eva, a psicóloga falou:

– Pois é exatamente essa a ideia.

– Como assim?

– Afundá-la cada vez mais em responsabilidades, compromissos, pressões de todo tipo, para impedi-la de pensar; para que sua consciência não tenha como lhe mostrar o quanto você está infeliz.

– Não sei...

– Isso é impingido a todos, Rafaela. É o sistema material sendo controlado pelo sistema espiritual que não quer o progresso, o crescimento humano.

– Você vê fantasmas... – falou e logo riu, lembrando-se da mediunidade de Clara, que sorriu de volta.

– Vejo mesmo. Mais do que você supõe. Almas sem amor, sem Jesus, atuam fortemente sobre toda a humanidade. Fazer que todos abracem essa vida de correria, de pressão, sem tempo para nada, nem para pensar, é uma estratégia que tem dado muito certo. E com todas as justificativas coerentes possíveis.

– Nisso sou eu que tento não pensar; do contrário ficaria maluca e talvez depressiva de novo.

Aliando seus conhecimentos à intuição que recebia de Eva, a terapeuta considerou:

– Faz bem em focar o pensamento em coisas produtivas. O estágio de transição que o planeta atravessa é muito pesado. As forças do mal têm avançado largo espaço na Terra, graças ao materialismo que impera e à exacerbação do egoísmo e do orgulho no ser humano. Sempre foi assim, porém neste momento a situação se agrava. Temos de conectar a mente com o bem. A mente é tudo, Rafaela. É nela que tudo acontece, que iniciamos projetos, que as melhores e as piores ideias são implantadas. Os poderosos sabem disso e disputam nossa mente o tempo todo. É a televisão, são os meios de comunicação em geral – você bem sabe –, as demandas sociais, as religiões que levam à alienação. Tudo com o mesmo objetivo: controlar nossa mente.

– Somos prisioneiros, então.

– Totalmente, se não reagimos a esse controle. Quase todos os meus pacientes afirmam que estão infelizes com a vida que levam e dizem não ter alternativa de mudança. É isso que querem que todos acreditem, e é uma grande mentira. Todos temos opção. Podemos escolher uma vida diferente, se tivermos coragem de escutar nossa consciência e seguir nosso coração. Tudo o que queremos de verdade, nós conseguimos. Todas as criaturas têm esse poder. É o poder da fé, a força de querer o que é melhor para nós. Tudo o que existe está no mundo mental, no mundo espiritual. Nossa sociedade nos concita a viver para fora, para todas as demandas exteriores da vida. Precisamos aprender a entrar no mundo intangível, no mundo espiritual, e a viver nele. Há um mundo invisível dentro de nós e em dimensões paralelas à nossa, cheio de vida, de oportunidades, de novas referências.

– O que diz é muito bonito. Só que não é nada simples escapar às pressões externas para realizar essa interiorização.

– O mundo material é tão somente um reflexo desse mundo espiritual, mental e invisível. É lá que tudo começa e acontece. Porque aprendemos a viver exclusivamente no mundo material, passamos a agir como se ele fosse o único existente. No entanto, para conquistar uma vida plena de paz, de realização, de crescimento espiritual, é preciso fortalecer nossa fé, construir uma relação verdadeira com Deus. Nós somos escravos porque queremos, por escolha nossa, por ser aparentemente mais confortável. Jesus veio trazer a libertação, a verdade sobre os bastidores do poder no mundo. Falou o tempo todo que seu reino é o do espírito, e nós insistimos em empobrecer seu Evangelho, em materializá-lo.

À menção de Jesus, veio à lembrança de Rafaela o bem-estar que sentia ao participar das reuniões no núcleo espírita e refletir sobre as lições do Evangelho. Mesmo assim, comentou:

– Acontece que é neste mundo material que temos de lutar pela sobrevivência, de enfrentar as dificuldades do convívio humano, de presenciar injustiças... É preciso ser muito firme para conciliar o Evangelho com tantos desafios.

A resposta de Clara foi concisa:

– É por isso que a Doutrina Espírita, com Jesus, procura contribuir para a libertação da nossa mente, acima de tudo. Se você quer ser vitoriosa de verdade, necessita vencer as hesitações e dar o próximo passo, na direção dos seus deveres espirituais. Eu repito: tudo o que queremos de verdade, nós conseguimos.

Finda a esclarecedora conversa, Rafaela deixou o consultório cabisbaixa e pensativa. Mais consciente do tamanho de sua frustração, foi outra vez dominada pelo desânimo. Sentindo-se impotente para reverter toda aquela situação, não sabia o que fazer.

CINQUENTA E DOIS

Premida pelo excesso de atribuições, Rafaela dedicava cada vez mais tempo ao trabalho na redação, e a cada matéria publicada sua insatisfação aumentava. Sentia-se cansada e perdida.

Além das responsabilidades na revista em que atuava como editora, continuava escrevendo para a *Atual*, publicada semanalmente. Seus trabalhos eram sempre muito bons, apresentando uma visão ampla dos fatos; ela era uma profissional preparada e competente no que fazia. Entretanto, nos últimos tempos, suas matérias eram sempre cortadas, editadas. O editor-chefe fazia questão de ressaltar que sua visão tinha de ser sempre neutra, excluindo qualquer alusão a questões menos objetivas. E, principalmente, que devia estar sempre de acordo com a linha editorial adotada pelo grupo proprietário.

Não era raro ela discutir com o superior, aborrecida pelas imposições a que tinha de sujeitar-se. Para ela estava clara a intenção dos diretores e acionistas de manipular a opinião pública, a serviço de políticos ou grandes empresas. Sempre fora assim, ela já estava acostumada. Todavia, desde a saída de Fernanda isso ficara mais escancarado. Já não conseguia acreditar em nada do que escrevia; sentia-se vendendo a própria alma. As exigências se avolumavam, e a insatisfação dela crescia.

Naquela semana, Giovanni estava fora, participando de um seminário na Bahia. Falavam-se todas as noites. Ele vinha cobrando da esposa que retomasse seu projeto, porém Rafaela sentia-se sem forças. A justificativa era a habitual: estava trabalhando muito, tinha compromissos e não podia ser irresponsável.

Dessa vez, depois de conversarem por algum tempo, ele observou:

– Estou sentindo sua voz meio triste. O que houve?

– Está tudo certo.

– Não adianta negar. Eu a conheço muito bem. O que foi?

– Estou exausta, frustrada, descontente com meu trabalho.

– Já falei que precisa retomar seu projeto; ele é importante para você e para muita gente. E há o trabalho lá do centro, que praticamente abandonou.

– Eu sei que estou em dívida, mas o que posso fazer? O trabalho está muito pesado. Assim que as coisas melhorarem, eu retomo...

Ao desligar, ela puxou a pasta recheada de papéis e anotações, documentos e listas de pendências.

– Meu Deus! Minha última anotação já tem quase seis meses!

Desanimada, folheou todos os papéis e os recolocou no lugar. Tomou um banho demorado, na tentativa de relaxar. Ao sair sentiu-se pesada e cansada. Comeu um lanche e enfiou-se na cama, tentando dormir. Queria esquecer um pouco a angústia que a perturbava, a ansiedade que a dominava. Já havia doado o imóvel da Vila Mariana para o projeto, à custa de a mãe ficar quase dois meses sem falar com ela. Além disso, recebera impacto tão forte, por causa da doação, que acabara deixando o processo inteiro de lado.

Como o sono não vinha, levantou-se e ligou o computador, na esperança de falar com Laila. Já era muito tarde naquela região do globo e não encontrou ninguém conectado. Voltou para a cama e, depois de revirar-se por quase uma hora, enfim adormeceu.

Do lado espiritual, Eva e Amaro a esperavam. Ao adquirir certa lucidez, no estado de desprendimento temporário proporcionado pelo sono, lançou-se nos braços da avó.

– Que bom vê-la aqui! – falava quase chorando. – Estou tão perdida, tão desanimada... Tenho medo de afundar-me outra vez na depressão.

– Acalme-se, querida, viemos para ajudá-la – Eva amparava-a, carinhosa. – Mas precisa fazer a sua parte. Não poderemos fazer nada, se você não colaborar. Sabe disso.

– O que devo fazer? Minha vida está uma confusão, estou cheia de compromissos, e não acho tempo para fazer aquilo que mais desejo.

– E que lhe trará felicidade e realização. Já se perguntou o que a está impedindo? Se sabe o que deseja, por que não age?

Rafaela olhava para a avó, incapaz de pensar direito, e falou hesitante:

– Não sei...

– Eu acho que sabe. Você está com medo de enfrentar a luta que a espera, a partir da decisão a ser tomada.

A jovem não respondeu, fitando a avó sem desviar os olhos. Então baixou o olhar e lamentou:

– Não tenho forças... Fico sempre adiando, tenho medo...

– Você tem tudo de que precisa para seguir em frente. Agora deve tomar a decisão; ninguém fará isso em seu lugar.

Rafaela a olhava com as lágrimas descendo pelo rosto. Eva aproximou-se mais, limpou-lhe a face e convidou:

– Venha conosco. É uma noite especial em nossa colônia.

Já habituada, em espírito, àquelas ligeiras viagens com os avós, ela os seguiu sem questionar. Foram ao encontro de Luana, depois de Giovanni, e não demorou muito para alcançarem a colônia.

O grande salão estava lotado. Viam-se muitos espíritos encarnados, desprendidos do corpo físico, na companhia de outros da colônia, participando da festividade.

– O que está acontecendo, vó? – indagou Luana, interessada.

– Muitos se preparam para retornar ao corpo, querida. Esta é uma noite em que mães e pais estão aqui, estabelecendo seus compromissos com espíritos que vão renascer na Terra, para o trabalho de regeneração. É um momento ímpar, de grande emoção.

Assim que todos se acomodaram, Amélia fez uma prece e leu um trecho do Evangelho. Em seguida dirigiu-se aos presentes iniciando a preleção da noite.

"Estamos felizes por todos vocês que aqui estão. Sabemos que muitos estão preocupados com a tarefa, temerosos de fraquejar. E com razão. Os desafios do espírito encarnado são enormes. Enquanto estamos aqui, com a consciência ampliada, enxergamos melhor e sentimos confiança. Quando retornamos, mergulhados no mar de pensamentos e emoções que dominam o orbe, muitas vezes se torna difícil pensar por nós mesmos, escutar nosso coração, nossa consciência. Chegada a hora de assumir o dever para o qual reencarnamos, envolvidos nos cuidados do mundo material, em suas crescentes exigências, deixamos de lado os compromissos assumidos. Então, queridos e queridas, é natural a preocupação. Entretanto, não devemos fraquejar. Muitos de vocês vêm se preparando há muitas encarnações, para realizar a tarefa com a qual estão comprometidos.

"O momento no orbe é de renovação, de transformação. Não podemos nos acovardar diante do desafio. As mudanças virão, nada poderá detê-las. Na grande maioria, os seres encarnados teimam em dormir, em se manter como verdadeiros zumbis. Portanto, o trabalho para aqueles que já despertaram é árduo. E tem de ser feito. Jesus conta com o esforço de cada um para que possa agir no planeta, através das criaturas que o aceitam. Não esqueçamos de que fazemos parte de um exército imenso, aquele que luta contra o mal."

Todos escutavam com atenção e cheios de esperança. Ela prosseguiu.

"O desânimo toma conta da Terra. Os homens estão se esquecendo do que é ser bom. No entanto, Jesus não desiste de seus irmãos terrenos e, intrépido, avança em sua luta contra as forças que não querem ver os homens verdadeiramente livres. Não deixem que as dificuldades os vençam. Contem com a presença delas em um planeta de provas e expiações, em transição para um planeta regenerado. Há muito a ser feito. Que seus corações batam em um só compasso com o do Mestre, e serão felizes, a despeito dos desafios. Apesar da luta árdua, não temam. Deus é maior do que tudo e estará sempre movendo a situação para que seus planos se realizem."

Eva tinha o coração acelerado. Sentia que havia chegado o momento de tomar uma decisão. Queria participar desse movimento renovador sobre a crosta.

Ao terminar, Amélia cedeu a palavra a alguns dos companheiros mais próximos, para que dessem seu incentivo ao grupo que se preparava para reencarnar. Após a fala de alguns, foi a vez de Eva.

– Queridos irmãos, queridas irmãs, vejo com muita alegria o quanto anseiam por levar a bom termo o compromisso que assumiram com o Mestre. A força de vontade precisa ser fortalecida todos os dias, para que sejam vitoriosos. Vocês se encontrarão e se reconhecerão, pelo sentimento que os une.

Encarando Rafaela de um modo estranho, que a neta não pôde deixar de notar, virou-se para Amélia e declarou:

– Eu também vou encontrar vocês na Terra.

O rosto da jovem ficou lívido. Então, a avó iria reencarnar?

– Obtive a permissão dos irmãos de esferas superiores, e de nossos colegas aqui da colônia, para retornar ao planeta.

Ela fitava com ternura os olhares ansiosos dos que a ouviam, em particular o de Rafaela e o de Amaro, que participara de sua decisão.

– Talvez não seja um encontro muito fácil, mas sei que nos reconheceremos. Vou para o Afeganistão, e com alguns certamente haverei de conviver.

A neta ficou séria. O que dizia ela? Não podia fazer isso consigo mesma. Nascer naquele país significaria sofrer.

Eva já se preparava para passar a palavra ao próximo colega, quando a dirigente interrompeu.

– Sei que muitos aqui ficaram surpresos com a decisão de nossa companheira. Regressar em terras de cultura tão diversa é sem dúvida um grande desafio. Esclareça-nos sobre os motivos de sua escolha.

Eva retornou ao centro do auditório.

– Alguns de vocês já conhecem um pouco de minha história e daqueles que são almas queridas e afins – fitou Luana, Rafaela, Giovanni e Amaro. – Caminhamos juntos há muitos séculos, lutando pelo nosso crescimento espiritual. Tenho sentido o dever de contribuir de maneira mais direta na expansão do bem sobre a Terra. Recentemente, intensa inquietação me acometeu, no desejo ardente de servir a Jesus. E me candidatei, como todos vocês, ao serviço do bem.

Fez uma pausa, pousou os olhos lúcidos sobre Rafaela e prosseguiu:

– Venho acompanhando, através da experiência de Rafaela junto às mulheres do Afeganistão, a sofrida luta de nossas irmãs árabes e quero colaborar. Presenciamos grandes transformações acontecendo nos países daquela região. Mas ainda há muito a ser feito para que as mulheres do Oriente se libertem da opressão a que muitas ainda são submetidas.

Alguns de vocês sabem que, em meados do século 16, eu, minhas filhas e meu filho fomos queimados como bruxos. Sei o quanto é difícil passar pela opressão e superar – voltou para a neta o olhar carinhoso. – Estou muito feliz porque Alice, minha filha naquela encarnação, hoje reencarnada como Rafaela (que quase todos vocês conhecem), está vencendo obstáculos importantes para iniciar sua ascensão espiritual. E Henri, que hoje como Laila está conseguindo perdoar-se, para poder progredir, precisa de apoio. Vou regressar para ser filha de Laila, lutando junto dela, para restaurar o valor e o lugar de respeito que toda mulher merece. Sei que a luta será imensa, porém o resultado do progresso, ainda que lento, haverá de compensar.

Luana e Giovanni, embora fortemente emocionados, mantinham-se quietos. Já Rafaela quase gritava para a avó que não deveria fazer aquilo. Eva logo captou-lhe os pensamentos e dirigiu-se a ela.

– Sei de sua preocupação, Rafaela. Mas Jesus já fez tanto por nós... O mínimo que podemos fazer é alistar-nos em seu exército e servi-lo com todo o coração. Ele não nos força a nada; convida-nos a implantar seu reino em nós e depois ao nosso redor, espalhando o bem, o amor. Essa é a arma da vitória. A única que pode vencer as trevas, conforme ele exemplificou.

– Não pode fazer isso... – a neta murmurou. – Vai sofrer todo tipo de agressão, de atentado... É muito sacrifício.

Com os olhos marejados, Eva olhou para o vazio, como a reviver lembranças distantes. Depois, sorriu e continuou:

– Jesus precisa de cada um de nós. Ele nos envia como seus soldados à batalha que começou há mais de dois mil anos e que, neste momento, está prestes a ser ganha, com muito esforço, muito sacrifício. Não pensem que vou com pesar. Sei dos riscos, das dificuldades que enfrentarei. Mas Jesus estará comigo – voltou o olhar para o companheiro. – E ainda poderei contar com meu anjo da guarda, meu querido Amaro, que ficará no plano espiritual, cuidando de mim.

O silêncio do salão era absoluto. Todos conheciam Eva e seu devotamento às tarefas da instituição. Sabiam que ela não precisava retornar àquele lugar do planeta, necessitado de tanto apoio para evoluir. Não tinha débitos a resgatar naqueles países. Ainda assim, ela se oferecia.

Amélia retomou a palavra e finalizou a reunião, envolvendo todos os presentes em vibrações de paz, de entusiasmo, de força.

O sentimento que predominava naqueles corações era de consternação. Estavam tocados pelo exemplo de abnegação e renúncia de Eva. Profundamente comovidos, recolheram-se a seus quartos. Os encarnados foram levados de volta para suas casas físicas, seus corpos densos.

Rafaela, entretanto, não queria retornar.

– Preciso falar com você, Eva. Não pode fazer isso. Eu sei o que passei no Afeganistão, mesmo sem ter nascido lá. Por que está fazendo isso? Pode continuar ajudando daqui. Por que precisa reencarnar naquele lugar?

Percebendo a necessidade de Rafaela e compreendendo que a experiência seria importante para ela, convidou:

– Creio que você já está preparada para entrar em contato com algumas lembranças remotas, perdidas no tempo, mas inscritas em nossas almas para sempre.

Com reduzido grupo, que incluía Amaro e Amélia, entraram em um quarto apropriado para acessar lembranças remotas no inconsciente. Eva acomodou a todos, depois se deitou e estabeleceu-se uma conexão entre suas lembranças e ampla tela, semelhante às dos televisores de alta resolução. O ambiente ficou na penumbra e as imagens começaram a se projetar e se fazer cada vez mais nítidas. A jornalista estava fortemente impressionada.

"O sol se punha no horizonte, deixando um rastro de luz alaranjada pelas colinas. O vento soprava suave, levantando a areia das sandálias do filho de Nazaré.

Jesus subia o monte, cercado de todo tipo de pessoas: curiosos, humildes, sofredores e esperançosos; mulheres, muitas mulheres. Junto dele iam Pedro, João, Tiago e Levi. Seu andar era firme e tranquilo. Eram os primeiros passos na grande jornada de regeneração da Terra, que ele começava a concretizar. Ciente do imenso trabalho que teria à frente, ia sem temor, mas sem ansiedade. Jesus iniciava suas pregações.

No alto do monte, estava completamente cercado pela multidão. Bem distante da turba, vinha Aurora, romana de família nobre e respeitada. Ouvira falar do Mestre que surgia entre os judeus, e se interessara. Tinha uma escrava judia de confiança e, através dela, seguia de longe os movimentos do novo profeta.

Aproximou-se até alcançar um ponto em que se sentisse confortável e ficou à espera do que aconteceria. Jesus estava no centro do povo, mas ela podia vê-lo e escutá-lo com clareza. Ele, então, acomodou-se e olhou o grupo com profundo amor. Seus olhos fitaram um a um os que ali estavam. E, finalmente, aquele olhar de um amor intraduzível pousou longamente sobre Aurora. A mulher estremeceu. Aquele homem a fitava como se a conhecesse. E ela como que escutava na mente: "Sim, Aurora, eu a conheço. Conheço todas as ovelhas do meu rebanho".

A jovem romana assustou-se, porém não conseguiu fugir. Ficou ali, ouvindo Jesus. O Mestre passou a transmitir sua mensagem de amor, falando do perdão e de sua missão de resgatar os homens, de libertá-los de todas as amarras e fazê-los realmente livres. Ele falava com tanto amor e tanta autoridade, que Aurora sentia internamente seu convite para que o seguisse. Tocada por aquelas palavras, sabia que eram verdadeiras, vindas do único Deus, que o povo judeu apregoava.

Jesus seguia falando ao povo. As primeiras estrelas cintilavam no firmamento e, agora, o Mestre banhado pelo luar parecia um anjo do céu. Uma luz suave ao redor de seu corpo podia ser vista por aqueles que eram mais sensíveis. Por mais que apagasse sua imensa glória, Jesus era a luz mais intensa que o homem poderia ver. Era puro amor, manifestando aos homens as verdades divinas. Quando terminou, ergueu-se e começou a descer o pequeno monte. Antes, porém, pousou mais uma vez o olhar sobre todos, inclusive Aurora. Seu convite inesquecível se renovou na mente da romana. Então ele partiu, acompanhado da multidão e de seus primeiros discípulos. Aurora permaneceu imóvel, observando o movimento. Depois que todos sumiram, a escrava tocou-a de leve.

– Senhora, é melhor irmos agora. Já é noite e seu pai logo estará em casa.

Sem pensar no que fazia, ela seguiu a escrava Ana, regressando ao lar. Naquela noite não dormiu. Podia escutar as palavras do nazareno, que soavam como puro amor. Ela não compreendia os novos ensinos, não entendia o alcance e o significado das palavras. Já aquele olhar, nunca mais esqueceria. Tão profundo e belo, tão cheio de amor e ternura, o olhar de Jesus fixou-se em sua retina, e depois em sua mente, para sempre.

Durante quase dois anos, Aurora ia escutar Jesus sempre que podia. Quando ouvia suas palavras, ou simplesmente estava em sua companhia, tinha sentimentos tão sublimes que nada mais parecia importar. Sua vontade era segui-lo, e só não o fazia porque o pai, que repudiava aquelas ideias, jamais admitiria.

Em determinado momento, entretanto, a romana teve conhecimento de que uma fúria incontida ia nascendo em muitos dos líderes do povo hebreu, e percebeu que Jesus suscitava discussões e controvérsias. Ele começava a incomodar. Seus ensinos irritavam os poderosos, que se viram ameaçados pelas consequências previsíveis da libertação da consciência do povo. Assim foi que arquitetaram planos para matá-lo.

Ao saber disso Aurora afastou-se, evitando ir ao encontro do Mestre. Estava com medo. De fato, muitos dos que o seguiam também se tornaram alvo de perseguições e ataques.

No dia em que Jesus foi morto, ela não saiu de casa. Sentia como se todas as suas emoções tivessem sido traídas. Aquele que trouxera a promessa de melhores tempos, a Boa Nova, agora estava morto. Tudo voltaria a ser como antes e em poucos anos ele seria esquecido.

No decorrer do tempo, os seguidores de Jesus continuaram a espalhar seus ensinos, vivendo em comunidade. O Mestre permanecia vivo e seus seguidores passaram a ser capturados e martirizados.

– O que você acha que vai acontecer, Ana? – indagou certa vez à escrava.

SANDRA CARNEIRO pelo espírito LÚCIUS

– Dizem que todos que o seguiram serão mortos. Estão preparando a arena... Precisamos ficar atentas, senhora. Estão investigando todos, sem exceção.

– O quê? Inclusive os romanos?

– Sim, a senhora deve ter cuidado. Acho melhor evitar sair muito, enquanto o clima estiver assim perigoso.

Não demorou dois dias e algumas autoridades visitaram sua casa, ficando longo tempo em conversa com seu pai. Ele a chamou e Aurora foi dominada pelo pavor. Acompanhava de longe as ações dos cristãos. Alguns deles até conhecia de perto. Já haviam ajudado inclusive Ana, que estivera muito doente.

– Sim, meu pai.

– Aurora, o assunto que traz aqui estes patrícios é gravíssimo. Eles estão investigando esse movimento que se forma em torno do tal nazareno morto. Souberam que você foi vista entre os seus seguidores.

– Isso não é verdade! Eu jamais segui esse tal Jesus. A acusação é absurda.

– Senhora – falou um deles –, todos estão colaborando. Sabemos que esteve entre os que o ouviam. Se isso não é verdade, prove-o agora. Dê-nos alguma pista de onde encontrá-los e a deixaremos em paz.

O pai a fitava, raivoso; odiava tudo o que tinha relação com os judeus, especialmente o tal Jesus. Embora ainda pudesse sentir o olhar amoroso do Mestre, ela balançou a cabeça, concordando, atemorizada e sem forças para manter firme sua devoção.

– Eu posso dizer onde moram alguns cristãos; a maioria que eu conhecia já fugiu.

Naquele dia, Aurora entregou às autoridades, com o apoio de Ana, uma dezena de famílias de cristãos, que foram levados à arena e mortos nas fogueiras, servindo de diversão e espetáculo a um povo ainda bárbaro. Daí em diante, enquanto os cristãos iam sendo dizimados, os ensinos do Messias permaneciam vivos e se disseminavam.

À medida que o tempo foi passando, Aurora se tornou uma mulher amargurada. O olhar doce de Jesus e suas palavras continuavam a tocar-lhe o coração. Contudo, por ser sua fé ainda muito frágil, a jovem romana tinha medo e procurava esquecer. Em conversa com Ana, dizia:

– Às vezes fico triste com o que fizemos.

– A senhora sabe que foi o único meio de salvar nossas vidas...

Aurora viveu em aflição o resto de seus dias. Não encontrou mais alegria verdadeira em nada. Buscava desesperadamente, nos prazeres efêmeros, calar a consciência e apagar da mente as lembranças de Jesus. Casou-se, teve filhos, porém nada a preenchia, nada amenizava o remorso e a tristeza que sentia.

Morreu cedo, entregue a excessos de toda espécie. Ana, por sua vez, tinha o coração mais duro e, a pretexto de proteger sua religião e suas origens, entregou ao martírio diversos judeus que se convertiam ao Cristianismo."

A tela se apagou e a luz no ambiente se fez mais intensa. Eva tinha os olhos avermelhados pelas lágrimas. Rafaela levantou-se e ajoelhou-se a seus pés.

– Eu sou aquela Ana, não é, vovó?

– Sim, minha filha, e eu a mulher romana. Ao longo dos séculos, ambas nos desviamos do amor do Mestre e fugimos de seus ensinamentos, por temer as mudanças que deveríamos fazer em nós mesmas.

Erguendo a neta, acomodou-a perto dela.

– Depois daquele encontro luminoso, nós duas nos afastamos tanto do amor de Jesus... De um lado a culpa e de outro o orgulho nos fizeram afundar mais e mais no lodo. Atravessamos muitas encarnações praticando o mal, a violência. Fomos prisioneiras das trevas por longo tempo. Não obstante, a imagem e a doce voz de Jesus ficaram dentro de minha alma. Ainda vejo os seus olhos, quando me lembro de tudo o que fiz de mal. E esses olhos me olham com amor, com o mesmo convite para segui-lo e amá-lo.

Acariciou suavemente os cabelos de Rafaela e continuou:

– Depois de falhar muito, começamos a nos reerguer e chegou a hora do resgate. Acabamos sendo supliciadas na fogueira, na

Inglaterra. Foi uma experiência dolorosa e traumática, que a muito custo conseguimos superar. Agora, Rafaela, estamos em condições de atender ao convite de Jesus, de segui-lo e servi-lo. Isso não significa que já tenhamos compreensão total de seus ensinos. Não, ainda não somos capazes de entender que para a vitória do bem e do amor são necessários os sacrifícios da tolerância, da paciência, do perdão, bem como a renúncia em favor daqueles que, por ora, pouco ou nada compreendem.

Ante a corajosa disposição de Eva, a neta não continha as lágrimas enquanto ela dava sequência ao depoimento.

– É por isso que quero retornar e trabalhar para Jesus no meio do povo afegão. Quero colaborar com o progresso daquelas mulheres, daquele povo. E se, como mulher, correrei muitos riscos, serei ao menos compensada pela oportunidade de influenciar na transformação da mentalidade de meus filhos. E quem sabe o que mais poderei fazer? Sinto o convite de Jesus soando dentro de mim, cada vez mais eloquente. Eu quero servir ao Mestre que me perdoou e me ama incondicionalmente. Você pode compreender?

Rafaela recordava claramente as atrocidades que cometera naquela época, convicta de que fazia a coisa certa. Pensou em Henri, em Laila, e balançou a cabeça concordando.

– Já estivemos aos pés de Jesus, fomos testemunhas de seu amor incalculável, acompanhamos seus passos. Seu olhar de bondade e misericórdia cruzou com o nosso. Que alegria! Que sentimentos sublimes e elevados tocaram nossa alma!... E ali, diante daquela grandeza que preenche o coração por inteiro, prometemos segui-lo e amá-lo, sendo fiéis ao seu Evangelho. Depois, vieram os desafios da jornada: as agressões, o abandono, o desrespeito, as ofensas, a pobreza. E por muitas encarnações renegamos seus ensinos; apartados do seu amor nos tornamos ferramentas das trevas, agindo contra o seu reino de luz e paz.

Demorando o olhar em cada membro do reduzido grupo, Eva prosseguiu emocionada.

– As realizações e glórias materiais que alcançávamos, por mais brilhantes que fossem, não nos bastavam. Nossa alma buscava aquele sentimento indescritível, aquela sensação de plenitude de que só a presença do Enviado divino nos alimentava o coração. Nada, nenhuma conquista terrena se assemelhava, nem de longe, àquele sentimento bendito. É que, semeando egoísmo e orgulho, mais e mais nos afastamos de Jesus. Em muitas ocasiões ele nos ergueu e tornamos a cair, vítimas de nossas imperfeições. Foi então que o Mestre, através de seus mensageiros, nos enviou a Doutrina Espírita, que restaura a pureza do Evangelho, com vista a resgatar o homem do vaivém de reencarnações perdidas.

A sinceridade e a lucidez dessas considerações prendiam os ouvintes, que comovidos receberam a conclamação de Eva:

– Eis que nova luz se acende em nossas almas. Estamos mais fortes para vencer as tentações da matéria e, no contato com o mundo espiritual, dar maior vigor à nossa fé ainda frágil. E outra vez nos aproximamos de Jesus. Agora que compreendemos um pouco melhor sua missão de amor e renúncia, é imperioso que nos entreguemos sem reservas. Sejamos fiéis a Jesus, fazendo nossa parte. Há mais de dois mil anos ele espera por nós, e continua preenchendo-nos a alma de luz. Estamos por demais atrasados em nossa caminhada. Que nenhum desafio, nenhuma aspereza, nenhum receio, nenhuma culpa nos impeçam de segui-lo e honrá-lo com nossas vidas. Não nos detenhamos. Sejamos decididos, e não haverá emaranhado de forças materiais ou malignas capaz de nos impedir de servir ao Mestre e desfrutar sua divina companhia.

Eva, agora, tinha o semblante banhado por uma luz azulada, que emanava de todo o seu ser.

– Servi-lo é meu maior anseio. Ele trabalha incessantemente pela elevação da humanidade – essa mesma humanidade que até hoje não o aceitou nem entendeu. Ele segue amando e servindo, lutando para consolidar a fé e a caridade no seio da humanidade inteira. O mínimo que posso fazer é servi-lo, submeter-me aos seus desígnios e contribuir para o progresso planetário, que somente ocorrerá pela expansão do amor na

Terra. E isso ainda se fará com dor e sofrimento, pois a grande maioria dos homens não consegue compreender a dignidade e a beleza do sacrifício. Por isso eu vou. Porque desejo servir o Mestre onde quer que ele me mande ir.

Amaro, Rafaela, Luana e Giovanni se abraçaram a ela, envolvendo-a em carinho e respeito.

– Conto com seu apoio, Rafaela. Você, mesmo que a distância, poderá amparar Laila, auxiliando-a e preparando o terreno para que, mais tarde, eu possa trabalhar no sentido de estender o progresso e despertar as mulheres daquela região.

– Como se lembrará? – perguntou a neta.

– Amaro me acompanhará e a mediunidade, desde a mais tenra idade, me ajudará a vê-lo e a manter os pés firmes na jornada. No mais, terei a oportunidade de resgatar débitos para com as leis divinas, acelerando meu crescimento espiritual.

Eva fez longa pausa, durante a qual não tirou os olhos de Rafaela, e por fim aconselhou:

– Não esqueçam, meus queridos, é imprescindível agir. Aqueles que se alistaram nas fileiras de Jesus devem ser suas mãos e braços na Terra, prontos a trabalhar. Não é suficiente ouvir, gostar e aceitar. Cumpre fazer mais. O mundo necessita de ação, de trabalho no bem. Não basta despertar a consciência; é preciso agir no bem para que a transformação aconteça: mudar atitudes, construir novos paradigmas para uma nova sociedade, mais justa, mais afetiva, mais feliz. Não venceremos a violência, as drogas, o mal, enfim, sem esforço e luta, sem sacrifício e renúncia. Essa é a essência dos ensinos do Mestre. Essa é a experiência daqueles que lhe seguem os passos. E é o que ainda não conseguimos apreender de seus ensinos.

CINQUENTA E TRÊS

Rafaela fitava a avó, sentindo profundo desalento.

– Você, então, vai me deixar... – lamentava. – Vai para o outro lado do mundo, cuidar das mulheres de lá e...

Eva tocou seus lábios com o dedo indicador, como a pedir que se calasse, e disse:

– Querida, é hora de crescer. Você já tem consciência suficiente para cuidar de si. Vive em um ambiente onde a liberdade é muito maior. E, o principal, tem nas mãos tudo de que necessita para fazer o trabalho com o qual se comprometeu. Não seja egoísta, minha filha. Você não estará sozinha. Falanges espirituais do nosso grupo a apoiarão.

– E se não conseguir contato com elas?

– Se mantiver atitude mental elevada, focada no bem, e for fiel ao trabalho com Jesus, vencerá! Será capaz de superar os obstáculos que inevitavelmente se colocarão em seu caminho. Não tema, eles serão vencidos um a um. Mas precisa começar. Quando se lançar ao trabalho, a força virá. Jesus estará com você, Ele a protegerá através de seus emissários.

Rafaela baixou os olhos, envergonhada por permitir que o egoísmo a dominasse.

– Retome seus deveres espirituais.

– Como vou fazer isso? Tenho muitas responsabilidades, não posso dar conta de tudo...

– Você precisa fazer escolhas.

– E eu, Eva? Tenho também alguma tarefa? – indagou Luana.

Abraçando a outra neta com carinho, ela respondeu.

– Apoie Rafaela em tudo o que for possível, sem esquecer que sua tarefa primordial é com a maternidade; é cuidar de seus filhos. Fortaleça sua família, a despeito de sentir que ela está incompleta. Confie-se a Deus, querida. Dê equilíbrio a seu lar, abrace o trabalho no bem com todo o coração, e deixe que Jesus supra todas as demais necessidades. Ele as conhece melhor do que nós.

Luana sorriu diante da recomendação da avó. De fato, tinha profunda ansiedade para recompor sua família, que sentia incompleta.

– Você tem uma linda família, cuide dela. E colabore para o fortalecimento de outros lares. Você, que conhece a dor da perda, ajude outros que a sofrem e não procuram se recuperar. As forças espirituais destruidoras tudo têm feito para aniquilar as famílias, acabar com as uniões verdadeiras e bloquear promissoras encarnações de almas com tarefas relevantes, desajustando os lares. O que você sofreu foi um golpe dessas forças, que pairam no ar constantemente. Bernardo se ligou a elas e fugiu ao dever. Não faça você o mesmo. Mantenha-se firme, cumpra sua missão e será vitoriosa. Saiba que Jesus viu e sentiu cada uma de suas lágrimas e vem trabalhando para consolá-la. Veja o esforço do Mestre em lhe trazer a paz e se fortaleça em suas bênçãos. Não olhe tanto o que falta, o que você não tem. Aproveite a luz que ele derrama sobre você e trabalhe pelo seu crescimento espiritual e por aqueles que foram confiados à sua guarda. Não pense, nem por um instante, que sua tarefa é menor do que a de Rafaela. Jamais. Saiba que aqueles que trabalham com as crianças ganham bônus redobrado no Plano Maior.

Feliz, Luana sorriu novamente. Naquelas poucas palavras, a avó falara sobre todas as suas angústias, e a consolara. Sentia-se forte e renovada.

– Aperceba-se de que, em grande parte, as mulheres aderiram aos apelos insistentes de uma sociedade consumista adoecida pela perda dos valores reais e verdadeiros. Entregam-se à busca do sucesso material, exatamente como outrora os homens fizeram. É claro que almejar o êxito em tudo o que se faz nada tem de negativo. A questão é que assim como os homens abandonaram outros aspectos de suas vidas, especialmente os espirituais, as mulheres seguem seus passos, cometendo o mesmo engano.

Tendo as netas particularmente atentas à análise que iniciara, Eva continuou:

– Quando há conturbação no lar e crescem os problemas de relacionamento, a mulher se sente perdida. Esquece que em suas mãos repousa o grande poder de harmonização. Cabe a ela desempenhar no grupo familiar um papel fundamental, que nunca pode ignorar. Com sua capacidade de amar e de se dedicar voltada também para a família, e não apenas para as conquistas materiais, ela será vitoriosa. Cultivando o lar, beneficiará seus integrantes e terá a recompensa de todo o esforço empregado. A mulher jamais deve subvalorizar o dom de expressar amor que é inerente à condição feminina. O amor pode realizar aquilo que está fora do alcance da força bruta.

Rafaela permanecia em silêncio, pensativa. Eva abraçou-a e falou:

– Visualize os resultados maravilhosos que poderá obter quando se dispuser ao trabalho de conscientização das mulheres do seu valor, das suas reais possibilidades, da manipulação que existe para sufocar e fazer calar sua essência feminina. Está na hora de a mulher vencer o medo de trazer de volta o poder do feminino. Leve às mulheres a consciência de que devem assumir a sua essência, conforme foram criadas por Deus, nas posições de comando e liderança que ocupem, renovando os paradigmas vigentes. Se continuarem guiadas pelos antigos conceitos estabelecidos na sociedade, agindo e reagindo de acordo com valores masculinos, acatando-os e praticando-os em sua maneira de viver – o ritmo frenético de vida, a violência, a agressividade para alcançar objetivos –, fatalmente serão repetidos os mesmos erros em que incorreu o mundo predominantemente masculino, com as consequências terríveis que colhemos.

Sensibilizada ao extremo, Rafaela aguardava a sequência da orientação da avó, que se fez ouvir após curta pausa:

– Ajude as mulheres a aprenderem a usar o poder que conquistaram e que cada vez mais conquistarão, para fazer diferente: para trazer amor, doçura, gentileza e suavidade ao mundo. Que, com coragem, elas transformem os valores para melhor, ao invés de simplesmente se sujeitar; que elas tragam uma forma renovada de viver, de ser e de realizar. Afinal, são as mulheres que perpetuam na sociedade o poder patriarcal – o machismo, até. Em geral são elas que estão mais próximas dos filhos, podendo influenciar-lhes o modo de pensar e conduzi-los a novos paradigmas. As mulheres não conhecem o poder que detêm. A célebre frase "a mão que balança o berço é a mão que move o mundo" está longe de ser uma expressão vazia. No entanto, somente com o exercício da essência feminina a ascensão da mulher contribuirá para a paz e a regeneração do planeta. Ajude as mulheres a se unirem, a ajudarem umas às outras, para que possam superar os inúmeros obstáculos que ainda terão de enfrentar.

Eva fez ainda um pequeno intervalo antes de finalizar:

– Você pode, Rafaela. Tem preparo, tem todas as ferramentas para isso. E, acima de tudo, antes de voltar à vida na carne, assumiu este compromisso com Jesus: o de trabalhar pela expansão do seu reino na Terra, auxiliando as mulheres a se fortalecerem, a serem verdadeiras, a trazerem o feminino de Deus para este mundo. Lute contra todas as forças que tentam impedi-la de realizar sua tarefa! E vença, minha neta!

Rafaela abraçou a avó, sorrindo, e logo ambas regressaram ao plano mais denso, onde Eva recolocou-a no corpo físico. Luana e Giovanni foram levados por Amaro. Prestes a entregar-se ao sono, ela indagou:

– E quando será seu retorno para o corpo físico?

– Em breve, querida, muito em breve.

A jovem adormeceu para pouco depois despertar no corpo físico, guardando lembranças confusas do "sonho" que tivera. Mas uma sensação se destacava com nitidez: a urgência de retomar seu projeto.

Inquieta, saiu da cama, embora ainda fosse madrugada. Viu a passagem para Paris sobre a mesa de cabeceira. Sentia que tinha de tomar alguma atitude, fazer algo definitivo. Depois daquela viagem, negociando a nova revista, decerto teria maiores responsabilidades. Mesmo que os novos projetos lhe trouxessem mais dinheiro, não queria que os ganhos materiais fossem o motivo maior de suas decisões.

*****

Dias depois, Rafaela jantava com Luana, a tia e os garotos. Estavam terminando a refeição, quando Marcelo teve forte crise de asma. Empurrando o prato, reclamou, sôfrego:

– Não... consigo... respirar.

Luana, assustada, ergueu-se da mesa e correu para junto do menino.

– Calma, filho – virou-se para a mãe. – Onde está a bombinha dele?

– A bombinha?

– Sim, onde está?

Elza saiu pela casa à procura do instrumento que normalmente o menino usava nas crises de asma.

– Filho, tente ficar calmo.

– Mãe... ajude-me...

– Onde está a bombinha?

– Não acho em nenhum lugar.

Rafaela não teve dúvida.

– Vamos já para o hospital, neste instante.

A prima nem questionou. Vestida como estava, muito à vontade, limitou-se a pôr um casaco. Colocou um agasalho no menino e, levando-o no colo, pediu à mãe:

– Você fica com Pedro?

– Claro, vá logo.

– Vou tentar falar com o Giovanni pelo celular, a caminho do hospital – disse Rafaela. – Em todo caso, se ele aparecer, veja se quer me encontrar lá ou prefere ficar aqui.

– Pode deixar que eu mesma ligo. Fique concentrada em levar o Marcelo. Agora vão depressa.

Seguiram rapidamente até o hospital onde Luana ficara internada anos antes. No pronto-atendimento, o pediatra fez uma avaliação e as tranquilizou:

– Ele já vai fazer a inalação, vou medicá-lo. Está tudo bem, mãe. Fizeram bem em trazê-lo, mas vai para casa ainda hoje, logo que melhorar.

As duas respiraram aliviadas. Fazia cerca de meia hora que estavam no hospital, quando Rafaela sugeriu:

– Vamos até a lanchonete, tomar um suco? Estou com muita sede, e assim você espairece um pouco. O que acha?

Luana fitou o filho, que dormia sereno, e concordou.

– Vamos, sim. Ele ainda vai ficar algum tempo na inalação.

As duas foram até a lanchonete. Estavam terminando o suco quando Bernardo entrou, andando devagar. Ao ver as duas, titubeou, e por fim foi na direção delas.

– Boa noite, Luana. Oi, Rafaela.

– Como está? – cumprimentou a jornalista, mantendo-se afastada.

– Oi, Luana. O que estão fazendo por aqui?

– O Marcelo teve uma crise de asma e está fazendo inalação. Demos uma saidinha rápida para tomar um suco.

– Outra crise?

– Já fazia um bom tempo que ele não tinha nenhuma. Acho que é o ar seco, você sabe como é.

Luana explicou ao ex-marido, com tranquilidade, o estado geral do filho. Bernardo não demonstrou grande preocupação. Ela, então, indagou:

– E você, o que faz por aqui?

– Bem, eu... – após breve hesitação, ele não resistiu à necessidade de desabafar – Vim fazer uma visita à Michele.

Apesar do desconforto que sentiu à menção da mulher que lhe tirara o marido, Luana procurou controlar-se.

– O que ela tem?

– Sabe, Luana? Eu e a Michele não estamos mais juntos; mesmo assim, eu lhe tenho dado toda a assistência.

– Ela está doente, então?

– Muito. Faz tempo que entra e sai do hospital, com uma anorexia da qual não consegue se livrar.

Rafaela e Luana ficaram em silêncio, sem querer esmiuçar o assunto. Foi ele quem continuou:

– Embora se trate de uma doença quase exclusiva de adolescentes, ela acabou adquirindo essa compulsão por ficar magra e bonita, e exagerou.

– É muito sério. E você a abandonou nesse estado?

– Eu fiz de tudo para ajudá-la, pedi que se tratasse, enfim, fiz o que estava ao meu alcance. Começamos a brigar demais, ela vivia irritada, cansada, sem paciência e sem ânimo para nada. Acabei saindo de casa e indo para um *flat*. Ela foi piorando e já teve de ser internada muitas vezes.

Calou-se, olhando para Luana. Não pôde deixar de notar como a ex-esposa estava bonita, mesmo com o rosto limpo, sem maquiagem alguma; estava suave, leve, e parecia feliz.

– Gostaria de ficar com o Marcelo, se você não se importar – ele pediu.

– Claro que não. Será ótimo para ele ver o pai por perto, num momento como este.

Bernardo foi até o pronto-socorro e ficou com o filho até as primas retornarem. Rafaela, meio retraída, conservou-se a distância.

– Veio com seu carro? – ele perguntou a Luana.

– Não, foi Rafaela que nos trouxe.

– Se quiser, posso esperar Marcelo sair e levo vocês para casa. Assim Rafaela pode ir cuidar de seus compromissos.

– Tem certeza?

Era natural a surpresa, diante da solicitude inesperada. Desde o divórcio, era a primeira vez que ele se dispunha a estar presente daquele modo.

– Eu já estava de saída, mas posso aguardar a liberação dele. Faço questão.

Luana concordou e avisou a prima. Rafaela ficou muito desconfiada.

– Não vê problema em voltar com ele para casa? Eu posso esperar...

– Pode ir tranquila. Eu volto com ele.

– Veja lá o que vai fazer...

– Não se preocupe, Rafaela. Estou muito segura do que desejo para minha vida.

– Está certo

Despediram-se. Duas horas depois, Bernardo entrava em sua antiga casa e levava o filho, que adormecera no caminho, no colo para o quarto. Colocou o menino na cama com cuidado, para não despertá-lo, depois beijou o outro, que dormia profundamente, e saiu deixando a porta entreaberta.

– Quer tomar um café, um chá? – Luana ofereceu.

– Não, obrigado – fez rápida pausa. – Enquanto eu trazia vocês dois para casa, senti como se nunca tivéssemos nos separado, como se ainda fôssemos uma família.

Ela deu ligeiro sorriso e respondeu:

– É que fazia muito tempo que não andávamos juntos em um carro; deve ser por isso.

– Não foi isso – segurou-lhe o braço e fitou-a, sério. – É que tive saudade do tempo em que... Eu me senti muito bem com vocês hoje. Tive saudade de tudo o que vivemos juntos...

Apenas olhando-o com ar grave, ela nada falou.

– Você não sente falta da nossa vida juntos?

– Já senti muito mais. Agora estou vivendo uma nova fase. Tenho projetos que me trouxeram experiências valiosas. Claro que sinto saudade, porém o que vivo hoje é mais real, mais verdadeiro. Estou bem, é isso.

– É, vejo que você está mesmo muito bem. Mas não pensa, às vezes, na possibilidade... – ele hesitava.

O coração de Luana batia descompassado. Mal podia acreditar que Bernardo estava ali, à sua frente, falando aquilo. No entanto, movida por profundo respeito por si mesma e pelas conquistas que havia obtido naqueles anos, permaneceu serena.

Depois de quase gaguejar, o ex-marido falou:

– A verdade é que eu tenho pensado muito em nós, nos meninos, em nossa família.

A vontade de Luana era responder: "Que você não pensou duas vezes em destruir". O bom senso a fez conter-se.

– Sei que é meio prematuro, inesperado – ele continuou –, mas você acha que poderia ao menos pensar na hipótese de tentarmos uma reaproximação?

Calmamente ela tomou-lhe as mãos entre as suas, acariciou-as com gentileza e a seguir respondeu, firme e tranquila:

– É lógico que podemos nos reaproximar.

Quando ele fez menção de abraçá-la, Luana se levantou, colocou sobre a mesa a xícara do chá que havia tomado e encarou-o.

– Uma amizade entre nós fará muito bem aos meninos.

– Não estou falando de amizade.

– Por enquanto, Bernardo, saiba que é a única coisa que poderemos ter.

– Por quê? Tem outra pessoa?

– Não tenho ninguém, não é isso. O fato é que eu mudei muito, encontrei um novo sentido para minha vida. Novos valores, novas crenças, novas experiências têm promovido grande transformação em mim. Sinto-me diferente da pessoa que você deixou anos atrás. Tenho projetos e objetivos pessoais, e pretendo honrar as importantes escolhas que fiz. Acho que ambos mudamos; agora pensamos e sentimos de modos muito diversos.

– E o que tem isso? Não crê que possamos recomeçar? Você não sente mais nada por mim?

– Não é essa a questão. O que quero dizer é que, por ora, a única coisa que lhe asseguro é que podemos tentar construir uma amizade, conhecendo-nos outra vez. Se nessa troca houver sintonia de propósitos, de sentimentos, quem sabe? Não quero assumir nada, não quero forçar nada. Tenho uma nova vida, e pretendo preservá-la. Ela é uma grande conquista.

Bernardo sentiu-se ferido. Ergueu-se e, caminhando para a porta, falou entre irritado e magoado:

– Então eu já vou indo. Amanhã me levanto cedo.

– Muito obrigada por ter nos trazido para casa. Volte para ver os meninos quando quiser. Não é necessário que seja somente nos dias de visita. Eles precisam estar com o pai.

Bernardo se despediu com poucas palavras e saiu contrariado. Ver que já não tinha Luana sob controle o decepcionara. Acreditava que quando decidisse retornar ela estaria não só disponível, como aguardando ansiosa. Achava mesmo que lhe imploraria que voltasse. Ela o surpreendera, e não sabia o que fazer. Não entendia por que Luana não se lançara em seus braços, agradecendo-lhe por desejar voltar para o lar. Jamais imaginara uma atitude dessas da parte dela; ao contrário, sempre acreditara que no dia em que desejasse voltar a encontraria pronta para o recomeço. Afinal, sempre fora apaixonada; quase tirara a própria vida por causa dele.

– Certamente está se fazendo de difícil, para torturar-me – murmurou enquanto entrava no carro. – Não faz mal, saberei esperar. Ela vai acabar cedendo...

Luana, por sua vez, despediu-se do pai de seus filhos e logo escutou o motor ser ligado e o carro sair. Identificou o jeito nervoso com que ele dirigia, como era seu costume quando estava aborrecido.

O seu sentimento, naquele momento, era de calma e serenidade. Foi até o quarto dos filhos, para certificar-se de que estavam bem. Depois, deitou-se e ficou se perguntando como tivera coragem de dizer tudo aquilo. Justo ela, que tanto sonhara com o dia em que Bernardo entraria pela porta, pedindo a reconciliação... Imaginou-se ofendendo e agredindo verbalmente aquele que lhe ferira tão fundo o coração. Em outros momentos se via atirando-se nos braços dele, beijando-o. Ao invés de qualquer dessas atitudes extremas, mantivera-se equilibrada e fora fiel a si mesma, aos novos valores que se fortaleciam em seu íntimo.

Surpresa com a própria transformação, ficou satisfeita. Se voltaria ou não a viver com Bernardo, ela não sabia. Era o que desejava, mas queria viver com um homem igualmente transformado, um homem renovado pelo Evangelho. Colocando aquela definição nas mãos de Deus, adormeceu em paz.

CINQUENTA E QUATRO

No dia seguinte, Rafaela foi conversar com Paulo. Queria voltar ao trabalho, reassumir suas tarefas no núcleo espírita.

– E quanto a suas atividades profissionais, seus inúmeros compromissos, o que pretende fazer? Sabe que a disciplina é fundamental em qualquer trabalho que assumir em nosso núcleo e, sobretudo, junto aos espíritos amigos. Eles são extremamente comprometidos com Jesus, têm muitas atribuições e responsabilidades. Quando nos unimos a eles, passam a contar conosco.

– Eu sei. Vou dar um jeito em meu trabalho, tenho de fazer alguma coisa. Só não sei ainda o quê.

Influenciado por Eva, sob a autorização do dirigente espiritual do núcleo, Paulo assentiu:

– Então está combinado. Você retoma o acompanhamento das entrevistas com mulheres que chegam à nossa instituição. Só gostaria que antes fizesse um tratamento espiritual para se fortalecer. E também que comparecesse como ouvinte, por algum tempo, à tarefa de doutrinação.

– Aquela de que Luana e Giovanni estão participando?

– Isso. Ao menos durante o período do seu tratamento, creio que presenciar as nossas reuniões será esclarecedor para você.

Rafaela concordou e ficou tudo acertado. Saiu dali direto para a redação. Tinha uma resolução fundamental a tomar. Sua viagem estava marcada para dali a dois dias.

Depois da sublime experiência que vivera na colônia espiritual, ao tomar ciência da corajosa decisão de Eva, a jornalista trazia no íntimo inusitada determinação. O exemplo da avó lhe infundira energia renovada.

Quando chegou ao trabalho, toda a equipe estava reunida na sala de Leandro. Assim que a viu ele se levantou, foi até a porta e chamou:

– Venha, Rafaela. Está atrasada. Temos assuntos urgentes a resolver.

Pegando seu bloco de anotações, ela entrou depressa na sala e tomou seu lugar.

– Estamos decidindo se a sua matéria vai ou não entrar na *Atual* da próxima semana. Ela está em desacordo com o que venho lhe pedindo. Já conversamos sobre isso, e você estava dando maior leveza às suas reportagens...

– Leveza? Eu diria superficialidade.

Ignorando a observação, ele prosseguiu:

– Mas nesta última você errou a mão; pesou de novo. Ninguém quer conhecer os problemas de corrupção em profundidade.

– Acho que você está enganado. As pessoas estão mudando, questionando mais. Querem saber a verdade.

– Ninguém quer saber a verdade, Rafaela. As pessoas querem é dormir sossegadas; por isso tomam suas bolinhas. Estão se lixando para o aquecimento global, contanto que ele não interfira em sua casa, em sua vida. Não querem nem saber se está faltando comida na África, desde que haja comida em seu prato. Não se importam com aquilo que não as afeta. Você é que está enganada.

Fez uma pausa, ajeitou-se na cadeira e depois disse:

– Já sei o que vamos fazer. Reescreva a matéria, mantendo somente parte da história. Não queremos os políticos poderosos nos processando, nem fazendo oposição a nós.

– Nós temos todas as provas. O meu informante foi eficiente, trouxe tudo o que tinha. Podemos fazer uma denúncia quente, em primeira mão.

– Não! – ele foi taxativo e ergueu-se bruscamente. – Já disse que não vamos seguir esse caminho. Nosso negócio é vender revista e ganhar dinheiro.

– O meu não é. Sou uma jornalista e meu trabalho é investigar, descobrir e expor os fatos.

– E é o que você vai fazer. Só omitirá aquilo que não interessa a ninguém divulgar.

– Eu não vou fazer isso.

– Como é?

– Eu não vou fazer. Não vou reescrever essa matéria e não vou fazer nenhuma outra, se não tiver a liberdade de colocar os fatos investigados.

– Então não vai fazer mais matéria alguma em nossa editora – seu tom era de ameaça.

Leandro a fitava com olhar intimidador, que ela retribuía com firmeza e serenidade. Olhava-o nos olhos, sem desviar nem piscar, aguardando o desfecho da discussão.

– Está bem, a escolha é sua. Não escreve mais para a *Atual*. Ficará com a edição da revista "Toda Sua", até trazermos a outra para o Brasil.

Pensando rápido, e obedecendo ao impulso de seu coração, Rafaela falou:

– Saiba, Leandro, que o que me dá maior prazer na profissão é poder ser útil. Sei que não estarei fazendo isso se aceitar o que me propõe. A "Toda Sua" não reflete o que eu sinto, o modo como desejo colaborar socialmente.

– Que baboseira romântica, Rafaela! Você é uma profissional experiente, bem-sucedida, conhece as entranhas do sistema jornalístico. Não acredito que esteja dizendo isso.

– Tem razão. Acho que a coisa certa a dizer é: quero a minha demissão.

O editor ficou sério e endireitou-se na cadeira. Não esperava aquela reação.

– Acho que está se precipitando. Quando retornar da viagem nós conversaremos melhor. Esfrie a cabeça, é disso que está precisando.

– Pois eu tenho certeza de que não preciso de uma fuga da realidade. Ao contrário, quero enxergá-la de frente. Inclusive a minha realidade interior. Chega, não vou viajar. Não vou mais escrever para esta editora.

Ela se levantou decidida, pegou o bloco de anotações e, diante do olhar atônito de todos, parou na porta, virou-se para o grupo e disse:

– Tenho projetos parados há tempo demais. Quero tirá-los do papel. Quero realizar outras coisas. Vou preparar minha carta de demissão e enviá-la ao departamento de recursos humanos.

Leandro ficou mudo, sem saber o que dizer. Os outros funcionários, então, quase nem respiravam. A tensão no ambiente era enorme.

SANDRA CARNEIRO pelo espírito LÚCIUS

Quanto a Rafaela, não estava nervosa nem fora movida por sentimentos de raiva ou desgosto. Ao contrário, sentia-se aliviada. Resoluta, escreveu o pedido de demissão e o levou para a gerente de RH.

– Tem certeza disso? – Suzana não escondia o espanto.

– Absoluta. Nunca estive tão convicta como agora em relação a algo que tenha decidido.

– Guarde isso – a outra falou, devolvendo a carta. – Vou tentar propor um acordo. Está há tantos anos conosco, os diretores gostam muito de seu trabalho. Acho que podemos conseguir que a liberem, sem que você tenha de se demitir. Algum dinheiro extra pode ajudar. O que acha?

– Aceito se isso for rápido e eficaz. Não vou viajar, nem vou ficar regateando aqui e ali, para obter esse acordo. Eu quero sair. Estou fora!

– Tudo bem, vou ver o que consigo. Mas é provável que queiram que fique mais um pouco.

– Posso ficar alguns dias, apenas para passar as orientações da revista "Toda Sua".

– Vou ver o que dá para fazer – Suzana fez breve pausa. – Vou sentir sua falta.

– Pois eu penso que não.

– Como assim?

– Tenho um projeto amplo, que vai precisar de consultores em muitas áreas. Quem sabe você seja chamada a contribuir...

– Que tipo de projeto?

– Um centro de apoio multidisciplinar e gratuito para mulheres.

– Como assim?

– Uma organização sem fins lucrativos, para acolher, ajudar, aconselhar e amparar mulheres de todas as idades e classes sociais em assuntos relacionados aos problemas de gênero, em nossa sociedade.

– É um projeto interessante e audacioso. Até mesmo perigoso, eu diria...

– Também acho. Você nos ajudaria?

– Claro, pode contar comigo. Já está mais do que na hora de me dedicar a algo além da pesada rotina profissional.

Terminado o diálogo, Rafaela voltou para a redação e devolveu a passagem à assistente do departamento.

– Vou para casa. Se precisarem, me liguem. Ficarei à espera da resposta de Suzana sobre a decisão da diretoria.

A reunião já havia terminado e Leandro chamou-a.

– Precisamos conversar, só nós dois.

– Minha decisão está tomada. Não há nada que você possa dizer para me convencer.

– O que é isso? Ficou maluca? Vai deixar a posição que conquistou assim, sem mais nem menos, num ímpeto de menina mimada?

– Não é ímpeto. Na verdade, deveria ter feito isso há muito tempo. Acho que agora as coisas ficaram totalmente claras. Agradeço por ter me ajudado a enxergar o que é melhor para mim. Estarei em casa, se precisar falar comigo.

Juntando seus pertences, saiu satisfeita, levando nas mãos uma pequena caixa de papelão. À medida que se afastava em direção ao elevador, tinha vontade de correr.

Assim que entrou no carro, ligou para Giovanni.

– Gi, tenho uma notícia para você.

– O que foi?

– Pedi demissão!

– O quê?

– Estou fora.

– Mas... Rafa... Você pediu para sair?

– Sim, fui eu.

– Aconteceu alguma coisa? Você brigou...

– Não, simplesmente tomei coragem e fiz o que há muito vinha adiando. Quero montar o projeto, e cuidar melhor da minha vida.

– Você está feliz?

– Muito!

– É isso que importa. Quero que saiba que estarei ao seu lado, apoiando-a, ajudando em tudo o que for necessário.

– Eu sei disso, e foi o que me deu forças.

Após rápida conversa, Rafaela desligou o celular. Então se deu conta de que ainda não se sentia satisfeita. Queria contar para outras pessoas sobre o passo que dera e que mudaria toda a sua vida. Ligou para a mãe, porém ela não atendeu. Na quinta tentativa inútil, desistiu. Ela devia estar em consulta. Ligou então para Luana.

– Está certa de que é mesmo o que quer? – indagou a prima.

– Claro que tenho minhas dúvidas, meus receios. No entanto, nada supera a leveza, a paz que estou sentindo.

– Resolveu escutar seu coração?

– A consciência não é a voz de Deus dentro de nós?

– É isso que eu aprendi, acredito e estou experimentando.

– Pois se depender do que escuto interiormente, estou tomando a decisão correta.

– Deve ter sido muito difícil...

Elza estava em casa e ouviu a filha ao telefone. Quando Luana desligou, quase meia hora depois, a mãe perguntou:

– O que aconteceu com sua prima?

– Não vai acreditar...

– O que foi?

– Ela saiu da revista, da editora.

– Estava mesmo insatisfeita... Vai encontrar outro desafio que a empolgue mais.

– Já achou.

– O quê?

– Vai implantar aquele projeto, o centro de apoio às mulheres.

– Ela vai fazer isso enquanto não aparece coisa melhor.

– Pelo que me falou, pretende dedicar tempo integral a essa atividade. E eu a apoio. Tenho certeza de que ela fará um excelente trabalho.

– Será, Luana? Não estou tão convencida... Acho que vocês duas andam delirando... Não sei se essa Doutrina Espírita está lhes fazendo bem. Ah, meu Deus! Criei você com tudo o que havia de melhor, assim como fez minha irmã. Ambas foram preparadas para serem vencedoras.

São mulheres com capacidade e formação para fazerem o que quiserem, para serem o que quiserem. E é isso que escolhem?

Luana, ao contrário da reação que tinha normalmente, levantou-se com suavidade, foi até a mãe e a envolveu em longo e carinhoso abraço, sem dizer nada. Em seguida, fitou-a nos olhos e declarou:

– Você me deu uma excelente, e agora estou em condições de mostrar meu reconhecimento. Vou realizar um trabalho que traga sentido à minha vida, e em grande parte devo isso a você, ao que fez e ainda faz por mim.

Elza não conseguiu retrucar, pega de surpresa que foi pela ternura daquele abraço, um gesto tão singelo e que traduzia tanto... Ficou em silêncio observando a filha, entretida com os dois meninos, que se arrumavam para ir à escola. Luana estava muito bem, como jamais estivera antes. Estava bonita, tinha uma luz interior que irradiava no semblante firme e sereno. Movia-se com graça e suavidade. Em tudo deixava transparecer segurança, alegria e bem-estar. Elza apreciou a maneira tranquila e afetuosa com que ela conduzia os dois filhos, as atividades da casa e a própria vida. Nunca estivera tão bem, isso era inegável.

Rafaela foi para casa entusiasmada. Tinha muitos planos, muito trabalho a fazer. Estava acabando de organizar o que trouxera da redação, quando o celular tocou.

– Oi, mãe.

– Filha, você está bem? Estou indo para aí.

– Por quê?

– Deve estar muito mal; vou já.

– Calma, está tudo certo.

– Como você está?

– Estou ótima!

– Acho que não, filha. Vi suas ligações, mas estava em consulta.

– Eu imaginei.

– A sua tia me ligou e contou tudo o que aconteceu. Você deve estar péssima...

– Não, mãe, saí porque quis. Estou ótima, cheia de planos...

– Eu vou para aí agora mesmo. Você deve ter enlouquecido de vez. Não pode estar falando sério. Não teria sentido trocar sua bem-sucedida carreira por um projetinho estranho, com propostas pouco claras e que, além do mais, não tem nenhuma garantia alguma de retorno financeiro. Você é uma mulher conhecida, realizada...

– Mãe, desculpe interromper, mas nada do que disser me fará mudar de ideia. Estou feliz, sei o que quero e finalmente tomei coragem para assumir e fazer o que deve ser feito.

– Mas...

– Outra coisa: embora eu tenha um pouco de medo, o Giovanni quer ter filhos logo, e acho que ele está certo. Desejo um tipo de vida que me dê condição de dedicar mais tempo ao meu filho, ou aos meus filhos...

– Isso tudo é bobagem. Eu a criei trabalhando muito. Estou desconhecendo você. Era uma mulher prática, realista, e agora parece uma sonhadora iludida... O que fizeram com você, minha filha?

– Você não vai entender mesmo, não é? Não vai me apoiar?

– De jeito algum! Não conte com isso! Vai se arrepender, Rafaela. Não sei o que está procurando, mas está enganada.

– Tudo bem, mãe. Embora seja doído para mim, eu a compreendo.

– Isso não pode estar acontecendo. Você não vai fazer isso com sua vida, eu não vou permitir...

– Tenho trinta e quatro anos e sou capaz de assumir minhas decisões.

– Vai se arrepender, mais tarde me dirá... Agora preciso desligar, tenho pacientes para atender. E você, menina, deveria procurar outra terapeuta. Acho que errei com Clara. Ela não era o melhor para você.

– O que decidi não tem nada a ver com Clara, mãe; não tem nada a ver com ninguém. Estou fazendo o que sinto que é certo para minha vida.

– Você vai se arrepender... Cedo ou tarde, vai me dar razão.

Depois que desligou, Rafaela ficou pensativa por longo tempo. A opinião da mãe sempre fora importante para ela. Mas, afinal, o que podia fazer se Eunice não a compreendia?

Pegou a pasta com as anotações e ocupou o restante da tarde para organizar as ideias em torno do projeto. Queria começar a fazer aquele trabalho sair do papel e ganhar vida.

*****

Conforme o tempo passava, mais Rafaela se fortalecia na decisão tomada. Envolvida e apoiada por Eva e Amaro, reassumiu as atividades no núcleo espírita, agora também dando sustentação às tarefas de doutrinação, junto com Giovanni e Luana.

Voltou a dar atenção à família de Valéria e a acompanhar a evolução jurídica do caso da manicure, fazendo todo o possível para colaborar. Visitou-a na prisão e, além de tranquilizá-la quanto ao apoio à família, levou-lhe vários livros espíritas, para que ela pudesse compreender melhor sua situação e encontrar forças para reacender a esperança. A culpa corroía a moça, que estava profundamente perturbada.

Logo a agenda de Rafaela estava lotada novamente. O projeto, apesar das oposições espirituais e até materiais que enfrentava, começava a ganhar forma graças à energia que sua idealizadora colocava sobre cada uma de suas ações para vê-lo concretizado.

O primeiro passo fora a reforma do casarão que herdara da avó, e que agora abrigaria o centro de apoio. Eunice, revoltada, entrara em conflito incessante com a filha. Não aceitava nenhuma de suas decisões e se tornara sua principal adversária. Era sofrido para Rafaela ter de lidar com aquela oposição, porém nada mais a detinha.

Como possuía uma reserva financeira considerável, a jovem passou a simplificar a própria vida, para que seus recursos lhe dessem sustento por mais tempo.

Enquanto a reforma progredia, ela se empenhava na busca de patrocinadores e apoiadores financeiros, enquanto Luana se dedicava a procurar profissionais e voluntários para as diversas atividades. As duas se reuniam dia sim, dia não, para atualizar as realizações e necessidades. Giovanni acompanhava e fazia tudo para auxiliar a esposa. Apresentou algumas empresárias, que logo se interessaram e resolveram apoiar o projeto.

Finalmente a reforma foi concluída e o prédio ficou pronto. Além de prático e funcional, Rafaela fez questão que houvesse beleza e delicadeza em todos os detalhes. Especialmente o jardim da entrada, reformulado, exibia uma infinidade de flores. Nos fundos da casa, onde havia um pequeno pátio, ela também plantou folhagens e flores. O ambiente era acolhedor e afetuoso. Andando pela casa com Luana, ambas avaliavam os resultados obtidos.

– Quero que cada mulher que puser os pés aqui se sinta acolhida, apoiada, desde o momento em que cruzar o portão da entrada.

– E não tenho dúvida de que será assim. Isto aqui ficou maravilhoso!

– Pena que minha mãe não queira ver... Tenho certeza de que iria gostar.

– Não se preocupe, uma hora ela vai acabar cedendo. Nada como o tempo, Rafaela.

– Tem razão...

Giovanni chegou para buscar as duas. Iam almoçar juntos.

– Nossa! Como ficou bonito isto! Fazia algum tempo que eu não vinha.

– E está pronto, Gi. Agora falta agilizar a contratação dos profissionais e começar o trabalho de divulgação.

– Não se preocupe com isso – o marido falou.

– Como não? Como atender sem os profissionais? E está meio difícil... Muitas mulheres não entendem, não apoiam...

– As pessoas certas chegarão, você vai ver. Enquanto isso, vamos cuidando outras medidas necessárias para o funcionamento do centro de apoio.

Era a noite de tarefa de doutrinação na casa espírita. Giovanni, Rafaela e Luana, sentados à mesa, preparavam-se para o trabalho de socorro aos necessitados espirituais. Antes do início das atividades, logo que chegara, Paulo, o presidente do núcleo, recebera da espiritualidade a comunicação de que aquela noite seria diferente. Embora sem entender de pronto, como médium sensível e obediente, acolheu a mensagem.

A tarefa seguia seu curso habitual. Eva e Amaro observavam os filhos de outras época com extremado carinho. Ele comentou com a companheira:

– Enfim estão juntos e trabalhando na seara de Jesus.

– Sim, enfim estão servindo a Jesus com sinceridade e dedicação.

Em determinado momento, por orientação do dirigente espiritual daquela atividade, Eva se colocou ao lado da médium designada e se manifestou.

– Boa noite, meus queridos companheiros. Estou aqui hoje para me despedir, temporariamente, de vocês. Em especial de Rafaela, Luana e Giovanni.

O coração de Rafaela disparou. Sabia que era a avó desencarnada que lhe falava.

– Como sabem, vou reencarnar no Afeganistão – Eva prosseguiu. – E chegou a hora. Amanhã seguiremos para o trabalho de acoplamento espiritual com a menina Laila, que me receberá por filha.

Rafaela não conseguia conter as lágrimas. Então as lembranças confusas e esparsas que tinha a respeito daquele assunto eram verdadeiras? A médium não podia saber; nem a conhecia direito...

– É isso mesmo, querida neta – ela captara seus pensamentos. – Fiz questão de vir hoje, com a autorização dos que presidem este lar, para que não reste nenhuma dúvida. Se as experiências que trazem do desdobramento durante o sono podem deixar incertezas, aqui, com a consciência inteiramente desperta, vocês as desfarão. Conto com seu apoio, Rafaela, para que ajude Laila e me ajude também. Estou feliz por poder contribuir. E não apenas por isso, como por ver vocês três, firmes no caminho do bem, realizando aquilo que vieram fazer na Terra, com a coragem de seguir sua programação espiritual anterior ao reencarne. Que Jesus nos abençoe a todos.

A emoção de Rafaela, Luana e Giovanni era indescritível. A experiência daquele momento tinha profundidade tal que jamais a esqueceriam.

Depois que Eva encerrou sua manifestação, outra médium começou a falar.

– Meus amigos, temos aqui uma moça afegã, muito perturbada, que deseja comunicar-se. Ela não consegue falar nosso idioma, porém se sente muito ligada a Rafaela. Seu nome é Farishta. Precisa reencarnar e também veio se despedir, mas está muito atormentada. Não quer se afastar da jovem que a trouxe ao Brasil. É com ela que se sente mais protegida e segura.

Rafaela encarou Giovanni, que ao fitar a esposa balançou a cabeça, em sinal afirmativo. Ambos sentiram, a um só tempo, que aquele era um convite para que recebessem Farishta por filha. E sem que precisassem dizer nada, logo Paulo anunciou:

– Parece que ela está mais calma. Encontrou um lar que a acolherá... Vá, minha filha, vá em paz. Que Jesus abençoe sua próxima experiência terrena.

Cerca de um mês após o inesquecível contato com Eva, enquanto ia para o centro de apoio prestes a inaugurar, Rafaela pensava no quanto sua vida havia mudado e em como se sentia feliz por isso. Passou por uma banca de jornal em que estava exposta a revista *Atual*, com matéria de capa extremamente sensacionalista. Moveu a cabeça num gesto reprovador e pensou que realmente tinha feito a coisa certa.

Ao entrar na casa, sentiu repentina tontura e teve de ser socorrida pela prima, que a aguardava.

– O que está sentindo?

– Tive enjoo, depois uma tontura.

– Enjoo?

– Você acha que eu...

– Não sei... E você, o que acha?

– Será possível? Será mesmo?

– Eu sentia muito enjoo, logo no início...

Rafaela ficou apavorada. Concordara em engravidar, em receber Farishta, mas agora que se via diante da probabilidade ficou assustada. Ligou para Giovanni e naquela tarde mesmo fez um exame de sangue, a pedido de um médico amigo da família. Na manhã seguinte veio a confirmação: ela esperava um filho.

Rafaela tinha emoções contraditórias. Sentia medo, angústia e alegria, tudo a um só tempo. E também as emoções de Farishta, agora ligada a ela, repercutiam em sua alma.

Principiava para as duas um longo caminho de aprendizagem. Farishta carregava sentimentos negativos muito acentuados, e em contrapartida tinha grande carinho por Rafaela. O vínculo entre ambas se fortalecia à medida que a gestação avançava. Não seria uma gravidez fácil. As energias deletérias que a afegã trazia infligiam à gestante imensos sofrimentos emocionais e até físicos. Várias vezes precisou ser internada, com pressão alta e outras complicações.

Laila, por sua vez, tinha uma gestação tranquila. Quando se casou com Hassan, ele resolveu ficar no Afeganistão, trabalhando para apoiar as mulheres daquele. Ela própria deixara claro, ao ser pedida em casamento:

– Quero muito ficar com você, formar uma família. Contudo, não poderei abandonar a luta pela dignidade e pelos direitos das mulheres do meu país. Você entende isso? A causa é maior do que eu, e o dever de defendê-la faz parte de mim...

– É claro que eu entendo.

– Você pode viajar, sempre que quiser. Eu estarei aqui.

– Ficarei com você e trabalharemos juntos por esse ideal. É algo pelo que vale a pena viver e lutar.

– Vou continuar na RAWA, e fazer tudo o que puder para tornar melhor a vida das mulheres que precisarem de apoio. Quem sabe evitar que outras jovens passem pelo que eu passei...

Depois do casamento foram morar em uma casa modesta, próximo ao abrigo da RAWA. A notícia da gravidez assustou a menina, porém o afeto pelo ser que nela se desenvolvia e o compromisso com a maternidade logo afloraram, e ela cuidava de si e do bebê com enorme carinho.

A companhia amorosa de Amaro era captada por Laila; o fiel companheiro amparava e protegia Eva, cujo corpo espiritual assumira a forma de feto e fora acoplado ao novo corpo em formação, mantendo-se em sono profundo.

Amaro era apoiado por uma equipe de cinco espíritos da colônia de onde provinham, pois eram constantes os ataques espirituais dirigidos ao corpo que se formava e mesmo à gestante.

Assim que foram notificadas do reencarne daquele espírito, as forças espirituais inimigas do bem e do progresso humano deduziram qual seria sua tarefa e tentaram frear a gravidez, dirigindo energias destrutivas contra a mãe e o bebê. Mas nenhum dos dois as recebia, pois a vibração que emanava de Laila era de um amor tão intenso que os protegia dos ataques.

CINQUENTA E CINCO

Depois da consulta com sua médica, Rafaela se acalmou um pouco, embora os enjoos e mal-estares fossem frequentes.

Cerca de uma semana se passara quando ela conseguiu se comunicar com Laila. As duas falavam misturando inglês, português e dari.

– Tenho uma novidade para lhe contar – disse a brasileira.

– Eu também.

– Então diga você primeiro.

– Eu estou muito feliz, e quero agradecer a você pelo que fez por mim. Sem sua ajuda, eu não teria conseguido enfrentar tudo o que aconteceu comigo.

– Não é verdade...

– É, sim. Você me ajudou a ter esperança de novo, a ter vontade de viver. Eu serei para sempre grata por seu carinho, seu apoio. Ainda mais agora...

Laila enxugava as lágrimas que não paravam de lhe descer pela face. Tinha dificuldade em prosseguir, com a emoção à flor da pele. Após longa pausa, falou:

– Eu estou grávida. Vou ser mãe, Rafaela!

A jornalista lembrou-se de imediato da noite em que a avó se despedira. Sabia que Laila levava no ventre a próxima experiência terrena de Eva. Dominada pela emoção, mal conseguia se controlar. Contou à amiga que também esperava um bebê e a alegria envolveu os quatro espíritos, entre os quais os vínculos existentes se fortaleciam. Depois de séculos de lutas e inimizades, uniam-se uns aos outros por laços de amor e de sangue.

Foi com alegria e profundo respeito que a jornalista recebeu a notícia de Laila, maravilhada pela ação do mundo espiritual. Sabia que a avó estava a caminho de uma encarnação desafiadora. A despeito de não poder partilhar o fato com quase ninguém, guardava a consciência da responsabilidade assumida por aquele ser amado, e também por ela própria.

Ao desligar, um sentimento belo e sublime a envolveu. Como sua vida mudara nos últimos cinco anos... Tudo estava diferente agora. Sentia como se tivesse renascido, ganhado vida nova. Estava feliz com as escolhas que fizera. Pensava em Laila, igualmente resgatando sua vida, com novas possibilidades, e sentia-se ainda mais feliz. Pôs-se a pensar, então, na infinidade de mulheres que precisavam refazer suas escolhas, de modo a encontrar o caminho para uma nova vida. Sentia-se totalmente comprometida com esse ideal, cujos benefícios já estava experimentando. Queria ajudar outras mulheres a encontrarem o caminho da liberdade e do crescimento espiritual.

Dirigia-se para o núcleo, onde cuidaria dos detalhes finais para a inauguração do centro de apoio, quando sentiu uma fome incomum. Aquilo vinha acontecendo nos últimos dois dias. Resolveu parar em uma lanchonete e tomar um suco. Encostou o carro e estava trancando a porta, quando viu Fernanda sair do estabelecimento, em companhia das duas filhas.

– Fernanda! Que surpresa boa! Como está?

– Eu vou indo, Rafaela. E você? Faz tempo que não nos falamos...

– Tenho tentado ligar para você. Não atende ao telefone, nem responde aos meus recados...

– Tem sido bem complicado... – ela queria falar, mas olhou de relance para as filhas e balançou a cabeça em sentido negativo. – Vamos levando...

– Precisamos nos encontrar. Tenho tanta coisa para lhe contar... Saí da editora.

– Foi para outra?

– Não, agora estou fazendo coisa diferente.

– Como assim? Fazendo o quê?

– Nós precisamos conversar – afirmou séria, sentindo clara intuição para incluir a ex- editora em seu projeto.

– É claro...

– Agora. Para onde está indo?

– Vou deixar as meninas na aula de música, e volto para casa.

– Não tem um tempinho para conversarmos, depois de deixar as duas? Acho que você vai gostar.

– Então me espere aqui uns dez minutos. O conservatório fica perto.

– Espero, sim.

Não demorou nem quinze minutos e as duas estavam acomodadas em uma mesa, no fundo da lanchonete, tomando um refresco e conversando.

– Tem sido muito difícil; não estou conseguindo dar conta de tudo. Faço yoga, tratamentos alternativos, terapia, tudo que me indicam. E parece que a coisa não evolui, sabe? Sinto-me angustiada. A doença está controlada, graças a Deus. Os médicos dizem que vou ficar bem, pois descobri a tempo e o problema não se espalhou, ficou localizado. Deveria estar feliz, mas apesar da evidente recuperação meu desânimo é profundo. Vejo as minhas filhas crescendo e sinto-me sem forças para orientá-las como deveria. Enfim, não tenho ânimo para o trabalho, para nada...

– E tem buscado ajuda em alguma linha religiosa? Quem sabe os vedas, já que pratica yoga?

– O quê? Não, Rafaela, você sabe que não sou uma pessoa religiosa. Não gosto dessas coisas... Pratico a yoga sem qualquer interesse pelo seu aspecto religioso. Gosto dos exercícios, eles me fazem bem. Nada mais.

Rafaela fitava a amiga, pensativa. Após alguns minutos de silêncio, disse:

– Do mesmo modo que uma árvore não vive sem raiz, a alma não pode viver sem Deus.

– Eu acredito em Deus...

– E está perto dele? Ou sente-se magoada com Deus por causa da doença? Ele não tem nada a ver com isso...

– É o que todos me dizem.

– Sempre o culpamos pelos males que nos afligem, não é verdade? Afinal, ele é Deus!

Fernanda sorriu do comentário espontâneo, que expressava exatamente o que lhe ia na alma.

– Venha trabalhar comigo. Estamos precisando de profissionais em todas as áreas. Gostaria que assumisse nossa área de comunicação. O salário não é muito alto, mas poderia trabalhar meio período; assim lhe sobraria tempo para cuidar um pouco de você e de suas meninas. E nada a impede de trazê-las, sempre que quiser.

Fernanda olhava Rafaela sem saber o que responder. E a antiga colega continuou:

– Você precisa de uma atividade que lhe dê tempo de olhar para si mesma. Passou quase a vida inteira na correria por alcançar êxito em sua carreira. É hora de escutar seu corpo, de viver em um ritmo mais adequado às suas necessidades de mulher e mãe.

– Não sei... Trabalhar meio período? Seria por algum tempo...

– Por quê? O que a aflige? Tem seu patrimônio, não precisa mais correr atrás do dinheiro. Pode ter uma vida mais simples, mais leve, e ajudar outras mulheres.

Fernanda estava hesitante.

– Você poderá se recuperar e estar mais perto das meninas.

– Nem sei como seria viver desse jeito...

– É porque tem completamente cristalizado o hábito de ver a vida segundo os moldes masculinos.

– Claro que não! Eu sou feminista, você sabe!

Rafaela sorriu ao responder:

– Não obstante é machista. Você não está respeitando suas necessidades femininas mais profundas; acredita que os homens são melhores e que, para ser reconhecida e valorizada, precisa ser mais, fazer mais do que eles.

– E não é assim que o mundo funciona?

– Mas não é assim que deverá funcionar, para que tenhamos um mundo mais equilibrado. Você é mãe, e não ficará realizada enquanto não der o valor e a atenção devidos à maternidade, essa tarefa tão fundamental.

O semblante de Fernanda ficou sério e Rafaela prosseguiu:

– Não basta fazer mais do que os homens. Isso nós já fizemos. Precisamos fazer diferente. Trazer harmonia, suavidade e beleza ao mundo. Precisamos resgatar a nossa essência feminina e valorizá-la.

– Você está falando igual à minha terapeuta...

Fez demorada pausa, até que perguntou:

– E o que preciso fazer para trazer o feminino de volta para a minha vida?

– Não tenho todas as respostas, e sei que não há um caminho único, mas podemos descobrir juntas. Venha trabalhar no projeto comigo. Preciso de alguém como você, com seu senso prático, sua objetividade. Quero atender com prioridade as mulheres sem condições financeiras, que não têm absolutamente nenhum apoio quando se defrontam com a violência, a solidão, o abandono.

– Esse centro de apoio, essa ONG, é espírita?

– Encontrei no Espiritismo respostas às minhas mais profundas dúvidas como ser humano. Encontrei a Deus e a Jesus. Gostaria que todas as pessoas, homens e mulheres, pudessem experimentar esse renascer que ocorreu comigo. Todavia, sei que tais experiências são individuais, fruto de uma busca pessoal. Não, o centro de apoio não levanta nenhuma bandeira religiosa. Isso não impede que em sua administração adotemos os princípios espíritas. Vamos orar diariamente, lá dentro. Religião não, Deus e espiritualidade sim. Isso nós vamos compartilhar, vamos estimular em nosso grupo de trabalho. Sem isso, Fernanda, não podemos recomeçar. É indispensável a presença da fé, pois ela é poderosa e, como disse Jesus, "remove montanhas".

– E como acha que as mulheres poderão resolver essas questões da dupla jornada de trabalho, do acúmulo crescente de responsabilidades, das agressões, e do preconceito de gênero, da necessidade absurda que ainda sentem de ter o homem ao lado, como se sem ele não fossem nada?

– Eu ainda não sei, e por isso insisto: vamos descobrir juntas, como é também objetivo desse projeto. Vamos promover palestras, *workshops*, abrir a discussão e refletir sobre esses assuntos. Se não tenho como responder, quero perguntar. Certamente a resposta não é fácil e não está pronta, pois cada mulher tem seu próprio caminho, suas necessidades específicas, seus desafios. No entanto, para todas é fundamental buscar a autovalorização, o respeito e o amor pelo fato de ser mulher; superar o sentimento de inferioridade que de algum modo nos acompanha desde o nascimento, somente por sermos mulheres; despertar nossa consciência para a constante tentativa desse mundo masculino de nos usar, através da sensualidade, da pornografia, da indústria da beleza, para nos controlar de outras formas. Isto é fundamental: termos consciência de que somos fortes e de que nem por isso precisamos ser agressivas; muito pelo contrário, nossa força está no amor, da delicadeza. Até hoje tivemos de lutar com as mesmas armas dos homens, em um mundo regido pelos valores que herdamos de uma sociedade patriarcal. É hora de recuperar a delicadeza, a suavidade, a gentileza, de tornar o mundo mais acolhedor. É tempo de trazer de volta o feminino para o nosso planeta.

Rafaela parou, emocionada; depois fitou Fernanda e complementou:

– O que eu sei é que precisamos resgatar uma vida com equilíbrio entre o corpo, a mente e o espírito; regatar o equilíbrio na natureza; harmonizar as energias femininas e masculinas em nosso mundo interior e também na Terra. É assim que seremos capazes de contribuir para a edificação de um mundo novo, onde o bem e o amor predominem: aceitando o ser mulher em todas as suas dimensões, em toda a sua amplitude.

– Você me convenceu.

– Estou indo para lá agora. Quer vir comigo, e já conhecer tudo?

– Eu... bom... Acho que dá. Tenho de buscar as meninas daqui à uma hora.

– Espere um pouco, que vou precisar ir ao banheiro. Estou enjoando...

Rafaela saiu depressa e voltou em alguns minutos, mais refeita.

– Está tudo bem? – perguntou a amiga ao ver sua palidez.

– Estou bem, bem enjoada... Estou grávida, Fernanda.

– Quem diria! Minha repórter mais feminista, mais revoltada com a condição feminina, que dizia não querer ter filhos...

– Pois é... Estou amando a ideia de cuidar de outro ser humano, mas tenho passado muito mal. Vamos indo? O trabalho nos aguarda.

Rafaela pagou a conta e as duas saíram da lanchonete.

– Vamos com calma, não é? Estou indo apenas conhecer o lugar...

– Você já está dentro. Vejo nos seus olhos... Vai ser bom, Fernanda. Você está só precisando de um empurrãozinho para sair desse marasmo.

Entraram no carro de Rafaela e logo desciam diante do belo casarão ornado com flores por todos os lados. Fernanda se encantou com o ambiente, com a atmosfera acolhedora e delicada do lugar.

Os preparativos para o início das atividades seguiam velozes. Rafaela apresentou a editora às colegas, depois foram para uma sala grande, onde todos da administração compartilhariam o espaço de trabalho.

– E então? O que achou?

– É incrível o que você está fazendo aqui.

– Não sou eu, somos todas nós. Gostaria muito que fizesse parte deste trabalho. Que trouxesse suas experiências, as boas e as ruins, para juntas contribuirmos. E, no final, o bem que fizermos alcançará a nós mesmas.

Fernanda baixou a cabeça e chorou. Quando conseguiu se acalmar, encarou a amiga e disse:

– Fazia muito tempo que não me sentia tão acolhida como me sinto neste lugar, neste momento. Não sei como posso ajudar, tão frágil estou, mas, já que está me convidando, vou me dar essa oportunidade.

Rafaela abraçou-a e em seguida informou às companheiras:

– Fernanda está se juntando a nós. Vai montar a área de comunicação do projeto – virou-se para a ex-editora. – Agora venha, temos muito trabalho. Quero lhe passar por alto o que já havia pensado para esta área...

As duas conversaram, decidindo os detalhes da participação de Fernanda, que então saiu para encontrar as filhas. Já dentro do carro, acomodada no banco de trás, Carina indagou:

– O que aconteceu com você, mãe?

– Por que pergunta?

– Parece feliz...

– Vou começar um novo trabalho – falou com ligeiro sorriso – e acho que ele já está me fazendo bem.

Alexia fitou a mãe e, meio desinteressada, comentou:

– Está mesmo precisando fazer alguma coisa por você.

– E por nós, não é, filha? – ela reagiu com gentileza à observação da mais velha, que se tornara uma linda jovem.

– É, acho que sim. – a resposta veio fria.

Fernanda lembrou-se da conversa leve e agradável que acabara de ter e resolveu que nada lhe tiraria a serenidade naquele momento. Queria construir uma nova vida para si mesma e para as filhas.

*****

Os preparativos para a inauguração estavam quase concluídos. Rafaela já completava oito meses de gestação. Em todas as reuniões e conversas que tinha com a equipe, ressaltava a importância de colocarem a visão espiritual da vida em todos os atendimentos, em tudo o que fizessem.

– Nunca podemos esquecer de que somos muito mais do que nossos corpos físicos – costumava dizer. – Somos espíritos imortais, temporariamente na Terra. Todas as pessoas que vamos atender aqui têm uma história rica e cheia de nuances e detalhes, que muitas vezes elas próprias não conhecem. Vamos tentar ver cada uma como esse espírito, vivendo temporariamente em um corpo físico, com o objetivo de aprender, crescer e evoluir.

Conseguiram reunir um grupo interdisciplinar, ao qual Clara se juntou, para a árdua tarefa de selecionar profissionais qualificados, do ponto de vista material e principalmente do espiritual. Foram contratadas duas advogadas, uma médica ginecologista, duas psicólogas e uma assistente social, além de Luana e Rafaela, que se dividiam em diversas atividades. Queriam também implantar aulas de yoga, e outras atividades físicas, para ajudar no autoconhecimento e no desenvolvimento das mulheres que ali seriam atendidas.

Depois dos inúmeros obstáculos enfrentados, por quase cinco anos, finalmente estava tudo pronto para a inauguração. Rafaela convidara Eunice, insistindo para que ela fosse, mas a mãe não aceitava a sua escolha profissional.

Na manhã do grande dia da esperada inauguração do Centro de Apoio à Mulher, Rafaela acordou cedo. Apesar do imenso cansaço, não conseguira dormir direito. Estava ansiosa. Foi uma das primeiras a entrarem ao casarão.

Abriu todas as janelas, para que o sol da manhã inundasse de luz e calor todos os cantos das instalações. Não demorou e a empresa contratada para fazer a decoração trouxe as flores. Eram lírios, rosas, flores do campo, gérberas, lisiantos e muitas folhagens. Logo todo o lugar estava florido e perfumado, com pequenos arranjos que espalhavam alegria.

Entretanto, era no plano espiritual que a beleza das flores se mostrava mais exuberante, o aroma do ambiente mais doce, a luz mais brilhante. Inúmeros espíritos estavam preparando a grande festa que ali aconteceria. A música clássica enchia o ar de elevada serenidade, quase um sentimento de adoração. A alegria reinante era ímpar. O plano denso, aos poucos, absorvia aquelas energias sutis e se transformava.

Quando os componentes da equipe de trabalho iam chegando, sentiam o choque energético assim que entravam no ambiente.

– Nossa! O que você fez aqui, Rafaela? – indagou Fernanda ao entrar.

– Está lindo, não está?

– Além de estar tudo lindo, há um ar diferente, especial...

– São as energias espirituais que se derramam sobre nós.

– Energias espirituais? – a resposta causara estranheza.

Rafaela sorriu e comentou:

– Esqueci que você ainda não pode ver o invisível... Mas vai conseguir, eu sei que vai. Veja o meu caso: se eu mudei, qualquer pessoa pode...

Fernanda sorriu e seguiu para seus afazeres. Um pouco antes das onze horas estava tudo preparado. E os convidados começaram a chegar.

Rafaela estava acabando de receber alguns deles, quando escutou uma voz conhecida.

– Não acreditei quando me contaram, então vim ver pessoalmente.

Rafaela virou-se e deparou com Jorge, o amigo fotógrafo que trabalhara com ela em Cabul.

– Jorge?! Que surpresa! O que está fazendo aqui?

– Encontrei a Fernanda um dia desses e ela me convidou para a inauguração do seu projeto. Aproveitei para vir conferir, e me ofereci para fazer a cobertura fotográfica do evento. Afinal, vão precisar de divulgação.

Rafaela abraçou-o com carinho e disse, feliz:

– É muito bom ter você aqui. Até porque acho que este projeto começou foi lá mesmo, em Cabul.

– Quando a Fernanda me contou sobre o projeto, confesso que fiquei muito impressionado, em especial com o modo como você o está conduzindo, focado mais no lado espiritual do que propriamente no material. Você sempre foi tão cética... Poderia até imaginá-la montando uma ONG para ajudar as mulheres, mas não dessa forma.

– Passei por várias mudanças depois de retornar de Cabul. Descobri muitas coisas. E aqui estou.

– E para quando é o bebê?

– Estou de oito meses. Vai chegar logo...

– Bem, vou andar por aí, para fazer as fotos.

– A casa é sua, Jorge. Estou muito feliz que esteja aqui.

Em pouco tempo a casa ficou lotada, inclusive com a presença dos principais apoiadores do projeto. Uma música suave ao fundo completava o cenário de imensa beleza. Tudo simples, porém feito com cuidado e carinho, num ambiente belo, iluminado, e vibrante de alegria. Acima de tudo, as energias espirituais da grande festa que acontecia no plano sutil imediatamente sobreposto àquele espaço físico conferiam ao evento características únicas. Todos comentavam o quanto se sentiam bem, acolhidos e contentes.

No plano espiritual, mulheres procedentes de diferentes partes do mundo faziam apresentações de dança e muita música, felizes por poder contribuir para o acolhimento e o desenvolvimento do feminino na Terra.

Amélia, então, tomou a palavra e, após sentida prece rogando as bênçãos do Alto para aquele núcleo, elaborado por tanto tempo no plano espiritual, falou:

"A realidade da nova era se consolidará no planeta e caberá às mulheres importante papel na construção do mundo de regeneração. Que homens e mulheres se unam a Deus, a Jesus e uns aos outros, na construção desse reino de paz, primeiramente edificando-o em seus corações, para que enfim possa se estabelecer sobre a Terra. Que homens e mulheres aprendam a trabalhar juntos pela vitória do bem.

"Que homens e mulheres entendam que reverenciar o feminino é reverenciar uma das faces do Criador, assim como desmerecer e desvalorizar o feminino é seguir negando o Criador em sua completude. Que cada vez mais, e pela liderança das próprias mulheres, se compreenda que nossa sociedade precisa resgatar os valores sagrados do feminino.

"Junto às nossas irmãs encarnadas deste núcleo, nossas equipes trabalharão incansavelmente para ajudar as mulheres a resgatarem sua essência feminina, a deixarem os parâmetros da sociedade patriarcal e a olharem o mundo sob um novo ponto de vista: o ponto de vista feminino. Depois das conquistas alcançadas pelo feminismo, caminhamos para uma nova revolução: a da difusão do feminino pela Terra – nos lares em primeiro lugar, depois nos escritórios, na política, nas universidades. Que os valores e o modo de ser femininos suavizem a agressividade do mundo, promovendo o equilíbrio na construção da nova era.

"Essa tem sido nossa luta há séculos. Que ela finalmente encontre eco nos corações de homens e mulheres encarnados, para exercitarem e aprenderem as lições que cada gênero lhes proporciona. Com a evolução, caminhamos para superar as diferenças, acolhendo o que os dois sexos podem nos proporcionar. É dessa forma que apenas o amor prevalece nos mundos felizes, onde a evolução está completa."

Amélia fez ligeira pausa e em seguida anunciou, sorrindo:

– Consideramos abertas as atividades deste núcleo.

A festa continuou animada até o final do dia. Rafaela chegou em casa junto com Giovanni, exausta mas feliz.

– É uma pena que minha mãe tenha perdido uma festa tão linda. – comentou, descansando no confortável sofá da sala.

– É uma pena mesmo – Giovanni concordou. – Ela ainda não compreendeu a amplitude desse trabalho, nem sua importância.

Abraçando a esposa, colocou as mãos sobre a barriga enorme e perguntou.

– Como está minha menina hoje? Mexendo muito?

O bebê se mexeu ao som da voz e ao toque do pai. Rafaela colocou a mão sobre a dele e confirmou:

– Foi assim o dia todo. Tinha parado, pois o espaço agora está pequeno, mas hoje ficou agitada.

No dia seguinte foram iniciados os atendimentos no centro de apoio, que já tinha uma lista com alguns nomes.

Rafaela crescia espiritualmente. Esforçava-se, com fé e muita determinação, para superar os muitos obstáculos que surgiam. Era desafiador coordenar todos aqueles profissionais, alinhando-os com a filosofia da instituição, para acolher mulheres vítimas de todo tipo de assédio, nas mais diversas situações, pois o núcleo não era voltado unicamente para atender casos de violência física ou emocional. Destinava-se a apoiar mulheres que enfrentassem necessidades de qualquer espécie. Cada mulher que ali entrava era recebida com uma conversa e, após a triagem, podia ser encaminhada a algum atendimento específico, se fosse o caso. Muitas se tornavam voluntárias logo que conheciam a proposta do núcleo.

Depois de algumas semanas de trabalho, vários profissionais discordaram dos estudos espíritas, que Rafaela fazia questão de fazer ao menos uma vez por semana, e abandonaram o projeto. Entre o grupo que permaneceu, um forte elo foi sendo criado e, através dos estudos, a jornalista fortalecia o conceito de que o espiritual devia prevalecer sobre o material.

Os atendimentos dobraram do primeiro para o segundo mês. O núcleo apresentava atividade tão sólida que aqueles que o visitavam supunham que já funcionasse há muito tempo. O trabalho florescia, e as mulheres iam sendo encaminhadas pela espiritualidade, para receber a ajuda de que necessitavam.

Rafaela entrara no nono mês de gestação quando recebeu a notícia do nascimento da filha de Laila. Pouco depois, foi a dela que veio ao mundo. Era pequena e teve certo desconforto respiratório ao nascer; permaneceu na UTI neonatal por alguns dias, assustando os pais.

Giovanni e Rafaela lhe deram o nome Yasmin. Já em casa, com a menina nos braços, a jornalista amamentava-a e sentia-se realizada. Enquanto o marido preparava o jantar, ela pensava em como estava feliz naquele momento de sua vida. Sabia que teria muita luta pela frente, com o trabalho e a saúde da filha, que, conforme lhe informaram os médicos, era delicada e iria requerer muita dedicação dos pais. Mesmo assim, sentia-se plena.

*****

Três anos se passaram. Rafaela seguia firme com suas atividades. Entretanto, as dificuldades eram imensas. Muitas mulheres não aceitavam bem a ajuda que lhes era prestada, e algumas já haviam até processado o centro de apoio. Ela chegava a sofrer ameaças de maridos inconformados com as decisões e mudanças de suas companheiras. De vez em quando, a equipe de profissionais também apresentava problemas que requeriam acompanhamento e cuidados. Rafaela se dedicava ao máximo, mas não raro sentia-se exaurida com o peso das responsabilidades e das tarefas que lhe eram exigidas.

Em casa, com Giovanni, o relacionamento era forte e o amor, constante. Unidos, cuidavam da filha, que crescia com problemas físicos e emocionais. Era uma menina retraída e fechada, e frequentemente se comportava como se estivesse longe de casa, como se nada lhe agradasse na vida que tinha. Era muito apegada a Rafaela, a ponto de sufocá-la com sua carência.

Ela não podia contar com Eunice, que insistia em não aceitar as escolhas da filha e se mantinha afastada, sem compreendê-la ou apoiá-la nos problemas que enfrentava.

Naquela noite, em particular, Rafaela entrou em casa desanimada. Giovanni já estava na cozinha, quando ouviu a porta se fechar. Beijando a esposa, ele disse:

– Como demoraram... O que houve?

– Yasmim teve uma convulsão. Precisei levá-la ao hospital, e lá o atendimento acabou demorando. Não consegui ligar para você, seu celular não atendia.

Giovanni foi até o aparelho e falou, irritado.

– Nem percebi que estava sem bateria. Ela se machucou?

– Não, estava comigo no centro de apoio quando aconteceu.

Esperando que o pai terminasse de acarinhar a menina e que ela se afastasse para ir brincar no quarto, Rafaela falou em voz baixa:

– Foi horrível!

Não pôde mais se conter e desabou em pranto. O marido a abraçou por longo tempo sem dizer nada. Quando afinal se acalmou, ela contou:

– Nossa filha vai passar por um psiquiatra amanhã, e então vamos saber com mais clareza o que pode ser feito. Puxa, Giovanni! Tanto trabalho, tanto problema para resolver, e agora mais isso! Eu amo nossa menina... É que estou cansada. Não sei se vou ter forças para...

– Estou aqui, sempre a seu lado para apoiá-la, em todas as circunstâncias. Você não está sozinha.

Ele a fitava com profunda ternura.

– Não desanime. Você já venceu tanta coisa! Força, coragem, meu amor. Perseverança. Você tem amealhado tantas conquistas... Veja o caso de Valéria, que você conseguiu ajudar para sair periodicamente da cadeia e ver os filhos. Isso é uma vitória. E há tantas outras... E, o mais importante de tudo, você está exatamente onde deveria estar, fazendo aquilo que se comprometeu a fazer nesta encarnação.

– Ainda é tão pouco o que estou conseguindo... E me sinto sem forças.

Giovanni segurou o rosto da esposa com as duas mãos, limpou as lágrimas que desciam e disse, com emoção e energia:

– A luta é grande, Rafaela, eu sei. Mas não se deixe abater, Deus é maior do que tudo. E não esqueça o poder que tem e quem você é: uma guerreira, uma vencedora, uma mulher!

VELAR COM JESUS

Jesus veio à Terra acordar os homens para a vida maior.

É interessante lembrar, todavia, que, em sentindo a necessidade de alguém para acompanhá-lo no supremo testemunho, não convidou seguidores tímidos ou beneficiados da véspera e, sim, os discípulos conscientes das próprias obrigações. Entretanto, esses mesmos dormiram, intensificando a solidão do Divino Enviado.

É indispensável rememoremos o texto evangélico para considerar que o Mestre continua em esforço incessante e prossegue convocando cooperadores devotados à colaboração necessária. Claro que não confia tarefas de importância fundamental a Espíritos inexperientes ou ignorantes; mas, é imperioso reconhecer o reduzido número daqueles que não adormecem no mundo, enquanto Jesus aguarda resultados da incumbência que lhes foi cometida.

Olvidando o mandato de que são portadores, inquietam-se pela execução dos próprios desejos, a observarem em grande conta os dias rápidos que o corpo físico lhes oferece. Esquecem-se de que a vida é a eternidade e que a existência terrestre não passa simbolicamente de "uma hora". Em vista disso, ao despertarem na realidade espiritual, os obreiros distraídos choram sob o látego da consciência e anseiam pelo reencontro da paz do Salvador, mas ecoam-lhes ao ouvido as palavras endereçadas a Pedro: *Então, nem por uma hora pudeste velar comigo?*

E, em verdade, se ainda não podemos permanecer com o Cristo, ao menos uma hora, como pretendermos a divina união para a eternidade?

Caminho, Verdade e Vida,
Francisco Cândido Xavier,
pelo espírito Emmanuel

CONTATO DA AUTORA

Para tirar dúvidas ou compartilhar suas experiências na leitura dessa obra, entre em contato comigo:

Email: sandra@vivaluz.com.br
Facebook: Sandra_carneiro_oficial
Instagram: sandra.carneiro.7902

BELÉM A CASA DO PÃO 31

O Grupo Cristão Assistencial Casa do Pão 31, entidade sem fins lucrativos situada no bairro do Maracanã (região carente da periferia da cidade de Atibaia) é o braço de assistência social da Casa Cristã da Prece – núcleo espírita kardecista.

Atuando desde 1998, tem como missão influenciar na base da formação da criança e adolescente, ajudando-os a descobrir e desenvolver seu potencial. Para isso busca auxiliar as crianças e suas famílias através da distribuição gratuita de alimentação, roupas e xaropes fitoterápicos, além do atendimento odontológico.

Como ferramenta para auxiliar as crianças e a comunidade, desenvolveu dois projetos: o Centro da Juventude Anália Franco, que oferece apoio psicológico e educacional através das atividades de diversas oficinas e a Creche Comunitária Lar Jardim Maracanã, para as crianças de 2 a 5 anos. Atualmente são cerca de 100 famílias atendidas, 50 crianças no Centro da Juventude e 30 crianças menores na creche.

Venha fazer parte desta família. Trabalhemos, que o céu nos ajudará! Unamo-nos e nada poderá suplantar a nossa força! E amemo-nos para que Jesus possa se expressar através de nós. Somente assim estaremos realmente cooperando para que a caridade suavemente caminhe estabelecendo o amor na face da Terra.

Seja um apoiador da Casa do Pão ou torne-se um voluntário.
Venha nos visitar.

Rua Alberto de Almeida Brandão, 185
Tel. 11 4415-1500 – Caixa Postal 263
Site: www.casadopao.org.br

Entre, descanse e siga em paz

"Faze por um dia ou por semana um horário de serviço gratuito em auxílio aos companheiros da Humanidade"
Emmanuel

OUTRAS OBRAS DO MESMO AUTOR

DÉJA VU
No romance *Déjà vu*, o espírito Lucius narra a história de Karen, uma cientista que trabalha para a indústria farmacêutica alemã e, cética como é, decide fazer um estudo com a intenção de provar que o fenômeno conhecido como déjà vu se trata de uma manifestação puramente orgânica. Todavia, por um capricho do destino, ao viajar para a Irlanda do Norte e atravessar o famoso corredor de árvores conhecido como The Dark Hedges ela vivência uma forte experiência, o que abala suas convicções e pode mudar os rumos de sua vida para sempre.

TODAS AS FLORES
Áustria, 1730. Sofie tinha tudo o que se poderia desejar. Era nobre, rica, bonita e inteligente. Por imposição do pai, casou-se com um jovem de muitas posses, que se revelou um marido apaixonado. Contudo, ela trazia em si impulsos incontroláveis que poderiam mudar os rumos de sua vida.
Nesta história real que narra três vidas de Sofie ao longo dos séculos, evidencia-se que determinadas características da personalidade são traços fortes da alma, estabelecidas ao longo de várias encarnações. Conclui-se que a revolta dificulta o caminho, enquanto a aceitação possibilita transformar a dor e a adversidade em alavancas para o progresso e a felicidade.

JORNADA DOS ANJOS
Depois de *Exilados por Amor*, a Jornada continua... Acompanhando a trajetória de Constantino, Fausta, Jan Huss, Jerônimo de Praga, Ernesto, Elvira, entre outros personagens, iremos conhecer os bastidores espirituais de momentos cruciais que marcaram a história. Jornada dos Anjos alcança os dias atuais, no turbilhão dos acontecimentos que envolvem este período de transição da Terra, que passa de um mundo de provas e expiações para um mundo de regeneração.
A Terra alcança o ápice de sua transição. Agora, a história se constrói diante de nossos olhos. Qual será o nosso destino?

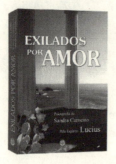

EXILADOS POR AMOR
Um convite a uma emocionante viagem no tempo e no espaço, acompanhando a trajetória de Ernesto, habitante de um orbe do sistema de Capela, que é exilado de seu mundo e enviado para a Terra.
Este romance é um alerta quanto à urgência de despertarmos nossa consciência para as verdades eternas, sobretudo para o amor, única maneira de conseguirmos aproveitar as oportunidades da presente encarnação – que, para muitos, pode ser a última em nosso planeta.
Exilados por Amor traça um paralelo entre a Terra e Capela, onde passado e futuro se cruzam, transportando-nos aos vários caminhos da luz sob a magnitude infinita de Deus.

TRILOGIA da LUZ

Sandra Carneiro e Bento José apresentam a *Trilogia da Luz.*
Rebeldes, Iniciação e *Abismo*, são os três primeiros livros da nova coleção *Exploradores da Luz*. Aventure-se nesta jornada e descubra a trilha da luz. Surpreendente, instigante e reveladora. Uma coleção dedicada especialmente aos jovens e a todos aqueles que jamais desistem de seus sonhos, de seus ideais, e que acreditam que suas escolhas podem mudar o mundo.

Muitas vezes a realidade que não enxergamos é mais incrível do que a ficção.

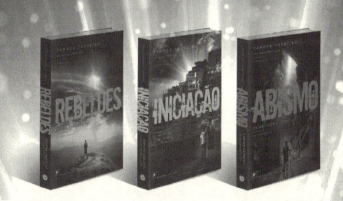

VIVALUZ editora   TRILOGIA da LUZ

Acesse
www.vivaluz.com.br
e cadastre-se para receber informações
sobre nossos lançamentos.

twitter.com/@VivaluzEditora
facebook.com/VivaluzEditora
instagram.com/Vivaluzeditora
youtube.com/vivaluzeditora